16	3	2	13
5	10	11	8
9	6	7	12
4	15	14	1

Johann Wolfgang von Goethe

Os anos de aprendizado de Wilhelm Meister

Tradução de Nicolino Simone Neto
Apresentação de Marcus Vinicius Mazzari
Posfácio de Georg Lukács

editora 34

EDITORA 34

Editora 34 Ltda.
Rua Hungria, 592 Jardim Europa CEP 01455-000
São Paulo - SP Brasil Tel/Fax (11) 3811-6777 www.editora34.com.br

Em sua primeira edição, publicada pela editora Ensaio (São Paulo, 1994), a tradução desta obra contou com o apoio do instituto Inter Nationes.

Edição conforme o Acordo Ortográfico da Língua Portuguesa.

Título original:
Wilhelm Meister Lehrjahre

Imagem da capa:
Johann Heinrich Wilhelm Tischbein (1751-1829),
Goethe à janela de sua casa em Roma, *1787,*
aquarela, bico de pena e grafite s/ papel, Frankfurter Goethe-Museum

Capa, projeto gráfico e editoração eletrônica:
Bracher & Malta Produção Gráfica

Revisão:
Fabrício Corsaletti

1ª Edição - 2006, 2ª Edição - 2009 (3 Reimpressões), 3ª Edição - 2020

CIP - Brasil. Catalogação-na-Fonte
(Sindicato Nacional dos Editores de Livros, RJ, Brasil)

Goethe, Johann Wolfgang von, 1749-1832
G217a Os anos de aprendizado de Wilhelm Meister/
Johann Wolfgang von Goethe; tradução de Nicolino
Simone Neto; apresentação de Marcus Vinicius Mazzari;
posfácio de Georg Lukács. — São Paulo: Editora 34, 2020
(3ª Edição).
608 p.

ISBN 978-85-7326-360-2

Tradução de: Wilhelm Meister Lehrjahre

1. Literatura alemã - Séculos XVIII e XIX.
I. Simone Neto, Nicolino. II. Mazzari, Marcus Vinicius.
III. Lukács, Georg (1885-1971). IV. Título.

CDD - 981.03135

Sumário

Apresentação, *Marcus Vinicius Mazzari* 7

Os anos de aprendizado
de Wilhelm Meister

Livro I 27
Livro II 87
Livro III 151
Livro IV 205
Livro V 277
Livro VI, "Confissões de uma bela alma" 347
Livro VII 405
Livro VIII 475

Índice das cenas do livro 577

Posfácio, *Georg Lukács* 581

Sobre o autor 603
Sobre o tradutor 606

Apresentação

Marcus Vinicius Mazzari

Todos os grandes livros da literatura mundial constituem "casos singulares", uma vez que fundam ou dissolvem um gênero. Estas palavras figuram no ensaio de Walter Benjamin sobre Marcel Proust, e se há nelas alguma procedência então o romance *Os anos de aprendizado de Wilhelm Meister* perfila-se certamente na linha de frente dessas grandes obras literárias. Pois ao publicá-lo entre os anos de 1795 e 1796, Goethe criou o gênero que mais tarde foi chamado de "romance de formação" (*Bildungsroman*), a mais importante contribuição alemã à história do romance ocidental.[1]

Pouco depois, Friedrich Schlegel falava, numa longa e entusiasmada resenha que fez época na crítica literária, da impossibilidade de se julgar o livro segundo um conceito convencional de gênero: seria "como se uma criança quisesse apanhar a lua e os astros com a mão e guardá-los em sua caixinha". E num dos "Fragmentos" publicados por esse mesmo autor na revista *Athenäum* (principal porta-voz do Romantismo alemão) lê-se a célebre frase que permite auferir o impacto que o romance goethiano teve sobre a vida literária e cultural contemporânea: "As três grandes tendências de nossa era são a Doutrina das Ciências [de Fichte], Wilhelm Meister e a Revolução Francesa".

Com meios estéticos até então inéditos na literatura alemã, Goethe empreendeu a primeira grande tentativa de retratar e discutir a socieda-

[1] O termo "romance de formação" foi empregado pela primeira vez por Karl Morgenstern (1770-1852), numa conferência proferida em 1810 com o título "Sobre o espírito e a relação de uma série de romances filosóficos".

de de seu tempo de maneira global, colocando no centro do romance a questão da *formação* do indivíduo, do desenvolvimento de suas potencialidades sob condições históricas concretas. Fez assim com que a obra paradigmática do *Bildungsroman* avultasse também como a primeira manifestação alemã realmente significativa do "romance social burguês", na época já amplamente desenvolvido na Inglaterra e na França. Para Friedrich Schiller isso significou ao mesmo tempo a emancipação do gênero romanesco da condição subalterna de "meio-irmão da Poesia" e sua ascensão à categoria de verdadeiro representante da era moderna.

Contudo, se num primeiro momento de sua recepção *Os anos de aprendizado de Wilhelm Meister* despertaram entusiasmo generalizado, com o recrudescimento da oposição teórica entre o Classicismo (encarnado em Goethe e Schiller) e o Romantismo (que tinha em Novalis e no próprio Schlegel os seus corifeus) vieram as ressalvas e críticas. Movido pelo intuito de dar uma resposta romântica ao *Wilhelm Meister*, Novalis lançou-se à redação do romance *Heinrich von Ofterdingen*, que todavia não chegou a concluir. Mas também no plano teórico, como mostram as formulações abaixo, Novalis converteu a sua admiração inicial pelo romance goethiano em recusa veemente desse "*Candide* voltado contra a poesia": "O romântico afunda nesse livro, também a poesia da Natureza, o maravilhoso. [...] É uma história burguesa e doméstica poetizada. O maravilhoso é tratado explicitamente como poesia e entusiasmo delirante. Ateísmo artístico é o espírito desse livro [...] No fundo é um livro fatal e tolo — tão pretensioso e precioso — apoético no mais elevado grau, por mais poética que seja a forma de apresentação".

No polo oposto ao assumido por Novalis encontra-se o "clássico" Schiller, que acompanhou de perto, com sugestões decisivas, a gênese do romance. Em longa carta datada de 2 de julho de 1796, este escreve após uma leitura abrangente da obra: "Sereno e profundo, claro e, contudo, incompreensível como a Natureza, é assim que [o romance] atua sobre nós e é assim que se apresenta, e tudo, mesmo os menores detalhes, tudo revela o belo equilíbrio espiritual de onde emanou".

É interessante observar que Schiller, já invertendo de antemão a crítica que iria ser articulada por Novalis, aponta por vezes no *Wilhelm Meister*, em leve tom de advertência, concessões excessivas ao elemento romântico e, como ele diz, da perspectiva clássica, "místico". Em outra das inúmeras cartas dirigidas a Goethe (8 de julho de 1796), ele faz a seguinte observação: "Se eu ainda tenho algo a censurar no todo, então seria o fato de que, com toda a seriedade profunda e grandiosa que vigora em cada parte, e pela qual a obra atua tão poderosamente, a imaginação parece brincar de maneira demasiado livre com o todo". Schiller parece defender desse modo o predomínio do elemento por assim dizer "racional" sobre o romântico e subjetivo. Em carta datada de 20 de outubro do mesmo ano ele escreve: "Há claramente muita coisa da tragédia no Meister; estou falando do intuitivo, do incompreensível, do subjetivamente maravilhoso, o qual se coaduna bem com a profundidade e a obscuridade poéticas, mas não com a clareza que deve vigorar no romance e que neste, de fato, vigora de forma tão primorosa".

Composto com uma maestria que encontra poucos paralelos na literatura mundial, *Os anos de aprendizado de Wilhelm Meister* narram, em oito livros (ou sete, descontando-se o caráter largamente autônomo das "Confissões de uma bela alma", que ocupam todo o Livro VI), o percurso de vida do protagonista ao longo de mais ou menos dez anos, desde a primeira juventude até o limiar da maturidade. Não seria fácil estabelecer com precisão a dimensão espacial e temporal em que se desenrola o enredo dessa obra povoada de atores itinerantes, aventureiros, burgueses, nobres, artistas, membros de uma sociedade secreta etc. — *grosso modo* pode-se dizer apenas que a aprendizagem do herói tem lugar aproximadamente entre os anos de 1770 e 1780, no interior da Alemanha.[2] Aventuras não faltam no romance, assim como encontros e desencontros amorosos, de tal forma que Wilhelm — após um relacionamento infeliz e mesmo trágico com a atriz Mariane e algumas outras ligações efêmeras (Phi-

[2] A respeito dessa indeterminação característica da narrativa goethiana, Erich Auerbach faz a seguinte observação no capítulo 17 do seu livro *Mimesis*: "Espaço e tempo estão com frequência delineados de maneira a mais geral possível, de tal modo que, com toda a evidência dos aspectos particulares, a gente parece movimentar-se, no que diz respeito ao conjunto político-econômico, num terreno indeterminado, não identificável com clareza". Vale lembrar, quanto a este aspecto, que Georg Lukács, no ensaio que figura no final deste volume, aproxima algumas vezes os acontecimentos romanescos dos desdobramentos da Revolução Francesa, contemporâneos apenas à redação da obra. Desse modo, nem sempre Lukács deixa claro para o leitor que Goethe situou o enredo dos *Anos de aprendizado* numa dimensão temporal anterior a 1789.

line, a Condessa, Therese) — tem sua trajetória coroada pela união com Natalia, o que enseja o belo desfecho dessa obra a que o próprio Goethe, numa conversa com Eckermann de janeiro de 1825 (portanto trinta anos após a sua publicação), chamou uma de suas "produções mais incomensuráveis", para a qual quase chegava a faltar-lhe a chave.

Extraordinária é também a dimensão enciclopédica da obra, com reflexões sobre os gêneros épico e dramático (condensadas e magistralmente integradas ao enredo no capítulo 7 do Livro V), com os seus momentos de intenso lirismo (as canções de Mignon e do harpista, as duas personagens italianas e românticas), também com imagens que constituem verdadeiro compêndio das manifestações teatrais do século XVIII: marionetes, funâmbulos, companhias itinerantes, mistérios e autos religiosos, encenações na corte, o teatro profissional em suas várias facetas, Racine e o teatro clássico francês e ainda, *last but not least*, o amplo e profundo conjunto de capítulos sobre o teatro de Shakespeare, em especial o *Hamlet*, o que levou James Joyce à seguinte alusão em seu *Ulysses*: "— E temos, não temos?, essas páginas sem-preço do *Wilhelm Meister*? Um grande poeta sobre um grande poeta irmão. Uma alma hesitante armando-se contra um mar de dificuldades, dilacerada por dúvidas conflictantes, como se vê na vida real".[3]

Todo o Livro VI do romance é composto, como já mencionado, por uma narrativa largamente autônoma, as "Confissões de uma bela alma", em que se conta a história de uma "formação" feminina e de fundo pietista. Nos dois últimos livros, abre-se também espaço para questões sociais, precisamente nos trechos que giram em torno da Sociedade da Torre e de suas ideias reformistas. Em alguns momentos do romance parece ser o próprio Goethe que, transcendendo a esfera distanciada e irônica do narrador, toma a palavra para expor suas concepções filosóficas, como no capítulo 5 do Livro VIII, em que Jarno lê ao próprio herói sentenças da "carta de aprendizado de Wilhelm Meister" e, nisso, parece relativizar o

[3] *Ulisses*, tradução de Antônio Houaiss, Rio de Janeiro, Civilização Brasileira, 1975, p. 209. No original: "*And we have, have we not, those priceless pages of* Wilhelm Meister*? A great poet on a great brother poet. A hesitating soul taking arms against a sea of troubles, torn by conflicting doubts, as one sees in real life*". Nesta passagem, Joyce alude particularmente ao final do capítulo 13 no Livro IV do romance de Goethe.

sentido da "formação" individual: "Só todos os homens juntos compõem a humanidade; só todas as forças reunidas, o mundo. Com frequência, estas encontram-se em conflito entre si, e enquanto buscam destruir-se mutuamente, a natureza as mantém unidas e as reproduz".

Não foi, todavia, como romance social, filosófico ou de teses estético-literárias, nem como romance de viagens, aventuras ou de amor que *Os anos de aprendizado de Wilhelm Meister* conquistaram o seu lugar na literatura universal, mas sim — sem deixar de ser tudo isso — enquanto protótipo e paradigma do *Bildungsroman*. Com efeito: se nos *Sofrimentos do jovem Werther* o substantivo "coração" recorre em inúmeras variações e se o motivo fundamental do *Fausto* reside no verbo "aspirar" (*streben*), o *Wilhelm Meister* é dominado inteiramente pelo termo *Bildung* ("formação"), cuja tradução é, para alguns autores, tão complexa quanto a da palavra grega *paideia* ou da latina *humanitas*.[4] *Bildung* tem uma longa história atrás de si, começando com a sua identificação com o sentido primeiro de *Bild* ("imagem", *imago*) e desdobrando-se na ideia de reprodução por semelhança, *Nachbildung* (*imitatio*): nessa acepção original, o arquétipo de *Bild* ("imagem") e da forma verbal *bilden* ("formar") estaria relacionado com o próprio Criador, que "*formou* o homem à sua imagem e semelhança".

Mas de que modo o conceito e o ideal de "formação" no período clássico são integrados por Goethe ao enredo romanesco?

> "Para dizer-te em uma palavra: formar-me plenamente, tomando-me tal como existo, isto sempre foi, desde a primeira juventude e de maneira pouco clara, o meu desejo e a minha intenção."

[4] Rolf Selbmann, por exemplo, abre o seu estudo sobre o "romance de formação alemão" com a seguinte observação: "O conceito 'formação' é uma palavra intraduzível, mas a coisa [*die Sache*] não o é. Acumulação, sistematização e transmissão de identidade cultural atuam sem dúvida como constantes antropológicas fundamentais para a delimitação de uma comunidade cultural em relação a elementos estrangeiros e atuam também como canal [*Medium*] de autodefinição coletiva. A palavra grega 'paideia', a latina 'humanitas', diferenciavam a própria comunidade social, em face dos bárbaros, mediante o manuseio da língua, o emprego da escrita e a história comum" (R. Selbmann, *Der deutsche Bildungsroman*, Stuttgart/Weimar, J. B. Metzler, 1994).

Esta passagem da longa carta que Wilhelm, após receber a notícia da morte do pai, escreve ao seu cunhado Werner, no capítulo 3 do Livro V, exprime com clareza a ideia central do romance, que norteia todos os movimentos e decisões do herói. Movido desde a primeira juventude pela aspiração de desenvolver as suas potencialidades e alcançar assim formação plena e harmônica, Wilhelm dá um primeiro passo nesse sentido ao recusar os ideais e caminhos burgueses preestabelecidos. Contudo, se até então o único conteúdo de seu projeto de formação consistia na rejeição dos negócios paternos, este projeto adquire agora contornos mais nítidos. Os meios que irão possibilitar-lhe a concretização de suas aspirações referem-se à vida artística: Wilhelm comunica ao cunhado (e, portanto, a toda a sua família) a decisão de engajar-se em uma companhia teatral.

A incongruência entre a atividade burguesa que ele deveria assumir, voltada para o acúmulo de dinheiro e propriedades, e o forte impulso de autoaprimoramento explicita-se já no início da carta, quando Wilhelm, em alusão a observações anteriores de Werner sobre fabricação de ferro e administração de terras, pergunta: "De que me serve fabricar um bom ferro, se o meu próprio interior está cheio de escórias? E de que me serve também colocar em ordem uma propriedade rural, se comigo mesmo me desavim?". Em seguida vem a sentença paradigmática e fulcral do romance ("formar-me plenamente, tomando-me tal como existo"), na qual o herói enfatiza a importância vital que a ideia de formação sempre teve para sua existência e sugere ter encontrado agora os meios para concretizá-la. Mediante a atividade teatral ele espera não só propiciar a expansão plena de suas potencialidades, como também contribuir para a criação de um futuro "teatro nacional", ao encontro assim de um forte anseio da época, defendido por nomes como Lessing e Schiller e de caráter democrático-burguês, já que visava a uma integração cultural que abarcasse todas as classes sociais. Desse modo, ele exprime também a aspiração de exercer influência imediata sobre a nação alemã, atuando por assim dizer na "esfera pública". Esta meta desponta com plena nitidez no final da carta, após a análise da condição do nobre e do burguês na sociedade a que pertence e na qual busca realizar-se. Apresenta a opção pelo teatro como o único caminho de que dispõe para atingir a meta colocada, uma vez que não pertence à nobreza:

"Fosse eu um nobre e bem depressa estaria suprimida nossa desavença; mas, como nada mais sou do que um burguês, devo seguir um caminho próprio, e espero que venhas a me compreender. Ignoro o que se passa nos países estrangeiros, mas sei que na Alemanha só a um nobre é possível uma certa formação geral, e pessoal, se me permites dizer. Um burguês pode adquirir méritos e desenvolver seu espírito a mais não poder, mas sua personalidade se perde, apresente-se ele como quiser. [...]

Se, na vida corrente, o nobre não conhece limites, se é possível fazer-se dele um rei ou uma figura real, pode portanto apresentar-se onde quer que seja com uma consciência tranquila diante dos seus iguais, pode seguir adiante, para onde quer que seja, ao passo que ao burguês nada se ajusta melhor que o puro e plácido sentimento do limite que lhe está traçado. Não lhe cabe perguntar: 'Que és tu?' e sim: 'Que tens tu? Que juízo, que conhecimento, que aptidão, que fortuna?' Enquanto o nobre tudo dá só com a apresentação de sua pessoa, o burguês nada dá nem pode dar com sua personalidade. Aquele pode e deve aparentar, este só deve ser e, se pretende aparentar, torna-se ridículo e de mau gosto. Aquele deve fazer e agir, este deve realizar e criar, desenvolver suas diversas faculdades para tornar-se útil, e já se presume que não há em sua natureza nenhuma harmonia, nem poderia haver, porque ele, para se fazer útil de um determinado modo, deve descuidar de todo o resto.

Por tal diferença culpa-se não a arrogância dos nobres nem a transigência dos burgueses, mas sim a própria constituição da sociedade; se um dia alguma coisa irá modificar-se, e o que se modificará, importa-me bem pouco; em suma tenho de pensar em mim mesmo tal como estão agora as coisas, e no modo como hei de salvar a mim mesmo e conseguir o que para mim é uma necessidade indispensável.

Pois bem, tenho justamente uma inclinação irresistível por essa formação harmônica de minha natureza, negada a mim por meu nascimento. [...] Mas não vou negar-te que a cada dia se torna mais irresistível meu impulso de me tornar uma pessoa pública, de agradar e atuar num círculo mais amplo. Some-se a isso minha inclinação pela poesia e por tudo quanto está relacionado com ela, e a necessidade de cultivar meu espírito e meu gosto, para que aos poucos, também no deleite dessas coisas sem as quais não posso passar, eu tome por bom e belo o que é verdadeiramente bom e belo. Já percebes que só no teatro posso encontrar tudo isso e que só nesse elemento posso mover-me e cultivar-me à vontade. Sobre os palcos, o homem culto aparece tão bem pessoalmente em seu brilho quanto nas classes superiores; espírito e corpo devem a cada esforço marchar a passos juntos, e ali posso ser e parecer tão bem quanto em qualquer outra parte. [...]"

Esta longa carta, na qual Wilhelm expõe suas concepções e seus ideais, pode ser vista como espécie de manifesto programático do romance de formação, pois nela se formulam motivos fundamentais do gênero, como os de Autonomia (formar-se a si mesmo), Totalidade (formação plena) e, por fim, no último parágrafo reproduzido, Harmonia (a "inclinação irresistível" por formação harmônica). A expansão plena e harmoniosa das potencialidades do herói (artísticas, intelectuais e também físicas), a realização efetiva de sua totalidade humana é projetada no futuro e sua existência apresenta-se assim como um "estar a caminho" rumo a uma maestria ou sabedoria de vida, que Goethe representa todavia menos como meta a ser efetivamente alcançada do que como direção ou referência a ser seguida.

As possibilidades e limites de tal realização são refletidos no romance — e, por extensão, nesse gênero literário — sendo que a meta (ou o "telos") da totalidade apresenta-se como contraste à imagem do protagonista ainda não desenvolvido ou "formado". É precisamente neste ponto que se constitui a tensão dialética, inerente ao romance de formação, entre o real e o ideal — ou então, como formulado por Hegel em sua *Estética*, entre a "prosa das relações" e a "poesia do coração".[5] Enquanto elementos constitutivos do *Bildungsroman*, estes dois polos são, portanto, complementares, pois sem apoiar-se em sua respectiva realidade histórica o ideal de formação permaneceria inteiramente vazio e abstrato. A carta que Wi-

[5] "O romance, no sentido moderno, pressupõe uma realidade já ordenada como *prosa*. [...] Uma das colisões mais comuns e mais apropriadas para o romance é, por isso, o conflito entre a poesia do coração e a prosa adversa das relações sociais", *in Ästhetik*, Berlim/Weimar, Aufbau-Verlag, 1976, vol. II, p. 452.

lhelm escreve ao cunhado, carregada de referências à realidade alemã da época, é exemplar nesse sentido, mesmo não enveredando em momento algum por uma perspectiva crítica. Seu ideal ou utopia de formação pressupõe como pano de fundo a sociedade alemã da segunda metade do século XVIII, a qual dita a "prosa" das relações sociais. É significativo observar, porém, que Wilhelm parece excluir qualquer perspectiva de transformação na constituição social, identificada por ele como responsável pela situação vigente. A utopia do aperfeiçoamento interior, do desdobramento de suas potencialidades refere-se, nesta etapa do processo formativo narrado por Goethe, tão somente à sua pessoa, já que toda a realidade exterior não é considerada senão enquanto elemento já dado e invulnerável à ação humana.

Até o final do Livro V o ideal de formação perseguido pelo herói mostra-se indissociável da esfera do teatro. Mas nos dois últimos livros, que se seguem às "Confissões de uma bela alma", esse ideal irá sofrer, assim como a visão de mundo de Wilhelm Meister, transformações substanciais. Estas se darão, sobretudo, sob o influxo da chamada "Sociedade da Torre", cujo papel no enredo romanesco se elucidará plenamente somente nos derradeiros capítulos, descortinando-se uma nova dimensão de leitura. Opera-se então, como consequência dessa surpreendente virada na narrativa, uma relativização da ideia inicial (inteiramente individualista) de formação, que passa a ser entendida não apenas no sentido de um desdobramento gradativo de inclinações e potencialidades do indivíduo, no sentido de uma enteléquia, mas sobretudo enquanto processo de socialização, de interação dinâmica entre o "eu" e o mundo, entre o indivíduo particular e a sociedade.

De fundamental importância para a modificação por que passam as concepções de Wilhelm são as conversas que ele tem ao longo do romance sobre temas como arte, destino, acaso, felicidade etc. No capítulo 17 do Livro I, durante um passeio noturno, Wilhelm encontra um desconhecido e logo enveredam por uma conversa sobre arte, a qual desemboca, de maneira imperceptível, numa discussão sobre o destino. Durante esse encontro, o desconhecido (que reaparecerá no final do romance) contrapõe-se às ideias de seu interlocutor e expõe pela primeira vez princípios básicos da filosofia da Torre:

> "A trama deste mundo é tecida pela necessidade e pelo acaso; a razão do homem se situa entre os dois e sabe dominá-los; ela trata o necessário como a base de sua existência; sabe direcionar, conduzir e aproveitar o acaso, e só enquanto se mantém firme e inabalável, é que o homem merece ser chamado um deus na Terra. Infeliz aquele que, desde a sua juventude, habitua-se a querer encontrar no necessário alguma coisa de arbitrário, a querer atribuir ao acaso uma espécie de razão [...] Só posso regozijar-me com *o* homem que sabe o que é útil a si e aos outros, e trabalha para limitar o arbitrário. Cada um tem a própria sorte nas mãos, como o artista tem a matéria bruta, com a qual ele há de modelar uma figura. Mas ocorre com essa arte como com todas: só a capacidade nos é inata; faz-se necessário, pois, aprendê-la e exercitá-la cuidadosamente."

No capítulo 9 do Livro II Wilhelm trava contato, novamente sem o saber, com outro membro da Sociedade da Torre, que surge então, durante uma viagem de barco feita pela companhia teatral de Laertes, sob a figura de um pastor de aldeia. O ponto de partida para a conversa é novamente a arte, mais exatamente o teatro. De repente, estão discutindo as mesmas questões anteriores, numa transição que ocorre via de regra de maneira orgânica, em vista do papel desempenhado pela arte, em particular o teatro, no projeto de formação inicial. O "pastor" insiste na importância da razão humana e combate a concepção de destino e acaso apresentada por seu jovem interlocutor. Desse modo, o diálogo anterior é retomado e desenvolvido. À opinião de Wilhelm, de que somente as pessoas que possam contar com os favores do acaso poderão realizar-se na vida, contrapõe-se o pastor:

> "O destino é um preceptor excelente, mas oneroso. Eu preferiria ater-me à razão de um mestre. O destino, a cuja sabedoria rendo total respeito, tem no acaso, por meio do qual age, um órgão muito canhestro. Pois raras são as vezes em que este parece realizar com acerto e precisão o que aquele havia determinado."

Embora a Sociedade da Torre exerça influência decisiva sobre o herói, sua formação resulta também do contato com as várias pessoas —

atores, aventureiros, burgueses, nobres, artistas — que cruzam o seu caminho ao longo do romance: convivendo com todos esses tipos, realizando as mais variadas experiências, sua formação vai aos poucos ganhando forma. Nesse amplo espectro, os dois polos estão representados pelos membros da Torre e, no outro extremo, pelas figuras do harpista e de Mignon. Estas duas personagens românticas encarnam de forma radical concepções que aqueles buscam combater em Wilhelm. O harpista, levando ao extremo a ideia da fatalidade do destino, confessa a Wilhelm o motivo de seu desespero: "A vingança que me persegue não é a do juiz terreno; pertenço a um destino implacável". Vivendo numa espécie de liberdade incondicionada e, ao mesmo tempo, aprisionados por uma nostalgia tão profunda quanto indefinida, os dois "românticos" contrapõem-se frontalmente às teorias da Torre. Quando Wilhelm decide ocupar-se da formação de Mignon, a criança retrai-se com as palavras: "Já estou formada o suficiente para amar e sentir tristeza [...] A razão é cruel, o coração é melhor".

Quanto a Wilhelm Meister, sua caminhada ao longo do romance, repleta de equívocos, mas sempre sob a influência de mentores invisíveis, leva-o à superação de suas tendências iniciais e, por conseguinte, de seu diletantismo artístico. Na medida em que avançam a sua compreensão das relações sociais e o processo de autoconsciência, o jovem herói vai também se distanciando do teatro. O ponto de viragem ocorre paradoxalmente no Livro V, quando sua carreira atinge, com a encenação do *Hamlet*, o ápice. Torna-se-lhe claro, após brilhante *performance*, que o teatro por si só não é capaz de oferecer-lhe respostas em sua busca, pois se subordina a um complexo que envolve ampla gama de valores humanistas. Wilhelm compreende ao mesmo tempo que o seu entusiasmo pelo palco sempre esteve intrinsecamente relacionado à rejeição pelas formas de vida burguesa que lhe estavam determinadas. Conscientiza-se de que em todos os papéis que representasse ele estaria, no fundo, representando a si mesmo, como diletante. Desse modo, revela-se que a opção pelo teatro não foi senão um equívoco, mas ao mesmo tempo torna-se-lhe igualmente claro que este equívoco representou uma etapa essencial em sua trajetória. Sofrendo Wilhelm todas as consequências desse erro para depois, na etapa seguinte, superá-lo de maneira consciente, o desenvolvimento rumo à nova concepção de formação humanista realiza um avanço objetivo e definitivo, o que levou um crítico como Georg Lukács, em seu ensaio de 1936 reproduzido nesta edição, a caracterizar esses *Anos de aprendizado* como o mais legítimo "romance de educação: seu conteúdo é a educação dos homens para a compreensão prática da realidade".[6]

Essa compreensão objetiva e "prática" da vida social distingue todos os membros da Sociedade da Torre, aos quais Wilhelm vem juntar-se no final do romance, mediante o casamento com a nobre Natalie. Vale observar que Goethe, na caracterização dessa Sociedade, acentua de maneira levemente irônica o seu caráter utópico, deixando evidente que não está representando a realidade histórica da Alemanha no final do século XVIII, mas sim uma síntese de tendências reformistas acalentadas por muitos contemporâneos e cuja premência era colocada na ordem do dia pelos desdobramentos extremos da Revolução Francesa.

Representada por Goethe como uma comunidade movida por ideais humanistas e ao mesmo tempo pragmáticos, a Sociedade da Torre tem em Jarno, no Abbé (abade, em francês) e em Lothario suas figuras de proa. Este último personifica o indivíduo politicamente perspicaz, dinâmico, que procura agir em consonância com as necessidades da época. Enquanto membro da nobreza, Lothario possui consciência aguçada da delicada situação política na Europa da segunda metade do século XVIII. Defende, portanto, medidas no sentido de promover a aproximação entre nobreza, burguesia e camadas populares, mediante a abolição dos privilégios aristocráticos, o controle mais rigoroso do comércio e, ainda, a unificação gradativa dos estados alemães. No capítulo 3 do Livro VII, ele expõe suas ideias para uma reforma agrária:

> "Nem sempre se perde quando se abre mão de algo. Acaso não tiro muito mais proveito de minhas propriedades do que meu pai? Não hei de aumentar mais ainda meus rendimentos? E terei de gozar sozi-

[6] A designação dos *Anos de aprendizado* como "romance de educação" já se manifesta na *Teoria do romance*. Nesta obra de juventude, Lukács apresenta o romance goethiano como uma "tentativa de síntese" entre os tipos do "idealismo abstrato" (*D. Quixote*) e do "romantismo da desilusão" (*A educação sentimental*). *In*: *A teoria do romance*, São Paulo, Duas Cidades/Editora 34, 2000 (a abordagem do romance goethiano encontra-se nas pp. 138-50).

nho dessas crescentes vantagens? Não devo conceder também àquele que comigo e para mim trabalha sua parte nos benefícios que os largos conhecimentos e o progresso de uma época nos proporcionam?"

Lothario busca concretizar tais propostas em suas propriedades, pois são racionais e sendo assim, argumenta o reformista, deve-se apenas agir o mais rápido possível. Trata-se, contudo, menos de ações filantrópicas do que de uma reação, baseada em aguda visão política da realidade alemã da época, às iniquidades que levaram à Revolução e ao período do Terror no país vizinho. No capítulo 2 do Livro VIII, Lothario reitera a necessidade de se abolirem as diferenças entre as classes:

> "Que outro motivo tem o camponês, nesses tempos modernos em que tantos conceitos vacilam, para considerar a propriedade do nobre como menos assegurada do que a dele, senão que aquela está isenta de encargos que recaem sobre a sua?"

Uma característica essencial da Sociedade reside na divisão de funções: enquanto Lothario se ocupa prioritariamente de questões sociais, o Abbé está envolvido com ideias e teorias pedagógicas, pois é o principal responsável pela formação dos jovens. Ao ser introduzido por este nos segredos da Torre, Wilhelm reencontra em uma sala pessoas que ao longo dos últimos tempos haviam cruzado o seu caminho. Percebe então que não foram encontros casuais, caprichos do destino, mas antes faziam parte dos planos cuidadosos do Abbé que, de longe, observava e intervinha em seu processo de formação. Nessa mesma sala o Abbé entrega-lhe a sua "carta de aprendizado", que contém sentenças gerais sobre a vida, mas sempre com referências particulares às circunstâncias de sua trajetória. Em uma estante, Wilhelm encontra um pergaminho com o título "Os anos de aprendizado de Wilhelm Meister", ao lado de outros pergaminhos que ostentam os nomes de Lothario, Jarno e demais membros da Torre.

O Abbé revela-lhe então que a cada passo de sua vida, a cada decisão tomada, ele estava sendo observado e apoiado, mesmo quando se tratava de um passo falso, de uma decisão equivocada. Explicita-se assim um ponto fulcral da pedagogia posta em prática pelo Abbé: "Não é obrigação do educador de homens preservá-los do erro, mas sim orientar o extraviado; sim, até mesmo deixá-lo sorver plenamente o seu erro, esta é a sabedoria dos mestres". Em sua visão, o desenvolvimento da personalidade humana só é possível à medida que forças existentes no interior de cada indivíduo sejam despertadas e estimuladas a uma atividade fecunda, a um confronto intenso com a realidade objetiva.

E é justamente durante esse solene momento em que princípios pedagógicos e sentenças da filosofia da Torre são revelados ao neófito Wilhelm, num genuíno ritual de iniciação, que uma voz lhe anuncia o término de seus anos de aprendizado: "Estás salvo e a caminho de tua meta. Não te arrependerás de nenhuma de tuas loucuras, tampouco sentirás falta delas; não pode haver para um homem destino mais venturoso". Em seguida, abre-se uma cortina e revela-se que por detrás da voz está o velho rei Hamlet, ou melhor, o ator desconhecido que na encenação narrada no Livro V, com Wilhelm no papel principal, interveio para o êxito completo da representação. E é novamente o Abbé que toma a palavra para arrematar a solenidade: "Glória a ti, jovem! Os teus anos de aprendizado terminaram; a natureza te absolveu".

O fato, contudo, de que após esse ritual de iniciação, com o qual Goethe fecha o sétimo Livro, o herói mergulhe numa crise tão mais profunda mostra apenas que o complexo processo formativo configurado no romance se dá de maneira descontínua, marcada tanto por avanços como por recuos e revezes. É também uma decorrência da refinada ironia goethiana o fato de que o narrador muitas vezes pareça tratar o herói em formação como um "miserável cachorro", preludiando de certo modo os epítetos "filho enfermiço da vida" (o Hans Castorp da *Montanha mágica*) ou "pobre menino do destino" (Riobaldo de *Grande sertão: veredas*).[7] E o leitor verá essa ironia cintilar ainda nas palavras derradeiras do romance, com o simbolismo incomensurável da parábola bíblica que coroa

[7] Numa célebre conversa com o chanceler von Müller, registrada sob a data de 22 de janeiro de 1821, Goethe referiu-se ao seu herói Wilhelm Meister como "miserável cachorro"; e acrescentou em seguida: "mas [é] apenas com personagens como essas que se podem mostrar claramente o jogo inconstante da vida e as incontáveis e diversas tarefas da existência, e não com caracteres sólidos e já formados". Por ocasião dessa mesma conversa, Goethe manifestou alegria e satisfação com o fato de o romance "ser inteiramente simbólico e por trás das personagens apresentadas esconder-se algo geral e superior".

a trajetória de Wilhelm Meister — belíssimas imagens que levaram o romântico Novalis, a despeito de todas as suas ressalvas, a compará-lo com alquimistas medievais que procuram muita coisa em seus laboratórios, mas acabam por fim encontrando bem mais do que almejavam.

O acontecimento extraordinário que a publicação dos *Anos de aprendizado de Wilhelm Meister* representou para a literatura e a cultura alemã foi registrado de imediato pelos contemporâneos de Goethe, como atestam as citadas reações de Friedrich Schlegel, Schiller e Novalis. Também Hegel, em suas preleções estéticas sobre o "romanesco" proferidas cerca de duas décadas mais tarde, orienta-se de maneira inequívoca pelo modelo goethiano. Pois ao caracterizar o confronto educativo do indivíduo com o mundo exterior como tema central do gênero "romance" (concepção tão cara a Georg Lukács), a referência aos *Anos de aprendizado* torna-se explícita: "Mas essas lutas no mundo moderno não são outra coisa senão os anos de aprendizado, a educação dos indivíduos na realidade constituída, e com isso adquirem o seu verdadeiro sentido. Pois o fim desses anos de aprendizado consiste em que o indivíduo apara as suas arestas, integra-se com os seus desejos e opiniões nas relações vigentes e na racionalidade das mesmas, ingressa no encadeamento do mundo e conquista nele uma posição adequada".[8]

Mas não foi apenas para a reflexão teórica e estética que *Os anos de aprendizado* se erigiram de imediato como referência central. Começando já com Novalis e o seu "contraponto" romântico *Heinrich von Ofterdingen* (redigido entre 1799 e 1800), também os romancistas viram-se compelidos a estabelecer um diálogo com o paradigma goethiano. Jean Paul (com os alentados romances *Titan* ou ainda *Hesperus*), Friedrich Hölderlin (*Hipérion*), E. T. A. Hoffmann (*O gato Murr*), Ludwig Tieck (*As peregrinações de Franz Sternbald*) são apenas alguns nomes entre os muitos que se inserem na profícua descendência desse *Wilhelm Meister* a que Gottfried Keller se referiu em certa oportunidade como "o livro mais sedento de realidade de toda a literatura mundial".

Estas palavras do grande artista suíço, autor de *O verde Henrique* (provavelmente o mais importante romance de formação do século XIX),

[8] *Ästhetik*, vol. I, *ed. cit.*, p. 567.

ajudam a entender por que *Os anos de aprendizado* permaneceram como parâmetro vivo também para escritores que marcaram a literatura do século XX. Günter Grass com o seu gnomo Oskar Matzerath no romance *O tambor de lata*, o mais recalcitrante entre os descendentes de Wilhelm Meister, é um desses narradores que prismatizam a tradição do *Bildungsroman* à luz da experiência histórica do fascismo e da Segunda Guerra Mundial. Nesse mesmo contexto podem-se citar, restringindo-se a somente dois títulos, o monumental romance *A estética da resistência* (1975-81), a "biografia do desejo" de Peter Weiss voltada para a "formação" artística e política do militante socialista, ou ainda *Extinção — Uma derrocada* (1986), em cuja estrutura narrativa Thomas Bernhard inseriu múltiplas alusões a elementos do *Bildungsroman* e de sua obra paradigmática.

Não menos expressivos são os romances que recorrem a essa mesma tradição para a elaboração literária do impacto decorrente da Primeira Guerra. Lembre-se apenas que a história narrada na *Montanha mágica* desemboca nas imagens cruentas da eclosão do conflito bélico, na "festa universal da morte" em que o "singelo herói" Hans Castorp desaparece por fim da vista do leitor, subvertendo-se assim os longos anos de aprendizado vivenciados no sanatório de Davos. Foi aliás o próprio Thomas Mann que se encarregou, numa bela palestra proferida na Universidade de Princeton, de explicitar os vínculos de Castorp, o "filho enfermiço da vida", com a linhagem do *Bildungsroman* e, em particular, com o protagonista do "grande romance de Goethe, que pertence à elevada ascendência da *Montanha mágica*". E em seguida pergunta ainda o romancista de Lübeck: "E que outra coisa seria de fato o romance de formação alemão, a cujo tipo pertencem tanto o *Wilhelm Meister* como a *Montanha mágica*, senão uma sublimação e espiritualização do romance de aventuras?".

Portanto, o protótipo e paradigma do mais conceituado gênero da literatura alemã visto ao mesmo tempo como romance de aventuras: eis uma concepção que certamente não surpreenderá a ninguém que percorrer as movimentadas páginas desses *Anos de aprendizado* que irradiaram sua influência constitutiva sobre todas as grandes literaturas europeias. E nesse percurso se mostrará ao leitor a maestria com que Goethe urde as aventuras romanescas numa trama que, arrematando-se com as revelações mais extraordinárias, não deixa solto nenhum de seus fios narrativos. Aguarda-o, assim, uma experiência de leitura que lhe proporcionará sentir-se de certo modo como o próprio Wilhelm Meister ao término da história, comparado com a personagem bíblica que sai em busca de algumas jumentas desgarradas e acaba encontrando muitíssimo mais do que buscava.

Os anos de aprendizado de Wilhelm Meister

As notas da presente edição têm por base os comentários de Erich Trunz (*in*: J. W. von Goethe, *Werke*, Hamburger Ausgabe, vol. VII, org. de Erich Trunz, 8ª ed., Munique, Beck, 1973), condensados, revistos e complementados por Günther Fetzer.

As notas do tradutor estão assinaladas como (N. do T.).

Livro I

Capítulo 1

O espetáculo durava muito tempo. De quando em quando a velha Barbara assomava à janela e punha-se a ouvir o tilintar dos coches. Esperava por Mariane, sua bela senhora, que, em trajes masculinos de jovem oficial, encantava o público no espetáculo final daquela noite; a impaciência de Barbara era maior que de costume, quando não tinha para lhe servir senão uma ceia frugal, pois desta vez ela se surpreenderia com um pacote que Norberg, jovem e rico negociante, lhe enviara pelo correio como prova de que, mesmo a distância, não esquecia sua amada.

Na qualidade de velha criada, confidente, conselheira, intermediária e governanta, Barbara adquirira o direito de romper os lacres das correspondências, e aquela noite ela pôde resistir tanto menos à curiosidade quanto estava mais preocupada que a própria Mariane com os favores do amante generoso. Com que alegria descobrira no pacote uma fina peça de musselina e as mais modernas fitas para Mariane e, para ela, um corte de chita, lenços de pescoço e um pequeno rolo de dinheiro! Com que simpatia e com que gratidão recordou-se do ausente Norberg! Com que presteza decidiu-se a falar a Mariane o melhor possível a seu favor, recordá-la do quanto ela lhe devia e o que ele poderia esperar e aguardar de sua fidelidade.

A musselina, realçada pelas cores das fitas não de todo enoveladas, estava disposta sobre a mesinha como uma prenda de Natal; a posição das luzes acentuava o brilho do presente; estava tudo em ordem, quando, ouvindo os passos de Mariane na escada, a anciã correu a seu encontro. Recuou porém surpreendida, pois a jovem oficial, sem dar atenção a suas amabilidades, passou por ela aos empurrões, entrou no quarto com uma pressa e agitação incomuns, atirou sobre a mesa o chapéu de plumas e a espada, pôs-se a subir e a descer com impaciência pela casa e nem se dignou dirigir o olhar para as luzes que queimavam solenes.

— Que tens, minha querida? — perguntou, atônita, a anciã. — Por Deus, filhinha, que acontece? Olha só para esses presentes! De quem poderiam ser senão de teu mais carinhoso amigo? Norberg te enviou um corte de musselina para um vestido de noite; logo logo ele estará aqui em pessoa; parece-me mais solícito e generoso que nunca.

A anciã se virou, na tentativa de lhe mostrar as lembranças, a ela também destinadas, quando Mariane, afastando-se dos presentes, exclamou num ímpeto:

— Fora! Fora! Não quero ouvir nada disso hoje; já escutei o que querias, e pronto! Se Norberg voltar, serei dele novamente; tua eu sou e faz de mim o que queres; mas até lá quero pertencer a mim mesma, e, ainda que tivesses mil línguas, não conseguirias demover-me de meu propósito! Todo o meu eu quero dar a quem me ama e a quem amo. E nada de esgares! Quero abandonar-me a esta paixão como se pudesse durar eternamente.

À anciã não faltaram objeções e bons motivos; mas como a discussão entre as duas começava a se tornar amarga e violenta, Mariane saltou a seu encontro e segurou-a pelos ombros. A anciã soltou uma gargalhada.

— Cuidarei — exclamou ela — para que voltes a vestir tuas roupas femininas, se pretendo manter minha vida em segurança. Anda, despe-te! Espero que a menina me peça desculpas pelo mal que me causou o fugidio fidalgote. Tira o jaleco, anda, e todo o resto! Este é um uniforme incômodo e perigoso para ti, como pude perceber. As dragonas te dão arroubos!

A anciã pusera as mãos sobre ela, mas Mariane se esquivou.

— Não tão depressa! — exclamou. — Ainda espero visita esta noite.

— Isso não é nada bom — replicou a anciã. — Seria, por acaso, o meigo e imberbe filho do comerciante?

— Ele mesmo! — respondeu Mariane.

— Parece que a generosidade passou a ser tua paixão dominante —

respondeu, zombeteira, a anciã —, tamanho o fervor que dedicas ao menor desprovido. Suponho que seja encantador ser adorada como uma benfeitora desprendida.

— Zomba o quanto quiseres. Eu o amo! amo! Com que prazer pronuncio pela primeira vez estas palavras! Esta é a paixão que tantas vezes representei e da qual não tinha a menor ideia. Sim, quero lançar-me a seu colo! Quero abraçá-lo, como se fosse mantê-lo preso para sempre. Quero demonstrar-lhe meu amor por inteiro e poder gozar o seu em toda plenitude.

— Modera-te! — disse a anciã, impassível. — Modera-te! Pois hei de pôr fim à tua euforia com quatro palavras: "Norberg está para chegar!". Dentro de quatorze dias estará de volta. Eis a carta que veio com os presentes.

— E quando o sol da manhã quiser arrebatar-me o amado, saberei esconder-me. Quatorze dias! Uma eternidade! Quantas coisas não podem ocorrer em quatorze dias, quantas coisas não podem mudar?

Wilhelm entrou. Com que impetuosidade voou ela a seu encontro! Com que arroubo abraçou ele aquele uniforme vermelho, estreitando contra o peito o delicado colete de cetim branco! Quem se atreveria aqui a descrever, a quem caberia expressar a felicidade dos dois enamorados! A anciã afastou-se, resmungando, e com ela afastamo-nos nós também, deixando a sós o casal de venturosos.

Capítulo 2

Ao cumprimentar sua mãe na manhã seguinte, Wilhelm tomou conhecimento de que seu pai estava muito contrariado com ele e não tardaria em proibir suas idas diárias ao teatro.

— Conquanto eu mesma vá amiúde e de bom grado ao teatro — prosseguiu ela —, ainda assim seria capaz de maldizê-lo sem cessar, pois tua paixão desenfreada por tal prazer está sempre a perturbar minha paz doméstica. Teu pai vive a repetir: "De que serve isso? Como alguém pode desperdiçar desse modo o seu tempo?".

— Eu também já tive de ouvir tudo isso da parte dele — replicou Wilhelm — e talvez tenha-lhe respondido com precipitação; mas, por

Deus, mãe! Acaso é inútil tudo aquilo que não nos põe de pronto dinheiro nos bolsos, que não nos proporciona um patrimônio imediato? Já não temos espaço suficiente na antiga casa? Era preciso construir uma outra? Não aplica o pai todos os anos uma parte considerável de seus lucros no comércio para embelezar os aposentos? Não são porventura também inúteis essa tapeçaria de seda, esse mobiliário inglês? Não poderíamos contentar-nos com menos? Eu, pelo menos, confesso que essas paredes listradas, essas flores, os arabescos, as cestinhas e figuras que se repetem milhares de vezes me impressionam muito mal. Lembram-me, quando muito, a cortina de nosso teatro. Mas, que diferença sentar-se diante dela! Mesmo que se tenha de esperar muito tempo, sabemos que acabará por subir, e que assistiremos então aos assuntos mais diversos, que nos distraem, instruem e engrandecem.

— Basta que sejas moderado — disse a mãe. — Teu pai também quer que o entretenham às tardes; ele crê que isso te dispersa, e, se está aborrecido, a mim é que culpa. Quantas vezes me pego censurando aquele maldito teatro de marionetes, presente que lhes dei no Natal de doze anos atrás, e que lhes despertou o gosto pelo teatro.

— Não amaldiçoe o teatro de marionetes e nem se arrependa de seu amor e seus cuidados! Aqueles foram os primeiros momentos felizes que desfrutei na nova casa vazia; ainda os trago na memória; ainda me recordo da estranha impressão que senti quando, depois de recebermos os presentes habituais de Natal, vieram nos ordenar que sentássemos diante de uma porta que dava acesso a um outro cômodo. Ela se abriu, mas não como das vezes anteriores, permitindo que as pessoas por ela circulassem; a entrada estava agora tomada de uma solenidade imprevista. Haviam erguido um portal, coberto por uma cortina mística. De início, ficamos todos em pé, a distância; depois, como fosse aumentando nossa curiosidade em ver o que bem poderia ocultar-se de cintilante e crepitante por trás daquele pano semitransparente, indicaram-nos a cada um de nós as cadeirinhas e ordenaram que aguardássemos com paciência. Sentamo-nos bem quietos. Um apito deu o sinal; a cortina enrolou-se para o alto e deixou à mostra o cenário de um templo, pintado de um vermelho rubro. Logo apareceu no palco o sumo sacerdote Samuel[1] acompanhado de Jônatas,

[1] O drama aqui descrito é uma adaptação do Livro 1 de *Samuel*, do Antigo Testa-

e suas vozes estranhas e alternadas me soaram extremamente respeitáveis. Pouco depois entrou em cena Saul, muito embaraçado com a impertinência daquele guerreiro numa couraça de bronze, que desafiara a ele e aos seus. Qual não foi minha alegria ao ver surgir saltitante o filho de Isaías,[2] da estatura de um anão, com seu cajado de pastor, seu surrão e sua funda, e ouvi-lo dizer: "Ó poderoso rei e senhor dos senhores![3] Não desfaleça o coração de ninguém por causa dele. Se Vossa Majestade me permitir, para lá irei e contra o poderoso gigante pelejarei". Terminava o primeiro ato, e nós, o público, estávamos cheios de curiosidade, querendo saber o que viria em seguida; nosso único desejo era que a música parasse. Até que finalmente o pano voltou a subir. Davi prometia às aves do céu e às feras do campo a carne do monstro; o filisteu proferia injúrias e batia forte com ambos os pés no chão, até tombar finalmente como um tronco de árvore, proporcionando assim a toda a ação um magnífico desfecho. Logo depois, quando as virgens começavam a cantar: "Saul matou seus milhares, mas Davi os seus dez milhares", e o pequeno vencedor, com a cabeça do gigante nas mãos, recebia por esposa a bela filha do rei, amofinava-me um pouco, a despeito de toda minha alegria, ver que o afortunado príncipe tinha a estatura de um anão. É certo que, de acordo com a ideia que se tem de um Golias grande e de um Davi pequeno, não houve falhas na correta caracterização dos dois. Eu lhe peço, minha mãe, que foi feito das marionetes? Prometi mostrá-las a um amigo que me pareceu muito interessado quando lhe falei recentemente dessa brincadeira infantil.

— Não me surpreende que te recordes tão bem de tudo, pois logo demonstraste o mais vivo interesse pelo teatro de marionetes. Bem sei que me furtaste o livrinho e aprendeste a peça inteira de cor; só me dei conta desse fato quando uma tarde fizeste um Davi e um Golias de cera, colocaste-os frente a frente a discutir, até que desferiste um golpe no gigante e puseste sua descomunal cabeça na mão do pequeno Davi, presa por um

mento, especialmente dos capítulos 16-18. Nos séculos XVI e XVII existiam vários dramas sobre Davi, e posteriormente o tema sobreviveu nos teatros de marionete.

[2] O filho de Isaías, Davi.

[3] No original, "*Herr Herr!*". A duplicação do vocativo revela o emprego de formas barrocas no teatro de marionetes. O mesmo se pode dizer com relação ao vocativo "Ó poderoso rei!" e ao estilo da linguagem.

enorme alfinete com cabeça de cera. Tomada de uma alegria maternal por tua boa memória e tua patética declamação, resolvi entregar-te sem mais demora toda aquela trupe de madeira. Não pensava então nas muitas horas de aborrecimento que ela me viria proporcionar.

— Não se arrependa — replicou Wilhelm —, pois essas diversões trouxeram-nos também muitas horas de alegria.

E, após dizer tais palavras, pediu as chaves à sua mãe, correu em busca das marionetes e sentiu-se por um instante transportado para aquela época em que elas lhe pareciam vivas, quando acreditava animá-las graças à vivacidade de sua voz e ao movimento de suas mãos. Levou-as para seu quarto e guardou-as cuidadosamente.

Capítulo 3

Se o primeiro amor, como é comum ouvir-se dizer, é o mais belo que cedo ou tarde um coração pode sentir, então devemos proclamar triplamente feliz nosso herói por lhe haver sido permitido gozar em toda sua plenitude o prazer de tais instantes únicos. Poucas são as pessoas beneficiadas por esse mérito, pois as primeiras emoções conduzem a maior parte delas a uma dura escola em que, depois de um sofrível gozo, aprendem compulsoriamente a renunciar a seus melhores desejos e a privar-se para sempre do que haviam imaginado como suprema felicidade.

O desejo de Wilhelm erguera-se nas asas da imaginação rumo àquela encantadora jovem; depois de breves encontros, ele conquistou seu apego e se viu dono de uma criatura a quem, mais que amar, venerava, pois ela lhe havia surgido pela primeira vez sob a favorável luz de uma representação teatral, e sua paixão pelos palcos uniu-se a seu primeiro amor por uma mulher. Sua juventude permitia-lhe gozar prazeres abundantes, realçados e assegurados por uma viva aptidão poética. Até a situação de sua amada imprimia ao comportamento dela uma disposição que lhe favorecia os sentimentos; o temor de que seu amante pudesse descobrir antes do tempo sua outra relação dava-lhe uma delicada aparência de preocupação e pudor; era viva sua paixão por ele, e mesmo sua inquietude parecia aumentar sua ternura; nos braços dele era a mais amorosa das criaturas.

Ao despertar da primeira embriaguez da alegria e ponderar sua vida e sua situação, tudo lhe pareceu novo: mais sagrados seus deveres, mais viva sua paixão, mais precisos seus conhecimentos, mais vigoroso seu talento, mais determinados seus propósitos. Eis por que não lhe foi custoso encontrar um meio de se esquivar às censuras paternas, tranquilizar sua mãe e gozar em paz o amor de Mariane. Durante o dia cumpria pontualmente seus negócios, renunciava com frequência ao espetáculo, mostrava-se divertido à hora das refeições noturnas e, quando todos se recolhiam, escapava furtivamente pelo jardim, envolto em sua capa, e, com todos os Lindoros e Leandros[4] no peito, corria irresistível para sua amada.

— O que trazes? — perguntou Mariane certa noite quando ele para lá se dirigiu com um pacote, que a anciã mirava atenta, na esperança de presentes agradáveis.

— Não adivinharão! — respondeu Wilhelm.

Qual não foi a surpresa de Mariane, e o desapontamento de Barbara, quando, ao desembrulhar o invólucro, pôde-se ver um intricado monte de marionetes de um palmo de altura. Mariane desatou a rir enquanto Wilhelm se empenhava em desembaraçar os fios emaranhados e em mostrar uma por uma aquelas figuras. Contrariada, a anciã se retirou.

Não é preciso nada além de uma ninharia qualquer para distrair dois enamorados, e assim se divertiram a valer nossos amigos aquela noite. Passaram revista à pequena trupe, examinando detidamente cada figura e rindo-se com ela. O rei Saul, em seu traje de veludo preto e sua coroa de ouro, não agradou em nada a Mariane; parecia-lhe, como ela mesma disse, por demais empedernido e pedante. Preferia Jônatas, com seu queixo liso, sua túnica amarela e vermelha e seu turbante. Sabia, aliás, manejá-lo com muita graça, movendo de lá para cá os arames, obrigando-o a fazer reverências e declarações de amor. Em compensação, quedou-se quase indiferente ao profeta Samuel, ainda que Wilhelm enaltecesse o pequeno corselete, contando que o tafetá furta-cor da túnica fora retirado de um velho vestido de sua avó. Ela achou Davi muito pequeno e Golias muito grande, atendo-se somente a seu Jônatas. Sabia movimentá-lo a primor, acabando por transferir suas carícias do boneco para nosso ami-

[4] Nomes populares de personagens masculinas nas comédias líricas e dramas do século XVIII.

go, de sorte que, também desta vez, um jogo corriqueiro tornou-se o prelúdio de horas mais venturosas.

Da doçura de seus ternos sonhos foram despertados por um barulho que vinha da rua. Mariane chamou a anciã que, segundo seu hábito, ainda estava ocupada em adaptar os acessórios variados do guarda-roupa teatral para o uso no próximo espetáculo. Ela os informou tratar-se de uma trupe de pândegos que deixara cambaleante a taberna italiana ali ao lado, onde não teriam economizado o champanhe para acompanhar as ostras frescas que haviam acabado de chegar.

— É uma pena — disse Mariane — que tal ideia não nos tivesse ocorrido mais cedo, pois também poderíamos ter-nos regalado!

— Ainda há tempo — replicou Wilhelm, estendendo à anciã um luís de ouro. — Traga-nos o que queremos, que a senhora também participará.

A anciã foi ligeira, e em pouco tempo estava disposta diante dos amantes uma mesa cuidadosamente preparada com uma colação bem sortida. Obrigaram a anciã a sentar-se com eles, comeram, beberam e se regalaram.

Em tais ocasiões nunca falta um entretenimento. Mariane voltou a examinar seu Jônatas e a anciã soube dirigir a conversa para o assunto favorito de Wilhelm.

— O senhor já nos falou certa vez — disse ela — da primeira apresentação do teatro de marionetes na noite de Natal, e foi um prazer ouvi-lo. Mas, precisamente no instante em que teria início o balé, o senhor foi interrompido. Já conhecemos, pois, a brava gente que tão grandiosos efeitos produzia.

— É verdade — disse Mariane —, relata-nos mais uma vez a impressão que te causou àquela época.

— É uma bela emoção, querida Mariane — replicou Wilhelm —, relembrarmos os velhos tempos e os inocentes erros, sobretudo quando o fazemos em momentos em que atingimos o ponto culminante da felicidade, de onde podemos olhar ao redor de nós e apreender o caminho percorrido. É tão agradável podermos recordar, se contentes estamos com nós mesmos, os diferentes obstáculos que, com um sentimento doloroso, acreditávamos por vezes insuperáveis, e comparar o quanto evoluídos *somos* agora com o quão pouco evoluídos *éramos* então. Mas me sinto felicíssimo neste instante em que te falo do passado, porque ao mesmo tempo olho para a frente, para o encantador país que juntos poderemos percorrer de mãos dadas.

— Mas, como se saiu o balé? — interrompeu-o a anciã. — Receio que nem tudo tenha acabado como se esperava.

— Oh, sim! — replicou Wilhelm. — Correu tudo muito bem. Daqueles saltos prodigiosos de mouros e mouras, de pastores e pastoras, de anões e anãs, restou-me uma vaga lembrança para todo o sempre. Pouco depois caiu o pano, fecharam-se as portas, e aquele pequeno grupo, como que inebriado e cambaleante, apressou-se em ir para a cama; mas lembro-me bem de não poder dormir, pois queria que me contassem mais histórias e fiz várias perguntas, até que muito a contragosto me despedi da criada que nos pusera na cama. Na manhã seguinte, o cavalete mágico havia desaparecido, infelizmente; levaram dali o véu misterioso e já era possível atravessar a porta e entrar no outro aposento; de todas aquelas aventuras nem um só vestígio restava. Meus irmãos corriam de lá para cá com seus brinquedos, e eu era o único que vagava de um lado para o outro, pois me parecia impossível que ali, onde no dia anterior tivera lugar tanta magia, restassem apenas os batentes de uma porta. Ah! quem procura por um amor perdido não há de ser mais infeliz do que eu parecia então!

Um olhar inebriado de prazer que lançou a Mariane convenceu-a de que ele jamais havia temido encontrar-se em situação semelhante.

Capítulo 4

— Desde aquele instante — prosseguiu Wilhelm —, meu único desejo era assistir a uma segunda representação das marionetes. Insisti junto a minha mãe, que tentou persuadir meu pai numa hora propícia, mas foi inútil seu esforço. Ele garantia que os homens só saberiam dar valor a um prazer que fosse raro, e que nem as crianças nem os velhos eram capazes de apreciar o que lhes acontece de bom no dia a dia. Teríamos, pois, de esperar muito tempo, talvez até a próxima noite de Natal, se o criador e diretor secreto do espetáculo não estivesse ele próprio disposto a repetir a apresentação e exibir no espetáculo final um arlequim que acabara de criar. Um jovem da artilharia, dotado de grande talento e com habilidades especiais para trabalhos mecânicos, que durante a construção da casa prestara valiosos serviços a meu pai e por este fora regiamente recompensado, este jovem, querendo demonstrar seu reconhecimento à pequena família, presenteou a família de seu benfeitor, por ocasião dos festejos natalinos, com um teatro perfeitamente montado que ele, outrora, em suas horas de lazer, havia construído, armado e pintado. Era ele que, com a ajuda de um criado, manejava os bonecos e, alterando a voz, recitava os diferentes papéis. Não lhe foi difícil convencer meu pai, que por gentileza cedera a um amigo aquilo que por convicção a seus filhos recusara. Foi o bastante para que voltassem a armar o teatro, convidássemos algumas crianças das imediações e se repetisse o espetáculo. Se na primeira vez eu havia desfrutado a alegria da surpresa e do espanto, na segunda vez foi grande o prazer em prestar atenção e investigar. Interessava-me descobrir como tudo aquilo funcionava. Que os bonecos não falavam por si próprios, já dissera a mim mesmo na primeira vez; que tampouco se moviam sozinhos, também já suspeitava; mas, por que tudo aquilo era tão lindo, por que pareciam falar e mover-se por si mesmos e onde poderiam estar as luzes e as pessoas? Eis os enigmas que me inquietavam tanto mais quanto mais desejava estar ao mesmo tempo entre os encantadores e os encantados, tomar parte em segredo naquilo e, como espectador, desfrutar o prazer da ilusão. A peça havia terminado e faziam-se agora os preparativos para o espetáculo final; o público se levantara e não parava de tagarelar. Aproximei-me da porta e, pelo ruído que vinha dali, compreendi que estavam guardando os bonecos. Levantei o tapete que cobria a parte inferior e espiei por entre os cavaletes. Minha mãe, percebendo o que acontecia, afastou-me de lá; mas eu já havia podido ver muito bem como acomodavam numa caixa com tampa amigos e inimigos, Saul, Golias e todos os outros, tivessem o nome que tivessem; e, assim, minha curiosidade em parte aplacada recebeu novo alento. Sem contar que, para minha enorme surpresa, eu vira o tenente muito ocupado em seu santuário. Agora, por mais que batesse seus tacões, o arlequim já não era capaz de me distrair. Depois de tal descoberta, perdi-me em profundas reflexões, fiquei mais tranquilo e mais intranquilo que antes. Depois daquela experiência tive a impressão de que não sabia absolutamente nada, e com razão, pois me faltava a coerência, e dela entretanto é que tudo depende.

Capítulo 5

— Nas casas bem montadas e ordenadas — prosseguiu Wilhelm —, as crianças têm a mesma sensação que poderiam ter os ratos e camundongos: espreitam todas as fendas e buracos através dos quais podem alcançar as gulodices proibidas; saboreiam-nas com um temor furtivo e voluptuoso, que constitui grande parte da felicidade infantil. Eu estava mais atento que meus irmãos a ver se esqueciam alguma chave na fechadura. Quanto maior o respeito que me infundiam aquelas portas fechadas, diante das quais eu era obrigado a passar durante semanas e meses, e só vez ou outra, quando minha mãe abria o santuário para apanhar alguma coisa ali dentro, podia lançar-lhes um olhar furtivo, mais depressa me valia do momento que por vezes a negligência das criadas me concedia. De todas as portas, a da despensa, como é fácil prever, era a que atraía com mais acuidade os meus sentidos. Poucas alegrias imagináveis da vida poderiam comparar-se à emoção que sentia quando vez ou outra minha mãe me chamava ali de dentro para ajudá-la a pegar alguma coisa, e eu agradecia o punhado de ameixas secas à sua generosidade ou à minha astúcia. Os tesouros ali empilhados rodeavam minha imaginação com sua abundância, e até aquele odor singular, exalado por tantas e tão variadas especiarias, exercia em mim um efeito saboroso, de sorte que, estando sempre por perto, jamais deixava de me regalar pelo menos com a atmosfera que dali se irradiava. Certa manhã de domingo, em que minha mãe saiu às pressas ao ouvir o repicar dos sinos, e toda a casa ficou mergulhada num profundo silêncio sabático, esqueceram essa chave admirável na fechadura. Nem bem me havia dado conta do fato, e me pus a caminhar sorrateiro, esgueirando-me silenciosamente pela parede, até poder abrir a porta e, avançando um passo, me vi a pequena distância de tantas e tão cobiçadas alegrias. Revistei caixas, sacas, recipientes, potes e frascos com um olhar ligeiro e cheio de dúvida acerca do que haveria de escolher e levar, até que apanhei umas ameixas secas, minhas favoritas, abasteci-me de algumas maçãs secas e de um bocado de compota de cascas de laranja; já planejava bater em retirada com todo aquele saque, quando me saltou aos olhos uma fileira de caixas; por entre a tampa mal fechada de uma delas podia-se ver um arame em cuja extremidade pendia um pequeno gancho. Apreensivo, atirei-me sobre ela, e com que sobrenatural emoção descobri ali dentro, empilhado e empacotado, meu mundo de heróis e felicidade. Quis apanhar os de cima, examiná-los, retirar os de baixo, mas logo embaralhei os arames finos e, tomado de angústia e inquietação, sobretudo porque ouvi na cozinha ali ao lado passos da cozinheira, fui obrigado a recolher tudo da melhor maneira possível, tampar a caixa e levar comigo apenas um livrinho manuscrito com o texto da comédia sobre Davi e Golias, que estava ali por cima; e com esse saque subi silenciosamente as escadas e fui refugiar-me numa água-furtada. Passei a dedicar então todas as minhas horas furtivas e solitárias a ler e reler minha peça, até aprendê-la de cor, e distrair-me com a ideia do quanto seria maravilhoso se eu também pudesse animar os bonecos com minhas próprias mãos. Transformava-me em pensamento em Davi e Golias. Em todos os recantos do sótão, das cavalariças, do jardim, sob quaisquer circunstâncias, repassava a peça comigo mesmo, assumia todos os papéis e os decorava; mas, na maior parte das vezes, colocava-me no lugar do protagonista e deixava as demais personagens gravitarem em minha memória como simples figurantes. Não me saíam dia e noite do pensamento os discursos grandiosos de Davi desafiando o arrogante Golias; vivia a murmurá-los, sem que ninguém o notasse, exceto meu pai que, surpreendendo por vezes uma ou outra exclamação, elogiava a si mesmo a boa memória de seu filho, capaz de reter tanta coisa com tão poucas audições. Aos poucos fui cobrando mais e mais ousadia, e uma noite, enquanto preparava bolinhas de cera que serviriam como atores, recitei grande parte da peça na presença de minha mãe que, atenta, insistiu comigo, até que lho confessei. Felizmente a descoberta coincidiu com a época em que o tenente já havia manifestado o desejo de me iniciar naqueles mistérios. Sem demora, minha mãe o pôs a par do talento inesperado de seu filho, e bem depressa ele conseguiu que lhe cedessem dois aposentos no último andar da casa, habitualmente desocupados, num dos quais se acomodariam os espectadores e no outro ficariam os atores, ocupando o proscênio o vão da porta. Meu pai permitiu que o amigo se ocupasse de tudo, e parecia mesmo fazer vista grossa aos preparativos, seguindo decerto seu princípio de que não se devia demonstrar aos pequenos o quanto eram amados, pois eles sempre se descomediriam; era ele da opinião que se deve parecer sério diante das alegrias infantis e por vezes até mesmo estragá-las, para que a felicidade não os torne abusivos e arrogantes.

Capítulo 6

— O tenente armou, pois, o teatro e encarregou-se de todo o resto. Não me passou despercebida sua presença frequente em nossa casa ao longo da semana, num horário incomum, e logo suspeitei de sua intenção. Minha curiosidade crescia incrivelmente, pois compreendia muito bem que antes de sábado não me permitiriam tomar parte em nada daquilo que estavam tramando. Até que afinal chegou o dia desejado. Às cinco horas da tarde apareceu o meu guia e me levou para o andar superior. Tremendo de alegria, passei para dentro e vi, dos dois lados dos montantes, as marionetes suspensas por ordem de entrada em cena; fitei-as atentamente e subi o degrau que me colocava acima do teatro, de onde eu pairava sobre aquele pequeno mundo. Olhava não sem respeito por entre as tábuas, pois se apoderavam de mim a lembrança do efeito grandioso que de fora produzia tudo aquilo e o sentimento de me iniciar naqueles mistérios. Fizemos um ensaio e tudo correu bem. No dia seguinte, quando já haviam convidado um bando de meninos, portamo-nos muito bem, exceto por haver deixado cair, no calor da ação, meu Jônatas, o que me obrigou a estender a mão para apanhá-lo, incidente que destruiu, e muito!, a ilusão, arrancando do público uma sonora gargalhada e magoando-me inefavelmente. Este deslize, porém, pareceu agradar muito a meu pai que, circunspecto, não deixou transparecer no dia sua alegria por ter um filho tão competente, mas, encerrada a peça, agarrou-se aos defeitos, dizendo que tudo estaria muito bem, se uma coisa ou outra não tivesse falhado. Ferido em meu íntimo, passei toda aquela tarde triste; mas, na manhã seguinte, o sono já havia levado todo meu dissabor, e considerava-me feliz por haver atuado com perfeição, exceto por aquela má sorte. Contribuiu para isto o aplauso dos espectadores, unânimes em afirmar que, embora o tenente imitasse muitíssimo bem as vozes roucas e as límpidas, no mais das vezes declamava com muita afetação e cerimônia; o novato, ao contrário, havia feito falar primorosamente seu Davi e seu Jônatas, e minha mãe elogiou sobretudo a expressão decidida com que eu desafiara Golias e apresentara ao rei o modesto vencedor. Para minha alegria, o teatro continuou portanto montado e, como já estava próxima a primavera, podendo-se passar sem o fogo da lareira, recolhia-me em minhas horas livres e de recreação àquele quarto, onde deixava os bonecos representarem bravamente. Convidava amiúde a subir até lá meus irmãos e amigos, mas quando se recusavam a ir, eu me entretinha sozinho. Minha fantasia se voltava àquele pequeno mundo que bem depressa tomava um outro aspecto. Nem bem havia representado algumas vezes a primeira peça, para a qual se montara o teatro e se criaram os atores, e ela já não mais me distraía. Em contrapartida, dentre os livros de meu avô, caíram-me nas mãos o *Teatro alemão*[5] e várias óperas italianas e alemãs, em cuja leitura mergulhei, começando por contar as personagens e passando, sem mais, à representação. Foi assim que o rei Saul, com seu traje de veludo negro, teve de representar Chaumigre, Catão e Dario;[6] devo dizer que as peças nunca eram apresentadas completas, mas em geral só os quintos atos, quando ocorriam as estocadas mortais. Era natural também que, com suas múltiplas reviravoltas e peripécias, a ópera me atraísse mais que tudo. Nela eu encontrava mares tempestuosos, deuses que desciam das nuvens e, o que me deixava particularmente feliz, raios e trovões. Vencia as dificuldades com papelão, cores e papel, reproduzindo a noite com grande esmero; os relâmpagos eram assustadores, só o trovão é que nem sempre saía muito bem, mas isso não tinha grande importância. Encontrava também nas óperas ocasiões mais frequentes para apresentar meu Davi e meu Golias, impossível de acontecer num drama normal. Apegava-me cada dia mais àquele espaço estreito, onde desfrutava tantas alegrias, e confesso que o odor da despensa, impregnado nas marionetes, contribuiu não pouco para isso. Os cenários de meu teatro já eram quase perfeitos, pois me vinha a propósito a habilidade que desde pequeno eu apresentava em manejar o compasso, recortar papelão e colorir imagens. Tão mais aflito ficava quanto mais me impediam as personagens de

[5] *Deutsche Schaubühne*, coletânea composta de seis volumes (publicados entre os anos de 1741 e 1745), editada por Johann Christoph Gottsched (1700-1766), contendo 38 peças; algumas delas obras originais da época (Gottsched, Quistorp, Uhlich etc.), outras, traduções do francês (Corneille, Voltaire, Destouches etc.) e do dinamarquês (Holberg). Wilhelm menciona, em seguida, algumas personagens dramáticas dessa coletânea.

[6] Chaumigre é o tirano cruel do drama *Banise* (1741), de Friedrich Melchior von Grimm, uma dramatização do romance de aventuras do período final do barroco, *Die asiatische Banise*, de Anselm von Ziegler, publicado pela primeira vez em 1689 e que teve várias edições. Catão é o herói do drama de mesmo título (1731) de Gottsched; Dario, o protagonista da tragédia *Darius* (1738), de Friedrich Lebegott Pitschel.

representar amiúde grandes obras. Minhas irmãs, quando se punham a vestir e a despir suas bonecas, despertaram em mim a ideia de providenciar para meus heróis alguns trajes removíveis. Arrancamos-lhes dos corpos aqueles farrapos, compondo-os o melhor possível; juntamos algum dinheiro para comprar fitas e lantejoulas novas, mendigamos pequeninos retalhos de tafetá e aos poucos fomos adquirindo um guarda-roupa de teatro onde não ficaram esquecidas nem mesmo as crinolinas para as damas. A trupe estava agora de fato munida de roupas para um espetáculo maior e certamente caberia imaginar que haveria uma representação atrás da outra; ocorreu-me, contudo, o que costuma ocorrer às crianças: concebem grandes planos, tomam muitas providências e até fazem alguns ensaios, para logo deixar tudo de lado. Deste erro também devo confessar-me. Para mim, o prazer maior estava na invenção e em ter a imaginação ocupada. Interessava-me por uma ou outra peça em função de alguma cena e logo me punha a providenciar trajes novos. Por conta de tais preparativos, vieram a se confundir e a se perder os trajes originais de meus heróis, de sorte que já não era mais possível representar nem mesmo a primeira grande peça. Abandonava-me à minha fantasia, ensaiava e me preparava constantemente, construindo milhares de castelos no ar, sem me dar conta de haver destruído os alicerces do pequeno edifício.

Durante aquele relato, Mariane tivera de invocar todo seu amor por Wilhelm para ocultar-lhe o sono que a dominava. Se a ele a história parecia muito divertida, para ela não passava de algo extremamente corriqueiro, sem falar na seriedade das considerações que a acompanhavam. Pousou delicadamente o pé sobre o pé do amado e deu-lhe provas aparentes de sua atenção e seu aplauso. Ela bebia do copo de Wilhelm que estava convencido de não haver caído por terra nem uma única palavra de sua história. Depois de uma breve pausa, ele exclamou:

— Agora é tua vez, Mariane, de me contar tuas primeiras alegrias da infância. Estivemos até então ocupados demais com o presente para podermos evocar reciprocamente nossa vida passada. Diz-me: em que condições foste criada? Quais foram as primeiras impressões vivas de que te recordas?

Tais perguntas teriam posto Mariane em grande embaraço, se a anciã não a acudisse prontamente.

— Mas o senhor crê verdadeiramente — disse a astuta mulher —

que prestamos tanta atenção assim àquilo que se nos sucedeu quando pequenas; que temos para contar episódios tão agradáveis quanto os seus e, ainda que os tivéssemos, que saberíamos narrá-los com tamanha destreza?

— Como se fosse necessário! — exclamou Wilhelm. — Amo tanto esta boa, terna e adorável criatura que me amofina cada momento de minha vida que passei sem ela. Deixa-me ao menos participar com a imaginação de tua vida passada! Conta-me tudo, que também eu tudo te contarei! Trocaremos tanto quanto possível nossas recordações e assim buscaremos reconquistar aqueles tempos perdidos para o amor.

— Já que o senhor insiste com tanta devoção, teremos muito gosto em atendê-lo — disse a anciã. — Mas conte-nos antes como foi crescendo sua paixão pelo teatro, como a pôs em prática e alcançou tão grande progresso, a ponto de hoje ser considerado um bom ator. Não há de faltar decerto mais de um episódio engraçado. Não vale a pena, pois, recolhermo-nos, que ainda tenho uma garrafa de reserva, e quem sabe quando poderemos estar novamente juntos, tranquilos e satisfeitos como agora!

Mariane lançou à mulher um olhar pesaroso, que Wilhelm não notou, e prosseguiu ele em seu relato.

Capítulo 7

— Como o número de companheiros de infância começara a crescer, as brincadeiras infantis passaram a causar dano a meu solitário e tranquilo prazer. Revezava-me ora como caçador, ora como soldado, ora como cavaleiro, conforme o requeriam nossos jogos; mas sempre levava uma pequena vantagem sobre os outros: a de estar à altura de construir com habilidade os acessórios necessários. Assim, por exemplo, as espadas eram geralmente de minha fabricação; era eu quem enfeitava e dourava os trenós, e um instinto secreto não me deixou descansar enquanto não transformasse nossa milícia num exército da antiguidade. Foram fabricados elmos adornados com penachos de papel, fizeram-se escudos e até arneses, trabalhos nos quais os criados da casa, que entendiam um pouco de costura, e as costureiras quebraram mais de uma agulha. Pude ver, então, uma parte de meus pequenos companheiros bem armada; os demais também foram-se equipando pouco a pouco, ainda que bem menos, vindo a formar todos uma tropa imponente. Marchávamos pelos pátios e jardins e, destemidos, golpeávamos escudos e cabeças, sobrevindo não poucas discórdias, que logo eram pacificadas. Nem bem havíamos repetido algumas vezes esse jogo, que aos outros muito divertia, e ele já deixou de me satisfazer. A visão de tantas figuras armadas havia de despertar forçosamente em mim as ideias de cavalaria medieval, que há algum tempo me enchiam a cabeça, pois me voltara à leitura de romances antigos. A *Jerusalém libertada*,[7] que caíra em minhas mãos numa tradução de Koppen, deu enfim a meus pensamentos dispersos uma direção determinada. O poema inteiro, evidentemente, eu não podia ler, mas havia passagens que sabia de memória e cujas imagens pairavam a meu redor. Clorinda, principalmente, com seus feitos e gestos, era quem mais me cativava. Sua feminilidade viril e a tranquila plenitude de sua existência impressionavam bem mais um espírito que começava a se desenvolver que os afetados encantos de Armida, ainda que tampouco desprezasse seu jardim. Mas centenas e centenas de vezes, quando passeava às tardes pelo terraço instalado entre as empenas da casa, e contemplava aquela região em que o sol poente ainda refulgia trêmulo no horizonte, as estrelas começavam a aparecer, a noite brotava de todos os rincões e profundezas, e o canto vibrante dos grilos estridulava em meio ao silêncio solene, nesses momentos eu recitava para mim mesmo a história do triste duelo entre Tancredo e Clorinda.[8] Ainda que tomasse, é claro, o partido dos cristãos, apoiava de todo o coração a heroína pagã quando ela tentava incendiar a grande torre dos sitiadores. E quando Tancredo topa durante a noite com o suposto guerreiro, e sob o manto sombrio tem início o combate em que lutam arduamente..., nunca pude pronunciar os versos:

Completados os dias de Clorinda agora,
Deve ela pois morrer, chegada é sua hora!

[7] Célebre epopeia de Torquato Tasso (*Gerusalemme liberata*, 1575), traduzida para o alemão em 1742 por Johann Friedrich Kopp com o título de *Gottfried oder Das befreite Jerusalem*. Clorinda é a bela e nobre heroína; Armida, uma feiticeira.

[8] Tasso, canto XII, estrofes 52-69. Os versos citados pertencem à estrofe 64.

sem que me viessem aos olhos lágrimas que fluíam copiosas quando, depois de lhe cravar no peito a espada, o amante infortunado retira daquela que está caída o elmo e, ao reconhecê-la, sai correndo a tremer em busca de água para batizá-la. E como meu coração transbordava de tristeza quando, no bosque encantado, a espada de Tancredo fere a árvore que, com o golpe, passa a verter sangue, e uma voz lhe ecoa nos ouvidos, dizendo que ali também havia ferido Clorinda, pois, onde quer que estivesse e sem o saber, o destino lhe reservara magoar tudo que ele amava. A tal ponto se apoderou de minha imaginação essa história que, de tudo quanto havia lido do poema, se me moldou na alma um todo confuso, influenciando-me de tal modo que desejava levá-lo à cena de qualquer maneira. Queria fazer os papéis de Tancredo e Reinaldo e, para esse fim, dei por acaso com duas armaduras já prontas, que outrora havia preparado. Uma delas, de papel cinza-escuro, escamada, haveria de servir para enfeitar o sério Tancredo; a outra, de papel prateado e dourado, caberia ao brilhante Reinaldo. Animado por minha fantasia, relatei tudo a meus amigos, que se entusiasmaram com o projeto, ainda que não compreendessem muito bem como poderiam levar tudo aquilo à cena e, mais, como o representariam. Essa dúvida afastei-a com muita facilidade. Logo me apoderei de dois cômodos na casa de um colega vizinho, sem levar em conta que sua velha tia jamais os poria à nossa disposição; assim também se passava com o teatro, do qual tampouco tinha uma ideia concreta, exceto que se deveria montá-lo sobre vigas, armar com biombos os bastidores e prender ao fundo um grande pano. Mas, de onde viriam os materiais e apetrechos, não havia sequer considerado. Para o bosque encontramos uma boa solução: pedimos a um antigo criado de uma das casas, que se tornara guarda-florestal, que nos arranjasse alguns brotos de bétulas e de pinheiros, o que fez com mais presteza que poderíamos esperar. E nos vimos então diante de um grande apuro: como montar a peça antes que as árvores murchassem? Que dificuldade para se encontrar a solução! Não tínhamos nem local, nem teatro, nem cortinas. Os biombos eram a única coisa de que dispúnhamos. Apurados, recorremos outra vez ao tenente, a quem fizemos uma minuciosa descrição do esplendor que haveria de ser. Ainda que pouco nos tenha compreendido, muito nos ajudou; empurrou para um pequeno quarto tantas mesas quantas pudemos reunir em minha casa e na dos amigos, alinhou-as e colocou sobre elas os biombos; prendeu uma cortina verde como fundo e dispôs em fileiras as árvores. Nesse meio-tempo, já havia anoitecido; acenderam-se as luzes, as criadas e as crianças ocuparam seus lugares, a peça iria começar e toda a trupe de heróis já estava a postos; só então, e pela primeira vez, é que nos demos conta de que ninguém sabia o que deveria dizer. No calor da invenção, absorvido que estava pelo meu objeto, havia esquecido que cada um de nós tinha de saber o quê e quando falar; e no afã dos preparativos tampouco aos outros ocorrera tal coisa, pois acreditavam que podiam interpretar sem dificuldade o papel de heróis, mover-se e falar tão facilmente quanto as personagens para cujo mundo eu os havia transportado. Estavam todos assombrados, perguntando-se uns aos outros o que deveriam fazer em primeiro lugar, e eu, que desde o início me havia imaginado no papel de Tancredo, entrei sozinho em cena e comecei a recitar alguns versos do poema épico. Mas, ao passar à parte narrativa em que falava de mim mesmo na terceira pessoa, como não aparecesse em cena Godofredo, de quem era a fala, fui obrigado a me retirar em meio a gargalhadas dos espectadores, incidente que me feriu no fundo de minha alma. Naufragara a expedição; os espectadores continuavam sentados e queriam ver alguma coisa. Estávamos todos vestidos; muni-me de coragem e resolvi enfim representar Davi e Golias. Alguns meninos da companhia haviam apresentado antes comigo o teatro de marionetes, e todos já o haviam visto várias vezes; distribuímos os papéis e cada um de nós prometeu dar o melhor de si; espirituoso, um dos meninos pintou no rosto uma barba preta, pois, em caso de alguma lacuna, ele a preencheria com uma farsa do arlequim, expediente que eu, muito a contragosto, por ir de encontro à seriedade da peça, aceitei. Mas jurei a mim mesmo que, se me livrasse daquele embaraço, nunca mais me arriscaria a representar uma peça sem antes haver refletido muito bem a respeito.

Capítulo 8

Vencida pelo sono, Mariane recostou-se em seu amante, que a estreitou com firmeza e prosseguiu seu relato, enquanto a anciã, cautelosamente, servia-se do vinho que ainda restava.

— O embaraço — disse Wilhelm — em que me vira na companhia

de meus amigos, ao tentarmos representar uma peça que não existia, logo foi esquecido. Mesmo o material mais rígido não poderia resistir à minha paixão em levar à cena qualquer história que me contassem. Estava plenamente convencido de que tudo aquilo que, contado, causava prazer, haveria de produzir muito mais efeito, se representado; tudo que ocorria diante de meus olhos, também poderia ocorrer sobre um palco. Quando, na escola, nos ensinavam História Universal, eu anotava cuidadosamente o modo particular como alguém havia sido apunhalado ou envenenado, e minha fantasia descuidava da exposição e da trama e acorria ao interessante quinto ato. Foi assim que, na verdade, comecei a escrever algumas peças, ou seja, a partir do final, sem nunca haver chegado ao início de qualquer uma delas. Ao mesmo tempo, em parte por meu próprio impulso, em parte por iniciativa de meus bons amigos que haviam tomado gosto em encenar peças, eu lia um sem-fim de produções teatrais que o acaso me fazia cair às mãos. Encontrava-me naqueles anos felizes quando tiramos nossa satisfação da quantidade e variedade. Mas, infelizmente, meu juízo crítico ainda se deixava seduzir de outro modo. Agradavam-me sobretudo aquelas obras nas quais eu esperava agradar, e poucas foram as que não lia sob o efeito dessa atraente ilusão; e, já que me via atuando em todos os papéis, minha vigorosa fantasia seduzia-me, fazendo-me crer que também representaria todos; daí por que, ao distribuir os papéis, costumava reservar aqueles que de modo algum combinavam comigo, e caso tivessem algo que me dissesse respeito, ainda assim não passariam de alguns poucos. Ao brincar, as crianças sabem fazer tudo de tudo: um bastão se transforma em carabina; um pequeno pedaço de madeira, numa espada; um embrulho qualquer, numa boneca e qualquer cantinho, numa cabana. Pois assim íamos formando nosso teatro particular. Com absoluto desconhecimento de nossas forças, empreendíamos tudo, não nos dávamos conta de nenhum *quid pro quo* e estávamos convencidos de que todos haveriam de nos tomar por aquilo que passávamos. Infelizmente as coisas seguiram um curso tão banal que não me ocorre nem mesmo um único disparate que valesse a pena relatar. A princípio, levávamos à cena aquelas poucas peças em que atuavam apenas personagens masculinas; depois, passamos a vestir, com nossos próprios recursos, alguns companheiros de mulher, até finalmente conseguirmos atrair para o jogo nossas irmãs. Famílias havia que consideravam útil aquela ocupação, chegando inclusive a nos convidar para alguns serões. Tampouco deixou de nos dar a mão aqui nosso tenente de artilharia. Ensinou-nos como devíamos entrar e sair, declamar e gesticular, colhendo na maior parte das vezes parcos agradecimentos por seus esforços, porque acreditávamos já entender mais que ele das artes cênicas. Logo descaímos na tragédia, pois com muita frequência ouvíamos dizer, e chegamos mesmo a acreditar, que era mais fácil escrever e encenar uma tragédia que alcançar na comédia a perfeição.[9] Também nos sentimos em nosso elemento durante os primeiros ensaios de uma tragédia; tratávamos de nos adaptar à altura da condição social, à excelência dos caracteres, mediante seriedade e afetação, o que não nos parecia pouca coisa; mas só nos sentíamos completamente felizes quando tínhamos que nos pôr como loucos, batendo os pés e atirando-nos ao chão, tomados pela raiva e pelo desespero. Meninos e meninas não chegaram a compartilhar muito tempo dessas brincadeiras, pois a natureza começou a dar sinais de vida, dividindo a companhia em pequenos pares de enamorados, com o que a comédia passou a ser em geral encenada dentro da comédia. Os venturosos casais apertavam com ternura as mãos por trás dos bastidores, desvaneciam-se de felicidade ao se verem uns aos outros tão enfeitados e ataviados, tão idealizados, enquanto seus infelizes rivais consumiam-se de inveja e, por despeito e malícia, cometiam toda sorte de desatinos. Embora empreendidos sem discernimento e executados sem direção, não nos eram de todo inúteis aqueles jogos. Exercitávamos nossa memória e nossos corpos e adquiríamos maior destreza nas palavras e no porte do que é possível conseguir em tão tenra idade. Para mim, aquela foi contudo uma época especial; meu espírito

[9] Provável referência a Horácio, que, no Livro II de suas *Epístolas*, versos 168 a 170, escreve: "*Creditur, ex medio quia res arcessit, habere/ Sudoris minimum, sed habet comoedia tanto/ Plus oneris, quanto veniae minus...*". Para esta passagem, Christoph M. Wieland (1733-1813), contemporâneo de Goethe, deu a seguinte tradução: "Imagina-se que a comédia, por se abastecer com temas da vida comum, seja mais fácil; mas seu fardo é ainda mais pesado, já que se é menos tolerante para com ela".

Como Horácio era muito lido e comentado no século XVIII, Jean-Baptiste Du Bos aludiu ao problema em suas *Réflexions critiques sur la poésie et sur la peinture* (Paris, 1719); Gotthold Ephraim Lessing discorre também a esse respeito na peça teatral nº 96 da *Hamburgische Dramaturgie* (1768); a melhor interpretação, porém, pode ser encontrada em Jean Paul, *Vorschule der Ästhetik*, § 39, "*Das Komische im Drama*".

orientava-se de vez para o teatro, e eu não encontrava alegria maior que ler, escrever e representar peças de teatro. Prosseguia os estudos com meus professores; haviam-me destinado ao comércio e pensavam em me colocar no balcão da casa comercial de nosso vizinho; mas, justamente por aquela época, afastava-se meu espírito com impetuosidade de tudo aquilo que eu considerava como uma ocupação inferior. Queria dedicar ao palco toda minha atividade, nele encontrar toda minha felicidade e satisfação. Ainda me recordo de um poema, que deve estar entre meus papéis, no qual a Musa da tragédia e outra figura de mulher, em que eu personificara o Comércio, disputavam renitentemente minha valiosa pessoa. A ideia é banal, e não me recordo se os versos tinham algum mérito; mas mereceriam, decerto, uma vista de olhos em virtude do temor, espanto, amor e da paixão que nele dominam. Com que inquietação retratei a velha matrona, com a roca na cintura, as chaves a seu lado, os óculos sobre o nariz, sempre atarefada, sempre inquieta, ranzinza e laboriosa, niquenta e intolerável! Quão miseravelmente descrevi a condição daquele que tem de se curvar à vergasta alheia e ganhar com o suor do rosto sua servil jornada! Que diferença, quando surgia a outra! Que visão, para um coração aflito! De conformação magnífica, em sua natureza e seu comportamento passava por uma filha da Liberdade. O sentimento de si mesma conferia-lhe dignidade sem orgulho; suas vestes eram apropriadas, envolvendo-lhe todo o corpo sem estreitá-lo, e as numerosas pregas do tecido reproduziam, como um eco milenário, os movimentos sedutores da Divina. Que contraste! E, para que lado pendia meu coração, não terás dificuldade em imaginar. Nada ficou tampouco esquecido para identificar minha Musa. Coroa e punhal, correntes e máscara, tais quais me transmitiram meus predecessores, a ela também foram concedidos. A disputa era violenta, as palavras das duas personagens formavam o devido contraste, pois aos quatorze anos é comum pintar lado a lado o preto e o branco. A anciã falava como condizia a uma pessoa que maneja agulhas, enquanto a outra, como alguém que presenteia com reinos. As advertências ameaçadoras da anciã eram desprezíveis; eu já lhe dava as costas às riquezas prometidas: deserdado e desnudo, entreguei-me à Musa que lançava sobre mim seu manto áureo e cobria minha nudez. Como poderia imaginar, minha amada — exclamou ele, estreitando com firmeza Mariane —, que haveria de me surgir uma outra deusa, mais amável, fortalecendo-me em meu propósito e acompanhando-me em meu trajeto; que volteio mais encantador não teria tomado meu poema, quão mais interessante não teria sido seu final! Entretanto, não é a poesia, mas sim a verdade e a vida o que em teus braços encontro; gozemos com toda consciência esta doce felicidade!

A pressão de seu braço e a vivacidade de sua voz despertaram Mariane que, com afagos, dissimulou seu embaraço, pois não ouvira uma única palavra da última parte daquele relato; é de se desejar que no futuro nosso herói venha a encontrar ouvintes mais atentos para suas histórias prediletas.

Capítulo 9

Assim passava Wilhelm suas noites, no gozo de um amor confiante, e seus dias, à espera de novas horas de felicidade. Já por aquele tempo, quando desejo e esperança o atraíam para Mariane, sentia-se como que reanimado, sentia que começava a se tornar um outro homem; agora, que estava unido a ela, a satisfação de seus desejos havia-se transformado num hábito encantador. Seu coração aspirava a enobrecer o objeto de sua paixão, e seu espírito a elevar à sua altura a jovem amada. Nos pequenos momentos de ausência assaltava-lhe a lembrança da amada. Se antes ela lhe fora necessária, agora lhe era indispensável, pois a ela estava ligado por todos os laços da humanidade. Sua alma pura sentia que ela representava a metade, e até mesmo mais da metade, de si mesmo. Era grato, e não havia limites para seus sacrifícios.

Também Mariane pôde viver em ilusão durante algum tempo; dividia com ele as emoções de sua viva felicidade. Ah, se a fria mão da censura não lhe passasse de quando em quando pelo coração! Nem no peito mesmo de Wilhelm, nem nas próprias asas de seu amor, sentia-se protegida. E quando se via novamente sozinha, tombando das nuvens para onde a elevara a paixão de Wilhelm, e recaindo na consciência de seu estado, era digna de compaixão. Porque, enquanto vivia esta vida desregrada e vil, acudia-lhe a leviandade, iludia-se com sua situação, ou antes a ignorava, e se lhe afiguravam isolados os contratempos a que estava exposta: esvaíam-se prazer e dissabor, a vaidade reparava a humilhação, e uma frequente e transitória abundância compensava a indigência; ela podia alegar necessidade e hábito como lei e justificativa e, enquanto tal, livrar-se, hora a hora, dia a dia, de suas desagradáveis sensações. Mas agora a pobre jovem havia-se sentido momentaneamente transportada para um mundo melhor; havia visto, como do alto, da luz e da alegria, sua vida arruinar-se no vazio e na torpeza; havia compreendido que mísera criatura é a mulher que não inspira, junto com o desejo, amor e respeito, e não se considerava em nada melhorada, nem por dentro nem por fora. Nada tinha que pudesse confortá-la. Quando mirava e procurava em si mesma, concluía que seu espírito estava vazio e seu coração desamparado. Quanto mais triste esse estado, mais impetuoso seu apego ao amante; e mesmo sua paixão crescia a cada dia, assim como a cada dia estava mais próximo o risco de perdê-lo.

Wilhelm, ao contrário, pairava feliz sobre as regiões mais elevadas, e diante dele abria-se um mundo novo mas rico em magníficas perspectivas. Nem bem se lhe havia aplacado o excesso das primeiras alegrias, e ficou claro em sua alma aquilo que até então o havia inquietado obscuramente. "Ela é tua! Entregou-se a ti! Ela, a criatura amada, perseguida, implorada, entregou-se a ti de boa-fé; mas não se abandonou a nenhum ingrato!" Onde quer que estivesse, para onde quer que fosse, falava consigo mesmo, extravasava incessantemente seu coração e expressava num jorro de palavras magníficas os mais sublimes propósitos. Acreditava entender o claro sinal do destino que, através de Mariane, lhe estendia a mão para arrancá-lo àquela arrastada e inerte vida burguesa, da qual há muito desejara se libertar. Deixar a casa paterna e os seus parecia-lhe fácil. Era jovem e novato no mundo, e o amor cobrava-lhe ânimo para percorrer as distâncias à procura da felicidade e satisfação. Não tinha mais dúvida alguma de que fora destinado para o teatro; parecia-lhe mais próximo o nobre objetivo a que se propusera, contanto que procurasse alcançá-lo ao lado de Mariane, e com pretensiosa modéstia percebia nele o excelente ator, o criador de um futuro teatro nacional,[10] pelo que tanto ouvira as

[10] A expressão "teatro nacional" possui um significado particular no século XVIII. Até o início da década de 1770, só havia dois tipos de teatro: o teatro dos comediantes itinerantes e o da corte. O primeiro, como entretenimento da maior parte da população e premido por dificuldades financeiras, encenava peças populares de grande sucesso; o se-

pessoas suspirarem. Tudo o que até então estava adormecido no recôndito mais íntimo de sua alma passou a ganhar ânimo. E de suas múltiplas ideias ele construía, com as cores do amor, um painel sobre fundo nebuloso, cujas figuras se fundiam naturalmente umas nas outras; mas, em compensação, era muito mais atraente o efeito produzido pelo conjunto.

Capítulo 10

Estava agora sentado em sua casa, revolvendo papéis e preparando-se para partir. Tudo o que dizia respeito a suas ocupações habituais, punha de lado; queria também ver-se livre de todas as lembranças desagra-

gundo, divertimento da corte, reproduzia belos cenários da vida cortesã, mas só raramente era considerado uma arte séria. Passou-se então a buscar um teatro que abrangesse todas as classes populares e que, ao mesmo tempo, não fosse determinado pelo gosto de seus patrocinadores, mas sim pelo gosto dos que possuíam uma visão efetivamente artística.

A primeira tentativa de criação de um "teatro nacional" alemão ocorreu em Hamburgo, no ano de 1767. Não contou com o apoio do Estado, mas somente de alguns burgueses que, porém, logo deixaram de lhe fornecer recursos; tampouco dispunha de grandes dramas, que só mais tarde começariam a surgir, e não soube aproveitar seu mais talentoso ator, Schröder. Teve, no entanto, um grande colaborador, Gotthold Ephraim Lessing (1729-1781), que escreveu uma revista teatral, a *Hamburgische Dramaturgie*. Com Lessing, a ideia de um teatro nacional liga-se à exigência de uma ação recíproca entre teatro e estética e à necessidade de atributos estilísticos de um drama moderno que se adaptasse tanto à Inglaterra como à Alemanha, como ocorre com Shakespeare. O empreendimento de Hamburgo fracassou já em 1768, mas nos anos seguintes Schröder e sua companhia passaram a representar, além de Shakespeare, as melhores peças alemãs, desenvolvendo-se assim, sob o comando desse genial ator e diretor, um teatro fixo que, por volta de 1777, se aproximava bastante da ideia de um "teatro nacional".

Mais propícias que em Hamburgo foram as condições em Viena. Nessa cidade, Joseph II fundou o teatro burguês. Mantido pela corte, seu repertório era definido exclusivamente por pontos de vista artístico-literários. Em 1779, houve uma nova tentativa de criação de um "teatro nacional" na cidade de Mannheim, com a colaboração de Dalberg, Iffland, Beck e, entre 1782 e 1785, também de Schiller. Em 1786 surge o Teatro de Berlim, cuja direção Iffland assumirá mais tarde, e no ano de 1791 inaugura-se em Weimar um teatro permanente, tendo Goethe como seu diretor — experiência que se reflete na redação de *Os anos de aprendizado de Wilhelm Meister*. O teatro de Weimar se apropriou do melhor das artes cênicas de Hamburgo e Viena, encenando os novos dramas em poesia de Schiller, Iffland, além do próprio Goethe.

dáveis ao aventurar-se pelo mundo. Só obras de bom gosto, poesia e crítica, foram colocadas como velhos amigos entre as escolhidas; e como, até então, havia-se servido muito pouco dos críticos de arte, reavivou-lhe o desejo de se instruir ao folhear agora seus livros e descobrir que grande parte das obras teóricas sequer havia sido aberta. Plenamente convencido da necessidade de obras desse gênero, munira-se de muitas delas e, a despeito de toda sua boa vontade, não havia chegado sequer à metade de uma qualquer delas em suas leituras.

Mas, em troca, ativera-se com muito mais zelo aos exemplos, chegando mesmo a produzir ensaios em todos os gêneros que conhecia.

Werner entrou e, vendo o amigo ocupado com aqueles velhos cadernos, exclamou:

— Outra vez debruçado sobre esses papéis? Aposto que não tens intenção de terminar um ou outro! Tu os revisas e revisas e, quando muito, começas algo novo.

— Não é tarefa do aluno terminar alguma coisa, basta que se exercite.

— Mas, ainda assim, as termina, tão bem quanto pode.

— Quanto a isso, pode-se propor a seguinte questão: não se há de ter boa esperança num jovem que, ao ser advertido de que realizou algo inepto, interrompe seu trabalho, evitando deste modo desperdiçar esforço e tempo em algo que jamais terá algum valor?

— Bem sei que nunca foi teu propósito terminar qualquer coisa, pois sempre te cansaste antes mesmo de chegar à metade. Na época em que ainda eras o diretor de nosso teatro de marionetes, o que de trajes novos foram feitos, o que de cenários novos foram desenhados para nossa minúscula companhia! Ora deveríamos representar uma, ora outra tragédia, e davas no máximo o quinto ato, onde tudo parecia confuso e onde as personagens se apunhalavam.

— Se queres mesmo falar daqueles tempos, quem foi o culpado de havermos arrancado de nossos bonecos os trajes que lhes assentavam tão bem e que estavam firmemente costurados ao corpo, e dos gastos que fizemos para um novo guarda-roupa, rico e inútil? Não eras tu que sempre vinhas negociar uma nova peça de fita, que sabias inflamar meu capricho e valer-se dele?

Werner riu e exclamou:

— Costumo lembrar com prazer que tirava proveito de tuas campanhas teatrais, como os fornecedores o tiram da guerra. Quando todos se armaram para libertar Jerusalém, obtive um belo lucro, como outrora o fizeram os venezianos num caso parecido. Não acho que exista nada mais sensato no mundo que tirar proveito da loucura alheia.

— Pois creio que não pode haver satisfação mais nobre que a de curar os homens de suas loucuras.

— Se bem os conheço, seria um esforço inútil. Já é muito que um só indivíduo seja sagaz e enriqueça, na maior parte das vezes, às custas dos outros.

— Acaba de me cair nas mãos *O jovem na encruzilhada* — replicou Wilhelm, tirando um caderno dentre os demais papéis. — Este, bem ou mal, ao menos está terminado.

— Põe-no de lado, atira-o ao fogo! — respondeu Werner. — O argumento não tem nenhum mérito; já na época essa tua composição literária me causou muito dissabor, além de atrair a irritação de teu pai. É possível que contenha bons versos, mas a ideia é falsa por natureza. Ainda me lembro de tua personificação do Comércio, de tua encarquilhada e deplorável sibila.[11] Deves ter apanhado essa imagem de um empório miserável qualquer. Do comércio não fazias então a menor ideia; quanto a mim, não saberia dizer que espírito tem mais envergadura, ou pelo menos deveria ter, que o espírito de um verdadeiro comerciante. Que panorama nos oferece a ordem com que conduzimos nossos negócios! Permite-nos abarcar a todo momento o conjunto, sem que tenhamos de nos embaraçar com as minúcias. Que de vantagens não proporcionam ao comerciante as partidas dobradas! É uma das mais belas invenções do espírito humano, e todo bom gestor deveria introduzi-las em seus negócios.

— Perdoa-me — disse Wilhelm, rindo —, começas pela forma, como se ela fosse o fundo; mas, em geral, com todas essas somas e todos esses balanços, as pessoas se esquecem do verdadeiro resultado da vida.

— É uma pena, meu amigo, que não vejas como aqui forma e fundo não são senão uma coisa só, não podendo existir uma sem a outra. A or-

[11] Entre os antigos, sibila designava uma mulher a quem se atribuíam dons proféticos ou premonitórios. Na Alemanha do século XVIII, o termo era também empregado de forma depreciativa, no sentido de mulher velha, de maus instintos.

dem e clareza acentuam o gosto pela economia e pelo lucro. Um homem que gere mal seus negócios se sente muito à vontade nas trevas, pois não gosta de somar as parcelas de seu passivo. Mas, em contrapartida, nada pode ser mais agradável a um bom gestor que extrair diariamente o total de sua crescente fortuna. Mesmo um acidente, que por acaso venha a surpreendê-lo, não o amedrontará, pois logo descobrirá que vantagens adquiridas pode colocar no outro prato da balança. Tenho certeza, meu caro amigo, de que, se um dia vieres a tomar verdadeiro gosto por nossos negócios, ficarás convencido de que muitas faculdades do espírito também encontram neles seu livre jogo.

— É possível que a viagem que planejo fazer modifique meu modo de pensar.

— Oh, sem dúvida! Creia-me: não te falta senão o espetáculo de uma grande atividade para que venhas juntar-te definitivamente a nós; e quando voltares, de muito bom grado irás associar-te àqueles que, por toda sorte de expedientes e especulações, sabem apoderar-se de uma parte do dinheiro e bem-estar que realizam no mundo seu curso necessário. Dá uma olhada nos produtos naturais e artificiais de todas as partes do mundo, observa como cada um deles é por sua vez necessário! Que ocupação agradável e engenhosa é esta de conhecer tudo aquilo que de momento mais se procura e que, entretanto, ou está em falta ou é de difícil aquisição; saber rápida e prontamente o que todos desejam, abastecer-se previdentemente e tirar proveito de cada instante desta vasta circulação! Eis aí, segundo penso, o que pode proporcionar grandes alegrias a todo homem com cabeça.

Wilhelm não parecia enfadado, e Werner prosseguiu:

— Visita primeiro algumas grandes cidades mercantis, alguns portos e, não duvides, serás arrebatado. Quando vires o número de homens que ali trabalham, quando souberes de onde vêm e para onde vão tantas coisas, sem dúvida haverás de querer vê-las passando também por tuas mãos. Ali encontrarás a mais pequena mercadoria em relação com todo o comércio e, justamente por isso, nada te parecerá insignificante, porque tudo aumenta a circulação, da qual tua vida tira o sustento.

Werner, que exercitava seu correto raciocínio no trato com Wilhelm, habituara-se a pensar com grandeza de alma em seu próprio ofício e em seus negócios, acreditando fazê-lo sempre com mais direito que seu amigo, outrora sensato e estimado, o qual, como lhe parecia, conferia um valor enorme e todo o peso de sua alma ao que havia de mais irreal no mundo. Pensava por vezes que não seria de todo impossível subjugar aquele falso entusiasmo e reconduzir ao caminho correto um homem tão bom. Com essa esperança, prosseguiu:

— Os grandes deste mundo apoderaram-se da terra e vivem no luxo e na abundância. Até o menor quinhão de nosso continente já tem dono, já está consolidada a propriedade; empregos e demais negócios burgueses rendem pouco; onde haverá, pois, um ganho mais legítimo, uma conquista mais razoável, senão no comércio? Os príncipes deste mundo têm em seu poder rios, estradas e portos, e de quantos por eles passam e circulam retiram um grande lucro. E quanto a nós, não devemos aproveitar com alegria a ocasião e cobrar também, por nossa atividade, tributos daqueles artigos que em parte a necessidade, em parte a arrogância, têm tornado indispensáveis aos homens? E posso assegurar-te que, se pretendes empregar aqui tua imaginação poética, poderias opor resoluto à tua a minha deusa, na qualidade de vencedora irresistível. É verdade que à espada prefere ela empunhar o ramo de oliveira; ela ignora completamente punhais e grilhões, mas em troca distribui entre seus eleitos coroas que, sem desmerecer ninguém, reluzem do ouro puro extraído das minas, e das pérolas apanhadas nas profundezas do oceano por seus sempre atarefados servidores.

Wilhelm sentia-se um pouco aborrecido com toda aquela catilinária, mas dissimulou a irritação, pois lembrou-se de que também Werner costumava ouvir serenamente suas apóstrofes. De resto, ele era bastante razoável para constatar com prazer que cada um dos dois pensava o melhor de seu ofício, desde que não se atacasse o seu, a que tão apaixonadamente se dedicara.

— E para ti — exclamou Werner —, que tão cordialmente te interessas pelas coisas humanas, que espetáculo será para ti ver com os próprios olhos conferida aos homens a felicidade que acompanha os intrépidos empreendimentos! Que há de mais encantador que a visão de um navio voltando antes da hora de uma viagem venturosa, carregado de ricos despojos? Não só os parentes, amigos e companheiros, mas também os próprios espectadores estranhos se entusiasmam ao ver a alegria do navegante aprisionado saltando à terra antes mesmo de a embarcação encostar, sentindo-se novamente livre e sabendo que agora pode confiar à terra fiel aquilo que arrebatou das águas traiçoeiras. Não só em cifras, meu amigo, se nos aparecem os lucros; a fortuna é a deusa dos homens vivos, e para experimentar de verdade seus favores é preciso viver e ver os homens que labutam intensamente e sensualmente gozam.

Capítulo 11

Já é tempo de conhecermos os pais de nossos dois amigos, homens de mentalidade bem distinta, mas donos da mesma opinião acerca do comércio, considerando-o a mais nobre ocupação, além de se mostrarem extremamente atentos a toda vantagem que uma especulação qualquer lhes possa acarretar. O velho Meister, logo depois da morte de seu pai, transformara em dinheiro uma valiosa coleção de quadros, desenhos, gravuras em cobre e antiguidades; ergueu de cima a baixo sua casa, mobiliou-a segundo o gosto mais moderno e tratou de valorizar o resto de sua fortuna de todas as formas possíveis. Uma parte considerável dela havia empregado no comércio do velho Werner, famoso como comerciante ativo e cujas especulações eram em geral favorecidas pela sorte. Mas nada havia desejado mais o velho Meister que poder incutir em seu filho qualidades que a ele próprio faltavam, e legar a seus filhos os bens aos quais atribuía o maior valor. Tinha ele, na verdade, uma inclinação particular para o luxo, para aquilo que salta aos olhos, mas que também deveria ter ao mesmo tempo um valor e uma duração intrínsecos. Tudo em sua casa devia ser sólido e maciço; as provisões, abundantes; a baixela, de prata pesada; o serviço de mesa, valioso; mas, em contrapartida, eram raros os hóspedes, pois cada refeição se transformava numa festa que, tanto pelo custo quanto pelo incômodo, não podia repetir-se amiúde. A administração de sua casa seguia num passo sereno e uniforme, e tudo o que nela se determinava ou se renovava era precisamente aquilo que a ninguém poderia proporcionar algum prazer.

Uma vida totalmente diversa levava o velho Werner, numa casa obscura e sombria. Depois de despachar seus negócios no estreito escritório, junto a uma escrivaninha antiquíssima, queria comer bem e, se possível, beber melhor ainda, e não apreciava desfrutar do bom sem companhia: além de sua família tinha de ver sempre sentados à sua mesa os amigos e todos os estranhos que alguma relação mantivessem com sua casa; suas cadeiras eram muito antigas, mas diariamente convidava alguém para ocupá-las. A boa comida absorvia a atenção dos convidados, e ninguém reparava na baixela comum em que era servida a refeição. Sua adega não continha muito vinho, mas, o que haviam acabado de beber, era de hábito substituído por um melhor.

Assim viviam aqueles dois pais que costumavam encontrar-se com frequência para deliberar sobre seus negócios comuns e que haviam decidido, precisamente naquele dia, enviar Wilhelm para uma missão comercial.

— Deste modo ele verá o que se passa no mundo — disse o velho Meister — e, ao mesmo tempo, tratará de nossos negócios em lugares estranhos; não se pode conceder a um jovem benefício maior que iniciá-lo a tempo naquilo que há de ser o destino de sua vida. Seu filho regressou tão feliz de sua viagem, soube conduzir tão bem os negócios, que estou deveras curioso de ver como o meu se comportará; só temo que ele tenha de pagar mais caro pelo noviciado que o seu.

O velho Meister, que tinha em grande conceito seu filho e suas capacidades, disse tais palavras na esperança de que o amigo as contestasse, elogiando os excelentes dons do jovem. Mas se enganou, pois o velho Werner, que nas coisas práticas não confiava em ninguém até prova contrária, respondeu impassivelmente:

— É preciso tentar tudo; podemos mandá-lo seguir o mesmo trajeto e dar-lhe instruções às quais deverá obedecer; terá de cobrar várias dívidas, renovar antigas relações e estabelecer outras novas. Também poderá contribuir para apressar a especulação de que há pouco falamos, pois sem informações exatas, colhidas no próprio local, não se pode fazer grande coisa.

Pois, então, que se prepare — respondeu o velho Meister — e se ponha a caminho o mais cedo possível. Mas, onde encontraremos um cavalo adequado para esta missão?

— Não teremos que procurar muito. Um merceeiro de H***, que ainda tem conosco uma pequena dívida, mas que é um bom homem, ofereceu-me exatamente um cavalo como forma de pagamento; meu filho conhece o animal, que nos há de ser muito útil.

— Pois que ele mesmo vá buscá-lo; poderá partir com a diligência do correio e assim estará de volta a tempo, depois de amanhã; enquanto isso, estaremos preparando-lhe o alforje e as cartas, e assim, no início da próxima semana, ele já poderá pôr-se a caminho.

Chamaram Wilhelm e lhe comunicaram tal resolução. Quem estaria mais feliz que ele ao ver em suas mãos os meios para realizar seu desígnio, cuja ocasião lhe fora apresentada sem que para tanto houvesse dela participado! Tão grande era sua paixão, tão absoluta sua convicção de que agia muito bem em se livrar do peso de sua vida presente e seguir um novo e nobre percurso, que não o remoeu em absoluto sua consciência, nem lhe inspirou cuidados, considerando, isto sim, sagrado esse logro. Estava certo de que, decorrido algum tempo, seus pais e parentes haveriam de felicitá-lo e abençoá-lo por haver dado tal passo, e ele reconheceu aqui, em meio a esta coincidência de circunstâncias, o sinal do destino que o conduzia.

Como lhe pareceu longo o tempo até que caísse a noite, até a hora em que haveria de rever sua amada! Sentou-se no quarto e refletia em seu plano de viagem, como um ladrão engenhoso ou um mágico que, na prisão, entretêm-se em soltar por vezes os pés das sólidas correntes, para nutrir-se na crença de que a salvação é possível e está de fato mais próxima do que pensam seus míopes carcereiros.

Soou, afinal, a hora noturna; afastou-se de sua casa, livrou-se de todo entrave e caminhou pelas ruas silenciosas. Na grande praça, ergueu as mãos para o céu e sentiu que tudo ficava para trás; havia-se libertado de tudo. Imaginou-se agora nos braços de sua amada; depois, novamente com ela, no fascinante teatro; pairava numa plenitude de esperanças, e só por vezes o brado do guarda-noturno fazia-o lembrar que ainda caminhava neste mundo.

Sua amada veio encontrá-lo já na escada e, que bela, que amável! Recebeu-o em seu novo *négligé* branco, e acreditou ele jamais havê-la visto tão encantadora. Pois ela consagrava assim a dádiva do ausente nos braços do presente amante e, com verdadeira paixão, dissipava com ele toda a riqueza de suas carícias que lhe inspirara a natureza e que também a arte lhe ensinara, perguntando-lhe se ele era feliz e se sentia venturoso.

Wilhelm lhe revelou o que havia passado e expôs, em termos gerais, seus projetos e desejos. Iria encontrar uma colocação para então vir buscá-la, e esperava que ela não lhe recusasse sua mão. Mas a pobre jovem nada dizia; escondia as lágrimas e estreitava contra o peito o amigo que, embora interpretasse seu silêncio de modo favorável, teria desejado uma resposta, sobretudo quando, por fim, discreto e afetuoso, perguntou se não haveria motivo para se crer pai. Mas a isto ela só respondeu com um suspiro e um beijo.

Capítulo 12

Na manhã seguinte, Mariane despertou para uma nova tristeza; sentia-se muito só, não queria ver o dia e ficou na cama, chorando. Sentada a seu lado, a anciã tentava persuadi-la, consolá-la, mas não logrou curar tão depressa aquele coração ferido. Aproximava-se o instante que a pobre jovem divisara como o último de sua vida. Quem poderia estar numa situação mais inquietante? Seu amado partia, um amante importuno ameaçava chegar e havia a iminência de um infortúnio ainda maior caso os dois se encontrassem, o que era bem possível.

— Acalma-te, minha querida! — exclamou a anciã. — Não estragues teus lindos olhos com lágrimas! Ter dois amantes é porventura uma desgraça tão grande? E se puderes conceder a apenas um deles teus carinhos, sê ao menos grata ao outro que, pelo modo como se ocupa de ti, bem merece ser chamado teu amigo.

— Meu amado — disse Mariane, aos prantos — previu que em breve nos separaremos; um sonho lhe revelou aquilo que tão cuidadosamente dele procuramos esconder. Dormia sereno a meu lado quando, de repente, ouço-o balbuciar alguns sons angustiados, incompreensíveis. Amedrontada, eu o desperto. Ah, que amor, que ternura, que impetuosidade em seu abraço! "Ó Mariane", exclamou ele, "de que terrível situação me livraste! Como poderei agradecer-te por libertar-me de tal inferno? Sonhava", prosseguiu ele, "que me encontrava longe de ti, numa região desconhecida; mas tua imagem pairava à minha frente; via-te no alto de uma bela colina, com o sol a espraiar seus raios por todo o local; como estavas encantadora! Mas não durou muito tal visão, pois logo tua imagem começou a resvalar mais e mais; estendi os braços em tua direção, mas eles não conseguiram vencer a distância. Tua imagem continuava a resvalar e já se aproximava de um grande lago que havia no sopé da colina, mais um pântano que um lago. De repente, um homem te estende a mão, e parecia querer erguer-te, mas te puxava para o lado, como se quisesse atrair-te para junto dele. Não podendo alcançar-te, gritei, esperando assim te prevenir. Quando tentava dar um passo, o chão parecia prender-me; quando conseguia avançar, era então a água que me impedia, e até meus gritos ficaram sufocados em meu peito oprimido." Foi isso que me contou o infeliz, enquanto se refazia em meu peito de seu terror e sentia-se feliz por ver um terrível sonho suplantado pela mais venturosa realidade.

Tanto quanto pôde, a anciã procurou atrair, com auxílio de sua prosa, para o domínio da vida quotidiana a poesia de sua amiga, valendo-se para esse fim do método adequado com o qual costumam ter êxito os passarinheiros: imitar com um pequeno assobio o canto das aves que mais desejam ver cair em seus laços. Passou a elogiar Wilhelm, louvando sua aparência, seus olhos, seu amor. A pobre jovem a ouvia de bom grado; finalmente, levantou-se da cama, deixou-se vestir e pareceu mais tranquila.

— Minha pequena, minha querida — prosseguiu aduladora a anciã —, não quero afligir-te nem te ofender; não penso em roubar-te a felicidade. Haverás de interpretar mal minha intenção? Esquecerás, por acaso, que sempre cuidei mais de ti que de mim mesma? Diz-me somente o que queres e veremos como realizá-lo.

— O que posso querer? — replicou Mariane. — Estou desgraçada, desgraçada para o resto de minha vida! Eu o amo, ele me ama, vejo que terei de me separar dele e não sei se poderei sobreviver. Norberg está para chegar; Norberg, a quem devemos tudo o que somos, e sem o qual não podemos passar. Wilhelm não dispõe de muitos recursos e nada pode fazer por mim.

— Sim, infelizmente ele pertence àquele tipo de amante que não pode oferecer nada além do coração; e estes são justamente os mais pretensiosos.

— Não zombes! O infeliz pensa deixar a casa dos pais, dedicar-se ao teatro e oferecer-me sua mão.

— Mãos vazias, já temos quatro.

— Não tenho escolha — prosseguiu Mariane —, decide tu! Empurra-me para um lado ou para outro, mas fica sabendo de uma coisa: é provável que carregue no ventre uma dádiva destinada a nos unir ainda mais. Pensa bem e decide: qual dos dois devo deixar? Qual dos dois devo seguir?

Depois de um breve silêncio, a anciã exclamou:

— Que a juventude sempre continue a oscilar entre os extremos! Para mim, não há nada mais natural que conciliar o útil ao agradável. Se amas um, pois que pague o outro; tudo depende unicamente de sermos bastante espertas para afastar um do outro.

— Faz o que quiseres, não consigo pensar em nada, mas te obedecerei.

— Temos a vantagem de poder alegar como pretexto a extravagância do diretor, orgulhoso da moral de sua companhia. Os dois amantes já estão acostumados a agir às escondidas e com muita cautela. Da hora e ocasião me encarrego eu; tu só terás de representar o papel que te prescreverei. Quem sabe que circunstâncias nos acudirão! Ah, se Norberg chegasse agora que Wilhelm está longe! Quem te impede de pensar em um nos braços do outro? Felicito-te pelo filho, pois há de ter um pai rico.

Esses argumentos só puderam reconfortar Mariane por breve tempo. Ela era incapaz de conciliar seu estado com seus sentimentos e suas convicções; desejava esquecer aquela penosa situação, mas milhares de pequenas circunstâncias obrigavam-na a lembrar-se dela a todo instante.

Capítulo 13

Neste meio-tempo, Wilhelm havia terminado sua curta viagem e, não encontrando em casa o correspondente comercial, entregou à esposa do ausente sua carta de apresentação. Mas a suas perguntas ela não pôde responder com precisão, pois estava extremamente abalada e toda a casa envolta em grande tumulto.

Não levou muito tempo, porém, para que ela lhe confiasse (e não havia mesmo como ocultar-lhe) que sua enteada havia fugido com um ator, um homem que recentemente abandonara uma pequena companhia e se estabelecera naquela localidade, onde passou a dar aulas de francês. Alucinado pela dor e pelo desgosto, o pai havia corrido ao bailiado, para que saíssem em perseguição aos dois fugitivos. Ela censurava violentamente sua enteada e difamava o jovem amante, de sorte que não restava a nenhum dos dois nada de louvável; deplorava, com muitas palavras, a vergonha que se abatera sobre a família, colocando Wilhelm num embaraço nada pequeno, pois se sentia punido e censurado de antemão em seu propósito secreto por aquela sibila de espírito por assim dizer profético. Mas ainda se viu obrigado a tomar parte mais forte e íntima nas dores do pai que, tendo voltado do bailiado, contou à esposa o resultado de sua expedição, com tranquilo pesar e meias palavras; e, depois de ler a carta, mandou que trouxessem a Wilhelm o cavalo, sem poder dissimular sua preocupação e perplexidade.

Wilhelm pensava em montar sem demora sobre o cavalo e afastar-se de uma casa onde, dadas as circunstâncias, era impossível sentir-se à vontade; mas o bom homem não queria deixá-lo partir sem antes lhe oferecer uma refeição e abrigar por uma noite sob seu teto o filho de uma família a quem tanto devia.

E assim nosso amigo teve de participar de uma triste ceia e passar uma noite agitada, para, na manhã seguinte, deixar o mais rápido possível aquelas pessoas que, sem o saber, o haviam atormentado sensivelmente com seus relatos e suas manifestações.

Montado em seu cavalo, seguia pela estrada, vagaroso e pensativo, quando de repente viu cruzar o campo uma tropa de pessoas armadas que, por seus longos e largos uniformes, suas grandes lapelas, seus chapéus disformes e suas toscas armas, bem como sua marcha ingênua e seu porte desembaraçado, identificou sem demora como um destacamento da milícia provincial. Suspenderam a marcha aos pés de um velho carvalho, depuseram seus fuzis e deitaram-se comodamente na grama para fumar um cachimbo. Wilhelm deteve-se junto a eles e travou conversa com um jovem que se aproximara a cavalo. Teve de ouvir uma vez mais, infelizmente, a história dos dois fugitivos, que já conhecia muito bem, seguida de comentários que não eram particularmente favoráveis nem ao jovem casal nem aos pais da moça. Soube ao mesmo tempo que a tropa se deslocara para lá com a missão de escoltar o casal que havia sido capturado e ficara detido no povoado vizinho. De fato, pouco depois viram aproximar-se ao longe um carro, rodeado de uma guarda civil, mais grotesca que temível. Um desajeitado escrevente municipal avançou a cavalo e, junto à fronteira, cumprimentou o outro atuário (o jovem com quem Wilhelm falara) com muito zelo e gestos extravagantes, como os que poderiam fazer um espírito e um feiticeiro, um dentro e outro fora do círculo, durante alguma perigosa operação noturna.

Mas naquele momento a atenção dos presentes estava voltada para o veículo, e todos contemplavam, não sem compaixão, os pobres fugitivos que, sentados lado a lado, sobre um monte de palha, miravam-se com ternura e pareciam não se dar conta das pessoas ali em volta. O acaso foi o responsável pela maneira tão pouco apropriada com que vinham sendo conduzidos desde a última aldeia, pois havia-se quebrado o velho coche que transportava a bela. Valendo-se da ocasião, ela pediu para acompanhar o amigo, a quem haviam carregado de correntes, convencidos que estavam de ter ele cometido um crime passível de pena capital. As tais correntes contribuíam decerto não pouco para tornar mais interessante a visão do terno casal, sobretudo porque o jovem as movia com muito decoro ao beijar repetidamente as mãos de sua amada.

— Somos muito infelizes — exclamou ela, dirigindo-se aos presentes —, mas não tão culpados quanto parecemos! É assim que os homens cruéis recompensam um amor fiel e que os pais negligenciam totalmente a felicidade de seus filhos, arrancando-os violentamente aos braços da alegria que deles se apoderou depois de longos dias de sofrimento!

Enquanto os presentes manifestavam de modo diferente sua simpatia, o pessoal encarregado da justiça havia concluído as praxes protocolares; o carro prosseguiu seu caminho, e Wilhelm, movido de grande interesse pela sorte dos enamorados, tomou um atalho para ir falar com o bailio antes que a tropa chegasse. Mas nem bem havia alcançado o bailiado, onde tudo estava em rebuliço e pronto para receber os fugitivos, quando topou com o atuário, que o deteve com um relato minucioso do ocorrido e, principalmente, com elogios supremos a seu cavalo que, ainda ontem mesmo, ele havia adquirido de um judeu numa permuta.

Já haviam levado o infeliz casal para o jardim que, através de um postigo, dava acesso ao bailiado, no qual o introduziram pelas caladas. Wilhelm fez elogios sinceros ao atuário por proceder de modo tão discreto, ainda que este, ao agir daquela maneira, não visasse senão irritar as pessoas reunidas diante do bailiado e privá-las do agradável espetáculo de ver uma concidadã humilhada.

O bailio, nada afeito a tais casos extraordinários, porque na maior parte das vezes incorria numa ou noutra falta, recebendo habitualmente, como recompensa de sua boa vontade, severa admoestação do governo do príncipe, dirigiu-se com um andar pesado para o bailiado, seguido do atuário e de Wilhelm, além de alguns outros cidadãos respeitáveis.

Introduziram primeiro a bela que, sem insolência mas serena e consciente de si, entrou desacompanhada. O modo como estava vestida e principalmente como se comportava faziam ver que se tratava de uma jovem muito circunspecta. Antes mesmo de ser interrogada, pôs-se a falar, com muito decoro, de sua situação.

O atuário ordenou-lhe que se calasse e susteve a pena sobre a folha dobrada. O bailio sentou-se com calma, olhou-a e, pigarreando ligeiramente, perguntou à pobre criança seu nome e sua idade.

— Perdão, meu senhor — respondeu ela —, mas me parece deveras extraordinário que me pergunte nome e idade, sabendo muito bem como me chamo e que tenho tantos anos quanto os têm seu filho mais velho. Quanto ao que quer e deve saber de mim, terei prazer em lhe dizer sem rodeios. Desde as segundas núpcias de meu pai não tenho sido bem tratada em casa. Poderia ter tido alguns bons partidos, se minha madrasta, temendo pelo dote, não soubesse como frustrá-los. Conheci, então, o jovem Melina, a quem acabei por me afeiçoar, e como prevíamos os obstáculos que se interporiam no caminho de nossa união, decidimos, de comum acordo, procurar neste vasto mundo a felicidade que em casa nos parecia impossível. Não levei comigo senão o que me pertencia; não fugimos como ladrões nem como gatunos, e não há por que arrastar meu amigo para cá, carregado de correntes e grilhões. O príncipe é justo e não aprovará tal crueldade. Se merecemos castigo, certamente não o merecemos desta maneira.

Tais palavras duplicaram e triplicaram o embaraço do velho bailio. Já lhe zumbiam nos ouvidos as repreensões mais complacentes, e o discurso fluente da jovem havia quebrado por completo seu esquema protocolar. O mal foi ainda maior quando ela se recusou a responder às suas perguntas, metodicamente reiteradas, mantendo-se firme no que acabara de dizer.

— Não cometi crime algum — disse ela. — Trouxeram-me para cá de uma forma vergonhosa, sobre um monte de palha, mas uma justiça superior nos restituirá a honra.

O atuário que, nesse meio-tempo, não deixara de tomar nota das palavras da jovem, sussurrou ao bailio que prosseguisse, pois mais tarde redigiriam o protocolo formal.

O velho homem retomou o ânimo e começou a se inteirar dos doces mistérios do amor, empregando palavras secas e fórmulas ásperas e tradicionais.

O rubor subiu ao rosto de Wilhelm, e as faces da amável criminosa também se tingiram com as graciosas cores do pudor. Ela se conteve e se calou, até que o próprio embaraço pareceu finalmente avivar sua coragem.

— Esteja certo — exclamou ela — de que seria forte o bastante para confessar a verdade, ainda que fosse contra mim mesma; iria então titubear e calar-me, quando se trata de minha honra? Sim, desde o instante em que me convenci de seu afeto e sua fidelidade, passei a considerá-lo como meu marido, e de bom grado concedi a ele tudo o que o amor exige e que um coração convencido não pode negar. Faça comigo o que quiser. Se por um momento hesitei em confessar, foi por temer que minha confissão pudesse trazer consequências ainda mais graves para meu amado, só por isso.

Ao ouvir tal confidência, Wilhelm teve noção da nobreza de sentimentos da jovem, ainda que as autoridades a tomassem por insolente, e os cidadãos ali em volta agradecessem a Deus por não haver casos semelhantes em suas famílias nem entre seus conhecidos.

Naquele momento, Wilhelm transportou sua Mariane para o tribunal, colocou em sua boca palavras ainda mais belas e conferiu maior fervor à sua sinceridade e maior nobreza à sua confissão. Apoderou-se dele um desejo violento de ajudar aqueles dois amantes. Nada fez para ocultá-lo e, em segredo, solicitou ao hesitante bailio que pusesse um fim à demanda, uma vez que tudo já estava suficientemente esclarecido e não carecia de novas declarações.

Produziram tão bom efeito suas palavras que liberaram a jovem, mas em troca fizeram entrar o rapaz, depois de lhe haverem retirado as correntes diante da porta. Ele parecia mais preocupado com sua sorte. Suas respostas foram mais prudentes e se, por um lado, ele demonstrava uma franqueza menos heroica, por outro distinguia-se pela ordem e precisão de seu depoimento.

Encerrado também aquele interrogatório, que em todos os pontos correspondia ao anterior, exceto na renitente negativa do rapaz, tentando poupar a jovem àquilo que ela mesma havia confessado, ordenaram que a trouxessem de volta, e teve lugar entre eles uma cena que acabou por conquistar totalmente o coração de nosso amigo.

Ele via desenrolar-se ali, diante de seus olhos, naquele desagradável tribunal, o que só costuma ocorrer em romances e comédias: o conflito de uma generosidade mútua e a força do amor na desventura.

"Pois então é verdade", disse a si mesmo, "a tímida ternura, que se esconde em presença do sol e dos homens, e só na retraída solidão, em profundo segredo, ousa desfrutar seu prazer, tão logo a põe a descoberto uma casualidade hostil, revela-se ainda mais intrépida, intensa e audaz que outras impetuosas e ostensivas paixões?"

Para seu consolo, não tardaram em encerrar todas as diligências. Os dois foram mantidos sob vigilância suportável e, se possível fosse, ele conduziria naquela mesma noite a jovem de volta à casa dos pais. Pois havia firmado o propósito de servir aqui como mediador e promover a feliz e decorosa união dos dois amantes.

Pediu ao bailio autorização para falar a sós com Melina, o que obteve sem dificuldade.

Capítulo 14

A conversa entre os dois novos amigos logo se tornou íntima e animada. Assim que Wilhelm revelou ao abatido rapaz suas relações de amizade com os pais da jovem, oferecendo-se como mediador e insuflando-lhe mesmo as melhores esperanças, ganhou novo ânimo o prisioneiro; sentia-se já de novo livre e reconciliado com seus sogros, e a conversa recaiu então sobre os futuros proventos e recursos.

— Quanto a isso, o senhor não ficará em apuros — replicou Wilhelm —, pois me parece destinado pela própria natureza a ser feliz na condição que escolheu. Um porte agradável, uma voz harmoniosa, um coração sensível! Que mais poderia querer um ator? Se eu puder lhe servir com alguma recomendação, ficarei muito feliz.

— Agradeço-lhe de coração — respondeu o outro —, mas dificilmente poderei fazer uso de tais atributos, pois tenho pensado, se possível, em não retornar ao teatro.

— No que faz muito mal — disse Wilhelm, depois de um silêncio durante o qual se refizera do assombro, pois havia imaginado que o ator, tão logo se visse em liberdade ao lado de sua jovem mulher, correria de volta para o teatro. O que lhe parecia tão natural e necessário quanto uma rã que procura pela água. Nem por um momento tivera qualquer dúvida a respeito e agora, para seu assombro, era obrigado a ouvir exatamente o contrário.

— É verdade — replicou o outro —, decidi não voltar mais para o teatro e sim aceitar um emprego burguês, seja qual for, se é que ainda posso conseguir algum.

— É uma estranha decisão, com a qual não posso concordar, pois, sem uma razão especial, não é recomendável alterar o modo de vida que se adotou; ademais, não conheço nenhuma outra profissão que ofereça tantas e tão atraentes perspectivas quanto a de um ator.

— Vê-se que o senhor nunca foi um — replicou o outro.

Ao que respondeu Wilhelm:

— Meu senhor, é raro ver um homem satisfeito com a situação em que se encontra! Vivem sempre a desejar para si próprios a situação do próximo, e este, por sua vez, tem também a intenção de abandonar a sua.

— Mas há uma diferença — replicou Melina — entre o ruim e o pior; é a experiência, e não a impaciência, que me faz agir assim. Há, porventura, pedaço de pão mais amargo, incerto e penoso no mundo? Seria quase como mendigar de porta em porta. Quanto se tem de aturar da inveja dos companheiros, da parcialidade do diretor, do humor instável do público! Na verdade, deve-se ter uma pele como a de um urso que arrastam pela corrente, acompanhado de cães e macacos, e espancam, para que, diante das crianças e da populaça, dance ao som de uma gaita de foles.

Wilhelm pensava em toda a sorte de ideias que, no entanto, não ousava dizer em face do bom homem. Ladeava, pois, só de longe o assunto. E, por isso mesmo, o outro se expressava mais sincero e loquaz.

— Já não é bastante — disse ele — que um diretor tenha de se atirar aos pés de cada um dos conselheiros municipais, só para obter deles a permissão de poder ganhar uns poucos níqueis durante quatro semanas, nas feiras de uma localidade qualquer? Por vezes me pego deplorando nosso diretor, que aliás é um bom homem, embora em outros tempos me tenha dado motivo para muita contrariedade. Bons atores estão sempre a lhe exigir aumento, e dos maus ele não consegue livrar-se; e quando tenta equilibrar de algum modo receita com despesa, o público não lhe responde, a casa fica vazia e, para não se arruinar de todo, é obrigado a representar com perdas e dissabor. Não, meu senhor! Já que, como diz, pretende interceder por nós, peço-lhe que fale seriamente com os pais de minha amada! Que me arranjem por aqui uma colocação, que me deem um emprego qualquer, de escrevente ou recebedor, e ficarei muito feliz!

Depois de haverem trocado ainda algumas palavras, Wilhelm despediu-se, com a promessa de se dirigir no dia seguinte bem cedo à casa dos pais da jovem e ver o que poderia arranjar. Nem bem se encontrou sozinho e se pôs a desabafar, com as seguintes exclamações:

— Oh, infeliz Melina! Não está em tua profissão, mas em ti mesmo a desgraça que não consegues dominar! Qual o homem no mundo que, sem vocação interior, dedica-se a um ofício, uma arte ou qualquer meio de vida, não achará como tu insuportável sua profissão? Aquele que nasceu *com* um talento *para* um talento, nele encontra sua mais bela existência! Não existe coisa alguma nesta terra sem dificuldade! Só o impulso interior, o amor e o desejo nos ajudam a superar os obstáculos, a abrir caminhos e a elevar-nos acima do estreito círculo onde outros miseravelmente se debatem! Para ti, os palcos nada mais são que palcos, e os papéis, o que para um escolar é sua tarefa! Vês o público como ele mesmo se imagina ser nos dias de trabalho. Pois, para ti, tanto faz estar sentado atrás de uma escrivaninha, debruçado sobre livros quadriculados, registrando contribuições ou usurpando as diferenças. Não sentes esse todo a arder coeso, que só o espírito descobre, concebe e realiza; não sentes que lateja nos homens uma centelha melhor que, não encontrando alento nem ânimo, é soterrada pelas cinzas das necessidades quotidianas e da indiferença, e, ainda assim, por mais tarde que seja, nunca é abafada. Não sentes em tua alma força alguma para avivá-la, nem em teu coração a riqueza necessária para alimentar aquilo que despertaste. A fome te impele, os transtornos te são adversos e não consegues compreender que em qualquer condição social espreitam esses inimigos, que só a alegria e a serenidade podem vencer. Fazes bem em aspirar aos limites de uma ocupação vulgar, pois como poderias desempenhar com acerto alguma outra que exige gênio e coragem? Transfere teu modo de pensar a um soldado, a um estadista ou a um eclesiástico e, com justíssima razão, também eles poderão queixar-se de sua situação indigente. Sim, e não há também homens que, privados de tal forma do sentimento da vida, chegam a considerar toda a vida e a própria natureza dos mortais um nada, uma existência atormentada, semelhante ao pó? Se se movessem vivamente em tua alma as imagens de homens laboriosos, se aquecesse teu peito um fogo compassivo, se se propagasse por todo teu ser esta inclinação que emana do mais profundo, se fosse agradável ouvir os sons de tua garganta, as palavras de teus lábios, se te sentisses forte o bastante em ti mesmo..., e certamente procurarias lugar e ocasião de poder sentir-te também nos outros!

Com essas palavras e pensamentos, nosso amigo havia se despido, e subiu ao leito com um sentimento de íntimo bem-estar. Em lugar das coisas indignas que teria de realizar na manhã seguinte, desfiou-se em sua alma todo um romance; fantasias agradáveis o acompanharam suavemente ao reino do sono e ali o abandonaram a seus irmãos, os sonhos, que o acolheram de braços abertos e envolveram em imagens celestiais a cabeça em repouso de nosso amigo.

Despertou bem cedo na manhã seguinte, e já estava pensando nas providências que iria tomar. Voltou à casa dos pais abandonados, onde o receberam surpresos. Expôs modestamente sua intenção e logo deparou com mais e menos dificuldades que havia presumido. O que estava feito, estava feito, e ainda que as pessoas severas e duras demais tenham o hábito de se opor com violência às coisas passadas, que não podem ser alteradas, agravando assim os males, o fato ocorrido exerce em contrapartida sobre os espíritos da maior parte delas um poder irresistível, e aquilo que parecia impossível toma seu lugar ao lado das coisas banais, tão logo tenha ocorrido. Ficou portanto acertado que o senhor Melina se casaria com a jovem que, como paga por seu erro, não levaria nenhum dote, comprometendo-se ainda a deixar, durante alguns anos, nas mãos de seu pai e em troca de módicos interesses, a herança de uma tia. Quanto ao segundo ponto, relacionado a um garantido futuro burguês, já houve maiores dificuldades. Não queriam ter diante dos olhos a filha corrompida, para que sua presença não os fizesse recordar constantemente a união de um errante com uma família tão distinta, que contava inclusive com um superintendente entre os seus, e não podiam tampouco esperar que os colégios do príncipe confiassem a ele alguma colocação. O pai e a madrasta também tinham opiniões renitentemente opostas, e Wilhelm, que intercedia com muito fervor pelo casal, pois não queria favorecer o retorno ao teatro daquele homem que menosprezava e a quem considerava indigno de tal sorte, nada conseguiu, a despeito de todos os seus argumentos. Tivesse ele conhecimento dos motivos secretos e não teria se esforçado em tentar persuadi-los. Pois o pai, que de bom grado teria aceitado a volta da filha, odiava o jovem porque sua própria mulher já lhe havia deitado antes os olhos e não podia tolerar agora a presença ali de sua enteada na qualidade de uma afortunada rival. E assim, contra sua vontade, Melina teve de partir ao cabo de alguns dias, com sua jovem noiva, que já mostrava um desejo enorme de ver o mundo e pelo mundo ser vista, e foi à procura de uma colocação numa companhia qualquer.

Capítulo 15

Afortunada juventude! Afortunados tempos da primeira ânsia de amar! O homem é então como uma criança que, ao longo de horas, se deleita com o eco, faz sozinho as despesas da conversa e se mostra satisfeito com o entretenimento, ainda que o parceiro invisível só repita as últimas sílabas das palavras proferidas.

Assim era Wilhelm nos primeiros e, sobretudo, nos tempos seguintes à sua paixão por Mariane, quando transmitia a ela todo o tesouro de seus sentimentos e ao mesmo tempo se considerava um mendigo a viver das esmolas que ela lhe dava. E assim como uma paisagem se nos apresenta mais atraente, ou melhor, só se nos apresenta atraente quando o sol a ilumina, assim também tudo que a rodeava e a tocava resultava mais belo e mais suntuoso a seus olhos.

Quantas vezes se havia postado no teatro, por trás dos bastidores, privilégio que lhe concedera o diretor! É verdade que dali desaparecia a magia da perspectiva, mas em troca começava a agir, com muito mais poder, o sortilégio do amor. Era capaz de ficar em pé, durante horas, ao lado do sujo carro de luz,[12] aspirando a fumaça das velas de sebo, fitando sua

[12] Carro com velas de cera que, colocado nos bastidores e invisível para o público, projetava uma luz permanente sobre o palco.

adorada, e, quando ela voltava a entrar em cena e deitava afetuosa os olhos sobre ele, sentia-se perdido nas delícias, transportado a um estado paradisíaco, junto àquelas armações de vigas e ripas. Os cordeirinhos estofados, as quedas-d'água de gaze, as roseiras de papelão e as cabanas planas de palha despertavam nele amáveis e poéticas imagens do primitivo mundo pastoril. Até mesmo as bailarinas, grotescas quando vistas de perto, não lhe desagradavam, pois pisavam as mesmas tábuas que sua bem-amada. E se é certo que o amor começa animando roseirais, bosques de mirtos e luar, ele também pode dar uma aparência de natureza viva às aparas e às tiras de papel. É uma especiaria tão forte que torna saborosos mesmo os caldos insípidos e enjoativos.

Uma tal especiaria se fazia de fato necessária para tornar suportável, e mais tarde até agradável, o estado em que às vezes encontrava os aposentos da jovem e, em certas ocasiões, ela mesma.

Educado numa elegante casa burguesa, a ordem e o asseio eram o elemento no qual respirava e, havendo herdado em parte o amor de seu pai pelo luxo, já de pequeno sabia decorar suntuosamente seu quarto, que considerava como seu pequeno reino. As cortinas da cama caíam em grandes refegos, presos por borlas, como é comum ao se representar um trono; havia adquirido um tapete para o centro do quarto e outro, mais fino, para a mesa; dispunha e organizava seus livros e objetos quase mecanicamente, de tal modo que um pintor holandês teria podido extrair bons modelos para suas naturezas-mortas. Costumava usar um barrete branco sob a forma de um turbante e havia mandado cortar as mangas de seu roupão, copiando o estilo oriental, com o pretexto de que mangas longas e largas dificultavam-no ao escrever. Quando se via sozinho à noite, sem mais temer presenças alheias, costumava enrolar uma faixa de seda na cintura, prendendo por vezes nela um punhal que havia apanhado de uma antiga sala de armas, e desse modo punha-se a estudar e ensaiar os papéis trágicos que lhe eram atribuídos e, com esse mesmo espírito, fazia suas orações ajoelhado no tapete.

Com que felicidade, pois, enaltecia ele naqueles tempos o ator que via em posse de tantos trajes, equipamentos e armaduras majestosas, e no exercício contínuo de atitudes nobres, cujo gênio parecia representar um espelho de tudo que o mundo produziu de mais esplendoroso e mais luxuoso no tocante às situações, ideias e paixões! Do mesmo modo imaginava Wilhelm a vida doméstica de um ator: uma sucessão de atos e ocupações nobres, cujo ponto culminante era a aparição em cena, mais ou menos como a prata que, depois de muito tempo apurada sob o fogo purificador, mostra-se finalmente aos olhos do ourives em toda sua magnífica coloração, revelando-lhe ao mesmo tempo que o metal já está acendrado de todo elemento estranho.

Qual não era pois seu assombro nos primeiros tempos, quando se encontrava na casa de sua amada e, através da névoa propícia que o cercava, fitava de soslaio mesas, cadeiras e assoalho! Jaziam pelo chão os destroços de um atavio momentâneo, ligeiro e falso, como as lâminas brilhantes de um peixe escamado, espalhadas numa desordem selvagem. Os utensílios para o asseio humano, pentes, sabão e toalhas, nem mesmo ficavam cobertos, deixando à mostra os vestígios de seu uso. Música, papéis e sapatos, roupas íntimas e flores artificiais, estojos e grampos, potes de carmim e fitas, livros e chapéus de palha... nada desdenhava a proximidade alheia, estando todos ligados por um elemento comum: os pós e o pó. E, no entanto, em presença dela, Wilhelm pouca atenção dava a todo o resto, ou melhor, era-lhe caro tudo que a ela pertencia, tudo que ela tocava; e assim descobria em tal desordem um encanto que jamais havia sentido em seu ordenamento suntuoso. Parecia-lhe — ora afastando o espartilho, para chegar ao piano, ora colocando sobre a cama os vestidos, para poder sentar-se, enquanto ela mesma, com desembaraçada naturalidade, não procurava esconder aquilo que, senão por outra razão, ao menos por decoro, costuma-se ocultar diante de outra pessoa —, parecia-lhe, digo, como se a cada momento estivesse mais próximo dela, como se laços invisíveis estreitassem sua união.

Não lhe era tão fácil conciliar suas ideias com o modo de se comportar dos outros atores, que ele costumava encontrar em suas primeiras visitas à casa dela. Ocupados em futilidade, no que menos pareciam pensar era em sua profissão e seus objetivos; nunca ouviu de nenhum deles um único comentário sobre o valor poético de uma peça teatral nem uma crítica qualquer, pertinente ou não; limitavam-se sempre às mesmas perguntas: "O que será desta peça? Fará sucesso junto ao público? Quanto tempo ficará em cartaz? Quantas vezes poderemos apresentá-la?", e demais observações desse gênero. Logo passavam a atacar o diretor, como de hábito, dizendo que era mesquinho demais em relação aos salários e sobretudo injusto com este ou aquele; e, depois, era a vez do público, que raramente recompensava com seus aplausos a pessoa certa, que o teatro alemão se aperfeiçoava a cada dia, que os atores eram mais e mais aclamados segundo seu mérito, mas, claro, nunca suficientemente aclamados. Falavam então dos cafés e das tabernas, e do que se passava ali dentro, do montante das dívidas de um colega e dos descontos que sofria, da desproporção do salário semanal, das intrigas de um partido adversário, o que os levava finalmente a se ocupar com a grande e merecida atenção do público, sem esquecer a influência do teatro sobre a cultura de uma nação e do mundo.

Todas essas coisas que, aliás, já haviam proporcionado algumas horas intranquilas a Wilhelm, voltaram-lhe à mente; enquanto seu cavalo o conduzia sem pressa para casa, ele refletia nos diversos acontecimentos que lhe sobrevieram. Vira com seus próprios olhos a emoção que a fuga de uma jovem havia provocado no seio de uma boa família burguesa, e mesmo em todo um vilarejo; ganhavam novamente forma as cenas na estrada e no bailiado, as intenções de Melina e tudo quanto havia ocorrido, o que trouxe a seu espírito vivo e perspicaz uma espécie de inquietação pesarosa, que ele não pôde suportar por mais tempo; esporeou o cavalo e deu-se pressa em chegar à cidade.

Mas ali também, naquele trajeto, ele corria ao encontro de novos dissabores. Werner, seu amigo e eventual cunhado, estava à sua espera para com ele ter uma séria, importante e inesperada conversa.

Werner era daquelas pessoas experientes, determinadas na vida, as quais costumamos chamar de frias, porque, apresentada a ocasião, não se inflamam rápida nem visivelmente; também sua convivência com Wilhelm era uma discordância contínua, que, no entanto, e por isso mesmo, contribuía para solidificar mais seu afeto, pois, a despeito de suas diferentes maneiras de pensar, cada qual auferia vantagens do outro. Werner se gabava de haver posto rédeas e freios ao excelente, embora por vezes exaltado, espírito de Wilhelm, e este experimentava com frequência um triunfo grandioso quando conseguia arrastar para dentro de sua efervescência o circunspecto amigo. E assim se exercitavam reciprocamente; estavam habituados a se ver todos os dias, e poder-se-ia mesmo dizer que a impossibilidade de se compreenderem aumentava o desejo dos encontros e discussões mútuas. Mas, no fundo, os dois, que eram boas pessoas, caminhavam lado a lado, rumo a um único objetivo, e jamais puderam compreender por que afinal nenhum deles era capaz de reduzir o outro a seu próprio modo de pensar.

Já há algum tempo Werner vinha observando que se tornavam cada vez mais raras as visitas de Wilhelm, que este só tocava de passagem e distraidamente os temas prediletos e não se aprofundava mais no desenvolvimento caloroso de suas ideias singulares, em face das quais é possível reconhecer-se com facilidade um espírito livre que, em presença de um amigo, encontra paz e satisfação. A princípio, o metódico e pensativo Werner procurou a falha em sua própria conduta, até que alguns rumores na cidade levaram-no à pista correta, e algumas indiscrições de Wilhelm o aproximaram da verdade. Passou a investigar e bem depressa descobriu que já há algum tempo Wilhelm vinha fazendo visitas notórias a uma atriz, com quem falava no teatro e a acompanhava a sua casa; ele ficaria desolado, se tivesse também conhecimento dos encontros noturnos, pois ouvira dizer que Mariane era uma jovem sedutora, que provavelmente arrancaria dinheiro ao amigo, enquanto se deixava ao mesmo tempo sustentar pelo mais indigno amante.

Tão logo lhe foi possível elevar sua suspeita à categoria de certeza, resolveu investir contra Wilhelm, e já estava de prontidão, devidamente preparado, quando este havia acabado de chegar, descontente e mal-humorado, de sua viagem.

Werner lhe contou naquela mesma noite tudo que sabia, a princípio com calma, depois com a seriedade premente de uma amizade bem-intencionada, não deixando laivos de imprecisão e fazendo o amigo provar todas as amarguras que as pessoas serenas, tão generosamente e com uma eficaz e perversa alegria, costumam dispensar aos enamorados. Mas, como é fácil imaginar, não conseguiu grande coisa. A tudo aquilo replicou Wilhelm com uma íntima emoção, mas grande segurança:

— Nem conheces a moça! As aparências talvez não lhe sejam favoráveis, mas estou tão seguro de sua fidelidade e virtude quanto de meu amor!

Werner insistiu em suas acusações, oferecendo provas e testemunhas. Wilhelm repudiou-as e separou-se de seu amigo, descontente e abalado, como alguém a quem um dentista inepto tenta em vão extrair um dente cariado mas ainda firme.

Wilhelm se sentia extremamente incomodado ao ver turvada e quase desfigurada em sua alma a bela imagem de Mariane, primeiro pelos acontecimentos singulares da viagem, depois pela falta de delicadeza de Werner. Recorreu então ao método mais seguro para restabelecer toda sua claridade e beleza, correndo ao encontro dela à noite, pelos caminhos habituais. Recebeu-o com uma alegria calorosa, pois, por ocasião de sua chegada, ele havia passado a cavalo diante de sua casa, o que a fez ficar à sua espera aquela noite; e é fácil imaginar que todas as suspeitas logo foram banidas de seu coração. Mais ainda: as carícias da jovem reavivaram toda sua confiança, e ele lhe contou a que ponto foram injustos com ela as pessoas e o amigo.

Muitas palavras animadas os conduziram aos instantes iniciais de sua amizade, cuja lembrança era um dos mais belos temas de conversa para dois amantes. Os primeiros passos que nos guiam para dentro do labirinto do amor são tão agradáveis, tão arrebatadoras as primeiras perspectivas, que de bom grado os evocamos. Cada parte procura manter vantagem sobre a outra, afirmando haver sido a primeira a amar e a mais desinteressada, e neste embate, cada qual prefere ser vencido a vencer.

Wilhelm repetia a Mariane o que ela tantas vezes já ouvira: como sua atenção logo se desviara do espetáculo para se fixar unicamente nela; como seu porte, seu desempenho e sua voz o haviam cativado; como, afinal, passou a assistir apenas às peças em que ela atuava; e como, finalmente, escapava para os bastidores, onde por diversas vezes esteve a seu lado, sem que ela o percebesse; falou em seguida, com entusiasmo, daquela tarde venturosa, quando teve ocasião de lhe prestar uma gentileza e encetar com ela uma conversa.

Mariane, por sua vez, protestava, dizendo não haver ficado tanto tempo sem reparar nele e afirmava já tê-lo visto antes no passeio, descrevendo como prova a roupa que ele usava aquele dia e sustentando que desde aquele momento caíra lhe em seu agrado, mais que qualquer outro, e que ela havia desejado conhecê-lo.

Com que prazer Wilhelm acreditava em tudo aquilo! Com que prazer se deixava convencer de que, ao se aproximar da jovem, ela fora atraída para ele por uma força irresistível; que ela intencionalmente se aproximou dele por entre os bastidores para vê-lo mais de perto e travar amizade com ele; e como, afinal, não conseguindo vencer sua reserva e timidez, ela mesma lhe dera a oportunidade, obrigando-o, por assim dizer, a ir buscar-lhe um copo de limonada.

Em meio a este embate amoroso, no qual persistiam graças às mínimas circunstâncias de seu breve romance, as horas passaram depressa, e Wilhelm deixou sua amada absolutamente tranquilo, com o firme propósito de pôr em prática sem demora seu projeto.

Capítulo 16

De tudo quanto era necessário para sua viagem já se haviam ocupado seu pai e sua mãe; mas algumas miudezas, que ainda faltavam a seus apetrechos, retardaram por alguns dias a partida. Wilhelm aproveitou aquele tempo para escrever a Mariane uma carta em que se propunha finalmente falar de sua iniciativa, da qual ela vinha esquivando-se até então. Eis o teor da carta:

"Sob o amado manto da noite, que costumeiramente me cobria nos teus braços, cá estou eu sentado, pensando em ti e te escrevendo, e tudo em que reflito e que estimula minha mente não é senão por ti. Ó Mariane, eu, o mais feliz dos homens, sou como um noivo que, pressentindo que novo mundo irá revelar-se nele e por meio dele, detém-se sobre o tapete festivo e, ao longo da sagrada cerimônia, transporta seus pensamentos lascivos para a cortina misteriosa, atrás da qual há de lhe sussurrar ao ouvido toda a doçura do amor.

Tenho conseguido vencer a mim mesmo por não te ver em alguns dias; tem sido fácil, na esperança de uma tal compensação: estar eternamente contigo, ser completamente teu! Devo repetir o que desejo? E, no entanto, é necessário, pois parece que até o momento não me compreendeste.

Quantas vezes, com os leves tons da fidelidade que, ansiando tudo conservar, pouco ousa dizer, sondei em teu coração o desejo de uma união eterna! Tens-me compreendido decerto, pois tal desejo haverá de germinar em breve em teu coração; tens-me sentido em cada beijo, na aconchegante calma dessas noites de felicidade! Nessas ocasiões vim a conhecer tua discrição, e como se tornou intenso o meu amor! Onde uma outra teria se comportado artificialmente, para, com auxílio de supérfluos raios de sol, fazer madurar no coração de seu amante uma resolução, arrancar-lhe uma declaração, confirmar uma promessa, é quando justamente tu te retiras, tornas a cerrar o peito entreaberto de teu amado e tratas de ocultar, por meio de uma aparente indiferença, tua determinação; mas eu te compreendo! Que miserável seria eu se não reconhecesse nesses indícios o amor puro, desinteressado, que só do amigo se ocupa! Confia em mim e fica tranquila! Pertencemos um ao outro, e nenhum de nós deixará ou perderá alguma coisa se vivermos um para o outro.

Toma, pois, esta mão, este símbolo ainda solene e supérfluo! Experimentamos todos os gozos do amor, mas ainda há novas alegrias no pensamento confirmado da duração! Não me perguntes como! Não te preocupes! O destino vela pelo amor, e tão mais certo quanto o amor se satisfaz com pouco.

Há muito que meu coração já deixou a casa de meus pais; ele está contigo, do mesmo modo como meu espírito paira sobre os palcos. Oh, minha amada! A que outro homem tem sido dado conciliar seus desejos, como a mim? Não se apodera de meus olhos o sono e, como uma eterna aurora, movem-se sem cessar à minha frente teu amor e tua alegria.

Mal posso controlar-me para não me levantar precipitadamente, correr à tua casa, arrancar-te à força teu consentimento e, amanhã mesmo, às primeiras horas, sair pelo mundo à procura de meu intento... Não, hei de me conter! Não quero dar nenhum passo irrefletido, insensato nem ousado; meu plano está traçado, e irei executá-lo com toda serenidade.

Conheço o diretor Serlo, e minha viagem me leva direto a ele; há um ano vem ele sonhando em incutir a seus atores um pouco de minha vivacidade e da alegria que me proporcionam o teatro, e estou certo de que serei bem recebido, pois em tua companhia teatral não pretendo ingressar, por mais de uma razão; além do que, Serlo está tão longe daqui que a princípio posso manter em segredo minha resolução. Não demorarei para encontrar ali uma remuneração razoável; verei o que quer o público, conhecerei a companhia teatral e então voltarei para te buscar.

Mariane, estás vendo até que ponto sei me controlar para te ter com segurança, pois ficar tanto tempo sem te ver, saber que te deixo neste vasto mundo, não quero nem imaginar! Mas quando torno a pensar em teu amor, que me assegura de tudo, e se não desdenhas meu pedido e ainda antes de nos separarmos me dás tua mão diante de um padre, partirei em paz. É só uma formalidade entre nós, mas que formalidade tão encantadora! A bênção do céu unida à bênção da terra. Aqui nas imediações, nos domínios senhoriais, tudo se passa facilmente e em segredo.[13]

Para o começo, tenho dinheiro suficiente; nós o dividiremos e será bastante para os dois; e, antes que se nos acabe, o céu nos proverá.

Sim, minha bem-amada, não tenho o menor receio. O que com tanta alegria começou, só pode acabar mesmo bem. Jamais duvidei de que é possível triunfar no mundo quando se é sério, e me sinto cheio de coragem para conseguir uma remuneração suficiente para dois, ou mesmo para mais. O mundo é ingrato, dizem muitas pessoas, mas ainda não deparei com tal ingratidão, quando se sabe fazer algo por ele da maneira correta. Toda minha alma se inflama ante a ideia de poder enfim entrar um dia em cena e falar ao coração dos homens aquilo que há muito anseiam por ouvir. Eu, que tão sensível sou ao esplendor do teatro, já senti mil vezes perpassar-me a angústia pela alma ao ver os mais miseráveis imaginando poder dirigir-nos uma grande e generosa palavra que nos toque o coração! Um som em falsete soa muito melhor e mais puro; é inaudito como pecam esses moços em sua grosseira inabilidade!

Frequentemente o teatro tem tido suas controvérsias com o público, mas, creio eu, não haveria por que entrarem em disputa. Como seria desejável que tanto num quanto noutro só homens nobres glorificassem a Deus e à natureza! Não são sonhos, minha amada! Como pude sentir em teu coração que estás amando, faço uso também desses brilhantes pensamentos e digo... não, não o direi, mas espero que algum dia possamos apresentar-nos diante dos homens como um ca-

[13] Referência aos domínios imperiais dos nobres, onde não se aplicavam as leis dos grandes principados territoriais, realizando-se assim com menos entraves as cerimônias de casamento.

sal de espíritos bondosos, para abrir-lhes os corações, tocar-lhes as almas e reservar-lhes prazeres celestiais, assim como tão certo me foi concedido desfrutar em teu regaço prazeres que sempre mereceram o nome de celestiais, porque, em tais momentos, nos sentíamos transportados para fora de nós mesmos, elevados acima de nós mesmos.

Não posso terminar; já te disse tantas coisas e não sei se te disse tudo, tudo o que a ti diz respeito, pois não há palavras bastantes que possam expressar o movimento da roda a girar em meu coração!

Mesmo assim, recebe esta folha, minha querida! Já a reli e vejo que deveria começá-la outra vez; mas ela contém tudo o que precisas saber, tudo que te servirá de preparativo para quando eu retornar a teu seio com a alegria do doce amor. Sinto-me como um prisioneiro que, à espreita em sua cela, lima suas correntes. Dou boa noite a meus pais, que dormem despreocupados... Adeus, minha amada! Adeus! Desta vez termino; meus olhos se fecharam duas ou três vezes, e já vai alta a noite."

Capítulo 17

O dia não havia ainda chegado ao fim, e Wilhelm, com a carta cuidadosamente dobrada dentro do bolso, já ansiava por ir à procura de Mariane; e nem bem escurecera, quando, contrariando seu hábito, escapou para casa dela. Seu plano era participar-lhe sua visita logo mais à noite, abandonar-se por um momento junto à amada e, antes de se retirar, colocar-lhe nas mãos sua carta para, em seu retorno à alta noite, obter dela a resposta, o consentimento, ou arrancá-lo à força pelo poder de suas carícias. Voou para seus braços e só junto a seu peito é que pôde conter-se. A intensidade de suas emoções impediu-o a princípio de ver que ela não lhe respondia com a cordialidade de costume, até que ela mesma não conseguiu dissimular por mais tempo seu estado de aflição; alegava uma enfermidade, uma indisposição, queixava-se de dor de cabeça e não queria aceitar a proposta que ele lhe havia feito de voltar a vê-la aquela noite. Ele não suspeitou nada de mal nem continuou insistindo, mas sentiu que não era aquela a hora de lhe entregar a carta. Manteve-a em seu poder, e como ela o convidava delicadamente, com muitos gestos e palavras, a se retirar, ele apanhou, no delírio de seu amor insaciável, um de seus lenços de pescoço, colocou-o no bolso, e abandonou de mau grado seus lábios e sua porta. Voltou sorrateiramente para casa, mas ali também não conseguiu ficar por muito tempo; trocou de roupa e procurou de novo o ar livre.

Depois de caminhar de um lado para o outro por diversas ruas, topou com um desconhecido que lhe perguntou por uma certa hospedaria; Wilhelm ofereceu-se para lhe mostrar o local, e o desconhecido aproveitou para saber o nome da rua e o dos proprietários de diversos grandes edifícios, diante dos quais passavam, inteirando-se também de algumas instituições da polícia municipal;[14] e assim, envolvidos numa conversa tão interessante, chegaram à porta da hospedaria. O desconhecido insistiu com seu guia para que entrasse também e o acompanhasse num copo de ponche, dizendo-lhe ao mesmo tempo seu nome e local de procedência, bem como os motivos que o trouxeram até ali, e induzindo Wilhelm à idêntica confiança. Este não deixou pois de mencionar não só seu nome como também seu domicílio.

— O senhor não é um dos netos do velho Meister, aquele que possuía uma valiosa coleção artística? — perguntou o forasteiro.

— Sim, eu mesmo. Tinha dez anos quando meu avô morreu, e senti muitíssimo que colocassem à venda aquelas peças tão lindas.

— Seu pai recebeu por ela uma grande soma.

— Mas, como o sabe?

— Oh, sim! Cheguei a ver esse tesouro ainda em sua casa. Seu avô não era um mero colecionador, mas um entendido em arte; esteve na Itália, numa época mais propícia, e de lá trouxe tesouros que hoje não seria possível adquirir por preço algum. Possuía quadros magníficos, dos melhores mestres; ao se examinar sua coleção de desenhos, mal se podia crer nos próprios olhos; entre seus mármores havia alguns fragmentos inestimáveis; era dono de uma série de bronzes muito instrutiva e também che-

[14] A palavra "polícia", derivada do latim medieval *politia*, costumava designar, nos séculos XVII e XVIII, governo, administração, regulamentação no âmbito do Estado e do município, especialmente no tocante ao Executivo (em oposição ao Legislativo). Entre as atribuições policiais do final do século XVIII contavam-se também a construção de estradas, asilos, hospitais; as prescrições sanitárias; o recolhimento de tributos etc.

gara a colecionar apropriadamente moedas, tendo em vista a arte e a história; suas poucas pedras talhadas eram dignas de todos os elogios; e toda essa coleção estava muito bem instalada, embora os cômodos e os salões da velha casa não tivessem sido erguidos em simetria.

— Pois então pode imaginar o que nós, crianças ainda à época, perdemos quando levaram para baixo e empacotaram todas essas coisas. Foram as primeiras horas tristes de minha vida. Ainda lembro o quanto nos pareciam vazios os cômodos ao vermos desaparecendo aos poucos aqueles objetos que nos haviam distraído desde pequenos e que julgávamos tão imutáveis quanto a casa e a própria cidade.

— Se não estou enganado, seu pai empregou esse capital no negócio de um vizinho, com quem fundou uma espécie de sociedade comercial.

— É verdade! E as transações dessa sociedade foram um sucesso; nos últimos doze anos eles aumentaram muito suas fortunas, o que os levou a se dedicar com mais energia aos negócios; ademais, o velho Werner tem um filho muito mais apto que eu para esse ofício.

— Lamento que esta cidade tenha perdido um bem tão precioso, como o era o gabinete de seu avô. Ainda cheguei a vê-lo, pouco antes que o vendessem, e posso mesmo dizer que fui o responsável por tal venda. Um aristocrata, rico e grande aficionado, mas que não confiava somente em seu próprio juízo crítico para uma aquisição de tal porte, havia-me enviado para cá e pedido meu conselho. Durante seis dias examinei o gabinete e no sétimo aconselhei meu amigo a pagar sem hesitação a quantia pedida. O senhor, que era então uma criança muito viva, costumava andar à minha volta; esclarecia-me quanto aos assuntos de que tratavam os quadros e sabia aliás interpretar muito bem o gabinete.

— Lembro-me de uma tal pessoa, mas não a teria reconhecido no senhor.

— É que já se passou muito tempo e, um pouco mais, um pouco menos, sempre mudamos. Se bem me lembro, havia entre aqueles quadros um que era seu preferido e do qual não queria se desfazer de forma alguma.

— É verdade! Representava a história do filho enfermo do rei, consumido de amor pela noiva de seu pai.[15]

[15] Referência a um tema de Plutarco, narrado em *Demetrios*, cap. 38. Antióquio So-

— Não era propriamente a melhor pintura; mal-composta, com um colorido que nada tinha de especial e num estilo amaneirado.

— Não entendia e ainda não entendo dessas coisas; o que me agrada num quadro é o tema, não a arte.

— Seu avô parecia pensar diferente, visto que a maior parte de sua coleção era composta de objetos magníficos, nos quais sempre se podia admirar o mérito de seus mestres, independentemente do tema; além do mais, esse quadro estava na antessala mais afastada, sinal do pouco apreço que seu avô tinha por ele.

— Era justamente nesse salão que nós, as crianças, tínhamos permissão de brincar, e onde esse quadro deixou em mim uma impressão indelével, que nem mesmo sua crítica, que aliás respeito, poderia apagar de mim, ainda que estivéssemos diante dele. Que compaixão me inspirava, e ainda me inspira, aquele jovem que tem de encerrar em sua alma os doces impulsos, o mais belo patrimônio que a natureza nos legou, e esconder em seu peito o fogo que deveria aquecê-lo e animá-lo, a ele e aos outros, de tal modo que o mais íntimo de seu ser se consome em imensas dores! E como lamento também pela infeliz, obrigada a devotar-se a um outro homem, quando seu coração já havia encontrado o objeto digno de um desejo puro e verdadeiro!

— Esses sentimentos estão certamente muito distantes das considerações que costuma levar em conta um amante das artes ao apreciar as obras dos grandes mestres; mas é bem provável que, se o gabinete ainda estivesse em poder de sua família, aos poucos se lhe revelaria o sentido daquelas obras, e o senhor acabaria por ver nelas algo mais que a si mesmo e sua inclinação.

— Decerto que senti muito a venda do gabinete, e ainda hoje, em meus anos mais maduros, ele me faz falta; mas quando penso que assim teve de acontecer para despertar em mim uma paixão, um talento, que exerceriam em minha vida uma influência muito maior que o teriam fei-

ter I, filho do rei Seleuko I da Síria, adoece, deixando seu pai extremamente preocupado. No momento em que o médico está tomando o pulso do doente, entra no quarto Stratonike, a jovem e bela esposa do rei. O médico logo percebe que Antióquio a ama e que esta é a causa de sua enfermidade. A história termina com a separação de Seleuko e o casamento de Stratonike com Antióquio. O tema era bastante popular na poesia, na pintura e no teatro à época de Goethe.

to aquelas imagens inanimadas, resigno-me de bom grado e acato o destino, que sabe me guiar e que a todos guia para o melhor.

— Infelizmente, mais uma vez ouço a palavra destino pronunciada por um jovem numa idade em que é comum atribuir a suas vivas inclinações a vontade dos superiores.

— Mas então, o senhor não crê em destino? Num poder que nos governe e tudo conduza para nosso bem?

— Não se trata aqui do que creio, nem este é o lugar para lhe explicar como procuro tornar de certo modo concebíveis coisas que fogem à compreensão de todos nós; a questão aqui é saber qual o melhor modo de representação para nós. A trama deste mundo é tecida pela necessidade e pelo acaso; a razão do homem se situa entre os dois e sabe dominá-los; ela trata o necessário como a base de sua existência; sabe desviar, conduzir e aproveitar o acaso, e só enquanto se mantém firme e inquebrantável é que o homem merece ser chamado um deus na Terra. Infeliz aquele que, desde sua juventude, habitua-se a querer encontrar no necessário alguma coisa de arbitrário, a querer atribuir ao acaso uma espécie de razão, tornando-se mesmo uma religião segui-lo! Que seria isto senão renunciar à própria razão e dar ampla margem a suas inclinações? Imaginamo-nos piedosos, enquanto avançamos, vagando sem refletir, deixando-nos determinar por contingentes agradáveis, e acabamos por dar ao resultado de uma tal vida vacilante o nome de uma direção divina.

— O senhor nunca se viu numa situação em que uma pequena circunstância o obrigasse a seguir um determinado caminho, em que logo lhe viesse ao encontro uma agradável ocasião, e onde uma série de lances inesperados o conduzisse enfim a um propósito que nem mesmo o senhor havia considerado? Isto não deveria inspirar-nos a submissão ao destino, a confiança num tal guia?

— Pensando desse modo, não haveria donzela que pudesse conservar sua virtude, nem uma só pessoa que guardasse seu dinheiro no bolso, pois há ocasiões bastantes para se desfazer tanto de um quanto de outro. Só me anima o homem que sabe o que é útil a ele e aos outros, e trabalha para limitar o arbitrário. Cada um tem a felicidade em suas mãos, assim como o artista tem a matéria bruta, com a qual ele há de modelar uma figura. Mas ocorre com essa arte como com todas: só a capacidade nos é inata; faz-se necessário, pois, aprendê-la e exercitá-la cuidadosamente.

Esse e muitos outros assuntos foram tratados por eles; finalmente se separaram, sem que nenhum dos dois parecesse haver particularmente convencido o outro; mas, ainda assim, marcaram um novo encontro para o dia seguinte.

Wilhelm caminhava pelas ruas, quando ouviu o som de clarinetas, trompas de caça e fagotes, que lhe encheu o peito. Os músicos ambulantes faziam uma serenata agradável. Falou com eles e, por um pouco de dinheiro, seguiram-no até a casa de Mariane. Árvores frondosas enfeitavam a praça diante da casa da jovem, e sob suas copas ele dispôs os músicos; foi descansar num banco a certa distância e abandonou-se por completo aos sons que sussurravam à sua volta, embalando a noite fresca. Estendida sob as estrelas celestiais, sua existência parecia-lhe um sonho dourado.

"Também ela ouve essas flautas", dizia-se em seu coração, "e sente quem é aquele cuja lembrança e cujo amor tornam a noite harmoniosa; mesmo à distância estamos unidos por esta melodia, assim como em toda ausência o estamos pelo mais delicado sentimento amoroso. Ai! Dois corações que se amam são como dois relógios magnéticos:[16] o que move um, faz mover também o outro, pois uma só coisa em ambos atua, uma só força os penetra. Como posso encontrar nos braços dela a possibilidade de deixá-la? E no entanto estarei longe, procurarei um refúgio venturoso para o nosso amor e assim a terei para sempre comigo. Quantas vezes não me ocorreu, estando longe dela e perdido em sua lembrança, tocar um livro, uma peça de roupa ou outra coisa qualquer, e crer sentir o toque de sua mão, tão envolvido estava por sua presença! E recordar esses momentos que se esquivam à luz do dia como o olhar do frio espectador, esses momentos que, para gozá-los, os próprios deuses abandonariam o indolor estado da pura felicidade! Recordá-los? Como se fosse possível renovar na lembrança a embriaguez do cálice inebriante que desorienta nossos sentidos, prisioneiros de laços celestiais!... E sua figura!..."

[16] Trata-se de bússolas utilizadas por mineiros e agrimensores, que não eram dividida em graus, mas em horas, como relógios. Já que duas bússolas, atravessadas por igual força, apontam a mesma direção, Goethe aproveitou essa imagem como metáfora para a comunhão dos amantes.

Perdido em suas lembranças, sua calma transformou-se em desejo e, abraçando-se a uma árvore, refrescou junto ao tronco as faces que ardiam, e os ventos da noite aspiraram avidamente o alento que brotava, agitado, de seu peito. Procurou pelo lenço de pescoço de Mariane, que apanhara em sua casa, mas o havia esquecido na outra roupa. Seus lábios estavam sedentos, e seu corpo tremia de desejo.

Cessou a música e foi como se ele caísse do elemento para o qual o haviam transportado suas emoções. Crescia sua inquietação, pois os acordes suaves não nutriam nem aplacavam seus sentimentos. Foi sentar-se na soleira da casa de Mariane e logo se sentiu mais calmo; beijou o aro de metal, que usava para bater à porta, beijou aquela soleira, que seus pés pisavam ao entrar e sair, aquecendo-a com o fogo de seu peito. Tornou a sentar-se, tranquilo por um momento, e imaginou-a atrás das cortinas, em seu traje de noite branco, com a fita vermelha ao redor da cabeça, repousando serenamente, e julgou-se tão perto dela que bem lhe pareceu estar sonhando com ele naquele momento. Seus pensamentos eram amáveis, como os espíritos do crepúsculo; em seu íntimo se alternavam a paz e o desejo; o amor, com mão trêmula, percorria de mil modos todas as fibras de sua alma; parecia-lhe que o canto das esferas havia-se detido sobre ele para escutar as melodias serenas de seu coração.

Tivesse em seu poder a chave principal que tantas vezes lhe abrira a porta de Mariane, não teria podido conter-se e penetraria aquele santuário do amor. Mas se afastou dali vagarosamente, com passos cambaleantes, meio sonolento sob as árvores, querendo voltar para casa e regressando continuamente; até que, exercendo um domínio sobre si mesmo, partiu, e na esquina, ao se voltar mais uma vez, pareceu-lhe que a porta de Mariane se abria, dando passagem a um vulto confuso. Estava muito longe para ver com nitidez as coisas, e antes que pudesse repor-se e aguçar a vista, a aparição já se havia perdido na noite; Wilhelm imaginou vê-la mais uma vez, passando furtivamente diante da fachada branca de uma casa. Parou, piscou os olhos e antes de se encher de coragem e correr em seu encalço, o fantasma já havia desaparecido. Por onde deveria segui-lo? Que rua havia tragado aquele homem, se é que era de fato um ser humano?

Assim como alguém, a quem um relâmpago ilumina por um instante a região, procura em seguida, com os olhos ofuscados, inutilmente nas trevas as formas anteriores e a continuidade dos atalhos, assim também estavam os olhos e o coração de Wilhelm. E assim como um espectro da meia-noite que gera imenso pavor e é tido, nos instantes seguintes em que recobramos a serenidade, por uma criação do próprio susto, deixando-nos sua terrível aparição dúvidas infindáveis na alma, assim também se encontrava Wilhelm, tomado de grande inquietação, apoiado num marco divisório, sem se dar conta da claridade da manhã e do canto dos galos, até que os trabalhadores matinais começaram a ganhar vida e o impeliram para casa.

Ao chegar, já havia afugentado da alma, com as razões mais plausíveis, o inesperado fantasma; mas não conseguiu recobrar o belo estado de ânimo da noite, na qual também pensava agora como numa outra aparição. Para reanimar seu coração e selar sua fé que renascia, apanhou o lenço de Mariane no bolso da outra roupa. O farfalhar de uma folha de papel que se desprendeu dele tirou-lhe o lenço dos lábios; ergueu a folha e leu:

> "É assim que te quero, minha tolinha! Mas, que tinhas ontem? Irei hoje à noite à tua casa. Acredito mesmo que lamentas ter de partir daqui, mas tem paciência, que para a feira estarei contigo. Escuta, não tornes a usar aquela roupa verde, marrom e preta, pois dentro dela mais pareces a bruxa de Endor.[17] Não te mandei pois o *négligé* branco, para poder ter em meus braços um alvo cordeirinho? Continua enviando-me teus bilhetes pela velha sibila, que o diabo em pessoa a elegeu para Íris."[18]

[17] Em *Samuel*, Livro 1, cap. 28, Saul, pouco antes de morrer, interroga o falecido Samuel com a ajuda de uma adivinha em Endor.

[18] Referência à mensageira alada dos deuses, cujo manto de sete cores é associado ao arco-íris.

Livro II

Capítulo 1

Todo aquele que, diante de nossos olhos, emprega com tenacidade seus esforços para atingir um propósito, aprovemos ou censuremos sua intenção, há de ser digno de nossa simpatia; mas, uma vez resolvida a questão, desviamos prontamente dele nosso olhar; tudo aquilo que se mostra acabado, concluído, não pode absolutamente reter nossa atenção, sobretudo quando já havíamos profetizado, desde o princípio, um desfecho desastroso à empresa.

Eis por que não iremos entreter nossos leitores com minudências a respeito da dor e miséria que se abateram sobre nosso infeliz amigo quando viu tão inesperadamente destruídos suas esperanças e seus desejos. Saltaremos, portanto, alguns anos e iremos procurá-lo somente ali, onde esperamos reencontrá-lo numa espécie de atividade e prazer, relatando por ora apenas o necessário para a continuidade da história.

A peste ou uma febre malsã causam estragos mais rápidos e violentos num corpo sadio, vigoroso, e assim o pobre Wilhelm foi acometido inopinadamente por uma triste sina, de tal modo que num instante todo o seu ser foi devastado. Pouco mais ou menos como quando, sob preparativos, queimam-se fogos de artifício, e os cartuchos, artisticamente preparados e dispostos segundo uma determinada ordem, sob a qual deveriam desenhar no ar figuras fabulosas e variadas, começam a silvar e a zunir desordenada e perigosamente, assim também no peito de Wilhelm agora soçobravam indistintamente felicidade e esperança, volúpia e alegria, o real e o sonhado. Em tais instantes brutais, fica paralisado o amigo que acode em seu socorro, e para o próprio atingido passa a ser um alívio o instante em que seus sentidos o abandonam.

Seguiram-se dias de intensa e contínua dor, eterna e intencionalmente renovada, mas que também devemos considerar como uma dádiva da natureza. Em tais horas Wilhelm ainda não havia completamente perdido sua amada; suas dores eram tentativas infatigavelmente renovadas de reter ainda aquela felicidade que se lhe evadia da alma, de retomar em pensamento a possibilidade, de procurar uma curta sobrevida às suas alegrias para sempre desfeitas. Assim como não se pode dizer que um corpo está inteiramente morto, enquanto dura sua decomposição, enquanto as forças que procuram em vão agir, segundo suas antigas obrigações, desgastam-se na destruição das partes que outrora animavam, e só quando tudo está consumido, quando vemos o conjunto decomposto num pó indiferente, é que nos aflora o sentimento vazio e deplorável da morte, reconfortado apenas pelo sopro do Ser que vive eternamente.

Numa alma tão nova, inteira e amorosa havia muito o que dilacerar, destruir, aniquilar, e a força prontamente recuperadora da juventude trouxe ao domínio da dor um sustento e uma violência novos. O golpe havia ferido na raiz toda sua existência. Werner, seu confidente por necessidade, recorreu zeloso ao fogo e à espada para penetrar na vida mais íntima de uma paixão odiosa, este monstro. A ocasião era por demais favorável, as provas estavam à mão, e quantas histórias e rumores não soube ele aproveitar! Foi avançando passo a passo, com violência e crueldade, sem deixar ao amigo o bálsamo do menor equívoco momentâneo, destruindo-lhe todos os refúgios nos quais poderia abrigar-se contra o desespero, uma vez que a natureza, não querendo permitir a ruína de seu favorito, atacou-o com uma enfermidade, para desafogá-lo de outro lado.

Uma febre violenta, com suas sequelas, os remédios, a tensão e o abatimento, mais os desvelos da família, o amor de seus próximos, que só podem ser devidamente apreciados nos instantes de apuro e necessidade, serviram-no como distrações outras para a alteração de seu estado e ocuparam-no dolorosamente. Só quando se sentiu melhor, isto é, quando se esgotaram suas forças, é que Wilhelm viu com horror o abismo torturante de sua árida miséria, como alguém que baixa os olhos para a oca cratera calcinada de um vulcão.

Passou doravante a censurar-se amargamente por ainda ter, depois de uma tão grande perda, um instante sem dor, tranquilo, indiferente. Desprezava seu próprio coração, ansiando pelo bálsamo da dor e das lágrimas.

Para despertar nele tudo isso de novo, trouxe à lembrança todas as cenas de sua felicidade passada. Pintava-as com as mais vivas cores, empenhava-se em voltar a penetrá-las, e, quando atingia o ponto culminante, quando o brilho do sol dos dias passados parecia reanimar-lhe os membros e erguer-lhe o peito, olhava para trás, na direção do pavoroso abismo, reconfortava seu olhar naquela profundeza fulminante, atirava-se a ela e arrancava da natureza as dores mais amargas. Ante essa renovada crueldade, ele se dilacerava a si mesmo, pois a juventude, tão rica em forças latentes, ignora aquilo que desperdiça quando associa à dor, que uma perda provoca, sofrimentos tão forçados, como se apenas desta maneira quisesse dar um verdadeiro valor àquilo que perdeu. Ademais, ele estava tão convencido de ser aquela perda a única, a primeira e a última que poderia sentir em sua vida, que abominava qualquer consolo que procurasse apresentar-lhe como finitos esses sofrimentos.

Capítulo 2

Habituado a se atormentar dessa maneira, passou a atacar também de todos os lados, com uma crítica vingativa, todo o resto que, depois do amor e com o amor, lhe havia proporcionado as maiores alegrias e esperanças: seu talento de poeta e de ator. Não via em seus trabalhos nada além de uma imitação insípida de algumas formas tradicionais, sem qualquer valor intrínseco; identificava neles rígidos exercícios escolares, aos quais faltavam aquela centelha de naturalidade, verdade e inspiração. Só encontrava em seus poemas uma cadência monótona em que se arrastavam, ligados por uma rima pobre, ideias e sentimentos vulgares, e assim se privava de toda perspectiva, todo prazer que, por esse ângulo, teria podido ainda em todo caso reanimá-lo.

Não se sentia muito diferente quanto a seu talento de ator. Recriminava-se por não haver descoberto antes a vaidade que servira de base para sua pretensão. Eram seus alvos sua estatura, seu modo de andar, seus gestos e sua declamação; recusava-se terminantemente a toda sorte de vantagem e mérito que o tivessem elevado acima do comum, o que agravava em altíssimo grau seu mudo desespero. Pois, se é duro renunciar ao amor de uma mulher, não menos dolorosa é a sensação de se separar da intimidade com as Musas, de se declarar para sempre indigno de sua convivência e de renunciar à aclamação mais bela e imediata, publicamente demonstrada a nossa pessoa, a nosso comportamento e a nossa voz.

A tudo isso, portanto, teve de se resignar nosso amigo, dedicando-se doravante, com grande zelo, aos assuntos comerciais. Para assombro de seu amigo e satisfação plena de seu pai, não havia ninguém mais ativo que ele no balcão e na Bolsa, na loja e no empório; incumbia-se das correspondências e contas, e de tudo mais que lhe exigiam, despachando-as com a máxima aplicação e zelo. Por certo não com a aplicação serena, que é a recompensa simultânea para o homem diligente, quando realizamos com ordem e continuidade aquilo para o qual nascemos, mas sim com a aplicação silenciosa do dever que tem por base o melhor propósito, nutrido pela convicção e recompensado por um orgulho próprio, mas que, muitas vezes, mesmo quando a mais bela consciência lhe oferece a coroa, mal pode reprimir um suspiro fora de hora.

E assim, durante um certo tempo, Wilhelm seguiu vivendo laboriosamente, convencido de que o destino lhe havia preparado aquela dura prova para seu próprio bem. Alegrava-se por se ver advertido a tempo quanto ao caminho da vida, ainda que de forma assaz inclemente, enquanto outros expiavam mais tarde e mais arduamente os erros para os quais uma vaidade juvenil os havia encaminhado. Pois, em geral, o homem se recusa, tanto quanto pode, a despedir o néscio que traz dentro do peito, a reconhecer um erro capital e a confessar uma verdade que o leva ao desespero.

Por mais determinado que estivesse a renunciar a suas mais caras ideias, foi necessário contudo algum tempo para se convencer plenamente de seu infortúnio. Até que, por fim, ele havia aniquilado em si mesmo toda esperança do amor, da criação poética e da exibição pessoal, com razões tão certeiras, que cobrou ânimo para apagar de vez todos os traços de sua loucura, tudo quanto ainda a pudesse evocar de alguma maneira. Assim, numa tarde fria, acendeu a lareira e foi apanhar um relicário, dentro do qual guardava centenas de pequeninas coisas que, nos momentos importantes, ele havia recebido de Mariane ou mesmo furtado dela. Cada flor seca recordava-lhe o tempo em que ainda florescia viçosa nos cabelos da jovem; cada bilhete, as horas felizes para as quais ela o convidara; cada laço de fita, o encosto aprazível para sua cabeça: o delicado regaço da jovem. E não haveriam pois de recomeçar a se agitar todas aquelas sensações que ele acreditava mortas já há tempo? Não haveria de retomar seu poder a paixão que, longe de sua amada, conseguira dominar, em presença daquelas ninharias? Pois só nos damos conta do quão triste e desagradável é um dia nublado quando um só raio de sol nos revela o esplendor reconfortante de uma hora serena.

Não sem emoção, portanto, ele via consumir-se em fumaça e fogo, uma após a outra, aquelas relíquias, guardadas por tanto tempo. Detinha-se, muitas vezes, hesitante, e ainda lhe restavam um cordão de pérolas e um lenço de crepe, quando decidiu reavivar o fogo morrediço com os ensaios poéticos de sua juventude.

Até então havia guardado cuidadosamente tudo o que fluíra de sua pena desde a mais antiga revelação de seu espírito. Atados em maços, os seus escritos ainda jaziam no fundo da mala, onde os havia colocado, na esperança de levá-los consigo em sua fuga. Quanta diferença, agora que os abria, com o instante em que os atara!

Decorrido um certo tempo, quando voltamos a abrir uma carta que havíamos escrito e lacrado sob determinadas circunstâncias, e que nos foi devolvida por não encontrarem o amigo a quem fora destinada, assalta-nos uma sensação estranha assim que rompemos nosso próprio lacre e nos pomos a conversar, como com uma terceira pessoa, com nosso eu modificado. Um sentimento semelhante apoderou-se violentamente de nosso amigo logo que abriu o primeiro pacote e atirou ao fogo os cadernos desmontados, que estavam justamente a arder com fúria quando Werner entrou e, assombrado com aquelas chamas vivas, perguntou o que estava acontecendo ali.

Estou dando prova disse Wilhelm de que levo a sério mi nha renúncia a um ofício para o qual não nasci.

E, assim dizendo, atirou ao fogo o segundo caderno. Werner tentou impedi-lo, mas já era tarde.

— Não entendo por que chega a tal extremo — disse ele. — Por que razão, afinal, devem ser completamente destruídos esses trabalhos, ainda que não sejam excelentes?

— Porque um poema ou deve ser excelente ou não existir; porque todo aquele que não tem aptidão para realizar o melhor deveria abster-se da arte e precaver-se seriamente contra toda tentação. Porque, com certeza, em todos os homens move-se um certo desejo vago de imitar aquilo que vê; mas esse desejo não prova de modo algum que resida também em nós a força capaz de levar a bom termo aquilo que empreendemos. Basta que observes os meninos: toda vez que os saltimbancos estão na cidade, eles se põem a andar e a se balançar de um lado para o outro, em cima de todas as vigas e tábuas, até que um novo atrativo os conduza a um jogo semelhante. Não o tens reparado no círculo de nossos amigos? Toda vez que um virtuose se faz ouvir, sempre encontramos alguém que logo começa a aprender o mesmo instrumento. Quantos não se equivocam assim de caminho! Feliz aquele que percebe a tempo o paralogismo resultante de seus desejos e suas capacidades!

Werner o contestava; a conversa se animou, e Wilhelm não podia repetir a seu amigo, sem se alterar, os argumentos com que tantas vezes se atormentara a si próprio. Werner afirmava não ser razoável renunciar completamente a um talento, para o qual se tem um certo parâmetro de inclinação e habilidade, pela única razão de não poder exercitá-lo jamais em toda a sua perfeição. Há tempo livre de sobra, que se pode preencher dessa maneira e produzir pouco a pouco alguma coisa que proporcionará deleite a nós mesmos e aos outros.[1]

Nosso amigo, que neste ponto era de opinião completamente diversa, apressou-se em intervir, e disse com grande veemência:

— Como te enganas, caro amigo, ao crer que uma obra, cuja primeira concepção deve abarcar toda a alma, pode ser criada em horas intermitentes e parcimoniosas! Não, o poeta deve pertencer totalmente a si mesmo, viver totalmente em seus assuntos que ama. Ele, a quem o céu dotou internamente do mais precioso dom, que guarda em seu peito um tesouro que está sempre a se propagar, deve viver também com seus tesouros, sem ser incomodado pelo exterior, na felicidade serena que uma pessoa rica tenta em vão criar a sua volta com seus bens acumulados. Repara como os homens correm atrás da sorte e do prazer! Seus desejos, seus esforços,

[1] O que Werner expõe nesta passagem não reflete apenas sua opinião pessoal, mas a concepção predominante na época de que a poesia é um assunto para as "horas vagas".

seu dinheiro, a isso perseguem sem descanso, e em nome de quê? Em nome daquilo que a natureza concede ao poeta, do gozo do mundo, do compartilhar de seus próprios sentimentos com os outros, da comunhão harmoniosa com muitas coisas frequentemente inconciliáveis. O que inquieta os homens, senão a impossibilidade de unirem suas ideias às coisas, o prazer que se lhes escapa das mãos, e o que se deseja chega tarde demais, e tudo que conseguem e obtêm não produz no coração o efeito que o desejo nos faz pressentir à distância. Como um deus, por assim dizer, o destino tem colocado o poeta acima de todas essas coisas. Ele vê a desordem das paixões, das famílias e dos reinos agitar-se sem razão; ele vê os enigmas insolúveis das incompreensões que às vezes um único monossílabo bastaria para decifrar e que causam perturbações inefavelmente desastrosas. Ele simpatiza com a tristeza e a alegria de cada destino humano. Enquanto o homem do mundo arrasta seus dias, consumido pela melancolia de uma grande perda, ou vai ao encontro de seu destino com desenfreada alegria, a alma sensível e facilmente impressionável do poeta avança como o sol que caminha da noite para o dia, e com ligeiras transições afina sua harpa com a alegria e a dor. Nascida no fundo de seu coração, cresce a bela flor da sabedoria e, enquanto os outros sonham acordados, atormentados por monstruosas representações de todos os seus sentidos, ele vive desperto o sonho da vida, e o que ocorre de mais insólito é ao mesmo tempo para ele passado e futuro. E assim o poeta é ao mesmo tempo mestre, profeta, amigo dos deuses e dos homens. Como queres então que ele se rebaixe a um miserável ofício? Ele que, à semelhança das aves, foi feito para pairar acima do mundo, aninhar-se nos picos elevados e nutrir-se de brotos e frutos, pulando ligeiro de galho em galho, haveria de, como um boi, puxar o arado, como um cão, acostumar-se a farejar um rastro ou talvez, preso a uma corrente, guardar com seus latidos uma granja?

Como se pode imaginar, Werner a tudo ouvira com assombro.

— Fossem também os homens feitos como os pássaros — interveio ele — que, sem fiar nem tecer, pudessem passar os dias suaves num perpétuo prazer! Tivessem eles também a mesma facilidade para, com a chegada do inverno, emigrar rumo a regiões longínquas, fugir da penúria e proteger-se do frio!

— Assim viveram os poetas em tempos outros, quando se reconhecia mais o que era digno de reverência — exclamou Wilhelm —, e é assim que deveriam sempre viver! Suficientemente munidos em seu mais íntimo, pouco necessitavam do exterior; o dom de comunicar aos homens belos sentimentos e imagens magníficas, adaptando a cada objeto palavras e melodias suaves, sempre encantou o mundo e era para os eleitos um rico legado. Nas cortes dos reis, nas mesas dos ricos, diante das portas dos enamorados, ficava-se à escuta, cerrando-se a tudo mais os ouvidos e a alma, assim como nos julgamos felizes e nos detemos silenciosamente encantados quando, dentre os arbustos por onde caminhamos, irrompe, poderoso e comovente, o canto do rouxinol. Encontravam um mundo hospitaleiro e sua condição, baixa em aparência, elevava-os ainda mais. O herói escutava suas canções e o conquistador do mundo rendia homenagem ao poeta, porque sentia que, sem este, sua colossal existência passaria ao largo, como um vento de tempestade; o amante ansiava por sentir desejo e prazer tantas vezes e tão harmoniosamente quanto os lábios inspirados sabiam descrevê-los; e mesmo o rico era incapaz de reconhecer com os próprios olhos tão preciosas as suas posses, os seus ídolos, como quando os via iluminados pelo espírito brilhante que sente e realça tudo o que é valoroso. Sim, quem criou, se queres, os deuses para elevar-nos até eles e rebaixá-los até nós, senão o poeta?

— Meu amigo — replicou Werner, depois de refletir por um momento —, quanto não tenho lamentado teu esforço para banir com energia de tua alma aquilo que tão vivamente sentes. Talvez eu esteja enganado, mas creio que farias melhor em ceder de certo modo a ti mesmo do que te consumir nas contradições de uma renúncia tão dura e privar-te, com uma alegria inocente, do prazer de todo o resto.

— Devo admitir que sim, meu amigo — respondeu o outro —, e não me acharás ridículo se te confesso que essas imagens continuam a me perseguir, por mais que as evite, e que, quando perscruto meu coração, nele ainda estão cravados todos os meus antigos desejos, mais firmes que nunca? Mas o que me resta efetivamente nesta minha infelicidade? Ah, aquele que me tivesse profetizado que haveriam de se quebrar com tanta presteza os braços de meu gênio, com os quais agarrava o infinito e esperava certamente abarcar algo grande; aquele que me tivesse profetizado tal coisa, ter-me-ia levado ao desespero. E ainda agora, que já se abateu sobre mim o julgamento, agora que perdi aquela que, fazendo as vezes de uma deusa, haveria de me conduzir na direção de meus desejos, o que me resta senão abandonar-me às dores mais amargas? Ó meu irmão — prosseguiu ele —, não nego a ti que, para meus projetos secretos, era ela o gancho onde se prende uma escada de corda; com a promessa de perigo, pendura-se nela o aventureiro em pleno ar, até que o ferro se quebra e ele cai, destroçado, aos pés de seus desejos. Doravante não há mais consolo nem esperança para mim! Não permitirei — exclamou, levantando-se de um salto — que reste um só destes malfadados papéis.

Apanhou alguns cadernos, rasgou-os e os atirou ao fogo. Werner tentou impedi-lo, em vão.

— Deixa-me! — exclamou Wilhelm. — De que me servem estas miseráveis folhas? Elas não representam mais uma etapa nem um estímulo. Deveria conservá-las, para me torturarem até o fim de minha vida? Ou talvez devessem servir de escárnio ao mundo, ao invés de inspirar compaixão e horror? Pobre de mim e de minha sina! Só agora compreendo as lamentações dos poetas, daqueles desconsolados, que a necessidade torna prudentes. Por quanto tempo não me julguei indestrutível, invulnerável e, ai!, agora vejo que um dano profundo e precoce não para de crescer, nem pode ser reparado; sinto que haverá de me acompanhar ao túmulo. Não! Não se afastará de mim nem um só dia de minha vida esta dor, que acabará por me matar, e sua lembrança também permanecerá comigo, comigo viverá e morrerá, a lembrança da indigna... ah! meu amigo, se te falasse com o coração... daquela que, seguramente, não é de todo indigna! Sua condição social, seu destino a têm desculpado mil vezes para mim. Fui demasiado cruel, tu me iniciaste implacavelmente em tua frieza, em tua severidade; tu me aprisionaste os sentidos transtornados e me impediste de fazer por ela e por mim o que por ambos devia fazer. Quem sabe em que situação a coloquei, pois só aos poucos fui tomando consciência do desespero e do desamparo em que a deixei! Não era possível que ela se desculpasse? Não era possível? Quantos mal-entendidos podem perturbar o mundo, quantas circunstâncias podem implorar o perdão pela maior falta? Quantas vezes penso nela, sentada ali no silêncio, apoiada nos cotovelos! "Então, é esta a fidelidade", diz ela, "é este o amor que ele me jurou! Terminar com um golpe assim tão brusco a bela vida que nos unia!"

Prorrompeu numa torrente de lágrimas e, ao deitar a cabeça sobre a mesa, passou a molhar os papéis que ainda restavam.

Werner assistia a tudo aquilo em grande embaraço. Não havia imaginado aquela súbita chama da paixão. Várias vezes tentou interromper seu amigo, desviar a conversa, mas em vão! Não resistiu àquela torrente. Aqui também a amizade perseverante assumiu seu encargo. Deixou passar o mais violento ataque da dor, demonstrando com sua presença silenciosa uma leal e pura simpatia, e assim ficaram os dois aquela tarde: Wilhelm, imerso no silêncio ressentido de sua dor, e o outro, assustado diante do novo ímpeto de uma paixão que ele acreditava haver há muito dominado e vencido com a ajuda de seus bons conselhos e suas dedicadas exortações.

Capítulo 3

Depois de tais recaídas, Wilhelm procurou dedicar-se com muito mais zelo aos negócios e à atividade, e este foi o melhor meio de escapar àquele labirinto que mais uma vez ameaçava atraí-lo. Suas boas maneiras diante de estranhos, sua facilidade para redigir a correspondência em quase todas as línguas vivas, davam a seu pai e aos correspondentes deste mais e mais esperanças, consolando-os daquela enfermidade cuja causa ignoravam, e da interrupção temporária que havia embaraçado seus projetos. Decidiram pela segunda vez a partida de Wilhelm, e vamos encontrá-lo agora montado em seu cavalo, o alforje à garupa, animado pelo ar livre e o exercício, aproximando-se da região montanhosa onde iria desempenhar alguns encargos.

Ele atravessava vagarosamente vales e montanhas com a sensação do prazer supremo. Via pela primeira vez penhascos escarpados, riachos-d'água murmurantes, muralhas de vegetação e abismos profundos, e, no entanto, seus mais remotos sonhos de infância já haviam pairado sobre regiões semelhantes. Sentia-se rejuvenescido àquela visão, sua alma estava limpa de todas as dores que havia suportado e, bem-disposto, recitava para si mesmo passagens de diversos poemas, sobretudo do *Pastor fido*[2] que, naquelas paragens solitárias, afluíam aos borbotões à sua memória. Recordava também muitas passagens de seus próprios poemas, que recitava com uma satisfação própria. Animava o mundo que se estendia

[2] Livro de poemas pastorais de Giovanni Battista Guarini (1538-1612), bastante conhecido nos séculos XVII e XVIII, com diversas traduções para o alemão.

diante dele com todas as figuras do passado, e cada passo em direção ao futuro estava repleto para ele de pressentimento de ações importantes e acontecimentos singulares.

Várias pessoas, que vinham atrás dele, saudando-o de passagem uma a uma e prosseguindo apressadas, por atalhos íngremes, o caminho em direção à montanha, interromperam por vezes sua distração silenciosa, sem que ele lhes dedicasse maior atenção. Até que um viajante loquaz se aproximou e lhe contou o motivo daquela numerosa peregrinação.

— Em Hochdorf — disse ele —, vão representar esta noite uma comédia, e para lá se dirigem todas as pessoas destas imediações.

— Como?! — exclamou Wilhelm. — Nestas montanhas solitárias, em meio a estes bosques impenetráveis, abriu caminho a arte cênica e erigiu a si mesma um templo? Devo eu também seguir em romaria para sua festa?

— O senhor ficará mais surpreso ainda — disse o estranho — quando souber para quem a peça será encenada. Há nessa localidade uma grande fábrica que dá sustento a muita gente. O dono, que vive por assim dizer longe de qualquer convívio humano, não sabe de melhor ocupação para seus empregados no inverno que a de levá-los a representar comédias. Ele não admite que joguem cartas e procura desviá-los também de todos os outros costumes grosseiros. É assim que passam as longas noites de inverno, e como hoje é o aniversário do velho, dão em sua honra uma festa especial.

Wilhelm chegou a Hochdorf, onde iria pernoitar, e apeou ao lado da fábrica, cujo proprietário figurava em sua lista de devedores.

Assim que disse seu nome, o velho exclamou, admirado:

— O quê?! Então o senhor é filho do honrado homem a quem sou tão agradecido e a quem ainda estou em dívida? O senhor seu pai tem tido tanta paciência comigo que eu seria um tratante se não lhe pagasse prontamente e de bom grado o que devo. O senhor chegou mesmo em boa hora para ver como levo a sério os negócios.

Chamou sua mulher, que também se alegrou de ver o jovem; ela garantiu que ele se parecia com o pai, e lamentou não poder hospedá-lo aquela noite, devido ao grande número de forasteiros.

O negócio foi quitado e chegou rapidamente ao fim; Wilhelm enfiou no bolso um pacotinho de ouro e desejou que seus outros negócios também se resolvessem assim tão facilmente.

Aproximava-se a hora do espetáculo, e estavam apenas à espera do couteiro-mor, que finalmente chegou em companhia de vários caçadores, e foi recebido com as maiores honras.

Conduziram em seguida o grupo para o teatro, um celeiro adaptado para essa finalidade, logo depois do jardim. Haviam disposto a casa e o teatro de maneira suficientemente alegre e agradável, ainda que sem qualquer gosto especial. Um dos pintores que trabalhava na fábrica e que já havia sido empregado no teatro da Residência, encarregara-se dos cenários, que representavam um bosque, uma rua e um cômodo, um pouco grosseiros, é verdade. Haviam conseguido a peça junto a uma companhia de teatro ambulante, e a adaptaram à sua maneira. E, do modo como a deixaram, ela bem que divertia. O enredo — dois rapazes, apaixonados pela mesma mulher, que se esforçavam por arrebatá-la de seu tutor e depois, alternadamente, um do outro — provocava toda sorte de situações interessantes. Era a primeira peça a que assistia nosso amigo depois de tanto tempo, e fazia portanto diversas considerações. Estava repleta de ação, mas sem pinturas de verdadeiros caracteres. Agradava e distraía. Tais são os princípios de toda arte teatral. O homem rude se contenta, desde que veja acontecer alguma coisa em cena; o homem culto quer se emocionar; e só ao homem francamente culto agrada a reflexão.

Wilhelm teria de boa vontade ajudado aqui e ali aos atores, pois lhes faltava um quase nada para que se saíssem muito melhor.

Uma fumaça de tabaco, que se tornava mais e mais espessa, veio perturbar suas considerações silenciosas. Logo depois de iniciada a peça, o couteiro-mor acendera seu cachimbo e pouco a pouco os demais foram tomando a mesma liberdade. Também os enormes cães desse senhor irromperam sala adentro. Eles haviam, com efeito, ficado do lado de fora, mas logo encontraram o caminho que dava acesso à porta de trás, enfiaram-se pelo teatro, correndo por entre os atores, até que, finalmente, saltando por sobre a orquestra, foram juntar-se a seu dono, que ocupava a primeira fila na plateia.

Como espetáculo final, prestou-se uma homenagem.[3] Um retrato que representava o velho homem em seu traje de noivo foi colocado so-

[3] *Opfer*, no original. Em seu dicionário, Johann Christoph Adelung (1732-1806) consigna esta palavra em sua acepção peculiar, empregada no século XVIII: "qualquer

bre um altar, enfeitado de coroas. Todos os atores renderam-lhe respeito, com pronunciamentos reverentes. A criança mais jovem se adiantou, vestida de branco, e recitou um discurso em verso, o que levou não só toda a família às lágrimas, mas também o próprio couteiro-mor, que se lembrou de seus filhos. Assim terminou o espetáculo, e Wilhelm não pôde furtar-se de subir aos bastidores, para ver mais de perto as atrizes, felicitá-las por sua atuação e dar-lhes alguns conselhos para o futuro.

Os outros negócios de nosso amigo, que aos poucos ia despachando nas localidades maiores ou menores daquelas montanhas, não progrediram de maneira tão afortunada nem tão satisfatória. Muitos devedores pediram-lhe moratória, muitos foram descorteses e muitos inventaram mentiras. Cumprindo sua missão, foi necessário propor demanda contra alguns deles; tinha, pois, de procurar um advogado, instruí-lo a respeito dos antecedentes, comparecer perante o tribunal e demais assuntos do gênero, igualmente desagradáveis.

As coisas tampouco andaram bem quando pretenderam demonstrar-lhe alguma probidade. Poucas foram as pessoas que encontrou capazes de lhe ensinar algo; poucas, com as quais poderia ter esperança de encetar uma relação comercial lucrativa. E já que havia chegado, infelizmente, a temporada de chuvas, e uma viagem a cavalo por aquelas paragens causava transtornos insuportáveis, ele agradeceu aos céus quando se aproximou da região plana e viu, ao pé da montanha, numa planície bela e fértil, às margens de um manso rio e sob a luz do sol, um alegre povoado rural, onde não tinha nenhum negócio para tratar, mas que exatamente por isso decidiu passar alguns dias, a fim de propiciar-se um pouco de descanso, e também a seu cavalo, que muito sofrera com aqueles péssimos caminhos.

Capítulo 4

Ao chegar a uma hospedaria, na praça do mercado, encontrou nela muita alegria ou, no mínimo, muita animação. Estava instalada ali, com

coisa que se oferece a uma outra pessoa como prova de submissão e devoção". Para a função secularizada de palavras e expressões originalmente religiosas é significativo também o modo como está empregada, no mesmo parágrafo, a palavra "altar".

mulheres e filhos, uma grande trupe de saltimbancos, acrobatas e prestidigitadores,[4] que contava entre eles com um atleta, e enquanto se preparavam para uma função pública, provocavam um tumulto atrás do outro. Ora discutiam com o hospedeiro, ora entre eles; e se eram intoleráveis suas contendas, eram ainda mais insuportáveis suas manifestações de alegria. Indeciso entre sair ou ficar, ele se deteve diante da porta e dali podia ver os trabalhadores que começavam a erguer na praça um tablado.

Uma jovem, que caminhava de um lado para o outro com rosas e outras flores, ofereceu-lhe seu cestinho, e ele comprou um lindo ramalhete, que tratou de atar com capricho de um modo diferente, e estava a contemplá-lo, satisfeito, quando se abriu a janela de uma outra estalagem, num dos lados da praça, assomando-se a ela uma mulher de bela aparência. A despeito da distância, ele pôde distinguir que uma grata alegria dava vida a seu rosto. Seus cabelos louros, negligentemente soltos, caíam em torno de seu colo, e ela parecia olhar na direção do estranho. Pouco depois, saiu da porta daquela casa um rapazote, vestindo avental de cabeleireiro e jaleco branco, que, aproximando-se de Wilhelm, cumprimentou-o e lhe disse:

— A mulher da janela me manda perguntar-lhe se o senhor não gostaria de dar a ela algumas dessas flores tão lindas.

— Estão todas à disposição — respondeu Wilhelm, entregando ao irrequieto mensageiro o ramalhete, ao mesmo tempo em que fazia uma reverência à bela, que lhe respondeu com uma saudação amável e se retirou da janela.

Pensando em tão galante aventura, ele subiu as escadas em direção a seu quarto, quando lhe atraiu a atenção uma jovem criatura, que vinha descendo os degraus aos pulos. Uma jaqueta curta de seda, com mangas recortadas à espanhola, e bombachas com borlas assentavam muito bem à criança. Seus compridos e negros cabelos frisados estavam presos ao redor da cabeça em cachos e tranças. Olhou assombrado aquela figura, sem poder atinar se devia tomá-la por um menino ou uma menina. Mas

[4] Essas companhias percorriam os países europeus no século XVIII e eram obrigadas (como as trupes de artistas mambembes) a obter das autoridades municipais autorização para exibir suas artes. Registros de atas de conselhos, gravuras em cobre e panfletos impressos, entre outros, trazem indicações dos trabalhos desses acrobatas.

logo se decidiu por esta última e, ao passar a criança por ele, deteve-a, desejando-lhe bom dia e perguntando-lhe quem eram seus parentes, ainda que pudesse facilmente constatar pertencer ela à trupe de acrobatas e dançarinos. Ela lhe relanceou um olhar negro e penetrante, desvencilhou-se dele e correu para a cozinha, sem dar qualquer resposta.

Chegando ao alto da escada, deparou ele na vasta antessala com dois homens que se exercitavam na esgrima, ou melhor, que pareciam provar um ao outro sua destreza. Um deles era sem dúvida membro da companhia que estava alojada na casa; quanto ao outro, este tinha uma aparência menos selvagem. Wilhelm observou-os, tendo assim oportunidade de admirar os dois; e como o vigoroso lutador de barba negra havia abandonado pouco depois o campo de batalha, o outro ofereceu a Wilhelm, com muita gentileza, a espada.

— Se o senhor pretende dar lições a um aprendiz — disse ele —, ficarei muito feliz de arriscar alguns golpes.

Passaram ao combate, e ainda que o estranho se mostrasse muito superior ao recém-chegado, foi contudo bastante gentil para lhe assegurar que tudo dependia unicamente de prática; e, de fato, Wilhelm havia demonstrado que chegara a tomar lições no passado com um bom mestre, um profundo conhecedor de esgrima alemã.

A conversa foi interrompida pelo tumulto produzido pela variegada trupe que deixava a hospedaria para ir anunciar à cidade seu espetáculo, despertando em todos a curiosidade de vê-los. À frente vinha o empresário, montado a cavalo, seguido de um tambor; logo atrás, uma bailarina, num rocim semelhante ao dele, precedida por um menino todo enfeitado de fitas e berloques. Depois vinha o resto da companhia, a pé, alguns carregando nos ombros, com facilidade e desenvoltura, crianças nas poses mais extravagantes e, entre elas, a jovem figura delgada, de cabelos negros, que mais uma vez atraiu a atenção de Wilhelm.

O palhaço corria patusco de lá para cá, entre a multidão que se aglomerava, distribuindo folhetos com os gracejos habituais, beijando uma moça aqui, cutucando com o espadim um menino acolá e despertando no público um desejo irresistível de conhecê-lo mais de perto.

Nos prospectos impressos destacavam-se as múltiplas habilidades da companhia, em particular a de um *monsieur* Narcisse e de uma *demoiselle* Landrinette, que, na qualidade de personagens principais, astuciosamente não tomaram parte do cortejo, atribuindo-se assim uma importância particular e despertando maior curiosidade.

Durante o cortejo, a bela vizinha voltou a se mostrar à janela, e Wilhelm não errara em buscar informações a respeito dela junto a seu companheiro. Este, que por ora chamaremos de Laertes, ofereceu-se para acompanhar Wilhelm à casa dela.

— Eu e essa mulher — disse ele, sorrindo — somos os destroços de uma companhia de teatro que aqui, nesta localidade, foi a pique não faz muito tempo. Impressionados com a beleza da região, decidimos estabelecer-nos aqui por um certo período e gastar em paz o pouco dinheiro que havíamos ganhado, enquanto um amigo partia à procura de uma ocupação para ele e para nós.

Laertes acompanhou em seguida seu novo amigo até a porta de Philine,[5] onde o deixou um instante para ir buscar confeitos numa venda vizinha.

— O senhor certamente irá agradecer-me — disse, ao voltar — por lhe proporcionar tão amável conhecimento.

A mulher saiu do quarto para recebê-los, calçando miúdos pantufos de saltos altos. Havia jogado uma mantilha negra sobre seu *négligé* branco que, exatamente por não estar muito limpo, lhe dava um ar caseiro e sem cerimônia; sua saia curta deixava à vista os pezinhos mais delicados do mundo.

— Bem-vindo à minha casa — disse a Wilhelm —, e aceite meus agradecimentos pelas belas flores.

Conduziu-o com uma das mãos a seus aposentos, enquanto com a outra estreitava o ramalhete contra o peito. Sentaram-se, e já estavam entretidos numa conversa sobre diversos assuntos, a que ela sabia empregar encantadores volteios, quando Laertes lhe deitou ao colo umas amêndoas torradas, que de pronto ela se pôs a mordiscar.

— Veja que criança é esse homem! — exclamou ela. — Vai querer convencê-lo de que sou grande amiga dessas guloseimas, quando é ele que não pode viver sem se regalar com alguma lambarice.

[5] Do grego *Philinna*, proveniente do verbo *philein* (amar). Nome empregado na Antiguidade, com o sentido de "amada", "querida", introduzido pela primeira vez na língua alemã em *Os anos de aprendizado de Wilhelm Meister*.

— Permita-me confessar — replicou Laertes — que, não só nisso como em muitas outras coisas, fazemos boa companhia um ao outro. Por exemplo — continuou —, hoje está um dia muito bonito, e pensei que poderíamos sair para dar um passeio e aproveitaríamos para almoçar no moinho.

— Ora, mas com muito prazer! — disse Philine. — Devemos proporcionar a nosso novo amigo algo diferente.

Laertes saiu aos pulos, pois jamais andava, e Wilhelm pretendeu ir por um momento a sua casa para compor os cabelos, que a viagem havia despenteado.

— Mas isso o senhor pode fazer aqui! — disse ela, chamando seu pequeno criado e obrigando Wilhelm, de maneira encantadora, a despir sua casaca, colocar seu próprio guarda-pó e deixar-se pentear em sua presença.

— Não há tempo a perder — disse ela —, pois não sabemos quanto tempo ficaremos juntos.

O rapazote, mais renitente e contrariado que inábil, não se portou da melhor maneira, puxando os cabelos de Wilhelm e parecendo não ter pressa em terminar o serviço. Philine repreendeu mais de uma vez seus maus modos, até que, impaciente, empurrou-o de lado e o tocou dali. Ela mesma se encarregou da tarefa e num instante, com muita graça, frisou os cabelos de nosso amigo, ainda que tampouco ela parecia apressar-se, interrompendo aqui e ali o trabalho, sem poder evitar o toque de seus joelhos nos de Wilhelm, nem a proximidade do ramo de flores e de seu peito dos lábios dele, de tal modo que, por mais de uma vez, sentiu-se ele tentado a pousar ali um beijo.

Assim que Wilhelm havia acabado de limpar a testa com uma pequena espátula para pó,[6] ela lhe disse:

— Guarde-a, para que não se esqueça de mim.

Era um primor de espátula; o cabo, de aço marchetado, exibia estas delicadas palavras: "Pensa em mim". Wilhelm a guardou e, agradecendo, pediu licença para trocar com ela uma pequena lembrança.

Agora já estavam prontos. Laertes fora buscar o coche, e ali come-

[6] *Pudermesser*, no original; instrumento que se usava na cosmética para limpar o pó da testa e das faces.

çava um alegre passeio. Philine atirava pela portinhola alguma coisa a todos os pobres que mendigavam, dirigindo-lhes ao mesmo tempo uma palavra de ânimo e afeto.

Nem bem haviam chegado ao moinho e encomendado a refeição, quando ouviram uma música diante da casa. Eram mineiros, que acompanhados de cítara e triângulo entoavam, com vozes animadas e agudas, belas canções. Não levou muito tempo, e acorreu para lá um grande número de pessoas, formando um círculo ao redor deles; e das janelas nosso grupo demonstrava sua aprovação, anuindo com a cabeça. Ao se darem conta da atenção despertada, ampliaram o círculo e pareceu prepararem-se para sua mais importante composição. Depois de uma pequena pausa, um dos mineiros se adiantou, trazendo consigo uma enxada, e, enquanto os outros entoavam uma grave melodia, ele se pôs a imitar o movimento de escavar o chão.

Logo se destacou dentre a multidão um lavrador e deu a entender ao mineiro, com uma pantomima ameaçadora, que deveria sair dali. Todos do grupo ficaram surpresos e só descobriram que se tratava de um mineiro disfarçado de lavrador quando ele abriu a boca e, numa espécie de recitativo, passou a ameaçar o outro por se atrever a trabalhar em suas terras. Este não se intimidou e informou ao lavrador que tinha direito de escolher aquele local para cavar, explicando-lhe os rudimentos da mineração. O lavrador, que não entendia aquela estranha terminologia, fazia toda sorte de perguntas disparatadas, e os espectadores, sentindo-se mais inteligentes, irrompiam numa gargalhada franca. O mineiro procurava instruí-lo e demonstrar-lhe os benefícios que inclusive ele usufruiria se conseguissem extrair os tesouros subterrâneos do país. O lavrador, que a princípio o havia ameaçado de pancadas, foi-se acalmando pouco a pouco, até que, finalmente, se separaram como bons amigos; mas quem se saía de maneira mais honorável daquela contenda era sobretudo o mineiro.

— Nesse breve diálogo — disse Wilhelm, à mesa —, temos o exemplo mais vivo do quanto poderia ser útil o teatro para todas as classes sociais, e quanto proveito poderia tirar o próprio Estado, se levasse à cena todas as ações, ocupações e realizações dos homens, apresentadas em seu aspecto bom e louvável, e partindo do ponto de vista de que cabe ao Estado mesmo honrá-las e protegê-las. Atualmente só representamos o lado ridículo do ser humano; o comediógrafo passa a ser uma espécie de contrasteador malicioso, sempre a lançar seu olhar vigilante sobre os defeitos de seus concidadãos, e que parece deleitar-se quando pode atribuir-lhes algum. Não seria um trabalho agradável e digno de um estadista controlar a influência natural e recíproca de todas as condições sociais e guiar em seu trabalho um poeta que tivesse o humor necessário? Estou convencido de que, por essa via, se poderiam engendrar muitas obras amenas, ao mesmo tempo úteis e divertidas.

— Eu também — disse Laertes —, para onde quer que me volte, tenho podido notar que o homem só sabe proibir, impedir e recusar, e raramente comandar, favorecer e recompensar. Deixa as coisas correrem soltas pelo mundo, até que se tornem nocivas, e então se enfurece e parte para a luta.

— Livrem-me do Estado e dos estadistas! — disse Philine. — Não posso imaginá-los senão com perucas, e uma peruca, pouco importa quem a use, me contrai o movimento dos dedos, e eu tenho vontade de arrancá-la a seu respeitável dono e fazê-lo correr pelo quarto, rindo-me de sua calvície.

Com algumas canções animadas, que interpretava muito bem, Philine cortou a conversa e incitou os demais a um rápido regresso, para não perderem o espetáculo que os funâmbulos dariam aquela tarde. Travessa até a exuberância, prosseguiu em sua generosidade para com os pobres durante o caminho de volta, até que, finalmente, como nem ela nem seus companheiros de viagem tivessem mais dinheiro, atirou pela portinhola do coche seu chapéu de palha para um jovem e seu lenço de pescoço para uma anciã.

Philine convidou seus dois acompanhantes à sua casa, porque, como dizia, de suas janelas podia-se ver o espetáculo muito melhor que das janelas de qualquer outra hospedaria.

Ao chegarem, encontraram já erguido o tablado e coberto o fundo com tapetes suspensos. Já haviam colocado os trampolins, fixado nos postes a maroma e esticado a rede sobre os cavaletes. A praça estava completamente tomada pelo público e as janelas ocupadas por espectadores de toda sorte.

Teve início a função, e o palhaço predispôs o público reunido à atenção e ao bom humor com algumas patuscadas, dessas que sempre fazem rir. Algumas crianças, cujos corpos apresentavam as mais estranhas contorções, suscitavam ora admiração ora horror, e Wilhelm não pôde deixar de sentir profunda compaixão ao ver o esforço despendido por uma delas, que desde o primeiro instante despertara seu interesse, para se apresentar nas mais insólitas posições. Mas logo se encarregaram de incitá-lo ao prazer os alegres acrobatas, com suas piruetas, a princípio individualmente, em seguida um depois do outro e, por fim, todos juntos, saltando para frente e para trás. Aplausos e aclamações ruidosas romperam de toda a multidão.

A atenção agora se voltava para um objeto totalmente novo. As crianças foram caminhando uma a uma pela corda, os novatos à frente, a fim de prolongar o espetáculo com seus exercícios e lançar luz sobre as dificuldades da arte. Também se apresentaram com muita habilidade alguns homens e mulheres, mas estavam faltando ainda *monsieur* Narcisse e *demoiselle* Landrinette.

Finalmente, os dois saíram de uma espécie de tenda, armada com cortinas vermelhas, e, com suas agradáveis figuras e seus trajes cobertos de enfeites, encheram de expectativa o público, até ali habilmente entretido. Ele, um rapazola animado, de estatura mediana, olhos negros e cabelos presos numa grossa trança; ela, não menos elegante e forte; um depois do outro, ambos se apresentaram na corda com seus movimentos ligeiros, saltos e estranhas posturas. A leveza da jovem, a audácia do rapaz, a precisão com que ambos executavam suas habilidades avivavam, a cada passo, a cada salto, o prazer geral. O recato com que se comportavam, as aparentes deferências dos outros para com eles davam a impressão de serem os dois os verdadeiros mestres e senhores de toda a trupe, e toda a gente os considerava dignos dessa posição.

O entusiasmo do povo era compartilhado pelos espectadores das janelas; as damas não desviavam os olhos de Narcisse e os cavalheiros, de Landrinette. O povo gritava exultante, e o público mais refinado não se furtava a aplaudir, e mal riam ainda das patuscadas do palhaço. Poucos foram os que se esquivaram, quando alguns membros da trupe abriram caminho entre a multidão, estendendo os pratos de estanho para coletar dinheiro.

— Parece-me que desempenharam bem seus papéis — disse Wilhelm a Philine, que estava a seu lado na janela. — Admiro a lucidez com que souberam ir apresentando pouco a pouco, e a seu devido tempo, até as coisas mais pequenas, para torná-las mais valiosas, e o modo como, partindo da pouca habilidade das crianças e chegando ao virtuosismo dos mais capazes, conseguiram elaborar um conjunto que a princípio despertava nossa atenção e finalmente nos divertia da maneira mais agradável.

O povo foi-se dispersando, deixando vazia a praça, enquanto Philine e Laertes se puseram a discutir a respeito do porte e da habilidade de Narcisse e de Landrinette, trocando mútuas provocações. Foi então que Wilhelm avistou na rua aquela estranha criança, que brincava com outros meninos, e chamou a atenção de Philine para o fato, ela que, sem perda de tempo e segundo seu temperamento caloroso, gritou acenando para a menina e, como esta não queria ir, desceu as escadas cantando e batendo os saltos e a levou para cima.

— Aqui está o enigma! — exclamou, puxando para dentro do cômodo a criança.

Ela ficou parada diante da porta, como se pretendesse escapar a qualquer momento; pousou a mão direita sobre o peito, a esquerda junto à testa, e inclinou-se profundamente.

— Não tenhas medo, minha pequenina — disse Wilhelm, dirigindo-se a ela.

A menina o fitou com um olhar receoso e avançou alguns passos.

— Como te chamas? — perguntou ele.

— Me chamam Mignon.[7]

— Quantos anos tens?

— Ninguém nunca os contou.

— Quem era teu pai?

— O Grande Diabo está morto.

— Ora, mas isso é extraordinário! — exclamou Philine.

Fizeram-lhe ainda mais algumas perguntas, às quais respondia num alemão canhestro e com um ar estranhamente cerimonioso, levando a cada vez as mãos ao peito e à cabeça e inclinando-se profundamente.

Wilhelm não se cansava de fitá-la. Seus olhos e seu coração estavam irresistivelmente atraídos pela misteriosa condição daquela criatura. Calculou ter ela uns doze ou treze anos; era bem-formada de corpo, se bem

[7] Em francês, "gracioso", "encantador" e, também, "querido". A palavra já era conhecida na Alemanha do século XVIII. A forma feminina, *mignonne*, é mais rara.

que seus membros prometessem um crescimento mais vigoroso, caso não fossem um prenúncio de um certo atraso. Suas feições não eram regulares, mas surpreendentes; a fronte, misteriosa, o nariz, de uma beleza extraordinária e a boca, embora parecesse cerrada demais para sua idade, e ela tremesse com frequência os lábios, ainda era bastante cândida e encantadora. Mal se podia vislumbrar por baixo do carmim o moreno de seu rosto. Tal aparência ficou profundamente gravada em Wilhelm, que continuava a fitá-la mais e mais, calado e esquecido dos outros, mergulhado em suas reflexões. Philine veio despertá-lo de seu semissono, oferecendo à menina alguns confeitos que haviam sobrado e fazendo-lhe sinal para que se retirasse. Ela fez uma reverência, como as anteriores, e rápida como um raio saiu porta afora.

Chegado o momento de nossos novos amigos se separarem por aquela noite, combinaram de antemão um passeio para a manhã seguinte. Decidiram almoçar num local diferente, num pavilhão de caça, perto dali. Wilhelm teceu elogios a Philine, ainda naquela noite, aos quais Laertes respondeu sucinta e ligeiramente.

Na manhã seguinte, depois de se exercitarem cerca de uma hora na esgrima, dirigiram-se à estalagem de Philine, e ali viram o coche que haviam encomendado. Mas, qual não foi o assombro de Wilhelm ao ver que o coche havia desaparecido e, mais ainda, ao não encontrar Philine em casa! Disseram-lhe que ela estava sentada no carro, junto com dois estranhos, que chegaram aquela manhã, e partira com eles. Nosso amigo, que se havia prometido um entretenimento agradável em companhia dela, não pôde ocultar seu desgosto. Laertes, por sua vez, começou a rir e disse:

— É assim que ela me agrada! Isso é próprio dela! Vamos direto para o pavilhão de caça; esteja ela onde estiver, não haveremos de perder nosso passeio por sua causa.

Durante o caminho, uma vez que Wilhelm não deixasse de censurar a inconsequência de tal conduta, Laertes disse:

— Não posso achar inconsequente uma pessoa que permanece fiel a seu caráter. Quando ela propõe ou promete alguma coisa a alguém, sempre o faz com a condição tácita de que lhe será cômodo pôr em prática tal projeto ou cumprir tal promessa. Ela gosta de presentear, mas deve-se estar sempre pronto a devolver-lhe aquilo que presenteou.

— É um caráter estranho — replicou Wilhelm.

— Nada menos que estranho, só que não é uma hipócrita. Por isso a amo e sou seu amigo, porque ela representa para mim, de forma tão clara, o sexo a que não me faltam motivos para odiar. Ela é para mim a verdadeira Eva, a mãe primigênia do sexo feminino, como todas o são, só não o querem admitir.

E, assim, discorrendo sobre diversos assuntos, durante os quais Laertes aproveitava para expressar com vivacidade sua misoginia, sem explicitar contudo o motivo para tal, chegaram ao bosque no qual Wilhelm penetrou de muito mau humor, porque as observações de Laertes haviam reavivado nele a lembrança de suas relações com Mariane. Não longe de uma umbrosa fonte, em meio a magníficas árvores antigas, encontraram Philine sozinha, sentada a uma mesa de pedra. Recebeu-os com uma alegre cantiga, e quando Laertes lhe perguntou pelos companheiros, ela exclamou:

— Livrei-me de vez deles; dei-lhes o que mereciam! Já no caminho pus à prova sua generosidade e, convencida de sua mesquinhez e gula, decidi castigá-los. Ao chegarmos, perguntaram ao rapaz que servia às mesas o que havia para comer, e este, com a velocidade habitual de sua língua, passou a enumerar tudo que havia e mais do que havia. Percebi o embaraço deles e como se entreolharam, balbuciando e perguntando o preço. "Por que pensam tanto?", perguntei-lhes. "A mesa é tarefa para mulheres, deixem-me cuidar disso." E passei a pedir uma refeição extravagante, pois seria necessário que um mensageiro fosse buscar nas redondezas muitas daquelas coisas. O rapaz que servia às mesas, a quem prevenira com algumas piscadelas, veio finalmente a meu socorro, e de tal maneira os amedrontamos com a ideia de um suntuoso festim, que decidiram no ato dar um passeio pelo bosque, do qual dificilmente voltarão. Fiquei rindo sozinha por um quarto de hora e voltarei a rir todas as vezes que me lembrar de seus rostos.

À mesa, Laertes recordou episódios semelhantes, e eles deram livre curso a relatos de histórias divertidas, mal entendidos e embustes.

Um homem jovem, que conheciam da cidade, veio caminhando de mansinho pelo bosque, com um livro na mão, e, sentando-se entre eles, pôs-se a elogiar a beleza do local. Chamou a atenção de todos para o murmurar da fonte, o balançar dos ramos, as luzes penetrantes e o canto dos pássaros. Philine começou a entoar uma cançoneta sobre o cuco, que pareceu não agradar ao recém-chegado, e este logo se despediu.

— Contanto que eu não tenha de ouvir nada mais a respeito da natureza e de suas cenas bucólicas! — exclamou Philine, assim que ele partiu. — Não há nada mais insuportável que ouvir alguém enumerando para outros o prazer que desfruta. Quando faz bom tempo, saímos a passear, do mesmo modo que dançamos, quando ouvimos música. Mas quem há de pensar por um momento sequer na música ou no bom tempo? Interessa-nos quem dança, não o violino, e faz muito bem para um par de olhos azuis mirar-se num belo par de olhos negros. Que significam, comparadas com isso, fontes e nascentes, ou velhas tílias apodrecidas?

Enquanto falava, cravava nos olhos de Wilhelm, sentado à sua frente, um olhar que ele não sabia como evitar que chegasse pelo menos às portas de seu coração.

— Tem razão — respondeu ele, um pouco embaraçado. — O homem é o mais interessante para o homem,[8] e talvez deva ser a única coisa que lhe interesse. Tudo mais que nos rodeia é ou mero elemento no qual vivemos, ou instrumento do qual nos servimos. Quanto mais nos detemos, quanto mais observamos e nos interessamos, tanto mais frágil será o sentimento de nosso próprio valor e o sentimento da sociedade. Os homens que conferem grande valor a jardins, edifícios, trajes, adornos ou qualquer outro domínio, são menos sociáveis e gentis; perdem de vista os homens, que só muito poucos conseguem contentar e reunir. Não vemos isso também no teatro? Um bom ator nos faz esquecer depressa um cenário pobre ou impróprio; no entanto, é o mais belo teatro que nos torna verdadeiramente sensíveis à falta de bons atores.

Terminada a refeição, Philine foi sentar-se na grama alta, à sombra. Seus dois amigos tiveram de ir buscar-lhe braçadas de flores. Fez com elas uma coroa e colocou-a na cabeça, e pareceu assim incrivelmente encantadora. Ainda havia flores suficientes para uma outra coroa, que ela também trançou, enquanto os dois homens sentavam-se a seu lado. Terminada sua tarefa, entre gracejos e alusões de toda espécie, ela cingiu, com

[8] No século XVIII já era conhecida a frase do poeta inglês Alexander Pope (1688--1744): "*The proper study of mankind is man*" (*Essay on Man*, II, 2). Essa frase, por sua vez, tem uma longa tradição atrás de si: Pierre Charron, *Traité de la sagesse*, Bordeaux, 1601: "*La vraie science et le vrai étude de l'homme c'est l'homme*" (Prólogo, Livro I). Blaise Pascal: "Acreditei encontrar ao menos muitos companheiros no estudo do homem, e creio ser esse o verdadeiro estudo adequado ao homem" (*Pensées*, 1670).

muita graça, na cabeça de Wilhelm a coroa, girando-a mais de uma vez, até que lhe parecesse bem assentada.

— Ao que parece, partirei sem nada — disse Laertes.

— De modo algum! — respondeu Philine. — Não há por que se queixar — e, retirando sua coroa da cabeça, cingiu-a em Laertes.

— Fôssemos rivais — disse ele — e nos bateríamos num combate violento para ver qual dos dois mais protegerias.

— Pois não passariam de verdadeiros tolos — replicou Philine, inclinando-se em direção a Laertes, estendendo-lhe a boca para um beijo; mas, virando-se subitamente, passou o braço em torno de Wilhelm e estampou em seus lábios um beijo caloroso. — Qual tem o melhor gosto? — perguntou ela, de forma provocadora.

— Estranho! — exclamou Laertes. — Parece que algo semelhante jamais poderá saber a absinto.

— Tão pouco como qualquer oferenda que alguém desfrute sem inveja nem egoísmo — disse Philine. — Eu teria ainda muito gosto em dançar por uma hora — exclamou —, antes de vermos mais uma vez nossos acrobatas.

Voltaram para casa e ali encontraram música. Philine, que era uma boa dançarina, animava seus dois companheiros. Wilhelm não era desajeitado, mas nessa arte carecia de prática. Seus dois amigos se propuseram ensiná-lo.

Atrasaram-se. Os saltimbancos já haviam começado a mostrar sua arte. A praça estava tomada de espectadores, mas tão logo nossos amigos chegaram, foram surpreendidos por um estranho alvoroço que havia atraído um grande número de pessoas à porta da hospedaria onde Wilhelm estava instalado. Este saltou de lado, na tentativa de ver o que estava ocorrendo e, abrindo caminho entre a multidão, avistou horrorizado o dono da companhia de funâmbulos que se esfalfava em arrastar pelos cabelos aquela interessante criança, obrigando-a a sair da casa e golpeando sem piedade aquele corpinho com o cabo de um chicote.

Rápido como um raio, Wilhelm lançou-se sobre o homem, agarrando-o pelo peito.

— Solta a criança — gritou como um possesso —, ou um de nós dois ficará caído aqui neste lugar!

E assim dizendo, agarrou o sujeito pela garganta, com uma força que só a cólera é capaz de dar, de modo que aquele, acreditando sufocar-se, soltou a menina e procurou defender-se contra seu agressor. Algumas pessoas que se apiedaram da criança, mas que até então não haviam ousado intervir, saltaram prontamente sobre o braço do saltimbanco, desarmando-o, e o ameaçaram com muitas injúrias. O homem, agora reduzido às armas de sua boca, irrompeu em ameaças e maldições abomináveis, dizendo que aquela criatura preguiçosa e inútil não queria cumprir com suas obrigações, recusando-se a dançar a dança dos ovos que ele havia prometido ao público, e portanto a mataria de pancadas, e ninguém haveria de impedi-lo. Ele procurava soltar-se para correr no encalço da criança, que se havia esgueirado pela multidão. Wilhelm o reteve, dizendo:

— Não voltarás a ver essa criatura, nem tocarás mais nela até que prestes conta à justiça e confesses de onde a roubaste; eu te farei falar à força; não haverás de me escapar.

Essas palavras, que Wilhelm proferira ardentemente, sem ideias nem propósitos, tomado de um sentimento obscuro, ou, se preferirem, de uma inspiração, acalmaram imediatamente o furioso homem. Ele então gritou:

— Pouco se me dá essa inútil criatura! Pague-me o que me custou sua roupa e fique com ela; poderemos chegar a um acordo ainda esta tarde.

Dito isso, saiu correndo, a fim de dar continuidade à representação interrompida e acalmar a agitação do público com alguns números importantes.

Restabelecida a tranquilidade, Wilhelm saiu à procura da criança, não a encontrando em parte alguma. Alguns diziam tê-la visto no celeiro; outros, nos telhados das casas vizinhas. Depois de procurá-la por todos os cantos, não lhe restou outra coisa senão acalmar-se e aguardar que ela aparecesse por si mesma.

Nesse meio-tempo, havia chegado a casa Narcisse, a quem Wilhelm perguntou pelo destino e a origem da criança. Nada soube responder, já que estava há pouco tempo na companhia, mas, em compensação, contou com grande facilidade e muita desenvoltura sua própria história. Ao felicitar-lhe Wilhelm por seu grande sucesso, do qual podia regozijar-se, ele se mostrou de todo indiferente.

— Estamos habituados — disse — a que riam de nós e admirem nossa arte; mas de nada nos adianta um sucesso tão extraordinário. O empresário nos paga e quer ver resultado.

Despediu-se, fazendo menção de afastar-se sem demora.

Ao lhe perguntar aonde ia com tanta pressa, o jovem sorriu e confessou que sua figura e seu talento haviam-lhe granjeado um sucesso mais sólido que o do grande público. Disse que recebera recados de algumas jovens senhoras que, zelosas, desejavam conhecê-lo mais de perto, e ele temia não terminarem antes da meia-noite as visitas que ainda pensava em fazer. Prosseguiu na narrativa de suas aventuras, com a máxima franqueza, e teria revelado nomes, ruas e casas, se Wilhelm não evitasse tal indiscrição, despedindo-se educadamente.

Laertes, por sua vez, estivera falando com Landrinette e assegurava que ela era perfeitamente digna de ser e continuar sendo uma mulher.

Tiveram então início as negociações com o empresário em torno da criança, que foi cedida a nosso amigo por trinta táleres, em troca dos quais o impetuoso italiano de barba negra renunciava plenamente a seus direitos sobre ela; quanto à origem da menina, nada revelou, exceto que havia ficado com ela após a morte do irmão, conhecido como o "Grande Diabo", graças à sua extraordinária habilidade.

A manhã seguinte foi em grande parte tomada na procura pela criança. Revistaram em vão todos os cantos da casa e da vizinhança; ela havia desaparecido, e temiam que pudesse ter-se atirado à água ou atentado de qualquer outra maneira contra a própria vida.

Os encantos de Philine não foram capazes de desviar a preocupação de nosso amigo. Passou um dia triste e pensativo. E nem mesmo à tarde, quando os acrobatas e os bailarinos empregaram todos os seus esforços para, da melhor forma possível, despedir-se do público, nem mesmo ali seu espírito se animou ou se distraiu.

Com a grande afluência de pessoas vindas dos povoados vizinhos, havia aumentado consideravelmente o público, de sorte que a bola de neve do aplauso rolou, adquirindo proporções colossais. O salto sobre espadas e através de um tonel com fundo de papelão causaram enorme sensação. Para horror, espanto e admiração geral, o atleta pousou a cabeça e os pés sobre duas cadeiras colocadas à distância uma da outra e suportou sobre seu corpo estirado no vazio uma bigorna, junto à qual alguns bravos companheiros fingiam forjar uma ferradura.

Depois foi a vez da chamada "Força de Hércules": uma fileira de homens, sustentando sobre os ombros uma outra fileira, que por sua vez sustentava mulheres e crianças, de modo a formarem uma pirâmide humana, cujo vértice era enfeitado por uma criança de cabeça para baixo, como castão e cata-vento, número esse jamais visto por aquelas paragens e que encerrava condignamente o espetáculo. Narcisse e Landrinette foram conduzidos em liteiras por sobre os ombros dos companheiros pelas ruas mais elegantes da cidade, sob os gritos de delírio da população. Atiravam-lhes fitas, ramos de flores e lenços de seda e comprimiam-se para ver-lhes os rostos. Todos pareciam felizes de vê-los e ser merecedores de um olhar.

— Que ator, que escritor, ou que homem mesmo, não se consideraria no auge de seus desejos, se com alguma frase nobre ou uma boa ação qualquer produzisse impressão tão unânime? Que sensação deliciosa deve ser a de poder, tão rápido quanto uma descarga elétrica, através de sentimentos bons e nobres, dignos da humanidade, excitar o povo, difundir-lhe um entusiasmo semelhante, tal como fizeram essas pessoas com auxílio de suas habilidades corporais; se fosse possível transmitir à multidão a simpatia por tudo o que é humano; se fosse possível inflamar, agitar e imprimir um movimento livre, vivo e puro a seu ser interior paralisado, através da representação da ventura e desventura, da sabedoria e estultice, e mesmo do disparate e da estupidez!

Assim falava nosso amigo, e como nem Philine nem Laertes pareciam dispostos a acompanhar um discurso daquele, entretinha-se ele sozinho com essas considerações prediletas, enquanto passeava, tarde da noite, pela cidade, perseguindo mais uma vez, com toda a vivacidade e liberdade de uma imaginação desenfreada, seu antigo desejo de materializar através do espetáculo aquilo que há de bom, nobre e grandioso.

Capítulo 5

No dia seguinte, assim que os funâmbulos haviam partido em meio a uma grande algazarra, Mignon logo reapareceu, aproximando-se de Wilhelm e Laertes no momento em que davam continuidade a seus exercícios de esgrima no salão.

— Onde te escondeste? — perguntou afetuosamente Wilhelm. — Tu nos deixaste muito preocupados.

A menina nada respondeu, limitando-se a encará-lo.

— Tu és nossa agora — exclamou Laertes —, nós te compramos.

— Quanto pagaste? — perguntou a criança, secamente.

— Cem ducados — respondeu Laertes —; quando os devolveres, poderás ter de novo tua liberdade.

— E isso é muito? — perguntou a menina.

— Oh, sim! Portanto, deves comportar-te bem.

— Passarei a servi-los — respondeu ela.

A partir daquele instante ela se pôs a observar atentamente que tipo de serviço prestava o empregado da pousada aos dois amigos, e no dia seguinte já não permitiu mais o acesso dele ao quarto. Ela mesma queria fazer tudo, exercendo ainda as suas funções, verdade que lenta e por vezes desastradamente, mas com todo cuidado e esmero.

Costumava colocar-se diante de uma vasilha com água e lavava o rosto com tanto ardor e energia, que pouco faltava para esfolar as bochechas, até que Laertes, perguntando-lhe zombeteiro, descobriu que, agindo assim, ela procurava de todos os modos eliminar do rosto o carmim e, por conta do ardor com que se esfregava, acabava produzindo uma coloração avermelhada, que tomava pelo mais obstinado carmim. Fizeram-na compreender o que ocorria, de sorte que ela desistiu de tal gesto, e, depois de haver-se tranquilizado, já era possível ver-se em seu rosto uma bela cor morena, realçada apenas por uma leve vermelhidão.

Entretido mais do que gostaria de admitir pelas provocações irreverentes de Philine e pela presença misteriosa da criança, Wilhelm passou vários dias naquela estranha companhia, justificando-se diante de si mesmo com um aplicado exercício na arte da esgrima e da dança, para o qual acreditava não encontrar tão facilmente ocasião.

Não menos surpreso e até certo ponto alegre ficou ao ver certo dia chegarem o senhor e a senhora Melina, que, após os primeiros e efusivos cumprimentos, perguntaram pela diretora e pelo resto do elenco, e ficaram sabendo, para grande espanto, que ela havia partido há muito tempo e o elenco, com exceção de alguns poucos, havia-se dispersado.

O jovem casal, depois do casamento, para cuja realização Wilhelm fora, como sabemos, muito útil, não havia encontrado nenhuma colocação nos diversos lugarejos por onde passaram, até que vieram parar ali, naquele pequeno povoado, onde algumas pessoas, com quem toparam pelo caminho, garantiram-lhe haver visto um bom teatro.

Nem bem haviam procedido às apresentações, e madame Melina antipatizou de chofre com Philine, e o senhor Melina com o animado Laertes. Os dois pretendiam livrar-se no ato dos recém-chegados, e Wilhelm não conseguia incutir neles opinião favorável, embora assegurasse reiteradamente que se tratava de excelentes pessoas.

Na verdade, a ampliação daquele círculo perturbou por mais de um modo a vida alegre que levavam nossos três aventureiros, uma vez que Melina (ele se hospedara na mesma estalagem de Philine) não tardou a regatear e embirrar. Reclamava melhores cômodos por menos dinheiro, refeição mais farta e serviço mais rápido. Em pouco tempo tanto o hospedeiro quanto o serviçal haviam amarrado as caras, enquanto os demais, para viver contentes, aceitavam tudo de bom grado e acertavam sem demora as contas, para não ter de pensar mais no que haviam consumido; contudo, a refeição de que Melina vivia reclamando, voltava sempre à baila, o que levou Philine a chamá-lo, sem qualquer pejo, de ruminante.

Mais antipática ainda à alegre jovem era, no entanto, madame Melina. Esta senhora não era de todo inculta, mas carecia totalmente de espírito e alma. Não declamava mal e queria estar sempre declamando, mas logo ficava patente que não passava de mera declamação de palavras, carregada de passagens isoladas, que não expressavam o sentimento do conjunto. A despeito de tudo isso, não era desagradável, especialmente aos homens. Pelo contrário, aqueles que a frequentavam atribuíam-lhe habitualmente um bom juízo, pois ela era, para se denominar com uma só palavra, uma intuitiva; sabia adular com atenção especial o amigo cuja estima lhe importava, penetrar em suas ideias até onde lhe fosse possível, mas, tão logo ultrapassassem seu horizonte, aceitar com arrebatamento uma nova revelação semelhante. Sabia falar e calar no momento exato e, mesmo não tendo um coração pérfido, vivia discretamente à espreita daquilo que poderia ser o lado fraco dos outros.

Capítulo 6

Nesse meio-tempo, Melina havia-se inteirado exatamente dos destroços deixados pela direção anterior. Tanto os cenários quanto o guarda-roupa estavam empenhados em poder de alguns comerciantes, e a diretora encarregara um notário de proceder em seu nome e sob certas condições à venda, caso surgissem pretendentes. Melina quis ver os objetos e levou Wilhelm consigo. Este sentiu, ao lhes abrirem os cômodos, uma certa atração, que não confessou nem a si mesmo. Por pior que fosse o estado em que se encontravam as decorações manchadas, por menos atraentes que estivessem os vestuários turcos e pagãos, caricatos costumes masculinos e femininos, cogulas para magos, judeus e religiosos, ele não podia defender-se da sensação de haver passado os momentos mais felizes de sua vida na proximidade de bricabraques como aqueles. Tivesse Melina podido penetrar-lhe o coração, teria insistido com maior diligência em arrancar-lhe uma soma de dinheiro para resgatar, arrumar e dar vida nova àquelas acessórios destruídos, formando assim um belo conjunto.

— Quanto não ficaria feliz — exclamou Melina —, se, de início, tivesse não mais que duzentos táleres para adquirir essas primeiras coisas tão necessárias para o teatro! Com que diligência eu montaria um pequeno espetáculo que nos permitiria ganhar a vida neste povoado, nesta região!

Wilhelm ficou calado e os dois abandonaram pensativos aqueles tesouros, novamente encerrados.

A partir daquele momento, Melina não falava de outra coisa senão de projetos e planos, de como poderia organizar um teatro e dele tirar proveito. Procurava interessar Philine e Laertes e chegou a propor a Wilhelm que lhe adiantasse algum dinheiro em troca das garantias habituais. Mas, justamente nessa ocasião, ele se deu verdadeiramente conta de que não podia deter-se por mais tempo ali, pelo que se desculpou, passando a tomar as providências necessárias para prosseguir sua viagem.

Wilhelm se sentia, entretanto, cada vez mais atraído pela figura e natureza de Mignon. Em tudo que fazia, a criança tinha algo de singular. Não subia nem descia as escadas, saltava-as; trepava na balaustrada do corredor e, antes que percebessem, já estava sentada no alto de um armário e ali ficava um instante quieta. Wilhelm havia notado também que para cada pessoa tinha ela um modo especial de cumprimentar. Já há algum tempo, cumprimentava-o com os braços cruzados sobre o peito. Costumava passar dias sem dizer uma só palavra; às vezes, respondia demasiadamente a diferentes perguntas, sempre de um modo estranho, não sendo possível saber se o fazia por malícia ou ignorância do idioma, pois falava um alemão canhestro, entremeado de francês e italiano. Nas lides domésticas, a criança era incansável e levantava-se com o sol; em compensação, nem bem anoitecia e ela se recolhia a seu cômodo, onde dormia sobre o chão nu, não havendo meio de fazê-la aceitar uma cama ou um enxergão. Com frequência ele a surpreendia lavando-se. Conservava suas roupas sempre limpas, embora quase todas tivessem sido remendadas duas ou três vezes. Wilhelm soube também que ela costumava ir à missa às primeiras horas da manhã, e, tendo-a seguido certa vez, viu-a ajoelhada num canto da igreja, rezando fervorosamente com o rosário nas mãos. Sem que ela o tivesse visto, voltou para casa, formulando os mais inquietos pensamentos a respeito daquela criatura, sem poder precisar coisa alguma.

Nova investida de Melina para obter uma soma de dinheiro, a fim de resgatar os acessórios do teatro já mencionados, levou Wilhelm a pensar ainda mais em sua partida. Queria aproveitar o correio do dia e escrever a seus familiares, que há muito não recebiam notícias suas, e de fato começou uma carta endereçada a Werner; já estava muito adiantado no relato de suas aventuras, sem perceber que se afastara mais de uma vez da verdade, quando, para seu descontentamento, ao virar a folha, deu com alguns versos que havia começado a copiar de seu caderno de notas para madame Melina. Contrariado, rasgou o papel e protelou para o correio seguinte a repetição de suas confissões.

Capítulo 7

Estava novamente reunida nossa sociedade quando Philine, extremamente atenta a todo cavalo que passava, a todo coche que se aproximava, exclamou com grande efusão:

— Nosso pedante! Eis que chega nosso queridíssimo pedante! Mas quem poderá estar com ele?

E, gritando, acenou pela janela; o coche parou.

Um lamentável pobre-diabo, que com sua sobrecasaca puída, de um castanho-gris, e o péssimo estado de suas roupas poderia ser tomado por um mestre-escola, desses que costumam apodrecer nas academias, saltou do coche e descobriu-se para cumprimentar Philine, deixando à mostra uma peruca mal empoada, embora de resto muito firme, enquanto ela lhe atirava centenas de beijos.

Para Philine, que encontrava sua felicidade em amar uma parte dos homens e gozar de seu amor, não era muito menor o prazer que sempre que possível sentia ao zombar levianamente daqueles que naquele preciso momento ela não amava.

Por conta do alarido com que recebeu o velho amigo, todos se esqueceram de prestar atenção aos outros que o acompanhavam. Wilhelm, contudo, supôs reconhecer as duas mulheres e um homem de certa idade que entrava ao lado delas. Logo descobriu que já os havia visto diversas vezes, anos atrás, atuando numa companhia de teatro em sua cidade natal. As filhas haviam crescido desde então, mas o velho pouco mudara. Ele costumava representar papéis de velho bonacheirão e ranzinza, desses que não faltam ao teatro alemão e que não raro deparamos na vida corrente. Com efeito, já que o caráter de nossos compatriotas é fazer o bem, realizando-o sem muita ostentação, raras são as vezes em que imaginam também existir uma forma de praticar com delicadeza e graça aquilo que é correto, e, impelidos por uma espécie de espírito de contradição, incorrem facilmente no erro de demonstrar sua mais amável virtude em contraste com uma natureza rabugenta.

Nosso ator desempenhava muito bem tais papéis e os representava com tanta frequência e exclusivamente que passou a adotar também na vida corrente comportamento semelhante.

Wilhelm ficou tomado de grande emoção assim que o reconheceu, pois recordava-se do número de vezes que vira aquele homem em cena, ao lado de sua querida Mariane; ainda o ouvia a esbravejar e ouvia a voz aduladora da amada, que em muitos papéis tinha de dar a réplica àquele temperamento rude.

A primeira pergunta dirigida aos recém-chegados — quanto à possibilidade de encontrar uma colocação fora dali —, responderam-na infelizmente com um não, e ainda ficaram sabendo que as companhias sondadas por eles estavam todas completas, havendo mesmo entre elas algumas muito preocupadas, temendo ter de se desfazer em virtude da guerra iminente. O velho ranzinza, com suas filhas, havia renunciado a um contrato vantajoso, por descontentamento e amor à mudança, e havia alugado com o pedante, que encontrara no caminho, um coche para chegar a este povoado, que, como descobriram, também se encontrava numa situação difícil.

Todo o tempo em que os outros conversaram animadamente acerca de seus negócios, Wilhelm passou pensativo. Desejava falar a sós com o velho, desejava e temia ouvir notícias de Mariane, e se encontrava assim na maior inquietação.

As gentilezas das jovens recém-chegadas não conseguiram arrancá-lo a seu sonho, mas sua atenção foi despertada por uma discussão que se travou em seguida. Friedrich, o rapazote louro que costumava prestar serviços como criado à Philine, negava-se categoricamente a pôr a mesa e servir a comida.

— Eu me comprometi a servir a senhora — dizia ele —, e não a toda essa gente.

Travaram então os dois uma discussão violenta. Philine insistia em que ele devia cumprir com seu dever e, como o rapaz se opunha renitentemente àquilo, disse-lhe ela, sem cerimônia, que ele podia ir aonde bem quisesse.

— Acredita mesmo que eu não possa afastar-me da senhora? — perguntou ele e, retirando-se dali com um ar arrogante, preparou sua trouxa e deixou a casa sem demora.

— Vai, Mignon — disse Philine —, e providencia tudo de que necessitamos; previna o empregado e ajuda-o a servir a mesa.

Mignon acercou-se de Wilhelm e, com seu modo lacônico, perguntou-lhe:

— Devo fazê-lo? Posso?

Ao que Wilhelm respondeu:

— Sim, minha filha, faz o que *mademoseille* te diz.

A menina cuidou de tudo e, durante todo o tempo serviu os hóspedes com grande desvelo. Terminada a refeição, Wilhelm buscou um meio de sair a passeio sozinho com o velho; teve êxito em seu intento e, depois de toda sorte de perguntas acerca de como havia passado até aquele momento, a conversa recaiu sobre a antiga companhia teatral, e Wilhelm ousou finalmente perguntar por Mariane.

— Nem uma só palavra a respeito de criatura tão abominável! — exclamou o velho. — Jurei a mim mesmo não pensar mais nela.

Assustou-se Wilhelm com tal declaração, e seu embaraço foi ainda maior quando o velho continuou a vociferar contra o caráter frívolo e licencioso da jovem. De muito bom grado teria nosso amigo cortado a conversa, mas foi obrigado a suportar os ímpetos estrondeantes daquele homem singular.

— Sinto vergonha — prosseguia ele — de ter-me afeiçoado tanto a ela. Mas, se o senhor conhecesse a jovem mais a fundo, estou certo de que me desculparia. Era tão gentil, natural e boa, tão prestimosa e razoável, em todos os sentidos. Jamais teria imaginado que insolência e ingratidão haveriam de ser os traços principais de seu caráter.

Wilhelm já estava preparado para ouvir as piores coisas, quando de repente percebeu assombrado que a voz do velho se abrandava, até silenciar por completo, e que ele puxou um lenço do bolso para secar as lágrimas que haviam interrompido seu discurso.

— O que houve? — indagou Wilhelm. — O que ocorreu para que seus sentimentos tomassem inesperadamente um rumo tão oposto? Não me oculte nada; o destino dessa jovem me interessa mais do que o senhor pode imaginar; conte-me tudo, pois!

— Tenho pouco a dizer — respondeu o velho, retomando seu tom grave e descontente —; não lhe perdoarei jamais o que por ela sofri. Sempre teve ela — prosseguiu — uma certa confiança em mim; eu a amava qual uma filha e, como minha mulher ainda vivia, resolvi tomá-la aos meus cuidados, salvando-a das mãos daquela anciã, cuja influência não parecia prometer nada de bom. Minha mulher morreu, e o projeto malogrou-se. Já quase no fim da temporada em sua cidade natal, não faz ainda nem três anos, notei nela uma visível tristeza e indaguei dela o motivo, mas se esquivou. Finalmente partimos em turnê. Ela viajava comigo, no mesmo coche, e pude perceber aquilo que me confessou sem demora: que estava em estado interessante e sobre ela pairava o enorme temor de que o diretor a expulsasse da companhia. E, na verdade, não levou muito tempo para que ele fizesse tal descoberta; rescindiu-lhe o contrato, cuja vigência aliás não ultrapassava seis semanas, pagou a ela o que ainda devia e, a despeito de todas as censuras, abandonou-a num vilarejo, numa estalagem miserável. Que o diabo carregue todas as moças desregradas — exclamou irritado o velho — e em particular aquela que causou a ruína de tantas horas da minha vida! Para que lhe relatar minuciosamente o interesse, cuidado, desvelo e a afeição que tive por ela, mesmo quando ausente? Teria sido preferível atirar meu dinheiro a um lago e passar meu tempo adestrando cães sarnentos a ter dedicado a uma criatura como aquela a mínima atenção. O que se passou? No início recebia dela cartas de agradecimento, dando-me notícias dos locais em que se encontrava, até que, por fim, nenhuma palavra mais, nem sequer de agradecimento pelo dinheiro que lhe havia mandado para o momento do parto. Oh, a hipocrisia e a leviandade das mulheres caminham lado a lado, propiciando a elas uma vida cômoda, e a um homem de bem horas fastidiosas!

Capítulo 8

Já podemos imaginar o estado de Wilhelm ao chegar em casa, depois daquela conversa. Reabriram-se todas as suas velhas feridas e adquirira vida nova o sentimento de não haver sido ela totalmente indigna de seu amor, pois, no interesse demonstrado pelo velho por ela, nos elogios que lhe fizera contra sua vontade, voltou a se revelar a nosso amigo toda a amabilidade que ela possuía; nem mesmo a violenta acusação daquele homem apaixonado continha aos olhos de Wilhelm algo que pudesse depreciá-la. Porque este se reconheceu a si mesmo como cúmplice de seus delitos, não lhe parecendo, afinal, repreensível o silêncio da jovem; ao contrário, ele só tinha pensamentos tristes a esse respeito e a via, na condição de parturiente e de mãe, vagando pelo mundo, provavelmente com o próprio filho nos braços, ideias essas que despertavam nele o mais doloroso sentimento.

Mignon estava à sua espera e iluminou-lhe o caminho enquanto ele subia as escadas. Ao pousar a luz, pediu-lhe permissão de lhe oferecer ainda aquela noite um número de arte. Ele teria preferido dizer não, sobretudo por não saber do que se tratava. Mas não podia recusar nada àquela bondosa criatura. Pouco depois, ela reapareceu. Trazia sob o braço um tapete, que estendeu no chão. Wilhelm consentia em tudo. Trouxe, em seguida, quatro luzes e dispôs uma a uma em cada canto do tapete. Ao apanhar um cestinho com ovos, ficou clara sua intenção. Pôs-se a andar de lá para cá pelo tapete, medindo com arte os passos, colocando os ovos a certa distância um do outro, e por fim chamou um homem que servia na casa e tocava violino. Ele foi-se colocar num dos cantos do quarto, com seu instrumento; ela vendou os olhos, deu o sinal e, junto com a música, começou a mover-se como uma engrenagem a que se dá corda, acompanhando o compasso e a melodia com o bater das castanholas.

Hábil, ligeira, rápida, precisa, ela executava a dança. Caminhava com tal firmeza e segurança por entre os ovos, e tão perto deles, que seria bem possível imaginar que iria a qualquer instante esmagar alguns deles ou arremessá-los com seus rápidos volteios. Mas não! Nem sequer os tocava, ainda que se movesse sinuosamente pelas fileiras com toda sorte de passos, curtos ou longos, dando inclusive alguns saltos, para, finalmente, cair ajoelhada.

Sem parar, como um mecanismo de relógio, prosseguia seu caminho, e aquela estranha música conferia à dança, sempre recomeçada, acompanhada da mesma melodia, um novo impulso a cada reinício. Wilhelm estava completamente arrebatado por aquele estranho espetáculo e esquecia suas preocupações seguindo todos os movimentos da amada criatura, maravilhado de ver com que primor se manifestava naquela dança o caráter da menina.

Ela se mostrava séria, precisa, seca, violenta, e, nos passos suaves, mais solene que agradável. Súbito, naquele instante, ele tomou consciência do que sentia por Mignon. Almejava incorporar a seu coração, como sua própria filha, aquela criatura abandonada, tomá-la em seus braços e, com o amor de um pai, despertar nela a alegria de viver.

Cessou a dança; ela reuniu os ovos com os pés, formando um pequeno monte, sem esquecer nem quebrar nenhum; retirada a venda dos olhos, foi colocar-se ao lado deles e, fazendo uma reverência, deu por encerrado seu número artístico.

Wilhelm agradeceu-lhe por haver apresentado com tanta gentileza e espontaneidade a dança que ele desejara ver. Afagou-a e lamentou o fato de ela ter-se tornado tão amarga. Prometeu-lhe uma roupa nova, ao que ela respondeu com veemência:

— De tua cor!

Prometeu-lhe isso também, ainda que não compreendesse exatamente o que ela pretendera dizer com aquilo. Ela recolheu os ovos, pôs o tapete sob o braço, perguntou-lhe se ainda desejava alguma coisa e se foi.

Ele soube pelo músico que já há algum tempo a menina empregava sua forças cantando-lhe a música daquela dança, um conhecido fandango, para que ele pudesse executá-la. Disse também que ela lhe havia oferecido dinheiro por seu trabalho, mas ele não quis aceitá-lo.

Capítulo 9

Depois de uma noite agitada que nosso amigo passou ora desperto, ora assaltado por sonhos terríveis em que via Mariane, por vezes em toda sua beleza, por vezes num aspecto lastimável, com o filho nos braços, ou então sem ele, nem bem havia amanhecido, quando Mignon entrou acompanhada de um alfaiate. Ela trazia um pano cinza e um corte de tafetá azul e explicou à sua maneira que queria um coletezinho novo e calças de marinheiro, iguais aos que usavam os rapazes da cidade, com barras e fitas azuis.

Desde a perda de Mariane, Wilhelm havia renunciado a todas as cores alegres. Habituara-se ao cinza, ao traje das sombras, e só em determinadas ocasiões um forro azul-celeste ou uma pequena gola da mesma cor animava um pouco aqueles trajes melancólicos. Mignon, ansiosa por usar também aquela cor, apressou o alfaiate, que prometeu entregar-lhe em pouco tempo o trabalho.

As lições de dança e esgrima, que nosso amigo tomou aquele dia com Laertes, tampouco foram bem-sucedidas. Tiveram ademais de interrompê-las com a chegada de Melina, que lhes revelou circunstanciadamente já haver conseguido reunir uma pequena companhia, com a qual seria possível pôr em cena um número suficiente de espetáculos. Renovou seu pedido a Wilhelm para que lhe adiantasse algum dinheiro a fim de se estabelecer, mas este deixou uma vez mais transparecer sua indecisão.

Pouco depois, entravam Philine e as jovens, entre risadas e alvoroço. Haviam planejado um novo passeio, pois estavam sempre ávidas por locais e objetos variados. Comer cada dia num lugar diferente era seu maior desejo. Desta vez, fariam um passeio náutico.

O barco, com o qual pretendiam descer os meandros do plácido rio, já havia sido reservado pelo pedante. Philine insistiu no passeio, ninguém do grupo hesitou, e logo estavam a bordo.

— Que fazemos agora? — perguntou Philine, depois que todos se haviam acomodado nos bancos.

— O ideal — respondeu Laertes — seria que improvisássemos uma peça. Que cada um escolha o papel mais adequado a seu caráter, e veremos o que acontece.

— Excelente! — disse Wilhelm. — Pois numa companhia onde ninguém finge e na qual todos obedecem a suas inclinações, não podem reinar por muito tempo a graça e a satisfação, nem tampouco ali onde todos vivem a fingir. Não há mal algum portanto em adotarmos já de saída a dissimulação, para que, sob essa máscara, sejamos tão sinceros quanto pretendemos.

— Sim — disse Laertes —, aí está por que nos é tão agradável tratar com mulheres que jamais se deixam ver em seu aspecto natural.

— E a isso — replicou madame Melina — se deve o fato de não serem elas tão vaidosas quanto os homens, que creem ser sempre amáveis, exatamente como a natureza os criou.

Enquanto falavam, iam navegando entre bosques e colinas aprazíveis, entre jardins e vinhedos, e as jovens, sobretudo madame Melina, manifestavam seu encanto pela paisagem. Ela chegou a recitar solenemente um gracioso poema, do gênero descritivo, sobre uma cena semelhante da natureza, mas Philine a interrompeu, propondo uma norma segundo a qual a ninguém seria permitido falar de objetos inanimados, e fazendo prevalecer a proposta anterior, a da comédia improvisada. O velho ranzinza faria o papel de um oficial reformado; Laertes, o de um mestre de armas; o pedante, o de um judeu; ela mesma seria uma tirolesa, deixando aos demais a escolha de seus próprios papéis. Deveriam agir como um grupo de pessoas alheias ao mundo, que acabassem de se reunir numa embarcação mercantil.

Ela passou a representar sem demora seu papel com o judeu, e logo a alegria se fez geral.

Nem bem haviam ainda navegado um longo trecho, quando o barqueiro interrompeu o curso para, com a permissão da companhia, recolher a bordo mais um passageiro que acenava da outra margem do rio.

— Eis aí aquilo de que carecíamos: um clandestino! — exclamou Philine. — Era o que faltava entre os viajantes!

Subiu à embarcação um homem de belo porte, que por seu traje e sua aparência respeitável poderia ser tomado por um eclesiástico. Cumprimentou a companhia, que agradeceu à sua maneira, e logo o puseram a par daquele jogo. Ele escolheu, então, o papel de um pároco rural, que, para surpresa de todos, representou muito bem, tanto em suas pregações quanto na narrativa de historietas, deixando entrever aqui e ali alguns pontos fracos, mas sabendo impor respeito.

Aquele que, entretanto, saísse uma única vez de sua personagem, deveria pagar uma prenda. Philine foi recolhendo-as com grande zelo, ameaçando sobretudo o senhor pároco com muitos beijos quando da aplicação das penalidades, embora ele próprio não houvesse jamais incorrido em castigo. Melina, por sua vez, foi totalmente despojado: os botões da camisa, as fivelas e tudo quanto de removível trazia sobre o corpo, Philine se encarregou de apoderar-se, pois ele havia tentado representar o papel de um viajante inglês sem conseguir de forma alguma entrar na personagem.

Em meio a essas brincadeiras, o tempo transcorria ameno, e cada qual se esforçava para empregar da melhor forma possível o talento e a imaginação no desempenho de seus papéis, revestindo-os de gracioso e divertido encanto. Chegaram, assim, ao local onde pretendiam passar o dia, e Wilhelm, passeando com o eclesiástico, como passaremos a chamá-lo devido à sua aparência e ao papel que escolheu, envolveu-se num diálogo interessante.

— Considero esse exercício — disse o desconhecido — muito útil para atores e mesmo para grupos de amigos e conhecidos. É o melhor meio de arrancar os homens de si mesmos e trazê-los de volta por um desvio. Deveria ser introduzido em todas as companhias, para que pudessem praticá-lo em determinadas ocasiões, com o que certamente sairia ganhando o público, desde que representassem todos os meses uma peça não escrita, para a qual os atores teriam a obrigação de se preparar ao longo de vários ensaios.

— Deveria conceber-se — atalhou Wilhelm — uma peça improvisada não como as que se compõem sem preparação prévia, mas sim como aquela em que seriam fornecidos, em linhas gerais, o argumento, a ação e a divisão de cenas, ficando a critério dos atores a maneira de representá-la.

— Tem toda razão — disse o desconhecido —, e, precisamente no tocante à representação, uma peça assim teria um ganho extraordinário, caso estivessem os atores em condições de encená-la. Não a representação por meio de palavras, que com elas o escritor reflexivo ornamenta seu trabalho, mas a representação por meio de gestos e mímicas, de exclamações e artifícios outros; enfim, a interpretação muda ou à meia-voz, que entre nós parece haver-se perdido por completo. Claro que há na Alemanha atores cujos corpos exprimem o que pensam e sentem; atores que, através de seus silêncios, suas hesitações, seus sinais, através dos movimentos graciosos e delicados do corpo sabem preparar sua fala e ligar ao conjunto as pausas do diálogo mediante uma agradável pantomima; mas um exercício como esse, que viesse em socorro de uma feliz disposição natural e ensinasse a rivalizar com o escritor, não está hoje tão em voga quanto seria desejável para consolo daqueles que frequentam o teatro.

— Ora — replicou Wilhelm —, uma feliz disposição natural, na qualidade de princípio e fim, não haveria de conduzir a tão elevado objetivo não só um ator, mas qualquer artista, ou mesmo qualquer ser humano?

— Poderia ser e continuar sendo o princípio e o fim, o primeiro e o último; mas entre um e outro ficam faltando ao ator muitas coisas, quando a educação não faz dele o que ele deveria ser, e, para ser mais preciso, uma educação precoce, porque talvez seja pior para aquele a quem se atribui gênio que a um outro que só possui aptidões corriqueiras, pois aquele pode degenerar-se mais facilmente e ser impelido para o mau caminho com mais impetuosidade que este.

— Mas o gênio — replicou Wilhelm — não há de se salvar por si mesmo, não há de curar sozinho as feridas que ele próprio se infligiu?

— De jeito nenhum — respondeu o outro — ou, quando muito, de maneira insuficiente, pois que ninguém creia poder sobrepujar as primeiras impressões da juventude. Se cresceu numa liberdade digna de louvor, cercado de belos e nobres objetos, convivendo com homens bons; se seus mestres lhe ensinaram o que primeiro devia saber, para compreender mais facilmente o resto; se aprendeu aquilo que nunca precisará desaprender e se seus primeiros atos foram dirigidos de modo a poder no futuro praticar mais fácil e comodamente o bem, sem ser obrigado a desacostumar-se do que quer que seja, então esse homem haverá de levar uma vida mais pura, mais perfeita e mais feliz que um outro que houvesse dissipado na resistência e no erro suas primeiras forças da juventude. Fala-se e escreve-se muito sobre educação, mas não vejo senão uma pequena parcela de homens capaz de compreender e levar a cabo o simples porém grande conceito que encerra em si todos os demais.

— É bem possível que seja verdade — disse Wilhelm —, pois todo homem é limitado demais para querer educar o outro à sua própria imagem. Felizes aqueles de quem se encarrega o destino, que a todos educa à sua maneira!

— O destino — replicou o outro, sorrindo — é um preceptor excelente, mas oneroso. Eu preferiria ater-me ao julgamento de um mestre humano. O destino, a cuja sabedoria rendo total respeito, tem no acaso, por meio do qual age, um órgão muito canhestro. Pois raras são as vezes em que este parece realizar com acerto e precisão o que aquele havia determinado.

— Este me parece um pensamento muito singular — replicou Wilhelm.

— De maneira alguma! A maior parte das coisas que ocorrem no mundo justifica minha opinião. Não é fato que muitos acontecimentos mostram a princípio um grande sentido e acabam sempre por resultar em algo insignificante?

— O senhor está caçoando.

— Mas não é o que ocorre — prosseguiu o outro — com todos os indivíduos? Suponha que o destino tivesse escolhido alguém para se tornar um bom ator (e por que não haveria ele de nos prover também de bons atores?); digamos que, por um infortúnio qualquer, o acaso conduzisse nosso jovem homem a um teatro de marionetes, onde não poderia deixar de tomar parte em algo insípido, de achar suportável e até mesmo interessante algo disparatado, de receber assim, sob um aspecto errôneo, aquelas impressões infantis que nunca se esvaem e pelas quais nunca deixamos de sentir um certo apego.

— Mas, o que o fez chegar a um teatro de marionetes? — interrompeu-o Wilhelm, um pouco sobressaltado.

— Foi um mero exemplo; se não lhe agrada, tomemos um outro. Suponha que o destino tivesse escolhido alguém para se tornar um grande pintor, e que pela vontade do acaso passasse ele sua infância em sujas choupanas, estábulos e celeiros; acredita mesmo que um tal homem poderá alguma vez elevar-se até a pureza, a nobreza e a liberdade da alma? Quanto mais vivos os sentidos com os quais pôde ele perceber em sua infância a impureza e a seu modo enobrecê-la, tanto mais poderosamente irá vingar-se dela no curso ulterior de sua vida, e no entanto, ainda que busque sobrepujá-la, estará mais intimamente unido a ela. Quem cedo viveu entre pessoas más e insignificantes, ainda que mais tarde possa haver compartilhado de melhores companhias, terá sempre saudade daquelas cuja impressão permanece com ele ao lado da lembrança das alegrias infantis, que só raramente se repetem.

É fácil imaginar que, durante essa conversa, o resto do grupo havia-se afastado mais e mais dos dois. Philine, sobretudo, foi quem primeiro se apartou. Eles tomaram um atalho e foram se reunir com os demais. Philine sacou as prendas que deveriam ser resgatadas de diversos modos, no que se distinguiu o estranho graças aos mais encantadores achados e a espontânea colaboração com todo o grupo, especialmente com as mulheres; e assim as horas fluíram da maneira mais agradável, entre brincadeiras, cantigas, beijos e toda sorte de distrações.

Capítulo 10

Quando se dispuseram a voltar para casa, procuraram em todos os cantos pelo eclesiástico, mas ele havia desaparecido e não o localizaram em parte alguma.

— Não é delicado da parte de um homem que, aliás, parece ter maneiras tão distintas — disse madame Melina —, abandonar sem se despedir um grupo que o acolheu tão afetuosamente.

— Pois durante todo o tempo — disse Laertes — fiquei a imaginar onde foi que vira esse homem antes. E estava disposto a lhe perguntar quando se despedisse.

— Comigo ocorreu o mesmo — replicou Wilhelm —, e certamente não o teria deixado partir antes de nos revelar algo mais preciso de sua vida e suas relações pessoais. Ou muito me engano, ou já lhe falei antes em algum lugar.

— E, no entanto — disse Philine —, é bem possível que estejam todos enganados. A verdade é que esse homem nos dá a falsa impressão de alguém conhecido porque tem a aparência de um ser humano, e não a de um fulano qualquer.

— Que quer dizer com isso? perguntou Laertes. Por acaso não temos aparência de seres humanos?

— Sei o que digo — replicou Philine — e, se não me compreendem, pouco se me dá. Afinal, não tenho por que tornar mais claras as minhas palavras.

Chegaram dois coches. E todos elogiaram os cuidados de Laertes, que os havia encomendado. Philine tomou lugar ao lado de madame Melina; Wilhelm sentou-se diante delas, e os demais se acomodaram como puderam. Laertes, por sua vez, montou no cavalo de Wilhelm, que também havia mandado vir junto com os coches, e retornou à cidade.

Nem bem Philine havia-se sentado no coche, e se pôs a entoar lindas canções, sabendo dirigir a conversa para histórias que, segundo ela, se prestavam muito bem a um drama. Graças a esse hábil encaminhamento, logo conseguiu recuperar o bom humor de seu jovem amigo, que num instante, com ajuda da riqueza de sua viva provisão de imagens, compôs todo um drama, com seus atos, suas cenas, seus caracteres e suas peripécias. Acharam de bom tom inserir algumas árias e cânticos; passaram a compô-los em versos e Philine, que em tudo tomava parte, adaptou-lhes sem demora melodias conhecidas e começou a cantá-los de improviso.

Tivera mesmo um belo, belíssimo dia hoje; soube distrair nosso amigo com toda sorte de gracejos, e ele se sentia muito bem, como há muito não acontecia.

Desde que aquela terrível descoberta o arrancara do lado de Mariane, havia-se mantido fiel ao voto que fizera de se proteger da armadilha de braços femininos estreitando-o bruscamente, de evitar o sexo traidor, de encerrar dentro do peito seus sofrimentos, suas inclinações e seus doces desejos. A retidão com que observava tal voto dava a todo seu ser um alento secreto, e como seu coração não sabia viver sem experimentar alguma espécie de emoção, tornou-se-lhe, pois, necessária uma comunicação afetuosa. Voltava a vagar como se o acompanhasse a primeira névoa da juventude; seus olhos captavam com alegria qualquer objeto encantador e nunca fora tão cuidadoso seu juízo acerca de uma figura amável. Pode-se infelizmente perceber muito bem o perigo que a atrevida jovem haveria de representar para ele em tal situação.

Na estalagem, já encontraram tudo preparado no quarto de Wilhelm para recebê-los: as cadeiras dispostas para a leitura e a mesa colocada no centro, sobre a qual haviam reservado lugar para a poncheira.

As obras de cavalaria eram então uma novidade na Alemanha e haviam atraído a atenção e simpatia do público.[9] O velho ranzinza trouxe-

[9] O tema havia se tornado muito popular na Alemanha desde os dramas *Götz von Berlichingen* (1773), de Goethe, e *Otto* (1774), de Friedrich M. Klinger (1752-1831).

ra consigo uma obra do gênero, e logo decidiram sua leitura. Sentaram-se. Wilhelm apoderou-se do exemplar e começou a ler.

Os cavaleiros armados, os velhos burgos, a lealdade, retidão, probidade, mas principalmente a independência das personagens em ação, foram recebidos com muitos aplausos. O leitor dava o melhor de si e os ouvintes quedavam entusiasmados. Entre o segundo e o terceiro ato trouxeram o ponche num grande vaso, e como na própria história as personagens bebiam e brindavam com frequência, nada mais natural que todo o grupo, a cada caso semelhante, se pusesse com animação no lugar dos heróis e erguesse também brindes, dando vivas a suas personagens favoritas.

Estavam todos inflamados pelo fogo do mais nobre espírito nacional. Quão prazeroso era para aquele grupo de alemães, em conformidade com seu caráter, deleitar-se com a poesia em seu próprio solo! Sobretudo aquelas abóbadas e caves, os castelos em ruínas, o musgo e as árvores ocas, além das cenas noturnas de ciganos e dos tribunais secretos, produziam neles um efeito absolutamente incrível. Os atores já se viam com elmo e arnês, e as atrizes com golas altas e firmes, testemunhando diante do público seu germanismo. Todos queriam apropriar-se sem demora de um nome tomado à obra ou à história alemã, e madame Melina garantia que o filho ou a filha que esperava não teria outro nome de batismo que não Adalbert ou Mechthilde.

Perto do quinto ato fez-se mais ruidoso e mais sincero o aplauso, e ao final, quando o herói escapava verdadeiramente de seu opressor e punia-se o tirano, foi tão grande o entusiasmo geral que juravam todos nunca haver desfrutado momentos mais felizes. Melina, arrebatado pela bebida, era o mais inquieto, e como já haviam esvaziado a segunda poncheira e se aproximava a meia-noite, Laertes manifestou solenemente que doravante não haveria mais ninguém digno de levar aos lábios aqueles copos e, ante tal afirmação, arremessou o seu pela janela contra a rua. Os outros seguiram seu exemplo e, a despeito dos protestos do estalajadeiro, que acudiu prontamente, fizeram em mil pedaços a própria poncheira, para que, depois de uma festa como aquela, não mais a profanassem com bebidas impuras. Philine, que parecia menos embriagada, enquanto as outras duas jovens, deitadas no canapé, adotavam posturas bem pouco decentes, incitava maliciosamente os demais ao tumulto. Madame Melina recitava sublimes poemas e seu marido, que com a embriaguez deixava de lado as amabilidades, passou a criticar o péssimo preparo do ponche, assegurando que ele sim saberia organizar uma festa em tudo diferente, e como Laertes reclamasse silêncio, foi ficando mais e mais grosseiro e estridente, até que aquele, sem muito refletir, atirou-lhe à cabeça os cacos da poncheira, contribuindo assim para aumentar não pouco o barulho.

Neste meio-tempo, a tropa de guarda havia chegado e ameaçava entrar na estalagem. Wilhelm, excitado demais pela leitura, embora não tivesse bebido muito, teve bastante trabalho para, com a ajuda do estalajadeiro, acalmar os guardas mediante algum dinheiro e boas palavras, e conduzir para casa os membros da companhia no estado deplorável em que se encontravam. Ao regressar, dominado pelo sono, atirou-se contrariado e sem se despir à cama, e nada poderia comparar-se à desagradável sensação que experimentou na manhã seguinte ao abrir os olhos e contemplar com um olhar sombrio os estragos do dia anterior, a sujeira e os péssimos resultados obtidos por uma engenhosa, animada e bem-intencionada obra poética.

Capítulo 11

Depois de refletir por uns instantes, chamou o estalajadeiro e mandou que pusesse em sua conta os gastos e estragos. Foi então que soube, não sem alguma contrariedade, que Laertes, no dia anterior, ao regressar à cidade, havia de tal modo cansado seu cavalo que, era bem provável, o rebentara, como se costuma dizer, e o ferrador tinha poucas esperanças de salvá-lo.

Uma saudação de Philine, que lhe acenava de sua janela, restituiu-lhe contudo seu estado sereno, e ele se encaminhou à loja mais próxima para lhe comprar uma pequena lembrança, em troca da espátula para pó com que ela o presenteara, e somos obrigados a admitir que não se ateve aos limites de uma troca equitativa de presentes. Pois não só lhe comprou um par de brincos muito delicados, como também um chapéu, um lenço de pescoço e outras miudezas que no primeiro dia a vira deitar prodigamente fora.

Madame Melina, que para lá acorreu com a intenção de estar presente no exato momento da entrega, procurou ainda antes da refeição uma oportunidade de lhe falar seriamente sobre seus sentimentos por aquela jovem, o que o deixou tanto mais surpreso quanto acreditava não merecer de modo algum aquelas repreensões. Jurou solenemente que nem por um momento lhe ocorrera voltar os olhos para tal pessoa, cuja conduta conhecia muito bem; desculpou-se, o melhor que pôde, por sua própria atitude amável e gentil para com ela, mas nem assim conseguiu tranquilizar madame Melina que, longe disso, parecia cada vez mais contrariada, pois teve de ponderar-lhe que a lisonja, graças à qual havia conquistado uma espécie de inclinação da parte de nosso amigo, não bastava para defender esse patrimônio dos ataques de uma pessoa sagaz, mais jovem e mais venturosamente agraciada pela natureza.

Ao passarem à mesa, encontraram também seu marido de muito mau humor, e já havia começado a se manifestar acerca de coisas mínimas, quando o estalajadeiro entrou anunciando um harpista.

— Estou certo — disse ele — de que a música e os cantos desse homem agradarão aos senhores, pois não há quem não o admire ao ouvi-lo cantar, e sempre lhe dão alguma coisa.

— Livre-se dele — replicou Melina —, não estou nem um pouco disposto para ouvir um tocador de realejo qualquer, e, se preciso, temos aqui entre nós muitos cantores que bem que gostariam de ganhar alguma coisa.

Ele acompanhou essas palavras com um insidioso olhar de soslaio dirigido à Philine. Ela o compreendeu e, ato contínuo, dispôs-se a proteger o anunciado cantor, para desgosto de Melina. Voltou-se para Wilhelm e disse:

— Não acha que deveríamos ouvir o tal homem e quem sabe poderíamos livrar-nos assim deste tédio deplorável?

Melina já tencionava retorquir, o que tornaria mais calorosa a discussão, se Wilhelm não tivesse saudado o homem que naquele instante entrava, fazendo-lhe sinal para que se aproximasse.

A aparência do estranho hóspede surpreendeu a todos ali reunidos; ele já havia tomado posse de uma cadeira antes mesmo que alguém tivesse ânimo de perguntar ou dizer-lhe algo. Coroavam sua cabeça calva cabelos ralos e grisalhos; sob grossas e encanecidas sobrancelhas mostravam-se suaves seus grandes olhos azuis. Acompanhando um nariz de belas formas, uma comprida barba branca deixava descobertos os lábios delicados, e uma longa túnica castanho-escuro envolvia-lhe o corpo esguio, dos pés à cabeça; ele se pôs a afinar a harpa que havia colocado à sua frente.

Os sons harmoniosos que tirava do instrumento bem depressa alegraram aquela sociedade.

— Trate de cantar também, meu bom velho! — exclamou Philine.

— Cante-nos alguma coisa que nos deleite os corações e espíritos, e ao mesmo tempo nossos sentidos — disse Wilhelm. — O instrumento só deveria acompanhar a voz, pois melodias, andamentos e passagens sem letra nem sentido fazem-me lembrar borboletas ou belos pássaros multicores que pairam à nossa frente e atrás dos quais gostaríamos de correr e capturá-los, enquanto o canto, longe disso, é como um gênio que se eleva ao céu, atraindo nosso melhor eu para acompanhá-lo.

O ancião fitou Wilhelm e, em seguida, ergueu os olhos; tirou então alguns acordes na harpa e começou a cantar. Era um canto de louvor: celebrava a felicidade dos cantores e exortava os homens a honrá-los. Colocava tanta vida e verdade na canção que parecia havê-la composto naquele instante e para aquela ocasião. A muito custo Wilhelm se continha para não se lançar a seus braços, e só o temor de provocar ruidosa gargalhada o reteve na cadeira, pois os demais já estavam tecendo à meia-voz comentários disparatados e discutindo se seria aquele homem padre ou judeu.

Quando lhe perguntaram pelo autor daquela canção, não deu nenhuma resposta precisa, limitando-se a garantir que possuía muitas outras, e seu único desejo era que elas lhes dessem prazer. A maior parte do grupo já estava alegre e bem-humorada, e até mesmo Melina havia voltado a se abrir a seu modo; enquanto todos tagarelavam e faziam gracejos, o ancião começou a cantar, com muito engenho, louvações à vida em sociedade. Com um timbre adulador, enaltecia a união e a concórdia. De repente, seu canto se fez seco, rude e confuso, como se deplorasse o retraimento odioso, a hostilidade pouco sensata e a discórdia perigosa, e a alma de cada um se libertou prazerosamente desses incômodos grilhões quando ele, sustentado nas asas de uma melodia penetrante, passou a louvar os pacificadores e a cantar a felicidade das almas que se reencontram.

Nem bem havia terminado, e Wilhelm exclamou entre aplausos:

— Quem quer que sejas tu, que vieste a nós qual um espírito protetor e benfazejo, com uma voz que abençoa e vivifica, recebe meu respeito e minha gratidão! Vê o quanto te admiramos e, se necessitas de algo, confia-o a nós.

O ancião ficou calado, deslizou os dedos pelas cordas, tocou-as mais forte ainda e cantou:

"Que ouço lá fora, junto ao portão,
O que sobre a ponte ressoa?
Que o canto ecoe em nossos ouvidos
Aqui, neste salão!"
Assim disse o rei, e o pajem acorreu;
À volta do moço, o rei ordenou:
"Que se aproxime o ancião!"

"Saúdo-vos, nobres senhores,
Saúdo-vos, belas donzelas!
Que céu tão rico, tão cheio de estrelas!
Quem todas por seus nomes conhece?
Neste salão de pompa e esplendor
Que meus olhos se fechem, pois tempo não há
Para se deleitar, assombrados."

Cerrou os olhos o menestrel,
E à plena voz cantou.
Intrépido, fitava-o o cavaleiro
E a bela, de olhos baixos, o próprio colo fitava.
O rei, pelo canto embevecido,
E por tão brava execução, como recompensa
Uma corrente de ouro a ele entregou.

"A corrente de ouro não me dês,
Entrega-a aos cavaleiros,
Diante de cujos rostos audazes
Estilhaçam-se as lanças inimigas.
Dá-a a teu chanceler; que carregue
Também mais esse peso de ouro
Ao lado de todos que já traz.

Canto como canta o pássaro
Que nos galhos habita.
A canção que de minha garganta brota
É recompensa que ricamente se paga;
Mas, se algo posso pedir, peço-te
Que me deem do melhor vinho
Numa taça de pureza sem igual."

Leva-a aos lábios e a sorve.
"Ó bebida, doce lenitivo!
Ó casa, três vezes afortunada,
Onde isto não é senão pequeno dom!
Passai bem e em mim pensai,
E a Deus agradecei com o mesmo fervor
Que por esta bebida vos agradeço!"[10]

Terminada a canção, apanhou o cantor um copo de vinho que lhe ofereceram e, voltando-se com uma expressão de afeto para seus benfeitores, bebeu-o de uma vez; uma alegria geral propagou-se entre todos ali.

[10] *"Was hör' ich draussen vor dem Tor,/ Was auf der Brücke schallen?/ Lasst den Gesang zu unserm Ohr/ Im Saale widerhallen!/ Der König sprach' s, der Page lief,/ Der Knabe kam, der König rief:/ Bring ihn herein den Alten.// Gegrüsset seid ihr hohen Herrn,/ Gegrüsst ihr, schöne Damen!/ Welch reicher Himmel! Stern bei Stern!/ Wer kennet ihren Namen?/ Im Saal voll Pracht und Herrlichkeit/ Schliesst, Augen, euch, hier ist nicht Zeit/ Sich staunend zu ergötzen.// Der Sänger drückt die Augen ein,/ Und schlug die vollen Töne;/ Der Ritter schaute mutig drein,/ Und in den Schoss die Schöne./ Der König, dem das Leid gefiel,/ Liess ihm, zum Lohne für sein Spiel,/ Eine goldne Kette holen.// Die goldne Kette gib mir nicht,/ Die Kette gib den Rittern,/ Vor deren kühnem Angesicht/ Der Feinde Lanzen splittern./ Gib sie dem Kanzler, den du hast,/ Und lass ihn noch die goldne Last/ Zu andern Lasten tragen.// Ich singe, wie der Vogel singt,/ Der in den Zweigen wohnet./ Das Lied, das aus der Kehle dringt,/ Ist Lohn, der reichlich lohnet;/ Doch darf ich bitten, bitt' ich eins,/ Lass einen Trunk des besten Weins/ In reinem Glase bringen.// Er setzt es an, er trank es aus:/ O Trank der süssen Labe!/ O! dreimal hochbeglücktes Haus,/ Wo das ist kleine Gabe!/ Ergeht' s euch wohl, so denkt an mich,/ Und danket Gott so warm, als ich/ Für diesen Trunk euch danke."*

O tema do menestrel, admitido na sociedade mas solitário em seu interior, é aqui apresentado em um ambiente medieval e em forma de balada, com linguagem direta e relato sucinto.

Aplaudiram e ergueram-lhe um brinde, desejando-lhe que aquele copo de vinho lhe trouxesse saúde e fortalecesse seus velhos membros. Cantou ainda algumas romanças, despertando mais e mais alegria ao grupo.

— Conheces, velho — perguntou Philine —, aquela melodia do pastor que se enfeita para a dança?

— Oh, sim! — respondeu. — Caso deseje cantá-la, farei o que estiver a meu alcance.

Philine levantou-se e disse estar pronta. O ancião começou a tocar e ela interpretou uma canção cuja letra não haveremos de transcrever a nossos leitores pois poderiam talvez achá-la de mau gosto ou, quem sabe, até mesmo indecorosa.

Neste ínterim, nosso grupo de atores, mais e mais animados, já havia esvaziado algumas garrafas de vinho e o entusiasmo começava a se espalhar por todos. Mas nosso amigo, que tinha muito frescas ainda na memória as consequências desastrosas de uma tal alegria, procurou dar um basta a tudo aquilo, colocando na mão do velho uma generosa gratificação por seu empenho; os outros também contribuíram com algo, dizendo a ele que se retirasse e fosse descansar, prometendo-se ainda para aquela tarde repetir o prazer de sua aptidão.

Assim que ele partiu, Wilhelm disse a Philine:

— Na verdade, não consigo ver nessa sua canção predileta mérito algum, poético ou moral; mas, se porventura representasse no teatro algo apropriado com essa mesma ingenuidade, originalidade e graça, não tenho dúvidas de que lhe acarretaria um sucesso retumbante e generalizado.

— Entendo — disse Philine —, deve ser uma sensação bem agradável a de se aquecer no gelo.

— Sem mencionar — disse Wilhelm — o quanto esse homem envergonha muitos atores. Reparou que precisa é a expressão dramática de suas romanças? Havia efetivamente mais de representação em seu canto que em nossas rígidas personagens em cena; deveríamos antes tomar por mero recitativo a apresentação de muitas peças e atribuir a récitas musicais como essas uma presença concreta.

— Mas que injustiça! — replicou Laertes. — Não me julgo um grande ator nem um grande cantor, mas sei que, quando a música dirige os movimentos do corpo, dá a eles vida e ao mesmo tempo marca-lhes o compasso; se me são confiadas pelo autor a declamação e a expressão, torno-me um outro homem, diferente do que sou quando, num drama prosaico, tenho de criar tudo e inventar o ritmo e a declamação, além de ter de contar com os demais atores, que podem estorvar meu trabalho.

— Tudo que sei — disse Melina — é que esse homem nos envergonhou, de fato, num ponto, e num ponto sem dúvida capital. A força de seu talento se revela no proveito que dela tira. Pois nos deixamos persuadir a repartir com ele nossa refeição, nós que em muito pouco tempo estaremos em apuros, talvez sem termos sequer onde comer. Com uma cantilena qualquer, ele consegue arrancar de nossos bolsos o dinheiro que poderíamos empregar na procura de alguma ocupação. Parece ser muito agradável dissipar o dinheiro que poderia proporcionar-nos um meio de subsistência, para nós e para outros!

Com essa observação, a conversa tomou um rumo nada agradável. Wilhelm, contra quem era de fato dirigida aquela censura, respondeu com certa veemência, e Melina, que não era propriamente dado a extremos de delicadeza, expôs enfim suas queixas com palavras muito ásperas.

— Já faz quatorze dias — disse — que fomos ver o teatro e o guarda-roupa empenhados, e tanto um quanto o outro poderia ser nosso por uma módica quantia. Naquela ocasião, o senhor alimentou minha esperança de que me concederia o crédito necessário, e até este momento não tem dado mostras de pensar no assunto nem de estar próximo de uma decisão. Tivéssemos aproveitado a oportunidade e já estaríamos em plena marcha. Tampouco pôs em prática sua intenção de partir, e não me parece haver economizado algum dinheiro durante todo esse tempo; há ao menos pessoas que sempre sabem encontrar a ocasião de fazê-lo desaparecer com mais rapidez.

Aquela censura, não totalmente injusta, atingiu nosso amigo. Replicou-lhe com vivacidade e até com violência, e como todos se levantavam e começavam a se dispersar, ele se encaminhou para a porta, dando claramente a entender que não pretendia permanecer mais tempo em companhia de pessoas tão inamistosas e ingratas. Amofinado, desceu rapidamente as escadas e foi sentar-se num banco de pedra que havia à porta de sua estalagem, sem se dar conta de que, um pouco por prazer, um pouco por desgosto, havia bebido mais que de costume.

Capítulo 12

Pouco depois de estar sentado ali, às voltas com pensamentos inquietantes e o olhar perdido no vazio, Philine deixou a estalagem e, cantarolando, veio sentar-se a seu lado, tão perto que bem poderíamos dizer sobre ele; reclinou-se em seus ombros e se pôs a brincar com seus cabelos, a afagá-lo e dirigir-lhe as melhores palavras do mundo. Rogou-lhe que não fosse embora, que não a deixasse só naquela companhia, onde morreria de tédio; disse ainda que não podia viver com Melina sob o mesmo teto, motivo esse que a fez trocar de albergue.

Em vão procurava ele repeli-la, fazê-la compreender que não podia nem devia continuar mais tempo ali. Ela não interrompia seus pedidos e, sem se dar conta, passou o braço em seu pescoço e beijou-o com a mais viva expressão de desejo.

— Enlouqueceu, Philine? — perguntou Wilhelm, tentando livrar-se dela. — Fazer da via pública testemunha de carícias que, de modo algum, mereço! Solte-me, pois não posso nem vou ficar.

— Eu te prenderei — disse — e continuarei a te beijar, à vista de todos, até que me prometas o que desejo. Morro de rir — prosseguiu ela —; depois de tais intimidades, as pessoas me tomarão por tua esposa de quatro semanas, e os maridos que presenciam tão amável cena irão elogiar-me para suas mulheres, julgando-me modelo de uma ternura ingênua e pura.

De fato, passavam por ali algumas pessoas, e ela então o acariciou com mais ternura, e ele, para evitar um escândalo, se viu forçado a representar o papel de marido paciente. Ela se pôs a fazer esgares às costas das pessoas e, numa audácia extrema, colocou em prática toda sorte de grosseria, até que finalmente ele lhe prometeu ficar ainda mais três dias: hoje, amanhã e depois.

— És um verdadeiro pedaço de pau — disse ela, afastando-se — e eu, uma tola por desperdiçar tanta amabilidade contigo.

Levantou-se aborrecida e deu alguns passos, mas logo se voltou e exclamou, sorrindo:

— Creio que por isso é que sou louca por ti; vou apanhar as meias que estou tricotando, e assim terei algo para fazer. Não saias daí, porque em meu regresso espero encontrar o homem de pedra sentado no banco de pedra.

Desta vez estava sendo injusta com ele, pois, a despeito dos esforços que fez para se libertar dela, estivessem juntos num bosque solitário, e provavelmente seus carinhos não teriam ficado sem resposta.

Ela entrou na estalagem, depois de lançar-lhe um olhar furtivo. Não tinha ele a menor intenção de acompanhá-la; ao contrário, sua conduta suscitara-lhe nova repugnância; mas, ainda assim, levantou-se do banco, sem saber exatamente por quê, com o intuito de segui-la.

Já estava prestes a cruzar a porta da estalagem, quando Melina se aproximou; abordou-o moderadamente, pedindo-lhe desculpas por algumas expressões mais rudes proferidas no calor da discussão.

— Não me leve a mal — prosseguiu ele — se porventura, no estado em que me encontro, me mostro receoso demais, mas a preocupação com uma mulher e, em breve, com um filho, me impedem cada dia mais de levar uma vida tranquila e de empregar meu tempo no gozo de sensações prazerosas, o que ainda lhe é permitido fazer. Reflita e, se lhe for possível, ponha-me em posse dos apetrechos teatrais que aqui se encontram. Não serei por muito tempo seu devedor e ficarei eternamente grato por isso.

Wilhelm, contrariado por se ver detido na soleira da estalagem, no instante em que uma inclinação irresistível o atraía para Philine, disse com ligeiro assombro e solícita bondade:

— Se, agindo assim, posso fazê-lo feliz e sereno, não tenho mais por que refletir. Vá e cuide de tudo. Estou pronto a lhe dar o dinheiro ainda hoje mesmo ou amanhã, logo cedo.

Dito isso, estendeu a mão a Melina, em confirmação de sua promessa, e sentiu-se mais tranquilo quando o viu atravessar a rua a passos largos; mas, desgraçadamente, pela segunda vez foi impedido de entrar na casa, só que agora de um modo mais desagradável.

Um jovem, carregando uma trouxa sobre os ombros, chegou correndo da rua e aproximou-se de Wilhelm, que imediatamente reconheceu nele Friedrich.

— Cá estou de volta! — exclamou, enquanto seus olhos azuis esquadrinhavam alegremente tudo à sua volta e se fixavam nas janelas. — Onde está a senhorinha? O diabo que resista viver neste mundo mais tempo sem vê-la!

O estalajadeiro, que acabava de entrar, respondeu:

— Lá em cima!

Foi o bastante para que ele, aos pulos, subisse a escada, e Wilhelm ficasse parado sobre a soleira, como se tivesse criado raízes. Bem que teria tentado agarrar o rapaz pelos cabelos num primeiro instante e arrastá-lo escada abaixo, mas logo a violenta convulsão de um ciúme impetuoso tolheu o curso de seus espíritos vitais e de suas ideias, e como aos poucos foi-se recobrando de seu entorpecimento, assaltaram-no uma inquietação e um desconforto que jamais havia sentido até então em toda sua vida.

Subiu para seu quarto e encontrou Mignon ocupada em escrever. Já há algum tempo a criança se entregava com afinco a escrever tudo que sabia de cor, submetendo o escrito à correção de seu senhor e amigo. Ela era infatigável e compreendia bem as coisas, mas as letras lhe saíam desiguais e as linhas, tortas. Também aqui seu corpo parecia contradizer seu espírito. Wilhelm, que, quando sereno, sentia imenso prazer com a atenção da criança, demonstrou desta vez pouco interesse no que ela lhe exibia; magoada, sentiu-se tanto mais triste quanto acreditava desta vez tê-lo feito bem.

A inquietação de Wilhelm o levou a andar de um lado para o outro pelos corredores da casa, e mais uma vez estava ele diante da porta. Acabava de chegar a galope um cavaleiro muito bem-apessoado e que, apesar da idade avançada, aparentava muita disposição. O estalajadeiro correu a seu encontro, estendeu-lhe a mão como a um velho amigo, e exclamou:

— Olá, senhor estribeiro! Outra vez o vemos por aqui!

— Só para dar de comer ao cavalo — respondeu —; tenho de voltar imediatamente à quinta a ver se a preparam com toda a ligeireza. O conde chega amanhã com a esposa, e passarão ali uma temporada, para receber da melhor maneira o príncipe de ***, que provavelmente estabelecerá nesta região seu quartel-general.

— É uma pena que não possa ficar conosco — replicou o estalajadeiro —, pois temos aqui uma boa sociedade.

O palafreneiro, que o seguia, foi tratar do cavalo do estribeiro, que se entretinha na porta com o dono da estalagem e olhava de soslaio para Wilhelm.

Este, percebendo que falavam dele, afastou-se dali e se pôs a caminhar de um lado para o outro pelas ruas.

Capítulo 13

No incômodo estado de inquietação em que se encontrava, ocorreu--lhe procurar o ancião, em cuja harpa esperava afugentar os maus espíritos. Ao perguntar por ele, indicaram-lhe uma pousada miserável num rincão daquele pequeno povoado, e já ali estava a subir as escadas para o andar, quando ouviu soar, vindo de um dos quartos, os doces acordes de uma harpa. Eram sons lamuriantes, comoventes, acompanhados de um canto triste, confrangedor. Wilhelm se aproximou furtivamente da porta, e como o bom velho executava uma espécie de fantasia, repetindo sempre as mesmas estrofes, ora cantando, ora recitando, depois de um breve instante de atenção, ele pôde entender, com uma ou outra diferença, o seguinte:

Quem nunca seu pão em lágrimas comeu,
Quem nunca noites aflitas passou
Sentado, aos prantos, em seu leito,
Este não vos conhece, ó poderes celestes.

Vós nos conduzis em plena vida,
Vós deixais pecar o pobre,
Para então o abandonar à dor;
Pois toda culpa se expia neste mundo.[11]

Esse lamento melancólico, vindo do coração, penetrou profundamente na alma do ouvinte. Pareceu-lhe por vezes que as lágrimas impediam o velho homem de prosseguir, e as cordas vibravam então sozinhas, até que a voz voltava a reunir-se suavemente a elas, em tons entrecor-

[11] "*Wer nie sein Brot mit Tränen ass,/ Wer nie die kummervollen Nächte/ Auf seinen Bette weinend sass,/ Der kennt euch nicht, ihr himmlischen Mächte.// Ihr führt ins Leben uns hinein,/ Ihr lasst den Armen schuldig werden,/ Dann Éberlässt ihr ihn der Pein;/ Denn alle Schuld rächt sich auf Erden.*"

A canção emprega em seu vocabulário expressões da tradição bíblica (o que se coaduna com a história do harpista, da qual tomaremos conhecimento mais tarde), com reminiscências do Salmo 6:7 e, sobretudo, do Salmo 80:6: "Tu te alimentas com o pão de lágrimas" (Lutero) e "*Cibabis nos pane lacrimarum*" (Vulgata), respectivamente.

tados. Wilhelm estava encostado à ombreira da porta; com a alma numa comoção profunda, desafogava o coração atormentado na tristeza do desconhecido; não resistiu à compaixão e não pôde nem quis conter as lágrimas que o lamento melancólico do ancião fizera por fim saltar de seus olhos. Desataram-se ao mesmo tempo todas as dores que lhe oprimiam a alma; abandonou-se completamente a elas, empurrou a porta do quarto e parou diante do ancião, que era obrigado a usar como assento um catre, única peça de mobiliário daquele mísero cômodo.

— Que intensas emoções me fizeste sentir, meu bom velho! — exclamou ele. — Dissipaste de meu coração tudo que nele se acumulava; não te deixes perturbar e prossegue, pois, enquanto aplacas tuas mágoas, fazes feliz um amigo.

O ancião quis levantar-se e dizer alguma coisa, mas Wilhelm o impediu, pois havia notado durante o almoço que o homem não era de muito falar; sentou-se a seu lado, no enxergão.

Secando as lágrimas, o ancião perguntou-lhe com um sorriso afável:

— Como o senhor chegou até aqui? Só esperava revê-lo mais tarde.

— Aqui estamos mais tranquilos — replicou Wilhelm. — Canta-me o que quiseres, algo que se ajuste à tua situação, e aja como se eu não estivesse aqui. Estou certo de que hoje não podes falhar. Considero-te um afortunado em poder ocupar-te e distrair-te de forma tão aprazível na tua solidão, e, sendo um estranho onde quer que estejas, encontras em teu coração a mais grata amizade.

O ancião mirou suas cordas e, depois de um suave prelúdio, entoou este canto:

Quem à solidão se entrega,
Logo sozinho estará;
Todos vivem, todos amam,
E o abandonam à sua dor.

Sim, deixem-me com meus tormentos!
E se posso, por uma vez,
Sozinho, de fato, estar,
Sozinho não estarei.

Um amante rasteja, furtivo,
A ver se sua amada sozinha está.
Assim também, noite e dia, rasteja
Em mim, solitária, a dor,

Em mim, solitário, o tormento.
Ah, há de chegar um dia em que
Solitário em meu túmulo estarei,
E a dor enfim sozinho me deixará![12]

Por mais minudentes que fôssemos, ainda assim não seríamos capazes de descrever o encanto da surpreendente conversa que nosso amigo manteve com o estranho aventureiro. A tudo quanto o jovem lhe dizia, respondia o ancião com a mais pura consonância, com acordes que reavivavam todos os sentimentos análogos e abriam um vasto campo à imaginação.

Qualquer um que já tenha assistido a uma assembleia de homens piedosos, desses que, longe da igreja, creem edificar de um modo mais puro, cordial e inteligente, poderá fazer uma ideia da presente cena; recordará como o liturgista[13] sabe adaptar a suas palavras o verso de um cântico que eleva a alma até onde deseja o orador, de modo que ela possa retomar prontamente seu voo, tão logo um outro membro da comunidade acrescente, com uma outra melodia, o verso de um outro canto, ao qual um terceiro, por sua vez, agregará um terceiro verso, com o que

[12] "*Wer sich der Einsamkeit ergibt,/ Ach! der ist bald allein;/ Ein jeder lebt, ein jeder liebt,/ Und lässt ihn seiner Pein.// Ja! lasst mich meiner Qual!/ Und kann ich nur einmal/ Recht einsam sein,/ Dann bin ich nicht allein.// Es schleicht ein Liebender lauschend sacht,/ Ob seine Freundin allein?/ So überschleicht bei Tag und Nacht/ Mich Einsamen die Pein,// Mich Einsamen die Qual./ Ach werd' ich erst einmal/ Einsam im Grabe sein,/ Da lässt sie mich allein!*"

O caráter de rapsodo do harpista fica bastante evidente nesta passagem. Seu tema é a lembrança do passado, que o assalta na solidão, e contra a qual não pode precaver-se, ficando à sua mercê.

[13] Aquele que conduz a liturgia, o culto religioso. Aqui se faz alusão à cerimônia de uma comunidade pietista, na qual os membros entoam os versos dos cânticos e o liturgista entremeia a leitura de textos.

se inspiram na verdade as ideias análogas dos cantos, de onde provêm os versos, tornando entretanto nova e individual cada passagem, em virtude da nova combinação, como se tivesse sido criada naquele instante mesmo; pois, de um círculo conhecido de conhecidas ideias, cânticos e sentenças, nasce, para aquela comunidade particular, para aquele momento, um todo completo e distinto, cuja fruição a anima, fortalece e revigora. E assim edificava o ancião seu hóspede, disseminando nele, com canções e passagens conhecidas e desconhecidas, sentimentos próximos e distantes, emoções atentas e adormecidas, agradáveis e dolorosas, que, no estado atual de nosso amigo, era o que se podia esperar de melhor.

Capítulo 14

E, de fato, durante o caminho de volta, passou ele a refletir mais vivamente que nunca em sua situação, e já se havia decidido livrar-se dela, quando, ao chegar em casa, o estalajadeiro lhe revelou confidencialmente que *mademoiselle* Philine havia conquistado a simpatia do estribeiro do conde, o qual, depois de ter-se encarregado de suas tarefas na quinta, retornara a todo galope, e no momento estava tomando um bom jantar com ela em seu próprio quarto.

Naquele exato instante, chegavam Melina e o notário; juntos se dirigiram ao quarto de Wilhelm, onde este, ainda que com uma certa hesitação, honrou sua promessa, dando uma letra de câmbio no valor de trezentos táleres a Melina, e este, sem demora, entregou-a ao notário, recebendo em troca o documento sobre a compra concluída de todos os apetrechos teatrais que lhe seriam entregues na manhã seguinte.

Mal haviam-se separado, quando Wilhelm percebeu na casa uma gritaria medonha. Ouviu uma voz juvenil, que gritava furiosa e ameaçadora, entrecortada de choro e gemidos imensuráveis. Essas lamúrias vinham do andar superior, passavam pelo quarto de Wilhelm e alcançavam rapidamente a praça da estalagem.

Assim que a curiosidade atraiu nosso amigo lá para baixo, encontrou Friedrich acometido de uma espécie de loucura furiosa. O rapaz chorava, rangia os dentes, batia os pés, ameaçava com os punhos cerrados, totalmente desequilibrado pela cólera e exaltação; à sua frente estava Mignon, que o contemplava assombrada, enquanto o estalajadeiro tentava explicar a razão para tal comportamento.

Desde que havia voltado, com Philine acolhendo-o muito bem, o rapaz se encontrava feliz, satisfeito e bem-disposto, cantando e saltando todo o tempo, até o momento em que o estribeiro travou conhecimento com Philine. Foi a partir daí que essa mescla de criança e moço começou a manifestar seu descontentamento, batendo portas e correndo de lá para cá. Philine havia-lhe ordenado servir a mesa aquela noite, o que o deixou ainda mais mal-humorado e insolente; por fim, ao invés de pousar a travessa do guisado sobre a mesa, entre *mademoiselle* e seu convidado, que estavam sentados bem próximos um do outro, arremessou-a ao chão, motivo pelo qual o estribeiro lhe desferiu um par de enérgicas bofetadas e o atirou porta afora. Foi preciso que ele, o estalajadeiro, ajudasse os dois a se limpar, pois seus trajes ficaram em péssimo estado.

Ao tomar conhecimento da eficácia de sua vingança, o rapaz se pôs a rir alto, ainda que as lágrimas continuassem a correr-lhe pelas faces. Efusivo, alegrou-se um bocado, até que lhe voltou à memória a humilhação que lhe fizera passar o mais forte, e recomeçou a gritar e a fazer ameaças.

Wilhelm quedava absorto e envergonhado diante de tal cena. Reconhecia nela a parte mais íntima de seu próprio ser, reproduzida com traços fortes e exagerados; também ele estava inflamado de um ciúme indomável; também ele, se não o houvessem contido as boas maneiras, teria de bom grado satisfeito seu humor selvagem, maltratado com perversa alegria o objeto de seu amor e desafiado seu rival; teria desejado destruir as pessoas que só pareciam estar ali para seu dissabor.

Laertes, que também se aproximara e ouvira o relato da história, estava a reforçar maliciosamente a fúria do rapaz, quando este afirmou sob juramento que o estribeiro havia de lhe prestar satisfação; que não era desses que deixavam uma ofensa sem reparação e que, se o estribeiro se recusasse, ele saberia como se vingar.

Pois exatamente aqui residia a especialidade de Laertes. Foi-se muito sério a desafiar o estribeiro em nome do rapaz.

— Ora, mas que divertido! — disse o desafiado. — Dificilmente teria pensado numa diversão semelhante para hoje à tarde.

Desceram juntos, e Philine os seguiu.

— Meu filho — disse o estribeiro a Friedrich —, és um bravo jovem e não me recuso a bater-me contigo; mas como a diferença de idades e de forças que há entre nós pode tornar a questão um tanto aventurosa, proponho usarmos floretes em lugar de outras armas; esfregaremos giz nos botões, e o primeiro que assinalar o maior número de estocadas na casaca do outro será considerado o vencedor, devendo o vencido contemplá-lo com o melhor vinho que houver no povoado.

Laertes julgou aceitável a proposta, e Friedrich acatou sua decisão como de seu mestre. Trouxeram os floretes; Philine sentou-se e, enquanto tricotava, acompanhava serenamente o combate.

O estribeiro, que esgrimia muito bem, foi assaz benevolente para com seu adversário, poupando-o e permitindo-lhe que marcasse sua roupa com alguns riscos de giz, depois do que se abraçaram e mandaram trazer o vinho. O estribeiro quis saber da origem de Friedrich e sua história, e este lhe contou de fato toda uma história, que já havia repetido muitas vezes e que nos propomos revelar a nossos leitores numa outra ocasião.

Na alma de Wilhelm, entretanto, aquele duelo pôs fim à representação de seus próprios sentimentos, pois não podia negar a si mesmo o desejo de também ele manejar o florete ou, de preferência, uma espada contra o estribeiro, embora reconhecesse ser este bem superior na arte da esgrima. Não se dignou, porém, dirigir nem um olhar a Philine, guardando-se de qualquer manifestação que pudesse trair seu sentimento, e, depois de brindar várias vezes à saúde dos combatentes, correu para seu quarto onde mil pensamentos desagradáveis o assaltaram.

Recordava-se daquele tempo em que seu espírito se erguia, movido por uma aspiração absoluta, promissora; do tempo em que flutuava como dentro de seu elemento nos mais vivos prazeres de toda sorte. Percebia claramente como havia por fim atingido uma vaga indolência, na qual ainda sorvia a duras penas aquilo que outrora havia bebido a grandes goles; mas não conseguia ver claramente que necessidade insuperável a natureza lhe havia imposto como lei, nem em que medida as circunstâncias é que despertaram tal necessidade, aplacando-a em termos e desorientando-a.

Não deve, pois, causar espanto que ele, considerando seu estado e buscando um meio de se livrar dele, caísse no maior embaraço. Não era bastante que, em virtude de sua amizade por Laertes, sua inclinação por Philine e seu interesse por Mignon, ficasse retido mais tempo que o razoável num lugar e junto a um grupo onde não podia alimentar sua inclinação favorita nem satisfazer seus desejos senão às escondidas, por assim dizer, e perseguir furtivamente seus velhos sonhos, sem propor-se um objetivo. Para escapar a essa condição e afastar-se sem demora dela, acreditava-se com forças suficientes. Mas ainda há pouco havia-se envolvido com Melina num negócio de dinheiro, feito amizade com aquele enigmático ancião, cujo mistério ele sentia um desejo indescritível de decifrar. Mas nem mesmo essas razões iriam conseguir retê-lo mais tempo ali, resolveu ele, ou pelo menos acreditou resolver, depois de muito hesitar e refletir.

— Tenho de partir — exclamou —, e hei de partir!

Deixou-se cair numa poltrona, abalado. Mignon entrou e perguntou-lhe se queria que lhe enrolasse o cabelo. Aproximara-se em silêncio e sentia uma dor profunda por ele a haver dispensado aquele dia de modo tão lacônico.

Nada é mais comovente que o instante em que um amor que se nutriu em silêncio, que uma fidelidade que se consolidou em segredo, aproxima-se finalmente e revela-se numa hora propícia àquele que, até então, deles não fora merecedor. O botão, tanto tempo e tão rigidamente cerrado, desabrochava por fim, e o coração de Wilhelm não poderia estar mais receptivo.

Ali estava ela, diante de Wilhelm, contemplando sua inquietação.

— Senhor — exclamou —, se estás infeliz, o que vai ser de Mignon?

— Criatura querida — disse ele, segurando-lhe as mãos —, tu és também uma de minhas dores. Devo partir!

Ela fitou-lhe nos olhos, que brilhavam pelas lágrimas retidas, e caiu impetuosamente de joelhos a seus pés. Sem soltar as mãos, pousou a cabeça sobre os joelhos de Wilhelm, guardando um silêncio absoluto. Ele a afagou, correndo-lhe as mãos pelo cabelo. Ela deixou-se ficar ali, tranquila durante certo tempo. Até que de súbito ele sentiu nela uma espécie de frêmito, que começou muito de leve e num crescendo espalhou-se por todo o corpo.

— Que tens, Mignon? — exclamou ele. — Que tens?

Ela ergueu sua cabecinha e o fitou, levando as mãos ao coração, como num gesto que refreasse a dor. Ergueu-a, e ela tombou em seu peito; estreitou-a fortemente e a beijou. Não respondeu ela com nenhuma pressão da mão, com nenhum movimento. Ela comprimia o coração e de repente soltou um grito, acompanhado de movimentos convulsivos do corpo. Endireitou-se, mas logo voltou a se prostrar, como se quebradas estivessem todas as suas articulações. Que horrível visão!

— Minha filha! — exclamou ele, levantando-a e abraçando-a firmemente. — Que tens, minha filha?

Não cessavam, porém, os frêmitos que do coração se espalhavam por todos os membros tremulantes; e ela ali, suspensa nos braços de Wilhelm. Estreitou-a no peito e esparziu-a com suas lágrimas. Subitamente, pareceu de novo crispar-se, como quem suporta a mais aguda dor física, e em seguida, com uma nova impetuosidade, reanimaram-se todos os seus membros; enrodilhou-se no pescoço de Wilhelm, como um elástico que se solta, enquanto em seu interior sobrevinha um dilaceramento profundo, e, nesse momento, de seus olhos cerrados uma torrente de lágrimas fluiu pelo peito de Wilhelm. Ele a estreitava fortemente. Ela chorava, e não há língua humana capaz de expressar o poder daquelas lágrimas. Seus longos cabelos haviam-se soltado, e todo seu ser parecia desfazer-se irremediavelmente num riacho de lágrimas. Distenderam-se seus membros rígidos, irrompeu-se seu interior e no desvario daquele momento Wilhelm temia que ela pudesse fundir-se em seus braços e não lhe restasse nada dela. Cerrou-a então com mais e mais firmeza.

— Minha filha — exclamou ele —, minha filha! Tu és minha, se te servem de consolo tais palavras! Minha! Estarás sempre comigo, não te abandonarei jamais!

Suas lágrimas continuavam a jorrar. Enfim, ela se levantou. Em seu rosto resplandecia uma alegria serena.

— Meu pai! — exclamou. — Tu não me abandonarás! Serás meu pai... e eu, tua filha!

Docemente, a harpa começou a soar junto à porta; o ancião levava, como oferenda vespertina, seus cantos mais cordiais ao amigo que, estreitando com mais vigor a criança ainda em seus braços, gozava a mais pura e a mais indescritível felicidade.

Livro III

Capítulo 1

Conheces o país onde florescem os limoeiros,
Em meio à folhagem escura ardem os pomos de ouro,
Uma brisa suave sopra no céu azul,
E o mirto e o louro em silêncio crescem?
Não o conheces?
Pois lá, para lá,
Quisera contigo, meu bem-amado, ir!

Conheces a casa, cujo teto repousa sobre colunas,
E onde brilham o salão e o aposento,
E marmóreas estátuas se erguem e me fitam:
"Que te fizeram, minha pobre criança?"
Não a conheces?
Pois lá, para lá,
Quisera contigo, meu protetor, ir!

Conheces a montanha e suas veredas enevoadas,
Onde a mula entre neblinas seu caminho procura,
Nas cavernas habita a velha cria do dragão,
Onde a rocha se precipita, e sobre ela a torrente:
Não a conheces?
Pois lá, para lá,
Leva nosso caminho!, ó pai, sigamos pois tu e eu![1]

[1] "*Kennst du das Land, wo die Zitrone blühn,/ Im dunkeln Laub die Gold-Orange*

Quando Wilhelm, na manhã seguinte, procurou Mignon pela casa, não a encontrou, mas ficou sabendo que ela havia saído cedo com Melina, que se abalara a tempo de tomar posse do guarda-roupa e dos demais apetrechos do teatro.

Passadas algumas horas, Wilhelm ouviu música diante de sua porta. A princípio, julgou tratar-se do harpista que já estaria de volta, mas logo distinguiu os sons de uma cítara, e a voz que cantava era a de Mignon. Wilhelm abriu a porta, a menina entrou e entoou a canção que transcrevemos acima.

Música e letra agradaram especialmente a nosso amigo, ainda que não tivesse podido compreender todas as palavras. Ele a fez repetir e explicar as estrofes, anotou-as, traduzindo-as para o alemão. Mas só remotamente foi capaz de imitar a originalidade daqueles versos torneados. Desapareceu a inocência infantil da expressão, que estava em harmonia com a linguagem entrecortada e a incoerência. E tampouco era possível comparar o encanto da melodia a qualquer outra coisa.

Ela começava cada verso com um tom solene e majestoso, como se quisesse chamar a atenção para algo singular, como se quisesse expor algo importante. No terceiro verso a canção ganhava um tom mais indistinto e mais sombrio; aquilo de "Não o conheces?", ela o entoava com mistério e compassadamente; no "Pois lá, para lá" havia uma nostalgia irresistível, e cada vez que repetia "Quisera ir", sabia imprimir uma mudança de tal ordem, que ora soava suplicante e urgente, ora estimulante e promissora.

Depois de haver entoado pela segunda vez a canção, ela se calou por um instante e, mirando fixamente Wilhelm, perguntou:

— Conheces o país?

— É provável que seja a Itália — respondeu Wilhelm. — De onde conheces esta pequena canção?

glühn,/ Ein sanfter Wind vom blauen Himmel weht,/ Die Myrthe still und hoch der Lorbeer steht,/ Kennst du es wohl?/ Dahin! Dahin/ Möcht' ich mit dir, o mein Geliebter, ziehn!// Kennst du das Haus, auf Säulen ruht sein Dach,/ Es glänzt der Saal, es schimmert das Gemach,/ und Marmorbilder stehn und sehn mich an:/ Was hat man dir, du armes Kind getan?/ Kennst du es wohl?/ Dahin! Dahin/ Möcht' ich mit dir, o mein Beschützer, ziehn!// Kennst du den Berg und seinen Wolkensteg?/ Das Maultier sucht im Nebel seinen Weg,/ In Höhlen wohnt der Drachen alte Brut,/ Es stürzt der Fels und über ihn die Flut:/ Kennst du ihn wohl?/ Dahin! Dahin/ Geht unser Weg; o Vater, lass uns ziehen!"

— Itália! — disse Mignon significativamente. — Se fores para a Itália, leva-me contigo, pois sinto muito frio aqui.

— Já estiveste lá, minha pequena? — perguntou Wilhelm.

A menina ficou calada e não foi possível arrancar-lhe nada mais.

Melina, que acabava de entrar, avistou a cítara e alegrou-se por já a terem reparado tão prontamente. O instrumento era uma das peças do inventário do antigo guarda-roupa. Mignon o havia pedido aquela manhã, o harpista apressou-se em colocar-lhe cordas e a menina deu provas naquela ocasião de um talento até então desconhecido.

Melina já havia tomado posse do guarda-roupa com todos os seus pertences; alguns membros do conselho municipal lhe prometeram em seguida a autorização para atuar durante algum tempo naquele povoado. Com o coração alegre e o semblante jovial, cá estava ele de volta. Parecia na verdade um outro homem: era amável e gentil com todos, e até mesmo atencioso e afável. Felicitava-se por poder doravante ocupar e empregar por um certo período seus amigos que, até então, estiveram apurados e ociosos, e ao mesmo tempo lamentava-se, decerto, por não ter a princípio condições de remunerar de acordo com suas capacidades e seu talento os excelentes sujeitos que a sorte lhe enviara, porque, antes de mais nada, teria de quitar sua dívida com um amigo tão generoso quanto Wilhelm mostrou ser.

— Não posso expressar-lhe — disse Melina — a grande prova de amizade que o senhor demonstrou, permitindo-me conseguir a direção de um teatro. Pois a primeira vez em que nos vimos, eu me encontrava numa situação bastante insólita. Certamente há de se lembrar de nosso primeiro contato, quando deixei bem clara minha aversão pelo palco; entretanto, logo depois de meu casamento, tive de sair à procura de um contrato, por amor à minha esposa que sonhava com muitas alegrias e muitos aplausos. Não encontrei nenhum, pelo menos nenhum estável, mas em contrapartida topei felizmente com alguns homens de negócio[2] que, em casos extraordinários, estavam mesmo necessitando de alguém que soubesse fazer uso da pena, compreendesse francês e não fosse de

[2] No século XVIII o termo designava os empregados que se encarregavam dos negócios de um príncipe ou de uma cidade.

todo inexperiente em cálculo. Durante algum tempo, vivi muito bem; pagavam-me razoavelmente, consegui adquirir algumas coisas e não me envergonhava de minha situação. Mas os encargos extraordinários de meus patronos chegaram ao fim, e não havia como pensar numa colocação estável; em função disso, minha mulher passou a desejar ainda mais ardorosamente o teatro, infelizmente numa época em que as circunstâncias não eram as mais vantajosas para se apresentar com dignidade perante o público. Agora, espero que as providências que virei a tomar graças à sua ajuda, representem para mim e para os meus um bom começo, e sou-lhe muito grato por minha sorte futura, seja ela qual for.

Wilhelm escutou aquelas manifestações com prazer, e os demais atores se mostraram igualmente satisfeitos com as explicações do novo diretor, alegrando-se intimamente em conseguir tão rápido um contrato, e já estavam dispostos a contentar-se, no início, com uma retribuição mínima, porque a maior parte deles considerava aquela oferta inesperada como um adiantamento com o qual não teriam podido contar ainda há pouco. Melina estava de fato utilizando-se de tal disposição; procurou habilmente falar com cada um deles em particular, e não tardou em persuadir, com argumentos distintos, uns e outros, de modo que todos se sentiram inclinados a assinar rapidamente os contratos, sem sequer refletir nas novas condições e acreditando-se já seguros de poder rescindi-los ao cabo de seis semanas.

Só faltava agora redigir na devida forma as condições, e Melina já estava pensando na peça com a qual iria atrair o público, quando chegou um correio anunciando ao estribeiro a chegada de seus patrões e ordenando-lhe que preparasse os cavalos de posta.

Logo depois chegou o coche, carregado de bagagens, e de cuja boleia saltaram dois lacaios diante da estalagem; Philine, como de hábito, foi a primeira a acorrer e colocar-se sob o portal.

— Quem é a senhora? — perguntou a condessa, ao entrar.

— Uma atriz, para servir Vossa Excelência — foi a resposta da finória que, com expressão deslavada e gestos humildes, inclinou-se e beijou o vestido da dama.

O conde, vendo ao redor outras pessoas que se diziam também atores, inteirou-se do efetivo da companhia, do último lugar de sua temporada e de seu diretor.

— Se fossem franceses — disse à sua esposa —, poderíamos proporcionar um regalo inesperado ao príncipe, oferecendo-lhe sua diversão predileta em nossa casa.

— Tudo dependeria — replicou a condessa — de podermos ou não deixar essas pessoas representarem no castelo durante a estada do príncipe, ainda que infelizmente sejam só alemães. Mas, não há dúvida, eles têm alguma habilidade. É com o teatro que uma grande sociedade encontra sua melhor distração, e o barão certamente saberia como apurá-los.

Assim falando, subiram as escadas e, lá em cima, Melina se apresentou como o diretor.

— Reúne teu pessoal — disse o conde — e apresenta-o a mim, para que eu veja o modo como atuam. Também quero ver o repertório que poderão representar, se houver necessidade.

Melina saiu apressado do quarto com um reverência profunda e logo estava de volta com seus atores. Empurravam-se uns aos outros, tentando colocar-se à frente; alguns se apresentaram mal em razão de seu grande interesse em agradar, e outros não se saíram melhor, por demonstrar superficialidade. Philine apresentou seus respeitos à condessa, mulher extraordinariamente atenciosa e gentil, enquanto o conde passava revista aos demais. Perguntou a cada um qual era sua especialidade e disse a Melina que deveriam ater-se estritamente a elas, decisão que este acolheu com a máxima deferência.

O conde advertiu em seguida um por um do que deveriam particularmente estudar e do que ainda seria necessário corrigir em suas aparências e atitudes, indicando de maneira clara o que sempre falta aos alemães e demonstrando conhecimentos tão extraordinários que todos se sentiram inferiorizados diante de um crítico tão luminar e insigne patrocinador, e mal se atreviam a respirar.

— Quem é aquele homem ali no canto? — perguntou o conde, olhando para um indivíduo que ainda não lhe haviam apresentado.

Aproximou-se uma figura esquálida, trajando uma casaca puída, suja nos cotovelos, e uma peruca lastimável cobria a cabeça do humilde cliente.

Este homem, que já conhecemos do livro anterior como sendo o favorito de Philine, representava geralmente pedantes, mestres-escolas e poetas, encarregando-se na maior parte das vezes também daqueles papéis em que se recebiam pancadas ou jatos d'água. Havia-se acostumado a fazer umas reverências rasteiras, ridículas, tímidas, e sua fala titubeante, que convinha aos papéis, fazia o público rir, de sorte que o consideravam como um membro útil à companhia, tanto mais por estar sempre pronto a servir e a agradar. Aproximou-se à sua maneira do conde, inclinando-se diante dele, e respondeu a cada pergunta da forma habitual com que se comportava em cena. O conde examinou-o com complacente atenção e, depois de refletir um instante, dirigiu-se à condessa e disse:

— Minha filha, observa bem este homem! Tenho para mim que é um grande ator ou pode vir a sê-lo.

O homem fez de todo o coração uma reverência tão atoleimada que o conde, não contendo o riso, exclamou:

— Mas é excelente em sua especialidade! Aposto como é capaz de representar o que quiser, e é uma pena que até agora não o tenham empregado em algo melhor.

Tão extraordinária preferência muito melindrou os demais; só Melina nada sentiu, dando, ao contrário, total razão ao conde ao replicar com ares respeitosos:

— Oh, sim! Sem dúvida, a ele e a muitos de nós estava faltando um crítico e um encorajamento tais como os que finalmente encontramos em Vossa Excelência.

— A companhia está completa? — perguntou o conde.

— Alguns membros se ausentaram — respondeu o esperto Melina —, mas, se tivéssemos alguma ajuda, poderíamos sem demora completá-la com pessoas daqui dos arredores.

Enquanto isso, dizia Philine à condessa:

— Ainda há lá em cima um jovem muito bonito, que certamente seria escolhido para o papel de galã.

— Por que não se deixa ver? — replicou a condessa.

— Vou buscá-lo — exclamou Philine, saindo apressada.

Encontrou Wilhelm ainda às voltas com Mignon e convenceu-o a descer com ela. Seguiu-a um pouco contrariado, mas a curiosidade o impeliu, pois, ao ouvir falar de pessoas tão distintas, sentiu um grande desejo de conhecê-las mais de perto. Entrou no aposento e seus olhos deram de imediato com os olhos da condessa, voltados para ele. Philine levou-o até a dama, enquanto o conde se entretinha com os demais. Wilhelm inclinou-se e respondia, não sem confusão, às perguntas que lhe fez a encantadora dama. Sua beleza, juventude, graça, elegância e amabilidade causaram-lhe a mais agradável impressão, tanto mais que suas palavras e gestos eram acompanhados de um certo pudor, e poderíamos mesmo dizer um certo embaraço. Também foi apresentado ao conde que, no entanto lhe dispensou pouca atenção, e encaminhou-se para a janela, junto à qual estava sua esposa, parecendo perguntar-lhe algo. Todos puderam notar que a opinião dela coincidia plenamente com a dele, e parecia mesmo estar ela lhe pedindo fervorosamente alguma coisa, corroborando-o em suas intenções.

O conde voltou-se em seguida para a companhia e disse:

— Não posso deter-me por mais tempo aqui, mas lhes enviarei um amigo, e se suas condições forem razoáveis e estiverem dispostos a trabalhar com afinco, não me oporei a que representem em meu castelo.

Todos manifestaram sua grande alegria, especialmente Philine, que beijou com a maior vivacidade as mãos da condessa.

— Ouve bem, minha pequena — disse a dama, dando palmadinhas nas faces da frívola mulher —, ouve bem, minha criança, já que voltaremos a nos ver, cumprirei minha promessa, mas é preciso que te vistas melhor.

Philine desculpou-se, dizendo não ter muito dinheiro para gastar com seu guarda-roupa, ao que imediatamente a condessa ordenou às suas criadas de quarto que lhe trouxessem um chapéu inglês e um lenço de seda para pescoço, fáceis de localizar na bagagem. Logo a própria condessa estava arrumando Philine, que continuava a se comportar com muita docilidade, com um semblante inocente e santarrão.

Oferecendo a mão à sua esposa, o conde a conduziu para baixo. De passagem, ela saudou afetuosamente toda a companhia e, voltando-se uma vez mais para Wilhelm, disse-lhe com a mais gentil das expressões:

— Em breve nos veremos.

Graças a tão promissoras perspectivas ganhou novo ânimo a companhia; todos davam livre curso a suas esperanças, seus desejos e suas fantasias; falavam dos papéis que representariam e do sucesso que iriam obter. Melina pensava em tirar rapidamente algum dinheiro aos moradores daquele pequeno povoado através de algumas representações e, ao mesmo tempo, manter em forma a companhia, enquanto outros se dirigiam para a cozinha, a fim de encomendar uma refeição melhor do que estavam habituados a ter.

Capítulo 2

Dias depois, chegou o barão, e Melina o recebeu não sem um certo temor. O conde o havia anunciado como um conhecedor, e era de preocupar que em pouquíssimo tempo ele viesse a descobrir o lado frágil do pequeno grupo e constatasse não ter à sua frente uma trupe formada, já que mal podiam apresentar adequadamente uma única peça; mas tanto o diretor quanto os demais membros logo se livraram de seus receios, pois descobriram no barão um homem que considerava o teatro nacional com o maior entusiasmo, para quem todos os atores e todas as companhias eram bem-vindos e satisfatórios. Saudou a todos com solenidade, felicitou-se por encontrar de maneira tão inesperada um palco alemão, entrar em relações com ele e introduzir as Musas da pátria no castelo de seu parente. Tirou em seguida do bolso um caderno, no qual Melina esperava avistar as cláusulas do contrato, mas que continha algo completamente diverso. O barão convidou-os a ouvir com atenção um drama que ele mesmo havia composto e que desejava vê-lo representado pela companhia. De bom grado formaram um círculo, satisfeitos de poder granjear, com tão pouco custo, as boas graças de um homem tão necessário, se bem que, pela espessura do caderno, temessem pelo tempo incomensuravelmente longo. Pois foi o que ocorreu: a peça, escrita em cinco atos, era daquelas que nunca chegavam ao fim.

O herói era um homem distinto, virtuoso, magnânimo e, ao mesmo tempo, menosprezado e perseguido, mas que ao final alcançava a vitória sobre seus inimigos, contra os quais teriam aplicado a mais severa justiça poética, se ele já não os tivesse perdoado.

Enquanto era lida essa peça, os ouvintes tiveram tempo de sobra para pensar em si mesmos e elevar-se lentamente da humildade a que há pouco se sentiam propensos, rumo a um feliz desvanecimento, e dali descortinaram as mais amenas perspectivas do futuro. Aqueles que não encontraram na peça um papel adequado para eles, qualificavam-na intimamente de má e tomavam o barão por um autor desastroso; os outros, por sua vez, seguiam as passagens em que esperavam arrancar aplausos, com os maiores elogios, para extrema satisfação do autor.

Quanto aos assuntos econômicos, conseguiram levá-los rapidamente a cabo. Melina soube firmar a seu favor um contrato com o barão, mantendo-o em segredo dos outros atores.

De Wilhelm falou Melina de passagem ao barão, assegurando-lhe ter qualidades muito boas como autor dramático, e mesmo como ator não era de todo mau. O barão quis sem demora conhecer esse seu colega, e Wilhelm lhe mostrou algumas peças curtas que, junto com umas poucas relíquias, haviam-se salvado acidentalmente do fogo naquele dia em que se desfizera da maior parte de seus trabalhos. O barão elogiou tanto as peças quanto sua oratória, admitindo como certa sua ida ao castelo, e, ao se despedir, prometeu a todos a melhor acolhida, alojamento confortável, farta refeição, sucesso e presentes, ao que Melina ainda acrescentou a segurança de algum dinheiro para as despesas miúdas.

É fácil imaginar o belo estado de ânimo que aquela visita trouxe a todos da companhia que, ao invés de sua situação temerosa e humilhante, viam bem à sua frente honra e comodidade. Já se alegravam por antecipação, às custas de tudo aquilo, e todos consideravam indecoroso guardar ainda uns níqueis nos bolsos.

Nesse meio-tempo, Wilhelm se perguntava se deveria acompanhá-los ao castelo e, por mais de uma razão, achou conveniente segui-los. Com tão vantajoso contrato, Melina esperava poder pagar sua dívida, pelo menos parte dela, e nosso amigo, que visava ao conhecimento da natureza humana, não queria perder a oportunidade de conhecer mais de perto o grande mundo, no qual esperava adquirir muitas informações a respeito da vida, da arte e de si mesmo. Ao mesmo tempo, não ousava admitir o quanto desejava aproximar-se de novo da bela condessa. Buscava antes convencer-se em termos gerais de como lhe seria vantajoso conhecer mais a fundo aquele mundo rico e distinto. Fazia suas considerações sobre o conde, a condessa e o barão, sobre a segurança, o desembaraço e a elegância na maneira como se comportavam, e, ao se ver sozinho, exclamou enlevado:

— Três vezes felizes aqueles que, desde o nascimento, colocam-se acima das camadas inferiores da humanidade; que não precisam passar, nem mesmo como hóspede em trânsito, por situações que atormentam em grande parte a vida de tantos homens de bem! De tão alto ponto de vista, seu olhar há de ser geral e preciso, e fácil cada passo de sua vida! Desde o nascimento, são, por assim dizer, colocados a bordo de um navio para desfrutar de um vento favorável ao longo da travessia que todos haveremos de empreender na esperança de que cessem os ventos contrários, enquanto os outros se esfalfam em nadar, tirando pouco proveito do vento favorável e soçobrando na borrasca, exauridos de todas as forças. Que comodidade, que facilidade proporciona uma fortuna herdada, e com que segurança floresce um comércio fundado sobre um bom capital, a ponto de não se ver obrigado a encerrar sua atividade a cada tentativa malograda! Quem pode conhecer melhor o valor e o desvalor das coisas terrenas senão aquele que, desde criança, esteve em condições de fruí-las, e quem pode dirigir mais cedo seu espírito rumo ao necessário, ao útil e ao verdadeiro senão aquele que deve compenetrar-se de tantos erros, numa idade em que ainda não lhe faltam forças para começar vida nova!

Assim desejava nosso amigo sorte a todos aqueles que se encontram nas regiões superiores, e também àqueles que podem aproximar-se de um tal círculo e haurir essas fontes, felicitando seu bom gênio que se dispunha a fazê-lo subir esses degraus.

Melina, entretanto, depois de quebrar a cabeça por muito tempo para saber como dividiria a companhia em categorias, segundo a exigência do conde e sua própria convicção, e confiaria a cada um sua determinada colaboração, ficou muito satisfeito ao passar à execução, ao ver como, ainda que se tratasse de um grupo reduzido, todos estavam dispostos a adaptar-se, conforme suas possibilidades, a este ou aquele papel. Como de hábito, coube a Laertes os papéis de galã e a Philine os de criada; as duas jovens se dividiam nos papéis de damas ingênuas e carinhosas, e seu pai fazia à perfeição o de velho ranzinza. O próprio Melina acreditava representar muito bem os papéis de cavaleiro; madame Melina, muito contrariada, teve de passar à categoria de mulher jovem e até de mãe afetuosa, e como nas novas peças não era fácil pôr em ridículo pedantes ou poetas, ainda que estes continuassem a existir, o conhecido favorito do conde passou a se encarregar dos papéis de presidente e ministro, que em geral representavam malfeitores e no quinto ato recebiam seu castigo. Melina também se incumbia com prazer, na qualidade de gentil-homem de quarto ou camareiro, das grosserias que tradicionalmente lhes eram impostas pelos honrados alemães em várias de suas peças populares, porque ele, nessas ocasiões, podia vestir-se como janota e estava autorizado a assumir ares de cortesão, que acreditava possuir com perfeição.

Não levou muito tempo e acorreram vários atores, vindos de diferentes regiões, que foram admitidos sem qualquer teste especial, mas também sem condições especiais.

Wilhelm, a quem Melina havia mais de uma vez procurado sem sucesso persuadir para que assumisse os papéis de galã jovem, aceitou a coisa com muito boa vontade, sem que nosso novo diretor lhe reconhecesse em absoluto seus esforços; pelo contrário, acreditando haver adquirido com sua dignidade todos os conhecimentos necessários, cortar passou a ser uma de suas ocupações prediletas, pois entendia assim reduzir as peças às suas justas proporções, sem qualquer outra consideração. A casa estava sempre cheia, o público se mostrava muito satisfeito e os moradores de bom gosto daquele povoado garantiam que o teatro da Residência não era tão bom quanto aquele.

Capítulo 3

Chegou finalmente o momento de se preparar para a viagem, e aguardava-se apenas a chegada dos coches e carros encarregados de transportar toda nossa trupe ao castelo do conde. Já antes disso travaram-se muitas discussões sobre quem iria com quem e como se acomodariam. Com muita dificuldade, conseguiram estabelecer a ordem e fixar a distribuição, que infelizmente não produziram nenhum efeito. À hora indicada chegaram menos carros do que esperavam, e tiveram de se arranjar da melhor forma possível. O barão, que se aproximou a cavalo depois de algum tempo, deu como desculpa o fato de que tudo no castelo estava em grande alvoroço, porque não só o príncipe chegaria mais cedo do que imaginavam, como também havia aparecido uma visita inesperada; não restava assim muito espaço, de sorte que não ficariam tão bem alojados quanto lhes fora assegurado, o que lamentava profundamente.

Acomodaram-se nos carros tão bem quanto possível, e como fazia bom tempo e o castelo ficava apenas a algumas horas dali, os mais animados preferiram vencer o percurso a pé a ter de esperar o regresso dos coches. A caravana partiu entre gritos de alegria, pela primeira vez sem a preocupação de pagar ao estalajadeiro. O castelo do conde aparecia em suas almas como um palácio encantado, sentiam-se os homens mais felizes e mais alegres do mundo e durante o caminho todos, cada qual à sua maneira, entrelaçavam naquele dia toda uma série de felicidade, honra e bem-estar.

Nem mesmo uma chuva forte, que caiu inesperadamente, conseguiu demovê-los dessas agradáveis sensações; mas, como continuasse a chover copiosamente, muitos deles começaram a sentir um certo incômodo. A noite caiu, e nada lhes pareceu mais desejável que o palácio do conde, que surgiu à sua frente, com todos os andares iluminados, brilhando no alto de uma colina, de tal modo que podiam contar suas janelas.

Ao se aproximarem, encontraram também iluminadas todas as janelas do edifício lateral. Bem depressa imaginaram tratar-se de seus alojamentos, ainda que grande parte da companhia se contentasse modestamente com um cômodo na mansarda ou em uma das alas.

Mas tiveram de atravessar a aldeia e passar diante de uma estalagem. Wilhelm mandou parar o coche, pensando em pernoitar ali, mas o estalajadeiro garantiu-lhe não dispor de um só cômodo livre. Como haviam chegado hóspedes inesperados, o senhor conde reservara toda a pousada, e desde a véspera já haviam sido marcados a giz todos os quartos, com a indicação de quem os ocuparia. Contra sua vontade, portanto, nosso amigo teve de seguir adiante e entrar no pátio do castelo com o resto da companhia.

Em torno do fogo da cozinha, num dos edifícios laterais, viram cozinheiros atarefadíssimos circulando de um lado para o outro, visão esta que os reconfortou; descendo aos pulos as escadas do prédio principal, os criados apressaram-se em iluminar o caminho, e o coração dos bravos caminhantes inflou-se ante tais perspectivas. Qual não foi porém sua surpresa, quando viram desfazer-se em insultos terríveis aquela recepção. Os criados vociferavam contra os cocheiros por haverem apeado ali; que dessem meia-volta, gritavam eles, e fossem para o velho castelo, pois ali não havia lugar para tais hóspedes! À tão rude e inesperada ordem acrescentaram ainda toda sorte de zombaria, e eles mesmos riam-se às gargalhadas, pois graças àquele engano haviam-se encharcado de chuva. Continuava chovendo copiosamente, não havia um única estrela no céu, e nossa trupe seguia agora por um caminho acidentado, ladeado de muros, rumo ao velho castelo nos fundos do terreno, desabitado desde que o pai do conde havia mandado construir o da frente. Os coches detiveram-se, alguns no pátio, outros sob um largo e abobadado vestíbulo de entrada, e os cocheiros, encilhadores da aldeia,[3] desatrelaram e seguiram a cavalo seu caminho.

Como não aparecesse ninguém para receber a companhia, eles desceram e começaram a gritar, procurando em vão! Tudo continuava escuro e silencioso. O vento soprava pelas frestas do portão e eram apavorantes aquelas torres e pátios, dos quais mal conseguiam distinguir nas trevas os contornos. Tremiam de frio; as mulheres estavam assustadas e as crianças começaram a chorar; a impaciência crescia a cada instante, e uma tão brusca mudança de sorte, para a qual ninguém estava preparado, deixou--os a todos inteiramente desamparados.

Como esperavam a qualquer momento que aparecesse alguém e lhes abrisse a porta, e como ora a chuva ora os trovões lhes davam a ilusão de ouvir os passos do desejado alcaide, ali ficaram por um bom tempo, desolados e inativos, sem que ocorresse a qualquer um deles ir ao palácio novo e lá implorar ajuda a alguma alma compassiva. Não podiam compreender aonde fora parar seu amigo o barão e encontravam-se numa situação penosíssima.

Finalmente chegaram de fato uns homens e por suas vozes reconheceram ser aqueles que resolveram fazer o percurso a pé e ficaram para trás de seus coches. Contaram que o barão havia caído com seu cavalo, ferindo gravemente o pé, e que eles também, ao buscar informações no castelo, foram mandados para ali impetuosamente.

Toda a companhia estava no maior embaraço; deliberavam sobre o que deveriam fazer e não chegavam a uma decisão. Finalmente viram ao longe aproximar-se uma lanterna e tomaram novo alento; mas a esperança de uma pronta salvação se desvaneceu, assim que puderam distinguir aquele vulto que se aproximava. Um jovem palafreneiro iluminava o caminho do estribeiro do conde, nosso conhecido, que, ao se aproximar, perguntou com muito interesse por *mademoiselle* Philine. Nem bem

[3] Camponeses que, subordinados a um conde, deveriam pôr à disposição deste seus cavalos.

ela se havia destacado do grupo, quando ele se ofereceu insistentemente para conduzi-la ao castelo novo, onde lhe haviam preparado um pequeno lugar junto com as criadas de quarto da condessa. Ela não precisou de muito tempo para pensar e, agradecendo profundamente o convite, deu-lhe o braço, já pronta para partir, sem esquecer de recomendar aos outros que cuidassem de sua bagagem; correram todos a barrar-lhes o caminho com perguntas, pedidos e reclamações junto ao estribeiro que este, não vendo outra saída e desejando livrar-se deles para ficar a sós com sua bela, tudo prometeu, garantindo que logo viriam abrir as portas do castelo e que eles poderiam então acomodar-se da melhor maneira possível. Viram desaparecer em seguida o clarão da lanterna e ali ficaram, aguardando em vão por uma nova luz que, ao cabo de muita espera, recriminações e injúrias, finalmente lhes apareceu, reanimando-os com um pouco de consolo e esperança.

Um criado já idoso abriu-lhes a porta do velho prédio, no qual penetraram com violência. Cada qual tratou de cuidar de seus pertences, desempacotando-os e transportando-os para dentro. A maior parte deles, assim como as próprias pessoas, estava encharcado. Com uma única luz, tudo se dava vagarosamente. Dentro do prédio, empurravam-se uns aos outros, tropeçavam-se e caíam. Pediram mais luzes, pediram mais fogo. O criado monossilábico deixou ali, por absoluta necessidade, sua lanterna, partiu e não voltou.

Resolveram então dar uma busca pela casa; as portas de todos os cômodos estavam abertas, ainda restavam de seu antigo esplendor grandes fogões, tapeçarias feitas a mão e soalhos marchetados, mas nada encontraram dos outros utensílios domésticos, nem mesa, nem cadeira, nem espelho, só alguns estrados enormes e vazios, despojados de todo adorno e de todo o necessário. As malas e os alforjes molhados foram escolhidos como assentos, e parte dos exaustos caminhantes acomodou-se mesmo no chão; Wilhelm sentou-se num dos degraus da escada e Mignon veio deitar-se em seus joelhos; a criança estava inquieta e quando ele lhe perguntou o que tinha, sua resposta foi:

— Tenho fome!

Ele não dispunha de nada que pudesse aplacar a necessidade da criança; os demais integrantes da companhia já haviam devorado suas provisões, de sorte que ele não pôde atender o pedido daquela pobre criatura.

Durante todo o ocorrido ele se mantivera inativo, ensimesmado, pois estava deveras aborrecido e furioso por não haver insistido em sua ideia de pernoitar na estalagem, ainda que tivesse de se instalar no sótão.

Os outros se comportaram cada qual a seu modo. Alguns encontraram numa enorme lareira do salão uma pilha de lenha já envelhecida e fizeram um fogo, sob gritos de euforia. Infelizmente, essa esperança de secar-se e aquecer-se também malogrou, e de uma forma terrível, pois a tal chaminé não passava de um ornamento, estando vedada no alto; rapidamente a fumaça refluiu e se espalhou por todos os cômodos; a madeira seca se inflamou crepitante, expelindo também as chamas; a corrente de ar que entrava pelas vidraças quebradas dava-lhes uma direção incerta, e, temendo incendiar o castelo, buscaram um meio de apagar o fogo, pisando-o e abafando-o, aumentando ainda mais a fumaça; a situação se tornava insuportável, às raias do desespero.

Wilhelm havia-se refugiado da fumaça num cômodo distante, para onde logo o seguiu Mignon, acompanhada de um criado muito bem-vestido, trazendo uma lanterna de duas luzes, com um fogo claro e alto; ele se voltou para Wilhelm e, estendendo-lhe uma bela travessa de porcelana com doces e frutas, disse:

— Da parte da jovem senhora lá de cima, com o pedido de se juntar à sociedade. Ela mandou dizer — prosseguiu o criado, com uma expressão estouvada — que está muito bem e que deseja compartilhar sua satisfação com os amigos.

Wilhelm não esperava nada menos que aquela proposta, pois, desde o episódio do banco de pedra, havia demonstrado a Philine um desprezo peremptório e estava firmemente decidido a não ter mais nenhum tipo de relacionamento com ela, de modo que já estava prestes a mandar de volta a doce oferenda, quando um olhar suplicante de Mignon o fez aceitá-la e agradecer em nome da criança; o convite, porém, recusou-o prontamente. Pediu ao criado que não descuidasse da companhia e perguntou pelo barão. Este estava acamado, e o mais que ele soube dizer é que já havia encarregado um outro criado de cuidar dos miseráveis hóspedes.

O criado se foi, deixando com Wilhelm uma de suas luzes que, na falta de um candelabro, ele teve de colar no dintel da janela, o que lhe permitiu ao menos ver iluminadas as quatro paredes do cômodo, enquanto meditava. Pois ainda se passou um longo tempo antes que tomassem providências para que nossos hóspedes pudessem repousar. Pouco a pouco foram chegando as luzes, ainda que sem espevitador;[4] depois, algumas cadeiras, e uma hora mais tarde, colchas, depois travesseiros, mas tudo muito molhado, e já passava e muito da meia-noite quando finalmente trouxeram colchões e enxergões que, se os tivessem trazido primeiro, teriam sido muito bem-vindos.

Nesse meio-tempo levaram-lhes também algo de comer e beber, que eles consumiram sem muita crítica, embora tivesse um aspecto de restos desarrumados, que testemunhavam o estranho apreço que tinham pelos hóspedes.

Capítulo 4

À agitação e ao mal-estar da noite vieram juntar-se a insolência e descortesia de alguns estouvados companheiros, já que se provocavam uns aos outros, despertando e pregando-se toda sorte de peças. A manhã seguinte despontou entre rumores e queixas contra seu amigo o barão, que os havia enganado quando lhes pintou um quadro absolutamente distinto da ordem e do conforto em que se encontravam agora. Mas, para surpresa e consolo de todos, o conde em pessoa apareceu ali bem cedo, acompanhado de alguns criados, e inteirou-se da situação. Mostrou-se deveras indignado tão logo tomou conhecimento de tudo pelo que haviam passado, e o barão, que chegou mancando, aproveitou a oportunidade e acusou o mordomo de haver descumprido suas ordens, acreditando assim ter-lhe dado uma boa esfregadela.

O conde deu ordens imediatas para que em sua presença tomassem todas as providências necessárias visando ao maior conforto possível dos hóspedes. Logo apareceram alguns oficiais, buscando informações sobre as atrizes, e o conde pediu que toda a companhia se apresentasse, dirigindo-se a cada um por seu próprio nome e intercalando ditos tão espirituosos à conversa, que todos ficaram encantados com tão gentil senhor. Chegou enfim a vez de Wilhelm, de quem Mignon não se separava. Wi-

[4] As mechas usadas à época queimavam mais lentamente que o sebo e por isso deveriam ser "espevitadas" de tempos em tempos para avivar a luz.

lhelm se desculpou o mais que pôde por aquela liberdade, mas o conde parecia familiarizado com sua presença.

Um cavalheiro que estava ao lado do conde, e a quem todos tomaram por um oficial, embora não estivesse usando uniforme, falou à parte com nosso amigo, distinguindo-se dos demais. Seus grandes olhos de um azul-claro brilhavam sob uma fronte alta, seus cabelos louros estavam negligentemente jogados para trás e sua estatura mediana indicava uma natureza intrépida, firme e determinada. Suas perguntas eram animadas, e ele parecia entender de tudo sobre o que perguntavam.

Wilhelm informou-se daquele homem junto ao barão que, no entanto, não pôde dizer nada de bom a respeito dele. Tinha a patente de major, mas era na verdade o favorito do príncipe, encarregado de seus negócios secretos e considerado por todos como seu braço direito, havendo mesmo razões para crer que era seu filho natural. Estivera na França, Inglaterra e Itália com embaixadas, e em todas as partes alcançara grande notoriedade, o que o fazia tão presunçoso; gabava-se de conhecer a fundo a literatura alemã, contra a qual se permitia toda sorte de gracejos maçantes. Ele, o barão, evitava qualquer trato com ele, e Wilhelm faria bem em manter-se a distância, pois ele acabava sempre por se indispor com todo mundo. Chamavam-no Jarno, mas o barão não sabia exatamente a que atribuir tal nome.

Wilhelm nada respondeu, pois experimentava uma certa simpatia por aquele estranho, mesmo havendo nele algo de frio e repugnante.

Distribuíram a companhia pelo castelo e Melina, muito severo, ordenou que doravante se comportassem bem, as mulheres deveriam ficar alojadas separadamente e todos só teriam em vista seus papéis e a arte. Afixou em todas as portas normas e leis, que constavam de muitas cláusulas. Especificou o valor das multas a serem pagas por quem quer que infringisse aquelas normas, destinando o dinheiro a ser arrecadado a um caixa comum.

Essas prescrições foram muito pouco observadas. Jovens oficiais entravam e saíam, gracejavam não exatamente da maneira mais sutil com as atrizes, riam-se dos atores e destruíam toda aquela pequena organização policialesca antes mesmo de haver criado raízes. Perseguiam-se uns aos outros pelos cômodos, disfarçavam-se e escondiam-se. Melina, que a princípio quis mostrar alguma seriedade, chegou às raias do desespero com tantas travessuras e, pouco depois, quando o conde mandou chamá-lo para que visse o local onde se ergueria o teatro, o mal tornou-se ainda pior. Os jovens cavalheiros imaginaram toda sorte de gracejos vulgares, que se tornaram ainda mais grosseiros graças à colaboração de alguns atores, e parecia que o velho castelo havia caído em poder de um exército enfurecido; todo aquele desatino só teve fim quando passaram à mesa.

O conde levou Melina a um grande salão, que pertencia ao velho castelo e se ligava ao novo através de uma galeria, onde poderiam montar confortavelmente um pequeno teatro. O criterioso proprietário apontou no próprio local todas as providências que deveriam ser tomadas.

Puseram-se então a trabalhar com afinco, montaram e decoraram o palco com o que haviam encontrado na bagagem que pudesse servir de enfeite, e o restante foi executado com o auxílio de algumas pessoas habilidosas que serviam ao conde. O próprio Wilhelm também colocou mãos à obra, ajudou a determinar a perspectiva e fixar os contornos, aplicando-se cuidadosamente para que tudo saísse à perfeição. O conde, que aparecia por lá com frequência, estava muito satisfeito e explicava como deveriam fazer aquilo que na verdade já estavam fazendo, revelando assim conhecimentos pouco comuns em todas as artes.

Passaram agora seriamente aos ensaios, para os quais também teriam tido espaço e vagar suficientes, se não viesse perturbá-los a presença constante de muitos estranhos. Porque dia a dia chegavam novos hóspedes, e todos queriam examinar a companhia.

Capítulo 5

Durante dias, o barão havia entretido Wilhelm com a esperança de apresentá-lo em particular à condessa.

— Tenho comentado tanto com essa admirável dama — disse ele — a respeito de suas peças sensíveis e espirituosas que ela mal pode esperar para lhe falar e pedir-lhe que leia uma e outra de suas obras. Fique preparado para acorrer ao primeiro sinal, pois na primeira manhã tranquila o senhor certamente será chamado.

Indicou, em seguida, o entreato[5] que ele deveria ler em primeiro lu-

[5] *Nachspiel*, no original. (N. do T.)

gar e que o faria merecedor de particular distinção. A dama sentia muitíssimo que ele tivesse chegado num período tão conturbado quanto aquele e se arranjado tão mal no velho castelo, junto com os demais membros da companhia.

Com muito afinco, Wilhelm passou a se dedicar à peça com a qual faria sua entrada no grande mundo.

— Tens trabalhado até o momento — dizia-se a si mesmo — para ti em silêncio, só recebendo a aprovação de alguns poucos amigos; durante algum tempo puseste totalmente em dúvida teu talento e continuas ainda preocupado, querendo saber se estás no caminho certo e se tens tanto talento quanto inclinação para o teatro. Aos ouvidos de tão experimentados conhecedores, nos gabinetes onde não há lugar para nenhuma ilusão, a tentativa é muito mais perigosa que em qualquer outra parte, mas tampouco gostaria de ficar para trás, de deixar de vincular este prazer a minhas alegrias anteriores e fazer maior minha esperança no futuro.

Ocupou-se, em seguida, de algumas peças, leu-as com a máxima atenção, corrigiu uma coisa ou outra, recitou-as em voz alta, para estar fluente tanto nas palavras quanto na dicção, e guardou no bolso aquela que mais havia praticado e com a qual acreditava conquistar as mais altas honras, quando numa certa manhã o chamaram da parte da condessa.

O barão havia-lhe assegurado que ela estaria sozinha com uma boa amiga. Ao entrar no quarto, veio recebê-lo com muita amabilidade a baronesa de C***, congratulando-se por conhecê-lo, e apresentou-lhe a condessa, a quem penteavam os cabelos, e que o acolheu com palavras e olhares amáveis; mas, infelizmente, ele viu, ajoelhada ao lado da cadeira da condessa, Philine, a cometer toda sorte de disparates.

— Esta bela criança — disse a baronesa — tem nos encantado com belas canções. Mas termina a cantiga começada, para que não percamos nada dela.

Wilhelm escutou resignadamente a pequena peça, na esperança de que o cabeleireiro partisse antes de ele começar sua leitura. Ofereceram-lhe uma xícara de chocolate, e a própria baronesa lhe serviu os biscoitos. A despeito de tudo, não foi de seu agrado o desjejum, pois ansiava recitar à bela condessa algo que lhe despertasse o interesse e com o qual pudesse deleitá-la. E havia também Philine, sempre interpondo-se em seu caminho, e que na qualidade de ouvinte era no mais das vezes um estorvo. Observava com dor as mãos do cabeleireiro e esperava a cada momento mais e mais que ele desse remate ao toucado.

Neste meio-tempo, o conde havia entrado e se pôs a falar dos hóspedes que esperavam ainda hoje, das ocupações do dia e de tudo quanto poderia se passar com as lides domésticas. Logo que saiu, alguns oficiais vieram pedir à condessa permissão para apresentar-lhe seus préstimos, pois deveriam partir ainda antes do almoço. Neste ínterim, o criado de quarto havia terminado, e ela fez entrar os cavalheiros.

A baronesa, no entanto, tomou para si o encargo de entreter nosso amigo e manifestar-lhe sua grande estima, que ele acatou com respeito, ainda que um pouco distraído. Tateava por vezes o manuscrito em seu bolso, à espera para qualquer momento, e esteve a ponto de perder a paciência quando permitiram o ingresso de um mercador de galantarias, que, implacável, foi abrindo estojos, caixas e pacotes, um atrás do outro, exibindo toda sorte de mercadorias com a insistência peculiar desse tipo de gente.

Crescia o afluxo de pessoas. A baronesa olhou para Wilhelm e falou baixinho com a condessa; ele reparou tal gesto, sem compreender o intento, que só lhe ficou claro ao retornar a seus aposentos, depois de haver esperado ansiosamente uma hora, em vão. Encontrou no bolso uma bela carteira inglesa. A baronesa soubera colocá-la furtivamente ali, e logo em seguida chegou o pequeno mouro da condessa, que lhe entregou um colete graciosamente bordado, sem dizer com muita clareza de onde vinha.

Capítulo 6

A mescla dos sentimentos de dissabor e gratidão estragou-lhe o resto do dia, até que por volta do anoitecer descobriu uma nova ocupação, quando Melina lhe revelou que o conde havia falado de uma loa que deveria ser representada em honra do príncipe no dia de sua chegada. Queria ver personificadas nela as qualidades daquele grande herói e filantropo. Essas virtudes deveriam entrar em cena juntas, proclamar seu elogio e, ao final, coroar seu busto com guirlandas de flores e laurel, quando então brilhariam em transparência as iniciais do nome e a coroa do príncipe. O conde o havia encarregado de cuidar da versificação e dos demais arranjos dessa peça, e ele esperava que Wilhelm, para quem aquilo era coisa fácil, viesse de bom grado em sua ajuda.

— Como! — exclamou, descontente. — Não temos senão retratos, iniciais de nome e figuras alegóricas para honrar um príncipe que, na minha opinião, merece louvores de outra natureza? Como é possível sentir-se lisonjeado um homem sensato vendo-se representado em efígie, com seu nome brilhando num papel lustroso? Temo muitíssimo, principalmente se levarmos em consideração o estado de nosso guarda-roupa, que tais alegorias deem ensejo a muitos equívocos e chistes. Se pretende fazer ou deixar que alguém faça tal peça, não tenho nada contra; só peço que me dispense dessa tarefa.

Melina desculpou-se, dizendo que aquela era só uma indicação aproximada do senhor conde, que, aliás, deixava totalmente a critério deles o modo como adaptariam a peça.

— Sendo assim — replicou Wilhelm —, procurarei de muito bom grado contribuir para o prazer de tão admirável personalidade, e minha Musa certamente não encontraria ocupação mais prazerosa que a de se fazer ouvir, mesmo que balbuciante, num louvor a um príncipe que tanta admiração merece. Pensarei em alguma coisa, e talvez consiga reunir nossa pequena trupe, de modo que ela possa produzir no mínimo algum efeito.

A partir daquele momento, Wilhelm passou a se concentrar em sua missão. Antes mesmo de adormecer, já havia deixado tudo relativamente em ordem, e na manhã seguinte, bem cedo, o plano estava traçado, as cenas esboçadas e até algumas passagens e cantos mais importantes estavam postos em verso e passados para o papel.

Wilhelm apressou-se em falar de certos detalhes com o barão ainda na parte da manhã, e lhe expôs seu plano. O barão pareceu satisfeito com tudo, embora tenha demonstrado algum assombro. Pois na noite anterior ouvira o conde falar de uma peça em tudo diferente que, de acordo com suas indicações, deveria ser posta em versos.

— Não me parece provável — replicou Wilhelm — que o senhor conde tivesse a intenção de que a peça saísse exatamente de acordo com as indicações dadas a Melina; se não estou enganado, ele não quis senão nos apontar o rumo correto. O aficionado e conhecedor sugere ao artista o que deseja e deixa então aos cuidados deste a execução da obra.

— De maneira alguma! — replicou o barão. — O senhor conde confia em que apresentem a peça de acordo com suas indicações, e não de forma diferente. Decerto que a sua guarda uma vaga semelhança com a ideia original, mas, se pretendermos impô-la e dissuadir o conde de sua primeira concepção, teremos de contar com o auxílio das senhoras. Sobretudo com a intervenção da baronesa, que sabe incumbir-se magistralmente de tais operações; devemos antes perguntar-lhe se o plano é de seu agrado e se gostaria de aceitar tal missão, e então tudo sairá a contento.

— Seja como for, ainda precisaremos da ajuda das senhoras — disse Wilhelm —, porque tanto nosso pessoal quanto nosso guarda-roupa não são suficientes para a representação. Estou contando com algumas belas crianças que vi correndo pela casa e que prestam serviços ao camareiro e ao mordomo.

Dito isso, rogou ao barão que pusesse as senhoras a par de seu plano. Em pouco tempo estava ele de volta com a notícia de que elas queriam falar-lhe pessoalmente. Naquela noite, enquanto os cavalheiros estivessem jogando, o que, aliás, fariam com mais seriedade que de costume, devido à chegada de um certo general, elas, alegando uma indisposição qualquer, recolher-se-iam a seus aposentos, aonde ele seria conduzido por uma escada secreta, e lá poderia expor bem melhor sua ideia. Aquela aparência de mistério dava agora à questão um encanto duplicado, sobretudo para a baronesa, que, como uma menina, estava muito animada com aquele encontro, tanto mais porque ocorreria em segredo e contra a vontade do conde.

Ao anoitecer, à hora combinada, foram buscar Wilhelm e o conduziram para o local com a máxima cautela. A maneira como a baronesa veio recebê-lo num pequeno gabinete o fez recordar-se por instantes dos tempos venturosos do passado. Acompanhou-o ao quarto da condessa e ali tiveram início as perguntas e indagações. Ele expôs seu plano com todo calor e veemência possíveis, de modo que as senhoras logo demonstraram grande interesse, e nossos leitores permitirão que também o apresentemos sucintamente.

Num cenário campestre, a peça teria início com algumas crianças dançando e representando aquela espécie de jogo em que um tem de tomar o lugar do outro. A seguir, elas apresentariam outros tipos de jogos até que, formando uma roda e sem parar de dançar, entoariam uma alegre cantiga. Logo depois, entrariam em cena o harpista e Mignon, despertando a curiosidade geral e atraindo outros camponeses; o velho entoaria diversas canções em louvor à paz, ao sossego e à alegria, e Mignon dançaria em seguida a dança dos ovos.

Essa alegria inocente seria perturbada por uma música bélica, e uma tropa de soldados os atacaria. As personagens masculinas se colocariam em defesa e seriam derrotadas; as jovens correriam em fuga e seriam capturadas. Tudo pareceria cair por terra debaixo de tamanho alarido, quando irromperia em cena uma personagem, que o poeta ainda não havia escolhido, para restabelecer a paz ao anunciar que o chefe militar não estava longe. Aqui, descrevia-se com os mais belos traços o caráter do herói que, em meio às armas, prometeria segurança e refrearia a arrogância e a violência. Celebrar-se-ia então uma festa geral em honra do magnânimo chefe militar.

As senhoras ficaram muito satisfeitas com o plano, mas asseguraram que a peça deveria necessariamente ter algo de alegórico, para agradar ao senhor conde. O barão propôs que apresentassem o comandante dos soldados como o gênio da discórdia e da violência e pusessem em cena Minerva, que o acorrentaria e anunciaria a chegada do herói, cantando-lhe loas. A baronesa aceitou a missão de convencer o conde de que seu projeto inicial fora apresentado com algumas alterações; mas, para isto, exigia expressamente que ao final da peça aparecessem o busto, as iniciais do nome do príncipe e a coroa, porque sem eles sua tarefa seria inútil.

Wilhelm, que já havia imaginado com que brio elogiaria seu herói pela boca de Minerva, só cedeu nesse ponto depois de muita resistência, mas sentia-se agradavelmente constrangido. Os belos olhos da condessa e o modo amável como o tratou haveriam facilmente de levá-lo a renunciar também ao mais belo e grato achado, à tão almejada unidade da composição e a todos os detalhes oportunos, e a agir contra sua consciência poética. Ainda assim, esteve a ponto de travar um duro combate com sua consciência burguesa, pois, ao decidir a distribuição dos papéis, as senhoras insistiram expressamente em que ele também participasse da peça.

Coube a Laertes o papel do violento deus guerreiro. Wilhelm representaria o condutor dos camponeses, que teria de dizer alguns versos muito galantes e sentimentais. Depois de resistir um certo tempo, não teve outro recurso senão resignar-se, sobretudo porque não encontrou nenhuma desculpa quando a baronesa o fez ver que aquele teatro, no castelo, não passava de um teatro de sociedade, no qual ela mesma sempre pensou em atuar, desde que se lhe pudessem fazer uma introdução hábil. Depois disso, despediram-se as senhoras com muita amabilidade de nosso amigo. A baronesa assegurou-lhe ser ele um homem incomparável e acompanhou-o até a pequena escada, onde lhe desejou boa noite, estendendo-lhe a mão para cumprimentá-lo.

Capítulo 7

Fortalecido pelo interesse sincero que as senhoras demonstraram pelo assunto, o plano, que se lhe tornara mais manifesto mediante tal narrativa, ganhou vida de vez. Grande parte da noite e da manhã seguinte ele passou a pôr em verso, com o maior zelo, os diálogos e os cantos.

Já havia praticamente terminado, quando o chamaram ao castelo novo, onde lhe informaram que os nobres, que acabavam de tomar seu desjejum, queriam falar-lhe. Entrou no salão, e foi mais uma vez recebido pela baronesa que, com o pretexto de lhe desejar um bom dia, sussurrou-lhe em segredo:

— Não fale nada de sua peça, exceto se lhe perguntarem algo.

— Ouvi dizer — disse-lhe o conde — que o senhor é muito laborioso e que está trabalhando no prólogo que pretendo apresentar em honra do príncipe. Dou meu consentimento para que introduza nele uma Minerva, e por ora estou pensando no modo como vestiremos a deusa, para não haver nenhum erro quanto à indumentária. Mandei trazer de minha biblioteca, para esse fim, todos os livros em que aparece a imagem da deusa.

Naquele mesmo instante entraram no salão vários criados carregando grandes cestos de livros dos mais diferentes formatos.

Montfaucon,[6] as coleções de estátuas antigas, gemas e moedas, todos os gêneros de obras de mitologia foram folheados e comparadas as ilustrações. Mas ainda não era o suficiente! A excelente memória do conde

[6] Referência à célebre obra de Bernard de Montfaucon (1655-1741), *L'Antiquité expliquée et representée en figures*, publicada em 15 volumes entre 1719 e 1724.

figurava-lhe todas as Minervas que porventura poderia haver em títulos de gravuras em cobre, vinhetas ou qualquer outro lugar. Daí por que mandaram vir da biblioteca livro atrás de livro, de sorte que, ao final, o conde estava sentado sobre uma pilha de livros. Como não lhe ocorresse mais nenhuma outra Minerva, pôs-se finalmente a rir e exclamou:

— Aposto como agora não há mais nem uma só Minerva em toda a biblioteca, e talvez seja esta a primeira vez que uma coleção de livros tenha de passar sem a imagem de sua deusa tutelar.

Todos acharam divertida aquela ideia, sobretudo Jarno que, havendo insistido com o conde para que trouxessem mais e mais livros, ria de um modo inteiramente descomedido.

— Agora — disse o conde, dirigindo-se a Wilhelm —, a questão principal é saber a que deusa o senhor se refere. Minerva ou Palas?[7] A deusa da guerra ou a deusa das artes?

— Não seria preferível, Excelência — respondeu Wilhelm —, deixarmos totalmente de lado esse aspecto, e já que na mitologia ela representa dois papéis, por que não a apresentarmos aqui também com esses duplos atributos? Ela anuncia um guerreiro, mas somente para tranquilizar o povo, e se elogia um herói, enaltece sua humanidade, ela triunfa sobre a violência e restabelece a paz e a alegria entre o povo.

A baronesa, temendo que Wilhelm pudesse trair-se, apressou-se em atrair para a conversa o costureiro pessoal da condessa, para que emitisse sua opinião quanto a melhor maneira de se dar acabamento a uma túnica tão antiga quanto aquela. Esse homem, especialista em máscaras e disfarces, não teve dificuldade em resolver a questão, e como madame Melina, apesar de seu adiantado estado de gravidez, havia assumido o papel da divina virgem, encarregaram-no de tirar-lhe as medidas, enquanto a condessa, embora com alguma reprovação de suas camareiras, determinava quais os trajes de seu guarda-roupa que haveriam de ser usados para aquele fim.

[7] A deusa romana Minerva, correspondente a Palas Atena na Grécia, tem diversas atribuições. Já em Homero, Atena, cujo âmbito próprio é o da arte e da ciência, também se ocupa da guerra, embora esta seja primordialmente uma atividade de Ares (o deus Marte romano). No trecho a seguir, Wilhelm Meister aproveita-se dessa dupla função da deusa. Vale lembrar que a mitologia antiga, elemento integrante da educação dos nobres, é conhecida do público para quem será encenada a peça.

Com muita habilidade, a baronesa soube chamar à parte Wilhelm e logo o pôs a par de que ela também havia-se ocupado de tudo mais. Enviou-lhe ao mesmo tempo o músico que dirigia a capela caseira do conde para que compusesse as peças necessárias ou procurasse nos arquivos musicais as melodias adequadas. A partir daquele instante, tudo passou a caminhar a contento; o conde não voltou a perguntar pela peça e passou a ocupar-se tão só com a decoração transparente, que haveria de surpreender os espectadores ao final do espetáculo. Seu talento inventivo e a habilidade de seu confeiteiro[8] conseguiram criar de fato uma iluminação muito agradável. Pois, no decorrer de suas viagens, ele assistira a todas as grandes solenidades desse gênero, trouxera consigo muitos desenhos e gravuras de cobre e sabia, portanto, dar indicações de muito bom gosto a tudo quanto fosse necessário.

Nesse meio-tempo, Wilhelm havia concluído sua peça; distribuiu os papéis, assumiu o seu, e o músico, que logo entendera o motivo da dança, fez o arranjo para o balé, e tudo caminhava muito bem.

Só um obstáculo inesperado veio interpor-se em seu caminho, ameaçando deixar à mostra uma grave lacuna. Ele havia-se prometido o maior efeito da dança dos ovos, que Mignon apresentaria, e qual não foi seu assombro ao saber que a menina, com sua secura habitual, recusava-se a dançar, pois agora pertencia a ele e portanto não precisava mais entrar em cena. Ele tentou demovê-la com toda sorte de argumentos e não a poupou até que ela, prorrompendo num pranto amargurado, caiu a seus pés e exclamou:

— Querido pai, fica também longe dos palcos!

Ele não deu atenção àquela advertência e se pôs a meditar em como tornar interessante aquela cena, dando-lhe uma nova direção.

Philine, que fazia uma das camponesas, deveria cantar um solo na cena da dança de roda das crianças e ensinar os versos ao coro, deleitou-se ao extremo com aquilo. A propósito, tudo corria como ela esperava: tinha seu próprio quarto, estava sempre com a condessa a quem divertia com suas zombarias, e recebia, em troca, presentes diários; haviam-lhe providenciado também um traje para aquela peça e, sendo ela de uma

[8] No século XVIII, o confeiteiro era responsável não só pelo preparo dos doces, mas também pela decoração das festas.

natureza ligeira e dada a imitações, não tardou a reter na memória tudo quanto lhe convinha do trato com aquelas senhoras, e em pouco tempo adquiriu a arte de bem viver e os bons modos. O interesse do estribeiro crescia mais e mais, e como os oficiais igualmente a solicitavam com insistência e ela se encontrava num elemento tão favorável, ocorreu-lhe representar também a recatada e exercitar-se discretamente, dando-se um certo ar de distinção. Fria e ladina como era, em oito dias passou a conhecer as fraquezas de toda a casa, de sorte que, tivesse podido agir com intenção, facilmente teria feito sua fortuna. Só que, também aqui, ela se valia de seus méritos apenas para se divertir, ter um bom dia e mostrar-se impertinente, desde que percebesse que aquilo não lhe traria perigo.

Os papéis já estavam decorados e foi dada a ordem para um ensaio geral, ao qual estaria presente o conde, motivo de preocupação para sua esposa, que se pôs a imaginar como ele receberia a peça. A baronesa mandou chamar em segredo Wilhelm e, quanto mais se aproximava a hora, mais visível era seu embaraço, pois não restara absolutamente nada na peça das ideias originais do conde. Confiaram aquele segredo a Jarno, que acabara de entrar. Ele o recebeu efusivamente e se mostrou disposto a oferecer às senhoras seus bons serviços.

— Seria muito pior, minhas senhoras — disse ele —, se não pudessem livrar-se sozinhas de tal apuro; mas, em todo caso, ficarei à espreita.

A baronesa relatou em seguida como pusera o conde a par de toda a peça, só que parcialmente e sem qualquer ordem, de modo a estar ele preparado para cada detalhe e convencido de que, no conjunto, a obra coincidiria com sua ideia.

— Hoje à tarde — disse ela —, durante o ensaio, irei sentar-me a seu lado e procurarei distraí-lo. Já preveni também o confeiteiro, que irá dispor muito bem as decorações da cena final, deixando de lado porém uma ou outra coisa.

Conheço uma corte replicou Jarno — onde amigos tão ativos e engenhosos como os senhores seriam muito bem recebidos. Se esta tarde seus artifícios não surtirem efeito, deem-me um sinal e eu farei com que o conde saia, não o deixando entrar até que apareça Minerva, quando poderemos confiar no auxílio da iluminação. Já faz alguns dias que tenho a lhe contar algo referente a seu primo e que por certas razões venho adiando. Isto irá distraí-lo, ainda que de uma forma não muito agradável, por certo.

Ocupações outras impediram o conde de estar presente ao início do ensaio, e logo veio entretê-lo a baronesa. A ajuda de Jarno não foi de todo necessária. Havia muitas coisas para fazer, corrigir e colocar em ordem, de sorte que ele se esqueceu completamente de tudo àquele respeito, e já que ao final a senhora Melina falava obedecendo às suas indicações e a iluminação saiu-se bem, ele se mostrou plenamente satisfeito. Só quando tudo já havia terminado e a companhia passou então ao ensaio da própria peça é que lhe assaltou a dúvida, e ele se pôs a perguntar se o prólogo seria mesmo ideia sua. Dado o sinal, Jarno saiu de seu esconderijo; caía a noite e, confirmada a notícia de que o príncipe estava para chegar, partiram algumas pessoas a cavalo para ver acampada nas imediações a vanguarda; o tumulto e a agitação tomaram conta da casa e nossos atores, que nem sempre eram tratados como deviam pelos irritadiços serviçais, tiveram de passar o tempo, entre expectativas e exercícios, no palácio velho, sem que ninguém se lembrasse especialmente deles.

Capítulo 8

O príncipe havia finalmente chegado; os generais, os oficiais do Estado Maior e os demais membros da comitiva, que se apresentaram ao mesmo tempo, as muitas pessoas, que em parte vinham em visita, em parte a negócios, transformaram o castelo numa colmeia em período de enxamear. Todos se aglomeravam para ver o excelente príncipe, todos se admiravam com sua afabilidade e condescendência, e todos se assombravam de ver no herói e no comandante-chefe, ao mesmo tempo, o mais amável cortesão.

Por ordem do conde, todos os ocupantes do castelo deviam estar a seus postos à chegada do príncipe, e nenhum ator podia deixar-se ver, porque as solenidades preparadas seriam uma surpresa para o príncipe; e, de fato, à noite, ao ser conduzido ao grande salão brilhantemente iluminado e decorado com tapeçarias do século anterior, ele não parecia contar com a apresentação de um espetáculo, e menos ainda com uma loa em sua homenagem. Tudo correu da melhor forma possível e, terminada a representação, a companhia houve por bem vir à frente e apresentar-se diante do príncipe, que soube indagar um por um da maneira mais atenciosa e dirigir-lhes algumas palavras do modo mais gentil. Na qualidade de autor, Wilhelm distinguiu-se particularmente, recebendo também sua quota de aplausos.

Uma vez apresentado o encômio, ninguém mais voltou a comentar o assunto e, em poucos dias, foi como se nada tivesse ocorrido, exceto por Jarno, o único a falar casualmente a esse respeito com Wilhelm e elogiá-lo com algum senso, embora tivesse acrescentado:

— É lamentável que tenha de atuar ao lado de nozes ocas e para nozes ocas!

Durante muitos dias reteve Wilhelm na memória essa expressão, sem saber como interpretá-la nem o que dela colher.

Nesse meio-tempo, a companhia seguia representando todas as noites tão bem quanto lhe permitiam suas forças, fazendo o possível para atrair a atenção dos espectadores. Encorajava-a um sucesso imerecido, e em seu palácio velho chegavam mesmo a crer que exclusivamente por sua causa se aglomerava ali aquela afluência enorme de pessoas, que suas apresentações atraíam a concorrência dos forasteiros e que eles eram o centro ao redor do qual e para o qual tudo girava e se movia.

Somente Wilhelm, para seu grande desprazer, dava-se conta exatamente do oposto. Pois, ainda que o príncipe, sentado em sua poltrona, tivesse assistido às primeiras apresentações, com a máxima retidão, do início ao fim, aos poucos parecia eximir-se daquilo de um modo discreto. Justamente aqueles que Wilhelm considerava nas conversas os mais compreensivos, começando por Jarno, não passavam senão alguns momentos fugidios na sala de teatro, permanecendo na maior parte das vezes sentados na antessala, jogando ou falando, ao que parece, de negócios.[9]

Incomodava demasiadamente a Wilhelm ver seus desvelos contínuos privados de aplausos tão desejados. Na escolha das peças, na transcrição dos papéis, nos frequentes ensaios e no que mais pudesse haver, ele dava com afinco sua ajuda a Melina, que, afinal, reconhecendo calado sua própria insuficiência, deixava-o fazer tudo. Wilhelm decorava diligentemente os papéis e declamava-os com calor e vivacidade, e com tanto decoro quanto lhe permitia o pouco de cultura que havia adquirido.

[9] No original, *Geschäften*; na linguagem do século XVIII, designa sobretudo as tarefas e obrigações decorrentes de um cargo.

O constante interesse do barão desfazia entretanto todas as dúvidas dos outros membros da companhia ao lhes assegurar que haviam produzido os maiores efeitos, sobretudo quando apresentaram uma de suas peças; lamentava, porém, que o príncipe mostrasse uma inclinação exclusiva pelo teatro francês, enquanto uma parte de sua gente, ao contrário, entre os quais se distinguia particularmente Jarno, tinha uma predileção pelos monstros da cena inglesa.[10]

Se, deste modo, a arte de nossos atores não era muito observada nem admirada, suas pessoas, em contrapartida, não eram totalmente indiferentes aos espectadores e às espectadoras. Já mencionamos antes como, desde o início, as atrizes haviam atraído a atenção dos jovens oficiais; na sequência, porém, foram ainda mais afortunadas e fizeram conquistas mais importantes. Contudo, nada comentaremos a esse respeito e advertiremos tão só que Wilhelm parecia dia a dia mais interessante para a condessa, de tal sorte que nele também começou a medrar uma inclinação secreta por ela. Quando estava em cena, ela não conseguia desviar-lhe o olhar, e em pouco tempo ele parecia representar e declamar somente para ela. Contemplar-se mutuamente era para os dois um prazer indescritível, a que abandonavam por completo suas almas inocentes, sem alimentar desejos mais vivos nem se preocupar com os efeitos que poderiam advir.

Assim como duas sentinelas inimigas que, através de um rio que as separa, conversam tranquila e alegremente, sem pensar na guerra em que seus respectivos lados estão implicados, assim também a condessa trocava com Wilhelm olhares significativos através do abismo extraordinário do nascimento e do nível social, e cada um de seu lado acreditava poder entregar-se em segurança a seus sentimentos.

[10] Não se trata aqui de uma referência ao drama inglês em geral, mas sim às criações de Shakespeare, autor que, na década de 1770, contava entre alguns alemães com "uma preferência apaixonada". Algumas páginas adiante, Wilhelm Meister irá se referir a suas peças como "monstros estranhos". Já Voltaire, em suas *Lettres philosophiques ou Sur les Anglais* (1734), falava dos "*monstres brillants de Shakespeare*" e qualificava *Hamlet* como "*une pièce grossière et barbare*". Com base nessas observações, Frederico, o Grande, em seu escrito *De la littérature allemande* (1780), cita as "*abominables pièces de Shakespeare*" como falsos modelos. De fato, quem tomava como norma o drama francês de Corneille tinha realmente de considerar as obras de Shakespeare anormais, seguindo assim algumas das qualificações de Voltaire.

A baronesa, entretanto, havia escolhido Laertes, que a agradava especialmente por ser um jovem impetuoso e bem-disposto, e que, por mais misógino que fosse, não desdenhava uma aventura passageira, e que realmente, daquela vez, teria sido capturado contra sua vontade pela afabilidade e natureza sedutora da baronesa, se o barão, casualmente, não lhe tivesse prestado um bom ou um mau serviço, como quiserem, pondo-o a par dos sentimentos dessa dama.

Pois certa vez, enquanto Laertes a elogiava em voz alta, antepondo-a a qualquer outra de seu sexo, o barão replicou zombeteiro:

— Já vejo como andam as coisas; nossa querida amiga conquistou mais um para seus currais.

Essa infeliz comparação, alusão evidente às perigosas carícias de uma Circe,[11] trouxe dissabores imensuráveis a Laertes que, revoltado, não pôde deixar de ouvir o barão, a prosseguir implacável:

— Um por um, cada forasteiro crê ser o primeiro a quem ela dispensa um comportamento tão agradável, mas se engana redondamente, pois todos nós já cruzamos uma vez esse caminho; homem, adolescente, menino, seja quem for, todos têm de se render a seus encantos por algum tempo, dedicando-se a ela e desvelando-se ansiosos por ela.

Ao afortunado que, no momento de adentrar o jardim de uma feiticeira, é acolhido por todo o esplendor de uma primavera artificial, não pode haver surpresa mais desagradável que a aparição de um de seus antepassados metamorfoseados, grunhindo em sua direção, quando seus ouvidos estão atentos ao canto do rouxinol.

Depois daquela revelação, Laertes envergonhou-se sinceramente por sua vaidade havê-lo mais uma vez induzido a pensar bem de alguma mulher. Passou pois a negligenciá-la por completo, atendo-se ao estribeiro, com quem mantinha diligente suas lições de esgrima e saía à caça; durante os ensaios e as apresentações, comportava-se como se tudo aquilo fosse algo meramente secundário.

O conde e a condessa costumavam mandar chamar pelas manhãs alguns membros da companhia, já que todos sempre encontravam motivo

[11] Alusão à feiticeira Circe, que, na *Odisseia*, acolhe amavelmente os náufragos em sua ilha, para depois transformá-los em porcos. Circe aparece também nas *Metamorfoses*, de Ovídio, texto muito conhecido no século XVIII.

para invejar a imerecida sorte de Philine. Durante sua toalete, o conde tinha a seu lado, horas a fio, seu favorito, o pedante. Esse homem foi aos poucos equipando-se de roupa, e até provido de relógio e tabaqueira.

Era comum também que convidassem toda a companhia para a mesa dos grandes senhores. Os atores sentiam-se sumamente honrados e nem se davam conta de que, ao mesmo tempo, os caçadores e os criados traziam para dentro a matilha de cães e reuniam os cavalos no pátio do castelo.

Haviam dito a Wilhelm que em tais ocasiões deveria elogiar o favorito do príncipe, Racine,[12] o que causaria uma boa impressão. Não tardou a deparar com tal momento favorável, quando, certa tarde, ao ser convidado juntamente com os outros, o príncipe lhe perguntou se lia com assiduidade os grandes dramaturgos franceses, ao que Wilhelm respondeu com um sim deveras vigoroso. Não reparou que o príncipe, sem esperar sua resposta, já estava em via de se dirigir a outra pessoa, e, apossando-se sem perda de tempo dele e quase barrando-lhe o caminho, prosseguiu dizendo que tinha em altíssimo apreço o teatro francês e que lia com entusiasmo as obras dos grandes mestres, tendo ouvido, para sua verdadeira alegria, que o príncipe fazia plena justiça ao grande talento de um Racine.

— Posso imaginar — prosseguiu ele — como as pessoas distintas e seletas devem estimar um poeta que descreve tão bem e com tanta exatidão as circunstâncias de suas mais altas condições. Corneille,[13] se me permite dizer, tem apresentado grandes homens, e Racine, personagens distintas. Quando leio suas peças, posso sempre idear o poeta vivendo numa corte brilhante, tendo ante seus olhos um grande rei, relacionando-se com as melhores pessoas e penetrando nos segredos da humanidade que se ocultam por trás de preciosas tapeçarias. Quando estudo seu *Britannicus*,[14] sua *Bérénice*,[15] tenho realmente a impressão de estar na corte, de ser admitido no que há de grande e pequeno nas habitações desses deu-

[12] Jean Racine (1639-1699) era considerado na Alemanha do século XVIII um dos maiores autores de seu tempo e um modelo a ser imitado. Suas peças eram lidas e representadas em francês, mas havia também traduções alemãs, como *Iphigenie*, de Gottsched (1740), e *Phädra*, de Ludwig Friedrich Hudemann (1751), entre outras.

[13] Pierre Corneille (1606-1684); ao lado de Racine e Molière (1622-1673), um dos mais famosos autores do Classicismo francês.

[14] Tragédia de Racine, 1669.

[15] Tragédia de Racine, 1670.

ses terrestres, e vejo, através dos olhos de um sensível francês, em seu tamanho natural, com todos seus defeitos e sofrimentos, reis que toda uma nação adora, e cortesãos invejados por milhares de pessoas. A anedota segundo a qual Racine morreu de tristeza por haver perdido a estima de Luís XIV, ao fazê-lo sentir seu descontentamento, é para mim a chave de todas as suas obras, e é impossível que um poeta de tão grande talento, cuja vida e morte dependem do olhar de um rei, não tenha escrito peças dignas do aplauso de um rei e de um príncipe.

Jarno havia-se aproximado e ouvia admirado nosso amigo; o príncipe, que não lhe respondera e limitara-se a demonstrar sua aprovação com um olhar obsequioso, virou-se para o outro lado, embora Wilhelm, ignorando não ser conveniente em tais circunstâncias prosseguir um discurso e pretendendo esgotar a matéria, continuaria de bom grado a falar, mostrando ao príncipe que não havia lido sem proveito nem sentimento seu poeta preferido.

— Então o senhor nunca assistiu — perguntou Jarno, chamando-o à parte — a uma peça de Shakespeare?[16]

— Não — respondeu Wilhelm —, pois, a partir do instante em que passaram a ser mais conhecidas na Alemanha, eu me tornei desconhecido para o teatro, e não sei se devo alegrar-me por casualmente reanimar agora em mim um antigo capricho e uma ocupação juvenil. Entretanto, tudo que ouvi dizer dessas peças não me despertou a curiosidade de conhecer mais a fundo esses monstros estranhos, que parecem ultrapassar qualquer verossimilhança, quaisquer conveniências.

— Pois eu o aconselharia — replicou o outro — a fazer uma tentativa; nenhum dano pode causar, mesmo quando se vê o insólito com os próprios olhos. Vou emprestar-lhe alguns exemplares e em nada poderá empregar melhor seu tempo do que, ao se livrar imediatamente de tudo, ver na solidão de seu velho quarto a lanterna mágica desse mundo desconhecido. É um pecado que desperdice suas horas tentando dar adere-

[16] O nome aparece aqui pela primeira vez no romance. Linhas depois, menciona-se que Wilhelm recebeu "os livros prometidos", ou seja, uma tradução de Shakespeare. Mais tarde (p. 292), ficamos sabendo que se trata da tradução de Christoph M. Wieland, publicada nos anos de 1762-76, em oito volumes, contendo 22 dramas. Wieland reproduz os dramas não em verso e prosa, mas apenas em prosa. Daí por que, sob a influência dessa tradução, Goethe escreveu sua peça *Götz von Berlichingen* em prosa.

ços humanos a esses macacos e esforçando-se para que aprendam a dançar esses cães. Só uma coisa exijo: que não se escandalize com a forma; o resto, deixo aos cuidados de seu justo sentimento.

Os cavalos estavam à porta, e Jarno montou num deles, acompanhado de outros cavaleiros, para se divertir numa caçada. Wilhelm seguiu-o tristemente com o olhar. Teria de bom grado continuado a conversar sobre muitas outras coisas mais com aquele homem que, embora de modo desabrido, trazia-lhe novas ideias, ideias de que carecia.

Por vezes, estando próximo de uma evolução de suas forças, de suas capacidades e de seus conceitos, o homem cai numa perplexidade da qual pode facilmente livrá-lo um bom amigo. Assemelha-se então a um andarilho que, não longe de seu albergue, cai na água; se alguém lhe esticasse de pronto a mão e o puxasse para a terra, tudo não teria passado de um banho, ao passo que, se ele próprio tivesse se livrado por si só e saído na outra margem, teria feito um longo e penoso desvio rumo a seu objetivo determinado.

Wilhelm começava a desconfiar que o que se passa no mundo era diferente do que ele havia imaginado. Via de perto a importante e significativa vida dos nobres e dos grandes e se surpreendia com o modo como sabiam infundir-lhe um fácil decoro. Um exército em marcha, com um heroico príncipe à sua frente, tantos guerreiros participantes, tantos servidores solícitos exaltavam sua imaginação. Nesse estado de ânimo recebeu os livros prometidos e em pouco tempo, como se pode presumir, arrebatou-o a torrente daquele grande gênio, conduzindo-o a um mar sem fim, no qual rapidamente se esqueceu de tudo e se perdeu.

Capítulo 9

As relações entre o barão e os atores haviam sofrido diversas modificações desde que estes se instalaram no castelo. A princípio, eram de mútua satisfação, pois, ao ver pela primeira vez na vida em mãos de atores de verdade e a caminho de ser convenientemente representada uma de suas peças, que já havia animado um teatro de sociedade, o barão se pôs no melhor humor; mostrou-se generoso e comprou de mercadores de galantarias, que por lá apareciam, pequeninas lembranças para as atrizes, presenteando os atores com garrafas de champanha extra; em troca, eles dedicavam todo o empenho a suas peças, e Wilhelm não economizava esforço para memorizar cuidadosamente as falas magníficas do primoroso herói, cujo papel lhe havia cabido.

Mas, pouco a pouco, foram-se introduzindo algumas discordâncias. Tornava-se dia a dia mais visível a preferência do barão por determinados atores, o que forçosamente havia de causar aborrecimento aos demais. Ele enaltecia exclusivamente seus favoritos, trazendo assim ciúme e discórdia ao grupo. Melina, que já não sabia o que fazer nos casos litigiosos, encontrava-se agora numa situação deveras desagradável. Os enaltecidos aceitavam os elogios sem demonstrar muita gratidão, e os preteridos davam todos os indícios possíveis de seu descontentamento, aplicando-se em tornar de um modo ou de outro penoso a seu antes venerado protetor o convívio entre eles; pois bem, que grande alento para a perversa alegria de todos quando um certo poema, de um autor anônimo, provocou grande rebuliço no castelo. Até então costumavam criticar, mas de maneira muito sutil, as relações do barão com os comediantes; difundiam toda sorte de histórias a seu respeito e embelezavam certos episódios para dar-lhes um aspecto divertido e interessante. Até que finalmente chegaram a dizer que havia uma espécie de rivalidade profissional entre ele e algumas pessoas do teatro, que se julgavam igualmente escritores, e em tal boato baseava-se o poema a que nos referimos e que dizia:

Eu, pobre diabo, senhor barão,
Invejo-vos por vossa condição,
Por tão perto do trono estar
E por tantos acres de terra dispor,
Pelo sólido castelo de vosso pai,
Por seus terrenos de caça e tiros.

A mim, pobre diabo, senhor barão,
Ao que parece, vós também me invejais,
Pois, desde minha infância, a natureza
Sempre foi como mãe para mim.
Brioso e intrépido sou, ainda que pobre,
Decerto, mas não um pobre palerma.

Mas melhor seria, caro senhor barão,
Que sigamos ambos como somos:
Vós, filho do senhor vosso pai,
E eu, a criança de minha mãe.
Vivamos sem inveja nem rancor,
Sem cobiçarmos o título alheio.
Vós, sem ocupar o Parnaso,
E eu, sem ocupar o capítulo.[17]

Eram bastante controversas as opiniões a respeito de tal poema, que em cópias quase ilegíveis andava de mão em mão, e de seu autor, que ninguém suspeitava quem fosse; mas, tão logo tiveram início as chacotas maliciosas, Wilhelm manifestou-se contrário a elas.

— Nós, alemães — exclamou ele —, merecemos de nossas Musas o desprezo contínuo em que há muito demonstram sua languidez, já que não sabemos apreciar os homens de posição que de algum modo se devotam à nossa literatura. Nascimento, condição social e fortuna não são contraditórios com o gênio e o bom gosto, e isso nos ensinam as nações estrangeiras, que entre seus melhores talentos contam um grande número de nobres. Se até o presente era tido como um milagre que na Alemanha um homem de berço nobre se dedicasse às ciências, e se até o presente poucos foram os nomes célebres que se tornaram mais célebres ainda por sua inclinação à arte e à ciência; se, ao contrário, muitos se destacaram da obscuridade e surgiram qual estrelas desconhecidas no horizonte, isso nem sempre será assim, e se não estou muito enganado, a primeira classe da nação está em via de servir-se também de suas vantagens para conquis-

[17] "*Ich armer Teufel, Herr Baron,/ Beneide Sie um Ihren Stand,/ Und um Ihren Platz so nah am Thron,/ Und um manch schön Stück Acker Land,/ Um Ihres Vaters festes Schloss,/ Um seine Wildbahn und Geschoss.// Mich armen Teufel, Herr Baron,/ Beneiden Sie, so wie es scheint,/ Weil die Natur vom Knaben schon/ Mit mir es mütterlich gemeint./ Ich ward mit leichtem Mut und Kopf,/ Zwar arm, doch nicht ein armer Tropf.// Nun dächt' ich, lieber Baron,/ Wir liessen' s beide wie wir sind:/ Sie blieben des Herrn Vaters Sohn, Und ich blieb' meiner Mutter Kind./ Wir leben ohne Neid und Hass,/ Begehren nicht des andern Titel,/ Sie keinen Platz auf dem Parnass,/ Und keinen ich in dem Kapitel.*" — Capítulo, que pode designar as assembleias das ordens reais, militares ou religiosas, tem aqui o sentido de círculo de nobres.

tar no futuro a mais bela coroa das Musas. Daí por que nada me causa maior desagrado que ver não só o burguês zombando amiúde do nobre que sabe apreciar as Musas, mas também pessoas de posição, com um humor leviano e uma alegria insidiosa, com que jamais deveríamos concordar, procurando desviar seus semelhantes de um caminho em que honra e satisfação estão à espera de cada um.

Essa última observação parecia ser dirigida contra o conde, de quem Wilhelm ouvira dizer que havia achado o poema realmente bom. Certamente, para esse senhor, que a seu modo vivia a caçoar do barão, era muito bem-vinda uma tal oportunidade de atormentar seu parente de todas as maneiras. Cada qual fazia suas próprias conjecturas a respeito de quem haveria de ser o autor do poema, e ao conde, que em perspicácia não gostava de ser superado por ninguém, ocorreu uma ideia pela qual estava disposto a jurar: o poema só podia ter sido escrito por seu pedante, que era um tipo muito esperto e em quem ele percebera já há algum tempo lampejos de um gênio poético. Assim, certa manhã, buscando divertir-se à farta, mandou chamar o tal ator que, na presença da condessa, da baronesa e de Jarno, foi obrigado a recitar à sua maneira o poema, o que lhe valeu elogios, aplausos e um agrado, mas soube esquivar habilmente a pergunta do conde se porventura possuía ele ainda outros poemas de tempos anteriores. E deste modo ganhou o pedante fama de poeta, de homem espirituoso, e aos olhos daqueles que simpatizavam com o barão, de polemista e má pessoa. Desde então, os aplausos do conde cresceram de intensidade, e ele passou a representar seu papel como bem entendesse, a ponto de o pobre homem enfatuar-se de tal maneira que quase enlouqueceu, chegando mesmo a cismar em ocupar, como Philine, um cômodo no castelo.

Tivesse tal intento se realizado sem demora, e teria ele evitado um grande infortúnio. Pois, certa noite, ao voltar tarde para o castelo velho, tateando pelo caminho estreito e escuro, foi atacado por indivíduos, que o seguraram, enquanto outros o espancavam generosamente, dando lhe uma surra tal em meio àquela escuridão, que o deixaram quase prostrado, e só com muito esforço conseguiu rastejar até seus camaradas, que, mostrando-se muitíssimo indignados, deleitavam-se no fundo com sua desgraça, mal podendo conter o riso ao vê-lo tão pisoteado, com sua nova casaca marrom toda esbranquiçada, coberta de pó e manchas, como se tivesse brigado com moleiros.

Tão logo soube do ocorrido, o conde irrompeu numa fúria indescritível. Considerou aquele ato como o mais grave crime, qualificou-o de um ultrajante atentado à proibição de contendas e ordenou a seus juízes que procedessem à mais severa inquisição. A casaca coberta de pó branco constituía um indício capital. Tudo quanto pudesse estar relacionado a pó e farinha no castelo foi submetido a exame, mas em vão.

O barão afirmou solenemente, jurando por sua honra, que aquele tipo de brincadeira não lhe havia agradado em nada, e tampouco fora das mais cordiais a atitude do senhor conde, mas que ele soubera colocar-se acima de tudo e não tivera a menor participação no acidente sofrido pelo poeta ou polemista, como se queira chamá-lo.

O vaivém dos forasteiros e a agitação da casa fizeram com que todo o assunto caísse rapidamente em esquecimento, e o infeliz favorito teve de pagar caro o prazer de haver exibido por breve tempo as plumas alheias.

Nossa trupe, que continuava a se apresentar regularmente todas as tardes e, em geral, era muito bem tratada, passou a fazer exigências tanto maiores quanto melhor as coisas lhe corriam. Em pouco tempo lhe pareceram mesquinhos demais alimentação, bebidas, serviço e alojamento, e requisitaram a seu protetor, o barão, melhores cuidados, exigindo que lhes proporcionasse afinal os gostos e comodidades prometidos. Suas queixas tornaram-se mais ruidosas, e os esforços do amigo para satisfazê-las, cada vez mais infrutíferos.

Neste meio-tempo, afora os ensaios e as representações, Wilhelm aparecia muito pouco. Encerrado num dos cômodos mais retirados, a que só tinham acesso Mignon e o harpista, ele vivia e se movia no universo shakespeariano, de modo que não tinha conhecimento nem fazia ideia do que se passava fora dali.

Consta que os feiticeiros, com o auxílio de suas fórmulas mágicas, atraem para seus aposentos um número colossal de espíritos de toda sorte. Tão poderosas são suas evocações, que em pouco tempo preenche-se todo o espaço do cômodo, e os espíritos, confinados no pequeno círculo traçado, continuam a se multiplicar, movendo-se em metamorfoses e rodopios eternos ao redor de si mesmos e sobre a cabeça do mestre. Todos os recantos ficam apinhados e todas as cimalhas ocupadas. Dilatam-se os ovos e figuras gigantescas se estreitam em forma de cogumelos. Desgraçadamente, o nigromante esqueceu a palavra capaz de fazer refluir essa maré de espíritos... Pois assim se encontrava Wilhelm, ali sentado, e com movimento ignorado agitavam-se nele mil sensações e faculdades, das quais não havia tido nenhuma noção, nenhuma ideia. Nada podia arrancá-lo àquele estado, e ele manifestava todo seu descontentamento quando alguém encontrava ocasião para lhe falar do que acontecia do lado de fora.

Assim sendo, mal prestou atenção quando lhe trouxeram a notícia de que no pátio do castelo iriam proceder a um suplício, açoitando um rapaz, suspeito de uma invasão ocorrida durante a noite, e que por trajar um avental de cabeleireiro, era provavelmente um dos criminosos.[18] O rapaz, na verdade, negava renitentemente e por essa razão não podiam castigá-lo segundo as leis, mas, na qualidade de vagabundo, haveriam de infligir-lhe um corretivo e expulsá-lo dali, pois durante dias andara vagando pela região, pernoitando nos moinhos, até que, usando uma escada, que apoiara contra o muro do jardim, havia pulado para o lado de dentro.

Wilhelm nada viu de extraordinário em tudo aquilo, até Mignon precipitar-se quarto adentro e assegurar-lhe que o prisioneiro era Friedrich que, depois daquela desavença com o estribeiro, havíamos, a companhia e nós mesmos, perdido de vista.

Wilhelm, que demonstrava interesse pelo rapaz, saiu às pressas e topou no pátio do castelo com todos os preparativos. Pois o conde amava a solenidade, mesmo em casos como aquele. Trouxeram o rapaz. Wilhelm interveio e rogou que observassem as normas legais, pois, uma vez que conhecia o rapaz, pretendia antes apresentar sua defesa. Teve muito trabalho para conseguir impor sua proposição; finalmente o autorizaram a conversar a sós com o delinquente. Este lhe assegurou não saber absolutamente nada a respeito de agressão contra qualquer ator. Ele não havia feito outro coisa senão vagar ao redor do castelo e nele introduzir-se furtivamente durante a noite para visitar Philine, de cujos aposentos havia procurado indagar, e certamente os teria encontrado, se não o tivessem detido a caminho.

[18] O rapaz tornou-se assim um dos suspeitos, pois, como cabeleireiro, lidava com talco para empoar as perucas.

Wilhelm que, em respeito à companhia, não gostaria de ver revelada tal ligação, foi ter sem demora com o estribeiro para pedir-lhe que, usando seu conhecimento junto às pessoas e a casa, interviesse no assunto e libertasse o rapaz.

Este homem espirituoso concebeu, com a colaboração de Wilhelm, uma pequena história, dizendo que o rapaz fazia parte da trupe, da qual havia fugido, mas que agora desejava novamente ser nela admitido. Tivera a intenção de procurar durante a noite alguns de seus benfeitores e solicitar a eles proteção. De mais a mais, ficou provado que, afora aquele pequeno incidente, ele havia se comportado bem; as senhoras intercederam por ele, que logo foi posto em liberdade.

Wilhelm o acolheu, e ele passou a ser o terceiro membro daquela singular família que Wilhelm, já há algum tempo, considerava como sua. O ancião e Mignon receberam afetuosamente o recém-chegado, e todos os três se uniram para servir atenciosos seu amigo e protetor e demonstrar-lhe sua satisfação.

Capítulo 10

Philine sabia insinuar-se cada dia melhor junto às senhoras. Quando se encontravam sozinhas, ela fazia geralmente recair a conversa sobre os homens que iam e vinham, não sendo Wilhelm o último com quem se ocupava. Não passara despercebida à finória jovem a profunda impressão que ele havia causado no coração da condessa; daí por que contava a essa senhora tudo o que sabia e o que não sabia a respeito dele, precavendo-se no entanto de revelar algo que pudesse resultar em prejuízo dele, e, ao contrário, enaltecendo sua nobreza moral, sua generosidade e sobretudo sua reserva no trato com o sexo feminino. A todas as outras perguntas que lhe faziam, respondia com artimanha, e quando a baronesa se deu conta da inclinação crescente de sua bela amiga, tal descoberta também lhe foi muito bem-vinda. Porque suas relações com vários homens, sobretudo com Jarno nos últimos dias, não passaram despercebidas à condessa, cuja alma pura não podia advertir, sem desaprovar e censurar discretamente, leviandade semelhante.

Tanto a baronesa quanto Philine tinham pois especial interesse em aproximar nosso amigo da condessa; ademais, Philine esperava ainda trabalhar em proveito próprio quando chegasse a ocasião, reconquistando, se possível, os favores do jovem que ela havia perdido.

Um dia em que o conde havia saído para uma caçada com o resto da sociedade, cujo regresso só era esperado para a manhã seguinte, a baronesa inventou uma brincadeira, típica de sua forma de agir, pois era apaixonada por disfarces e, para surpreender a todos, costumava apresentar-se ora como camponesa, ora como pajem, ora como um jovem monteiro. Dava-se assim uns ares de uma pequena fada, que se encontrava presente em todas as partes e precisamente ali, onde menos a esperavam. Nada lhe proporcionava maior alegria que servir, por um certo tempo, seus amigos ou circular entre eles sem que a reconhecessem, até finalmente revelar-se ela mesma de uma forma divertida.

Ao anoitecer, mandou chamar Wilhelm a seu quarto e, como ainda tivesse algo a fazer, encarregou Philine de prepará-lo.

Ele chegou e deparou, não sem assombro, em lugar das gentis senhoras, com a frívola jovem no quarto. Ela o recebeu com certa desenvoltura decorosa, na qual vinha exercitando-se até então, obrigando-o igualmente a agir com cortesia.

A princípio, ela se pôs a gracejar em termos gerais a propósito da boa sorte que o perseguia e que, como bem podia perceber, o havia levado até ali; em seguida, reprovou-lhe delicadamente seu modo de proceder com ela, que muito a magoava; repreendeu-se e acusou-se a si mesma, confessou merecer aquele tratamento, fez uma descrição tão sincera de sua situação, que ela chamava de anterior, e acrescentou que se desprezaria a si mesma se não fosse capaz de se modificar e se fazer digna de sua amizade.

Wilhelm ficou atônito com tal discurso. Conhecia muito pouco o mundo para saber que justamente as pessoas mais levianas e mais incapazes de se emendar são as que costumam recriminar-se com mais intensidade, reconhecer seus erros e arrepender-se sinceramente deles, ainda que não tenham força alguma para desistir desse caminho, para o qual as impele uma natureza superior. Ele não podia, portanto, mostrar-se inamistoso ante a linda pecadora; entabulou com ela uma conversa e ficou a par da proposta de usar um insólito disfarce, com o qual pensavam surpreender a bela condessa.

Sentiu contudo certo escrúpulo naquilo e não o escondeu de Philine, mas a baronesa, que entrava naquele instante, não lhe deu tempo para hesitar, levando-o dali e assegurando-lhe ser precisamente aquela a hora propícia.

Havia escurecido, e ela o conduziu ao guarda-roupa do conde; mandou-o despir sua casaca e enfiar-se no roupão de seda do conde, colocando-lhe a seguir na cabeça o gorro de fita vermelha; conduziu-o ao gabinete e o fez sentar-se na grande poltrona e apanhar um livro; acendeu ela mesma a lâmpada de Argand,[19] que estava diante dele, e instruiu-o a respeito do que fazer e do papel que devia representar.

— Anunciarão à condessa — disse ela — a chegada inesperada do esposo e o mau humor em que ele se encontrará; ela virá para este cômodo, andará de um lado para o outro, em seguida irá sentar-se no espaldar da poltrona, passará então o braço por seus ombros e dirá algumas palavras.

Ele deveria representar muito bem e por tanto tempo quanto possível o papel de marido, até que, chegado o momento da revelação, deveria fazê-lo graciosamente, mostrando-se galante e amável.

E ali ficou Wilhelm sentado, apreensivo com seu estranho disfarce; o projeto o havia tomado de surpresa, e ele o punha em prática sem muita reflexão. Nem bem havia deixado a baronesa o aposento, e ele se deu conta do perigoso posto que ocupava. Não negava a si mesmo que a beleza, juventude e graça da condessa lhe haviam causado uma certa impressão; mas como, obedecendo à sua natureza, mantinha-se a distância de toda vã galanteria, e já que seus princípios o impediam de voltar seu espírito para empreendimentos mais sérios, encontrava-se realmente naquele instante tomado de um grande embaraço. O temor de desagradar a condessa, ou de agradá-la mais do que convinha, era igualmente grande.

Todos os encantos femininos que nele já haviam exercido algum efeito voltaram a se revelar em sua imaginação. Viu surgir à sua frente Mariane, com sua matinal camisola branca, implorando por sua lem-

[19] Tipo de lâmpada de azeite, criada pelo genovês Aimé Argand, nos anos de 1780, constituída por um cilindro oco. Para o período em que se passa a ação de *Os anos de aprendizado*, um utensílio bastante moderno.

brança. A amabilidade de Philine, seus belos cabelos e sua conduta insinuante agiram mais uma vez graças a sua mais recente presença; mas tudo isso retrocedia como para trás do véu da distância quando pensava na nobre e viçosa condessa, cujo braço ele iria sentir em poucos minutos ao redor de seu pescoço e a cujas inocentes carícias ver-se-ia animado a responder.

Ele não previa, por certo, o insólito modo em que viriam tirá-lo daquele embaraço. Pois qual não foi seu espanto, ou melhor, seu terror, quando a porta se abriu às suas costas e, ao primeiro olhar furtivo que lançara ao espelho, viu com toda nitidez o conde que entrava trazendo uma luz na mão. Sua hesitação quanto ao que devia fazer — ficar sentado ou levantar-se, fugir, confessar, negar ou pedir perdão — não durou senão um breve instante. O conde, que havia permanecido imóvel junto à porta, retirou-se, fechando-a cuidadosamente. No mesmo instante irrompeu por uma porta lateral a baronesa, apagou a luz, arrancou Wilhelm da poltrona e levou-o para o gabinete. Apressou-se em despir-lhe o roupão, que ato contínuo voltou para seu lugar habitual. A baronesa colocou-lhe no braço sua casaca e saiu às pressas, acompanhada de Wilhelm, atravessando alguns cômodos, corredores e passagens, até alcançar seu quarto, onde, um pouco mais refeito, ela lhe contou que, ao ir anunciar à condessa a falsa notícia da chegada do conde, esta lhe respondeu:

— Já o soube. Que terá acontecido? Acabei de vê-lo entrar a cavalo pela porta lateral.

Assustada, a baronesa correu sem demora ao quarto do conde, para arrancá-lo de lá.

— Infelizmente, a senhora apareceu tarde demais! — exclamou Wilhelm. — O conde chegou a entrar no quarto e me viu ali sentado.

— Ele o reconheceu?

— Não o sei. Ele me viu através do espelho, tanto quanto eu o vi, e antes que eu tivesse tempo de me certificar se era um fantasma ou ele mesmo, já havia saído e fechado a porta às suas costas.

Tornou-se ainda maior o embaraço da baronesa ao chegar um criado e anunciar-lhe que o conde se encontrava nos aposentos da esposa. Com o coração pesaroso, ela se dirigiu para lá e encontrou o conde de fato silencioso e absorto, mas mais suave e afetuoso que de hábito em suas manifestações. Ela não sabia o que pensar. Falaram dos incidentes da caçada e dos motivos de seu regresso antecipado. Em pouco tempo, a conversa se esgotou. O conde ficou em silêncio, e qual não foi o choque da baronesa quando ele lhe perguntou por Wilhelm, manifestando o desejo de que fossem chamá-lo, para que ele procedesse a alguma leitura.

Wilhelm, que se encontrava nos aposentos da baronesa já novamente vestido com suas roupas e de certa forma refeito do susto, atendeu ao chamado, não sem uma certa preocupação. O conde lhe entregou um livro e Wilhelm, com alguma inquietação, começou a ler uma novela de aventuras.[20] Sua voz tinha algo de inseguro, de vacilante, que felizmente condizia com o enredo da história. Por várias vezes o conde deu afáveis sinais de aprovação e elogiou a especial expressão dada à leitura, quando finalmente dispensou nosso amigo.

Capítulo 11

Bastara a leitura de umas poucas peças de Shakespeare para que se produzisse em Wilhelm um efeito tão forte, a ponto de não se sentir em condições de continuar lendo. Toda sua alma estava tomada de uma grande comoção. Procurou ocasião de falar com Jarno e não soube como expressar toda sua gratidão pelo prazer que este lhe havia proporcionado.

— Eu bem que previra — disse Jarno — que o senhor não ficaria insensível à excelência do mais extraordinário e mais admirável de todos os escritores.

— Sim — disse Wilhelm —, não lembro de nenhum outro livro, ser humano nem de qualquer acontecimento da vida que tanta impressão me tenha causado quanto essas peças magníficas que, graças à sua bondade, pude conhecer. Parecem obra de um gênio celestial, que se aproxima dos homens para lhes dar a conhecer a si mesmos da maneira mais natural. Não são composições poéticas! Acreditamos encontrar-nos diante dos colossais livros do destino em que, uma vez abertos, sibila o vento impetuoso da mais agitada vida, e com uma rapidez e violência vai virando suas

[20] Quando da criação de *Os anos de aprendizado*, o termo "novela" era relativamente novo para os alemães. A partir da década de 1770, ele passou a ser empregado com o sentido de uma narrativa curta.

páginas. Estou tão admirado de sua força e delicadeza, de sua violência e serenidade, e ao mesmo tempo tão desconcertado, que espero ansioso o momento em que me encontrarei num estado melhor que me permitirá continuar a leitura.

— Bravo! — exclamou Jarno, estendendo a mão a nosso amigo e estreitando-a na sua. — Exatamente como eu imaginava! E as consequências, que espero, não tardarão certamente a aparecer.

— Quisera — replicou Wilhelm — poder revelar-lhe tudo o que se passa agora dentro de mim. Todos os presságios em relação à humanidade e a seu destino, que me acompanhavam desde pequeno, sem mesmo adverti-los, encontro-os realizados e desenvolvidos nas peças de Shakespeare. Temos a impressão de que ele nos decifrou todos os enigmas, sem que possamos entretanto dizer: aqui está a chave que os explica. Seus homens parecem homens naturais, e, no entanto, não o são. Em suas peças, essas criaturas da natureza, as mais misteriosas e mais complexas, agem diante de nós como se fossem relógios, com seu mostrador e sua caixa feitos de cristal; assinalam, segundo seu destino, o curso das horas e, ao mesmo tempo, podemos distinguir a engrenagem e o mecanismo que as movem. Esses olhares ligeiros que lancei ao mundo de Shakespeare me instigam, mais que qualquer outra coisa, a seguir adiante, a progredir com maior rapidez no mundo real, a misturar-me no fluxo dos destinos que lhes estão reservados, e um dia, havendo logrado êxito, haurir do imenso mar da verdadeira natureza alguns copos e oferecê-los do palco ao sequioso público de minha pátria.

— Como me alegra vê-lo em tal disposição de espírito! — replicou Jarno, colocando a mão no ombro do comovido jovem. — Não permita esmorecer seu propósito de voltar-se para uma vida ativa, e dê-se pressa em aproveitar bravamente os bons anos que lhe são concedidos. Se puder ser-lhe útil, eu o farei de todo o coração. Ainda não lhe perguntei como veio parar nesta companhia, para a qual certamente não nasceu nem foi criado. Tenho visto, e é o que espero, que está ansioso para deixá-la. Nada sei de sua origem nem de suas circunstâncias familiares; reflita no que pretende confiar-me. Tudo que lhe posso dizer é que os tempos de guerra em que vivemos podem provocar rápidas mudanças do acaso; se puder dedicar suas forças e seu talento a nosso serviço, sem se intimidar com as dificuldades e, se necessário, com os perigos, tenho precisamente agora a ocasião de colocá-lo num posto que, mais tarde, o senhor não se arrependeria de haver ocupado por um certo tempo.

Wilhelm não pôde expressar o bastante sua gratidão e de boa vontade contou ao amigo e protetor toda a história de sua vida.

Enquanto conversavam, embrenharam-se parque adentro e chegaram à margem da estrada que o atravessava. Jarno parou um instante e disse:

— Considere minha proposta, decida-se, dê-me a resposta em alguns dias e confie em mim. Asseguro-lhe que ainda não compreendi como pôde tornar-se amigo dessa gente. Quantas vezes presenciei com desgosto e irritação como o senhor, só para poder viver razoavelmente, teve de dedicar-se de coração a um músico ambulante e a uma criatura parva e hermafrodita.

Não havia acabado de falar, quando um oficial de cavalaria, seguido de um palafreneiro conduzindo um cavalo pelas rédeas, aproximou-se a toda pressa. Jarno dirigiu-lhe uma viva saudação. O oficial saltou do cavalo, os dois se abraçaram e puseram-se a conversar, enquanto Wilhelm, consternado com as últimas palavras de seu belicoso amigo, permanecia à parte, absorto. Jarno folheava uns papéis que lhe entregara o recém-chegado; este, porém, caminhou para junto de Wilhelm e, estendendo-lhe a mão, exclamou enfaticamente:

— Encontro-o em digna companhia; siga os conselhos de seu amigo e realize ao mesmo tempo os desejos de um desconhecido que tem pelo senhor um cordial interesse.

Assim falando, abraçou Wilhelm, estreitando-o vigorosamente contra seu peito. Jarno se aproximou e disse ao estranho:

— É melhor que eu regresse agora mesmo com o senhor, assim poderá receber as ordens necessárias e prosseguir sua viagem ainda antes do anoitecer.

Montaram, em seguida, em seus cavalos e deixaram nosso admirado amigo entregue às suas reflexões.

As últimas palavras de Jarno ainda ecoavam em seus ouvidos. Não podia suportar ver tão profundamente rebaixados, por um homem a quem tanto respeitava, dois seres humanos que haviam inocentemente conquistado seu afeto. Aquele estranho abraço do oficial, dele desconhecido, causou-lhe pouca impressão e ocupou só por um instante sua curiosidade e fantasia, ao passo que as palavras de Jarno haviam ferido seu coração, magoando-o profundamente; durante o caminho de volta, irrompeu em censuras contra si mesmo por haver podido esquecer e ignorar por um momento a frieza do empedernido coração de Jarno que lhe assomava aos olhos e refletia-se em todos os seus gestos.

— Não — exclamou —, tu, insensível mundano, imaginas poder ser um amigo! Tudo o que me podes oferecer não vale o sentimento que me une a esses infelizes. Que sorte haver descoberto a tempo o que de ti poderia esperar!

Abraçou Mignon, que veio recebê-lo, e exclamou:

— Não, nada irá nos separar, minha pequenina e bondosa criatura! A aparente sabedoria do mundo não será capaz de me fazer abandonar-te nem de me esquecer do quanto te devo.

A criança, cujas violentas carícias ele costumava rechaçar, regozijou-se ante aquela inesperada manifestação de ternura e estreitou-se tão fortemente nele, que muito lhe custou separar-se finalmente dela.

A partir daquele momento, ele passou a prestar mais atenção aos atos de Jarno, que já não lhe pareciam dignos de louvor, chegando alguns inclusive a desagradar-lhe em absoluto. Assim, por exemplo, tinha fortes suspeitas de que aquele poema sobre o barão, pelo qual o pobre pedante havia pagado tão caro, fosse obra de Jarno. Como ele havia zombado do incidente em presença de Wilhelm, nosso amigo acreditava reconhecer ali o sinal de um coração totalmente corrompido, pois o que podia haver de mais perverso que troçar de um inocente cujos sofrimentos causamos e não pensar em dar-lhe uma satisfação nem um ressarcimento? De bom grado Wilhelm haveria de encontrar ocasião para ambos, pois graças a um insólito acaso descobrira a pista dos autores daquelas sevícias noturnas.

Até ali sempre lhe procuraram ocultar que alguns jovens oficiais costumavam passar noites inteiras divertindo-se com uma parte dos atores e das atrizes na sala de baixo do castelo velho. Certa manhã em que, segundo seu hábito, ele se levantara muito cedo, entrou casualmente no quarto e topou com os jovens senhores em via de fazer uma toalete bastante singular. Haviam esfregado giz numa tigela de água e com uma escova espalhavam aquela massa nos coletes e nas calças, ainda vestidos, restabelecendo assim do modo mais rápido a limpeza de seu guarda-roupa. Surpreso diante de tamanha destreza, ocorreu imediatamente a nosso amigo a lembrança da casaca coberta de pó e manchada de branco do pedante; e para corroborar ainda mais suas suspeitas ele veio a descobrir que entre aquelas pessoas havia alguns parentes do barão.

Com o intuito de não perder a pista de sua suspeita, tratou de entreter aqueles jovens senhores com um pequeno desjejum. Estavam todos muito animados e puseram-se a contar alguns casos divertidos. Sobretudo um deles, que durante certo período ficara encarregado do recrutamento,[21] não cansava de elogiar a astúcia e atuação de seu comandante, que sabia atrair toda sorte de homens e a todos ludibriar à sua maneira. Minucioso, contou como jovens de boa família e de esmerada educação foram enganados por toda espécie de embustes no tocante a um soldo decente, e ria efusivamente dos parvos que, inicialmente, haviam demonstrado grande satisfação pela estima e distinção com que os tratava um bravo, respeitado, inteligente e generoso oficial.

O quanto não bendizia Wilhelm seu gênio, que de tão inesperado modo lhe mostrava o abismo, de cuja borda tão inocentemente se aproximava! Não via agora em Jarno senão o recrutador, e podia explicar facilmente o abraço do estranho oficial. Abominou o caráter de homens como aqueles, evitando, a partir de então, aproximar-se de qualquer um que trajasse um uniforme, e assim teria recebido prazerosamente a notícia de que o exército prosseguiria sua marcha, se ao mesmo tempo não receasse ver-se banido, talvez para sempre, da proximidade de sua bela amiga.

Capítulo 12

A baronesa, entretanto, havia passado vários dias atormentada por inquietações e uma curiosidade insatisfeita. Pois o comportamento do conde, depois daquela aventura, era para ela um enigma total. Ele havia abandonado por completo sua maneira de ser, e não se ouvia mais um só de seus frequentes gracejos. Tornaram-se mais brandas suas exigências com a companhia e os criados. Mal se vislumbravam seu pedantismo e sua

[21] No século XVIII os quadros dos exércitos eram completados por meio de agentes de recrutamento. Os Estados independentes alemães costumavam enviar seus recrutadores para outros Estados, onde buscavam boa parte de seus soldados.

natureza autoritária; ao contrário, andava ele calado e absorto, parecendo no entanto mais feliz e, na verdade, um outro homem. Para as sessões de leitura que costumava promover, escolhia livros sérios, no mais das vezes religiosos, e a baronesa vivia num temor constante de que, por trás daquela aparente calma, pudesse ocultar-se um rancor secreto, um desejo mudo de vingar o ultraje que havia casualmente descoberto. Daí por que ela decidiu fazer de Jarno seu confidente, o que lhe foi fácil, pois entre eles havia-se estabelecido aquele tipo de relação em que é comum esconder-se pouquíssimas coisas. Não há muito tornara-se Jarno seu amigo incontestável, mas os dois eram assaz prudentes para ocultar ao mundo ruidoso que os cercava suas inclinações e prazeres. Só aos olhos da condessa é que não escapou esse novo romance, e é muito provável que a baronesa tratasse de propiciar algo semelhante também a sua amiga, a fim de esquivar-se aos reproches tácitos que às vezes tinha de suportar daquela nobre alma.

Nem bem a baronesa havia acabado de contar a história a seu amigo, e este exclamou rindo:

— Mas não há dúvida, o velho acredita ter-se visto a si mesmo, e teme que essa aparição venha trazer-lhe infortúnio ou, quem sabe, a própria morte; isso explica tamanha brandura, exatamente como todos esses poltrões quando pensam no desenlace final, a que ninguém escapou nem escapará! Mas, silêncio! Como espero que ainda viva muito tempo, aproveitaremos a ocasião para pelo menos moldá-lo, evitando assim que continue sendo um fardo para sua mulher e os ocupantes de sua casa.

E passaram assim, tão logo se deparavam com a oportunidade, a falar, na presença do conde, de pressentimentos, aparições e outras coisas parecidas. Jarno, tanto quanto sua amiga, fazia o papel de cético, e levaram aquilo tão longe que o conde acabou por chamá-lo à parte, repreendendo-o por seu ceticismo e buscando convencê-lo com seu próprio exemplo da possibilidade e realidade de tais histórias. Jarno representou a princípio o papel de admirado, depois o de desconfiado e por fim o de convencido, para logo em seguida, na calada da noite, divertir-se com a amiga às custas daquele débil cidadão do mundo que, de repente, abandonando seus modos grosseiros, havia-se convertido graças a uma assombração, merecendo por conseguinte elogios, pois aguardava com serenidade uma desgraça iminente e, quem sabe, até mesmo a morte.

— Para a consequência mais natural que essa aparição poderia haver tido, ele não estaria decerto preparado — exclamou a baronesa com seu bom humor habitual, que dava pressas em retomar, tão logo conseguisse arrancar de seu peito alguma preocupação.

Jarno foi generosamente recompensado, e os dois trataram de urdir novas intrigas, para tornar ainda mais dócil o conde, e incitar e reforçar a inclinação da condessa por Wilhelm.

Movidos por tal intenção, contaram toda a história à condessa, que, a bem dizer, mostrou-se a princípio contrariada, sem no entanto deixar de pensar em tudo aquilo e, nos momentos tranquilos, pareceu disposta a considerar, perseguir e imaginar aquela cena que lhe haviam preparado.

As disposições que agora se tomavam por todas as partes não deixavam margem para qualquer dúvida quanto ao avanço iminente dos exércitos e a consequente remoção do quartel-general do príncipe; corria até mesmo o rumor de que também o conde deixaria suas terras e voltaria para a cidade. Nossos atores estavam pois em condições de determinar facilmente sua natividade;[22] ainda assim, Melina era o único que tomava suas providências, já que os outros não pensavam senão em tirar o melhor proveito de cada instante.

Wilhelm, entretanto, ocupava-se à sua própria maneira. A condessa havia-lhe pedido uma cópia de suas peças, e ele considerava aquele desejo da amável dama como a mais bela recompensa.

Um jovem autor, que ainda não se viu impresso, põe em tais casos o máximo empenho numa cópia esmerada e correta de suas obras. É, por assim dizer, a idade de ouro da condição do autor, que se vê transportado para aqueles séculos em que a imprensa ainda não havia inundado o mundo com tantos escritos inúteis, em que só se copiavam as dignas produções de espírito e só estas eram conservadas pelos mais nobres homens; e com que facilidade pode-se chegar à errônea conclusão de que um manuscrito cuidadosamente meticuloso é também uma digna produção de espírito, merecedora de estar em poder e sob a guarda de um conhecedor e mecenas.

Em honra do príncipe, que em breve partiria, haviam organizado um grande banquete. Muitas senhoras das imediações foram convidadas, e a

[22] Isto é, fazer o horóscopo para ler o futuro e predizer o destino.

condessa já se havia aprontado desde cedo. Trajava para aquela ocasião um vestido mais rico que os habituais. O penteado e o arranjo dos cabelos estavam mais rebuscados, e ela se enfeitara com todas as suas joias. Também a baronesa havia feito todo o possível para se vestir com luxo e bom gosto.

Percebendo o quanto seria enfadonho àquelas duas damas esperar por seus convidados, Philine propôs-lhes chamar Wilhelm, que desejava entregar-lhes seu manuscrito já terminado e ler ainda algumas pequeninas coisas. Ele chegou e, ao entrar, surpreendeu-se com a aparência e a graça da condessa, realçadas ainda mais por tantos adornos. A pedido das senhoras, procedeu à leitura, mas tão mal e distraidamente que, não fosse a grande indulgência de suas ouvintes, elas não tardariam a dispensá-lo.

Todas as vezes que mirava a condessa parecia desprender-se diante dos olhos uma centelha elétrica; por fim, já não sabia mais onde cobrar alento para sua récita. Sempre lhe agradou a bela dama, mas, agora, era como se nunca tivesse visto nada mais perfeito e, dos mil pensamentos que em sua alma se entrecruzavam, poderíamos resumir mais ou menos do seguinte modo seu conteúdo:

> "Que insensatez insurgirem-se os poetas e homens que se dizem sensíveis contra o adorno e o luxo, exigindo das mulheres de todas as classes que usem apenas trajes simples, adequados à sua natureza! Censuram os enfeites, sem levar em consideração que não é o pobre adorno aquilo que nos desagrada quando vemos uma pessoa feia ou menos bela, vestida de modo rico e original; mas, com que prazer, haveria eu de reunir aqui todos os conhecedores do mundo e perguntar-lhes se pretenderiam suprimir algo desses plissados, desses laços e dessas rendas, desses franzidos, desses cachos e dessas pedras cintilantes. Não temeriam adulterar a agradável impressão que tão espontânea e naturalmente lhes vem ao encontro? Está claro que sim, bem posso dizer! Ao sair Minerva toda armada da cabeça de Júpiter, essa deusa, em todo seu adorno, parecia haver brotado com pés ligeiros de uma flor."

Durante a leitura, ele a fitou repetidas vezes, como se quisesse gravar para sempre em seu interior aquela imagem, o que o levou a cometer enganos enquanto lia, sem no entanto se deixar perturbar, ainda que, de ordinário, a simples troca de uma palavra, de uma letra, ou um único e infeliz desdouro em sua récita fossem capazes de levá-lo ao desespero.

Um ruído aparente, como se estivessem chegando os convidados, pôs fim à leitura; retirou-se a baronesa e a condessa, já em via de fechar seu escritório, apanhou um porta-joias e colocou mais alguns anéis nos dedos.

— Logo teremos de nos separar — disse ela, fixando os olhos no escrínio. — Aceite uma lembrança de uma boa amiga, que não deseja outra coisa senão que tudo lhe corra bem.

Dizendo isso, retirou um anel que, sob um cristal, revelava um belo escudo, feito de fios de cabelos e guarnecido de pedras preciosas. Entregou-o a Wilhelm que, ao aceitá-lo, não soube o que dizer nem o que fazer, e ali ficou, imóvel, como que enraizado no chão. A condessa fechou o escritório e foi sentar-se no sofá.

— E quanto a mim, sairei de mãos vazias? — perguntou Philine, ajoelhando-se à direita da condessa. — Olhe só para esse homem! Capaz de tantos e tão intempestivos discursos, e agora não consegue balbuciar sequer um simples agradecimento. Coragem, meu senhor, demonstre ao menos por gestos sua gratidão, e, se no momento nada lhe ocorre, imita-me pelo menos.

Philine tomou a mão direita da condessa e beijou-a com vivacidade. Wilhelm ajoelhou-se a seu lado, tomou-lhe a mão esquerda e nela pousou seus lábios. A condessa parecia embaraçada, mas não demonstrou qualquer relutância.

— Ah! — exclamou Philine. — Decerto que já vi joias como estas antes, mas nunca cheguei a conhecer uma dama tão digna de usá-las! Que pulseiras! mas também que mãos! Que colar! mas também que colo!

— Silêncio, aduladora! — exclamou a condessa.

— É o senhor conde? — perguntou Philine, apontando para um rico medalhão que a condessa trazia preso a uma corrente preciosa, no lado esquerdo.

— É o retrato dele, quando estávamos noivos — respondeu a condessa.

— Mas me parece tão jovem! — disse Philine. — Pelo que sei, a senhora está casada há pouco tempo.

— Essa juventude se deve ao pintor — respondeu a condessa.

— É um belo homem — disse Philine. — Porventura — acrescentou, levando a mão ao coração da condessa — uma outra imagem não se teria insinuado neste estojo secreto?

— És muito atrevida, Philine! — exclamou. — Mas por ora te perdoo. Só não quero ouvir uma segunda vez algo semelhante.

— Desgraçada que sou por havê-la irritado! — disse Philine e, levantando-se de um salto, correu para a porta.

Wilhelm tinha entre as suas a mais bela mão. Olhava fixamente a pulseira e, para seu grande assombro, pôde ver gravadas nela em caracteres brilhantes as iniciais de seu nome.

— Será mesmo verdade — perguntou ele, timidamente — que neste precioso anel guardo seus cabelos?

— Sim — respondeu ela à meia-voz, mas logo se conteve e, apertando-lhe a mão, disse: — Levante-se, e adeus!

— Por uma das mais estranhas coincidências — exclamou ele, apontando a pulseira —, tenho aqui meu nome.

— Que diz? — exclamou a condessa. — São as cifras de uma amiga.

— E também as iniciais de meu nome. Não me esqueça! Sua imagem permanecerá indelével em meu coração. Adeus, deixa-me fugir!

Beijou sua mão, pretendendo levantar-se; mas assim como nos sonhos, em que do mais insólito surge algo ainda mais insólito, a nos surpreender, assim também, sem saber como, tinha ele em seus braços a condessa, cujos lábios tocavam os seus, e os beijos ardentes que trocavam despertavam neles uma felicidade só possível de ser sorvida com a primeira e efervescente espuma do recente e repleto cálice do amor.

Ela descansava a cabeça em seus ombros, não se importando se iria descompor os cabelos e as fitas. Passara os braços em torno de Wilhelm, que a abraçou com paixão, estreitando-a repetidas vezes em seu peito. Oh! por que não prolongar indefinidamente um instante como aquele, e que desprezível o destino invejoso que veio reduzir esses breves momentos de nossos amigos!

Quão temeroso e aturdido despertou Wilhelm daquele sonho feliz, quando repentinamente a condessa, desvencilhando-se dele com um grito, levou a mão ao coração!

Ali estava ele, atordoado diante dela que, com a outra mão tapando-lhe os olhos, exclamou, depois de um instante de silêncio:

— Afaste-se, depressa!

Ele continuava ali.

— Deixe-me — exclamou ela e, afastando a mão dos olhos, dirigiu--lhe um olhar indescritível, acrescentando com sua voz mais amável: — Fuja de mim, se me ama!

Wilhelm deixou os aposentos e estava novamente em seu quarto, antes mesmo de saber onde se encontrava.

Os infelizes! Que estranho aviso do acaso ou do destino separava um do outro?

Livro IV

Capítulo 1

Laertes estava pensativo, à janela, apoiado sobre o braço, contemplando ao longe o campo. Philine atravessou furtivamente o grande salão e, encostando-se no amigo, zombou de sua aparência tão séria.

— Não rias — replicou ele —, é horrível como o tempo passa, como tudo se modifica e chega a um fim! Olha bem: não faz muito e havia aqui um majestoso acampamento; que alegre efeito produziam aquelas tendas! Quanta vida em seus interiores! Com que cuidado vigiavam toda a circunscrição! E agora, tudo desapareceu de vez. Não restarão por muito mais tempo os vestígios da palha pisoteada e dos buracos cavados no chão, onde se cozinhava; em breve, tudo estará arado, e a presença de tantos milhares de homens armados nesta região só continuará a circular, qual fantasmas, nas cabeças de alguns anciãos.

Philine começou a cantar e puxou seu amigo para dançar pelo salão.

— Já que não podemos correr atrás do tempo, depois que ele se foi — disse ela —, ao menos o honremos como um belo deus, com alegria e gentileza, enquanto marcha a nosso lado.

Não haviam dado muitas voltas, quando madame Melina atravessou o salão. Maldosa ao extremo, Philine convidou-a também para dançar, obrigando-a com isso a recordar a deformidade em que se encontrava devido à gravidez.

— Que não me obriguem mais — disse Philine, às suas costas — a ver mulher alguma em estado interessante!

— E, no entanto, ela está grávida — disse Laertes.

— Mas isso lhe fica tão mal! Não reparaste no balanço da prega que se forma na parte da frente de seu vestido, cada dia mais curto, e que está sempre a andar antes dela, quando se move? Não tem nem jeito nem capacidade para se enfeitar, por menos que seja, e esconder seu estado.

— Deixa estar — disse Laertes —, que o tempo virá em seu auxílio!

— Mas seria bem mais bonito — exclamou Philine — se os filhos caíssem das árvores, à custa de algumas sacudidelas.

O barão entrou e, ao lhes entregar algumas lembranças, fazia-o com palavras amáveis, em nome do conde e da condessa, que haviam partido ainda às primeiras horas da manhã. Dirigiu-se em seguida aos aposentos de Wilhelm, que se ocupava com Mignon no quarto ao lado. Mostrava-se muito carinhosa e prestativa a criança, havendo perguntado pelos pais, irmãos e parentes de Wilhelm, o que o fizera recordar seu dever de enviar notícias suas aos familiares.

Além das saudações de despedida dos nobres, o barão trazia também a certeza do quanto demonstrara o conde satisfação por ele, graças a seus trabalhos poéticos e desvelos para com o teatro. Como prova de tal sentimento, exibiu uma bolsa, através de cuja formosa trama reluziam as cores sedutoras de algumas peças de ouro ainda novas. Wilhelm deu um passo atrás, recusando-se a aceitá-la.

— Considere esta oferta — prosseguiu o barão — como uma compensação pelo tempo que o senhor dispendeu, como um reconhecimento por seu trabalho, e não uma remuneração por seu talento. Quando este nos acarreta um bom nome e a estima das pessoas, é justo que, através da aplicação e do esforço, conquistemos também os meios de satisfazer nossas necessidades, já que não somos apenas espíritos. Estivéssemos na cidade, onde tudo se encontra, e teríamos podido converter esta modesta soma num relógio, num anel ou em outra coisa qualquer; passo-lhe, pois, às suas mãos, sem mais demora, esta varinha mágica, com a qual poderá adquirir a joia que mais lhe agrade ou que mais lhe seja útil, conservando-a como uma lembrança nossa. De mais a mais, considere-se honrado com esta bolsa. Foram as próprias senhoras que a tricotaram com a intenção de dar ao recipiente a forma mais aceitável àquilo que contém.

— Perdoe — replicou Wilhelm — meu embaraço e minha hesitação em aceitar este presente. É que ele destrói, de certo modo, o pouco que fiz e impede o livre jogo de uma feliz recordação. O dinheiro é uma bela coisa, quando se tem algo para liquidar, e eu não desejaria ver completamente liquidadas as lembranças de sua casa.

— Não é este o caso — replicou o barão —; mas, possuindo o senhor sentimentos tão delicados, não haverá de pretender que o conde venha a se considerar seu devedor, logo ele, um homem cuja maior ambição é ser atencioso e justo. Pois a ele não passaram despercebidos o trabalho que o senhor teve e o tempo que dedicou a seus propósitos, ficando inclusive a par de que, para agilizar certas providências, o senhor não poupou o próprio dinheiro. Como quer que eu me apresente diante dele, se não posso assegurar-lhe que seu reconhecimento foi um prazer para o senhor?

— Se só pensasse em mim, se só tivesse de seguir meus próprios sentimentos — replicou Wilhelm —, relutaria em aceitar tal presente, a despeito de todas as razões, por mais belo e honroso que seja; mas não posso negar que, ao mesmo tempo que me constrange, livra-me de um embaraço em que ainda me encontro junto com os meus, e que me tem causado, em silêncio, muitas mágoas. Não administrei da melhor maneira nem o dinheiro nem o tempo, e deles devo prestar contas; agora, graças à generosidade do senhor conde, poderei comunicar a todos os meus familiares, confiadamente, a notícia venturosa, para onde me conduziu este singular atalho. Sacrifico assim a delicadeza que, em tais ocasiões, nos adverte como uma consciência delicada, em nome de um dever maior e, para poder apresentar-me briosamente aos olhos de meu pai, quedo-me envergonhado diante dos seus.

— Estranho! — replicou o barão. — Com que maneira singular hesita em aceitar dinheiro de amigos e benfeitores, quando de bom grado e com satisfação receberia deles qualquer outro presente! A natureza humana tem muitas peculiaridades semelhantes de produzir e fomentar cuidadosamente tais escrúpulos.

— Não ocorre o mesmo em relação a todos os pontos de honra? — perguntou Wilhelm.

— Oh, sim — respondeu o barão —, e também em relação a outros preconceitos! Não queremos expurgá-los, para que não sejam eventualmente arrancadas algumas plantas nobres. Mas, quanto me alegra ver que determinadas pessoas são capazes de sentir muito além daquilo a que podem e devem renunciar, e lembro com prazer a história daquele engenhoso poeta que havia composto para um teatro da corte algumas peças que obtiveram a aprovação plena do monarca. "Tenho de oferecer a ele uma bela recompensa", disse o magnânimo príncipe; "procure saber se seria de seu agrado alguma joia ou consideraria de pouco apreço receber dinheiro." Obedecendo a seu estilo satírico, respondeu o poeta ao cortesão encarregado de tal tarefa: "Agradeço vivamente por tais atenciosas intenções, mas, já que o imperador nos toma todos os dias dinheiro, não vejo por que deveria envergonhar-me de aceitar o dinheiro dele".

Assim que o barão deixou os aposentos, Wilhelm correu a contar o dinheiro que tão inesperada e, conforme acreditava, tão imerecidamente viera parar em suas mãos. Ao ver rolar daquela rica bolsa as belas e brilhantes peças de ouro, foi como se pela primeira vez percebesse intuitivamente o valor e a dignidade do ouro, a que só nos tornamos sensíveis anos depois. Fez suas contas e descobriu que, cumprindo Melina a promessa de lhe pagar em breve a soma que recebera adiantadamente, tinha em caixa tanto ou mais dinheiro que no dia em que Philine lhe mandara pedir o primeiro ramalhete. Com íntima satisfação pensava em seu talento, e com certo orgulho, na sorte que o havia guiado e acompanhado. Confiante, tomou então da pena para escrever uma carta, que serviria para demover prontamente sua família de qualquer embaraço e lançar melhor luz à sua conduta precedente. Evitou fazer um relato minucioso, deixando que imaginassem, através do emprego de expressões significativas e misteriosas, o que podia haver-lhe ocorrido. O próspero estado de sua bolsa, o lucro que devia a seu talento, o favor dos grandes, a inclinação das mulheres, os conhecimentos adquiridos num amplo círculo, o desenvolvimento de suas disposições físicas e espirituais, a esperança no futuro, constituíam uma miragem tão extraordinária que nem mesmo a Fata Morgana em pessoa teria sido capaz de criar de maneira mais estranha e confusa.

Continuou nessa venturosa exaltação depois de encerrada a carta, mantendo consigo mesmo um longo solilóquio em que recapitulava o conteúdo do que escrevera e descrevia a si próprio um ativo e digno futuro. Inflamara-se com o exemplo de tantos nobres guerreiros, abrira-lhe um mundo novo a poesia shakespeariana, e dos lábios da bela condessa havia sugado um fogo inefável. Tudo isso não podia nem devia restar sem efeito.

Chegou o estribeiro e perguntou se haviam aprontado suas bagagens. Infelizmente a ninguém, exceto a Melina, ocorrera tal ideia. Deveriam, pois, agora apressar-se em partir. O conde prometera transportar toda a companhia para uma viagem de alguns dias, e justamente agora estavam disponíveis alguns cavalos, dos quais não se poderiam abrir mão por muito tempo. Wilhelm perguntou por sua mala e soube que madame Melina havia-se apossado dela; reclamou seu dinheiro, que o senhor Melina também havia guardado cuidadosamente no fundo da mala. Philine disse:

— Ainda tem lugar na minha.

Ela apanhou as roupas de Wilhelm e ordenou à Mignon que lhe trouxesse o resto das coisas. Mesmo contra sua vontade, Wilhelm deixou que ela assim procedesse.

Enquanto empacotavam e preparavam tudo, disse Melina:

— Não suporto a ideia de viajarmos como saltimbancos e charlatões; seria bem melhor que Mignon usasse roupas femininas e que o harpista se apressasse em cortar a barba.

Mignon agarrou-se firmemente a Wilhelm e disse com muita veemência:

— Eu sou um menino; não quero ser menina!

O ancião ficou calado, e Philine aproveitou a ocasião para fazer algumas observações jocosas sobre o caráter extravagante do conde, seu benfeitor.

— Se o harpista cortar a barba — disse ela —, que a costure então com extremo cuidado numa tira de pano qualquer e aí a conserve, para que, reencontrando o senhor conde em alguma parte deste mundo, possa repô-la sem demora, pois não é senão à barba que deve ele os favores de tal senhor.

Ao insistirem com ela, exigindo que lhes explicasse tão insólita declaração, respondeu:

— O senhor conde crê que para garantir a ilusão é muito importante que o ator siga desempenhando seu papel vida afora, mantendo pois seu caráter; daí por que era tão favorável ao pedante e considerava deveras sensato o fato de o harpista não usar sua barba postiça somente às tardes no teatro, mas também ao longo de todo o dia, causando-lhe uma enorme satisfação a aparência natural desse disfarce.

Enquanto os outros zombavam de tamanho engano e das insólitas opiniões do conde, o harpista chamou à parte Wilhelm e, entre lágrimas, veio despedir-se, rogando-lhe que o deixasse partir. Wilhelm insistiu, assegurando-lhe que o protegeria contra qualquer um, que não permitiria a ninguém tocar em um só fio de sua barba, quanto menos cortá-la contra sua vontade.

O ancião ficou muito comovido, e em seus olhos ardia um fogo estranho.

— Não é esse o motivo que me leva a partir — exclamou ele —; já há muito que me venho recriminando em silêncio por permanecer tanto tempo a seu lado. Não deveria deter-me em parte alguma, pois a desgraça me persegue e prejudica aqueles que se juntam a mim. Se não consentir em minha partida, o senhor há de temer todos os males; mas não me pergunte nada mais, que não pertenço a mim mesmo, nem posso continuar aqui.

— A quem pertences, então? Quem pode exercer sobre ti tal poder?

— Meu senhor, deixe em paz meu horrível segredo e me dê a liberdade! A vingança que me persegue não é a do juiz terreno; pertenço a um destino implacável; não posso e não devo continuar aqui!

— No estado em que te vejo, decerto que não te deixarei partir.

— Hesitar é um crime de alta traição, que cometo contra meu benfeitor. A seu lado estou seguro, mas o senhor corre perigo. Não sabe quem tem a seu lado. Sou culpado, mas mais infeliz que culpado. Minha presença afugenta a felicidade, e as boas ações se tornam impotentes quando delas me aproximo. Eu deveria ser um fugitivo e um errante, para não cair nas malhas de meu infeliz gênio, que me persegue lentamente e só se deixa perceber no instante em que reclino minha cabeça para descansar. Não posso demonstrar-lhe melhor minha gratidão que o abandonando.

— Estranha criatura! Não irás abalar minha confiança em ti nem tampouco minha esperança de te ver feliz. Não pretendo penetrar nos mistérios de tua superstição, mas se vives sob pressentimentos de associações e presságios estranhos, devo dizer-te para teu consolo e encorajamento: junta-te à minha felicidade e veremos qual dos gênios se mostrará mais forte, se o teu, negro, ou o meu, branco!

Wilhelm aproveitou aquela ocasião para lhe dizer ainda outras coisas alentadoras, pois já há algum tempo acreditava ver em seu estranho acompanhante um homem que, por obra do acaso ou do destino, trazia consigo o peso de uma grave culpa, arrastando tal lembrança. Ainda há poucos dias Wilhelm chegara a ouvir um de seus cantos, cujos versos lhe chamaram a atenção:

O sol da manhã lhe tinge
De chamas o puro horizonte,
E sobre sua cabeça culpável
Irrompe a bela imagem do mundo.[1]

Dissesse o que bem entendesse o ancião, e a Wilhelm não faltava um argumento mais forte, sabendo contornar e dirigir tudo da melhor maneira, sabendo falar com tamanho destemor, afeto e conforto, que o próprio ancião pareceu reviver e renunciar a seus caprichos.

Capítulo 2

Melina tinha esperança de encontrar uma colocação para sua companhia em alguma pequena mas rica cidade. Já haviam chegado ao local para onde os guiaram os cavalos do conde, e passaram a procurar outros coches e cavalos, com os quais esperavam prosseguir sua viagem. Melina ficou encarregado do transporte e, como de hábito, mostrou-se avaro demais. Em contrapartida, Wilhelm, que trazia na bolsa os belos ducados da condessa, acreditava ter todo o direito de empregá-los com alegria, esquecendo-se com muita facilidade de que, no considerável balanço que enviara aos seus familiares, já se havia vangloriado deles.

Seu amigo Shakespeare, a quem com grande prazer reconhecia também como seu padrinho, regozijando-se por chamar-se também Wilhelm, dera lhe a conhecer um príncipe[2] que, durante um certo período, frequenta uma sociedade medíocre e má, e que, a despeito de sua nobre natureza, deleita-se com a rudeza, falta de decoro e frivolidade de tipos em

[1] *"Ihm färbt der Morgensonne Licht/ Den reinen Horizont mit Flammen,/ und über seinem schuld'gen Haupte bricht/ Das schöne Bild der ganzen Welt zusammen."*

[2] Trata-se do príncipe Harry, personagem da peça *Henrique IV*.

tudo sensuais. Extremamente oportuno era-lhe o ideal com que podia comparar sua atual situação, o que lhe tornava extraordinariamente fácil a ilusão sobre si próprio, para a qual sentia uma inclinação quase invencível.

Começou a refletir no seu modo de se trajar. Descobriu que um pequeno colete, sobre o qual, em caso de necessidade, poderia jogar uma capa curta, era um costume inteiramente adequado para um viandante. Calças compridas de malha e um par de botas com cadarço lembravam-lhe o uniforme verdadeiro de um peão. Tratou de arranjar uma bela faixa de seda que cingiu ao redor do ventre, sob o pretexto de mantê-lo agasalhado; em troca, libertou seu pescoço da opressão de um laço e mandou pregar em sua camisa alguns debruns de musselina que, um pouco largos, pareciam um gorjal antigo. O belo lenço de seda para o pescoço, recordação que salvara de Mariane, estava frouxamente atado sob as pregas da musselina. Completava o disfarce um chapéu redondo com uma fita colorida e uma grande pluma.

Garantiam as mulheres que semelhante traje lhe caía muito bem. Philine mostrava-se totalmente encantada com ele e rogava que lhe concedesse os belos fios de cabelo que ele, implacável, havia cortado, para se aproximar ainda mais de seu modelo natural. Não era de todo má a solicitação da jovem, e nosso amigo, que em virtude de seu desprendimento adquirira o direito de se relacionar com os outros à maneira do príncipe Harry, logo tomou gosto em indicar e promover alguns desvarios. Esgrimiam, dançavam, imaginavam toda sorte de jogos e, na alegria de seu coração, regalavam-se à saciedade com o sofrível vinho que haviam encontrado; Philine, em meio à desordem de tal modo de vida, ficava à espreita do esquivo herói, por quem seu bom gênio devia velar.

Um excelente entretenimento, com que particularmente se deleitava a companhia, consistia em improvisar uma peça na qual imitavam e ridicularizavam seus recentes patronos e benfeitores. Um certo número de atores havia assimilado muito bem as características do decoro exterior de diferentes e nobres pessoas e recebiam por sua imitação aplausos calorosos dos demais membros da companhia; mas, quando Philine sacava do arquivo secreto de suas experiências algumas reservadas declarações de amor, que lhe haviam sido endereçadas, mal podiam conter-se de riso e de perversa alegria.

Wilhelm insurgia-se contra tanta ingratidão, mas contestavam-no, dizendo que haviam feito por merecer tudo quanto deles receberam, e, ademais, o tratamento dispensado a pessoas tão cheias de mérito, como pretendiam ser, não fora dos melhores. Queixavam-se também da pouca atenção com que os acolheram e do quanto haviam sido humilhados. Recomeçavam, pois, os escarnecimentos, remoques e as imitações, cada vez mais amargos e injustos.

— Quisera — disse Wilhelm a esse respeito — que não transparecessem em suas palavras nem inveja nem egoísmo e que considerassem tais pessoas e suas condições de seu verdadeiro ponto de vista. Ocupar um lugar elevado na sociedade humana devido ao próprio nascimento já é um feito especial. Aquele a quem os bens herdados têm proporcionado uma existência perfeitamente fácil, aquele que desde pequeno se vê ricamente cercado, se assim posso dizer, de todas as coisas acessórias da humanidade, está em geral habituado a considerar esses bens como os primeiros e os maiores, e a não distinguir com tanta clareza o valor da humanidade, que a natureza dotou de maneira tão bela. A atitude dos grandes para com os pequenos, e mesmo entre eles, é mensurada pelas qualidades exteriores; estas permitem a cada um fazer valer não só seus méritos, mas também seu título, sua hierarquia, seus trajes e coches.

A essas palavras irrompeu a companhia em aplausos desmedidos. Todos acharam horrível que o homem de mérito tivesse de estar sempre afastado e não pudesse encontrar no grande mundo nenhum indício de uma convivência natural e cordial. No tocante ao último ponto, em especial, caíam no exagero, partindo da centena para o milhar.

— Não os censurem por isso — exclamou Wilhelm —, antes compadeçam-se deles. Pois raramente têm eles um sentimento elevado dessa boa ventura que reconhecemos como a suprema, e que emana da interior riqueza natural. Somente a nós, os pobres, que pouco ou nada possuímos, é concedido desfrutar em profusão a boa ventura da amizade. Não podemos enaltecer pela graça, nem promover com favores, nem agraciar com presentes aqueles a quem amamos. Não temos nada senão a nós mesmos. Devemos sacrificar todo este eu e, se há de haver algum valor, assegurar para sempre ao amigo este bem. Que prazer e que felicidade para quem dá e para quem recebe! A que estado venturoso nos transporta a fidelidade! Ela dá à efêmera vida humana uma certeza divina; ela constitui o capital essencial de nossa riqueza.

Enquanto falava, Mignon havia-se aproximado, passando seus delicados braços em torno dele, e ali ficou, com a pequenina cabeça reclinada no peito de Wilhelm. Ele pousou a mão na cabeça da criança e prosseguiu:

— Como é fácil para os grandes conquistar os espíritos! Como é fácil apropriar-se dos corações! Um comportamento afável, agradável, só em certo modo humano, produz maravilhas, e quantos meios não possuem eles para reter os espíritos uma vez conquistados! Para nós, tudo nos é mais raro, tudo se nos torna mais difícil, e é natural pois darmos um valor maior ao que conquistamos e realizamos. Quantos exemplos tocantes não há de fiéis criados que por seus senhores se sacrificaram! Com que beleza os vemos descritos em Shakespeare! Em tais casos, a lealdade é o esforço de uma alma nobre para igualar-se aos grandes. Graças à dedicação e ao amor constantes, o criado torna-se igual a seu senhor, que tem o direito de considerá-lo como um mero escravo remunerado. Sim, virtudes como essas fazem parte apenas das classes inferiores, que não podem delas prescindir, assentando-lhes muito bem. Quem pode resgatá-las facilmente, facilmente procurará dispensar também a gratidão. Sim, creio ser possível afirmar neste sentido que podem os grandes ter muito bem amigos, mas não podem ser amigos.

Mignon estreitava-se nele com força cada vez maior.

— Está bem — replicou um dos membros da companhia —, não precisamos da amizade dessa gente e nunca a imploramos. Eles deveriam, isto sim, conhecer melhor as artes que pretendem proteger. Quando melhor representávamos, ninguém prestava atenção; tudo não passava de mera parcialidade. Só lhes convinha quem lhes caísse em suas boas graças; aquele que não desfrutava seus favores, este não possuía mérito algum. Que injustiça despertar a atenção e arrancar aplausos, na maior parte das vezes, apenas o parvo e o insulso.

— Descontado o que nisso pode haver de ironia e malícia — replicou Wilhelm —, penso que se dá com a arte o mesmo que se dá com o amor. Como pode o homem do mundo conservar, em meio à vida dispersa que leva, o fervor em que deve viver um artista, se pensa produzir algo perfeito, e que não há de ser alheio nem sequer àquele que pretenda mostrar um interesse tal pela obra, assim como o deseja e espera o artista? Creiam-me, meus amigos, ocorre com os talentos o mesmo que com a virtude: deve-se amá-los por si mesmos ou renunciar inteiramente a eles. E, no entanto, só haveremos de reconhecer e recompensar tanto um como outro quando, à maneira de um mistério perigoso, pudermos exercê-los em segredo.

— E até que algum crítico adequado nos descubra, já teremos morrido de fome — exclamou alguém, de um dos cantos.

— Não tão depressa — replicou Wilhelm. — Tenho visto que enquanto alguém vive e se move, sempre encontra algum alimento, mesmo que não seja o mais abundante. Ora, pois, hão de se queixar de quê? Não fomos bem recebidos e acolhidos, inesperadamente, quando tudo parecia caminhar da pior maneira possível? E agora, que nada nos falta, já nos ocorreu fazer alguma coisa para nos exercitar e continuar de algum modo lutando? Ocupamo-nos com coisas alheias e, como pequenos colegiais, nos desviamos de tudo que possa fazer-nos lembrar a tarefa escolar.

— De fato — disse Philine —, isto é imperdoável! Escolhamos uma peça e a representemos sem demora. Cada qual deverá dar de si o melhor possível, como se estivesse diante de um grande público.

Não foi preciso pensar muito tempo para que elegessem a peça. Escolheram uma daquelas que outrora alcançavam grande sucesso na Alemanha e hoje estão esquecidas. Alguns assobiaram uma sinfonia,[3] todos se puseram a refletir apressadamente em seu papel, e deram início à representação com a máxima acuidade e, a bem dizer, ultrapassando as expectativas. Eram recíprocos os aplausos, e raras foram as vezes em que haviam estado tão à vontade.

Terminada a apresentação, sentiam todos um prazer excepcional, em parte pelo bom emprego do tempo, em parte porque cada qual podia sentir-se particularmente satisfeito consigo mesmo. Wilhelm desdobrou-se em longos elogios, e a conversa se fez serena e agradável.

— Não há como deixar de ver — exclamou nosso amigo — quão longe poderemos chegar, se persistirmos assim em nossos exercícios, e não nos limitarmos simplesmente a decorar, ensaiar e representar de um modo mecânico, por dever de ofício. Tanto mais elogios merecem os mú-

[3] No século XVIII, o termo designava também o tema musical de abertura.

sicos, tanto mais se regozijam e acertam, quando praticam em conjunto seus exercícios! Como se empenham em harmonizar seus instrumentos, com que precisão mantêm o compasso, com que delicadeza sabem expressar a força e a debilidade de um som! A nenhum deles ocorre vangloriar-se de um acompanhamento mais forte durante o solo de um outro músico. Todos procuram tocar seguindo o espírito e o sentido do compositor e expressar da melhor maneira a parte que está a seus cuidados, seja ela breve ou longa. Não deveríamos nós também proceder com a mesma precisão e o mesmo espírito, já que nos dedicamos a uma arte muito mais delicada que qualquer gênero de música, já que somos chamados a representar de um modo repleto de bom gosto e deleite as manifestações mais comuns e mais raras da humanidade? Pode haver algo mais horrível que macular os ensaios e fiar-se no capricho e na sorte durante a representação? Deveríamos aplicar nossa felicidade e satisfação maiores em conciliar-nos uns com os outros, para deleite mútuo, e só apreciar o sucesso do público depois de já o havermos garantido de certo modo a nós mesmos. Por que o mestre de capela se sente mais seguro com sua orquestra que o diretor com seu espetáculo? Porque ali todos haverão de se envergonhar de seus desacertos, que ofendem o ouvido exterior; mas raramente tenho visto um ator reconhecer e envergonhar-se de seus desacertos, perdoáveis ou não, que ofendem de maneira tão indigna o ouvido interior. Não desejaria eu outra coisa senão que o teatro fosse tão estreito quanto a maroma de um funâmbulo, para que nenhum inepto ousasse nela subir, ao contrário do que ocorre agora, quando qualquer um se sente apto o bastante para se exibir em público.

A companhia acolheu bem tais apóstrofes, ficando todos convencidos de que não se dirigiam a eles aquelas palavras, pois ainda há pouco haviam-se comportado muito bem junto aos demais. Todos estavam contudo de acordo que, do mesmo modo como haviam começado, ao longo desta viagem e para o futuro, se continuassem juntos, haveria de reinar entre eles um trabalho de equipe. Só que, por se tratar de uma questão de bom humor e de livre vontade, acharam que não devia intrometer-se em tal trabalho nenhum diretor. Ficou acertado que entre homens bons a melhor forma de governo é a republicana, pretendendo-se assim que o cargo de diretor devia ser ocupado alternadamente; este seria eleito por todos, e uma espécie de pequeno senado o assistiria durante todo o tempo. Tão imbuídos estavam dessa ideia, que logo quiseram colocá-la em prática.

— Não tenho nada contra — disse Melina —, se durante a viagem quiserem pôr em prática tal tentativa; de bom grado suspendo minhas atividades de diretor, até que cheguemos ao lugar determinado.

Esperava com isso economizar algum dinheiro e acarretar vários gastos para a pequena república ou para o diretor interino. Passaram a deliberar com muita animação qual o melhor modo de instaurar o novo Estado.

— É um reino nômade — disse Laertes —, pelo menos não teremos litígios de fronteiras.

Passaram imediatamente à ação e elegeram Wilhelm como primeiro diretor. Nomearam o senado, e as mulheres ganharam direito a voto e assento; propuseram leis, algumas rejeitadas, outras aprovadas. Com esses jogos, o tempo passou sem que se dessem conta, e por haver passado agradavelmente, acreditavam já ter feito realmente algo útil e, com a instalação daquele novo sistema, haver aberto uma nova perspectiva para o teatro da pátria.

Capítulo 3

Ao ver tão bem-disposta a companhia, Wilhelm esperava poder entretê-la também com o mérito poético das peças.

— Não basta — disse-lhes ao se reunirem no dia seguinte — que o ator examine apenas superficialmente a peça, que a julgue pela primeira impressão e dê a perceber, sem mais exames, sua preferência ou seu descontentamento. Tal conduta é, sem dúvida, permitida ao espectador, que quer ser comovido e entretido, mas não quer propriamente julgar. O ator, pelo contrário, deve poder dar conta das razões de seu elogio e de sua censura, e como o poderá fazer, se não é capaz de penetrar no espírito e nas intenções do autor? Por ter percebido em mim mesmo, com muita clareza, nesses últimos dias, o equívoco em julgar uma peça a partir de um papel, sem relacioná-lo com o conjunto, é que lhes contarei este exemplo, se estiverem dispostos a me conceder atenção. Conhecem o incomparável *Hamlet*, de Shakespeare, através de uma leitura que lá no castelo lhes suscitou o maior prazer. Propusemo-nos a representar a peça, e eu, sem saber o que fazia, encarreguei-me do papel do príncipe; acreditava estudá-lo, começando por memorizar as passagens mais fortes, os monólogos e aquelas cenas em que ganham livre espaço a força da alma, a elevação do espírito e a vivacidade, e em que o ânimo comovido pode mostrar-se numa expressão sentimental. Acreditava também penetrar verdadeiramente no espírito do papel, se assumisse de algum modo o peso da melancolia profunda e, sob tal pressão, procurasse seguir meu modelo através do estranho labirinto de tantos caprichos e singularidades. Assim decorava o papel e nele me exercitava, acreditando tornar-me pouco a pouco uma só personagem com meu herói. Mas quanto mais avançava, mais difícil se me afigurava representar o conjunto, e me pareceu por fim quase impossível formar uma visão geral. Repassei, então, a peça em sua sequência ininterrupta, e ainda aqui muitas coisas me davam a impressão de não estar bem ajustadas, infelizmente. Ora os caracteres, ora a expressão pareciam-me não se coadunar, e quase cheguei a duvidar se conseguiria encontrar um tom no qual pudesse apresentar por inteiro meu papel, com todas as suas digressões e os seus matizes. Debati-me em vão durante um certo tempo nesse labirinto, até que finalmente sobreveio-me a esperança de aproximar-me do objetivo proposto por um caminho de todo especial. Procurei cada traço que pudesse indicar o caráter de Hamlet no período anterior à morte de seu pai, e anotei o que havia sido esse interessante jovem, independentemente de circunstância tão pesarosa quanto aquela, independentemente dos terríveis acontecimentos que se lhe seguiram, e no que porventura teria ele se transformado, se tais fatos não houvessem ocorrido. Nascida terna e nobre, a flor régia cresceu sob as influências diretas da majestade; a noção de direito e de dignidade principesca, o sentimento do bem e da decência desenvolveram-se nele concomitantemente à consciência da nobreza de sua estirpe. Era um príncipe, um príncipe nato, e não desejava outra coisa senão reinar, para que o homem bom pudesse ser bom, sem nenhum entrave. De aparência agradável, cortês por natureza e bondoso de coração, deveria ser o exemplo da juventude e tornar-se a alegria do mundo. Sem qualquer paixão dominante, seu amor por Ofélia era um plácido pressentimento de doces necessidades; seu zelo pelos exercícios cavalheirescos não era absolutamente original; esse desejo, ao contrário, era despertado e aguçado por elogios feitos a terceiros;[4] de sentimentos puros, conhecia os homens íntegros e sabia avaliar o repouso que desfruta uma alma sincera no peito aberto de um amigo. Havia aprendido, até certo ponto, a reconhecer e apreciar o bom e o belo nas artes e nas ciências; era-lhe repugnante a falta de gosto e, pudesse o ódio germinar em sua alma terna, só o seria na medida necessária para desprezar os falsos e manipuláveis cortesãos e jogar ironicamente com eles. Sereno em sua natureza, simples em sua conduta, nem acomodado na ociosidade, nem ávido demais por ocupações. Parecia buscar também na corte um certo vaguear acadêmico. Possuía mais a jovialidade do humor que a do coração; era um bom companheiro, condescendente, modesto, aplicado, capaz de perdoar e esquecer uma ofensa, mas jamais unir-se a alguém que transgredisse os limites do justo, do bom e do decente. Quando retomarmos juntos a leitura da peça, poderão julgar se estou no caminho certo. Espero ao menos poder sustentar completamente minha opinião com passagens do próprio texto.

Aplausos ruidosos aprovaram aquela descrição, e todos já acreditavam poder agora explicar muito bem o modo de agir de Hamlet, regozijando-se com aquela maneira de penetrar no espírito do escritor. Não houve quem não se propusesse a estudar qualquer peça seguindo esse método, para assim atingir as intenções do autor.

Capítulo 4

Alguns poucos dias houve de permanecer naquele localidade a companhia, e em pouco tempo sobrevieram a diversos de seus membros aventuras nada desagradáveis, especialmente a Laertes, que se viu atraído por uma dama, proprietária de uma quinta naquelas imediações, com a qual se mostrou frio e até mesmo grosseiro, tendo por isso de aguentar muitas chacotas de Philine. Esta aproveitou a ocasião para contar a nosso amigo a infeliz história de amor que havia tornado o pobre jovem hostil a toda e qualquer representante do sexo feminino.

[4] No ato IV, cena VII de *Hamlet*, o rei Cláudio relata os elogios feitos pelo normando Lamound, na presença de Hamlet, aos dons de esgrimista de Laertes — o que teria incitado Hamlet a desafiar este último.

— Quem o levará a mal — exclamou ela — por odiar um sexo que tão mal o tratou, que o fez ingerir numa só bebida, concentradíssima, todos os males que, em geral, os homens têm a temer das mulheres? Imagine só: no espaço de vinte e quatro horas foi amante, noivo, marido, corno, doente e viúvo![5] Não sei o que poderia acontecer de pior a alguém.

Entre sorriso e enfado, deixou Laertes os aposentos, e Philine pôde então relatar, à sua maneira mais encantadora, a história de como Laertes, à época um jovem de dezoito anos, havia acabado de ingressar numa companhia teatral, onde conheceu uma bela jovem de quatorze anos, que tencionava deixar a companhia junto com o pai, por haver este discutido com o diretor. Perdidamente apaixonado pela jovem, Laertes dedicou todo seu empenho em manter o pai da jovem na companhia, chegando finalmente a propor a ela casamento. Depois de algumas horas agradáveis de noivado, casaram-se, e teve ele uma venturosa noite de núpcias; mas na manhã seguinte, enquanto ele estava ensaiando, sua mulher o agraciou com um belo par de cornos, condizente com seu estado civil; tendo voltado mais cedo para casa, tomado por um excesso de ternura, desgraçadamente encontrou ocupando seu lugar um antigo amante, a quem expulsou dali debaixo de violentas e insanas pancadas, ameaçando da mesma forma o sogro e saindo de tal episódio com um ferimento não muito profundo. Pai e filha partiram naquela mesma noite, restando a ele, por desgraça, uma dupla ferida. Sua má sorte o levou a procurar os piores cirurgiões militares do mundo, e o desgraçado despediu-se de tal aventura com os dentes enegrecidos e os olhos remelosos. Acontecimento digno de se lastimar, pois ele era, aliás, o mais bravo jovem que havia nesta terra de Deus.

— O que me causa especialmente dó — disse ela — é que o pobre louco tenha passado a odiar as mulheres, pois como pode viver quem odeia as mulheres?

Melina interrompeu-a com a notícia de que já estava tudo pronto para a viagem e poderiam portanto partir na manhã seguinte. Entregou-lhes umas instruções referentes ao modo como deveriam viajar.

[5] O termo "viúvo" designa aqui não o homem cuja esposa morreu, mas sim aquele que foi abandonado pela mulher.

— Desde que eu possa sentar-me no colo de um bom amigo — disse Philine —, não me importarei com a falta de espaço e de conforto; na verdade, tanto se me dá.

— Isso não é relevante — disse Laertes, que acabara de chegar.

— Pois eu acho um incômodo! — disse Wilhelm, retirando-se apressadamente.

Graças a seu dinheiro, encontrou um coche mais confortável, que Melina havia rechaçado. Redistribuíram pois os lugares, e todos já se regozijavam com o fato de poder viajar comodamente, quando chegou a inquietante notícia de que, no caminho que pretendiam seguir, fora visto um corpo de voluntários, do qual não se podia esperar nada de bom.

Naquele povoado mesmo andavam todos muito atentos a essa informação, ainda que incerta e duvidosa. Parecia impossível, de acordo com a posição dos exércitos, que um corpo de voluntários inimigos tivesse conseguido infiltrar-se ali, ou que um corpo de voluntários amigos se encontrasse tão distante. Não houve uma só pessoa que não se esfalfasse em descrever à nossa companhia a gravidade dos perigos que por ela esperavam, aconselhando-a que tomasse um outro caminho.

A maior parte dos atores estava inquieta e temerosa com tudo aquilo, e como, em atenção ao novo regime republicano, convocaram-se todos os membros do Estado para deliberar sobre tal caso extraordinário, foi quase unânime a opinião de que se deveria evitar o mal e permanecer naquela localidade, ou, evitá-lo, escolhendo um outro caminho.

Só Wilhelm, não dominado pelo medo, considerou vergonhoso ter de renunciar, por conta de simples rumores, a um plano que haviam elaborado à custa de muitas reflexões. Infundiu-lhes ânimo, valendo-se de argumentos viris e convincentes.

— Por enquanto, trata-se apenas de rumores — disse ele —, e quantos iguais a esses não se espalham durante a guerra! As pessoas sensatas dizem que é extremamente improvável, quase impossível, que venha a ocorrer tal caso. Deveríamos então deixar-nos guiar num assunto tão importante por boatos tão imprecisos? O trajeto que nos indicou o senhor conde, escrito em nosso salvo-conduto, é o mais curto, e não haveremos de encontrar percurso melhor. Ele nos guiará até à cidade onde temos conhecimentos e amigos e onde podemos esperar uma boa acolhida. A ela também chegaremos seguindo esse desvio, mas por quantos caminhos complicados seremos obrigados a passar, e quanto nos afastaremos! Estejam certos de que não sairemos dele senão quando a estação estiver muito avançada, isto sem mencionar o tempo e dinheiro que desperdiçaremos então.

Disse ainda muitas outras coisas e expôs o assunto por ângulos tão favoráveis, que aos poucos foi-se arrefecendo o temor da companhia e crescendo sua coragem. Soube empregar em seu relato argumentos tão vantajosos acerca da disciplina dos exércitos regulares e descrever-lhes os saqueadores e a corja errante de forma tão indigna, chegando mesmo a traçar-lhes um quadro tão ameno e divertido do perigo, que todos os ânimos se acalmaram.

Desde o primeiro instante, Laertes havia-se colocado a seu lado, assegurando que não titubearia nem retrocederia. O velho ranzinza encontrou, a seu modo, ao menos algumas expressões de assentimento; Philine ria-se de tudo aquilo, e como madame Melina, que, a despeito de seu adiantado estado de gravidez, não havia perdido sua intrepidez natural, considerasse heroica a proposta, Melina que, a bem dizer, esperava economizar muito dinheiro tomando o caminho mais curto, com o qual havia concordado, não pôde mais resistir, e a proposta foi entusiasticamente aceita por todos.

Mesmo assim, resolveram organizar-se em caso de defesa. Compraram grandes facas de caça e traziam-nas presas aos ombros por correias ricamente bordadas. Wilhelm, por sua vez, pôs no cinto um par de pistolas; Laertes trazia consigo um bom fuzil, e todos se puseram muito animados a caminho.

No segundo dia de viagem, os cocheiros, peritos naquela região, propuseram fazer a sesta num sítio arborizado daquelas montanhas, pois a aldeia ainda estava muito longe e, em dias aprazíveis como aquele, todos preferiam tomar esse caminho.

Fazia um belo tempo, e sem delongas a companhia concordou com a proposta. Wilhelm seguiu à frente, a pé, cruzando a montanha, e todos com quem topava se surpreendiam com seu aspecto. Avançava com passos lépidos e ligeiros montanha acima, através do bosque, seguido de Laertes, que vinha assobiando; os coches agora só transportavam as mulheres. Mignon corria também ao lado dos dois homens, orgulhosa de sua faca de caça, que não lhe puderam recusar quando toda a companhia se armou. Ela havia atado em torno do chapéu o cordão de pérolas, uma das relíquias de Mariane, que Wilhelm havia conservado. Friedrich, o rapazote louro, carregava o fuzil de Laertes, e o harpista tinha um ar mais sereno. Ele havia prendido sua longa túnica na cintura, o que lhe permitia caminhar com maior mobilidade. Apoiava-se num bastão nodoso e havia deixado seu instrumento nos coches.

Escalado o topo da montanha, não sem alguma dificuldade, não tiveram dificuldade em reconhecer o lugar indicado, graças às belas faias que o cercavam e produziam sombras. Uma grande clareira, suavemente inclinada, convidava-os ao repouso; uma fonte coberta pela vegetação oferecia-lhes o mais agradável refrigério, e do lado oposto, através de desfiladeiros e serros arborizados, descortinava-se um distante, belo e promissor panorama. Podia-se avistar dali as aldeias, com os moinhos ao fundo; os povoados espalhados ao longo da planície e outras montanhas, cujos recortes se viam a distância, tornavam ainda mais promissor aquele panorama, com ele formando um suave limite.

Os primeiros a chegar tomaram posse do terreno, deitaram-se à sombra, acenderam um fogo e, entre cantigas e afazeres, ficaram à espera dos demais membros da companhia, que pouco a pouco vinham chegando, saudando a uma só voz o lugar, o bom tempo e a região indescritivelmente bela.

Capítulo 5

Se entre quatro paredes era comum que desfrutassem juntos de boas e alegres horas, nada mais natural que adquirissem muito maior ânimo ali onde a liberdade do céu e a beleza da região pareciam purificar os espíritos. Sentiam-se todos muito mais próximos uns dos outros, e não havia quem não desejasse passar sua vida numa região tão agradável como aquela. Invejavam os caçadores, os carvoeiros e os lenhadores, pessoas cujas profissões obrigavam-nas a viver em lugares tão venturosos; mas, acima de tudo, louvavam o encantador modo de vida de um bando de ciganos. Invejavam esses estranhos companheiros que, numa bem-aventurada ociosidade, tinham o direito de desfrutar todos os fantásticos atrativos da natureza; sentiam-se felizes por guardarem certa semelhança com eles.

As mulheres, nesse meio-tempo, tendo colocado para cozinhar batatas, desempacotavam e preparavam os alimentos que haviam trazido. Algumas panelas já estavam ao fogo, e a companhia descansava, distribuída em grupos, sob árvores e arbustos. Suas insólitas vestimentas e a quantidade de armas que portavam davam-lhes um estranho aspecto. Os cavalos foram alimentados à parte, e, se tivessem ocultado os coches, seríamos iludidos pela visão romântica daquela pequena horda.

Wilhelm gozava um prazer como jamais sentira antes. Imaginava ter ali uma colônia de peregrinos, da qual era o chefe. Agindo assim, conversava com todos, cultivando a não mais poder a ilusão poética do momento. Enalteciam-se os sentimentos da companhia; comiam, bebiam e exultavam, e todos não se cansavam de admitir jamais haver vivido momentos mais belos.

Nem bem haviam desfrutado por muito tempo daquele prazer, quando entre os jovens despertou o interesse por alguma atividade. Wilhelm e Laertes sacaram de seus floretes e começaram a praticar seus exercícios, desta vez com intenção teatral. Queriam representar o duelo em que Hamlet e seu adversário encontraram tão trágico fim. Os dois amigos estavam convencidos de que, numa cena capital como aquela, não se deveria golpear ao acaso, canhestramente, como era comum no teatro; contavam em apresentar um modelo do digno espetáculo que, durante a representação, propunham-se a oferecer também aos conhecedores da arte da esgrima. Formou-se um círculo ao redor dos dois combatentes, que se batiam com zelo e prudência, crescendo a cada passo o interesse dos espectadores.

De repente, ouviram o disparo de um tiro junto a uns arbustos próximos dali, seguido de mais um, o que fez a companhia se dispersar, apavorada. Não tardaram a avistar alguns homens armados, correndo em direção ao local onde os cavalos pastavam, não longe dos coches carregados de bagagem.

As mulheres deixaram escapar um grito, e nossos heróis, deitando fora seus floretes, apanharam as pistolas, correndo ao encontro dos bandidos e, sob enérgicas ameaças, exigindo contas de tamanha intervenção.

Como lhes respondessem laconicamente com um par de tiros de mosquete, Wilhelm disparou sua pistola contra um homem de cabelos encaracolados que, havendo subido no coche, tentava cortar as cordas da bagagem. Atingido, tombou por terra; Laertes, por sua vez, tampouco havia errado seu tiro, e os dois amigos já tratavam de sacar corajosamente as armas que traziam de lado, quando parte dos bandidos arremeteu contra eles, aos gritos e maldições, disparando vários tiros e opondo à sua audácia seus reluzentes sabres. Nossos jovens heróis mostraram bravura, chamaram seus outros companheiros, encorajando-os a uma defesa geral. Mas logo Wilhelm perdeu a visão da luz e a consciência do que se passava. Atordoado por um tiro que o ferira entre o peito e o braço esquerdo, e por uma pancada que lhe partiu o chapéu e quase lhe atravessou o crânio, tombou por terra, e só mais tarde, através de relatos, tomou conhecimento de como havia terminado o desventurado ataque.

Ao reabrir os olhos, encontrou-se na mais estranha situação. A primeira coisa que viu, através da névoa que ainda nublava seus olhos, foi o rosto de Philine, inclinado sobre o seu. Sentia-se fraco e, ao fazer um movimento na tentativa de se levantar, descobriu-se no regaço de Philine, onde se deixou novamente cair. Sentada na grama, ela estreitava delicadamente a seu encontro a cabeça do jovem ali deitado, preparando-lhe entre seus braços, tanto quanto possível, um leito macio. A seus pés, com os cabelos soltos e cobertos de sangue, estava ajoelhada Mignon, que o abraçava em meio a muitas lágrimas.

Ao ver as próprias roupas ensanguentadas, Wilhelm perguntou, com um fio de voz, onde estava e o que havia acontecido a ele e aos demais. Philine pediu-lhe que ficasse tranquilo; os outros, disse ela, estavam em segurança e ninguém saíra ferido, exceto ele e Laertes. Não quis contar-lhe nada mais e insistiu que se acalmasse, porque na pressa seus ferimentos haviam sido mal pensados. Ele estendeu a mão à Mignon e quis saber o motivo de todo aquele sangue nos cabelos da criança, que ele acreditava também estar ferida.

Para tranquilizá-lo, Philine contou que aquela pobre e bondosa criatura, vendo o amigo ferido, não pôde pensar em nada para estancar o sangue e, na pressa, serviu-se dos próprios cabelos, que esvoaçavam ao redor de sua cabeça, para vedar os ferimentos, embora não tardasse a desistir de sua inútil empresa. Vedaram-lhe então as feridas com fungos e musgo, utilizando-se do lenço de pescoço que Philine havia oportunamente trazido.

Wilhelm reparou que Philine estava recostada em sua mala, que parecia bem fechada e intacta. Perguntou se também os outros haviam tido a sorte de salvar seus pertences. Ela respondeu com um encolher de ombros e voltou o olhar para a pradaria, onde se viam espalhados por todos os cantos caixas quebradas, malas destroçadas, alforjes retalhados e um grande quantidade de pequenos objetos. Não havia viva alma no lugar, e nosso estranho grupo se encontrava sozinho naquele descampado.

Wilhelm descobriu então mais do que pretendia saber: os outros homens que, em todo caso, poderiam opor alguma resistência, logo foram tomados pelo pânico e deixaram-se dominar; uma parte deles fugiu e outra parte testemunhou em pânico todo o desastre. Os cocheiros, que se haviam comportado de maneira mais renitente por causa de seus cavalos, foram abatidos e amarrados, e num curto espaço de tempo haviam saqueado e fugiram com tudo. Assim que passou o temor por suas vidas, os aflitos viajantes começaram a se lamentar por suas perdas e, com toda pressa possível, correram para a aldeia vizinha, carregando com eles Laertes, levemente ferido, e os bem poucos despojos de seus pertences. O harpista havia apoiado seu instrumento avariado contra uma árvore e correu com os demais para a aldeia, em busca de um cirurgião e de socorro necessário para seu benfeitor, que fora deixado para trás, dado como morto.

Capítulo 6

Nossos três infelizes aventureiros permaneceram ainda um bom tempo naquela estranha situação, sem que ninguém viesse acudi-los. A tarde caía e a noite ameaçava irromper; a tranquilidade de Philine começava a se transformar em inquietude, Mignon corria de um lado para o outro e sua impaciência aumentava a cada momento. Finalmente, em resposta a seus desejos, um novo susto lhe acometeu ao perceber que se aproximavam algumas pessoas. Ouviram distintamente vir pelo caminho que eles próprios haviam vencido uma tropa a cavalo, e temeram que um bando de intrusos pudesse visitar pela segunda vez aquela clareira, para respigar o que restou.

Que grata surpresa, contudo, ao ver surgir dentre os arbustos uma jovem montada num cavalo branco, acompanhada de um senhor de certa idade e de alguns cavaleiros; seguiam-na estribeiros, criados e uma tropa de hussardos.

Philine, que à tal aparição arregalou os olhos, já estava a ponto de gritar e suplicar ajuda à bela amazona,[6] quando esta, surpreendida, voltou os olhos para o estranho grupo e, conduzindo seu cavalo, para lá se dirigiu. Diligente, informou-se do ferido cuja situação, no colo da frívola samaritana, parecia a ela extremamente singular.

— Seu marido? — perguntou à Philine.

— Não, apenas um bom amigo — respondeu ela, num tom que soou bastante desagradável a Wilhelm.

Ele tinha os olhos fixos nos traços suaves, nobres, calmos e compassivos da recém-chegada e acreditava jamais ter visto algo mais nobre e mais amável. Um largo capote masculino encobria sua figura; estava claro que ela o havia pedido emprestado a um de seus companheiros de viagem para se proteger do frio ar da tarde.

Nesse meio-tempo haviam-se aproximado os demais cavaleiros; alguns deles apearam, e a dama fez o mesmo, indagando com afável interesse por todas as circunstâncias do acidente que haviam sofrido os viajantes, mas principalmente pelas feridas do jovem ali prostrado. Sem perda de tempo, deu meia-volta e, acompanhada por um senhor idoso, dirigiu-se rumo aos coches, que, depois de subir lentamente a montanha, finalmente haviam parado na clareira.

A jovem dama deteve-se por um breve instante diante da portinhola de um dos coches e trocou algumas palavras com as pessoas em seu interior; de um dos veículos desceu um sujeito atarracado, que a seguiu até nosso herói ferido. Pela maleta que trazia na mão e pela bolsa de couro com instrumentos podia-se reconhecer prontamente tratar-se de um cirurgião. Seus modos eram mais rudes que amáveis, mas sua mão era ligeira, e bem-vinda sua ajuda.

Procedeu então a um exame minucioso e constatou não haver nenhum ferimento mortal; dispôs-se a vendar ali mesmo as feridas, a fim de que pudessem trasladar o paciente para a aldeia mais próxima.

As preocupações da jovem dama pareciam cada vez maiores.

— Veja só — disse ela, depois de algumas idas e vindas e de voltar acompanhada do velho senhor —, veja só o estado em que o deixaram! Não seria por nossa culpa tamanho sofrimento?

[6] A referência à amazona se estenderá até o início do Livro VIII, quando se torna clara a sua identidade.

Wilhelm ouviu sem compreender aquelas palavras. A jovem andava de um lado para o outro, inquieta, como se não pudesse separar-se um só instante do ferido, temendo ao mesmo tempo violar as regras do decoro permanecendo ali, agora que começavam a despi-lo, não sem um certo esforço. O cirurgião estava justamente cortando a manga esquerda, quando o senhor idoso se aproximou e, num tom sério, fez ver à jovem a necessidade de prosseguir viagem. Wilhelm voltara os olhos para ela e tão preso estava por seu olhar que mal se dava conta do que lhe acontecia.

Philine, entretanto, havia-se levantado para beijar a mão da gentil dama. Ao tê-las frente a frente, nosso amigo acreditou jamais haver visto um contraste semelhante. Até aquele momento, Philine nunca lhe havia aparecido sob uma luz tão desfavorável. Parecia-lhe inadmissível que ela se aproximasse de uma criatura tão nobre como aquela, e mais ainda, que a tocasse.

A dama fazia diversas perguntas à Philine, mas à meia-voz. Finalmente, voltando-se para o senhor idoso, que a tudo assistia com um ar cada vez menos afável, disse:

— Querido tio, permita-me ser generosa às suas custas?

Dizendo isso, despiu o capote, deixando bem clara sua intenção de entregá-lo ao desnudo e ferido rapaz.

Wilhelm, que até ali estivera preso à lenitiva visão de seus olhos, ficou surpreso com a bela silhueta da jovem ao retirar o capote. Ela se aproximou e pousou-o delicadamente sobre ele. No instante em que tentava abrir a boca e balbuciar algumas palavras de agradecimento, foi tão viva a impressão de sua presença em seus sentidos já alterados, que de súbito lhe pareceu ter ela a cabeça aureolada por raios de luz e que uma luz brilhante se espalhava pouco a pouco por toda sua figura. Naquele preciso momento, o cirurgião tocou-lhe bruscamente, preparando-se para extrair a bala alojada na ferida. A santa desapareceu aos olhos do prostrado; ele perdeu os sentidos e, ao voltar a si, haviam desaparecido os cavalheiros e os coches, juntamente com a bela e seus acompanhantes.

Capítulo 7

Depois de haver enfaixado e vestido nosso amigo, deu-se pressa em partir o cirurgião justamente no instante em que o harpista retornava com alguns aldeões. Sem perda de tempo, cortaram e entrelaçaram alguns ramos e galhos e com eles fizeram uma padiola, carregando cuidadosamente nela o ferido montanha abaixo, guiados por um caçador a cavalo, que os nobres haviam deixado. Calado e absorto, o harpista carregava seu instrumento avariado; alguns homens transportavam a bagagem de Philine, que os seguia a passos lentos, trazendo sobre os ombros uma trouxa; Mignon saltava de um lado para o outro, por entre os arbustos e o bosque, fitando com ansiedade seu enfermo protetor.

Este jazia tranquilo na padiola, coberto por aquele quente capote. Um calor elétrico parecia emanar da fina lã, tomando conta de seu corpo; enfim, sentia-se arrebatado, tomado pela mais agradável sensação. A bela dona do traje o havia impressionado poderosamente. Ele ainda via cair de seus ombros o capote e surgir à sua frente, envolta por raios de luz, a mais nobre silhueta, e sua alma corria atrás da desaparecida por entre rochedos e bosques.

Já caía a noite, quando o cortejo chegou à porta da estalagem da aldeia, onde se encontravam os demais membros da companhia, que lamentavam desesperados a perda irreparável. O único pequeno aposento da casa já estava apinhado de gente; algumas pessoas haviam-se deitado sobre a palha, outras se apropriaram dos bancos, enquanto outras ainda se acomodaram atrás do fogão, e a senhora Melina aguardava temerosamente o momento do parto, num cômodo ao lado. Com o susto, este se daria prematuramente e, assistida pela estalajadeira, mulher jovem e inexperiente, pouca coisa boa podia-se esperar.

Ao reclamar os recém-chegados alojamento, ouviu-se um resmungar geral. Afirmavam que só por conselho de Wilhelm, sob sua única direção, haviam tomado aquele caminho perigoso e se sujeitado àquela adversidade. Lançaram sobre ele a responsabilidade pelo sinistro desfecho e, ali da porta, opunham-se à sua entrada, sustentando que ele deveria procurar abrigo em outra parte. Trataram Philine ainda com mais desprezo, e também o harpista e Mignon tiveram de suportar sua parte.

Impaciente, o caçador, a quem sua bela senhora havia encarecidamente recomendado cuidar dos desvalidos, não quis ouvir por mais tempo aquela discussão e, com esconjuros e ameaças, arremeteu contra a companhia, ordenando que se afastassem e abrissem espaço aos recém-chegados. Todos procuraram manter a calma. Ele providenciou a Wilhelm um lugar sobre a mesa, empurrando-a para um dos cantos do aposento; Philine mandou colocar sua bagagem ali ao lado e sentou-se sobre ela. Todos se apertavam como podiam, e o caçador se retirou, a ver se encontrava um alojamento mais confortável para o casal.

Mal havia saído, quando voltou a se ouvir a indignação geral, seguida de censuras contínuas. Todos contavam, e exageravam, suas perdas, reprovavam aquela audácia que tanto prejuízo lhes havia causado, e nem mesmo dissimulavam a pérfida alegria que lhes inspiravam as feridas de nosso amigo; escarneciam de Philine e quiseram transformar num crime o modo como ela havia salvado sua bagagem. Através de toda sorte de alusões e indiretas podia-se concluir que, durante o saque e o desbaratamento, ela havia-se ocupado em cair nas boas graças do chefe do bando e, quem sabe por que artifícios e favores, conseguido liberar sua bagagem. Sustentavam haver ela se ausentado por um longo tempo. A tudo aquilo, ela nada respondia, limitando-se a tamborilar com os dedos nas grandes fechaduras de sua bagagem, para convencer verdadeiramente os invejosos de sua presença e aumentar o desespero do grupo com sua própria felicidade.

Capítulo 8

Embora debilitado pela grave hemorragia, mas apaziguado e sereno depois da aparição daquele anjo prestativo, Wilhelm não pôde conter seu desgosto com as palavras duras e injustas que, em face de seu silêncio, a companhia descontente não cessava de renovar. Até que, por fim, sentiu-se forte o bastante para se levantar e fazê-los ver a inconveniência com que molestavam o amigo e guia. Ergueu sua cabeça enfaixada e, apoiando-se e recostando-se com alguma dificuldade contra a parede, a eles se dirigiu nos seguintes termos:

— Perdoo-os em nome da dor que sentem por tudo que perderam, perdoo-os por me dirigirem ofensas num momento em que deveriam lamentar-se por mim, perdoo-os por se oporem a mim e me repudiarem na primeira vez em que poderia esperar sua ajuda. Pelos serviços que lhes prestei, pelos favores que lhes demonstrei, sentia-me até aqui suficientemente recompensado por sua gratidão, por seu trato afável; não me tentem, pois, nem obriguem meu espírito a voltar atrás e rememorar tudo que lhes fiz de bom, pois para mim seria uma avaliação dolorosa. O acaso nos uniu, as circunstâncias e uma secreta inclinação mantiveram-me a seu lado. Tomei parte em seus trabalhos, em seus prazeres; pus à disposição de todos meus parcos conhecimentos. Ao me atribuírem agora, com amargor, a responsabilidade pela desgraça que se nos abateu, esquecem-se de que a primeira indicação de seguir tal caminho partiu de pessoas estranhas; esquecem-se de que todos examinaram a proposta e todos, tanto quanto eu, a aprovaram. Tivesse nossa viagem se realizado sem qualquer incidente, não haveria quem não se felicitasse pela boa ideia de haver preferido o caminho que nos aconselharam; recordariam com prazer nossas deliberações e o exercício de seu direito ao voto; jogam agora, no entanto, sobre mim toda a responsabilidade, impingem-me uma culpa que de bom grado aceitaria, se minha consciência não me dissesse com a maior pureza que sou inocente e, mais ainda, se não pudesse invocar o testemunho de todos aqui presentes. Se têm algo a dizer contra mim, apresentem-no formalmente, e eu saberei defender-me; mas se não há nenhuma acusação fundamentada a invocar, então que se calem e não me atormentem, agora que tão necessitado estou de repouso.

Ao invés de uma resposta, recomeçaram as jovens a chorar e a fazer o relato minuciosos de seus prejuízos; Melina estava totalmente fora de si, pois era o que mais havia perdido, mais, sem dúvida, do que poderíamos pensar. Como louco furioso, ele tropeçava aqui e ali, no estreito espaço, dando cabeçadas contra a parede, imprecando e proferindo os mais indecorosos insultos; e, como naquele instante saísse a estalajadeira do quarto com a notícia de que sua mulher havia dado à luz uma criança morta, ele se permitiu as mais violentas explosões, com toda a companhia unindo-se a ele, a uma só voz, numa balbúrdia de lamúrias, gritos, gemidos e agitação.

Tomado da mais profunda compaixão pelo estado em que se encontravam e, ao mesmo tempo, do dissabor pela mesquinhez de seus sentimentos, Wilhelm sentiu reviver toda a força de sua alma, a despeito da debilidade de seu corpo.

— Quase me vejo obrigado a desprezá-los — exclamou ele —, por mais dignos de piedade que sejam. Nenhuma desgraça nos autoriza a cobrir de censuras um inocente; se tive minha parte nesse mau passo, também paguei meu quinhão. Encontro-me agora acamado e ferido, e se perdas teve a companhia, perda maior sofri eu. Tudo quanto pilharam do guarda-roupa, tudo quanto arruinaram dos cenários, tudo me pertencia, uma vez que o senhor, senhor Melina, ainda não me havia pagado, obrigação esta de que agora o eximo totalmente.

— É fácil presentear alguém — exclamou Melina — com algo que não se voltará a ver. Seu dinheiro estava na bagagem de minha mulher, e a culpa é sua se o perdemos. Mas... oh, se fosse só isso!

E começou de novo a patear, xingar e gritar. Todos se recordavam dos belos figurinos do guarda-roupa do conde, dos broches e relógios, das tabaqueiras e chapéus, que Melina havia negociado em tão boas condições com o camareiro. Mas voltavam também à memória de cada um seus próprios tesouros perdidos, ainda que bem mais modestos; fitavam com ressentimento a bagagem de Philine, dando assim a entender a Wilhelm que não havia verdadeiramente feito mal em associar-se àquela bela, cuja sorte propiciara salvar seus pertences.

— Mas, creem mesmo — exclamou ele, por fim — que poderei ser dono de algo, enquanto a todos falta o necessário? Acaso esta seria a primeira vez que haveria de compartilhar honradamente das dificuldades com todos aqui? Peguem a mala que, em nome da necessidade de todos, abrirei mão de tudo que é meu.

— Esta mala é minha — disse Philine —, e só hei de abri-la quando me aprouver. Esses poucos remígios que lhe guardei, não valem grande coisa, ainda que os venda ao mais honrado judeu. Pense no quanto vai custar sua cura e no que lhe pode acontecer numa terra estranha.

— Não pode conservar em seu poder aquilo que me pertence, Philine — replicou Wilhelm —, e mesmo esse pouco poderá livrar-nos dos embaraços iniciais. Só o homem possui muitas coisas com as quais pode socorrer seus amigos, e estas necessariamente não precisam ser moedas soantes. Tudo o que tenho há de ser empregado para o bem desses infelizes que, uma vez recuperado o juízo, certamente irão arrepender-se de seu atual comportamento. Sim — prosseguiu ele —, sei que estão em dificuldades e farei tudo o que estiver a meu alcance; concedam-me de novo sua confiança, tranquilizem-se por um momento e aceitem o que lhes prometo! Quem, em nome de todos, irá receber de mim tal promessa?

E dizendo isso, estendeu a mão, exclamando:

— Prometo não deixá-los nem abandoná-los até ver um por um compensado com o dobro ou o triplo do que perdeu; até que a situação em que agora se encontram, qualquer que seja o culpado, venha a ser completamente esquecida e substituída por outra mais feliz.

Continuava com a mão estendida, e ninguém quis tocá-la.

— Uma vez mais o prometo! — exclamou, e tombou sobre o travesseiro.

Todos permaneceram em silêncio; sentiam vergonha, mas não alívio, enquanto Philine, sentada sobre sua mala, quebrava umas nozes que havia encontrado em seu bolso.

Capítulo 9

O caçador voltou com algumas pessoas e tomou todas as providências para transportar o ferido. Havia convencido o presbítero daquela localidade a acolher o casal; carregaram a bagagem de Philine, que a acompanhou com espontâneo decoro. Mignon corria à frente, e, ao chegar o enfermo ao presbitério, já lhe aguardava uma ampla cama de casal, que há tempo servia de leito de honra e cama para os hóspedes. Foi só então que perceberam que o ferimento havia reaberto, sangrando copiosamente. Trataram de providenciar uma nova bandagem. O enfermo foi acometido de febre; solícita, Philine o assistia, e quando o cansaço se abateu sobre ela, rendeu-a o harpista; Mignon, por sua vez, com o firme propósito de passar a noite velando, havia adormecido num canto do quarto.

Na manhã seguinte, depois de um breve repouso, Wilhelm ficou sabendo pelo caçador que os nobres senhores, aqueles que no dia anterior acudiram em sua ajuda, haviam abandonado há pouco suas propriedades, para fugir às manobras de guerra e fixar-se numa região mais tranquila, até que se restabelecesse a paz. Disse-lhe os nomes do senhor idoso e de sua sobrinha, deu-lhe indicação do local para onde pensavam em se dirigir primeiramente e explicou-lhe o quanto a senhorita lhe havia recomendado cuidar dos desassistidos.

A entrada do cirurgião interrompeu os calorosos agradecimentos em que se desfazia Wilhelm ao caçador; o médico fez um relato minucioso acerca dos ferimentos, assegurando que se cicatrizariam com facilidade, desde que o paciente permanecesse tranquilo e tivesse um pouco de paciência.

Assim que o caçador seguiu viagem, Philine veio contar a Wilhelm que aquele deixara uma bolsa com vinte luíses de ouro, além de haver gratificado o eclesiástico pela hospedagem e pagado as despesas com o cirurgião. Disse mais: que todos ali a tomavam por mulher de Wilhelm, já que se introduzira nessa qualidade de uma vez por todas ao lado dele, e não iria admitir pois que viesse cuidar dele uma pessoa estranha.

— Philine — disse Wilhelm —, já lhe sou muito grato por sua ajuda no contratempo que se nos abateu e não quero aumentar ainda mais minha dívida junto à senhora. Inquieta-me vê-la tanto tempo a meu lado, pois não sei como recompensá-la por seus desvelos. Devolva-me minhas coisas, que ficaram a salvo em sua bagagem, junte-se ao resto da companhia, procure um outro alojamento, aceite minha gratidão e o relógio de ouro como uma pequena prova de meu reconhecimento e deixe-me, que sua presença me inquieta mais do que imagina.

Ela se riu dele ao ouvir tais palavras.

— És um tolo — disse ela —, e nunca serás sagaz. Sei melhor que tu o que te convém; ficarei e não arredarei pé daqui. Jamais contei com a gratidão dos homens, tampouco com a tua, pois. E se te quero bem, o que podes fazer?

Continuou, pois, a seu lado e logo granjeou as simpatias do presbítero e de sua família, uma vez que vivia de bom humor, sabendo ofertar a todos alguma coisa e a falar o que esperavam ouvir, sem deixar de fazer o que bem entendesse. Wilhelm não se sentia mal; o cirurgião, ignorante mas não inábil, deixou a natureza agir, e assim o paciente punha-se a caminho de sua cura. Desejava ardentemente ver-se restabelecido, para poder seguir à risca seus projetos e desígnios.

Evocava constantemente aquele episódio que havia produzido em seu espírito uma impressão indelével. Via surgir a cavalo dentre os arbustos a bela amazona, aproximar-se dele, apear, caminhar de um lado para o outro e afanar-se por sua culpa. Via cair dos ombros o capote que a cobria e desaparecer, num brilho cintilante, seu rosto e sua silhueta. Todos os seus sonhos juvenis se ligavam àquela imagem. Acreditava haver visto com os próprios olhos a nobre e heroica Clorinda;[7] imaginava ser ele o filho enfermo do rei,[8] de cujo leito se aproxima com uma reserva silenciosa a bela e compassiva princesa.

— Será possível — costumava dizer a si mesmo em silêncio — que, tal como nos sonhos, também em nossa infância pairem a nossa volta as imagens de nossa futura sorte, pressentidas e visíveis a nossos ingênuos olhos? Já não estariam disseminados pela mão do destino os germes do que há de nos suceder? Acaso não nos seria possível saborear antecipadamente os frutos que esperamos colher um dia?

Seu leito de enfermo propiciava-lhe todo o tempo necessário para repetir mil vezes aquela cena. Mil vezes evocava o som daquela doce voz, e como invejava Philine, que havia beijado aquela mão prestimosa. A história lhe surgia amiúde como um sonho, e a teria mesmo tomado por uma narrativa extraordinária, se o capote não tivesse ficado ali, a confirmar-lhe a autenticidade da aparição.

Ao maior desvelo por aquele traje unia-se o mais vivo desejo de usá-lo. Tão logo deixou o leito, vestiu-o e passou todo o dia temeroso de que pudesse manchá-lo ou estragá-lo de algum modo.

Capítulo 10

Laertes foi visitar seu amigo. Ele não havia estado presente àquela significativa cena na estalagem, pois se alojara num quarto no andar superior. Já estava conformado com sua perda e recorria à sua frase habitual: "Que fazer?". Ele contou vários lances ridículos da companhia, e em particular da senhora Melina, que chorava a perda de sua filha somente por não poder desfrutar o prazer de batizá-la com o nome de Mechthilde, segundo o costume da Alemanha antiga. Quanto a seu marido, este se pôs

[7] Personagem de *Jerusalém libertada*, de Tasso (ver nota 7, p. 43), aqui relacionada ao motivo da amazona.

[8] Referência à história de Antióquio, narrada por Plutarco em *Demetrios* (ver nota 15, p. 81), aqui relacionada ao próprio Wilhelm: o doente que anseia pela chegada da amada salvadora, a quem no entanto não ousa confessar seu amor.

a proclamar que trazia consigo muito dinheiro, não necessitando sequer do empréstimo que obtivera de Wilhelm naquela época. Melina pensava em partir com a próxima diligência postal e viera pedir a Wilhelm uma carta de apresentação para seu amigo, o diretor Serlo, em cuja companhia teatral, já que sua própria empresa havia fracassado, esperava encontrar uma colocação.

Durante vários dias, Mignon havia estado muito calada, e, ao insistirem com ela, acabou confessando haver deslocado o braço direito.

— Agradeça à tua ousadia — disse Philine.

E contou como a menina, durante o combate, havia sacado sua faca de caça e, vendo o amigo em perigo, arremetera corajosamente contra os salteadores. Até que estes a agarraram pelo braço e jogaram-na de lado. Repreenderam-na por não haver revelado antes o mal, mas logo se deram conta de que ela se intimidara diante do cirurgião, que a havia tomado por um menino. Procuraram agora remediar o dano, imobilizando-lhe o braço. Contudo, uma vez mais ela se magoou, por ter de deixar em grande parte a Philine os cuidados e a guarda de seu amigo, no que a amável pecadora se mostrou tanto mais ativa quanto atenciosa.

Ao despertar certa manhã, Wilhelm se viu numa insólita proximidade com ela. Na agitação do sono, ele havia tombado para a parte inferior de sua larga cama; Philine estava atravessada na parte superior, como se tivesse adormecido enquanto lia, sentada sobre a cama. Um livro tombara-lhe da mão, e ela havia caído para trás, com a cabeça perto do peito de Wilhelm, sobre o qual se espalhavam em ondas seus louros e soltos cabelos. A desordem do sono realçava seus encantos mais que a arte e a premeditação; pairava em seu rosto uma pueril e risonha tranquilidade. Contemplou-a por um instante, parecendo reprovar-se a si mesmo o prazer com que a contemplava, e não sabemos se abençoava ou condenava aquela seu estado que lhe impunha como um dever calma e moderação. E ali estava ele, fitando-a atentamente já há algum tempo, quando ela começou a se mexer. Ele fechou cuidadosamente os olhos, mas não pôde evitar um olhar de soslaio, assim que ela tratou de pôr em ordem suas roupas e saiu para perguntar pelo desjejum.

Pouco a pouco foram-se apresentando ante Wilhelm todos os atores, reclamando-lhe cartas de apresentação e dinheiro para a viagem, com pedidos mais ou menos grosseiros e descomedidos, que ele sempre atendia, contra a vontade de Philine. Ela buscava em vão mostrar a seu amigo que o caçador lhes havia deixado, aos membros da companhia também, uma soma considerável, e que portanto não estavam senão a zombar dele. Seu aviso resultou, porém, numa violenta discussão, com Wilhelm assegurando de uma vez por todas que ela devia juntar-se também ao resto da trupe e tentar a sorte junto a Serlo.

Por alguns instantes apenas ela pôs de lado sua indiferença, mas logo se refez e disse:

— Se tivesse de novo comigo meu jovem louro, pouco me importaria com os demais.

Referia-se a Friedrich, que havia desaparecido na clareira e a quem ninguém voltara a ver.

Na manhã seguinte, Mignon levou-lhe à cama a notícia de que Philine havia partido durante a noite, deixando no quarto ao lado, na mais perfeita ordem, tudo o que pertencia a Wilhelm. Ele sentiu sua ausência; perdera nela uma fiel enfermeira, uma alegre companhia, e, de mais a mais, havia-se acostumado a não estar sozinho. Mignon, porém, veio preencher mais uma vez aquele vazio.

Desde que a bela frívola havia cercado de cuidados atenciosos o ferido, a pequena fora aos poucos se afastando e mantinha-se a uma discreta distância; mas agora, encontrando novamente o campo livre, reaparecia cheia de solicitude e amor, ansiosa por servi-lo e disposta a entretê-lo.

Capítulo 11

Wilhelm aproximava-se a passos largos da recuperação plena e já contava em poder seguir viagem dentro de poucos dias. Não queria continuar vivendo sem planos, ao acaso, mas sim traçar seu caminho rumo ao futuro com passos bem marcados. Iria de início procurar seus nobres benfeitores, para manifestar-lhes sua gratidão; em seguida, haveria de se despachar para junto de seu amigo o diretor, a fim de lhe recomendar da melhor maneira a infortunada companhia, ao mesmo tempo em que aproveitaria para visitar alguns comerciantes, pois tinha seus endereços, e livrar-se assim dos negócios pendentes. Tinha esperança de que a sorte iria agora favorecê-lo no futuro tanto quanto no passado, proporcionando-

-lhe ocasião de recuperar as perdas e encher mais uma vez o vazio de sua bolsa mediante uma afortunada especulação.

O desejo de rever sua salvadora ganhava a cada dia maiores proporções. A fim de determinar seu itinerário, consultou o eclesiástico, que, além dos profundos conhecimentos de geografia e estatística, possuía uma bela coleção de livros e mapas. Procuraram neles o lugar que a nobre família havia escolhido para fixar residência durante a guerra e buscaram também informações a respeito dela, mas não conseguiram descobrir aquele lugar em nenhum livro de geografia nem em qualquer um dos mapas, e os manuais genealógicos nada diziam acerca de tal família.

A ausência de indicações inquietava Wilhelm e, tão logo expressou sua aflição, o harpista lhe revelou ter suas razões para crer que o caçador, qualquer que fosse o motivo, havia omitido o verdadeiro nome.

Wilhelm, que acreditava estar próximo da formosa dama, esperava obter notícias dela enviando à sua procura o harpista, mas aqui também viu desfazer-se sua esperança. Por mais informações que buscasse o ancião, não conseguiu descobrir uma pista sequer. Durante aqueles dias haviam ocorrido diversos e intensos deslocamentos de exércitos e marchas imprevistas na região, de sorte que ninguém havia prestado atenção especial a nenhum grupo de viajantes, ainda que o emissário enviado, para não passar por um espião judeu,[9] tivesse de voltar e apresentar-se diante de seu senhor e amigo sem a folha de oliveira.[10] Prestou contas minuciosas do modo como havia procurado cumprir sua missão e esforçou-se para afastar de si qualquer suspeita de negligência. Buscou por todos os meios atenuar a desolação de Wilhelm, refletiu em tudo quanto lhe havia dito o caçador e formulou algumas conjeturas, que acabaram por trazer uma circunstância que permitiu a Wilhelm interpretar algumas das palavras enigmáticas da bela desaparecida.

Deve-se dizer que aquele bando de salteadores não havia estado à espreita da trupe ambulante, mas sim dos nobres senhores, de quem suspeitavam, com justiça, que carregassem muito dinheiro e coisas de valor, e de cujo itinerário provavelmente haviam-se informado com exatidão. Não sabiam a quem atribuir o ataque, se a um corpo de voluntários ou a

[9] O harpista usa barba e, no século XVIII, somente judeus usavam barba.

[10] Alusão à pomba enviada por Noé em *Gênesis*, 8:8-11.

um bando de saqueadores ou bandidos. Enfim, para sorte da rica e nobre caravana, haviam-se antecipado em chegar àquele local os modestos e pobres, que tiveram de suportar o destino reservado aos outros. Era isso a que se referiam as palavras da bela dama, das quais Wilhelm ainda se lembrava tão bem. Se, por um lado, considerava-se feliz por um gênio previdente o haver elegido como vítima para salvar uma mortal perfeita, por outro lado sentia-se perto do desespero ao ver novamente desaparecer a esperança, ao menos momentânea, de voltar a vê-la.

O que aumentava nele essa estranha emoção era a semelhança que julgava haver percebido entre a condessa e a bela desconhecida. Elas se pareciam tanto quanto podem parecer-se duas irmãs, das quais é impossível apontar a mais nova e a mais velha, pois pareciam gêmeas.

A lembrança da amável condessa era-lhe infinitamente doce. Com que prazer evocava sua imagem! Mas lhe sobrevinha também agora a figura da nobre amazona, mesclando-se as duas numa única aparição, sem ter ele condições de reter precisamente esta ou aquela.

Qual não foi pois seu assombro ao advertir a semelhança da caligrafia de uma e de outra, pois conservava ele em sua escrivaninha uma encantadora cantiga escrita a mão pela condessa, e no capote da amazona havia encontrado um bilhete em que ela buscava informar-se, com terna inquietude, da saúde de um tio.

Wilhelm estava convencido de que fora sua salvadora quem escrevera aquele bilhete, que ao longo da viagem andara circulando de quarto em quarto por toda a pousada até que por fim o tio da bela dama o guardasse no bolso. Comparava as duas caligrafias e, se os graciosos caracteres da condessa lhe haviam sido muito de seu agrado, também encontrava uma fluidez indescritivelmente harmônica nos traços semelhantes, mas mais soltos, da desconhecida. O bilhete não continha nada, e, no entanto, os caracteres pareciam envaidecê-lo como outrora a presença da bela.

Entregou-se a uma nostalgia onírica, e parecia harmonizar-se com seus sentimentos a canção que naquele exato momento cantavam, num dueto desigual, Mignon e o harpista, com a mais íntima expressão:

Só quem conhece a nostalgia
Sabe o que padeço!
A sós e à margem

De todas as alegrias,
Para o firmamento
Volto meus olhos.
Ah! quem me ama e me conhece
Está distante.
Sinto vertigens, um fogo queima
Em minhas entranhas.
Só quem conhece a nostalgia
Sabe o que padeço.[11]

Capítulo 12

Os suaves encantos do amado gênio tutelar, ao invés de conduzir nosso amigo por algum caminho, fomentaram e aguçaram a inquietude que antes havia sentido. Corria em suas veias uma paixão secreta, objetos precisos e imprecisos alternavam-se em sua alma, suscitando-lhe um desejo infinito. Ora desejava um corcel, ora um par de asas, e já que lhe parecia impossível continuar ali, olhava a seu redor, buscando antes de tudo o lado aonde esperava ir.

De tal maneira insólita haviam-se enredado os fios de seu destino, que ele não esperava outra coisa senão ver desatados ou cortados esses estranhos nós. Muitas vezes, ao ouvir o trotar de um cavalo ou o tilintar de um coche, assomava pressuroso à janela, na esperança de que fosse alguém à sua procura, trazendo-lhe, ainda que por mera casualidade, notícias, certeza e alegria. Criava para si mesmo histórias em que seu amigo Werner chegava de surpresa àquelas paragens, ou então era Mariane que talvez pudesse aparecer. Perturbavam-no os sons das cornetas de postilhão. Quem sabe fosse Melina, trazendo-lhe notícias de seu destino, ou de preferência o caçador, que voltava para convidá-lo da parte daquela beleza adorada.

[11] "*Nur wer die Sehnsucht kennt/ Weiss, was ich leide!/ Allein und abgetrennt/ Von aller Freude,/ Seh' ich ans Firmament/ Nach jener Seite./ Ach! der mich liebt und kennt/ Ist in der Weite./ Es schwindelt mir, es brennt/ Mein Eingeweind./ Nur wer die Sehnsucht kennt/ Weiss, was ich leide!*"

Mas, infelizmente, nada daquilo acontecia, e ele se viu obrigado a ficar sozinho consigo mesmo, revolvendo o passado, uma circunstância que quanto mais considerava e buscava explicar, mais adversa e insuportável se lhe apresentava. Tratava-se de seu insucesso como dirigente da companhia, que não podia recordar sem dissabor. Pois, ainda que na noite daquela deplorável jornada se houvesse escusado suficientemente junto a companhia, não podia entretanto negar a si próprio sua responsabilidade. Longe disso, em seus momentos de hipocondria, atribuía exclusivamente a si mesmo a culpa por todo o incidente.

O amor-próprio é responsável pela manifestação tanto de nossas virtudes quanto de nossos vícios, de maneira mais significativa do que realmente são. Wilhelm havia atraído a confiança, dirigido a vontade dos outros e se colocado à frente, conduzido pela inexperiência e ousadia; assaltara-lhes um perigo, do qual não estavam à altura. Sonoras e tácitas censuras perseguiam-no, e ainda que houvesse prometido à desorientada companhia, em virtude das perdas que sofreram, não abandoná-la antes de lhe haver ressarcido com acréscimo o que perderam, via-se obrigado a se recriminar de uma nova imprudência: a de pretender carregar sobre seus ombros um mal repartido entre todos. Não tardou em repreender-se por haver feito tal promessa sob a tensão e a pressão do momento; não tardou em compreender que aquele seu generoso estender de mão, que ninguém se dignou a aceitar, não passara de uma ligeira formalidade, comparado ao juramento que havia feito seu coração. Pensou nos meios de ser útil e benevolente para com eles e encontrou todos os motivos para acelerar sua viagem à procura de Serlo. Decidiu então fazer suas malas e, sem esperar sua completa recuperação nem escutar os conselhos do pastor e do cirurgião, deu-se pressa em fugir, na estranha companhia de Mignon e do ancião, daquela ociosidade em que mais uma vez seu destino o retivera por demasiado tempo.

Capítulo 13

Serlo recebeu-o de braços abertos, exclamando-o ao vê-lo:

— Mas, quem vejo? É mesmo o senhor? Não mudou nada, ou muito pouco. Ainda continua vivo e forte seu amor pela mais nobre arte?

Estou tão contente com sua presença, que se esvaem os receios que suas últimas cartas despertaram em mim.

Embaraçado, Wilhelm pediu-lhe explicações mais precisas.

— O senhor não se comportou comigo — replicou Serlo — como com um velho amigo; tratou-me como um grande senhor a quem se pode recomendar em sã consciência uma gente inútil. Nossa sorte depende da opinião do público, e temo que dificilmente venham a ter boa acolhida esse tal de senhor Melina, junto com os seus.

Wilhelm quis dizer algo a favor deles, mas Serlo se pôs a fazer uma descrição tão implacável de todos, que nosso amigo se sentiu deveras satisfeito ao ver entrar no cômodo uma dama, que lhes interrompeu a conversa, dama esta que lhe foi prontamente apresentada por seu amigo como sendo sua irmã Aurelie. Ela o acolheu com extrema amabilidade, e sua conversa era tão agradável que ele nem sequer notou uma expressão acentuada de pesar que dava a seu rosto gracioso um interesse especial.

Pela primeira vez, depois de muito tempo, Wilhelm se via novamente em seu elemento. Até então, no curso de suas conversas, só havia encontrado ouvintes forçosamente atenciosos, mas agora tinha a felicidade de se dirigir a artistas e críticos, que não só o entendiam à perfeição, como também o contestavam com conversas igualmente instrutivas. Com que rapidez passaram revista às peças mais recentes! Com que segurança as julgaram! Como sabiam examinar e avaliar o juízo do público! Com que prontidão se explicavam um ao outro!

Dada à predileção de Wilhelm por Shakespeare, a conversa haveria de recair necessariamente sobre tal escritor. Wilhelm demonstrou a mais viva esperança de que aquelas excelentes peças haveriam de marcar época na Alemanha, e logo tratou de apresentar seu *Hamlet*, de que tanto se ocupara.

Serlo assegurou que, houvesse se lhe apresentado a possibilidade, já há muito teria apresentado a peça, na qual de bom grado assumiria o papel de Polônio. E, com um sorriso, acrescentou:

— E esteja certo de que não tardaríamos a encontrar Ofélia, desde que tivéssemos antes o príncipe.

Wilhelm não se deu conta de que o chiste do irmão pareceu desagradar à Aurelie; e, ao contrário, ele se tornou prolixo e didático, explicando o modo segundo o qual pretendia representar Hamlet. Expôs minuciosamente os resultados, com os quais já o vimos ocupar-se em outra oportunidade, e empenhou-se com afinco para tornar aceitável sua opinião, por mais dúvidas que Serlo levantasse contra sua hipótese.

— Pois bem — disse este por fim —, vamos conceder-lhe tudo. Que mais tem a explicar?

— Muitas coisas..., tudo — replicou Wilhelm. — Imagine um príncipe tal como acabo de descrever, cujo pai morre inesperadamente. Ambição e desejo de poder não são as paixões que o animam; de bom grado aceitara ele ser o filho de um rei, mas agora é obrigado a tornar-se mais atento à distância que separa o rei de seus súditos. O direito à coroa não era hereditário, e, no entanto, tivesse seu pai uma vida mais longa, haveria consolidado mais as pretensões de seu único filho e assegurado a esperança da coroa. Enquanto agora, ao contrário, ele se via excluído, talvez para sempre, por seu tio, a despeito de suas aparentes promessas; sentia-se agora tão pobre em graça e bens, e alheio àquilo que, desde a infância, considerou como seu patrimônio. É aqui que pela primeira vez seu caráter toma um triste rumo. Percebe que não é superior, nem mesmo muito mais que qualquer nobre; considera-se como um servidor de todos, e não é cortês nem condescendente, isto não, mas sim perdido e necessitado. Contempla agora seu antigo estado como um sonho esvaecido. É inútil a tentativa de seu tio em animá-lo, em mostrar-lhe sua situação de um outro ponto de vista; o sentimento de sua nulidade não o abandona jamais. O segundo golpe que recebe o fere mais profundamente, avilta-o ainda mais. Trata-se do casamento de sua mãe. Após a morte de seu pai, restava ainda a ele, filho fiel e amoroso, uma mãe; esperava honrar, na companhia de sua nobre mãe enlutada, a figura heroica desse grande desaparecido; mas perde também sua mãe, e de um modo pior que se lha tivesse arrebatado a própria morte. A imagem confiante que um filho de boa índole voluntariamente faz de seus pais se esvai; nenhuma ajuda por parte do morto, nenhum apoio por parte da viva. Ela é uma mulher e, sob a denominação geral do sexo, nela também está implícita a fragilidade.[12] Somente agora ele se sente verdadeiramente aviltado, verdadeiramente órfão, e felicidade alguma do mundo poderá compensá-lo daquilo que per-

[12] Referência a célebre frase de Hamlet, proferida no ato I, cena II: "*Frailty, thy name is woman!*" ("Fragilidade, teu nome é mulher!").

deu. Não sendo triste nem meditativo por natureza, tristeza e meditação passam a ser para ele um fardo pesado. Assim o vemos ao entrar em cena. Não creio estar acrescentando algo meu à peça, nem exagerando em nenhum aspecto.

Serlo fitou sua irmã e disse:

— Acaso te pintei uma falsa imagem de nosso amigo? Ele começa bem e ainda nos dirá muitas coisas, e em grande parte nos persuadirá.

Wilhelm jurou solenemente, dizendo que não queria persuadir, mas convencer, e pediu um instante mais de paciência.

— Imaginem, de modo mais vivo — exclamou ele —, esse jovem, esse príncipe; tenham presente sua situação e então o observem bem, ao ficar sabendo da aparição do espectro de seu pai; ponham-se a seu lado naquela terrível noite em que também a ele se apresenta o venerável espírito. Um pavor imenso apodera-se dele; interpela aquela forma estranha, vê que lhe faz um sinal, segue-a e a ouve... Ressoam em seus ouvidos a terrível acusação contra seu tio, a exortação à vingança e o premente e reiterado pedido: "Recorda-te de mim!". E logo que o espírito desaparece, quem vemos diante de nós? Um jovem herói, com sede de vingança? Um príncipe de nascimento, que se sente feliz ao se ver exortado contra o usurpador de sua coroa? Não! Assombro e tristeza assaltam o solitário; ele se torna amargo contra os alegres malfeitores, jura não esquecer o desaparecido e conclui com este suspiro significativo: "Andam desarticulados os tempos; pobre de mim, que nasci para pô-los novamente no lugar!". Nessas palavras, creio eu, encontra-se a chave de toda a conduta de Hamlet, e parece-me claro o que Shakespeare pretendeu descrever: uma grande ação imposta a uma alma que não está à altura de tal ação. É neste sentido que encontro a peça cuidadosamente trabalhada. Vemos aqui um carvalho plantado em rico vaso, que não deveria receber em seu seio senão lindas flores; as raízes se estendem, e o vaso se quebra. Um ser belo, puro, nobre, extremamente moral, mas sem a força física que faz os heróis, sucumbe sob um fardo que ele não consegue suportar nem tampouco rejeitar; todo dever lhe é sagrado, e este, pesado demais. Pedem-lhe o impossível; não o impossível em si, mas sim o que para ele é impossível. Por mais que se envolva, se vire, se inquiete, avance ou recue, está sempre obrigado a recordar-se e sempre se recorda, e finalmente chega quase a perder de vista seu objetivo, sem nunca mais recuperar sua alegria.

Capítulo 14

Entraram várias pessoas e interromperam a conversa. Eram virtuoses que costumavam reunir-se na casa de Serlo uma vez por semana, para um pequeno concerto. Ele amava a música e afirmava que, sem esse amor, um ator não poderia jamais formar uma ideia e um sentimento preciso de sua própria arte. Da mesma forma como se age com mais facilidade e mais distintamente quando os gestos vêm acompanhados e dirigidos por uma melodia, assim também devia o ator compor em espírito, de certo modo, seu prosaico papel, para que a monotonia não o atabalhoasse, segundo seu estilo e maneiras individuais, mas sim tratando-o com as devidas modulações de medida e tom.

Aurelie parecia demonstrar pouco interesse por tudo quanto ali se passava, até que, por fim, conduziu nosso amigo a um cômodo contíguo onde, aproximando-se da janela para contemplar o céu carregado de estrelas, disse-lhe:

— O senhor ainda nos deve muitas coisas acerca de *Hamlet*; não quero parecer precipitada e desejo também que meu irmão possa ouvir o que ainda tem a nos dizer; mas, ainda assim, me diga o que pensa de Ofélia.

— Não há muito o que dizer a respeito dela — replicou Wilhelm —, pois bastam uns poucos traços magistrais para definir seu caráter. Move-se todo seu ser numa doce e madura sensualidade. Sua afeição pelo príncipe, à mão de quem podia ela pretender, brota a tal ponto da fonte, abandona-se seu coração de tal modo a seus desejos, que tanto seu pai quanto seu irmão ficam temerosos, e ambos a previnem, franca e indiscretamente, contra o perigo. O decoro, assim como a discreta flor que traz em seu colo, não é capaz de ocultar as palpitações de seu coração, transformando-se, isto sim, num traidor de tão ligeiras palpitações. Sua imaginação está contaminada, sua reserva silenciosa respira um amável desejo, e se a complacente deusa Ocasião vier sacudir a pequena árvore, o fruto tombará sem demora.

— E assim — disse Aurelie —, quando se vê abandonada, repudiada e rejeitada, quando na alma de seu desvairado amante o mais elevado vem ocupar o lugar do mais baixo, e em vez do doce cálice do amor ele lhe estende a amarga taça do sofrimento...

— Seu coração se rompe — exclamou Wilhelm —, despedaça-se todo o arcabouço de sua vida, irrompe-lhe a morte do pai, e o belo edifício vem abaixo, de uma só vez.

Wilhelm não se dera conta da maneira expressiva com que Aurelie pronunciou as últimas palavras. Voltado que estava para a obra de arte, para sua coerência e perfeição, não podia suspeitar que sua amiga sentira um efeito em tudo diverso, nem que aquelas dramáticas imagens sombrias houvessem despertado nela uma profunda e particular dor.

Aurelie mantinha a cabeça apoiada nos braços e voltados para o céu seus olhos repletos de lágrimas. Finalmente, não pôde reter por mais tempo sua dor oculta e, segurando as mãos de Wilhelm, que assombrado a olhava, exclamou:

— Perdoe-me, perdoe este coração angustiado! Diante da companhia, sinto-me atada e oprimida; diante de meu implacável irmão, estou sempre a fingir; mas, agora, sua presença fez desatar todos os laços! Meu amigo — prosseguiu ela —, conhecemo-nos ainda há pouco, e o senhor já se tornou meu confidente.

Nem bem havia pronunciado tais palavras e deixou-se cair em seu ombro.

— Não pense mal de mim — disse ela, soluçando — por tão prontamente me abrir com o senhor, por mostrar-me tão frágil. Seja meu amigo e continue sendo-o, que o mereço.

Ele lhe dirigiu as palavras mais cordiais, em vão, porém. Fluíam-lhe as lágrimas, sufocando sua voz.

Neste exato momento entrou Serlo, intempestivamente, trazendo pela mão uma inesperada Philine.

— Aqui está seu amigo — disse-lhe —, que ficará contente em saudá-la.

— Como?! — exclamou surpreso Wilhelm. — Quem vejo aqui?

Philine, com discreta e séria atitude, foi até ele, deu-lhe as boas vindas, elogiou a bondade de Serlo que a acolheu em sua companhia sem que ela o merecesse, somente na esperança de poder adquirir alguma formação. Dirigia-se a Wilhelm em termos amigáveis, mas mantendo uma respeitosa distância.

Essa representação, porém, só durou o tempo em que os outros estiveram presentes. Pois, assim que Aurelie se retirou na tentativa de esconder sua dor, e que vieram chamar por Serlo, Philine olhou, com justa razão, para as portas, certificando-se de que estariam de fato sozinhos, e pôs-se a saltitar como louca pelo aposento, terminando por sentar-se no chão, quase sufocada de tanto rir. Levantou-se em seguida de um salto e passou a adular nosso amigo e a comemorar, além de qualquer medida, o quanto havia sido esperta, partindo antes de todos para reconhecer o terreno e nele se instalar.

— Aqui tudo caminha de mal a pior — disse ela —, o que muito me agrada. Aurelie teve uma infeliz aventura amorosa com um aristocrata, provavelmente um homem magnífico, a quem tudo daria eu para conhecer. Ele lhe deixou uma lembrança, se não estou muito enganada. Corre por esta casa um menino de uns três anos, belo como o sol; seu papai deve ser encantador. Normalmente não tolero crianças, mas esse me encanta. Já fiz as contas... A morte do marido, o novo relacionamento, a idade do menino..., tudo coincide. Pois bem, o amigo a deixou; já faz um ano que ela não o vê. Isso explica o fato de estar fora de si, inconsolável. A doida!... O irmão tem na companhia uma bailarina, a quem dispensa galanteios, uma atrizinha de quem é íntimo, para não falar das outras mulheres que corteja na cidade; e agora figuro eu também em sua lista. Que louco!... Dos outros, ouvirás falar amanhã. E, agora, só mais uma palavrinha de Philine, que tu bem conheces: "Essa doida está enamorada de ti".

Jurou ser verdade, mas em seguida garantiu tratar-se de uma brincadeira. Rogou encarecidamente a Wilhelm que se enamorasse de Aurelie, pois assim teria de fato início a caçada.

— Ela corre atrás de seu infiel, tu corres atrás dela, eu atrás de ti, e o irmão atrás de mim. Se com isto não houver diversão para metade de um ano, então prefiro morrer no primeiro episódio que vier agregar-se a esse quádruplo romance.

Pediu-lhe que não estragasse seu arranjo e demonstrasse tanta consideração quanto ela merecia por sua conduta pública.

Capítulo 15

Na manhã seguinte Wilhelm pensou em fazer uma visita a madame Melina; como não a encontrara em casa, perguntou pelos demais membros da companhia itinerante e soube que Philine os havia convidado para o desjejum. Por curiosidade, dirigiu-se para lá, onde encontrou todos de muito bom humor e já consolados. A esperta criatura os havia reunido, oferecido a eles chocolate e fizera-os compreender que nem todas as perspectivas ainda estavam perdidas; ela esperava, com sua influência, convencer o diretor do quanto lhe seria vantajoso admitir em sua companhia pessoas tão habilidosas. Escutavam-na com muita atenção, sorvendo uma xícara atrás da outra, achando que a jovem não estava de todo errada e propondo-se a falar dela o melhor possível.

— Acredita mesmo — disse Wilhelm ao se ver sozinho com Philine — que Serlo vai decidir manter nossos companheiros de viagem?

— De jeito nenhum! — respondeu Philine. — E isso tampouco me interessa! O que eu queria é que partissem, e quanto antes melhor! O único que pretendo manter é Laertes; quanto aos demais, pouco a pouco iremos descartando-nos deles.

Bem depressa deu a entender a seu amigo que estava absolutamente convencida de que doravante ele não haveria de enterrar por mais tempo seu talento, mas que também subiria à cena, sob a direção de Serlo. Faltavam a ela palavras bastantes de elogio à ordem, bom gosto e espírito que ali reinavam; dirigia a nosso amigo palavras tão aduladoras, gabando-lhe de tal modo seu talento, que seu coração e sua imaginação se aproximavam dessa proposta tanto quanto sua inteligência e razão dela se afastavam. Ele ocultava a si mesmo e à Philine aquela inclinação e passou um dia inquieto, ao longo do qual não pôde decidir-se a ir ver seus correspondentes comerciais e apanhar as cartas que por ele deviam estar esperando. Pois, embora pudesse imaginar a inquietude dos seus familiares durante todo esse tempo, temia ter de ouvir em pormenores suas preocupações e seus reproches, tanto mais porque se prometia para aquela tarde um grande e puro prazer com a representação de uma nova peça.

Serlo havia-se recusado a deixá-lo assistir aos ensaios.

— É preciso que nos veja primeiro em nosso melhor ângulo — disse ele —, antes que admitamos ver nossas cartas.

E foi assim que, naquela tarde, nosso amigo assistiu com enorme prazer à estreia da peça. Era a primeira vez que via um teatro numa tal perfeição. Todos os atores mostravam excelentes faculdades, felizes disposições, uma noção clara e elevada de sua arte, e no entanto não eram todos iguais, mas se apoiavam e se sustentavam reciprocamente, animavam-se uns aos outros e durante toda a peça se mostraram deveras seguros e precisos. Percebia-se logo que Serlo era a alma do grupo, sobre o qual se distinguia com muita vantagem. Nem bem entrava em cena e abria a boca, e logo saltavam aos olhos suas qualidades admiráveis: um humor sereno, uma vivacidade comedida, um sentimento preciso do oportuno, tudo isso associado a um grande dom de imitação. A íntima satisfação de sua existência parecia espalhar-se por todos os espectadores, e a maneira engenhosa com que expressava ligeira e agradavelmente os mais sutis matizes de seus papéis despertava tanto mais alegria quanto ele sabia ocultar a arte que adquirira graças a um exercício constante.

Sua irmã Aurelie não lhe ficava atrás, e recebia ainda mais aplausos, pois tocava os corações dos homens, enquanto ele os distraía e os alegrava.

Depois de alguns dias, transcorridos da maneira mais agradável, Aurelie mandou chamar nosso amigo. Ele acudiu prontamente a seu chamado e a encontrou deitada no canapé; parecia acometida de dores de cabeça, e não podia ocultar em todo seu ser um tremor febril. Seus olhos ganharam ânimo ao vê-lo entrar.

— Perdoa-me! — exclamou ela. — A confiança que o senhor me inspira tem-me debilitado. Até aqui pude suportar em silêncio minha dor, retirando dela força e consolo; agora, e não sei como isto se deu, o senhor desatou os laços do silêncio e, mesmo contra sua vontade, haverá de participar do combate que travo contra mim mesma.

Wilhelm lhe respondeu carinhosa e compreensivelmente. Assegurou-lhe que em sua alma estavam sempre a pairar sua imagem e dor, e rogou-lhe tivesse confiança nele, tanta era sua dedicação por ela.

Enquanto falava, seus olhos foram atraídos para um menino que estava sentado no chão, diante dela, entretido com toda sorte de brinquedos. Como já lhe prevenira Philine, a criança teria cerca de três anos, e só ao vê-lo é que Wilhelm compreendeu por que a frívola jovem, que raramente empregava imagens tão distintas em suas conversas, havia comparado o menino com o sol. Pois ao redor daqueles olhos bem abertos e daquele rosto redondo caíam como espirais os mais belos cachos de ouro; sob uma fronte de um branco deslumbrante exibia-se um par de sobrancelhas delgadas, escuras, levemente arqueadas, e a viva cor da saúde brilhava em suas faces.

— Venha sentar-se perto de mim — disse Aurelie —, pois o senhor fita assombrado esse menino feliz; sim, eu o tomei com alegria em meus braços, e o protejo com cuidado; mas através dele posso também mensurar devidamente o grau de minha dor, já que raramente me permitem estimar o valor de uma tal dádiva. Permita-me — prosseguiu ela — que lhe fale agora também de mim e de meu destino, pois tenho grande interesse em que não me interprete mal. Creio ter agora uns instantes de calma, e por isso mandei chamá-lo; cá está o senhor, e perco eu o fio da meada. "Uma criatura abandonada a mais no mundo!", é o que dirá. O senhor é homem e certamente está a pensar: "Que estranho modo de se comportar diante de um mal necessário que paira, mais certamente que a morte, em torno das mulheres! A infidelidade de um homem! Que tola!...". Ó, meu amigo! Fosse o meu destino comum e de bom grado suportaria um mal comum; mas é tão extraordinário! Por que não posso mostrá-lo ao senhor num espelho ou encarregar alguém de tudo lhe relatar? Oh, se me tivessem seduzido, surpreendido e em seguida abandonado, ainda haveria consolo para mim em meio ao desespero; mas trata-se de algo ainda pior: deixei-me iludir por mim mesma, enganar-me propositadamente, e isso é o que nunca poderei perdoar-me.

— Com sentimentos tão nobres como os seus — replicou-lhe o amigo —, a senhora não há de ser totalmente infeliz.

— E sabe a que devo tais sentimentos? — perguntou Aurelie. — À pior das educações, pela qual uma jovem jamais deveria ser corrompida, ao pior exemplo, apropriado para perverter os sentidos e as inclinações. Depois da morte prematura de minha mãe, passei os mais belos anos de meu desabrochar com uma tia, que se impusera a lei de desprezar as leis da honra. Ela se entregava às cegas a todos os impulsos e tanto se lhe dava dominar um objeto ou dele ser escrava, contanto que pudesse esquecer-se de si mesma num selvagem prazer. Que ideias podíamos fazer nós do sexo masculino, crianças ainda, com o olhar puro e claro da inocência? Que insensível, importuno, grosseiro e desgracioso era sempre aquele que ela atraía com seus encantos; que fastidioso, arrogante, fútil e sórdido, logo que havia dado satisfação a seus desejos. Pois assim via eu, ao longo dos anos, aquela mulher rebaixada sob o domínio dos piores homens; quantos encontros tinha ela de tolerar e com que insolência sabia ela resignar-se à sua sina e até mesmo carregar aqueles infames grilhões! Assim aprendi a conhecer as pessoas de seu sexo, meu amigo, e que ódio verdadeiro lhes dedicava, pois imaginava perceber que mesmo homens razoáveis, em suas relações com nosso sexo, pareciam renunciar a todo sentimento bom do qual, à parte aquele, a natureza podia havê-los feito capazes. Infelizmente, em tais ocasiões, também tive de colher muitas experiências pesarosas entre as pessoas de meu próprio sexo e, provavelmente, como jovem de dezesseis anos, tinha mais conhecimento que agora, que mal compreendo a mim mesma. Por que somos tão prudentes quando jovens, tão prudentes, se aos poucos nos tornamos mais e mais insensatas?!

O menino fazia barulho e Aurelie, impaciente, tocou a sineta. Entrou uma senhora idosa para levá-lo.

— Ainda lhe doem os dentes? — perguntou Aurelie à anciã, que trazia um pano amarrado no rosto.

— Uma dor quase insuportável — respondeu, com uma voz abafada, erguendo o menino, que parecia ir de bom grado com ela, que o levou dali.

Mal a criança havia deixado aquele aposento e Aurelie rompeu num pranto amargurado.

— Não faço outra coisa senão gemer e lamentar-me — exclamou ela —, e envergonho-me de apresentar-me diante do senhor como um pobre verme. Fugiu-me a capacidade de raciocínio, e não posso seguir meu relato.

Ela se calou. Seu amigo, que não queria dizer banalidades e não atinava em falar nada de especial, tomou-lhe a mão e por um tempo ficou ali a espreitá-la. Por fim, de puro embaraço, apanhou um livro que estava sobre a mesa à sua frente; eram as obras de Shakespeare, aberto no *Hamlet*.

Serlo, que acabava de entrar para saber como ia passando a irmã, ao avistar o livro que nosso amigo tinha na mão, exclamou:

— De novo o encontro às voltas com o seu *Hamlet*? Muito bem! Porque me têm ocorrido muitas dúvidas que parecem reduzir singularmente o aspecto canônico que o senhor gostaria de dar a essa obra. Os ingleses mesmos reconhecem que o interesse principal se encerra no terceiro ato, que os dois últimos atos só a duras penas mantêm sua relação com o conjunto, e é certo que, até ao final, a peça nem avança nem retrocede.

— É bem possível — disse Wilhelm — que alguns membros de uma nação, que tantas obras-primas pode apresentar, sejam induzidos a um falso juízo por conta de prejuízos e tacanhez; mas isso não deve nos impedir de ver as coisas com nossos próprios olhos e ser justos. Estou muito longe de censurar o plano dessa peça, e antes creio que nenhuma outra maior tem sido concebida; melhor dizendo, não é algo concebido: é assim.

— Como pretende demonstrá-lo? — perguntou Serlo.

— Não pretendo demonstrar coisa alguma — respondeu Wilhelm —, só quero expor-lhe o que penso.

Aurelie acomodou-se em suas almofadas, apoiou-se na palma da mão e fitou nosso amigo que, com a segurança plena de que tinha razão, continuou a falar:

— Agrada-nos muito, afaga-nos deveras ver um herói que age por si mesmo, que ama e odeia quando seu coração assim lhe ordena, que empreende e executa, afasta todos os obstáculos e atinge um grande propósito. Historiadores e poetas bem que gostariam de nos convencer de que uma sina tão soberba quanto essa poderia ocorrer a um homem. Mas esta obra nos ensina uma outra lição: o herói não tem nenhum plano, é a peça que está repleta deles. Aqui, não se pune nenhum malfeitor por haver executado uma vingança, obedecendo a uma ideia fixa e voluntária, não; tem lugar, isto sim, um ato monstruoso, que se prolonga em suas consequências, arrastando consigo inocentes; o criminoso parece querer esquivar-se do abismo que lhe está destinado e se precipita nele, justamente no instante em que pensava poder seguir afortunadamente seu caminho. Porque esta é a particularidade de uma ação cruel: fazer com que se alastre o mal também sobre inocentes, do mesmo modo como uma boa ação redunda em muitos benefícios a quem tampouco os merece, sem que o autor de uma ou de outra seja frequentemente punido ou recompensado. É admirável como isto se dá aqui em nossa peça! O purgatório envia seu espírito e reclama vingança, mas em vão! Todas as circunstâncias se juntam e impelem à vingança, em vão! Nenhum elemento terrestre, nenhum elemento sobrenatural pode levar a cabo aquilo que só ao destino está reservado. Aproxima-se a hora do julgamento. O mal sucumbe junto com o bem. Destrói-se uma geração, e uma outra começa a brotar.

Depois de uma pausa, em que os dois se fitaram mutuamente, Serlo tomou a palavra:

— O senhor não faz à Providência um cumprimento particular exaltando o poeta; além disso, parece-me que mais uma vez, em honra a seu poeta, como os outros em honra à Providência, atribui finalidades e planos em que ele nunca pensou.

Capítulo 16

— Permita-me — disse Aurelie — que lhe faça agora uma pergunta. Reli o papel de Ofélia; estou satisfeita com ele e tenho confiança de poder representá-lo sob certas circunstâncias. Mas diga-me: não poderia o autor inspirar à sua louca outras cantigas? Não poderíamos escolher fragmentos de algumas baladas melancólicas? Que significam essas ambiguidades e essas grotescas sandices na boca dessa nobre mulher?

— Caríssima amiga — respondeu Wilhelm —, tampouco nisso posso ceder uma vírgula. Nessas extravagâncias, nessas aparentes inconveniências reside também um grande sentido. Desde o começo da peça sabemos muito bem o que ocupa o espírito dessa boa criança. Ela vivia em calma seus dias, mas a muito custo conseguia ocultar sua nostalgia, seus desejos. Em sua alma vibravam em segredo os acentos do desejo, e quem poderá dizer o número de vezes em que ela buscou, como uma enfermeira imprudente, aplacar sua sensualidade, entoando canções que deviam mantê-la mais desperta. Por fim, arrebatado que fora todo poder sobre si mesma, com o coração assomando à língua, língua esta que se torna sua delatora, ela, na inocência da loucura, diante do rei e da rainha, deleita-se com a ressonância de suas preferidas e lassas canções: a da jovem que se entregou, a da jovem que sai em busca do mancebo etc.

Nem bem havia acabado de falar, quando subitamente, diante de seus olhos, se produziu uma cena estranha, que de maneira alguma pôde ele explicar.

Serlo havia dado algumas voltas pelo cômodo, sem deixar transparecer qualquer propósito. De repente, aproximou-se do toucador de Aurelie, apanhou rapidamente um objeto que havia ali e correu com sua presa em direção à porta. Aurelie mal se dera conta daquele gesto e, levantando-se de um salto, barrou-lhe o caminho e o atacou com uma incrível paixão, tendo sido bastante hábil para agarrar a ponta do objeto roubado. Lutavam os dois, batendo-se renitentemente; giravam e davam voltas um em torno do outro; ele ria, ela se irritava, e quando Wilhelm acudiu para separá-los e acalmá-los, viu de repente Aurelie saltar de lado, trazendo na mão um punhal desnudo, enquanto Serlo atirava furioso ao chão a bainha que lhe havia restado. Wilhelm recuou, assombrado, e seu mudo espanto parecia perguntar a razão para se travar uma luta tão estranha por tão singular utensílio doméstico.

— Seja o senhor — disse Serlo — o árbitro entre nós dois. Que pretende ela com esse aço cortante? Diga a ele! Esse punhal não convém a uma atriz; é pontudo e afiado como uma agulha e uma faca! Para que essa farsa? Violenta como ela é, é bem possível que provoque algum dano. Tenho um ódio profundo a tais extravagâncias: um pensamento mais sério dessa natureza é uma loucura, e um brinquedo tão perigoso, uma prova de mau gosto.

— Tenho-o novamente! — disse Aurelie, segurando no ar a lâmina brilhante. — Doravante irei guardar melhor meu fiel amigo. Perdoa-me — exclamou ela, beijando o aço — por haver-me descurado tanto de ti!

Serlo parecia seriamente irritado.

— Toma-o, se quiseres, meu irmão — prosseguiu ela. — Como podes saber se, sob esta forma, não representa ele para mim um talismã precioso? Se não estará destinado a servir-me como conselheiro e ajuda nas horas mais difíceis? Tudo que parece perigoso, há de ser necessariamente nocivo?

— Frases insensatas como essas me põem furioso! — disse Serlo, e deixou o cômodo, com uma raiva secreta.

Aurelie colocou com muito cuidado o punhal na bainha e guardou-o consigo.

— Continuemos nossa conversa, que meu infeliz irmão veio interromper — interveio ela, ao dirigir-lhe Wilhelm algumas perguntas acerca daquela luta tão insólita.

— Devo aceitar sua descrição de Ofélia — prosseguiu ela —, não quero interpretar mal a intenção do poeta, só que mais a deploro que a compartilho. Permita-me fazer agora uma observação que mais de uma vez o senhor me sugeriu nesse curto espaço de tempo. Com admiração, noto no senhor o olhar profundo e justo com que julga a poesia e, sobretudo, a poesia dramática; os abismos mais profundos da invenção não lhe escapam, e percebe os traços mais sutis da execução. Sem nunca ter avistado esses objetos na natureza, o senhor reconhece a verdade na imagem; é como se existisse dentro de si próprio um pressentimento de todo o universo, despertado e desenvolvido pelo harmonioso contato com a poesia. Pois, na verdade — prosseguiu ela —, de fora não lhe chega coisa alguma; raramente tenho encontrado uma pessoa como o senhor, que conhece tão pouco os homens com os quais vive e tão radicalmente os confunde. Permita-me que lhe diga: ao ouvi-lo explicar Shakespeare, poder-se-ia crer que o senhor acabava de chegar do conselho dos deuses, onde os havia ouvido deliberar sobre o modo de forjar os homens; em compensação, no trato com as pessoas, vejo-o, por assim dizer, como o primeiro menino nascido adulto da criação que, com particular admiração e edificante benevolência, fita assombrado leões e macacos, ovelhas e elefantes, e lhes dirige cordialmente a palavra como se fossem seus semelhantes, apenas pelo fato de estarem ali e mover-se.

— A intuição de minha natureza escolar, cara amiga — replicou Wilhelm —, por várias vezes me tem sido difícil de carregar, e eu ficaria grato se me ajudasse a ver com maior clareza o mundo. Desde a infância tenho voltado os olhos de meu espírito mais para o interior que para o exterior, e por isso é muito natural que eu tenha aprendido a conhecer os homens só até um certo grau, sem sequer compreendê-los nem entendê-los de algum modo.

— Certo — disse Aurelie —, a princípio cheguei a suspeitar de que sua intenção era troçar de nós ao falar tão bem das pessoas que recomendou a meu irmão e confrontar suas cartas com os méritos de tais sujeitos.

A observação de Aurelie, por mais verdadeira que fosse e por mais disposto que estivesse nosso amigo a reconhecer esse defeito nele, implicava, no entanto, algo de opressivo e até ofensivo, a ponto de ele ficar calado e controlar-se, em parte para não deixar transparecer sua suscetibilidade, em parte para indagar intimamente a verdade daquela repreensão.

— Não deve ficar embaraçado com isso — prosseguiu Aurelie —, sempre podemos alcançar a luz do razoável, mas ninguém nos pode dar a plenitude do coração. Se seu destino é de fato ser artista, não haverá de conservar por muito tempo essa obscuridade e inocência, que nada mais são que o belo envoltório a cobrir o recém-desabrochado botão; o infortúnio se dá quando rompemos cedo demais esse casulo. Sem dúvida, é bom que nem sempre conheçamos aqueles para quem trabalhamos. Oh, também eu já me vi em outra época nesse feliz estado, quando subi à cena com o mais elevado conceito de mim mesma e de minha nação. Que não eram, que não podiam ser os alemães, de acordo com minha imaginação! Eu falava a esta nação, erguida diante dela num pequeno tablado, que a separava de mim por uma fileira de lâmpadas, cujo brilho e cuja fumaça me impediam de distinguir com precisão os objetos à minha frente. Como era bem-vindo para mim o som dos aplausos que vinham do público! Com que reconhecimento aceitava o presente que tantas mãos em uníssono me ofertavam! Por muito tempo me deixei embalar dessa maneira; assim como eu agia sobre o público, o público reagia sobre mim; tinha com ele um ótimo entendimento; acreditava sentir uma harmonia perfeita e a qualquer hora ter de me ver frente a frente com o mais nobre e o melhor da nação. Desgraçadamente, não era só a atriz que, com seus dotes naturais e sua arte, interessava aos aficionados por teatro, mas também traziam pretensões para com a mulher jovem e desenvolta. Davam-me a entender, sem nenhuma ambiguidade, que era meu dever compartilhar pessoalmente com eles as emoções que eu lhes despertava. Infelizmente aquela não era minha ocupação; desejava elevar seus espíritos, mas não tinha a menor pretensão àquilo que eles chamavam seu coração; e, deste modo, acabaram por se tornar um fardo para mim todas as classes sociais, idades e caracteres, um após o outro, e nada me atormentava mais que não poder encerrar-me em meu quarto, como qualquer moça decente, e evitar assim muitos incômodos. Em geral, os homens se mostravam tal como estava habituada a vê-los em casa de minha tia, e dessa vez não me teriam inspirado senão horror, se suas particularidades e tolices não me tivessem divertido. Já que não podia evitar de vê-los, fosse no teatro, em lugares públicos ou mesmo em casa, propus-me espreitá-los a todos, tarefa na qual contei com a valorosa ajuda de meu irmão. E se o senhor pensar que foram passando diante de mim desde o inquieto caixeirinho de loja e o pretensioso filho de comerciante até o hábil e flexível homem do mundo, o audaz soldado e o expedito príncipe, pretendendo todos eles, cada qual a seu modo, iniciar ali seu romance, o senhor me perdoará por haver imaginado conhecer tão a fundo minha nação. O estudante fantasticamente engalanado, o sábio embaraçado em sua altivez humilde, o decano com ar de modéstia e pés vacilantes, o rigoroso e atento homem de negócios, o rude barão rural, o cortesão afavelmente adulador e vulgar, o jovem eclesiástico desviado de seu caminho, o comerciante negligente assim como o ativo especulador, todos vi em movimento e, por Deus!, poucos dentre eles estiveram à altura de me inspirar um interesse mediano que fosse; longe disso, desgostava-me extremamente receber, com tédio e embaraço, o aplauso particular daqueles tolos que tanto me era proveitoso em conjunto e que com tanto prazer acolhia de maneira geral. Quando esperava por um cumprimento sensato à minha atuação, quando acreditava que haveriam de elogiar um autor que eu tinha em grande estima, lá vinham eles com alguma estúpida observação sobre algum outro, a mencionar alguma peça de mau gosto, na qual esperavam ver-me atuar. Quando, nas reuniões sociais, aguçava os ouvidos à espera de que talvez pudesse ecoar alguma frase nobre, inteligente e espirituosa, vinda oportunamente à luz, raras eram as ocasiões em que podia perceber algum vestígio. Um erro cometido por um ator ao declamar o texto ou um provincialismo qualquer que deixasse escapar, eram estes os aspectos importantes a que se atinham e dos quais não conseguiam livrar-se. Até que cheguei ao ponto de não saber para onde me voltar; todos se julgavam demasiado espertos para se deixar entreter e acreditavam entreter-me às mil maravilhas quando me rodeavam com maçadas. Comecei a desprezá-los de todo o coração e parecia-me que toda a nação tivesse a intenção deliberada de se prostituir a meus olhos através de seus emissários. Ela me parecia em seu todo tão desajeitada, tão mal-educada, tão miseravelmente instruída, tão desprovida de caráter agradável, tão insípida... E, com frequência, me punha a exclamar: "Nenhum alemão é capaz de afivelar um sapato sem que o tenha aprendido com alguma nação estrangeira!". Veja o senhor que cega, que hipocondriacamente injusta estava sendo eu, e quanto mais aquela situação se prolongava, mais se agravava minha doença. Eu poderia ter-me matado; no entanto, fui parar em outro extremo: casei-me, ou melhor, deixei que me casassem. Meu irmão, que se havia encarregado do teatro, desejava muito ter um ajudante. Sua escolha recaiu sobre um homem jovem, que não me era antipático, e que carecia de tudo que meu irmão desfrutava: gênio, vida, espírito e natureza espontânea; mas nele também se reunia tudo que ao outro faltava: amor a ordem, aplicação, um precioso dom em dirigir uma casa e lidar com dinheiro. Ele se tornou meu marido, sem que eu soubesse como; vivíamos juntos, sem que eu soubesse exatamente por quê. Mas, enfim, nossos negócios caminhavam bem. Ganhávamos muito dinheiro, graças ao trabalho de meu irmão; vivíamos bem, graças ao mérito de meu marido. Deixei de pensar no mundo e na nação. Com o mundo, nada tinha a compartilhar, e o conceito de nação já havia perdido. Quando entrava em cena, fazia-o para viver; abria a boca somente porque não podia ficar calada, porque me exibia para falar. Mas na verdade, para não piorar ainda mais a situação, havia-me submetido às intenções de meu irmão para quem importavam sucesso e dinheiro, pois, aqui entre nós, ele gosta de ouvir elogios e muito os necessita. Eu já não mais representava segundo meu sentimento, segundo minha convicção, mas sim de acordo com suas indicações, e me dava por satisfeita quando conseguia agradá-lo. Ele se orientava por todas as fraquezas do público; assim entrava o dinheiro e ele podia viver segundo seu capricho, e todos nós desfrutávamos de bons dias em sua companhia. Caí, entretanto, numa rotina mecânica. Os meus dias se passavam sem alegria nem interesse; não tivera filhos em meu casamento, que aliás durou muito pouco tempo. Meu marido caiu doente, suas forças debilitavam-se a olhos vistos, e minha preocupação por ele puseram termo à minha indiferença generalizada. Foi nessa época que travei amizade com um homem ao lado de quem começou para mim uma nova vida, uma vida nova e mais rápida, pois não tardou em chegar a seu fim.

Calou-se por um momento e então prosseguiu:

— De repente, sinto que me abandona toda minha disposição em falar e não me arrisco mais a abrir a boca. Deixe-me descansar um pouco; não se vá sem conhecer em todos os seus pormenores meu infortúnio. Enquanto isso, mande chamar Mignon e ouça o que ela quer.

Durante o relato de Aurelie, a menina havia estado várias vezes no aposento. Mas, como baixavam a voz toda vez que ela entrava, havia tornado a sair e fora sentar-se na sala, onde ficou esperando em silêncio. Quando foram chamá-la, ela entrou trazendo na mão um livro que, por seu formato e sua encadernação, não foi difícil identificá-lo como um pequeno atlas geográfico. Durante a viagem, ela havia visto, com um grande assombro, os primeiros mapas na casa do presbítero, a quem fez diversas perguntas, procurando instruir-se da melhor maneira possível. Seu desejo de aprender parecia ter-se tornado ainda mais vivo com esse novo conhecimento. Pediu insistentemente a Wilhelm que lhe comprasse aquele livro. Havia dado em garantia ao ilustrador suas grandes fivelas de prata e, como já era muito tarde, queria resgatá-las no dia seguinte, de manhã bem cedo. Ele concordou com seu pedido e a menina começou em parte a recitar o que sabia, em parte a fazer, como de hábito, as mais estranhas perguntas. Também aqui podia-se perceber que só com muita dificuldade e muito esforço ela conseguia compreender as coisas. O mesmo ocorria com a escrita, à qual se aplicava bastante. Continuava falando um alemão canhestro e só quando abria a boca para cantar ou quando tocava a cítara, parecia servir-se do único órgão que lhe permitia desabafar e comunicar o que nela trazia de mais íntimo.

E já que estamos falando dela, devemos mencionar também o embaraço em que ela, já há algum tempo, mais de uma vez pusera nosso amigo. Sempre que entrava ou saía, quando lhe dizia bom dia ou boa noite, estreitava-o tão forte em seus braços e o beijava com tanta paixão que não raro assustava e inquietava Wilhelm a impetuosidade daquela natureza ainda em germinação. Aquela vivacidade palpitante parecia crescer em sua conduta dia a dia, e todo seu ser se agitava num silêncio incansável. Ela não podia ficar sem dar voltas a um fio entre as mãos, sem amassar um pano, mastigar um pedacinho de papel ou de madeira. Todas as suas brincadeiras pareciam resultar apenas de uma violenta convulsão interior. A única coisa que parecia lhe trazer alguma serenidade era a presença do pequeno Felix, com quem ela se entendia muitíssimo bem.

Aurelie, que depois de um breve repouso sentia-se finalmente disposta a se explicar com seu amigo a respeito de um assunto que trazia tão bem guardado em seu coração, impacientou-se dessa vez com a insistência da pequena e deu-lhe a entender que devia retirar-se; mas como aquilo não surtisse efeito, ela mesma teve de afastá-la dali, sem rodeios, e contra sua vontade.

— Agora ou nunca — disse Aurelie — devo contar-lhe o final de minha história. Se meu carinhoso, amado e injusto amigo estivesse a poucas milhas daqui, eu diria ao senhor: "Monte em seu cavalo e descubra um modo qualquer de travar amizade com ele, e ao retornar, o senhor certamente me terá perdoado e se compadecido comigo de todo coração". Mas, agora, só posso descrever através das palavras quanto era digno de ser amado e quanto o amava. Precisamente durante o período crítico em que passava os dias inquieta, cuidando de meu marido, eu o conheci. Ele havia acabado de chegar da América onde, em companhia de alguns franceses, servira com muita distinção sob a bandeira dos Estados Unidos. Acolheu-me com um decoro tranquilo, com uma bondade sincera; falou-me de mim mesma, de minha situação e de meu ofício, como um velho conhecido, e com tanta simpatia e precisão que pela primeira vez pude alegrar-me de ver reconhecida claramente minha existência em outro ser. Seus julgamentos eram justos, sem ser negativos; precisos, sem ser inclementes. Não mostrava nenhuma rudeza e até sua ousadia era ao mesmo tempo agradável. Parecia estar habituado à sua boa sorte junto às mulheres, o que me deixava de sobreaviso; não era de modo algum lisonjeador nem impetuoso, o que me deixava despreocupada. Não se relacionava com muita gente na cidade; andava geralmente a cavalo, visitando seus numerosos conhecidos na região e cuidando dos negócios de sua casa. Ao voltar, apeava à minha porta, cuidava de meu marido, cada vez mais doente, com uma solicitude calorosa, proporcionava ao enfermo o alívio de um médico competente e, assim como demonstrava interesse por tudo que a mim dizia respeito, também me deixava partilhar de seu destino. Contava-me as histórias de sua campanha, de sua irresistível inclinação pela caserna e de suas relações familiares, e confiava-me também suas ocupações atuais. Em resumo, não tinha segredos para mim; revelava-me a intimidade de seu ser, permitindo-me ver os recônditos mais escondidos de sua alma, e eu aprendia a conhecer suas faculdades e suas paixões. Era a primeira vez em minha vida que eu desfrutava uma relação tão cordial, tão espirituosa. Ele me seduziu, me arrebatou, antes mesmo que eu pudesse dar-me conta. Nesse meio-tempo, perdi meu marido, mais ou menos do mesmo modo como o havia desposado. Recaiu então exclusivamente sobre mim o peso dos negócios do teatro. Meu irmão, imbatível no teatro, não servia para administrar a casa; ocupei-me de tudo e ao mesmo tempo estudava meus papéis com mais aplicação que nunca. Voltei a representar como antes; mais ainda, com uma outra energia e uma nova vida; na verdade, graças a ele e por ele, embora nem sempre conseguisse dar o melhor de mim quando sabia que meu nobre amigo estava no teatro; costumava, porém, espionar-me algumas vezes, e o senhor já pode imaginar o quanto me eram agradáveis e surpreendentes seus aplausos inesperados. Claro que sou uma criatura estranha. Em todos os papéis que representava, tinha verdadeiramente a impressão de que só os fazia para louvá-lo e em sua honra falar, pois tal era a disposição de meu coração, dissessem o que dissessem as palavras. Quando o sabia presente entre os espectadores, não ousava falar com toda minha força, assim como se eu não quisesse atirar-lhe em pleno rosto meu amor e meus elogios; mas, estando ausente, então eu dava livre curso à minha representação, dava o melhor de mim com uma certa tranquilidade e uma indescritível satisfação. Os aplausos trouxeram-me de volta a alegria, e quando eu agradava aos espectadores, sentia vontade de gritar-lhes em resposta: "A ele é que devem agradecer!". Sim, como por um milagre, haviam-se modificado minhas relações com o público, com toda a nação. Esta voltou a surgir repentinamente diante de mim sob a mais vantajosa luz, e eu estava de fato surpresa com minha cegueira anterior. "Que insensatez", costumava dizer a mim mesma, "censurar toda uma nação, precisamente por ser uma nação! Mas, afinal, os homens separadamente devem e podem ser tão interessantes? De jeito nenhum! A questão é saber se entre a grande massa acha-se repartida uma quantidade de disposições, forças e capacidades, que podem ser desenvolvidas mediante circunstâncias favoráveis e dirigidas por homens superiores para uma finalidade comum." Alegrava-me agora por encontrar tão pouca originalidade evidente entre meus compatriotas; alegrava-me por não se recusarem a aceitar uma direção vinda de fora; alegrava-me por haver encontrado um guia. Lothario (permita-me chamar meu amigo por seu dileto nome de batismo) me havia apresentado sempre os alemães pelo lado da bravura, mostrando-me que não há no mundo nação mais brava quando a conduzem bem, e eu me envergonhava de nunca haver pensado na primeira qualidade de um povo. Ele conhecia a História e se relacionava com a maioria dos homens mais notáveis de seu tempo. Por mais jovem que fosse, tinha os olhos voltados para a promissora juventude, que desabrochava em sua pátria, e para os trabalhos silenciosos de homens laboriosos e ativos em tantas profissões. Ele me possibilitava ter um panorama da Alemanha, do que ela era e do que ela podia ser, e eu me envergonhava de haver julgado uma nação pela confusa multidão que se amontoa num camarim de teatro. Ele me impunha a obrigação de ser, também em minha especialidade, verdadeira, inteligente e estimulante. Sentia-me, pois, inspirada toda vez que entrava em cena. Passagens medíocres transformavam-se em ouro em minha boca, e tivesse eu então o auxílio adequado de um poeta, teria produzido os mais extraordinários efeitos. Assim viveu esta jovem viúva durante meses. Ele não podia passar sem mim, e eu me sentia extremamente infeliz quando ele se ausentava. Mostrava-me as cartas de seus parentes, de sua excelente irmã. Interessava-se pelas mínimas coisas de minha vida; comunhão mais íntima e mais perfeita não se há de imaginar. Não se mencionava o nome do amor. Ele partia e voltava, voltava e partia..., mas agora, meu amigo, já é tempo de o senhor também partir.

Capítulo 17

Wilhelm não podia adiar por mais tempo a visita a seus parceiros comerciais. E partiu, não sem algum embaraço, pois sabia que iria encontrar cartas dos seus familiares. Temia as censuras que elas haveriam de conter; provavelmente teriam dado também à casa comercial notícias do embaraço em que se encontravam por sua causa. Depois de tantas aventuras cavalheirescas, tinha medo da aparência escolar com que haveria de aparecer, e decidiu assumir então um ar altivo, para desse modo dissimular seu embaraço.

Para seu grande espanto e alívio, as coisas correram no entanto muito bem e de maneira satisfatória. No grande, animado e atarefado balcão mal tiveram tempo de procurar suas cartas; quanto à sua longa ausência, só a lembraram de passagem. E quando abriu as cartas de seu pai e de seu amigo Werner, nelas encontrou um conteúdo bem tolerável. O velho, na esperança de um circunstanciado diário de viagem, do qual havia com muita insistência encarregado o filho no momento da despedida, chegando mesmo a entregar-lhe um esquema em forma de tabela, parecia bastante sereno com o silêncio dos primeiros tempos, embora se queixasse um pouco dos termos enigmáticos da primeira e única carta enviada ainda do castelo do conde. Werner gracejava a seu modo, relatando episódios divertidos da cidade e pedindo notícias de amigos e conhecidos que Wilhelm, agora na grande cidade mercantil, teria ocasião de conhecer. Nosso amigo, extraordinariamente feliz por haver-se desvencilhado com tanta facilidade da situação, respondeu sem demora àquelas cartas com outras muito animadoras, prometendo ao pai um pormenorizado diário de viagem, com todos os dados geográficos, estatísticos e mercantis que desejava. Havia visto muitas coisas no decorrer de sua viagem e esperava poder redigir com tudo isso um caderno razoável. Nem se dava conta de que se achava muito próximo do caso em que se encontrava quando, para representar um espetáculo que nem estava escrito, e menos ainda decorado, ele acendia as luzes e convocava o público. Daí por que, ao proceder de fato à sua composição, descobriu que podia discorrer sobre sentimentos e ideias, relatar certas experiências do coração e do espírito, mas infelizmente não sobre assuntos externos aos quais, como constatava agora, não havia dado a mínima atenção.

Nesse apuro, vieram a calhar os conhecimentos de seu amigo Laertes. Por mais diferentes que fossem, o costume havia unido os dois jovens, e, a despeito de todas as divergências e singularidades, aquele era um homem realmente interessante. Dotado de uma sensualidade serena e feliz, ele poderia chegar à velhice sem pensar coisa alguma de seu estado. Mas sua má sorte e sua enfermidade roubaram-lhe o sentimento puro da juventude e abriram-lhe, em troca, os olhos para o caráter efêmero e fragmentário de nossa existência. Disso resultava seu modo instável e rapsódico de pensar nas coisas, ou melhor, de manifestar imediatamente as impressões que elas lhe causavam. Como não gostava da solidão, costumava circular pelos cafés e pelas mesas de tabernas, e quando ficava em casa, os livros de viagem eram sua leitura predileta, na verdade, a única. Podia satisfazer-se à vontade, pois havia encontrado uma grande biblioteca de aluguel, e em pouco tempo metade do mundo já estava impregnada em sua boa memória.

Eis por que ele pôde facilmente infundir ânimo a seu amigo, tão logo este descobriu sua total escassez de dados para a relação que tão solenemente havia prometido.

— Iremos fazer uma obra de arte sem par — disse ele. — Pois já não percorreram, cruzaram, atravessaram e perpassaram a Alemanha de uma ponta a outra? E, acaso, cada viajante alemão não tem a magnífica vantagem de se ver reembolsado pelo público de seus gastos, sejam eles grandes ou pequenos? Preciso apenas que me indiques teu itinerário antes de te juntar a nós, que do resto já estou a par. Procurarei para ti as fontes e os elementos necessários à tua obra; cuidaremos para que não faltem nem mesmo os quilômetros quadrados, que ninguém mede, nem o número de habitantes, que ninguém conta. As receitas das províncias tiraremos dos almanaques e das estatísticas, que, como se sabe, são documentos totalmente seguros. Sobre tudo isso basearemos nossos raciocínios políticos, sem deixar de fornecer uma visão geral dos governos. Descreveremos alguns príncipes como verdadeiros pais da pátria, para que nos deem crédito quando a outros os qualifiquemos de maneira distinta; já que não passamos propriamente pela residência de nenhuma pessoa famosa, iremos então encontrá-la em alguma estalagem e dela revelaremos confidencialmente os maiores disparates. E, o que é muito importante, não nos esqueçamos de uma história de amor, que deveremos inserir da maneira mais graciosa possível, e assim teremos uma obra que encherá de entusiasmo não só teu pai e tua mãe, mas que também todos os livreiros terão prazer em te pagar por ela.

Puseram mãos à obra, e os dois amigos se comprაziam com o trabalho, a tal ponto que Wilhelm, às tardes no teatro e nas conversas com Serlo e Aurelie, experimentava a maior satisfação, ampliando cada dia mais suas ideias que, por tempo demasiado, haviam girado num estreito círculo.

Capítulo 18

Não sem o maior interesse foi escutando aos pedaços a história de vida de Serlo, pois não era do feitio desse homem singular confiar-se nem falar concatenadamente do que quer que seja. Havia nascido, pode-se dizer, sobre o palco e ali fora amamentado. Criança ainda, sem saber falar, sabia comover o público com sua mera presença, porque já naquela época os autores conheciam esse recurso natural e inocente, e seus primeiros "papai" e "mamãe" nas peças populares acarretaram-lhe os maiores aplausos, antes mesmo de saber o que significava aquele bater de mãos. No papel de Amor, havia baixado, mais de uma vez, tremendo, ao palco numa intrincada maquinaria; evoluiu então para Arlequim, saindo de dentro de um ovo, e já fazia as mais divertidas travessuras como o pequenino limpador de chaminés.

Infelizmente, durante aquele tempo, era preciso pagar caro demais pelos aplausos que colhia nas tardes brilhantes. Convencido de que só a pancadas pode-se despertar e manter a atenção dos filhos, seu pai o surrava a intervalos regulares quando estudava um de seus papéis; não porque a criança fosse inábil, mas para que ela se pudesse mostrar habilidosa de maneira muito mais segura e constante. Do mesmo modo como, antigamente, ao se assentar um marco divisório, davam aos meninos circunstantes notáveis bofetadas, e as pessoas mais velhas ainda se recordam exatamente do lugar e local. Ele foi crescendo e mostrando extraordinárias aptidões do espírito e habilidades do corpo, além de uma grande flexibilidade tanto em seu modo de representar quanto em seus atos e gestos. Seu dom de imitação ia além de tudo o que se pudesse crer. Já de pequeno imitava as pessoas, a tal ponto que se acreditava estar diante delas, ainda que fossem totalmente distintas dele em estatura, idade e caráter, e diferentes entre elas. Ao mesmo tempo, não lhe faltava o dom de se enquadrar no mundo, e tão logo teve consciência de suas aptidões, nada lhe pareceu mais natural que fugir do pai, que, quanto mais se desenvolvia a razão do menino e mais este desenvolvia suas faculdades, ainda achava necessário ajudá-lo tratando-o com dureza.

Que feliz se sentia o menino então solto no mundo livre, onde suas farsas à Eulenspiegel[13] lhe garantiam uma boa acolhida por toda a parte! Sua boa estrela o guiou, na época de Carnaval, primeiro a um mosteiro, onde, havendo morrido o *pater* encarregado de organizar as procissões e de divertir a comunidade cristã com mascaradas clericais, receberam-no como um anjo da guarda salvador. Assumiu sem demora o papel de Gabriel na Anunciação e não foi de seu desagrado a bela jovem que, na qualidade de Maria, recebia graciosamente sua galante saudação com aparente humildade e íntimo orgulho. Passou assim a representar em tempos sucessivos os papéis mais importantes dos Mistérios,[14] no que se saiu muito bem, já que, finalmente, como Salvador do mundo, mereceu ser escarnecido, flagelado e pregado na cruz.

[13] Till Eulenspiegel, um pícaro que morreu por volta de 1350, em Mölln, Lauenburg. Atribuem-se a ele muitas histórias burlescas, que foram reunidas num livro folclórico holandês em 1515, traduzido para vários idiomas. Na Alemanha do século XVIII era um personagem bastante popular. Em 1895, Richard Strauss compôs um poema sinfônico nele inspirado. (N. do T.)

[14] Peças religiosas, de origem medieval, que encenavam passagens da Bíblia.

Alguns soldados costumavam representar nessa ocasião seus papéis com excessiva naturalidade, pelo que o rapaz, para vingar-se discretamente deles, durante a representação do Juízo Final, meteu-os em suntuosos trajes de reis e imperadores, e no instante em que, felicíssimos com seus papéis, apertavam o passo sobre todos os outros, imaginando assim precedê-los ao céu, ele surgiu inesperadamente diante deles e, para a mais cordial edificação dos espectadores e mendigos ali reunidos, espancou-os a valer com o esborralhadouro, atirando-os sem piedade ao fosso, onde foram recebidos da pior maneira por um fogo flamejante.

Era bastante esperto para compreender que as cabeças coroadas não advertiriam muito bem sua insolente intervenção e nem mesmo respeitariam sua privilegiada ocupação de acusador e esbirro; e, antes que começasse o reinado milenário,[15] tratou de partir dali, com toda a discrição, tendo sido acolhido de braços abertos numa cidade vizinha pelos membros de uma sociedade chamada então "Os Filhos da Alegria". Eram homens sensatos, espirituosos e cheios de vida, que compreendiam muito bem que a soma de nossa existência, dividida pela razão, nunca é exata, restando sempre uma estranha fração. Dessa embaraçosa e, quando repartida entre toda a massa, perigosa fração, eles procuravam deliberadamente livrar-se em determinadas épocas do ano. Uma vez por semana, comportavam-se como verdadeiros loucos, castigando-se reciprocamente mediante representações alegóricas daquilo que, durante os outros dias, haviam observado de insensato neles próprios e nos outros. Se esse procedimento parecia mais brutal que uma série de atos de cultura, em que o homem moral trata de observar-se, admoestar-se e castigar-se dia a dia, vinha a ser também mais divertido e mais seguro, pois, ao não desmentirem um certo louco favorito, como tal o tratavam, enquanto por um outro caminho, graças à autoilusão, ele alcançava muitas vezes o domínio na casa e impunha ao juízo uma secreta servidão, que aquele imagina ter depois de muito tempo afugentado. A máscara de louco circulava pela companhia, e a todos era permitido adorná-la em seu dia com atributos próprios ou alheios, de forma característica. Na época do Carnaval tomavam-se grandes liberdades e rivalizavam com o clero no empenho de atrair e entreter o povo. Os solenes e alegóricos cortejos de virtudes e vícios, ar-

[15] Referência à prisão de Satanás por mil anos (cap. 20 do *Apocalipse de S. João*).

tes e ciências, continentes e estações materializavam junto ao povo uma profusão de conceitos, dando-lhe a ideia de objetos remotos, de sorte que brincadeiras como aquelas não careciam de utilidade, enquanto por outro lado as mascaradas clericais só serviam para reforçar ainda mais uma superstição despropositada.

Aqui também o jovem Serlo se encontrava novamente em seu elemento; capacidade inventiva, propriamente falando, ele não possuía, mas em compensação tinha a maior habilidade para aproveitar, pôr em ordem e tornar patente tudo o que pela frente encontrava. Suas ideias, seu dom de imitação e até mesmo sua verve mordaz, que lhe permitiam exercitar com liberdade plena pelo menos uma vez por semana, mesmo contra seus benfeitores, tornaram-no precioso para a sociedade, e até imprescindível.

Não levou muito tempo, porém, para que ele, movido por sua inquietude, abandonasse aquela posição tão vantajosa e partisse à procura de outras paragens em sua pátria, onde teve de passar mais uma vez por uma outra escola. Foi parar naquela parte da Alemanha culta, mas também sem imaginação,[16] onde falta, se não verdade no culto ao bom e ao belo, muitas vezes espírito; ali, nada podia fazer com suas máscaras, e teve de procurar agir sobre o coração e o espírito. Não se permitiu ficar senão pouco tempo junto às pequenas e grandes companhias, assimilando as características de todas as obras e de todos os atores. Logo percebeu a monotonia que reinava então nos palcos alemães, a decadência e o tom simplório dos alexandrinos, o diálogo insípido e pomposo, a aridez e tacanhice das prédicas morais improvisadas, ao mesmo tempo em que se dava conta do que comovia e agradava.

Não somente um papel das peças correntes, mas também todas as peças retinha-os facilmente em sua memória, sem falar no tom peculiar dos atores que as haviam apresentado com sucesso. Então, em meio a suas andanças, já que se encontrava sem dinheiro, ocorreu-lhe, casualmente, só representar peças completas, especialmente nas cortes nobres e nas aldeias, arranjando assim em todas as partes alimento e abrigo noturno. Em qualquer taberna, em qualquer cômodo ou jardim, seu teatro era prontamente armado; com maliciosa seriedade e entusiasmo aparente, ele sa-

[16] Referência ao norte da Alemanha, protestante e racionalista, em oposição ao sul, católico.

bia conquistar a imaginação de seus espectadores, iludir seus sentidos e transformar, ante aqueles olhares atentos, um velho armário numa cidadela, e um leque num punhal. Seu ardor juvenil supria a falta de um sentimento profundo; passava por força sua impetuosidade e por ternura sua adulação. Àqueles que já conheciam seu teatro ele recordava tudo o que tinham visto e ouvido, e despertava entre os demais um pressentimento de algo maravilhoso e, com isso, o desejo de conhecê-lo mais de perto. O que num lugar causava impressão, não deixava de repetir em outro, e experimentava a mais efusiva alegria maligna quando podia, de improviso, zombar de todas as pessoas da mesma maneira.

Com seu espírito vivo, livre e por nada coibido, fazia rápidos progressos, à custa de repetir papéis e peças. Em pouco tempo passou a recitar e a representar mais acertadamente que os modelos que a princípio se limitara a imitar. Acostumou-se dessa maneira a representar com naturalidade cada vez maior e ao mesmo tempo a fingir. Fingia deixar-se arrebatar e, no entanto, estava à espreita do efeito que causava; seu maior orgulho era ir gradualmente levando as pessoas à comoção. Mesmo o insensato ofício que exercia logo o obrigou a agir com certa moderação, e assim, em parte forçado, em parte por instinto, aprendeu aquilo de que tão poucos atores parecem ter ideia: economizar seus órgãos e gestos.

Soube, desse modo, subjugar homens rudes e hostis e por eles se interessar. Como se contentava em todas as partes com alimentação e abrigo, aceitava agradecido qualquer presente que lhe dessem, chegando inclusive a recusar dinheiro quando acreditava já ter o suficiente; e assim, vagando de lá para cá com cartas de recomendação, viajava durante certo tempo de uma a outra corte nobre, onde despertava e desfrutava muito prazer, e onde não se furtava às mais gratas e galantes aventuras.

Como consequência da íntima frialdade de sua índole, não amava propriamente ninguém; como consequência da clareza de seu olhar, não podia estimar ninguém, pois só via nos homens suas qualidades exteriores, inserindo-as em sua coleção mímica. Mas, ao mesmo tempo, sua autossuficiência restava extremamente ofendida quando não conseguia agradar alguém nem arrancar aplausos por toda parte. Para obtê-los, foi pouco a pouco dedicando-se a eles com tanto empenho, aguçando de tal modo seus sentidos que, não só em suas apresentações, mas também na vida comum, não podia fazer outra coisa senão adular. E assim, seu modo de pensar, seu talento e seu gênero de vida haviam de tal modo contribuído mutuamente para esse fim que, sem se dar conta, ele se viu convertido num consumado ator. E mais: por uma ação e reação aparentemente estranhas, mas absolutamente naturais, graças a seu discernimento e sua aplicação, conseguiu elevar sua arte de recitar e declamar e sua mímica a um alto grau de verdade, liberdade e espontaneidade, enquanto na vida comum e no trato com as pessoas parecia tornar-se cada vez mais hermético, artificial e até dissimulado e ansioso.

De seus reveses e de suas aventuras talvez venhamos a falar em outro lugar; aqui nos limitaremos a dizer somente que nos últimos tempos, já homem feito, possuidor de um nome marcante e numa posição muito boa, ainda que não segura, acostumara-se a representar na conversação o sofista, de um modo sutil, meio irônico, meio sarcástico, destruindo assim quase todo diálogo sério. Empregava esse estilo sobretudo com Wilhelm, sempre que este, como não raro ocorria, mostrava intenção de travar uma conversa teórica, geral. A despeito disso, gostavam de estar juntos, pois graças a seus distintos modos de pensar a conversa haveria de se tornar forçosamente animada. Wilhelm pretendia desenvolver tudo das ideias que ele havia concebido, e tratar a arte como um todo. Queria fixar regras explícitas, definir o justo, belo e bom e o merecedor de aplauso; enfim, tratava tudo com extrema seriedade. Serlo, ao contrário, levava a coisa à ligeira e, não respondendo jamais diretamente a uma pergunta, sabia, por meio de uma história ou de uma facécia, apresentar a explicação mais completa e satisfatória, instruindo ao mesmo tempo em que distraía seus ouvintes.

Capítulo 19

Enquanto Wilhelm passava dessa maneira horas tão agradáveis, Melina e os outros se encontravam numa situação bem mais incômoda. Apareciam muitas vezes a nosso amigo como espíritos malignos, suscitando-lhe momentos de dissabor não só por sua presença, mas também por seus rostos carrancudos e suas amargas palavras. Serlo não só não lhes havia concedido o papel de hóspedes como sequer lhes alimentara esperança de contratá-los, ainda que, a despeito disso, ia pouco a pouco tomando conhecimento de suas aptidões. Sempre que um grupo de atores se reunia em sua casa, ele costumava proceder a uma leitura e, às vezes, também tomava parte nela. Escolhia peças que ainda estavam por estrear ou que não eram representadas há muito tempo, ou, quando sim, geralmente, só alguns trechos. Também costumava, depois de uma estreia, fazer com que repetissem algumas passagens nas quais havia de recordar algo, ampliando dessa maneira a compreensão dos atores e reforçando sua certeza de encontrar o ponto correto. E do mesmo modo que uma inteligência mediana, mas exata, pode trazer maior satisfação aos outros que um gênio confuso e não refinado, assim também Serlo, graças a um conhecimento preciso que aos poucos e imperceptivelmente lhes incutia, elevava o talento medíocre a uma capacidade admirável. Contribuía não pouco para isso o fato de obrigá-los à leitura de poemas, que lhes fazia sentir o encanto que desperta em nossa alma um ritmo bem marcado, enquanto nas demais companhias começavam já a declamar somente aquela espécie de prosa que estava à altura de qualquer um.

Em tais ocasiões, aprendia também a conhecer todos os atores ali reunidos, a julgar o que eram e o que podiam chegar a ser, dispondo-se em segredo a tirar partido imediato de seus talentos tão logo se desse a revolução que parecia estar iminente em sua companhia. Deixou que as coisas se assentassem durante um certo tempo, recusando, com um erguer de ombros, qualquer intercessão de Wilhelm a favor deles, até que, acreditando haver chegado a hora, fez a seu jovem amigo a proposta absolutamente inesperada: a de que ele próprio ingressasse em sua companhia, e, sob tal condição, contrataria todos os demais.

— Não deve ser tão inútil quanto me tem descrito até então essa gente — replicou-lhe Wilhelm —, já que pretende aceitá-la de imediato, e creio que seus talentos continuarão os mesmos sem mim.

Serlo revelou-lhe então, desde que guardasse sigilo, a situação em que se encontrava: seu primeiro galã pensava em lhe pedir um aumento no momento da renovação do contrato, e ele não estava disposto a conceder tal favor, sobretudo porque o público já não lhe rendia mais tantas graças. Se, no entanto, o deixasse partir, seguiriam-no todos os seus sequazes, e a companhia haveria de perder não só alguns membros medíocres, mas também alguns úteis. Mostrou, em compensação, a Wilhelm o que esperava obter com ele, com Laertes, com o velho ranzinza e mesmo com a senhora Melina. E mais ainda, prometeu também proporcionar ao pobre pedante sucesso indiscutível nos papéis de judeu, ministro e, sobretudo, de malfeitor.

Perplexo, Wilhelm ouviu a proposta não sem uma certa inquietação, e, só para dizer alguma coisa, respondeu, depois de tomar fôlego:

— O senhor fala com muita amabilidade somente do que encontra e espera de bom de nós, mas que me diz dos aspectos frágeis, que decerto não escaparam à sua perspicácia?

— Eles haverão de se fortalecer mediante aplicação, exercício e estudo — respondeu Serlo. — Não há entre todos os senhores, que não passam de filhos da natureza, e atabalhoados, nem um só que não prometa mais ou menos, pois, tanto quanto pude avaliá-los, não há nenhum imbecil, e só os imbecis são incorrigíveis, pois por vaidade, estupidez ou hipocondria são canhestros e inflexíveis.

Serlo expôs em seguida, com poucas palavras, as condições que podia e pretendia impor, pediu a Wilhelm uma decisão rápida e deixou-o tomado de uma grande inquietude.

Ao redigir aquele singular trabalho, que só por diversão havia empreendido com Laertes, em que descrevia sua viagem imaginária, ele passara a prestar mais atenção às condições e à vida quotidiana do mundo real. Só agora compreendia a intenção de seu pai ao recomendar-lhe com tanto empenho a redação de um diário. Sentia pela primeira vez como podia ser útil e agradável tornar-se o intermediário de tantas indústrias e necessidades, e contribuir para propagar a vida e a atividade até nas montanhas e florestas mais profundas da terra firme. A animada cidade mercantil em que se encontrava dava-lhe, graças à agitação de Laertes que o arrastava consigo a todas as partes, a mais clara ideia de um grande ponto central, de onde tudo emana e para onde tudo retorna, e era a primeira vez que seu espírito se comprazia realmente à vista dessa espécie de atividade. Ele estava nesse estado de ânimo, quando Serlo lhe havia feito aquela oferta e animado seus desejos, sua inclinação, sua confiança em seu talento inato e sua obrigação para com a desvalida companhia.

— Cá estou — dizia a si mesmo —, mais uma vez, naquela encruzilhada entre as duas mulheres que me apareceram em minha juventude. Uma não parece tão aflita como então, nem tampouco tão magnífica a outra. Sentes uma espécie de vocação íntima de seguir tanto uma quanto outra, e de ambos os lados são bastante fortes os apelos exteriores; parece-te impossível decidir-te; queres que um sobrepeso exterior qualquer venha determinar tua escolha e, no entanto, quando te perscrutas verdadeiramente, vês que são só as circunstâncias exteriores as que te infundem uma inclinação aos negócios, ao lucro e ao patrimônio, ao passo que tua necessidade mais íntima engendra e nutre o desejo de desenvolver e ampliar sempre mais as disposições que para o bom e o belo podem estar adormecidas dentro de ti, sejam elas físicas ou espirituais. E não devo honrar o destino que, sem a minha intervenção, me conduziu até aqui, a satisfazer todos os meus desejos? Não se está cumprindo neste momento tudo quanto outrora elaborei e concebi, por pura obra do acaso e sem qualquer colaboração de minha parte? Que coisa mais estranha! Não me parece haver nada mais familiar ao homem que as ilusões e esperanças que há tanto tempo ele nutre e guarda em seu coração, e no entanto, quando finalmente elas se realizam, quando elas, por assim dizer, se impõem a ele, não as reconhece e recua ante elas. Tudo que só me havia aparecido em sonhos antes daquela desafortunada noite que me afastou de Mariane, está agora diante de mim, a se oferecer a mim mesmo. Aqui quis refugiar-me e para cá fui cuidadosamente conduzido; quis buscar emprego com Serlo, e é ele mesmo quem me procura e me oferece condições que, na qualidade de principiante, jamais poderia esperar. Era, pois, somente o amor por Mariane que me ligava ao teatro? Ou era o amor pela arte que me prendia à jovem? Aquela perspectiva, aquele pendor para os palcos estavam simplesmente adequados a um ser inquieto e desordenado, que desejaria seguir uma vida que as condições do mundo burguês não lhe permitem, ou seria algo completamente distinto, mais puro, mais digno? E o que poderia induzir-te a alterar tuas intenções de então? Não vens, pelo contrário, seguindo até aqui teu plano, sem o saber? E não haverás agora de consentir em dar o último passo, já que não estão agora em jogo segundas intenções, e ao mesmo tempo podes manter uma palavra solenemente dada e livrar-te nobremente de uma pesada dívida?

Tudo que se agitava em seu coração e sua fantasia alternava-se agora contraditoriamente, da maneira mais viva. Que ele pudesse conservar a seu lado Mignon, que não precisasse tampouco despedir o harpista, não representava pouco peso no prato da balança, que, no entanto, ainda oscilava de um lado para o outro, quando, como de hábito, ele foi visitar sua amiga Aurelie.

CAPÍTULO 20

Encontrou-a deitada em seu canapé; parecia tranquila.

— Acredita que poderá trabalhar amanhã? — perguntou ele.

— Oh, sim! — respondeu vivamente. — Saiba que nada irá impedir-me... Ah, conhecesse eu um meio de me subtrair aos aplausos de nossa plateia!... Há neles boas intenções, mas poderiam matar-me. Anteontem cheguei a pensar que meu coração se despedaçaria! Ainda que, em outros tempos, eu pudesse tolerá-los, quando gostava de mim mesma; quando havia estudado a fundo e me preparado, aí sim me trazia alegria ouvir ressoar por todos os cantos o oportuno sinal de que me havia saído bem. Agora não digo o que quero, nem como quero; sinto-me arrebatada, equivoco-me e, ainda assim, minha representação produz um efeito bem maior. Os aplausos se tornam mais ruidosos, e eu penso: "Se pudessem saber o que os encanta! As vibrações obscuras, violentas, indistintas os comovem, forçam suas admirações, e nem se dão conta de que são os acentos dolorosos de uma infeliz os que lhes dão esse prazer". Hoje pela manhã estudei meu papel, agora o repasso e ensaio. Estou cansada, frágil, e amanhã torno a fazer tudo de novo. E assim me arrasto de um lado para o outro; ter de levantar-me é entediante, e enfadonho ir-me deitar. Estou no centro de um eterno círculo. Ora vêm a mim os malfadados consolos, ora os rejeito, amaldiçoando-os. Não quero submeter-me, submeter-me à necessidade... Por que há de ser necessário aquilo que me traz ruína? Não poderia ser diferente? Mas é o preço a pagar por ser alemã; está no caráter dos alemães oprimir a todos e por todos ser oprimido.

— Oh, minha amiga — interveio Wilhelm —, se ao menos pudesse deixar de afiar o punhal com que se fere sem cessar! Nada mais lhe resta? Não significam nada sua juventude, sua aparência, sua saúde, seu talento? Se perdeu um bem, sem que tivesse culpa, irá então jogar fora tudo mais? Haverá também necessidade de tal coisa?

Ela ficou por um instante calada, mas logo prosseguiu:

— Bem sei que o amor é uma perda de tempo, nada além de uma perda de tempo! Que não teria eu podido fazer! Que não teria eu devido fazer! Mas agora tudo está reduzido a nada. Não passo de uma pobre criatura enamorada, nada além de enamorada! Tenha compaixão de mim, por Deus, que sou uma pobre criatura!

Deteve-se absorta para, depois de um breve instante, exclamar impetuosamente:

— Os senhores estão habituados a que tudo lhes caia nas mãos. Não, não o podem compreender, nenhum homem está em condição de compreender o valor de uma mulher que sabe respeitar-se! De todos os santos anjos, de todas as visões beatíficas que é capaz de criar um coração puro e bom, nada é mais sublime que uma mulher que se entrega ao homem que ama! Somos frias, orgulhosas, altivas, puras, sagazes, quando merecemos o nome de mulher, e depomos todos esses privilégios aos seus pés logo que amamos e esperamos ser correspondidas. Oh, como rejeitei toda minha existência conscientemente, voluntariamente! Mas agora quero também desesperar, deliberadamente desesperar. Não deve restar em mim nenhuma gota de sangue que não tenha seu castigo, nem uma única fibra que eu não queira torturar. Sorria, ria mesmo desse desbaratamento teatral de paixão!

Nosso amigo estava longe de ter a intenção de rir. O terrível estado, meio natural, meio forçado de sua amiga, causava-lhe imensa dor. Compartilhava com ela o suplício da infortunada tensão: seu cérebro se turvava e seu sangue corria numa inquietude febril.

Ela se levantou e começou a caminhar de um lado para o outro pelo cômodo.

— Digo a mim mesma — exclamou ela — todas as razões pelas quais não deveria amá-lo. Sei também que ele não é digno disso; afasto meu espírito para outras direções, ocupo-me com outras coisas. Ora me ponho a estudar um papel que nem mesmo terei de representar, ora me ponho a ensaiar os antigos, que conheço a fundo, aplicando-me com mais e mais zelo a todos os pormenores, ensaiando e ensaiando... Ó, meu amigo e confidente, que trabalho penoso este de afastar-me de mim mesma pela força! Minha inteligência padece, meu cérebro se tensiona; para livrar-me da loucura, abandono-me outra vez ao sentimento de amá-lo... Sim, eu o amo, eu o amo! — exclamou ela entre lágrimas. — Eu o amo e assim hei de morrer!

Ele apertou-lhe a mão, pedindo-lhe encarecidamente que não se consumisse de tal modo.

— Oh! — disse ele —, como é estranho que se recuse a um homem não só muitas coisas impossíveis, mas também outras tantas coisas possíveis. A senhora não estava destinada a encontrar um coração fiel, que pudesse fazê-la plenamente feliz. Quanto a mim, eu estava destinado a vincular toda a salvação de minha vida a uma infeliz, que sob o peso de minha fidelidade verguei ao chão como um junco, e pode ser que a tenha até mesmo quebrado.

Havia confiado a Aurelie sua história com Mariane e por isso podia agora fazer alusões a ela. Ela fitou-o severa nos olhos e perguntou:

— O senhor poderia dizer que jamais enganou uma mulher, que jamais procurou obter seus favores com adulações, valendo-se de galanteria leviana, de injuriosas afirmações, de juras sedutoras?

— Posso — respondeu Wilhelm — e, na verdade, sem me vangloriar, pois minha vida foi sempre muito simples, e raramente caí em tentação de seduzir alguém. E que advertência é para mim, minha bela e cara amiga, o triste estado em que a vejo absorta! Aceite meu voto, que se coaduna perfeitamente com meu coração, que, por força da emoção que a senhora me inspira, toma forma dentro de mim através da palavra, e a partir de agora considerarei sagrado: hei de resistir a toda inclinação passageira e guardar em mim mesmo as mais sérias; mulher alguma haverá de ouvir de meus lábios uma declaração de amor, se eu não puder consagrar-lhe toda minha vida!

Ela o olhou com uma arredia indiferença e, quando ele lhe estendeu a mão, ela recuou alguns passos.

— Isso não tem nenhuma importância! — exclamou ela. — Por mais ou menos lágrimas de mulher o mar não há de transbordar! Mas — continuou —, se entre milhares uma só se salva, já é alguma coisa, e é sempre agradável encontrar um homem leal entre mil! Mas o senhor sabe bem o que está prometendo?

— Sei — respondeu Wilhelm sorrindo e estendeu-lhe a mão.

— Aceito, pois, seu voto — replicou ela.

Aurelie fez um movimento com a mão direita, de sorte que ele acreditou que ela apanharia a sua; mas rapidamente levou-a ao bolso, sacando com a velocidade de um raio o punhal e riscando ligeiramente o gume pela mão de Wilhelm. Ele a retirou rapidamente, mas o sangue já escorria.

— Deve-se marcar muito bem nos homens as coisas, para que possam fixá-las bem! — exclamou ela com uma desenfreada alegria, que logo se transformou em pronta diligência.

Apanhou seu lenço e vedou com ele a mão de Wilhelm, para estancar a primeira hemorragia.

— Perdoe a esta meio louca — disse ela — e não se arrependa destas gotas de sangue. Estou reconciliada, já estou de novo em meu juízo. De joelhos lhe pedirei perdão; deixe-me o consolo de curá-lo.

Correu para o armário, de onde apanhou um tecido de linho e alguns utensílios, estancou o sangue e examinou cuidadosamente a ferida. O corte partia do tênar, exatamente abaixo do polegar, passava pela linha da vida e se dirigia até ao dedo mínimo. Vedou o ferimento em silêncio e ficou absorta, numa gravidade reflexiva. Ele lhe perguntou diversas vezes:

— Minha cara, como pôde ferir seu amigo?

— Silêncio! — respondeu ela, levando o dedo à boca. — Silêncio!

Livro V

Capítulo 1

Assim, além de suas duas outras mal-curadas feridas, Wilhelm tinha agora uma terceira, recente, que lhe trazia não poucos incômodos. Aurelie não quis admitir que um cirurgião viesse cuidar dele; ela mesma pensava o ferido com toda sorte de palavras, cerimônias e sentenças estranhas, colocando-o, pois, numa situação penosíssima. Não somente ele, mas também todas as pessoas que viviam à sua volta sofriam com sua inquietação e extravagância, e ninguém mais que o pequeno Felix. De tal modo pressionada, aquela criança buliçosa deixava aflorar toda sua irritação, mostrando-se tanto mais travessa, quanto mais ela o repreendia e o admoestava.

O menino comprazia-se com certas peculiaridades que, de ordinário, recebem o nome de travessuras, que ela sequer cogitava em tolerar. Ele preferia, por exemplo, beber direto da garrafa a beber pelo copo e evidentemente lhe pareciam mais saborosas as refeições na panela que no prato. Inconveniências como essas não lhe passavam despercebidas, e quando deixava a porta aberta ou a fechava de um golpe, quando recebia alguma ordem, ou não se abalava de seu lugar ou saía correndo impetuosamente, havendo pois de escutar um grande sermão, sem mostrar contudo indícios de que se emendaria. Ao contrário, parecia ir perdendo cada dia mais a afeição por Aurelie; não havia nenhuma ternura em sua voz ao dizer a palavra "mãe", e em compensação apegava-se apaixonadamente a sua velha ama que, afinal, era quem lhe fazia todas as vontades.

Ao término de algum tempo, porém, esta também caíra doente, tendo de deixar a casa para se alojar num local tranquilo, e Felix se veria completamente sozinho se não lhe tivesse aparecido Mignon, qual um afetuoso gênio tutelar. As duas crianças se divertiam juntas da maneira mais encantadora; ela lhe ensinava pequenas cantigas e ele, que tinha muito boa memória, punha-se a recitá-las para admiração dos ouvintes. Ela também quis explicar-lhe os mapas, com os quais vivia a se ocupar, sem contudo empregar o melhor método. Pois, na verdade, ela não parecia ter nenhum interesse especial pelos países, exceto saber se eram frios ou quentes. Dos polos, do terrível gelo que há neles e do calor crescente à medida que deles nos vamos afastando, ela sabia prestar contas muito bem. Quando alguém partia em viagem, perguntava somente se iria para o norte ou para o sul, apressando-se em descobrir em seus pequenos mapas as rotas. Ficava especialmente atenta quando Wilhelm falava de viagens e parecia contrariar-se sempre que a conversa recaía sobre outro assunto. Assim como dificilmente se podia convencê-la a aceitar algum papel ou mesmo fazê-la ir ao teatro quando estivessem representando, era com boa vontade e muita aplicação que ela decorava odes e canções,[1] suscitando admiração de todos quando se punha a declamar um desses poemas, em geral numa atitude muito séria e solene e, no mais das vezes, espontaneamente, como de improviso.

Serlo, habituado a prestar atenção a qualquer indício de um talento incipiente, procurava encorajá-la; mas, geralmente, ela se recomendava a ele com uma graciosa, variada e por vezes alegre canção, meio pelo qual também o harpista havia caído em suas boas graças.

Sem ter propriamente gênio para a música ou para tocar algum instrumento, Serlo sabia apreciar seu alto valor; procurava, sempre que possível, proporcionar-se esse prazer, incomparável a qualquer outro. Costumava promover, uma vez por semana, um concerto e agora, graças a Mignon, ao harpista e a Laertes, que não era nada inepto ao violino, havia criado uma pequena e maravilhosa orquestra de câmara.

Habituou-se a dizer:

— Tão propenso anda o homem a dedicar-se ao que há de mais vulgar, com tanta facilidade se lhe embotam o espírito e os sentidos para as

[1] Ode designa aqui, especificamente, o poema lírico.

impressões do belo e do perfeito, que por todos os meios deveríamos conservar em nós essa faculdade de sentir. Pois não há quem possa passar completamente sem um prazer como esse, e só a falta de costume de desfrutar algo de bom é a causa de muitos homens encontrarem prazer no frívolo e no insulso, contanto que seja novo. Deveríamos — dizia ele — diariamente ouvir ao menos uma pequena canção, ler um belo poema, admirar um quadro magnífico, e, se possível, pronunciar algumas palavras sensatas.

Ante tais opiniões, que de certa maneira eram naturais em Serlo, as pessoas que o rodeavam não podiam queixar-se da falta de agradáveis entretenimentos. Em meio a um estado tão prazeroso quanto aquele, vieram entregar a Wilhelm uma carta que trazia o selo de luto. O sinete de Werner indicava uma triste notícia, e não foi pequeno o susto de nosso amigo ao ver anunciada em poucas palavras a morte de seu pai. Depois de uma inesperada e breve doença, ele havia partido deste mundo, deixando seus assuntos particulares na melhor ordem.

Essa imprevista notícia atingiu Wilhelm no mais íntimo de seu ser. Sentiu profundamente o quanto costumamos descuidar com indiferença de amigos e parentes enquanto desfrutam conosco a estada aqui na Terra, e só nos arrependemos de tal falta quando uma ligação assim tão bela vem a se romper. Tampouco podiam aplacar-lhe a dor pela morte desse bravo homem numa idade avançada o sentimento do pouco que ele havia amado no mundo e a convicção do pouco que dele gozara.

Os pensamentos de Wilhelm logo se voltaram para suas próprias condições, o que não o fez se sentir menos intranquilo. Não pode o homem deslocar-se para uma situação mais perigosa do que quando circunstâncias exteriores provocam uma grande alteração em seu estado, sem que sua maneira de sentir e de pensar estivesse para tanto preparada. Sobrevém então uma época sem época, resultando numa contradição tanto maior quanto menos o homem se apercebe de não estar ainda preparado para esse novo estado.

Wilhelm se via livre num momento em que ainda não havia acabado de se pôr em harmonia consigo mesmo. Seus pensamentos eram nobres, suas intenções sinceras e não pareciam condenáveis seus propósitos. Tudo isso ele próprio podia reconhecer com uma certa confiança; só que tivera ocasiões bastantes de perceber que carecia de experiência, daí por que atribuía convictamente um valor excessivo à experiência alheia e aos resultados dela derivados, o que vinha sempre dar em erro. Aquilo que lhe faltava, acreditava adquirir retendo e reunindo tudo o que podia encontrar de notável nos livros e na conversação. Eis por que tomava notas de ideias e opiniões alheias e próprias, e até mesmo de conversas inteiras que lhe pareciam interessantes, retendo infelizmente dessa maneira tanto o falso quanto o verdadeiro, fixando-se tempo demais a uma ideia e, poder-se-ia dizer, a uma sentença, perdendo assim sua natural maneira de pensar e de agir ao seguir no mais das vezes luzes estranhas como se fossem estrelas-guias. A amargura de Aurelie e o frio desprezo que seu amigo Laertes nutria pelos homens corrompiam seu juízo com mais frequência que o devido, mas ninguém lhe era mais perigoso que Jarno, um homem cuja inteligência clara proferia um juízo justo e severo sobre as coisas presentes, mas que ao mesmo tempo tinha o defeito de professar esses juízos particulares com uma espécie de generalidade, ainda que as sentenças da razão só são verdadeiramente válidas uma vez e em cada caso concreto, tornando-se injustas quando aplicadas ao caso seguinte.

Assim, esforçando-se por se harmonizar consigo mesmo, Wilhelm se afastava cada vez mais da proveitosa unidade, e em meio a tal perturbação suas paixões podiam com muito mais facilidade utilizar todos os preparativos em seu proveito e desorientá-lo ainda mais quanto àquilo que ele tinha para fazer.

Serlo procurou tirar vantagem da notícia do falecimento, e realmente tinha cada dia mais razão para pensar numa nova maneira de organizar seu espetáculo. Ou bem haveria de renovar os antigos contratos, tarefa que não lhe despertava grande interesse, pois alguns de seus membros, que se consideravam insubstituíveis, tornavam-se dia a dia mais intoleráveis, ou bem haveria de dar à companhia uma configuração totalmente nova, para onde se encaminhava seu desejo.

Sem mesmo insistir junto a Wilhelm, pôs em sobressalto Aurelie e Philine; e os outros companheiros, que ansiavam por um contrato, não deram tampouco sossego a nosso amigo, de modo que ele, apuradíssimo, se encontrava numa encruzilhada. Quem teria imaginado que uma carta de Werner, escrita num sentido totalmente oposto, haveria de impeli-lo a tomar finalmente uma resolução! Omitiremos apenas o início e reproduziremos o restante do escrito, com ligeiras modificações.

Capítulo 2

"... Assim foi e assim sempre será o fato de cada um, em qualquer ocasião, entregar-se a seu ofício e mostrar sua atividade. Nem bem havia expirado o bom velho, quando, um quarto de hora depois, nada mais se passava dentro da casa segundo sua vontade. Amigos, conhecidos e parentes para lá afluíram, mas especialmente aquele tipo de pessoas que, nessas ocasiões, sempre tem alguma coisa a ganhar. Traziam, levavam, contavam, escreviam e calculavam; alguns vinham pelo vinho e pelos bolos, outros bebiam e comiam, mas não vi ninguém mais seriamente ocupado que as mulheres na escolha de seus trajes de luto.

Haverás de perdoar-me, meu amigo, se nessa ocasião eu também pensei em tirar algum proveito, mostrando-me à tua irmã tão solícito e prestativo quanto possível, dando-lhe a compreender que, tão logo fosse conveniente, tínhamos agora a tarefa de apressar uma união que nossos pais, por excesso de formalismo, haviam até aqui retardado.

Não deves, entretanto, pensar que nos tenha ocorrido tomar posse do casarão vazio. Somos mais modestos e mais sensatos; ouve nosso plano. Logo após o casamento, tua irmã virá morar em nossa casa, e com ela também tua mãe.

'Como é possível', deves estar a perguntar-te, 'pois mal há lugar para tua própria família em tal refúgio?' Pois aqui reside precisamente a arte, meu amigo! A engenhosa instalação torna tudo possível, e não haverás de acreditar na quantidade de lugar que se descobre quando se tem necessidade de pouco espaço. Colocaremos à venda o casarão, pelo qual já recebemos uma boa oferta, e esse dinheiro nos irá trazer rendimentos centuplicados.

Espero que estejas de acordo com nosso plano, e queira Deus não tenhas herdado nenhum dos infrutíferos caprichos de teu pai e teu avô. Este, por sua vez, colocava sua felicidade suprema num sem-número de obras de arte insignificantes, que ninguém, e posso mesmo dizer ninguém, poderia com ele apreciar; aquele vivia em instalações tão valiosas que a ninguém deixava desfrutar. Pretendemos agir de modo diferente, e espero tua aprovação.

É verdade que eu próprio só utilizo de toda nossa casa o lugar ocupado por minha escrivaninha e não vejo onde poderia colocar no futuro um berço; mas, em contrapartida, é muito maior o espaço fora de casa. Cafés e clubes para homens, passeios a pé e em veículos para as mulheres, e os belos e aprazíveis recantos do país para os dois. Além da grande vantagem de estar nossa mesa redonda inteiramente ocupada, e de se tornar impossível a meu pai ver amigos que outra coisa não fazem senão criticá-lo levianamente, quanto mais ele se esforça para acolhê-los.

Nada mais de supérfluo em casa! Nada mais de tantos móveis e objetos, nada de coches nem de cavalos! Nada, senão dinheiro, e fazer assim, de modo razoável, dia a dia o que te aprouver. Nada de guarda-roupa, sempre só o que houver de mais moderno e de melhor sobre o corpo; que o homem possa deixar sua casaca e a mulher sua saia, e que delas se desembaracem quando, por alguma razão, saírem de moda! Nada me é mais insuportável que uma coisa envelhecida pelo uso. Se me oferecessem a mais cara pedra preciosa sob a condição de ter de portá-la diariamente no dedo, não a aceitaria, porque que espécie de alegria se pode imaginar ter com um capital morto? Tens aqui, pois, minha alegre profissão de fé: cuidar dos negócios e fazer dinheiro; ser feliz com os seus e não se preocupar com o resto do mundo, senão na medida em que possa ser útil.

Mas, tu dirás: 'Como haverão de me incluir em tão belos planos? Onde me alojarei, se puserem à venda a casa paterna, já que não resta o menor espaço na de tua família?'.

Este é, na verdade, o ponto principal, irmãozinho, e sem demora irei servir-te, mas deixa-me antes enviar-te os devidos elogios pelo excelente modo como tens empregado o tempo.

Diz-me apenas como conseguiste tornar-te em tão poucas semanas um conhecedor de todos os temas úteis e interessantes? Por mais que reconhecesse tuas muitas aptidões, não te julgava capaz de uma tal atenção e de um tal zelo. Teu diário nos convenceu do proveito que tiraste de tua viagem; tua descrição dos martinetes de ferro e cobre é excelente e demonstra amplo conhecimento da matéria.

Também eu os visitei noutros tempos, mas minha relação, comparada com a tua, mais parece uma obra mediocremente escrita. Toda a carta sobre a fabricação das telas de linho é instrutiva, e muito pertinente a observação a respeito da concorrência. Em algumas passagens cometeste erro nas contas, que são, no entanto, perfeitamente desculpáveis.

Mas o que nos tem despertado alegria suprema, a mim e a meu pai, são tuas noções básicas na área administrativa, sobretudo no melhoramento das quintas rurais. Esperamos adquirir um grande terreno, no momento embargado pela Justiça, numa região muito fértil. Investiremos nele o dinheiro que levantarmos com a venda da casa paterna; uma parte dele será emprestada a crédito e a outra deixaremos reservada, e contamos contigo para que te dirijas ao local, procedas aos melhoramentos e, não pretendendo estender-me mais, para que ao cabo de alguns anos o valor das terras possa aumentar em mais de um terço; iremos então vendê-las, procuraremos uma maior, faremos os melhoramentos e de novo as negociaremos; para tudo isso és tu o homem de quem precisamos. Durante esse tempo, não ficarão ociosos em casa nossos recursos, e em breve nos encontraremos numa situação invejável.

Agora, adeus! Desfruta da vida em tuas viagens e encaminha-te para onde encontres prazer e proveito. Antes do próximo semestre não precisaremos de ti; corre, pois, o mundo segundo tua vontade, porque um homem sensato adquire melhor instrução nas viagens. Adeus! Muito me alegra estar tão ligado a ti e, doravante, estar unido a ti também no espírito da atividade."

Por muito bem que estivesse escrita essa carta, e por mais verdades econômicas que encerrasse, desagradou a Wilhelm por mais de uma razão. Os elogios a seus falsos conhecimentos estatísticos, tecnológicos e rurais eram para ele uma censura tácita, e o ideal que seu cunhado lhe pintava da felicidade da vida burguesa não o atraía de maneira alguma; sentia-se antes impelido violentamente para o lado oposto, por conta de um secreto espírito de contradição. Convencia-se de que só no teatro podia completar a formação que desejava adquirir e parecia aferrar-se tanto mais a sua decisão quanto mais vivamente se convertia Werner, sem o saber, em seu adversário. Reuniu então todos os seus argumentos e apegou-se tanto mais em sua opinião quanto mais acreditava ter razões de apresentá-la ao sagaz Werner sob uma luz favorável e, pensando assim, deu à lume sua resposta, que iremos igualmente reproduzir.

Capítulo 3

"Tua carta está tão bem escrita e tão sensata e prudentemente pensada que nada mais há para acrescentar. Deves, porém, perdoar-me se digo que é possível pensar, afirmar e fazer justamente o contrário, e ainda também ter razão. Tua maneira de ser e de pensar demonstram propensão para um patrimônio ilimitado e para uma espécie de prazer fácil e alegre de gozá-lo, e nem preciso dizer-te que não posso encontrar nisso algo que me atraia.

Em primeiro lugar, devo infelizmente confessar-te que meu diário foi composto pela necessidade, compilado de vários livros e com a ajuda de um amigo, com o intuito de agradar meu pai, e que, ainda que eu conheça as coisas que ele contém e muitas outras do gênero, não as compreendo em absoluto nem quero a elas me dedicar. De que me serve fabricar um bom ferro, se meu próprio interior está cheio de escórias? E de que me serve também colocar em ordem uma propriedade rural, se comigo mesmo me desavim?

Para dizer-te em uma palavra: formar-me a mim mesmo, tal como sou, tem sido obscuramente meu desejo e minha intenção, desde a infância. Ainda conservo essa disposição, com a diferença de que agora vislumbro com mais clareza os meios que me permitirão realizá-los. Tenho visto mais mundo que tu crês, e dele me tenho servido melhor que tu imaginas. Atente, portanto, àquilo que digo, ainda que não vá ao encontro de tuas opiniões.

Fosse eu um nobre e bem depressa estaria suprimida nossa desavença; mas, como nada mais sou do que um burguês, devo seguir um caminho próprio, e espero que venhas a me compreender. Ignoro o que se passa nos países estrangeiros, mas sei que na Alemanha só a um nobre é possível uma certa formação geral, e pessoal, se me permites dizer. Um burguês pode adquirir méritos e desenvolver seu espírito a mais não poder, mas sua personalidade se perde, apresente-se ele como quiser. Enquanto para o nobre, que se relaciona com as mais distintas pessoas, é um dever conferir a si mesmo um porte distinto, e esse porte, já que a ele nunca estarão cerradas portas nem portões, transforma-se num porte espontâneo, pois deve pagar por sua aparência, por sua pessoa, seja na corte ou no exército, de modo que tem ele razão em atribuir uma importância a elas e demonstrar que atribui alguma a elas. Uma certa graça majestosa nas coisas corriqueiras, uma espécie de ligeira graciosidade nas coisas sérias e importantes assentam-lhe bem, pois assim deixa ver que onde quer que esteja conserva seu equilíbrio. É uma pessoa pública, e quanto mais requintados seus gestos, mais sonora sua voz e mais comedida e discreta toda sua maneira de ser, mais perfeito ele é. Contanto que se mantenha sempre o mesmo diante de grandes e pequenos, diante de amigos e parentes, então não haverá nada nele para se criticar, nem se poderá desejar-lhe qualquer outra coisa. Que seja frio, mas compreensivo; dissimulado, mas inteligente. Se souber dominar-se exteriormente em qualquer momento de sua vida, ninguém haverá de lhe fazer outras exigências, e tudo o mais que traz em si e a seu redor — capacidade, talento, riqueza —, tudo isso não parecerá senão um acréscimo.

Imagina, agora, um burguês qualquer que pensasse ter uma certa pretensão a essas prerrogativas; haveria de fracassar por completo e seria tanto mais infeliz quanto mais sua natureza lhe tivesse dado capacidade e inclinação para tal.

Se, na vida corrente, o nobre não conhece limites, se é possível fazer-se dele um rei ou uma figura real, pode portanto apresentar-se onde quer que seja com uma consciência tranquila diante dos seus iguais, pode seguir adiante, para onde quer que seja, ao passo que ao burguês nada se ajusta melhor que o puro e plácido sentimento do limite que lhe está traçado. Não lhe cabe perguntar: 'Que és tu?', e sim: 'Que tens tu? Que juízo, que conhecimento, que aptidão, que fortuna?'. Enquanto o nobre tudo dá só com a apresentação de sua pessoa, o burguês nada dá nem pode dar com sua personalidade. Aquele pode e deve aparentar, este só deve ser e, se pretende aparentar, torna-se ridículo e de mau gosto. Aquele deve fazer e agir, este deve realizar e criar, desenvolver suas diversas faculdades para tornar-se útil, e já se presume que não há em sua natureza nenhuma harmonia, nem poderia haver, porque ele, para se fazer útil de um determinado modo, deve descuidar de todo o resto.

Por tal diferença culpa-se não a arrogância dos nobres nem a transigência dos burgueses, mas sim a própria constituição da sociedade; se um dia alguma coisa irá modificar-se, e o que se modificará, importa-me bem pouco; em suma, tenho de pensar em mim mesmo tal como estão agora as coisas, e no modo como hei de salvar a mim mesmo e conseguir o que para mim é uma necessidade indispensável.

Pois bem, tenho justamente uma inclinação irresistível por essa formação harmônica de minha natureza, negada a mim por meu nascimento. Desde que parti, tenho ganhado muito graças aos exercícios físicos; tenho perdido muito de meu embaraço habitual e me apresento muito bem. Também tenho cultivado minha linguagem e minha voz e posso dizer, sem vaidade, que não me saio mal em sociedade. Mas não vou negar-te que a cada dia se torna mais irresistível meu impulso de me tornar uma pessoa pública, de agradar e atuar num círculo mais amplo. Some-se a isso minha inclinação pela poesia e por tudo quanto está relacionado com ela, e a necessidade de cultivar meu espírito e meu gosto, para que aos poucos, também no deleite dessas coisas sem as quais não posso passar, eu tome por bom e belo o que é verdadeiramente bom e belo. Já percebes que só no teatro posso encontrar tudo isso e que só nesse elemento posso mover-me e cultivar-me à vontade. Sobre os palcos, o homem formado aparece tão bem pessoalmente em seu brilho quanto nas classes superiores; espírito e corpo devem a cada esforço marchar a passos juntos, e ali posso ser e parecer tão bem quanto em qualquer outra parte. Se procuro, ademais, outras ocupações, há nelas diversos tormentos mecânicos e posso impor à minha paciência um exercício cotidiano.

Não queiras discutir comigo a esse respeito, pois, antes que me escrevas, já terei dado tal passo. Por conta dos preconceitos dominantes, trocarei meu nome, porque me sinto, ademais, embaraçado em me apresentar como Meister.[2] Adeus! Nossa fortuna está em tão boas

[2] Jogo de palavras entre *Meister*, "mestre" em alemão, e o sobrenome de Wilhelm. (N. do T.)

mãos que não tenho com que me preocupar; se me surgir a ocasião, pedir-te-ei o que precisar; não será muito, pois espero poder sustentar-me com minha arte."

Nem bem a carta fora enviada quando Wilhelm, cumprindo sua palavra, declarou subitamente, para grande espanto de Serlo e dos demais, que iria consagrar-se ao teatro e aceitar um contrato sob modestas condições. Quanto a isso, logo chegaram a um acordo, pois Serlo já havia declarado anteriormente que Wilhelm e os demais haveriam de ficar muito satisfeitos. Toda a infortunada companhia, com a qual tanto nos temos ocupado, foi prontamente aceita, sem que ninguém, exceto talvez Laertes, se mostrasse contudo agradecido a Wilhelm. Havendo pedido sem confiança, recebiam sem agradecimento. A maior parte deles preferia atribuir sua colocação à influência de Philine e a ela dirigiram suas palavras de gratidão. Enquanto isso, os contratos redigidos foram firmados e, por uma inexplicável associação de ideias, ao assinar seu nome sob pseudônimo, produziu-se na imaginação de Wilhelm a imagem daquela clareira, onde, ferido, deitara-se no regaço de Philine. Montada em seu cavalo branco, a amável amazona saiu dentre os arbustos, aproximou-se dele e apeou. Seus desvelos humanitários obrigavam-na a ir e vir, até finalmente parar diante dele. Tombava dos ombros seu capote, começaram a resplandecer seu rosto e sua figura, e ela desapareceu. Foi assim que ele escreveu mecanicamente seu nome, sem saber o que fazia, e só depois de haver assinado, sentiu que tinha a seu lado Mignon, que lhe segurava o braço e havia tratado de afastar suavemente sua mão.

Capítulo 4

Serlo teve de aceitar, não sem alguma restrição, uma das condições impostas por Wilhelm para ingressar no teatro. Ele exigia que *Hamlet* fosse representada por inteiro e sem cortes, e Serlo só consentia nesse estranho desejo na medida do possível. Ora, isso foi motivo para muitas discussões, pois ambos tinham opiniões completamente divergentes quanto ao que era possível ou não, e também quanto àquilo que podiam suprimir da peça sem mutilá-la.

Wilhelm ainda se encontrava naqueles tempos venturosos onde não se pode compreender que alguma coisa seja defeituosa numa mulher amada, num escritor venerado. Nosso sentimento, que esses seres nos inspiram, é tão total, tão de acordo consigo mesmo, que nos obriga também a lhes atribuir uma tal harmonia perfeita. Serlo, ao contrário, gostava de ser seletivo e, quase sempre, em demasia; sua aguda inteligência não costumava ver numa obra de arte senão um todo mais ou menos imperfeito. Acreditava haver poucas razões para se tratar com tanta consideração as peças, tais como as encontrava, e o mesmo haveria de se dar com Shakespeare, sobretudo em *Hamlet*, passível de muitos cortes.

Wilhelm recusava-se terminantemente a ouvi-lo, quando este lhe falava em separar o joio do trigo.

— Não confunda joio e trigo — exclamou ele — com uma árvore, com seu tronco, seus galhos e ramos, suas folhas e seus botões, suas flores e seus frutos. Acaso uma coisa não está ligada a outra e pela outra?

Serlo sustentava que não se levava à mesa toda a árvore; o artista devia oferecer a seus convidados maçãs de ouro em salvas de prata.[3] Consumiam-se os dois em parábolas, e suas opiniões pareciam mais e mais incompatíveis.

Nosso amigo já estava a ponto de se desesperar, quando, depois de uma longa discussão, Serlo lhe aconselhou o meio mais simples de resolver rapidamente o assunto: sacar da pena e sublinhar na tragédia o que verdadeiramente não queria nem podia se dar, concentrar várias personagens numa só e, caso não estivesse ainda muito familiarizado com esse método ou ainda lhe faltasse coragem suficiente para tanto, deixasse a critério dele semelhante tarefa, que em pouco tempo estaria terminada.

— Não foi isso que havíamos combinado — replicou Wilhelm. — Como pode, com seu bom gosto, ser tão leviano?

— Meu amigo — exclamou Serlo —, o senhor também o será. Conheço bem demais o horror desse costume, que talvez já não se pratique em nenhum teatro do mundo. Mas, também, onde há algum tão miserável quanto o nosso? A estas repulsivas mutilações nos obrigam os autores e as consente o público. Quantas peças temos que não ultrapassam a

[3] Nesta passagem, o argumento de Serlo provém de Salomão: "Como maçãs de ouro em salvas de prata, assim é a palavra dita a seu tempo" (*Provérbios*, 25:11).

medida do pessoal, da direção e da mecânica teatral, do tempo, do diálogo e das forças físicas do ator? E no entanto temos de representá-las, mais e mais representá-las, sem cessar. Não devemos então servir-nos de nossa vantagem, já que conseguimos o mesmo resultado tanto com obras fragmentadas quanto com as inteiras? É o público mesmo quem nos confere tal vantagem! Poucos são os alemães, e talvez também sejam poucas as pessoas de todas as nações modernas, que têm o sentimento de um todo estético; elogiam e censuram só de passagem; só de passagem se entusiasmam; e para quem, senão para o ator, constitui maior felicidade, permanecendo o teatro sempre como algo descosido e fragmentário?

— Assim o é — respondeu Wilhelm —, mas deve permanecer assim, tudo deve continuar sendo o que é? Não queira convencer-me de que tem razão, pois nenhum poder do mundo poderia levar-me a manter um contrato que eu tivesse firmado sob o mais grosseiro erro.

Serlo deu ao assunto uma expressão divertida e rogou a Wilhelm que refletisse novamente em suas frequentes conversas a respeito de *Hamlet* e chegasse mesmo a imaginar os meios para uma feliz adaptação.

Ao cabo de alguns dias, que havia passado sozinho, Wilhelm reapareceu com um olhar alegre.

— Quanto não ficaria decepcionado — exclamou ele —, se não tivesse descoberto um meio para contribuir com o conjunto; estou convencido de que o próprio Shakespeare teria agido assim, desde que seu gênio não estivesse tão voltado para o essencial e acaso não se visse tão seduzido pelas narrativas nas quais trabalhava.

— Pois então me conte — disse Serlo, sentando-se com um ar grave no canapé. — Escutarei atentamente, mas, em compensação, me pronunciarei com mais rigor.

Wilhelm respondeu:

— Nada tenho a temer, basta que me escute. Depois de um minuciosíssimo exame, depois de uma deliberação mais madura, pude distin guir duas vertentes na composição dessa peça: a primeira, refere-se às grandes e íntimas relações das personagens e dos acontecimentos, aos poderosos efeitos derivados dos caracteres e atos dos protagonistas, sendo alguns destes excelentes, e irretocável a sequência em que se apresentam. Não podem ser alterados por nenhuma espécie de adaptação, nem mesmo desfigurados. São aqueles que todos desejam ver, que ninguém ousa tocar, que se gravam profundamente na alma e que, segundo ouço dizer, têm levado quase todas as pessoas ao teatro alemão. Só que, na minha opinião, cometem-se muitos erros ao se considerar insignificante, mencionar só de passagem ou simplesmente omitir a segunda vertente que deve ser observada nesse peça. Refiro-me às relações exteriores das personagens, pelas quais elas são levadas de um lugar a outro ou ligadas dessa ou daquela maneira por certos acontecimentos fortuitos. É certo que esses fios são tênues e frouxos, mas atravessam toda a peça e sustentam o que, sem eles, se desfaria, e realmente se desfaz quando se lhes cortam e se crê haver feito mais que o necessário, deixando as pontas soltas. Entre essas relações exteriores enumero as agitações na Noruega, a guerra com o jovem Fortimbrás, a embaixada ao velho tio, a discórdia apaziguada, a expedição do jovem Fortimbrás à Polônia e seu regresso ao final, assim como o regresso de Horácio de Wittenberg, o desejo de Hamlet de partir para lá, a viagem de Laertes à França, seu retorno, o envio de Hamlet à Inglaterra, sua captura pelos piratas, a morte dos dois cortesãos depois da carta de Urias: todas estas são circunstâncias e eventos que podem dar amplitude a um romance, mas que prejudicam extremamente a unidade desta peça em que sobretudo o herói não tem um plano, e que são muito defeituosos.

— Assim dá gosto ouvi-lo! — exclamou Serlo.

— Não me interrompa — replicou Wilhelm —, nem sempre haverá de me elogiar. Esses defeitos são como esteios momentâneos de uma edificação, que não podem ser removidos sem antes erguer-se um sólido muro. Minha proposta, portanto, é não tocar absolutamente naquelas primeiras e grandes situações, conservando-as tão cuidadosamente quanto possível tanto em seu conjunto quanto em seu detalhe, mas rejeitar de vez esses motivos exteriores, particulares, dispersivos e dispersadores, substituindo-os por um só.

— E qual seria? — perguntou Serlo, levantando-se de sua confortável posição.

— Já está na própria peça — replicou Wilhelm —, bastando apenas usá-lo corretamente. Trata-se das agitações na Noruega. Eis meu plano, examine-o pois. Depois da morte do velho Hamlet, os recém-conquistados noruegueses passam a se agitar. O governador do país envia à Dinamarca seu filho Horácio, antigo companheiro de colégio de Hamlet, mas que em bravura e perspicácia a todos precede, para tratar do pronto equipamento da frota que avança com muita lentidão, sob o novo rei, entregue aos prazeres. Horácio conhece então o velho rei, pois se encontrava presente em suas últimas batalhas; cai-lhe nas boas graças e, com isso, a primeira cena do espectro nada perderá. O novo rei concede em seguida uma audiência a Horácio e envia Laertes à Noruega, com a notícia de que a frota em breve atracará, enquanto Horácio recebe a missão de apressar seu armamento; em contrapartida, a mãe não concordará em que Hamlet se faça ao mar com Horácio, como desejava.

— Graças a Deus! — exclamou Serlo. — Assim nos livramos também de Wittenberg e da Universidade, que para mim não passam de um mero estorvo. Acho muito boa sua ideia, pois, com exceção dessas duas únicas imagens distantes, a Noruega e a frota, o espectador não tem que imaginar nada mais; todo o resto ele vê, todo o resto se passa sem que sua imaginação tenha de correr o mundo inteiro.

— Já poderá facilmente ver — respondeu Wilhelm — como haverei de concentrar todo o resto. Quando Hamlet revela o crime de seu padrasto a Horácio, este o aconselha a partir com ele para a Noruega, assegurar-se do exército e retornar de mãos armadas. Havendo-se tornado Hamlet muito perigoso para o rei e a rainha, não têm eles meio mais rápido para livrar-se dele que enviá-lo com a frota, dando-lhe como observadores Rosenkranz e Guildenstern; e como se dá nesse meio-tempo o regresso de Laertes, enviam-lhe também a seu encalço o jovem exaltado a ponto de desejar o assassínio. A frota se mantém imóvel devido aos ventos desfavoráveis; Hamlet retorna mais uma vez, e talvez seu vaguear pelo campo santo possa ser felizmente motivado; seu reencontro com Laertes diante do túmulo de Ofélia é um momento grandioso, indispensável. O rei pode nesta altura pensar que é melhor livrar-se sem demora de Hamlet; celebra-se então solenemente a festa de despedida, da aparente reconciliação com Laertes, em que têm lugar os torneios nos quais também combatem Hamlet e Laertes. Sem os quatro cadáveres não posso terminar a peça; ninguém deve sobreviver. Ao restabelecer o direito de sufrágio do povo, Hamlet, moribundo, dá seu voto a Horácio.

— Pois se apresse, então — exclamou Serlo —, sente-se e trate de dar os últimos retoques à peça. A ideia tem minha total aprovação; só não deixe a intenção se dissipar em fumaça.

Capítulo 5

Já há algum tempo Wilhelm vinha-se dedicando a uma tradução de *Hamlet*; para tanto, servia-se do engenhoso trabalho de Wieland,[4] graças ao qual tomara contato pela primeira vez com Shakespeare. O que fora omitido naquele trabalho, acrescentou ele, e deste modo conseguiu ter um exemplar completo no momento em que quase chegava a um acordo com Serlo quanto à adaptação da peça. Seguindo seu plano, começou então a suprimir e incluir, a separar e reunir, a modificar e com frequência a restabelecer, pois, por mais contente que estivesse com sua ideia, era como se, ao executar o trabalho, não fizesse outra coisa senão corromper o original.

Tão logo terminou sua adaptação, apresentou-a a Serlo e ao resto da companhia. Todos se mostraram muito satisfeitos com ela, e Serlo, sobretudo, fez várias observações favoráveis.

— O senhor soube compreender muito bem — disse ele, entre outras coisas — que as circunstâncias exteriores devem não só acompanhar essa peça, mas também ser mais simples que as indicadas pelo grande poeta. O que se passa fora do teatro, o que o espectador não vê, o que ele tem de imaginar, é como um pano de fundo diante do qual se movem as personagens em ação. Essa grande e simples perspectiva à frota e à Noruega será de grande valor para a peça; se a suprimíssemos completamente, só restaria uma cena de família, e a grande ideia de que toda uma dinastia real se aniquila aqui em virtude dos crimes e das torpezas íntimas não estaria representada em toda sua dignidade. Mas se mantivéssemos aquele pano de fundo múltiplo, móvel e confuso, ele traria prejuízo à impressão das personagens.

Mais uma vez Wilhelm tomou o partido de Shakespeare, justificando que ele escrevia para insulanos, para ingleses, que, no fundo, só estão habituados a ver navios e viagens marítimas, as costas da França e corsários, e o que para eles é algo inteiramente habitual, a nós nos distrai e confunde.

Serlo teve de se conformar com o que ouvira, e, estando a peça destinada ao teatro alemão, ambos concordaram em adaptar da melhor for-

[4] Referência à tradução de Shakespeare (ver nota 16, p. 183).

ma possível aquele pano de fundo mais sério e mais simples a nosso estilo de representar.

Já haviam distribuído previamente os papéis: Serlo faria Polônio; Aurelie, Ofélia; Laertes já estava predestinado pelo próprio nome; um jovem recém-chegado, atarracado e muito vivo, recebeu o papel de Horácio; quanto ao rei e ao espectro havia um certo embaraço. Para esses dois papéis só dispunham do velho ranzinza. Serlo propôs o pedante para rei, contra o que Wilhelm protestou com firmeza. Não conseguiram decidir-se.

Wilhelm havia mantido, ademais, em sua peça, os dois papéis de Rosenkranz e Guildenstern.

— Por que não reuniu os dois em um só? — perguntou Serlo. — Teria sido tão mais fácil operar essa redução...

— Deus me guarde de tais fusões, que neutralizam ao mesmo tempo todo o sentido e efeito! — replicou Wilhelm. — O que esses dois homens são e fazem, um só não pode representá-lo. Em tais minúcias é que se revela a grandeza de Shakespeare. Esse proceder cauteloso, esse dobrar-se e curvar-se, esse conformar-se, acarinhar e adular, essa agilidade, esse abanar de cauda, essa plenitude e esse vazio, essa infâmia legítima, essa incapacidade, como poderia expressá-los uma única pessoa? Necessitaríamos no mínimo de uma dúzia de atores, se pudéssemos dispor de tantos, pois representam sensivelmente algo na sociedade, são a própria sociedade, e Shakespeare foi modesto e sábio o bastante para colocar em cena apenas dois representantes dela. Além do mais, necessito em minha adaptação de duas pessoas que, na qualidade de um par, possam contrastar com o único, o bom e o excelente Horácio.

— Compreendo — disse Serlo —, e acho que sei como nos desembaraçarmos desta dificuldade. Daremos um dos papéis a Elmire (assim se chamava a filha mais velha do velho ranzinza); não haverá de ser prejudicial o fato de terem elas uma boa aparência, e pretendo vestir e enfeitar essas bonecas de forma que seja um prazer vê-las.

Philine estava felicíssima, pois representaria, na pequena comédia, o papel de duquesa.

— Eu o farei — exclamou ela — com a mesma naturalidade com que alguém se casa precipitadamente em segundas núpcias, depois de haver amado ao extremo o primeiro marido. Espero arrancar os maiores aplausos, e que cada homem sonhe em ser o terceiro.

Aurelie não escondeu uma expressão mal-humorada ao ouvir aquilo; sua aversão por Philine aumentava a cada dia.

— É verdadeiramente lamentável — disse Serlo — não dispormos de um balé, pois, se o tivéssemos, a senhora me faria dançar um *pas de deux* com seu primeiro e seu segundo marido, e o velho adormeceria a seu compasso; seus pezinhos e suas panturrilhas pareceriam tão encantadores ali por detrás, no teatro das crianças.

— De minhas panturrilhas o senhor não sabe grande coisa — respondeu ela, maliciosamente —, e quanto a meus pezinhos — exclamou, esticando-os rapidamente para baixo da mesa, alcançando suas pantufas e colocando-as uma ao lado da outra diante de Serlo —, aqui estão as minhas pequenas andas, e desafio-o a encontrar outras mais delicadas.

— É verdade! — disse ele, contemplando as graciosas sapatilhas. — Tem razão, não seria nada fácil encontrar algo mais primoroso.

As pantufas eram um trabalho de Paris; Philine as havia recebido de presente da condessa, uma dama cuja beleza dos pés era famosa.

— Um objeto encantador! — exclamou Serlo. — Meu coração dispara ao vê-los.

— Que arrebatamento! — disse Philine.

— Nada supera um par de pantufas de tão belo e delicado trabalho! — exclamou Serlo. — Mas o ruído que ele faz é ainda mais encantador que sua visão.

Ele as apanhou e as fez tombar repetidas vezes, alternadamente, sobre a mesa.

— Que significa isso? Devolva-mas, vamos! — exclamou Philine.

— Pois permita dizer-lhe — respondeu ele com dissimulada modéstia e manhosa seriedade —, nós, os solteiros, que na maior parte das vezes passamos as noites sozinhos e, como os demais homens, sentimos medo e nas trevas ansiamos por uma companhia, especialmente nas estalagens e lugares estranhos onde não estamos de todo seguro, nós encontramos grande consolo quando uma jovem de bom coração vem nos prestar companhia e assistência. É de noite, estamos na cama, ouve-se um ruído, sentimos um arrepio, a porta se abre, reconhecemos um amável fio de voz a sussurrar, a aproximar-se furtivamente, ouvimos o roçar das cortinas, clap! clap!, as pantufas caem e, pronto!, já não estamos mais sós. Ah, que amável e inconfundível ruído o dos saltinhos batendo no chão!

Quanto mais delicados, mais encantadores soam. Que não me falem de Philomele,[5] dos riachos murmurantes, do sussurro do vento, nem de nada que já possa ter soado como órgão ou silvo..., eu me atenho a esse clap! clap! clap! clap! É o mais belo tema para um *rondeau*, que alguém sempre deseja ouvir mais de uma vez, desde o começo.

Philine tomou-lhe as pantufas das mãos e disse:

— Como as torceu! Estão largas demais para mim.

Pôs-se a brincar com elas, esfregando as solas uma contra a outra.

— Que quentes elas ficam! — disse ela, levando ao rosto uma sola e passando-a a Serlo, depois de esfregar novamente uma contra a outra.

Ele foi bastante gentil para sentir seu calor.

— Clap! Clap! — exclamou ela, aplicando-lhe com o salto um golpe tão vigoroso, que ele, gritando, afastou a mão. — Vou ensinar-lhe a pensar diferente de minhas pantufas — disse Philine, rindo.

— E eu te ensinarei como as crianças devem tratar os mais velhos — replicou Serlo, levantando-se de um salto, agarrando-a com violência e roubando-lhe mais de um beijo, que ela o deixava muito artificialmente arrebatar com uma séria resistência.

Enquanto lutava, desprenderam-se seus longos cabelos que se enovelaram em torno dos dois; tombou a cadeira no chão, e Aurelie, que em seu íntimo sentia-se ofendida com aquela desordem, levantou-se aborrecida.

Capítulo 6

Embora com a nova adaptação de *Hamlet* muitas personagens tivessem sido eliminadas, ainda assim continuava a restar um número muito grande, para o qual a companhia parecia quase não ser suficiente.

— Se continuar assim — disse Serlo —, até nosso ponto terá de sair do alçapão, caminhar entre nós e transformar-se em personagem.

— Muitas vezes ele tem despertado minha admiração em seu posto — replicou Wilhelm.

[5] Personagem da mitologia grega, raptada e transformada em rouxinol; figura recorrente na poesia lírica sentimental do século XVIII.

— Não creio que exista um apontador mais perfeito — disse Serlo. — Jamais o público o ouvirá, a despeito de, estando em cena, entendermos cada sílaba. Ele criou, pode-se dizer, um órgão adequado para isso; assim como um gênio que, em caso de necessidade, nos sussurra distintamente. Ele sente qual parte do papel o ator assimila com perfeição, e pressente de longe quando a memória irá abandoná-lo. Em muitas ocasiões, em que mal pude passar os olhos pelo texto, ele me soprou palavra por palavra, o que me possibilitou atuar com sucesso; mas é dado a algumas extravagâncias, que fariam de qualquer outro um inútil: toma com tal ênfase partido nas peças que não declama precisamente as passagens patéticas, antes as recita, cheio de afetação. Por conta desse mau hábito, mais de uma vez já me induziu a erros.

— A mim também — disse Aurelie —, já me colocou em situação delicadíssima com outra de suas extravagâncias.

— Como é possível, sendo ele tão atencioso? — perguntou Wilhelm.

— Pois em certas passagens — respondeu Aurelie —, ele se comove de uma tal maneira que verte lágrimas ardentes, chegando mesmo, em alguns momentos, a perder o juízo; e não são propriamente as passagens ditas emotivas que o põem em tal estado, mas sim as belas passagens, para me exprimir melhor, nas quais parece assomar o espírito puro do poeta de olhos claros e abertos; passagens que nos causam o prazer supremo, mas para as quais milhares de pessoas fecham seus olhos.

— E por que, sendo dono de uma alma tão delicada, não se tornou ator?

— Um órgão rouquenho e uma conduta austera o excluem do palco, e sua natureza hipocondríaca o afasta da sociedade — respondeu Serlo. — Quanto esforço despendi para habituá-lo a mim! Mas em vão! Ele lê admiravelmente, como nunca antes ouvi alguém ler; não há ninguém que como ele observe o tênue limite entre declamação e recitação afetada.

— Achei! — exclamou Wilhelm. — Achei! Que feliz descoberta! Finalmente temos o ator que recitará a passagem do rude Pirro.[6]

— É preciso ter muita paixão, como tem o senhor — replicou Serlo —, para tirar proveito de tudo.

— Sem dúvida — exclamou Wilhelm —, pois uma de minhas maio-

[6] Trecho do ato II, cena II de *Hamlet*.

res preocupações era ter de eliminar tal passagem, sem a qual toda a peça ficaria paralisada.

— Não consigo entender como — replicou Aurelie.

— Espero que logo a senhora me dê razão — disse Wilhelm. — Shakespeare conduz os atores que chegam a um duplo fim. Em primeiro lugar, o homem que declama a morte de Príamo com tanto sentimento causa uma profunda impressão sobre o próprio príncipe; ele aguça a consciência do jovem indeciso e, com isso, esta cena se torna prelúdio daquela em que o pequeno espetáculo tão grande efeito produz sobre o rei. Hamlet se sente humilhado pelo ator, que tão grande interesse demonstra por dores alheias e fingidas, e imediatamente lhe nasce a ideia de agir de maneira semelhante sobre a consciência de seu padrasto. Que esplêndido monólogo aquele que encerra o segundo ato! Com que prazer o recito: "Oh, que miserável, que escravo abjeto sou!... Não é monstruoso que esse ator, numa fantasia somente, num sonho de paixão, possa forçar assim tão à vontade sua alma, até ao ponto de obter um rosto pálido?... Olhos lacrimosos! Conduta conturbada! Voz entrecortada! Toda sua natureza penetrada por um sentimento! E tudo por nada... Por Hécuba!...[7] Que é Hécuba para ele, ou ele para Hécuba, que por ela deva chorar?".

— Se pudéssemos trazer à cena nosso homem! — disse Aurelie.

— Devemos conduzi-lo aos poucos para lá — replicou Serlo. — Durante os ensaios ele pode ler essa passagem; diremos que estamos aguardando o ator que irá representá-la, e deste modo veremos como aproximá-lo.

Chegado a um acordo quanto àquilo, a conversa recaiu sobre o espectro. Wilhelm não conseguia decidir-se a confiar ao pedante o papel do rei vivo, para que o ranzinza pudesse representar o do espectro; era antes da opinião de que se devia esperar algum tempo, pois muitos atores haviam se inscrito e, quem sabe, encontrariam entre eles o homem adequado.

Pode-se portanto imaginar qual não foi o assombro de Wilhelm ao encontrar certa tarde, sobre sua mesa, lacrado e endereçado a seu pseudônimo, com caracteres estranhos, o seguinte bilhete:

[7] Esposa de Príamo, rei de Troia, assassinado por Pirro.

"Ó singular jovem, estás, como sabemos, em grande apuro. Mal encontras pessoas para teu *Hamlet*, e menos ainda para os espectros. Teu zelo merece um milagre; milagres não podemos fazer, mas qualquer coisa de milagrosa há de se passar. Se tens fé, à hora apropriada aparecerá o espectro! Tem ânimo e fica tranquilo! Não há necessidade de resposta, estaremos a par de tua decisão".

Com esse estranho bilhete nas mãos, saiu apressado à procura de Serlo que, depois de lê-lo e relê-lo, acabou finalmente por assegurar, com uma expressão meditativa, tratar-se de algo sério, necessitando-se pois ponderar muito bem quanto ao que deveriam e poderiam ousar. Discutiram longamente. Aurelie manteve-se calada, sorrindo de quando em quando, e como dias depois voltaram a falar do assunto, ela deu a entender sem evasivas que considerava tudo aquilo uma brincadeira de Serlo. Disse a Wilhelm que ficasse absolutamente despreocupado e aguardasse pacientemente a chegada do espectro.

Quanto a Serlo, este andava de muito bom humor, pois os atores demissionários empenhavam-se da melhor forma possível para representar bem, com o intuito de que logo sentissem sua falta; por sua vez, graças à curiosidade do público pela nova companhia, ele podia esperar também as melhores receitas.

Até mesmo a convivência com Wilhelm tivera sobre ele alguma influência. Começou a falar mais de arte, pois afinal era um alemão, e esta nação gosta de prestar-se contas do que faz. Wilhelm costumava tomar nota de uma ou outra dessas conversas e, para não interromper demasiadamente nossa narrativa, iremos expor em outra ocasião tais ensaios sobre arte dramática àqueles de nossos leitores que pelo assunto se interessarem.

Serlo se mostrou particularmente alegre certa tarde ao discorrer a respeito da maneira como imaginava interpretar o papel de Polônio.

— Desta vez — disse ele —, prometo dar o melhor de mim ao representar um homem tão digno. Comporei, com elegância, calma e segurança adequadas, a nulidade e a importância, a satisfação e a existência insípida, a liberdade e o comedimento, o gracejo sincero e a verdade fingida, ali onde se fizerem convenientes. Hei de compor e apresentar com todo o apuro um tal semibufão, grisalho, honrado, perseverante, que serve ao tempo, e para tanto me prestarão bons serviços as pinceladas um pouco rudes e grosseiras de nosso autor. Hei de falar como um livro quando me tiver preparado, e como um tolo, quando estiver de bom humor. Serei insípido ao falar o que agrada aos outros, e sempre muito sutil, para não perceber quando as pessoas zombarem de mim. Poucas vezes assumi um papel com tanto prazer e tanta malícia.

— Quisera eu poder esperar tantas coisas assim do meu! — disse Aurelie. — Não tenho nem juventude nem brandura suficientes para me reconhecer em tal caráter. Só uma coisa, infelizmente, eu sei: não há de me abandonar o sentimento que faz Ofélia perder a cabeça.

— Não nos prendamos tão estritamente assim às coisas — disse Wilhelm —, pois, a bem dizer, meu desejo de representar *Hamlet* me levou a erros crassos, a despeito de todo meu estudo da peça. Quanto mais estudo o papel, mais vejo que não há em minha aparência nenhum traço fisionômico com que Shakespeare compôs seu Hamlet. Quando me pego de fato a refletir no quanto tudo está exatamente relacionado com esse papel, quase não me sinto seguro de produzir um efeito razoável.

— Sua estreia na carreira é muito escrupulosa — respondeu Serlo. — O ator adapta-se como pode ao papel, e o papel assimila-se a ele como deve. Mas, como Shakespeare pintou seu Hamlet? É ele tão diferente assim do senhor?

— Para começar, Hamlet é louro — replicou Wilhelm.

— Isto se chama ir longe demais! — disse Aurelie. — De onde tirou tal conclusão?

— Como dinamarquês, como nórdico, ele é louro por sua origem e tem olhos azuis.

— Teria Shakespeare realmente pensado nisso?

— Não o encontrei categoricamente expresso, mas em relação com outras passagens parece-me incontestável. Cansa-o a esgrima, o suor escorre-lhe pelo rosto, e a rainha diz: "Está gordo, deixem-no retomar o fôlego". Ora, de que outro modo é possível representá-lo senão louro e corpulento? Porque os morenos, quando jovens, raramente se enquadram nesse caso. Acaso sua instável melancolia, sua branda tristeza, sua ativa indecisão não convêm melhor a esse tipo de figura do que se o senhor imaginar um jovem esguio e de cachos morenos, de quem se espera mais decisão e agilidade?

— O senhor me adultera a imaginação com seu gordo Hamlet! — exclamou Aurelie. — Não nos represente, sim, seu príncipe corpulento! Prefiro que nos ofereça um *quid pro quo* que nos encante e comova. A intenção do autor não está tão próxima assim de nosso prazer, e exigimos um atrativo que nos seja homogêneo.

Capítulo 7

Pôs-se a companhia certa tarde a discutir qual dos gêneros seria superior: o drama ou o romance. Serlo assegurava tratar-se de uma discussão inútil, equivocada; tanto um quanto outro poderiam ser excelentes a seu modo, contanto que se mantivessem nos limites de seu gênero.

— Eu mesmo ainda não tenho uma opinião totalmente clara a esse respeito — replicou Wilhelm.

— Mas, quem tem? — disse Serlo. — E é por isso mesmo que valeria a pena examinar o assunto mais de perto.

Falaram muito, tanto de um quanto de outro aspecto da questão, até finalmente chegarem a este resultado aproximado:

Tanto no romance quanto no drama vemos natureza e ação humanas. A diferença entre ambos os gêneros literários não reside apenas na forma exterior, nem no fato de que naquele falem as personagens e neste se conte geralmente algo a respeito delas. Muitos dramas não passam infelizmente de romances dialogados, e não seria impossível escrever um drama em forma epistolar.

No romance devem ser preferencialmente apresentados os sentimentos e fatos; no drama, caracteres e ações. O romance deve evoluir lentamente, e os sentimentos do protagonista, seja da maneira que for, devem retardar o avanço do conjunto até seu desenvolvimento. O drama deve ter pressa, e o caráter do protagonista acelerar-se rumo ao final e não ser senão coibido. É necessário que o herói do romance seja passivo ou, pelo menos, não seja ativo em alto grau; do herói dramático se exige eficácia e ação. Grandison, Clarisse, Pamela, o Vigário de Wickenfield e Tom Jones[8] são, eles mesmos, personagens senão passivas, ao menos retarda-

[8] Nesta passagem, somente obras da literatura inglesa vêm citadas como bons ro-

tárias, e todos os fatos se coadunam em certa medida com seus sentimentos. No drama, nada se modela ao herói, tudo se lhe é adverso, e ele remove e suprime de seu caminho os obstáculos, ou sucumbe a eles.

Também concordaram em que no romance pode-se permitir o livre jogo do acaso, desde que este sempre seja conduzido e governado pelos sentimentos da personagem; só no drama, porém, tem seu lugar o destino, que impele os homens sem a intervenção destes, mediante circunstâncias exteriores independentes, a uma catástrofe imprevista; o acaso pode muito bem produzir situações patéticas, mas nunca trágicas; o destino, por sua vez, deve ser sempre terrível, e torna-se trágico, no sentido extremo, ao encadear calamitosamente atos culpados e inocentes, independentes entre si.

Essas considerações também o levaram de volta ao admirável *Hamlet* e às particularidades dessa peça. O herói, disseram, só tem, na verdade, sentimentos; são unicamente os fatos que o impelem, e é por isso que a peça ganha, em termos de extensão, alguma coisa do romance; mas, uma vez que o destino traçou seu plano, uma vez que o ponto de partida da peça é uma ação terrível, e o herói é sempre impelido para frente, rumo a uma ação terrível, a peça resulta portanto trágica no sentido extremo, e não padece de nenhum outro desenlace senão o trágico.

Já se podia agora fazer o ensaio de leitura, que Wilhelm considerava propriamente como uma festa. Ele já havia colacionado previamente os papéis, de sorte que não poderia ocorrer nenhum embaraço quanto a esse aspecto. Todos os atores conheciam a peça, e ele procurou apenas, antes de começarem, persuadi-los da importância de um ensaio de leitura. Assim como se exige de todo músico que até certo ponto saiba tocar à primeira leitura, assim também todo ator, ou mesmo qualquer pessoa bem-educada, deve exercitar-se em ler à primeira vista, em captar imediatamente o caráter de um drama, de um poema ou de uma narrativa e expô-lo com habilidade. Não ajudará em nada memorizar tudo, se o ator não

mances. Este era um gênero que ainda não havia produzido na Alemanha obras de peso. *Werther* não podia ser mencionado, pois, além de ser de autoria do próprio Goethe, não era um representante típico do gênero, por sua forma epistolar. Os livros referidos são: *Grandison* (1754), *Clarisse* (1748) e *Pamela* (1740), de Samuel Richardson; *O vigário de Wickenfield* (1766), de Oliver Goldsmith; e *Tom Jones* (1749), de Henry Fielding — todos já contavam com traduções para o alemão na época.

houver de antemão penetrado no espírito e no pensamento do bom autor; a letra, em si, nenhum efeito irá produzir.

Serlo assegurava que faria vista grossa a todos os demais ensaios, inclusive ao ensaio geral, contanto que cuidassem para que se fizesse justiça àquele ensaio de leitura:

— Porque — dizia ele — não há nada mais divertido que ouvir os atores falando de estudos; causa-me a mesma impressão que quando ouço os franco-maçons falando de trabalho.

O ensaio saiu conforme desejava, e pode-se dizer que a reputação e a boa acolhida da companhia se baseavam nessas poucas e bem empregadas horas.

— Agiu muito bem, meu amigo — disse Serlo, quando se viu novamente a sós com Wilhelm —, ao dirigir-se com tanta seriedade a nossos colaboradores, embora eu tema que dificilmente cumpram seus desejos.

— Como assim? — replicou Wilhelm.

— Descobri — disse Serlo — que, assim como é tão simples pôr em movimento a imaginação dos homens e tão fácil fazê-los contar histórias, é igualmente tão raro encontrar neles alguma sorte de imaginação produtiva. Entre atores, isso é muito marcante. Todos se sentem satisfeitíssimos em assumir um belo, brilhante e louvável papel; mas é raro que algum deles faça mais que se colocar vaidosamente no lugar do herói, sem ao menos se preocupar em saber se alguém poderia tomá-lo por aquele. Mas a poucos é dado compreender vivamente o que o autor pensou ao escrever a peça, o quanto de sacrifício pessoal é preciso para desempenhar satisfatoriamente o papel, de que maneira, mediante a própria convicção de ser uma pessoa em tudo diferente, levar o espectador a essa mesma convicção, e de que maneira, mediante a íntima verdade da força representativa, transformar esse tablado em templo, esse papelão em floresta. Essa íntima força do espírito, que por si só dá a ilusão ao espectador, essa verdade fictícia, que por si só produz todo o efeito e por si só obtém a ilusão, quem de tudo isso faz alguma ideia? Não insista pois demasiadamente conosco para que tenhamos espírito e sentimento! O meio mais seguro é explicar primeiro a nossos amigos, com calma, o sentido da letra e abrir-lhes a inteligência. Quem tem aptidão, logo se dará pressa em encontrar a expressão sensível e engenhosa, e quem não a tem, pelo menos não representará nem declamará de maneira totalmente falsa. Mas não tenho encontrado entre os atores, como de resto em todas as partes, pretensão maior que a de exigir de alguém espírito, enquanto ainda não lhe é clara e familiar a letra.

Capítulo 8

Wilhelm chegou cedo demais para o primeiro ensaio teatral e se encontrou sozinho no palco. Surpreendeu-o o local, evocando-lhe as mais maravilhosas lembranças. Os cenários da floresta e da aldeia eram exatamente iguais aos do teatro de sua cidade natal; ali também, numa certa manhã, durante um ensaio, Mariane lhe declarou ardentemente seu amor, prometendo-lhe a primeira noite de felicidade. As casas rústicas se assemelhavam tanto no teatro quanto no campo; o verdadeiro sol da manhã, que penetrava por uma persiana entreaberta, iluminava uma parte do banco mal fixado junto à porta; mas, infelizmente, não clareava como então o colo e o regaço de Mariane. Sentou-se e se pôs a refletir sobre aquela estranha harmonia, e teve o pressentimento, conforme acreditou, de que em breve voltaria a vê-la, talvez naquele mesmo lugar. Ah, nada além de uma farsa,[9] de que fazia parte aquele cenário, representada amiúde nos teatros alemães!

Vieram arrancá-lo dessas reflexões os demais atores, que acabavam de chegar, acompanhados de dois aficionados por teatro e seus bastidores, que cumprimentaram Wilhelm com entusiasmo. Um deles vinha de certo modo colado a madame Melina; o outro, porém, era um verdadeiro amante das artes cênicas, e ambos pertenciam àquela espécie de pessoa que toda boa companhia de teatro gostaria de ter como amiga. Era impossível dizer se seu conhecimento era maior que seu amor pelo teatro. Amavam-no demais para conhecê-lo bem, e o conheciam o bastante para apreciar o bom e condenar o ruim. Mas, a despeito de sua inclinação, toleravam o medíocre, e o magnífico prazer com que, antes e depois, saboreavam o bom estava acima de qualquer expressão.[10] O elemento mecânico

[9] *Nachspiel*, no original. (N. do T.)

[10] Antes e depois: durante os ensaios e depois da apresentação.

fazia suas alegrias, o espiritual os encantava, e tão grande era sua simpatia que mesmo um ensaio parcial os levava a uma espécie de ilusão. Os defeitos pareciam sempre perder-se na distância, e o que havia de bom os tocava como um objeto próximo. Eram, em suma, daqueles aficionados que todo artista deseja em sua profissão. Seu passeio predileto resumia-se a caminhar dos bastidores para a plateia, e da plateia para os bastidores; seu ponto de parada mais agradável, o guarda-roupa; sua ocupação mais assídua, apurar alguma coisa com referência a atitude, traje, recitação e declamação dos artistas; seu tema mais animado de conversa, o efeito que haviam produzido; e seu empenho constante, manter atento, ativo e correto o ator, fazer-lhe algo em seu proveito ou por afeição a ele, e proporcionar à companhia, sem prodigalidade, alguns prazeres. Ambos já haviam adquirido o exclusivo direito de aparecer no teatro durante os ensaios e as apresentações. Já no tocante à representação de Hamlet, não concordavam em todos os pontos com Wilhelm; este fazia concessões aqui e acolá, mas em regra mantinha sua opinião e, no geral, essas conversas foram-lhe muito úteis para a formação de seu gosto. Fez ver aos dois amigos quanto os estimava, e eles, em troca, prenunciavam como resultado de tais esforços comuns nada menos que uma nova época para o teatro alemão.

A presença desses dois homens se revelou bastante útil aos ensaios. Haviam convencido sobretudo nossos atores de que, durante os ensaios, deveriam sempre unir o gesto e a ação à palavra, tal como pensavam em fazer durante a apresentação, e através do hábito juntar tudo aquilo de um modo mecânico. Especialmente com as mãos não deveriam fazer nenhum movimento vulgar, mesmo que o fosse durante o ensaio de uma tragédia; um ator trágico que, no ensaio, se pusesse a tomar rapé, era para eles motivo de temor, pois tinham por muito provável que, durante tal passagem no decorrer da representação, daria por falta da pitada de rapé. Eram inclusive da opinião de que nenhum ator deveria ensaiar com botas, se fosse representar com sapatos. Mas nada, asseguravam eles, nada lhes causava maior aflição que ver durante os ensaios as mulheres com as mãos escondidas nas dobras das saias.

Os conselhos desses homens produziram, ademais, um outro resultado muito bom: todas as personagens masculinas deveriam aprender a lutar.

— Já que há tantos papéis de militares — diziam —, nada mais desolador que ver cambaleando pelo palco homens sem o menor adestramento, vestindo uniformes de capitão ou de major.

Wilhelm e Laertes foram os primeiros a se submeter às lições de um suboficial, prosseguindo, ainda assim, com grandes esforços seus exercícios de esgrima.

Os dois homens aplicaram-se com muito afinco à formação de uma companhia que tão afortunadamente se havia reunido. Velavam pela futura satisfação do público que, entretanto, zombava, ocasionalmente de caprichos tão resolutos. Todos ignoravam o quanto havia para agradecer àqueles dois, sobretudo porque não descuidavam de recomendar expressamente aos atores o seguinte ponto fundamental: o dever que tinham de falar em voz alta e clara. Encontraram aqui mais resistência e má vontade do que haviam a princípio imaginado. A maior parte dos atores queria que os ouvissem tal como falavam, e poucos se davam ao trabalho de falar de maneira que se pudesse escutá-los. Alguns atribuíam a falha ao local, outros diziam que não se permitiriam gritar quando lhes era exigido que falassem naturalmente, de forma reservada ou carinhosa.

Nossos aficionados por teatro, donos de uma paciência indescritível, procuraram de todas as maneiras dissipar essa confusão e combater a teimosia. Não poupavam argumentos nem adulações, e só conseguiram enfim alcançar seu objetivo valendo-se sobretudo do bom exemplo de Wilhelm. Este pediu a todos que, durante os ensaios, se sentassem nos cantos mais distantes e batessem com uma chave no banco toda vez que não ouvissem claramente. Ele articulava bem, expressava-se com moderação, subia o tom gradualmente e não gritava nem mesmo nas passagens mais violentas. A cada novo ensaio ouvia-se menos o bater das chaves; pouco a pouco os outros foram aceitando a mesma operação, e já se podia esperar que ao final a peça fosse ouvida por todos em todos os cantos da casa.

Eis aqui o exemplo do quanto as pessoas gostariam de alcançar seus objetivos apenas utilizando seu próprio método, quanto trabalho em fazê-las compreender o que por si mesmo se compreende, e que dificuldade para aquele que deseja realizar alguma coisa trazer ao conhecimento as primeiras condições, graças às quais se apresentará como possível a realização de seu projeto.

Capítulo 9

Continuaram a fazer os preparativos necessários para os cenários e figurinos, e o que mais fosse indispensável. Para algumas cenas e passagens Wilhelm tinha caprichos especiais, aos quais Serlo cedia, em parte em consideração ao contrato, em parte por convicção, e porque esperava conquistar Wilhelm com essas deferências para, em seguida, dirigi-lo tanto melhor segundo suas intenções.

Assim, por exemplo, na primeira audiência, o rei e a rainha deveriam aparecer sentados em seu trono, ao lado dos quais estariam os cortesãos, e Hamlet, mal definível, entre eles.

— Hamlet — dizia ele — deve portar-se com discrição; seus trajes pretos já são suficientes para distingui-lo dos demais. Ele deve antes esconder-se que se sobressair. Só então, quando a audiência termina, quando o rei lhe fala como a um filho, é que ele poderá destacar-se, e a cena seguirá seu curso.

Havia ainda uma outra dificuldade capital, relacionada com os dois quadros a que Hamlet se refere com tão grande impetuosidade na cena com sua mãe.

— Deveríamos mostrá-los — dizia Wilhelm — em tamanho natural, no fundo da sala, ao lado da porta principal, e o do velho rei, com a armadura completa, como o espectro, deve estar pendurado justamente na parte da sala por onde ele entra. Quero que a figura faça com a mão direita um gesto autoritário, vire-se ligeiramente e olhe por sobre o ombro, para que se pareça em tudo com o espectro, no momento em que este atravessar a porta. Causará um efeito ainda maior se, nesse momento, Hamlet fitar o espectro, e a rainha, o quadro. Pode-se apresentar o padrasto com todo o aparato régio, mas mais discreto que o outro. Há ainda diversos outros pontos acerca dos quais talvez tenhamos oportunidade de falar.

— O senhor continua inflexível na morte de Hamlet ao final? — perguntou Serlo.

— Como posso mantê-lo vivo — disse Wilhelm —, se toda a peça o impele para a morte? A esse respeito já conversamos demasiadamente.

— Mas o público o quer vivo.

— Outras coisas farei para agradar ao público, mas esta me é impossível. Também nós gostaríamos que pudesse viver por mais algum tempo ainda um homem honrado e útil, que está morrendo de uma doença crônica. A família chora e esconjura o médico, que não pode deter sua morte; e assim como aquele não pôde se opor a uma fatalidade da natureza, tampouco nós podemos reger uma notória fatalidade da arte. É uma falsa condescendência para com as pessoas despertar nelas sensações que desejam ter, e não aquelas que devem ter.

— Quem traz o dinheiro pode exigir a mercadoria a seu bel-prazer.

— Até certo ponto; mas um grande público merece que o respeitem, que não o tratem como criança, a quem se quer tomar o dinheiro. Tratemos de guiá-lo aos poucos, com o auxílio do que é bom, rumo ao sentimento e ao gosto pelo bom, e desta forma ele despenderá seu dinheiro com duplo prazer, porque sua inteligência, e até mesmo sua razão, nada terão para reprová-lo com essa despesa. Podemos adulá-lo como a uma criança querida, adulá-lo para torná-lo melhor, para ilustrá-lo no futuro, e não como a um homem rico e distinto, para perpetuar um erro que nos é vantajoso.

E assim discorreram sobre muitas coisas concernentes sobretudo à questão de saber o que ainda era passível de modificações na peça e o que devia permanecer intocável. Não nos estenderemos mais neste aspecto, mas talvez apresentemos mais para a frente a nova adaptação de *Hamlet* àquela parcela de nossos leitores que eventualmente demonstre algum interesse.

Capítulo 10

Tivera lugar o ensaio geral, que durou um tempo excessivo. Serlo e Wilhelm ainda tinham muito com que se preocupar, pois, a despeito do longo tempo que haviam empregado nos preparativos, haviam protelado para o último momento providências extremamente necessárias.

Assim, por exemplo, os retratos dos dois reis tampouco estavam terminados, e a cena entre Hamlet e sua mãe, de que esperavam um grande efeito, parecia muito pobre, pois nela ainda não estavam presentes nem o espectro nem sua imagem pintada. Gracejando, Serlo disse na ocasião:

— Na verdade nos veríamos em grande apuro se o espectro não aparecesse; a guarda haveria portanto de lutar com o ar e nosso ponto teria de suprir o espectro, dizendo sua fala dos bastidores.

— Não vamos afugentar nosso estranho amigo com nossa descrença — replicou Wilhelm —; estou certo de que ele aparecerá no momento oportuno e nos surpreenderá tanto quanto aos espectadores.

— Claro! — exclamou Serlo. — Ah, como ficaria feliz se pudéssemos representar a peça amanhã mesmo! Estamos tendo mais trabalho do que supúnhamos.

— Pois não haveria ninguém no mundo mais feliz que eu, se a peça fosse representada amanhã — replicou Philine —, já que não me sinto nem um pouco incomodada com meu papel. Mas, em compensação, ter de ouvi-los falar sempre da mesma coisa, cujo resultado outro não é que uma representação da qual se esquecerão como centenas de outras, esgota minha paciência! Pelo amor de Deus, chega de tantas cerimônias! Os comensais que se levantam da mesa sempre têm algo a criticar de cada prato; e mesmo dentro de suas próprias casas podemos ouvi-los falar o quanto lhes custa compreender como puderam suportar aquela miséria.

— Permita-me empregar sua comparação a meu favor, bela criança — replicou Wilhelm. — Pense no que a natureza e a arte, o comércio, a indústria e as ocupações têm de produzir para que se torne possível a realização de um banquete. Quantos anos o cervo deve passar na floresta, o peixe no rio ou mar, até tornarem-se dignos de ser servidos em nossas mesas, e quanta lide na cozinha tem a dona de casa ou a cozinheira! Com que indiferença engolimos durante a sobremesa a dedicação do vinhateiro, do marinheiro, do adegueiro mais longínquos, como se assim tivesse de ser! E seriam estes motivos bastantes para que todos os homens deixassem de trabalhar, produzir e fazer, para que todo chefe de família não cuidasse de reunir e conservar tudo isso, pois, afinal, o prazer não é senão passageiro? Mas nenhum prazer é passageiro, porque é duradoura a impressão que ele nos deixa, e o que se faz com aplicação e esforço transmite inclusive ao espectador uma força secreta, da qual é impossível saber até onde chegam seus efeitos.

— Para mim, tanto se me dá — replicou Philine —; a única coisa que sei, e que é válida aqui também, é que os homens estão sempre em contradição consigo mesmos. Com todo esse escrúpulo de não querer mutilar o grande autor, acabam deixando de fora da peça o mais belo pensamento.[11]

— O mais belo? — exclamou Wilhelm.

— O mais belo, sem dúvida, com o qual o próprio Hamlet se deleita.

— E qual seria? — exclamou Serlo.

— Estivesse o senhor usando uma peruca — respondeu Philine —, e eu lha tiraria com muita elegância, pois parece ser necessário abrir-lhe o entendimento.

Os outros ficaram a pensar e interromperam a conversa. Levantaram-se, pois já era tarde, e se mostraram dispostos a sair. Mas, enquanto pareciam assim indecisos, Philine começou a entoar uma cantiga, com uma melodia muito delicada e agradável:

Não canteis em tom triste
A solidão da noite;
Oh não! Pois ela, ó gentis e belas,
É feita para a companhia.

Assim como a mulher do homem
É sua mais bela metade,
A noite é metade da vida,
E também sua mais bela metade.

Como podeis desfrutar o dia
Que os prazeres interrompe?
Só serve para distrações,
Para outra coisa não vale.

Mas quando, à hora noturna,
Da lâmpada eflui doce penumbra,
E de boca em boca
Irrompem gracejo e amor;

[11] Alusão às palavras de Hamlet dirigidas a Ofélia, no ato III, cena II: "*That's a fair thought to lie between maids' legs*" ("É um belo pensamento se deitar entre as pernas de uma virgem").

Quando o jovem apressado e livre,
Que em geral corre bravio e fogoso,
Por uma pequena prenda,
Entre ligeiros jogos se detém;

Quando o rouxinol aos enamorados
Entoa amoroso sua pequena canção
Que aos cativos e aflitos
Soa apenas como lamento e dor;

Com que ligeira palpitação
Escutais pois então o sino
Que ao compasso das doze badaladas
Paz e refúgio promete!

Por isso, ao longo do dia,
Repara bem, alma querida:
Cada dia tem seu tormento,
E cada noite, seu prazer.[12]

Fez uma ligeira reverência ao terminar, e Serlo a aclamou com um sonoro bravo. Ela saiu saltitando e se foi entre risadas. Podia-se ouvi-la descer as escadas a cantar e bater os saltos.

Serlo passou para o cômodo vizinho, e Aurelie ainda ficou uns ins-

[12] "*Singet nicht in Trauertönen/ Von der Einsamkeit der Nacht;/ Nein, sie ist, o holde Schönen,/ Zur Geselligkeit gemacht.// Wie ist das Weib dem Mann gegeben/ Als die schönste Hälfte war,/ Ist die Nacht das halbe Leben,/ Und die schönste Hälfte zwar.// Kônnt ihr euch des Tages freuen,/ Der nur Freuden unterbricht?/ Er ist gut, sich zu zerstreuen;/ Zu was anderm taugt er nicht.// Aber wenn in nächt'ger Stunde/ Süsser Lampe Dämmrung fliesst,/ Und vom Mund zum nahen Munde/ Scherz und Liebe sich ergiesst;// Wenn der rasche lose Knabe,/ Der sonst wild und feurig eilt,/ Oft bei einer kleinen Gabe/ Unter leichten Spielen weilt;// Wenn die Nachtigall Verliebten/ Liebevoll ein Liedchen singt,/ Das Gefangnen und Betrübten/ Nur wie Ach und Wehe klingt:// Mit wie leichtem Herzensregen/ Horchet ihr der Glocke nicht,/ Die mit zwölf bedächt'gen Schlägen/ Ruh und Sicherheit verspricht!// Darum an dem langen Tage/ Merke dir es, liebe Brust:/ Jeder Tag hat seine Plage/ Und die Nacht hat ihre Lust.*"

tantes diante de Wilhelm, que estava prestes a lhe desejar uma boa noite, quando ela disse:

— Como me é antipática! Uma real antipatia revolve todo meu ser! Até nos mínimos detalhes! Não posso nem mesmo ver aquela sobrancelha direita, castanha, sob os cabelos louros, que tanto agrada meu irmão; e aquele arranhão na testa tem para mim algo de tão repulsivo, tão abjeto, que sempre que o vejo preciso retroceder uns dez passos. Ela me contou recentemente, como um gracejo, que, quando pequena, seu pai lhe havia atirado à cabeça um prato, daí por que trazia aquele sinal. Que sorte haver sido marcada justamente nos olhos e na testa, pois assim podemos precaver-nos contra ela.

Wilhelm nada respondeu, e Aurelie parecia prosseguir com mais indignação:

— Chega-me a ser quase impossível dirigir-lhe uma palavra amável, cortês, tamanho o ódio que por ela sinto, e no entanto ela é tão meiga. Como gostaria que nos livrássemos dela. E até o senhor, meu amigo, demonstra uma certa afeição por essa criatura, comportamento este que me fere a alma, uma atenção que chega às raias da estima, e que, por Deus, ela não merece!

— Mesmo sendo como é, devo-lhe gratidão — respondeu Wilhelm —; sua conduta é censurável, mas devo fazer justiça a seu caráter.

— Caráter! — exclamou Aurelie. — Acredita mesmo que uma criatura como essa possa ter caráter? Oh, os homens! Nisso os reconheço! São realmente dignos de tais mulheres!

— Teria motivos para suspeitar de mim, minha cara? — replicou Wilhelm. — Posso prestar-lhe contas de cada minuto que passei com ela.

— Ora, ora — disse Aurelie —, já é tarde, e não queremos discutir. Um como todos, todos como um! Boa noite, meu amigo! Boa noite, minha encantadora ave do paraíso!

Wilhelm perguntou-lhe a que devia esse título honroso.

— Numa outra vez — respondeu Aurelie —, numa outra vez. Dizem que essas aves não têm patas, que pairam no ar e se alimentam do éter. É claro que se trata de um mito — prosseguiu ela —, de uma ficção poética. Boa noite, e tenha belos sonhos, se lhe for dada tal sorte!

Dirigiu-se para seu quarto, deixando-o sozinho; ele apressou-se então para o seu.

Meio contrariado, pôs-se a andar de um lado para o outro. O tom jocoso, mas resoluto, de Aurelie havia-o ofendido; sentia profundamente o quanto fora injusta com ele. Não podia tratar mal nem ser hostil a Philine, pois ela não lhe havia feito nada, e ele se sentia tão distante de qualquer inclinação por ela que podia afirmar a si mesmo seu orgulho e perseverança.

Já estava prestes a se despir, pôr-se no leito e correr as cortinas, quando, para seu grande espanto, avistou ao pé da cama um par de pantufas femininas, em pé uma, caída de lado a outra... Eram as pantufas de Philine, que ele tão bem conhecia; acreditou perceber também uma certa desordem nas cortinas, parecendo-lhe mesmo que se moviam; levantou-se e foi verificar de perto, com olhos atentos.

Uma nova agitação de ânimo, que ele tomou por aborrecimento, veio tirar-lhe o fôlego; e, depois de um breve instante, em que acabou por se recuperar, exclamou com serenidade:

— Levante-se, Philine! Que significa isso? Onde estão sua prudência, seus bons modos? Quer que nos tornemos amanhã motivo de boatos da casa?

Nada se moveu.

— Não estou brincando — prosseguiu ele —; não dou o menor valor a provocações como estas.

Nenhum ruído. Nenhum movimento.

Resoluto e irritado, ele se dirigiu afinal para a cama, abrindo de par em par as cortinas.

— Levante-se — disse ele —, se não quiser que lhe ceda o quarto por esta noite!

Para seu grande assombro encontrou o leito vazio, os travesseiros e as colchas na mais perfeita ordem. Olhou ao redor, procurando por todos os cantos, e não encontrou nenhum sinal da ladina. Não havia nada atrás da cama, nem da estufa, nem dos armários; procurava com mais e mais afinco, e um espectador malicioso poderia até mesmo crer que ele procurava com o desejo de encontrar.

O sono não lhe vinha; colocou as pantufas sobre a mesa, caminhou de um lado para o outro, parando por vezes junto à mesa, e um gênio travesso que o espreitava há de assegurar que ele passou grande parte da noite ocupado com aquelas tão graciosas e pequeninas andas, fitando-as com certo interesse, manuseando-as e brincando com elas, e que só por volta do amanhecer foi deitar-se na cama, ainda vestido, quando então adormeceu entre as mais estranhas fantasias.

E, na verdade, ainda dormia, quando Serlo entrou, exclamando:

— Onde está? Ainda na cama? Impossível! E eu a procurá-lo pelo teatro, onde há muita coisa ainda para se fazer.

Capítulo 11

A manhã e a tarde passaram velozes. A casa já estava cheia, e Wilhelm apressou-se em se vestir. Não podia conduzir-se agora com a mesma tranquilidade que tivera ao experimentar pela primeira vez sua caracterização; vestiu-se para ficar pronto. Assim que chegou à sala de reuniões, todas as mulheres se puseram a censurar a uma só voz, dizendo que nada estava bem: o belo penacho estava fora do lugar e a fivela não lhe assentava bem; recomeçaram pois a desmanchar, coser e prender. A sinfonia já havia começado, e Philine ainda tinha algumas objeções à gorjeira, enquanto Aurelie não parava de criticar seu manto.

— Deixem-me, crianças! — exclamou ele. — Descuidos como estes na verdade cairão muito bem a meu Hamlet.

As mulheres não o deixaram, contudo, e continuaram arrumando--o. Havia terminado a sinfonia, e a peça iria começar. Ele se mirou no espelho, enterrou ainda mais o chapéu na cabeça e retocou o arrebique.

Naquele exato instante, entrou alguém, exclamando:

— O espectro! O espectro!

Durante todo o dia Wilhelm não tivera tempo de pensar na principal preocupação: saber se o espectro apareceria. Estava, pois, agora completamente eliminada, e era de se esperar o mais estranho papel de convidado. O diretor de cena entrou, perguntando por isto e aquilo, de sorte que Wilhelm não teve tempo de se voltar para o fantasma, mas só de correr e ir colocar-se junto ao trono, onde o rei e a rainha, cercados pela corte, já brilhavam em todo seu esplendor; ainda conseguiu ouvir as últimas palavras de Horácio, que falava, totalmente perturbado, da aparição do espectro, parecendo quase haver esquecido seu papel.

Subiu a cortina intermediária, e ele viu à sua frente a sala repleta.

Depois de terminado seu discurso e haver sido despachado pelos reis, Horácio se aproximou de Hamlet e, como se estivesse apresentando-se a ele, o príncipe, disse:

— O diabo se esconde no arnês! Ele mete medo a todos nós.

No intervalo foram vistos em pé, entre os bastidores, dois homens altos, envoltos em capas brancas e capuzes, e Wilhelm, que acreditava haver-se saído muito mal no primeiro monólogo, devido à distração, inquietude e embaraço, sentia-se realmente muito incomodado, ainda que os aplausos calorosos tivessem acompanhado sua saída em meio àquela pavorosa e dramática noite de inverno. Controlou-se no entanto e pronunciou com a adequada indiferença a passagem tão oportuna sobre os festins e as bebedeiras dos homens do Norte; esqueceu-se, tanto quanto o público, do espectro, e assustou-se de fato quando Horácio exclamou:

— Olhai, está chegando!

Voltou-se bruscamente, e a nobre e grande figura, o andar vagaroso, imperceptível, o ligeiro movimento na armadura aparentemente pesada causaram-lhe tamanha impressão que ele ali estacou, como petrificado, e só pôde dizer à meia-voz:

— Anjos e espíritos celestiais, protegei-nos!

Fitou-o, tomando por várias vezes alento, e dirigiu sua fala ao espectro, em tom tão aturdido, entrecortado e constrangido que nem mesmo a maior de todas as artes teria podido expressar-se de maneira tão perfeita.

Favorecia-se bastante de sua tradução dessa passagem. Ativera-se ao original, cuja fraseologia parecia-lhe expressar unicamente a concepção de um estado de ânimo surpreso, assustado, surpreendido pelo terror.

— Sejas tu um espírito benéfico ou uma aparição maldita; tragas contigo os perfumes celestes ou as labaredas infernais; seja boa ou má tua intenção, tu te apresentas em tão digna aparência que a ti me dirijo e te chamo de Hamlet, rei e pai! Oh, responde-me!

Era visível no público uma grande emoção. O espectro fez um sinal, e o príncipe o seguiu, sob os mais calorosos aplausos.

Troca de cena e, chegando a um local afastado, o espectro parou inopinadamente e virou-se; Hamlet se viu assim um pouco mais próximo dele. Com ânsia e curiosidade, olhou por entre a viseira abaixada, mas só pôde distinguir um par de olhos profundos e um nariz bem moldado.

Manteve-se diante dele, perscrutando-o temeroso; mas assim que do elmo romperam os primeiros sons, assim que se tornou possível ouvir uma voz bem timbrada, embora um pouco rouca, pronunciar as palavras "Sou o espírito de teu pai!", Wilhelm recuou alguns passos, horrorizado, e todo o público se arrepiou. Pareceu a todos familiar aquela voz, e Wilhelm acreditou notar nela uma semelhança com a voz de seu pai. Essas sensações e reminiscências admiráveis, a curiosidade em descobrir o estranho amigo, a preocupação de não ofendê-lo e a inconveniência de estar muito perto dele, mesmo como ator naquela situação, levaram Wilhelm para o extremo oposto. Durante a longa fala do espectro, ele mudou várias vezes de posição e pareceu tão indeciso e confuso, tão atento e distraído, que sua atuação provocou uma admiração geral, tanto quanto despertava o espectro um terror geral. Este falava com um profundo sentimento de desgosto mais que de desolação, mas de um desgosto espiritual, lento e interminável. Era o desalento de uma grande alma, separada de tudo o que é terreno, que, no entanto, padece de tormentos infindáveis. Finalmente, o espectro desapareceu, só que de uma forma singular: uma faixa de crepe, cinza e transparente, que, como um vapor, parecia subir do alçapão, envolveu-o, arrastando-o consigo para baixo.

Reapareceram então os amigos de Hamlet e juraram sobre a espada. A velha toupeira estava tão ocupada debaixo da terra, que para onde quer que eles fossem, ela sempre os conclamava sob seus pés: "Jurai!", e, como se o chão estivesse a queimar, eles caminhavam apressados de um lado para o outro. E onde quer que se encontrassem brotava do chão uma pequena chama, aumentando o efeito e deixando em todos os espectadores a mais profunda impressão.

A peça seguia imperturbável seu curso, nada saía errado, tudo corria muito bem; o público manifestava sua satisfação; a cada cena parecia crescerem o prazer e a vibração dos atores.

Capítulo 12

Caiu o pano, e de todos os cantos e recantos ressoaram os mais calorosos aplausos. Os quatro principescos cadáveres se ergueram ligeiros e abraçaram-se de alegria. Polônio e Ofélia também saíram de seus túmulos e ainda puderam ouvir com vivo prazer que Horácio, ao se apresentar ao público como anunciador,[13] foi calorosamente aplaudido. Não o deixaram anunciar nenhuma outra peça, pois desejavam veementemente que repetissem a de hoje.

— Vencemos! — exclamou Serlo. — Mas, por esta noite, nenhuma palavra razoável mais! Tudo depende da primeira impressão. Não há de se levar a mal nenhum ator pela prudência e obstinação em sua estreia.

O caixa chegou e lhe entregou uma pesada caixa.

— Estreamos bem — exclamou ele —, e o prejuízo nos favorecerá. Mas, afinal, onde está a ceia prometida? Hoje, sim, haveremos de saboreá-la.

Haviam combinado continuar com os trajes do espetáculo e se dariam uma festa. Wilhelm encarregara-se de providenciar o local e madame Melina, a comida.

Limparam muito bem um dos cômodos, que utilizavam para pintar, cobriram-no com toda sorte de pequenos objetos de decoração, enfeitando-o de tal modo que lembrava ora um jardim, ora um pátio cercado de arcarias. Ao entrar, a companhia ficou ofuscada com o brilho de muitas luzes que, através do vapor dos mais doces perfumadores, de que não haviam feito economia, irradiava uma claridade solene por sobre a bem adornada e guarnecida mesa. Com exclamações de elogio às instalações, tomaram seus lugares com verdadeira distinção, como se fossem uma família real que se reunisse no reino dos espíritos. Wilhelm estava sentado entre Aurelie e madame Melina; Serlo, entre Philine e Elmire; e ninguém parecia mostrar-se descontente nem consigo mesmo nem com seu lugar.

Os dois aficionados por teatro, que também se encontravam ali, reforçavam a felicidade da companhia. Haviam subido várias vezes à cena durante a representação sem poder expressar suficientemente sua própria satisfação e a do público; agora, porém, passavam às particularidades, cumprimentando um a um por sua participação.

Com incrível vivacidade destacavam um mérito após o outro, uma passagem após a outra. Por seu rude Pirro, teceram grandes elogios ao ponto, que, modesto, estava sentado à quina da mesa; não cansavam de

[13] Era comum no século XVIII que, ao final da apresentação, um dos atores entrasse em cena para anunciar o próximo espetáculo.

enaltecer o duelo de esgrima entre Hamlet e Laertes; fora de uma beleza sublime, além de qualquer expressão, o luto de Ofélia; o trabalho de Polônio, este nem era preciso comentar; cada um dos presentes escutava seu elogio no outro e através dele.

Mas também o espectro ausente recebeu sua parte de elogio e admiração. Havia desempenhado seu papel com um órgão muito feliz e uma grande significação, e o que mais lhes surpreendeu foi parecer estar ele ao corrente de tudo quanto se passava na companhia. Sua semelhança com o retrato pintado era absoluta, como se tivesse posado para o artista, e os aficionados por teatro não conseguiam enaltecer suficientemente o terror que se produziu ao sair de junto do quadro e passar por diante de sua imagem. Realidade e ilusão se mesclaram de tal modo naquele momento, que o público se mostrou deveras convencido de não haver a rainha visto uma das figuras. Teceram, por conta disso, muitos elogios a madame Melina, pois, no decorrer da cena, ela manteve o olhar fixo para o alto, em direção ao retrato, enquanto Hamlet apontava o espectro, embaixo.

Quiseram saber como o fantasma pôde entrar furtivamente, e o diretor de cena lhes informou que por uma porta dos fundos, em geral obstruída por objetos de decoração, mas que naquela tarde havia sido desimpedida por necessitarem do salão gótico, haviam entrado duas figuras altas, envoltas em capas e capuzes brancos, impossíveis de se distinguir uma da outra, e que provavelmente haviam saído da mesma maneira, ao final do terceiro ato.

Serlo elogiou-o especialmente por não haver gemido de maneira vulgar, e no final, chegara mesmo a introduzir uma passagem que condizia melhor a um tão grande herói para insuflar o filho. Wilhelm guardara-a na memória e prometeu acrescentá-la ao manuscrito.

Em meio à alegria do banquete nem se deram conta da ausência das crianças e do harpista; não demorou, porém, para que eles fizessem uma grata aparição. Entraram todos juntos, vestidos de maneira extravagante; Felix batia o triângulo, Mignon, o tamborim, e o ancião trazia apoiada sobre o ombro a pesada harpa, que tocava, exibindo-se para todos. Caminharam ao redor da mesa, entoando canções de todos os tipos. Deram-lhes de comer, e os convidados acreditavam estar fazendo um bem às crianças permitindo-lhes que bebessem todo o vinho açucarado que queriam, uma vez que a própria companhia não havia economizado as deliciosas garrafas que naquela tarde receberam, dentro de vários cestinhos, como presente dos dois aficionados. As crianças continuaram pulando e cantando, e Mignon, em particular, parecia mais animada que nunca. Tocava o tamborim com toda a graça e vivacidade possíveis, repicando ligeiramente ora as pontas dos dedos por todo o couro, ora o dorso da mão, ou ainda os nós dos dedos, chegando mesmo a bater o pergaminho uma vez contra o joelho, outra vez contra a cabeça, fazendo por vezes vibrar somente os guizos, apenas para alterar os ritmos, e tirando assim os sons mais diversos do mais simples instrumento. Depois de tanto barulho, as crianças se sentaram, bem em frente a Wilhelm, numa poltrona, que durante a refeição estivera desocupada.

— Saiam dessa poltrona! — exclamou Serlo. — Ela está aí provavelmente para o espectro, e se ele chegar, haverão de se dar muito mal.

— Não tenho medo dele — replicou Mignon —; se vier, nós nos levantamos. É meu tio, e não me fará mal.

Ninguém entendeu tais palavras, exceto aqueles que sabiam que ela chamava seu suposto pai de "o grande diabo".

Trocaram olhares entre si os membros da companhia, confirmando-se ainda mais as suspeitas de que Serlo tinha conhecimento da aparição do espectro. Tagarelavam e bebiam, e de tempo em tempo as jovens olhavam assustadas em direção à porta.

Sentadas na grande poltrona, as crianças, das quais só se viam as cabeças por sobre a mesa, como polichinelos saltando de suas caixas, começaram a representar uma peça desse gênero. Mignon imitava muito bem o tom roufenho, e ao final batiam suas cabeças uma contra a outra e na borda da mesa, de um modo que só marionetes feitas de madeira poderiam realmente suportar. Mignon estava presa de uma alegria furiosa, e a companhia, que no começo rira daquela brincadeira, teve afinal de lhe dar um basta. Mas de pouco serviu tal repreensão, pois ela saltou bruscamente e, com o tamborim na mão, pôs-se a correr em torno da mesa. Com os cabelos esvoaçando, a cabeça atirada para trás e todo seu corpo como que suspenso no ar, ela parecia uma dessas mênades,[14] cujas posturas selvagens e quase impossíveis nos antigos monumentos ainda hoje têm o condão de nos assombrar.

[14] O mesmo que bacantes, seguidoras de Baco ou Dionísio.

Animados pelo talento das crianças e pelo barulho que faziam, todos procuraram contribuir de alguma forma para o entretenimento da companhia. As mulheres cantaram alguns cânones, Laertes imitou o rouxinol, e o pedante ofertou-lhes um concerto *pianissimo* em sua guimbarda. Enquanto isso, vizinhos e vizinhas se entregavam a jogos de toda espécie, nos quais as mãos se encontravam e se entrelaçavam, e mais de um casal não se furtou a manifestar uma ternura esperançosa. Madame Melina, sobretudo, parecia não poder ocultar uma viva inclinação por Wilhelm. Já ia alta a noite, quando Aurelie, aparentemente a única pessoa que até então havia conservado o domínio sobre si mesma, levantou-se, exortando os demais a se separarem.

Como despedida, Serlo ainda ofereceu fogos de artifício, imitando com a boca, de um modo quase inacreditável, o estampido de foguetes, busca-pés e girândolas. Bastava fechar os olhos, e a ilusão era perfeita. Todos, porém, já se haviam levantado, e ofereciam os braços às damas, para conduzi-las a suas casas. Wilhelm foi o último a sair, acompanhado de Aurelie. Encontraram na escada com o diretor de cena, que lhes disse:

— Aqui está o véu no qual desapareceu o espectro. Ficou preso no alçapão, e acabamos de encontrá-lo.

— Que maravilhosa relíquia! — exclamou Wilhelm, apanhando-o.

Sentiu então, naquele mesmo instante, que lhe agarravam o braço esquerdo e ao mesmo tempo experimentou uma dor violentíssima. Mignon havia-se escondido ali e lhe dera uma mordida no braço. Desceu as escadas à frente dele e desapareceu.

Ao saírem para o ar livre, todos puderam perceber o quanto haviam desfrutado a noite. Sem se despedir, separaram-se, cada qual tomando seu caminho.

Nem bem havia entrado em seu quarto, e Wilhelm se despiu, correndo para a cama, depois de apagar a luz. O sono queria apoderar-se de imediato dele, mas um ruído no quarto, parecendo vir de trás da estufa, atraiu sua atenção. Em sua entusiasmada imaginação pairava precisamente naquele momento a imagem do rei em seu arnês; sentou-se no leito para interpelar o espectro, quando sentiu que braços delicados o enlaçavam, cerravam sua boca com beijos ardentes e um outro peito se estreitava contra o seu, um peito que não teve coragem de repelir.

Capítulo 13

Wilhelm levantou-se na manhã seguinte com uma sensação incômoda e encontrou a cama vazia. Pesava-lhe a cabeça, já que com o sono não havia curtido totalmente sua embriaguez, e o inquietava a lembrança da incógnita visitante noturna. Sua primeira suspeita recaiu sobre Philine, e no entanto o amável corpo que havia cerrado em seus braços não parecia ser o dela. Em meio a vivas carícias, nosso amigo acabou adormecendo ao lado daquela estranha e muda visitante, e agora não havia como descobrir o menor vestígio dela. Levantou-se de um salto e, enquanto se vestia, percebeu que a porta, que ele costumava trancar, estava somente encostada, e não soube lembrar se a fechara na noite anterior.

O que mais lhe pareceu extraordinário, porém, foi encontrar sobre sua cama o véu do espectro. Havia-o trazido consigo e provavelmente ele mesmo o teria atirado ali. Era um crepe cinza, em cuja orla podia-se ver algo escrito em letras pretas. Estendeu o tecido e leu estas palavras: "Pela primeira e última vez, foge! Foge, meu jovem, foge!". Ficou perplexo, sem saber o que dizer.

Neste mesmo instante, entrou Mignon, trazendo-lhe o desjejum. Surpreendeu-se Wilhelm, e poderíamos até dizer assustou-se, com o aspecto da menina. Ela parecia haver crescido durante a noite; aproximou-se dele com um recato nobre e sublime, fitando-o nos olhos com uma gravidade tal, que ele não pôde suportar seu olhar. Ela não o tocou como de costume, quando habitualmente lhe dava a mão e beijava-lhe o rosto, a boca, o braço ou o ombro, e, depois de haver arrumado suas coisas, retirou-se em silêncio.

Aproximava-se a hora marcada para um teste de leitura; reuniram-se, e todos se sentiam indispostos por conta da festa do dia anterior. Wilhelm procurou controlar-se o melhor que pôde para não infringir já de início os princípios que tão calorosamente pregava. Veio em sua ajuda a grande prática que tinha; afinal, a prática e o hábito devem em todas as artes preencher as lacunas que o gênio e o capricho costumam frequentemente nelas deixar.

Mas, a bem dizer, podia-se considerar em tal oportunidade verdadeiramente justa a observação segundo a qual não se deve começar com uma solenidade nenhum estado que há de durar muito, que há de se converter propriamente numa profissão, num meio de vida. Que se festeje apenas o que termina bem; a princípio, todas as cerimônias esgotam o prazer e as forças que devem gerar o impulso e assistir-nos num esforço contínuo. De todas as festas, a de bodas é a mais imprópria; nenhuma outra deveria ser celebrada com maior silêncio, humildade e esperança que essa.

E, assim, arrastava-se o dia, e nunca nenhum pareceu a Wilhelm tão banal quanto aquele. Ao invés do costumeiro entretenimento vespertino, puseram-se todos a bocejar; havia-se esgotado o interesse por *Hamlet*, e achavam antes um tanto incômodo o dever de representá-lo uma segunda vez no dia seguinte. Wilhelm mostrou o véu do espectro, e disso concluíram que ele não haveria mais de voltar. Serlo, particularmente, era dessa opinião; ele parecia estar bem a par das decisões daquela estranha figura; mas, em compensação, não houve quem pudesse explicar aquelas palavras: "Foge, meu jovem, foge!". Como Serlo poderia estar de acordo com alguém que parecia ter a intenção de afastar o melhor ator de sua companhia?

Foi, portanto, necessário entregar dali por diante ao ranzinza o papel do espectro e ao pedante, o do rei. Ambos comentaram que já os haviam estudado, o que não causava nenhum assombro, pois ao longo dos muitos ensaios da peça e das minuciosas discussões a seu respeito ficaram todos de tal modo tão familiarizados com ela, que poderiam facilmente trocar os papéis. Mas, ainda assim, fizeram um rápido ensaio, e ao se separarem, já bastante tarde, Philine segredou baixinho a Wilhelm à hora da despedida:

— Tenho de ir buscar minhas pantufas; passaste, por acaso, o ferrolho?

Essas palavras deixaram-no aturdido, assim que ele entrou em seu quarto, pois vinham confirmar a suspeita de que fora Philine sua visitante da noite anterior, e nós também somos forçados a compartilhar tal opinião, sobretudo porque não conseguimos descobrir as razões que o fizeram duvidar disso e ainda lhe inspirar uma outra estranha suspeita. Agitado, caminhou de um lado para o outro pelo quarto e, com efeito, ainda não havia passado o ferrolho.

De súbito, irrompeu Mignon no quarto e, agarrando-se a ele, gritou:

— Meister, salva a casa! Ela está queimando!

Wilhelm transpôs a porta de um pulo, e uma espessa fumaça, que vinha da escada do alto, saiu a seu encontro. Já se ouviam na rua os gritos de "fogo", e o harpista, esbaforido, descia as escadas em meio à fumaça, com o instrumento nas mãos. Também Aurelie saiu correndo de seu quarto e lançou o pequeno Felix aos braços de Wilhelm.

— Salve a criança! — gritou ela. — Nós cuidaremos de tudo mais!

Wilhelm, que não julgava tão grave o perigo, pensou inicialmente em investigar a origem do incêndio, para sufocá-lo talvez ainda em seu nascedouro. Confiou o menino ao ancião, ordenando-lhe que descesse sem demora a escada de pedra em caracol que, por uma pequena abóbada, conduzia ao jardim, e esperasse ali, ao ar livre, com a criança. Mignon apanhou uma luz para iluminá-lo. Wilhelm rogou então a Aurelie que por aquele mesmo caminho salvasse suas coisas. Subiu em seguida ele mesmo as escadas, atravessando a fumaça, expondo-se contudo em vão ao perigo. As chamas pareciam vir da casa vizinha e já haviam tomado as tábuas do assoalho e uma pequena escada; outras pessoas, que corriam para se salvar, padeciam como ele com a fumaça e o fogo. Ele as encorajava, no entanto, e gritou, pedindo por água; suplicou-lhes que caminhassem passo a passo diante das chamas, prometendo-lhes ficar ali com elas. Neste instante, Mignon, que subira correndo, gritou:

— Meister! Salva teu pequeno Felix! O velho enlouqueceu! Ele vai matá-lo!

Sem refletir, Wilhelm desceu aos saltos a escada, com Mignon em seu encalço.

Nos últimos degraus, que conduziam à abóbada em direção ao jardim, ele se deteve, horrorizado. Enormes feixes de palha e braçadas de lenha, ali amontoados, ardiam com clara chama; Felix jazia no chão e gritava; ao lado, o ancião, recostado no muro, de cabeça baixa.

— Que fazes, infeliz? — exclamou Wilhelm.

O ancião ficou calado. Mignon havia erguido Felix do chão e, a duras penas, o conduziu para o jardim, enquanto Wilhelm se esforçava por separar e abafar o fogo, não conseguindo senão aumentar o poder e a violência das chamas. Até que, com os cílios e os cabelos chamuscados, ele mesmo teve de fugir também para o jardim, arrastando através das chamas o ancião, que, com a barba calcinada, o seguia contrariado.

Wilhelm se apressou em procurar pelo jardim as crianças. Encontrou-as nos umbrais de um pequeno e isolado pavilhão; Mignon fazia de tudo para acalmar o pequenino. Wilhelm o tomou nos braços, interrogou-o, apalpou-o e não pôde tirar nada de coerente das duas crianças.

Nesse meio-tempo, o fogo havia tomado violentamente várias casas, iluminando as cercanias. Wilhelm examinou o menino sob o rubro clarão das chamas; não percebeu nenhum ferimento, nem sangue, nem mesmo nenhuma contusão. Apalpou-o por todo o corpo, e não houve sinal de dor; ao contrário, o menino foi-se acalmando aos poucos, passou a admirar as chamas e até a se divertir com as belas vigas e o madeirame que queimavam por turno, como uma iluminação.

Wilhelm não pensava em suas roupas nem em nenhuma das outras coisas que podia haver perdido; sentia profundamente o quanto lhe eram caras aquelas duas criaturas que viu escaparem de um perigo tão grande. Estreitou o pequeno contra o coração com uma emoção totalmente nova e quis também abraçar Mignon com uma ternura alegre, mas ela se afastou suavemente e, segurando-lhe a mão, o reteve.

— Meister — disse ela (e nunca até esta noite havia-lhe dado esse nome, pois no início costumava chamá-lo de senhor e mais tarde de pai) —, Meister, escapamos de um grande perigo, teu Felix estava à beira da morte!

Através de muitas perguntas, Wilhelm pôde finalmente saber que, tão logo eles haviam chegado à abóbada, o harpista arrancou a luz da mão da menina e ateou fogo à palha. Em seguida, deitou Felix no chão e, colocando-lhe a mão na cabeça, fez uns gestos estranhos, e sacou uma faca, como se quisesse sacrificá-lo. Ela saltou sobre ele e tomou-lhe a faca da mão; começou então a gritar, até que alguém da casa, que procurava também salvar o pouco que fosse de suas coisas, levando-as para o jardim, acudiu em sua ajuda, mas logo voltou a sumir em meio à confusão, deixando sozinhos o ancião e a criança.

Duas ou três casas estavam totalmente em chamas. Ninguém havia podido salvar-se no jardim por causa do incêndio da abóbada. Wilhelm estava inquieto por seus amigos e nem tanto por suas coisas. Não se sentia seguro em deixar as crianças e via agravar-se cada vez mais a desgraça.

Passou algumas horas numa situação aflitiva. Felix havia adormecido em seus braços, e Mignon se deitara a seu lado, apertando-lhe a mão. Finalmente, as medidas adotadas puseram termo ao incêndio. Os edifícios calcinados ruíram, a manhã chegou, as crianças começaram a tremer de frio, e ele também mal podia suportar o orvalho, que caía sobre suas roupas leves. Levou-as até os escombros do edifício desmoronado e junto a um monte de carvão e cinzas encontraram um calor aconchegante.

O dia nascente reuniu aos poucos os amigos e conhecidos. Haviam-se salvado todos, e nenhum deles sofrera grandes perdas.

Reencontraram também a mala de Wilhelm e, por volta das dez horas, Serlo os convocou para um ensaio de *Hamlet*, pelo menos de algumas cenas de que tomavam parte os novos atores. Por conta de tal proposta, teve algumas discussões com a polícia. O clero exigia que, em face de tal castigo divino, o teatro fosse fechado, e Serlo sustentava que, em parte para compensar o que havia perdido naquela noite, em parte para levantar os ânimos assustados, agora mais do que nunca se fazia oportuna a representação de uma peça interessante. Prevaleceu esta última opinião, e a casa ficou lotada. Os atores representaram com um ardor singular e com mais apaixonada liberdade que da primeira vez. O público, cujo sentimento estava exaltado pela terrível cena noturna e desejoso ainda mais de uma distração cheia de interesse pelo aborrecimento de um dia disperso e perdido, mostrou-se mais sensível para o extraordinário. Compunha-se em sua maior parte de espectadores novos, atraídos pelo sucesso da peça, e não podiam estabelecer comparações com a noite da estreia. O ranzinza representou exatamente de acordo com o incógnito espectro, e também o pedante soube ajustar-se ao padrão de seu antecessor, valendo-se e muito, aliás, de seu aspecto deplorável, de tal sorte que Hamlet não cometia nenhuma injustiça ao tratá-lo de "rei remendado e andrajoso", a despeito de seu manto de púrpura e sua gorjeira de arminho.

É provável que ninguém mais estranho que ele tenha alcançado o trono; e embora os demais, especialmente Philine, zombassem a valer de sua nova dignidade, ele, no entanto, fazia notar a todos que o conde, na qualidade de grande conhecedor, já lhe havia predito aquilo e muito mais, desde a primeira vista; em contrapartida, Philine exortava-o à humildade, assegurando que lhe empoaria a manga da casaca, para que se lembrasse daquela infortunada noite no castelo e usasse portanto a coroa com discrição.

Capítulo 14

Tiveram que procurar com urgência alojamento, o que fez com que a companhia se dispersasse. Wilhelm havia-se afeiçoado ao pavilhão do jardim, onde passara a noite; obteve facilmente a chave e nele se instalou; mas, como Aurelie não dispunha de muito espaço em seu novo aposento, ele se viu obrigado a ficar com Felix, e tampouco Mignon queria abandonar o menino.

As crianças ocuparam um gracioso quarto no primeiro andar, e Wilhelm se alojara na sala, no piso inferior. As crianças dormiam, mas ele não conseguia repousar.

Ao lado do ameno jardim, magnificamente iluminado pela lua cheia que acabava de nascer, jaziam as tristes ruínas, das quais ainda subia aqui e ali alguma fumaça; a brisa era agradável e a noite, extraordinariamente bela. Ao sair do teatro, Philine lhe havia roçado o cotovelo e sussurrado algumas palavras, que ele, entretanto, não havia compreendido. Estava confuso e descontente, sem saber o que deveria esperar ou fazer. Philine o evitara durante alguns dias e só naquela noite voltara a lhe dar um sinal. Desgraçadamente, queimara-se a porta, que ele não devia fechar, e as pequenas pantufas se consumiram em meio à fumaça. Ele não sabia como a bela chegaria até o jardim, caso fosse esta sua intenção. Não desejava vê-la, e, no entanto, bem que teria gostado de se explicar com ela.

O que mais lhe oprimia no entanto seu coração era a sorte do harpista, que ninguém voltara a ver. Wilhelm temia que, durante as escavações, viessem encontrá-lo morto sob os escombros. Wilhelm ocultara de todos a suspeita que trazia em seu íntimo de haver sido o ancião o causador do incêndio. Pois ele foi o primeiro que veio a seu encontro, descendo do ardente e fumegante sótão, e seu desespero na abóbada do jardim parecia ser consequência de tão nefasto acontecimento. Contudo, das investigações imediatas feitas pela polícia, era provável que o fogo tivesse começado não na casa em que habitavam, mas sim duas casas depois, de onde se propagou rapidamente pelos telhados.

Sobre tudo isso refletia Wilhelm, sentado sob um caramanchão, quando ouviu alguém aproximar-se furtivamente por uma das aleias próximas. Pelo canto triste, que em seguida pôde-se ouvir, reconheceu o harpista. A canção, que ele podia distinguir perfeitamente, expressava o consolo de um infeliz que se sente muito próximo da loucura. Infelizmente, Wilhelm só conseguiu guardar sua última estrofe:

Pelas portas me rastejarei,
Em silêncio e humilde me postarei.
Mão piedosa me dará de comer,
E adiante seguirei.
Todos se mostrarão felizes
Quando minha imagem a eles aparecer;
Uma lágrima chorarão,
E, por que choram, não saberei.[15]

Ao som dessas palavras, o ancião chegou ao portão do jardim, que dava para uma rua afastada; como o encontrasse cerrado, já se dispunha a escalar as latadas, quando Wilhelm o reteve, abordando-o amavelmente. Rogou-lhe o ancião que o abrisse, pois queria e devia fugir. Wilhelm o fez ver que do jardim certamente ele poderia fugir, mas não da cidade, e que um passo como esse levantaria muita suspeita. Mas, em vão! O ancião insistia em seu propósito. Wilhelm não cedeu e o obrigou, meio que pela força, a entrar na casa do jardim, fechando-se ali com ele e com ele mantendo uma estranha conversa que, para não importunar nossos leitores com ideias desconexas e sensações inquietantes, preferimos calar a expô-la minuciosamente.

Capítulo 15

Da grande perplexidade em que se encontrava Wilhelm a respeito do que deveria fazer com o infeliz ancião, que dava nítidos sinais de loucura, veio-lhe arrancar Laertes ainda naquela mesma manhã. Este, segundo seu velho hábito de estar em todos os lugares, havia visto no café um

[15] "*An die Türen will ich schleichen,/ Still und sittsam will ich stehn,/ Fromme Hand wird Nahrung reichen,/ Und ich werde weiter gehn./ Jeder wird sich glücklich scheinen,/ Wenn mein Bild vor ihm erscheint,/ Eine Träne wird er weinen,/ Und ich weiss nicht was er weint.*"

homem que, há algum tempo, sofria dos mais violentos ataques de melancolia. Confiaram-no a um eclesiástico rural, que se ocupava particularmente de tratar de casos semelhantes. Daquela vez, também, obtivera êxito; ainda estava na cidade, e a família do recuperado enfermo lhe prestava grande honra.

Wilhelm saiu imediatamente à procura do homem, expôs-lhe o ocorrido e chegaram a um acordo. Entregar-lhe-iam o ancião, sob certos pretextos. A separação causava profunda mágoa em Wilhelm, e só a esperança de voltar a vê-lo recuperado podia de algum modo torná-la suportável, tão habituado estava a ver a sua volta aquele homem e a ouvir o timbre de sua voz, tão espirituoso e cordial. Havia-se queimado a harpa, mas lhe providenciaram uma outra, para que levasse na viagem.

O fogo havia consumido também o pequeno guarda-roupa de Mignon, e assim que trataram de lhe arranjar um novo, Aurelie propôs que a vestissem enfim como uma menina.

— De jeito nenhum! — exclamou Mignon, insistindo com tal veemência em seus antigos trajes, que não tiveram outro meio senão ceder àquela sua vontade.

A companhia não teve muito tempo para se recuperar, pois as apresentações seguiam seu curso.

Wilhelm costumava ficar atento ao que dizia o público e era raro topar com uma voz tal como desejara ouvi-la, tendo que escutar, com muito mais frequência, o que o perturbava ou o aborrecia. Assim, por exemplo, logo depois da primeira apresentação de *Hamlet*, um jovem contava com muita animação o quanto se sentira bem aquela tarde no teatro. Wilhelm apurou o ouvido e escutou, envergonhado, que o jovem, para aborrecimento geral das pessoas que estavam sentadas às suas costas, havia ficado com o chapéu na cabeça e, renitente, não o tirara durante todo o espetáculo, proeza de que se recordava com alegria suprema.

Um outro assegurava que Wilhelm havia representado muito bem o papel de Laertes; quanto ao ator que interpretara Hamlet, era mesmo impossível satisfazer-se com ele. Essa confusão não era de todo artificial, pois Wilhelm e Laertes se pareciam, ainda que num sentido muito distinto.

Um terceiro elogiava seu trabalho, sobretudo na cena com a mãe, de grande intensidade, lamentando apenas que, num momento tão crucial quanto aquele, houvesse visto surgir por sob a veste uma fita branca, o que havia destruído por completo a ilusão.

No interior da companhia produzia-se, entretanto, toda sorte de modificações. Desde a noite posterior ao incêndio, Philine não havia dado a Wilhelm o menor sinal de uma aproximação. Como de propósito, ela havia alugado um alojamento longe dali, entendendo-se com Elmire, e raramente ia ver Serlo, com o que ficava muito satisfeita Aurelie. Serlo, sempre bem-disposto em relação a ela, costumava visitá-la, sobretudo porque esperava encontrar ali Elmire, e certa tarde levou Wilhelm consigo. Assombraram-se os dois ao entrar, quando viram no outro cômodo Philine nos braços de um jovem oficial, que trajava uniforme vermelho e calças brancas, mas cujo rosto não puderam ver por estar voltado naquele momento para o lado oposto. Philine foi receber seus visitantes na antessala, fechando a porta daquele cômodo.

— Os senhores me surpreendem numa estranha aventura! — exclamou ela.

— Não tão estranha assim — disse Serlo. — Mas deixe-nos ver esse belo, jovem e invejável amigo; de mais a mais, a senhora já nos tem surpreendido de tal maneira, que não estamos mais autorizados a sentir ciúme.

— Devo deixá-los ainda por algum tempo com essa suspeita — disse Philine, espirituosa —, mas posso assegurar-lhes que se trata simplesmente de uma boa amiga que deseja passar anonimamente uns dias comigo. Mais tarde os senhores haverão de se inteirar de sua história, talvez até venham a conhecer essa interessante jovem, e é provável que terei então um motivo para exercer minha discrição e cautela, pois temo que os cavalheiros possam esquecer sua velha amiga por conta da nova conhecida.

Wilhelm estava ali, petrificado, pois desde o primeiro momento aquele uniforme vermelho havia-lhe recordado o tão amado jaleco de Mariane; o porte era o mesmo, os mesmos cabelos louros, parecendo-lhe apenas ligeiramente mais alto o oficial.

— Pelo amor de Deus! — exclamou ele. — Fale-nos mais de sua amiga, deixe-nos ver essa jovem disfarçada. Somos agora depositários desse segredo; haveremos de prometer, de jurar o que quiser, mas deixe-nos ver essa jovem!

— Oh, quanto arrebatamento! — exclamou Philine. — Um pouco de calma, um pouco de paciência, que por hoje não pode ser.

— Deixe-nos ao menos saber seu nome! — pediu Wilhelm.

— Este seria pois um belo segredo — replicou Philine.

— Ao menos, seu nome de batismo.

— Por mim está bem, contanto que o adivinhem. Vou dar-lhes três oportunidades, nem uma a mais, senão seriam bem capazes de me levar por todas as calendas.

— Está bem! — disse Wilhelm. — Seria Cecilie?

— Nada de Cecilie!

— Henriette?

— De jeito nenhum! Tenha calma, caso contrário sua curiosidade haverá de ir mais cedo para a cama!

Wilhelm hesitava e tremia; queria abrir a boca, mas não lhe saía a voz.

— Mariane? — balbuciou ele, por fim. — Mariane!

— Bravo! Bem no alvo! — exclamou Philine, girando sobre os saltos do sapato, como costumava fazer.

Wilhelm não podia pronunciar nenhuma palavra, e Serlo, que não se apercebera de sua emoção, continuou insistindo com Philine para que lhes abrisse a porta.

Qual não foi pois o assombro dos dois, quando Wilhelm, interrompendo a brincadeira, atirou-se inesperadamente aos pés de Philine e, com a expressão mais viva da paixão, suplicava e implorava:

— Deixa-me ver a jovem! É a minha, é a minha Mariane! É ela por quem tenho suspirado todos os dias de minha vida; ela que é e continua sendo para mim a única mulher deste mundo! Ao menos entre lá e lhe diga que estou aqui, que está aqui o homem que nela entreteceu seu primeiro amor e toda a felicidade de sua juventude. Ele quer justificar-se por havê-la abandonado de maneira tão implacável; quer pedir-lhe perdão e absolvê-la de qualquer falta que porventura tenha ela cometido contra ele, e não pretende tampouco ter qualquer direito sobre ela, só quer vê-la mais uma vez, ver que está viva e é feliz!

Philine sacudiu a cabeça e disse:

— Meu amigo, fale baixo! Não nos enganemos; se esta jovem é de fato sua amiga, devemos poupá-la, pois nunca imaginou vê-lo aqui. Assuntos completamente outros trouxeram-na para cá e, como bem o sabe, é preferível topar com um fantasma a ter diante dos olhos, em má hora, um antigo amante. Irei perguntar-lhe e prepará-la, e então pensaremos no que fazer. Amanhã lhe escreverei um bilhete, dizendo a que horas deverá vir, ou se poderá vir; obedeça-me pontualmente, pois lhe juro que ninguém haverá de ver essa amável criatura contra minha vontade e a de minha amiga. Manterei muito bem cerradas minhas portas, e não haverá como me visitar, nem mesmo a golpes de machado.

Suplicou-lhe Wilhelm, e Serlo procurou persuadi-la; em vão! Finalmente não restou outra coisa aos dois amigos senão ceder, deixar aquele cômodo e a casa.

Qualquer um poderá imaginar a noite agitada que Wilhelm passou. E também haverá de entender como lhe pareceram demoradas as horas daquele dia à espera do bilhete de Philine. Infelizmente, ainda tinha que trabalhar naquela tarde; jamais padecera tormento maior. Terminada a peça, correu para a casa de Philine, sem mesmo perguntar se havia sido convidado. Encontrou as portas fechadas, e os empregados lhe disseram que *mademoiselle* havia partido muito cedo, naquela manhã, com um jovem oficial; sim, ela chegara a dizer que estaria de volta em poucos dias, mas não acreditavam nisso, pois havia pagado tudo e levado consigo seus pertences.

A novidade deixou Wilhelm transtornado. Correu à casa de Laertes e lhe propôs segui-la, com o intuito de certificar-se a qualquer custo da pessoa que a acompanhava. Laertes repreendeu em seu amigo tal paixão e credulidade.

— Aposto — disse ele — como não é outra pessoa senão Friedrich. O jovem é de boa família, bem o sei; está perdidamente apaixonado pela moça e provavelmente arrancou algum dinheiro a seus parentes para poder viver um certo tempo com ela.

Essas objeções não convenceram Wilhelm, mas o fizeram duvidar. Laertes o fez ver quão inverossímil era a história que Philine lhes havia contado; o quanto se ajustavam aquele porte e cabelo a Friedrich; disse ainda mais: que, com doze horas de vantagem, não seria nada fácil alcançá-las, e, principalmente, que Serlo não poderia ficar sem os dois para o espetáculo.

Todas essas razões levaram finalmente Wilhelm a desistir de sua perseguição. Laertes tratou de conseguir, naquela mesma noite, um homem habilidoso, a quem se poderia confiar tal missão. Era um homem discreto, que havia servido como correio e guia a muitos nobres senhores em suas viagens, e que estava, por aquela ocasião, parado, sem nenhum trabalho. Deram-lhe dinheiro, puseram-no a par de toda a situação e encarregaram-no de procurar os fugitivos, segui-los e, sem perdê-los de vista, informar imediatamente aos amigos onde e como os havia encontrado. Este montou sem demora em seu cavalo e saiu ao encalço do ambíguo casal, enquanto Wilhelm, tomadas todas aquelas disposições, sentia-se ao menos um pouco mais tranquilo.

Capítulo 16

A ausência de Philine não trouxe nenhuma sensação especial nem ao teatro nem ao público. Ela levava as coisas de forma pouco séria; as mulheres, em geral, a odiavam, e os homens preferiam vê-la face a face a vê-la no teatro; assim, resultava inútil seu belo e até mesmo muito oportuno talento para o palco. Os demais membros da companhia passaram pois a se empenhar muito mais e, sobretudo, madame Melina, que se destacava por seu zelo e sua atenção. Retinha, como antes, os princípios de Wilhelm, orientava-se por sua teoria e seu exemplo e tinha agora um não sei quê em sua natureza que a tornava mais interessante. Em pouco tempo assimilou a maneira correta de representar, conquistando perfeitamente o tom natural da conversação e, até certo ponto, o do sentimento. Sabia adaptar-se ao humor de Serlo e se aplicava em cantar como era de seu agrado, no que chegou também tão longe quanto se exige para o entretenimento social.

Com a admissão de novos atores, completou-se a companhia e, enquanto Wilhelm e Serlo atuavam cada qual à sua maneira, aquele insistindo a cada peça no sentido e tom do conjunto, este elaborando conscientemente as partes distintas, um zelo digno de louvor animava também os atores, por quem o público mostrava um vivo interesse.

— Estamos num bom caminho — disse Serlo, certa feita —, e se continuarmos assim, em breve também o público estará no caminho correto. Pode-se enganar facilmente as pessoas com representações insensatas e impróprias, mas apresente a elas de um modo interessante o razoável e o adequado, e, esteja certo, hão de se apegar a isso. O que falta principalmente a nosso teatro, e no que nem atores nem público pensam maduramente, é o fato de o conjunto parecer muito variegado, não se encontrando em parte alguma um limite onde se possa apoiar o juízo. Não me parece vantajoso termos ampliado nosso teatro até chegar a algo assim como um cenário natural infinito; agora, nem diretor nem atores podem estreitar-se, até que porventura o gosto da nação venha propriamente indicar o justo círculo. Toda boa sociedade não subsiste senão sob determinadas condições, e isto vale também para um bom teatro. Certas maneiras e expressões, certos objetos e modos de comportamento precisam ser excluídos. Ninguém fica mais pobre por reduzir os aparatos domésticos.

Quanto a isso, tinham mais ou menos a mesma e diversa opinião. Wilhelm e a maior parte dos atores eram partidários do teatro inglês; Serlo e alguns outros, do francês.

Nas horas vagas, de que infelizmente tanto dispõe um ator, concordaram em rever juntos os mais famosos espetáculos de ambos os teatros e tomar nota do que houvesse de melhor e mais digno de se imitar. Começaram, efetivamente, com algumas peças francesas. Aurelie se afastava toda vez que começava a leitura. Imaginaram, a princípio, que estivesse doente, até que um dia, surpreso com tal reação, Wilhelm foi-lhe indagar o motivo.

— Não assistirei a nenhuma dessas leituras — disse ela —, pois, como posso ouvir e julgar, se trago o coração dilacerado? Odeio, do fundo de minha alma, a língua francesa.

— Como é possível ter rancor por uma língua — exclamou Wilhelm — à qual devemos grande parte de nossa formação, e à qual ainda seremos muito mais devedores, até que nossa natureza tenha podido tomar forma?

— Não se trata de nenhum preconceito! — replicou Aurelie. — Uma impressão infeliz, uma recordação detestável de meu amigo infiel roubaram-me o prazer dessa língua culta e bela. Como a odeio agora, de todo o meu coração! Enquanto mantínhamos relações amigáveis, ele me escrevia em alemão, e que alemão cordial, sincero, vigoroso! Pois bem, tão logo decidiu livrar-se de mim, passou a me escrever em francês, algo que até então só raramente ocorria, e em tom de brincadeira. Eu sentia, percebia o que significava tudo aquilo. Qualquer coisa que pudesse corá-lo em sua língua materna, ele conseguia escrever com a consciência tranquila. Porque, para reservas, meias-palavras e mentiras, o francês é uma língua excelente, uma língua pérfida! Não encontro, com a graça de Deus, nenhuma palavra em alemão para expressar em toda sua amplitude o significado de "*perfide*". Nosso lastimável "desleal"[16] é, comparado com ele, uma criança inocente. Ser pérfido é ser infiel com prazer, arrogância e alegria maligna. Oh, que invejável a cultura de uma nação que sabe expressar numa única palavra matizes tão sutis! O francês é com razão a língua do mundo, digna de ser a língua universal, para que todos possam através dela enganar-se e mentir uns aos outros! Suas cartas em francês são sempre agradáveis de se ler. Quando se as imagina, soam calorosas e até apaixonadas; mas olhando-as bem, não passam de frases, de malditas frases! Ele arruinou todo meu prazer por essa língua, pela literatura francesa e até mesmo o prazer de ouvir nesse idioma a expressão bela e valorosa de almas nobres; tremo, só em ouvir uma palavra em francês!

Ela podia continuar assim, ao longo de horas, demonstrando seu mau humor e interrompendo ou turbando qualquer outra conversa. Até que, mais cedo ou mais tarde, Serlo punha um fim a suas manifestações caprichosas com alguma amargura; mas, como de hábito, por aquela tarde a conversa já havia fracassado.

Infelizmente, ocorre que, em geral, tudo o que há de ser produzido através do contato de vários homens e circunstâncias não pode manter-se perfeito por muito tempo. Quer se trate de uma companhia teatral ou de um império, de um círculo de amigos ou de um exército, é comum poder indicar-se o momento em que se encontram no mais alto grau de sua perfeição, harmonia, satisfação e atividade; mas é frequente alterar-se rapidamente o pessoal, introduzindo-se novos membros, não mais se adaptando as pessoas às circunstâncias, nem as circunstâncias às pessoas; tudo se transforma, e o que antes estava unido, logo se desfaz. Assim, podia-se dizer que a companhia de Serlo foi durante certo tempo tão perfeita quanto qualquer outra companhia alemã teria podido vangloriar-se de ser. A maior parte dos atores estava bem em seu posto; todos tinham muito a fazer e de bom grado todos faziam o que era para se fazer. Suas relações pessoais eram satisfatórias, e todos pareciam prometer muito em sua arte, porque todos davam os primeiros passos com ardor e animação. Mas logo se descobriu que uma parte deles não passava de autômatos, que

[16] *Perfide*: "pérfido", em francês no original. "Desleal": *Treulos*. (N. do T.)

só conseguem alcançar o que é possível atingir sem sentimento, e em pouco tempo neles se imiscuíram as paixões, que de hábito atravancam o caminho de toda boa instituição e desfazem facilmente tudo o que homens razoáveis e de bom julgamento desejam manter unido.

A partida de Philine não foi tão insignificante quanto se quis crer a princípio. Ela sabia entreter Serlo com grande habilidade e atrair mais ou menos os demais. Suportava com grande paciência a impetuosidade de Aurelie, e sua ocupação mais peculiar consistia em adular Wilhelm. Ela era assim uma espécie de elo de ligação entre o grupo, e em pouco tempo já sentiam sua perda.

Serlo não podia viver sem um namorico. Elmire, que num curto espaço de tempo se desenvolvera e, poder-se-ia dizer, quase se tornara bela, já há muito havia atraído sua atenção, e Philine era suficientemente sagaz para fomentar aquela paixão que havia advertido.

— É preciso que nos dediquemos a alcovitar enquanto é tempo — costumava ela dizer —, pois não nos restará outra coisa depois que envelhecermos.

Serlo e Elmire estavam pois a tal ponto próximos que não tardaram a chegar a um acordo, assim que Philine havia partido, interessando-se ambos tanto mais pelo pequeno romance quanto mais razões tinham de mantê-lo em segredo diante do velho, que não teria achado nem um pouco engraçada uma tal irregularidade. A irmã de Elmire estava a par de tudo e por isso Serlo tinha de fazer vista grossa a muitas coisas das duas jovens. Um de seus maiores defeitos era uma gula descomedida ou, se preferirem, uma intolerável voracidade, no que não se pareciam em absoluto a Philine, que por conta disso adquiria uma nova aparência de amabilidade, já que vivia, por assim dizer, de ar, comendo muito pouco e sorvendo com a máxima delicadeza somente a espuma de uma taça de champanhe.

Serlo tinha portanto que unir agora, se quisesse agradar sua bela, o desjejum com o almoço, ligando este, através da merenda, ao jantar. Ademais, Serlo tinha um plano cuja execução o inquietava. Acreditava descobrir uma certa inclinação entre Wilhelm e Aurelie, e era grande seu desejo que se tornasse séria tal inclinação. Esperava assim encarregar Wilhelm de toda a parte mecânica da administração do teatro e descobrir nele, como descobrira em seu primeiro cunhado, um fiel e laborioso instrumento. Pouco a pouco, de modo imperceptível, já havia transferido para ele a maior parte de suas incumbências, e como Aurelie cuidava do caixa, Serlo voltou a viver como nos velhos tempos, a seu bel-prazer. Mas havia algo que o magoava secretamente, tanto a ele quanto a sua irmã.

O público tem um modo especial de se comportar com as pessoas famosas, de reconhecido valor; começa pouco a pouco a mostrar-lhes indiferença e a privilegiar talentos muito menores, mas novos; faz àqueles exigências excessivas e tem a maior condescendência para com estes.

Serlo e Aurelie tinham oportunidades bastantes de tecer considerações a esse respeito. Os novatos da companhia, especialmente os jovens e bem formados, haviam atraído toda a atenção e todos os aplausos, enquanto os dois irmãos, a despeito de todos os seus mais diligentes esforços, tiveram grande parte das vezes de se retirar sem ouvir o agradável som de mãos que se juntam para aplaudir. É claro que a isso se deve acrescentar algumas circunstâncias especiais. Era visível o orgulho de Aurelie, e muitos conheciam seu desprezo pelo público. Serlo, é verdade, adulava um por um em particular, mas suas observações mordazes sobre o conjunto não raro haviam sido ventiladas e repetidas. Em contrapartida, os novos membros eram em parte estranhos e desconhecidos, em parte jovens, gentis e desamparados, e todos eles, por conseguinte, haviam encontrado protetores.

Não tardou, porém, a que sobreviessem inquietações internas e muitos dissabores, pois mal se havia dado conta de que Wilhelm assumira o cargo de um diretor artístico, quando a maior parte dos atores passou a se portar muito mal, já que ele desejava, a seu modo, pôr um pouco mais de ordem e rigor no conjunto, insistindo sobretudo em que toda a parte mecânica deveria funcionar com pontualidade e precisão.

Em pouco tempo todas as relações, que até então haviam-se mantido efetivamente no nível ideal, tornaram-se tão grosseiras quanto se poderia esperar de qualquer teatro ambulante. E infelizmente, no momento em que Wilhelm, graças a seu trabalho, esforço e aplicação, havia-se familiarizado com todas as exigências do ofício e submetido a elas totalmente sua pessoa e atividade, parecia-lhe enfim, em suas horas sombrias, que esse ofício merecia, menos que qualquer outro, um semelhante dispêndio de tempo e de energia. O trabalho era pesado e escassa a recompensa. Teria preferido assumir um outro ofício qualquer em que, uma vez terminado, podia-se gozar da paz do espírito, a assumir aquele em que, depois de vencidas as dificuldades materiais, ainda se há de aplicar o máximo esforço do espírito e do sentimento para se alcançar o objetivo de tal profissão. Era obrigado a ouvir as queixas de Aurelie sobre a prodigalidade do irmão e fingir que não compreendia as alusões de Serlo, quando este tratava de induzi-lo indiretamente ao casamento com a irmã. Tinha de ocultar sua aflição, que lhe causava mágoas profundas, pois o mensageiro enviado à procura do ambíguo oficial não havia retornado nem mandava qualquer notícia, temendo, pois, nosso amigo haver perdido pela segunda vez sua Mariane.

Nesse mesmo período sobreveio também um luto público que obrigou a fechar o teatro por algumas semanas. Ele aproveitou esse entremeio para ir visitar o eclesiástico, na casa de quem o harpista recebia cuidados. Encontrou-o numa região amena, e a primeira pessoa que avistou no pátio da residência paroquial foi o ancião, dando lições de seu instrumento a um menino. Demonstrou muita alegria ao rever Wilhelm, levantou-se e, estendendo-lhe a mão, disse:

— Como vê, ainda sou útil para alguma coisa neste mundo. Permita-me prosseguir, pois as horas aqui estão distribuídas.

O eclesiástico saudou com muita amabilidade Wilhelm e lhe contou que o ancião já se encontrava bem melhor, dando-lhe mesmo esperanças de um completo restabelecimento.

Sua conversa recaiu naturalmente sobre os métodos de curar os dementes.

— Tirando a parte física — disse o eclesiástico —, que é comum apresentar-nos dificuldades intransponíveis e para a qual me sirvo dos conselhos de um médico ponderado, considero muito simples os métodos de curar os dementes. São exatamente os mesmos que empregamos para impedir as pessoas sãs de enlouquecer. Procuramos estimular-lhes a atividade pessoal, habituá-los à ordem, fazê-los compreender que sua existência e seu destino são iguais a tantos outros, que o talento extraordinário, a felicidade máxima e a infelicidade suprema não passam de pequenas variantes do dia a dia; deste modo, não haverá de se insinuar nenhuma loucura ou, caso isto venha a ocorrer, teremos como eliminá-la paulatinamente. Distribuí as horas do velho homem; ele ensina harpa a algumas crianças, ajuda nos serviços da horta e já está muito mais disposto. Espera saborear as couves que planta e pretende ensinar meticulosamente meu filho, a quem legou sua harpa em caso de morte, para que o menino também possa fazer uso dela. Como eclesiástico, procuro falar-lhe pouco de seus estranhos escrúpulos, mas uma vida ativa leva a tantos acontecimentos que em breve ele haverá de sentir que não é possível senão através do trabalho eliminar-se toda sorte de dúvidas. Avanço lentamente em minha tarefa; mas, se conseguir convencê-lo a tirar a barba e o hábito de frade, já terei conquistado grande coisa, pois não há nada que nos aproxime mais da loucura que nos distinguirmos dos outros, nem há nada que conserve mais a inteligência comum que viver com muitas pessoas segundo o ânimo geral. Quantas coisas, infelizmente, há em nossa educação e em nossas instituições burguesas que nos predispõem, a nós e a nossos filhos, à loucura!

Wilhelm passou alguns dias na companhia daquele homem sensato e conheceu as mais interessantes histórias, não só sobre loucos, mas também sobre pessoas que costumamos ter por prudentes e até por sábias, e cujas singularidades estão próximas dos limites da loucura.

Três vezes mais animada, porém, tornou-se a conversa quando chegou o médico que costumava visitar o eclesiástico, seu amigo, e assisti-lo em seu trabalho filantrópico. Era um homem já de uma certa idade que, a despeito de sua debilitada saúde, havia passado muitos anos no exercício dos mais nobres deveres. Era um grande amigo da vida campestre e quase não podia viver de outro modo a não ser ao ar livre; era, no entanto, extremamente sociável e ativo, e há muitos anos tinha um pendor especial em travar amizade com todos os eclesiásticos rurais. Procurava ajudar de todas as maneiras aqueles que exerciam uma ocupação proveitosa; quanto aos outros, que ainda se mostravam indecisos, procurava incutir-lhes alguma paixão; e como mantinha ao mesmo tempo contatos pessoais com nobres, funcionários e magistrados, havia, ao longo de vinte anos, contribuído ativa e discretamente para o cultivo de diversos ramos da agricultura, pondo em curso tudo o que é proveitoso ao campo, aos animais e aos homens, e promovendo assim a verdadeira informação. Costumava dizer que só uma desgraça podia abater-se sobre o homem: a de se fixar numa ideia qualquer que não tivesse nenhuma influência na vida prática, ou que lhe afastasse por completo dessa forma de vida.

— No momento — disse ele —, tenho em mãos um caso desses, ocorrido com um casal rico e distinto, no qual até agora minha arte não tem feito senão fracassar; poderia dizer que esse caso quase faz parte de sua especialidade, meu caro pastor, e este jovem homem não o repetirá. Durante a ausência de um distinto cavalheiro, disfarçaram um jovem com os trajes caseiros desse senhor, a pretexto de uma brincadeira nada louvável. Queriam com isso ludibriar a esposa do nobre cavalheiro, e embora tenham-me garantido não passar de uma simples farsa, temo muitíssimo que tivessem a intenção de afastar do bom caminho a nobre e amável dama. O esposo regressou inesperadamente, entrou em seus aposentos, acreditou ver-se a si mesmo e, a partir desse episódio, caiu numa profunda melancolia fomentada pela convicção de que não tardaria a morrer. Entregou-se aos cuidados de pessoas que o adulavam com ideias religiosas, e não vejo como impedi-lo de ingressar, juntamente com sua esposa, na comunidade dos Hernutos[17] e privar os parentes de grande parte de seus bens, já que não tem filhos.

— Com sua esposa? — exclamou impetuosamente Wilhelm, a quem este relato havia causado não pouco susto.

— E, infelizmente — respondeu o médico, acreditando ouvir na exclamação de Wilhelm nada além de uma compaixão filantrópica —, acometeu a essa dama uma aflição ainda mais profunda, que um isolamento do mundo não lhe seria insuportável. Justamente quando esse homem jovem foi apresentar-lhe suas despedidas, ela não foi cuidadosa o bastante para dissimular uma nascente inclinação; encorajado, portanto, ele a cerrou em seus braços e apertou-lhe violentamente contra o peito o grande retrato de seu esposo, guarnecido de brilhantes. Ela sentiu uma dor lancinante que aos poucos foi passando, deixando de início um leve rubor, e mais tarde nenhum sinal. Como homem, estou convencido de que ela não tem nada além disso do que se reprovar; como médico, estou certo de que essa pressão não há de trazer consequências sinistras; mas não há o que a leve a se convencer tratar-se de uma calosidade, e, na tentativa de demovê-la da ideia fixa, obrigam-na a tocar o caroço, quando então ela afirma que só naquele instante não sente nada, acreditando piamente que

[17] No original, *Herrenhuter*, derivado de Herrnhut, aldeia da Alta Lusácia. Membros de uma seita cristã fundada no século XVI, que se espalhou pela Boêmia, Lusácia e Silésia. Durante a Contra-Reforma, os "irmãos morávios", como também eram conhecidos, foram obrigados a abandonar suas terras e a se colocar sob a proteção do conde Zinzendorf (ver nota 17, p. 383).

aquele mal resultará num câncer, e que assim sua juventude e gentileza estarão completamente perdidas, para ela e para os outros.

— Desgraçado de mim! — exclamou Wilhelm, dando-se um tapa na testa e correndo para o campo, abandonando o grupo. Jamais havia-se encontrado em estado semelhante.

Pasmos ao extremo diante daquela estranha descoberta, o médico e o eclesiástico tiveram de insistir muito com ele, que ao regressar no final da tarde, numa confissão circunstanciada de todo o ocorrido, acusou-se vivamente. Os dois homens demonstravam grande interesse por ele, sobretudo quando lhes pintou, com as cores negras de seu atual estado de espírito, toda a sua situação.

O médico não teve que insistir demais no dia seguinte para acompanhá-lo à cidade e prestar, tanto quanto possível, ajuda a Aurelie, a quem seu amigo havia abandonado em circunstâncias delicadas.

Encontraram-na de fato pior do que poderiam supor. Tinha uma espécie de febre intermitente, tanto mais difícil de combater quanto mais deliberadamente ela sustentava e agravava os ataques, agindo conforme sua natureza. O estranho não foi apresentado como médico e se comportou com muita gentileza e prudência. Discorreram a respeito do estado do corpo e do espírito da jovem, e o novo amigo contou muitas histórias de pessoas que, a despeito de um estado patológico semelhante, haviam alcançado uma idade avançada, mas que não havia nada mais nocivo em tais casos que reanimar intencionalmente sentimentos passionais. E, principalmente, não ocultou que considerava muito venturosas aquelas pessoas que, dotadas de um temperamento patológico não inteiramente recuperável, estariam dispostas a nutrir em si mesmas sentimentos verdadeiramente religiosos. Disse aquilo de um modo muito discreto e como que histórico, prometendo, ademais, proporcionar a seus novos amigos a interessantíssima leitura de um manuscrito que havia recebido das mãos de uma excelente amiga, já falecida.

— Ele me é infinitamente valioso — disse ele —, e vou-lhes confiar o próprio original. Só o título é de minha lavra: "Confissões de uma bela alma".

Quanto ao tratamento médico e dietético da infeliz e desequilibrada Aurelie, confiou o médico a Wilhelm seus melhores conselhos, prometendo-lhe escrever e retornar tão logo fosse possível.

Neste meio-tempo, mudanças, que Wilhelm seria incapaz de prever, haviam-se produzido em sua ausência. Durante os tempos de direção, Wilhelm havia tratado o assunto com uma certa liberdade e liberalidade, zelando sobretudo pelas coisas e, principalmente, adquirindo trajes, decorações e demais acessórios, tudo do mais rico e do melhor; para garantir a boa vontade das pessoas, adulava-lhes também o egoísmo, já que não podia apelar a elas com motivos mais nobres; e julgava-se, nesse aspecto, estar tanto mais em seu direito quanto mais o próprio Serlo não revelava pretensão alguma de ser um bom administrador; ouvia elogiar de bom grado o brilho de seu teatro e se mostrava satisfeito quando Aurelie, encarregada de toda a economia da casa, depois de deduzir todos os gastos, assegurava que não tinham mais dívidas, entregando-lhe mais que o necessário para saldar as dívidas que Serlo, nesse meio-tempo, poderia ter contraído por conta de sua extraordinária generosidade para com suas belas e seus outros assuntos.

Melina, que durante esse tempo esteve encarregado do guarda-roupa, frio e malicioso como era, testemunhara tudo aquilo em silêncio e, aproveitando a ausência de Wilhelm e a progressiva doença de Aurelie, deu a entender a Serlo que se deveria efetivamente arrecadar mais, gastar menos e economizar algum dinheiro ou então desfrutar enfim da vida ao bel-prazer. Serlo o escutava de bom grado, e Melina arriscou levar adiante seu plano.

— Não pretendo afirmar — disse ele — que no momento um dos atores receba muitíssimo; são pessoas de mérito, que teriam boa acolhida em qualquer parte, só que cobram demais para aquilo que arrecadamos. Minha proposta seria montar uma ópera e, no tocante à encenação, devo dizer-lhe que o senhor é homem capaz de fazer sozinho um espetáculo inteiro. Não lhe chama a atenção o fato de até este momento não lhe haverem reconhecido seus méritos? Não porque seus colaboradores sejam excelentes, mas sim porque são bons é que não lhe fazem justiça a seu extraordinário talento. Apresente-se sozinho, como aliás já o fazia; procure atrair pessoas medíocres, diria até mesmo ruins, por ínfima remuneração, agrade o povo com tudo o que é mecânico, como tão bem o senhor sabe fazer, empregue todo o resto para a ópera e verá como, com o mesmo esforço e os mesmos custos, obterá maior satisfação e ganhará muito mais dinheiro que até agora.

Serlo sentia-se lisonjeado demais para que pudessem ter alguma força suas objeções. Confessou, com prazer, a Melina que, devido a sua paixão pela música, há muito que desejava algo assim, mas na verdade imaginava que com isso desviaria ainda mais a simpatia do público e que, com essa fusão de um teatro, que nem bem seria uma ópera nem bem um drama, haveria forçosamente de acabar com o pouco que restava do bom gosto por uma obra de arte precisa e minuciosa.

Melina zombou sem muita sutileza dos ideais pedantes de Wilhelm, de sua arrogante pretensão de educar o público, ao invés de se deixar educar por ele, e assim, verdadeiramente convencidos, os dois reconheceram que não deveriam fazer outra coisa senão ganhar dinheiro, enriquecer ou divertir-se, mal conseguindo ocultar o desejo de se livrar daquelas pessoas que se opusessem a seus planos. Melina lamentava que a saúde precária de Aurelie não deixasse entrever uma vida longa, ainda que pensasse exatamente o contrário. Serlo parecia deplorar que Wilhelm não fosse cantor, dando a entender com isso que não tardaria a considerá-lo prescindível. Melina apresentou-lhe todo um registro de economias que deveriam ser feitas, e Serlo viu nele um substituto três vezes melhor que seu primeiro cunhado. Sabiam bem que deveriam manter em segredo tal conversa, promessa esta que os uniria ainda mais um ao outro, e aproveitavam qualquer ocasião para comentar às ocultas tudo o que acontecia, censurar os empreendimentos de Aurelie e Wilhelm e elaborar cada vez mais em pensamento seu novo projeto.

Por mais discretos que ambos pudessem ser em seu plano, e por pouco que se deixassem trair pelas palavras, não foram contudo suficientemente políticos para esconder na conduta suas intenções. Melina opunha-se a Wilhelm em muitos dos casos que estavam sob sua responsabilidade, e Serlo, que jamais tratara com indulgência sua irmã, tornava-se cada vez mais amargo quanto mais se agravava sua doença e quanto mais mereceria ela consideração por seus humores instáveis e passionais.

Representaram por essa época *Emilia Galotti*.[18] Distribuíram muito bem a obra e todos puderam mostrar, no âmbito limitado dessa tragédia, a diversidade de seu trabalho. Serlo esteve oportuno como Marinelli; Odoardo foi muito bem interpretado; madame Melina representou com

[18] Tragédia de G. E. Lessing, escrita em 1772, e bastante cara a Goethe.

muita propriedade a mãe; Elmire se destacou no papel de Emilie; Laertes mostrou muita elegância com seu Appiani; e Wilhelm levou vários meses a estudar o papel do príncipe. Nessa oportunidade houve ele de discorrer amiúde, tanto consigo mesmo quanto com Serlo e Aurelie, sobre a seguinte questão: que diferença existe entre uma conduta nobre e uma conduta distinta, e em que medida aquela deve estar compreendida nesta, e não esta naquela?

Serlo, que no papel de Marinelli representava o cortesão puro, sem caricatura, manifestou sobre esse tema alguns bons pensamentos.

— A atitude distinta — disse ele — é difícil de imitar, por ser, na realidade, negativa e pressupor um longo e constante exercício. Não se deve, pois, por exemplo, representar em sua conduta algo que evoque a dignidade, porque, assim o fazendo, há de se cair facilmente num caráter formal, orgulhoso; deve-se, isto sim, evitar somente aquilo que é indigno, que é vulgar; não se deve jamais esquecer de estar sempre atento a si mesmo e aos outros, não se comprometer com o que quer que seja, não fazer pelos outros nem muito nem muito pouco, não parecer comovido por nada, não se mostrar abalado por coisa alguma, não se precipitar jamais, saber controlar-se a todo momento e manter assim um equilíbrio externo, seja qual for seu ímpeto interior. O homem nobre pode descuidar-se em alguns momentos; o distinto, jamais. Este é como um homem muito bem-vestido, que não se apoia em nenhuma parte e a quem todos evitarão tocar; distingue-se dos demais e no entanto nunca pode estar sozinho, pois afinal, como em toda arte, também nesta há que se realizar com desenvoltura o mais difícil; o mesmo ocorre com o homem distinto que, a despeito de todo seu isolamento, deve sempre parecer unido aos demais, nunca se mostrar inflexível, mas atencioso em qualquer lugar, aparecer sempre como o primeiro e jamais se impor como tal. Vê-se, portanto, que para parecer distinto há que o ser realmente; vê-se por que as mulheres podem, em geral, assumir essa aparência com mais facilidade que os homens, e por que os cortesãos e soldados alcançam com mais rapidez tal atitude.

Wilhelm sentia-se agora quase desesperado com seu papel, mas Serlo veio de novo em sua ajuda, transmitindo-lhe as mais sutis observações sobre os detalhes e preparando-o de tal maneira que, no decorrer da representação, pelo menos aos olhos do público, parecia um príncipe verdadeiramente refinado.

Serlo prometera para depois da apresentação comunicar-lhe as observações que ainda teria a fazer, mas uma desagradável discussão entre irmão e irmã impediu essa conversa crítica. Aurelie havia representado o papel de Orsina de tal maneira que certamente jamais se poderia voltar a vê-la. Conhecia aliás muito bem o papel e, durante os ensaios, havia mostrado por ele um certo desinteresse; mas, na representação, ela abriu, por assim dizer, todas as eclusas de sua dor pessoal e o interpretou de um modo tal qual nenhum poeta teria podido imaginar no primeiro fogo da inspiração. Os aplausos desmedidos recompensaram seu doloroso desempenho; mas, terminada a representação, ao irem buscá-la, encontraram-na semidesfalecida numa poltrona.

Serlo já havia manifestado seu descontentamento com aquela atuação exagerada, como a chamou, e com aquele desnudar do mais íntimo de seu coração diante do público, que estava mais ou menos a par de sua fatal história; e, como era comum a seu comportamento, nos momentos de cólera, ele rangia os dentes e batia com os pés no chão.

— Deixem-na — disse ele, ao vê-la caída na poltrona, rodeada pelos demais —, pois, bem antes do que se espera, ela acabará por entrar completamente nua em cena, e aí sim os aplausos serão verdadeiramente perfeitos.

— Ingrato! — exclamou ela. — Desumano! Não tardarão em levar-me nua para onde os aplausos não alcançam nossos ouvidos.

Com essas palavras, levantou-se de um salto e correu para a porta. Descuidara-se a criada em levar-lhe sua capa, e a liteira já não estava mais lá; havia chovido e um vento muito forte soprava pelas ruas. Tentaram em vão dissuadi-la, fazendo-a ver que estava muito exaltada; pôs-se a andar propositadamente devagar, dando graças ao frio que parecia absorver com sofreguidão. Nem bem entrara em casa, quando a rouquidão mal lhe permitia pronunciar uma palavra, mas não confessou que sentia na nuca e ao longo das costas uma rigidez completa. Não levou muito tempo, e se viu presa de uma espécie de paralisia da língua, que a fazia trocar as palavras; foi preciso que a levassem para a cama e, com a frequente aplicação de medicamentos, aplacava-se um mal, enquanto um outro se manifestava. A febre aumentou e seu estado se tornou perigoso.

Na manhã seguinte, ela teve uma hora tranquila. Mandou chamar Wilhelm e entregou-lhe uma carta.

— Esta folha — disse ela — há muito espera por este momento. Sinto que o fim de minha vida está próximo; prometa-me que vai entregá-la e que, com poucas palavras, haverá de vingar meus sofrimentos por aquele infiel. Ele não é insensível e minha morte o fará sofrer ao menos por um instante.

Wilhelm apanhou a carta, enquanto a consolava e buscava afastar dela a ideia da morte.

— Não — replicou ela —, não me tire minha derradeira esperança. Há muito espero por ela e com prazer a estreitarei em meus braços.

Pouco depois, chegou o manuscrito prometido pelo médico. Ela implorou a Wilhelm que o lesse, e o efeito que nela se produziu poderá julgar melhor o leitor ao tomar conhecimento do livro seguinte. A natureza violenta e obstinada de nossa amiga serenou-se prontamente. Ela apanhou de volta a carta e escreveu uma outra, num estado de ânimo que lhe pareceu mais suave; encarregou também Wilhelm de consolar seu amigo, caso se mostrasse aflito com a notícia de sua morte, e assegurar-lhe que ela o havia perdoado e lhe desejava toda a felicidade.

A partir daquele momento, ela passou a estar mais tranquila, parecendo ocupar-se unicamente de fazer suas algumas ideias encontradas no manuscrito, que de quando em quando Wilhelm era obrigado a ler. Não era visível a debilitação de suas forças, e ao ir visitá-la inesperadamente certa manhã, Wilhelm encontrou-a morta.

Pela estima que tinha por ela e pelo hábito de viver a seu lado, esta perda lhe foi extremamente dolorosa. Ela era a única pessoa que lhe queria verdadeiramente bem, e nos últimos tempos ele não havia sentido senão a frieza de Serlo. Eis por que se apressou em cumprir a embaixada da qual se viu encarregado, com o desejo de se afastar dali por algum tempo. De outra parte, aquela viagem vinha muito a propósito a Melina, pois na abundante correspondência que vinha mantendo, havia-se comprometido com um cantor e uma cantora, que, nesse meio-tempo, deveriam preparar o público, durante os entreatos, para a futura ópera. Dessa maneira, poderiam suportar no início a perda de Aurelie e o afastamento de Wilhelm, e nosso amigo estava satisfeito com tudo que lhe facilitasse sua licença por algumas semanas.

Havia feito uma ideia singularmente importante de sua missão. A morte de sua amiga comovera-o profundamente e, vendo-a abandonar tão prematuramente o palco, sentia-se forçosamente hostil contra aquele que abreviara sua vida e tanta dor a fizera sofrer nessa sua curta vida.

A despeito das últimas palavras amenas da moribunda, ele havia tomado a decisão de pronunciar um severo juízo sobre o amigo infiel ao lhe entregar a carta; como não quisesse se fiar na inspiração eventual do momento, imaginou um discurso que, uma vez elaborado, acabou tornando-se mais patético que razoável. Assim que se sentiu plenamente convencido da boa redação de seu trabalho, pôs-se a decorá-lo ao mesmo tempo em que tomava as providências necessárias para sua viagem. Mignon estava presente quando ele fazia as malas e perguntou-lhe se ia para o norte ou para o sul. E, ao saber que tomaria esta última direção, disse-lhe:

— Pois eu ficarei aqui, à tua espera.

Pediu-lhe o colar de pérolas de Mariane, que ele não pôde negar àquela amável criatura; o lenço de pescoço já estava com ela. Em troca, ela colocou-lhe no alforje o véu do espectro, ainda que ele lhe dissesse que não haveria de ter utilidade alguma aquele crepe.

Melina se encarregou das funções de diretor, e sua esposa prometeu vigiar com olhos maternais as crianças, de quem Wilhelm se separava de mau grado. Felix esteve muito alegre no instante da despedida e, ao lhe perguntar o que queria que lhe trouxesse, respondeu:

— Olha, traga-me um pai!

Mignon segurou a mão daquele que partia e, erguendo-se na ponta dos pés, pousou-lhe nos lábios um beijo vivo e sincero, ainda que não afetuoso, e disse:

— Meister, não nos esqueças e volta logo!

E assim deixaremos nosso amigo partir em sua viagem entre mil pensamentos e emoções, e transcreveremos aqui, como final, um poema que Mignon havia recitado algumas vezes com grande expressão e que não pudemos reproduzir antes, pressionados por tantos acontecimentos singulares.

Não me mandes falar, e sim calar,
Pois meu segredo é meu dever;
Queria mostrar-te todo meu ser,
Mas o destino isto me impede.

A seu devido tempo, o sol, em sua marcha,
Afugenta a noite escura, que há de clarear;
A dura rocha abre seu seio, e à terra
Não priva suas fontes profundas e ocultas.

Todos procuram a paz no braço do amigo,
Onde o peito pode transbordar em queixas;
Mas um juramento me sela os lábios,
E só um Deus poderá abri-los.[19]

[19] "*Heiss mich nicht reden, heiss mich schweigen,/ Denn mein Geheimnis ist mir Pflicht;/ Ich möchte dir mein ganzes Innre zeigen,/ Allein das Schicksal will es nicht.// Zur rechten Zeit vertreibt der Sonne Lauf/ Die finstre Nacht, und sie muss sich erhellen,/ Der harte Fels schliesst seinen Busen auf,/ Missgönnt der Erde nicht die tiefverborgnen Quellen.// Ein jeder sucht im Arm des Freundes Ruh,/ Dort kann die Brust in Klagen sich ergiessen;/ Allein ein Schwur drückt mir die Lippen zu,/ Und nur ein Gott vermag sie aufzuschliessen.*"

Livro VI

Confissões de uma bela alma[1]

Até meus oito anos fui uma criança perfeitamente saudável, mas desse período me recordo tão pouco quanto do dia de meu nascimento. Ao completar oito anos, acometeu-me uma hemoptise, e naquele instante minha alma foi toda sentimento e memória. Ainda tenho diante dos olhos as mínimas circunstâncias daquele acidente, como se tivesse ocorrido ontem.

Durante os nove meses em que me vi obrigada a guardar repouso, e os quais suportei pacientemente, pareceu-me haver-se implantado o alicerce de todo meu modo de pensar, ao mesmo tempo em que se ofereciam a meu espírito os primeiros expedientes para que se desenvolvesse a seu próprio modo.

[1] A expressão "*bela alma*" designa, de modo geral, alguém cuja vida interior está em harmonia com a natureza e voltada para o bem. Fundamental na filosofia de Platão, o motivo da "beleza da alma" passou da Antiguidade para a literatura cristã (ver, por exemplo, Santo Agostinho: *Contra faustum manichaeum*, XII, 13). Na Alemanha do século XVIII, a expressão "bela alma" aparece em obras de Zinzendorf, Klopstock e Lessing. Rousseau emprega a expressão *belle âme* em *La Nouvelle Héloise*. Goethe a utiliza numa carta a Henriette von Oberkirch, datada de 12 de maio de 1776, e também nas cartas endereçadas à Charlotte von Stein de 6/9/1780, 10/4/1781 e 15/9/1781.

Costuma-se identificar a personagem dessas confissões com a pietista Susanna Katharina von Klettenberg, prima e amiga da mãe de Goethe, cujos escritos foram reunidos em *Die schöne Seele: Bekentnisse, Schriften und Briefe der Susanna Katharina von Klettenberg* ("A bela alma: confissões, escritos e cartas de Susanna Katharina von Klettenberg", Leipzig, 1912). O Livro VI apresenta o trajeto de sua formação.

Sofria e amava: nisso residia a verdadeira configuração de meu coração. Em meio aos mais violentos acessos de tosse, em meio à febre que me consumia, ficava quieta, como um caracol que se recolhe à sua concha; tão logo obtinha alguma trégua, vinha-me o desejo de sentir alguma coisa agradável e, uma vez que me era negado qualquer outro prazer, procurava compensar-me com os olhos e ouvidos. Traziam-me bonecas e livros ilustrados, e quem quisesse sentar-se à cabeceira de meu leito tinha de me contar alguma história.

De minha mãe escutava com prazer as histórias sagradas; já meu pai me entretinha com temas da natureza. Ele era dono de um agradável gabinete. Dali costumava trazer-me algumas gavetas, uma após a outra, mostrava-me o que nelas havia e explicava-me tudo, em conformidade com a verdade. Plantas e insetos dissecados e muitas espécies de preparados anatômicos, peles humanas, ossos, múmias e quejandos chegavam ao leito da pequena enferma; aves e animais, que ele mesmo havia abatido durante a caça, eram-me exibidos, antes de seguirem para a cozinha; e para que também o príncipe do universo tivesse voz naquela assembleia, minha tia me contava histórias de amor e contos de fada. Tudo eu absorvia, e tudo me lançava raízes. A certas horas, entretinha-me vivamente com o ser invisível; ainda recordo alguns versos que por aquela ocasião ditava à minha mãe.

Muitas vezes me via repetindo a meu pai o que com ele havia aprendido. Raramente eu tomava um medicamento sem perguntar de onde provinham as coisas de que era feito, que aspecto possuíam, como se chamavam. Mas tampouco as histórias de minha tia deixaram de medrar. Eu me imaginava em belos trajes, indo ao encontro dos mais adoráveis príncipes, que não haviam de ter paz nem sossego enquanto não descobrissem a origem daquela bela desconhecida. Uma aventura semelhante, com um encantador anjinho que, vestido de branco e com asas de ouro, se desvelava por mim, levei-a tão longe, que minha fantasia engrandeceu sua imagem, transformando-a quase numa aparição.

Ao término de um ano já estava restabelecida, mas não me havia restado da infância nenhum ressentimento. Não sabia sequer brincar com bonecas e ansiava por seres que correspondessem a meu amor. Cães, gatos e pássaros de toda espécie que meu pai criava, eram-me fonte de grande distração; mas, quanto não teria dado para possuir uma certa criatura que desempenhava o papel mais importante numa daquelas histórias contadas por minha tia! Tratava-se de um cordeirinho, capturado na floresta e criado por uma jovem camponesa, mas nesse manso animal escondia-se um príncipe encantado, que reaparecia enfim sob a forma de um belo jovem e recompensava sua benfeitora pedindo-lhe sua mão. Como desejei possuir um cordeirinho assim!

Mas, visto que nenhum se apresentava, e como tudo a meu redor ocorria de forma inteiramente natural, pouco a pouco foi-se desvanecendo a esperança de possuir um tesouro tão precioso. Consolava-me, entretanto, lendo livros nos quais se descreviam acontecimentos maravilhosos. Dentre todos, meu preferido era o *Hércules cristão alemão*; essa piedosa história de amor harmonizava-se em tudo com meu espírito. Não importa o que ocorresse com sua Valiska, e sempre lhe ocorriam coisas horríveis, ele primeiro rezava antes de correr em seu auxílio, e no livro essas orações constavam em todos os seus detalhes. Que prazer sentia então! Meu apego ao invisível, que eu continuava experimentando de um modo vago, crescia com todas aquelas histórias, pois, de uma vez por todas, também Deus era meu confidente.

Assim que cresci um pouco mais, lia, o céu sabe que coisas, tudo misturado, mas a *Romana Octavia*[2] era de longe minha história favorita. As perseguições aos primeiros cristãos, sob uma vestimenta romanesca, despertavam em mim o mais vivo interesse.

Minha mãe, no entanto, passou a me repreender por essas leituras constantes; por amor a ela, meu pai tomou-me um dia os livros com uma das mãos e devolveu-mos com a outra. Ela era suficientemente sensata

[2] *Hércules cristão alemão* e *Romana Octavia*: referência aos livros *Des Christlicheen Teustchen Gross-Fürsten Herkules und der böhmischen königlichen Fräulein Valiska Wundergeschichte* ("A história maravilhosa do grão-príncipe teuto-cristão Hércules e da donzela real da Boêmia Valiska", Braunschweig, 1659-60), de Andreas Heinrich Bucholtz, e *Octavia Römische Geschichte* ("A história da Romana Octavia", Nurembergue, 1677-79), de Anton-Ulrich von Braunschweig-Wolfenbüttel.

Ambos são romances barrocos com os quais a autora desses apontamentos se entretém na biblioteca do pai, assim como Wilhelm Meister se distrai com o *Teatro alemão*, editado por Gottsched, e a tradução de *Jerusalém libertada*, feita por Kopp (ver, respectivamente, p. 40, nota 5, e p. 43, nota 7). Percebe-se que a escritora pertence a uma geração mais velha que a de Wilhelm e cresceu num ambiente em que se apreciava a poesia do período barroco tardio.

para compreender que nada podia ser feito contra aquilo, e insistiu somente para que eu lesse a Bíblia com a mesma aplicação. Não me opus a isso tampouco e li os livros sagrados com muito interesse. Minha mãe estava, ademais, sempre atenta, para que não me caísse em mãos nenhum livro pernicioso, e eu mesma haveria rejeitado qualquer escrito nocivo, pois meus príncipes e minhas princesas eram todos extremamente virtuosos; além do mais, da história natural do gênero humano eu sabia mais do que dava a entender, e a havia aprendido em sua maior parte da Bíblia. Relacionava as passagens duvidosas com palavras e coisas que se passavam diante de meus olhos, e com minha ânsia de saber e meu dom de combinar as coisas deduzia facilmente a verdade. Tivesse eu ouvido falar de bruxas e tudo teria feito para me familiarizar com bruxaria.

Agradeço à minha mãe e a essa minha ânsia de saber, a despeito daquele meu desenfreado apego aos livros, por haver aprendido a cozinhar, mas nisso havia algo a se considerar. Trinchar uma galinha ou um leitão era para mim uma festa. Levava a meu pai as tripas, e ele me falava delas como se fosse um jovem estudante e, grande parte das vezes, com uma alegria íntima, chamava-me de seu filho frustrado.

Eu já estava então com doze anos. Aprendia francês, dança e desenho, e recebia a costumeira instrução religiosa. Esta última despertava muitas emoções e ideias, mas nada que dissesse respeito a meu estado. Gostava de ouvir falar de Deus e me sentia orgulhosa de poder falar dele melhor que as meninas de minha idade; passei então a ler avidamente diversos livros que me capacitavam a tagarelar sobre a religião, mas jamais me ocorreu pensar o quanto dependia de mim que minha alma estivesse igualmente formada, que ela parecesse um espelho no qual se poderia refletir o sol eterno, pois isso era algo que eu já havia definitivamente presumido.

Aprendia francês com muito afinco. Meu mestre de idiomas era um homem admirável. Não era nem um empírico aturdido nem um árido gramático; ele conhecia ciências, havia visto o mundo. Ao mesmo tempo em que me ensinava o idioma, saciava de diversas maneiras minha ânsia de saber. Eu o amava tanto que esperava sua chegada com o coração a palpitar. Não tinha dificuldade para desenhar e teria ido bem mais longe se meu mestre tivesse tido cabeça e conhecimento; mas só tinha mãos e prática.

Dançar era, no início, o que menos me trazia prazer; meu corpo era sensível demais e só aprendia em companhia de minha irmã. Mas, graças à ideia de nosso mestre de dança de dar um baile em homenagem a todos os alunos e alunas, ganhou novo ânimo o prazer desse exercício.

Entre os muitos rapazes e moças, destacavam-se dois filhos do marechal da corte: o mais novo tinha a minha idade, e o outro era dois anos mais velho; eram crianças de uma tal beleza que, segundo o consenso geral, superavam tudo o que já se vira antes em termos de formosura infantil. Tão logo deitei sobre eles meu olhar, passei a não ver mais ninguém de todo o bando. Pois naquele preciso momento comecei a aplicar-me à dança, não desejando outra coisa senão dançar bem. Como foi que aqueles rapazes puderam também reparar em mim em meio a todos os outros?... Em suma, desde o primeiro momento nos tornamos ótimos amigos, e a festa ainda nem havia chegado ao fim quando já havíamos combinado onde haveríamos de nos ver da próxima vez. Que grande alegria para mim! Mas encantada mesmo fiquei quando, na manhã seguinte, os dois, cada qual com um bilhete galante acompanhado de um ramo de flores, vieram saber como eu estava. Jamais voltei a sentir o que senti então! Retribuíam-se gentilezas com gentilezas, bilhetes com bilhetes. Igrejas e passeios tornaram-se doravante locais de encontro; nossos jovens conhecidos nos convidavam a todo momento, mas éramos bastante espertos para dissimular a coisa, de sorte que nossos pais só se inteiravam daquilo que julgávamos bom.

De repente, ali estava eu com dois enamorados. Não conseguia decidir-me por nenhum, todos os dois me agradavam, e juntos estabelecemos uma melhor união. Subitamente, o mais velho caiu gravemente enfermo; eu mesma já havia estado em várias ocasiões muito doente, e sabia animar o paciente enviando-lhe vários mimos e guloseimas apropriados a um enfermo, de sorte que seus pais, agradecidos, reconhecendo minha atenção e dando ouvidos ao pedido do filho amado, convidaram a mim e a minhas irmãs para fazer-lhe uma visita tão logo houvesse deixado o leito. A ternura com que me recebeu nada tinha de infantil, e a partir daquele dia decidi-me por ele. Logo me preveniu para guardar segredo diante de seu irmão, mas não havia mais como esconder aquele ardor, e o ciúme do irmão mais novo veio completar o romance. Ele nos pregou mil peças; comprazia-se em aniquilar nossa alegria, aumentando assim a paixão que procurava destruir.

Finalmente havia encontrado o verdadeiro cordeirinho pelo qual ansiava, e essa paixão, assim como a enfermidade de outrora, teve sobre mim o efeito de me fazer silenciosa e me retrair das alegrias delirantes. Vivia solitária e comovida, e voltei a pensar em Deus. Tornou-se meu confidente, e bem sei com quantas lágrimas rogava-lhe sem cessar pelo menino, que continuava doente.

Quanto mais pueril esse modo de se comportar, mais ele contribuía para formar meu coração. Devíamos escrever todos os dias a nosso mestre de francês, ao invés das costumeiras traduções, cartas que nós mesmos criávamos. Com os nomes de Phyllis e Damon[3] revelei minha história de amor. O velho mestre logo pressentiu minha intenção e, para me inspirar confiança, fez grandes elogios a meu trabalho. Tornei-me mais arrojada, abri o coração sem acanhamento e fui fiel à verdade até nos detalhes. Não sei mais a propósito de qual passagem ele aproveitou a ocasião para me dizer:

— Mas que graça! Que natural! A boa Phyllis que se cuide, porém, pois em pouco tempo isso poderá tornar-se sério.

Aborreceu-me o fato de não levar a coisa a sério, e perguntei-lhe, espicaçada, o que entendia por sério. Nem foi preciso perguntar duas vezes, e ele se explicou de maneira tão clara que mal pude dissimular meu espanto. Mas, como não tardasse a se apossar de mim o desgosto, levando-o a mal por nutrir semelhantes pensamentos, controlei-me e, na tentativa de justificar minha bela, disse, com as faces ruborizadas:

— Mas, senhor, Phyllis é uma moça honesta!

Ele foi malicioso o bastante para me vincular com minha honesta heroína e para jogar, em nossa conversação em francês, com a palavra *honnête*, com a intenção de fazer passar a honestidade de Phyllis por todos os seus significados. Eu sentia o ridículo e estava extremamente desconcertada. Temendo assustar-me, ele interrompeu a conversa, que em outras ocasiões não tardava a tomar o mesmo curso. Peças de teatro e historietas, que lia e traduzia com ele, costumavam dar-lhe motivo para me fazer ver que fraca defesa é a chamada virtude contra as exigências de uma paixão. Não mais replicava, mas no íntimo me sentia molestada, e suas observações acabaram sendo um fardo para mim.

[3] Na poesia pastoril, nomes frequentes de casais de enamorados.

Aos poucos fui rompendo também todos os laços com meu bom Damon. Os ardis do irmão mais novo haviam posto fim a nossa relação. Não muito tempo depois, morreram os dois florescentes jovens. Senti muito sua perda, mas logo os esqueci.

Phyllis crescia depressa, gozava de plena saúde e começava a ver o mundo. O príncipe herdeiro casou-se e, logo após a morte de seu pai, subiu ao trono. Corte e cidade estavam presa de grande agitação. Agora, sim, minha curiosidade tinha com o que se sustentar. Havia comédias, bailes e o que mais estivesse relacionado a isso, e ainda que nossos pais buscassem refrear-nos de todas as formas possíveis, devíamos apresentar-nos à corte, à qual eu fora introduzida. Afluíam os estrangeiros, havia gente do grande mundo em todas as casas, à nossa mesma haviam-nos recomendado e apresentado alguns cavalheiros, e na casa de meu tio podiam-se encontrar representantes de todas as nações.

Meu honrado mentor continuou a me advertir de um modo discreto, mas eficaz, e eu, no íntimo, não deixava de levá-lo a mal. Não estava absolutamente convencida da verdade de sua afirmação, e talvez tivesse eu à época razão, e não ele, para tomar por fracas demais as mulheres, fossem quais fossem as circunstâncias; ao mesmo tempo, porém, ele insistia naquilo de um modo tal que cheguei mesmo a temer que pudesse ter razão, pois lhe disse, com muita vivacidade:

— Visto que tão grande é o perigo e tão fraco o coração humano, pedirei a Deus que me proteja.

Ele pareceu satisfeito com essa resposta ingênua e elogiou meu propósito, mas aquilo não era para ser levado nem um pouco a sério; dessa vez não eram senão palavras vazias, pois os sentimentos pelo invisível estavam quase totalmente extintos dentro de mim. O grande enxame que me rodeava distraía-me e arrastava-me consigo como uma corrente impetuosa. Foram esses os anos mais vazios de minha vida. Dias e dias sem falar, não ter um pensamento sadio, dispersar-me apenas, tais eram minhas ocupações. Não pensava sequer em meus amados livros. As pessoas à minha volta não faziam a menor ideia das ciências; eram cortesãos alemães, e essa classe social não tinha à época a mínima cultura.

Uma convivência semelhante, poderia pensar qualquer um, haveria de me levar às raias da ruína. Vivia em meio a uma sensual alegria, não me concentrava, não rezava, não pensava em mim nem em Deus, mas considero uma direção divina que nenhum daqueles homens belos, ricos e bem-vestidos me agradasse. Eram libertinos e não o dissimulavam, o que me causava repulsa; embelezavam suas conversas com frases ambíguas que me ofendiam, e eu me comportava friamente diante deles; suas grosserias sobrepujavam às vezes tudo quanto se possa crer, e eu me permitia ser impertinente.

Ademais, meu velho mestre havia-me revelado confidencialmente que, com a maior parte daqueles lamentáveis rapazes, corriam perigo não só a virtude de uma jovem, mas também sua saúde. E, desse modo, passaram a me inspirar verdadeiro pavor, e eu me inquietava quando algum deles se aproximava de mim, não importa de que maneira. Evitava tocar não só os copos e taças como também qualquer cadeira de que porventura alguém houvesse levantado. E assim, ficava tanto moral quanto fisicamente muito isolada, interpretando altivamente todos os galanteios que me dirigiam como um incenso culpável.

Entre os estranhos que à época se reuniam em nossa casa, distinguia-se sobretudo um homem jovem a quem, por brincadeira, demos o nome de Narcisse. Havia adquirido uma boa reputação na carreira diplomática e, graças às diversas mudanças que ocorriam em nossa nova corte, esperava obter uma situação vantajosa. Logo se tornou amigo de meu pai, e seus conhecimentos e sua conduta lhe abriram as portas para uma fechada sociedade dos homens mais ilustres. Meu pai falava dele com muitos elogios, e sua bela figura teria causado impressão ainda maior, se toda sua maneira de ser não tivesse traído uma espécie de presunção. Eu o havia visto e o tinha em bom conceito, mas nunca nos havíamos falado.

Num grande baile, ao qual também ele compareceu, dançamos juntos um minueto, mas tudo se passou sem que tivéssemos estreitado nossa amizade. Quando começaram as danças mais animadas, que eu procurava evitar em atenção a meu pai, preocupado com minha saúde, dirigi-me a um dos cômodos contíguos onde me pus a conversar com amigas mais velhas, que estavam jogando.

Narcisse, que estivera caminhando de um lado para o outro por ali, entrou também no cômodo em que eu me encontrava e, tão logo se recuperou de uma epistaxe que lhe acometera enquanto dançava, começou a falar comigo de diversos assuntos. Meia hora depois e a conversa já tomava um rumo interessante, apesar de não se deixar transparecer o menor indício de ternura, já que nenhum dos dois podíamos aturar mais o baile. Logo os outros estavam a zombar de nós por conta disso, sem conseguir desconcertar-nos. Na noite seguinte, pudemos retomar nossa conversa, poupando assim nossa saúde.

Éramos agora amigos. Narcisse nos esperava, a mim e a minhas irmãs, e só então tornei a me dar conta de tudo o que sabia, do que pensava, do que sentia e do que queria expressar numa conversa. Meu novo amigo, que desde sempre estivera presente na melhor sociedade, além de sua especialização em história e política, que omitia por completo, possuía um vastíssimo conhecimento literário, e não havia novidade que lhe fosse desconhecida, sobretudo o que quer que ocorresse na França. Trazia-me e enviava-me muitos livros atraentes, mas este era um assunto que deveríamos manter em segredo, mais do que se fosse uma proibida relação amorosa. As mulheres eruditas costumavam ser postas em ridículo e tampouco se toleravam as instruídas, provavelmente porque consideravam descortês deixar que envergonhassem tantos homens ignaros. Mesmo meu pai, de quem era de seu agrado essa nova ocasião de desenvolver meu espírito, exigiu expressamente que mantivéssemos em segredo esse comércio literário.

Continuamos pois a nos ver por um bom tempo, e não posso dizer que Narcisse me tenha manifestado algum tipo de declaração de amor ou ternura. Era gentil e amável, mas não demonstrava nenhum afeto; ao contrário, parecia não ser indiferente aos encantos de minha irmã mais nova, à época de uma beleza sem par. Brincando, ele lhe dava toda a sorte de nomes carinhosos em línguas estrangeiras, várias das quais falava muito bem, e cujas expressões particulares de bom grado mesclava em sua conversação alemã. Ela não respondia de modo especial a seus galanteios, pois já estava presa a um outro laço e, como ela era aliás muito expedita e ele sensível, não raro divergiam no tocante a ninharias. Com minha mãe e minhas tias ele sabia comportar-se bem, e assim foi-se tornando pouco a pouco um membro da família.

Quem sabe quanto tempo teríamos continuado a viver daquela maneira, se um estranho acaso não houvesse subitamente alterado nossas relações. Convidaram-nos, a mim e a minhas irmãs, a uma certa casa a qual eu não gostava de frequentar. As pessoas ali reunidas eram muito diferentes e não raro apresentavam-se ali homens, senão grosseiros, vulgares. Daquela vez haviam convidado também Narcisse e, por sua causa, dispus-me a aceitar o convite, certa de encontrar alguém com quem pudesse distrair-me a meu gosto. Já à mesa tivemos de aturar certas coisas, pois alguns homens haviam bebido além da conta; depois da refeição, vimo-nos obrigados a participar do jogo das prendas. E assim se nos passou o tempo, ruidosa e animadamente. Narcisse teve de pagar uma prenda, e lhe impuseram como castigo dizer ao ouvido alguma coisa agradável a todos os presentes. É possível que ele se tenha demorado com minha vizinha, a mulher de um capitão. Inopinadamente, este lhe desferiu uma tal bofetada que, estando eu sentada a seu lado, me saltou aos olhos o pó. Assim que limpei os olhos e me recompus razoavelmente do susto, vi os dois homens já com as espadas desembainhadas. Narcisse sangrava, e o outro, fora de si por conta do vinho, da cólera e do ciúme, tentava livrar-se dos braços das pessoas presentes, que mal conseguiam detê-lo. Tomei Narcisse pelo braço e o levei dali; subi uma escada que levava a um outro cômodo, e não acreditando estar meu amigo ali a salvo de seu insensato adversário, dei-me pressa em aferrolhar a porta.

Não julgamos grave o ferimento, pois só vimos uma arranhadura no dorso de sua mão, mas logo descobrimos um jorro de sangue que lhe escorria pelas costas e uma grande ferida que tinha na cabeça. Fiquei tomada de pânico. Corri para a antessala, à procura de ajuda, mas não encontrei ninguém; todos haviam ficado no andar inferior, tentando conter o homem enfurecido. Até que, finalmente, uma das filhas do dono da casa subiu correndo as escadas, e sua alegria me inquietou não pouco, pois ria-se às gargalhadas daquele absurdo espetáculo e daquela maldita comédia. Roguei-lhe insistentemente que mandasse chamar um cirurgião, mas, obedecendo à sua selvagem natureza, desceu correndo as escadas para ir ela mesma à procura de um.

Retornei a meu ferido, enfaixei-lhe a mão com meu lenço e a cabeça com um outro, que estava pendurado à porta. Ele continuava sangrando abundantemente; o ferido estava muito pálido e parecia que iria perder os sentidos. Não havia ninguém ali perto para me socorrer; tomei-o sem constrangimento nos braços e procurei reanimá-lo com carícias e afagos. Isso pareceu surtir o efeito de um remédio espiritual; ele não chegou a perder a consciência, mas continuava pálido como a morte.

Chegou, finalmente, a diligente dona da casa, e qual não foi seu susto ao ver seu amigo naquele estado, estendido em meus braços, e todos os dois cobertos de sangue, pois ninguém havia podido imaginar que Narcisse estivesse ferido; todos pensavam que eu o havia levado dali ileso.

Pois bem, agora havia ali em abundância vinho, água aromática e tudo mais que pudesse reconfortar e refrescar; o cirurgião havia chegado também e decerto eu teria me retirado, mas Narcisse agarrou com força minha mão e, sem necessidade de me obrigar, por mim também haveria ficado. Enquanto procediam aos curativos, continuei a friccioná-lo com o vinho, pouco me importando que os convidados estivessem todos ali em torno de nós. O cirurgião havia terminado, o ferido me dirigiu um adeus silencioso e reconhecido, e o levaram para casa.

A dona da casa conduziu-me então a seu quarto de dormir; obrigou-me a me despir completamente, e, tão logo meu corpo se viu limpo de todo aquele sangue, devo confessar que, ao mirar-me casualmente no espelho, me dei conta pela primeira vez de que, mesmo sem vestes, poderia considerar-me bonita. Não pude tornar a vestir nenhuma de minhas peças e, como todas as pessoas na casa eram menores ou mais fortes que eu, tive de voltar para casa num estranho disfarce, para enorme assombro de meus pais. Eles ficaram extremamente abalados com meu choque, com os ferimentos do amigo, com a insensatez do capitão, com todo o incidente. Pouco faltou para que meu pai em pessoa desafiasse o capitão, a fim de vingar sem demora o amigo. Ele censurou os senhores presentes por não haverem punido prestemente uma investida tão traiçoeira quanto aquela, pois estava mais do que claro que o capitão, logo depois de esbofetear Narcisse, havia sacado a espada e o ferido por trás; a arranhadura na mão fora feita pelo próprio Narcisse ao puxar sua espada. Eu estava indescritivelmente alterada e afetada, ou, como devo exprimir-me? A paixão, que repousava no mais fundo de meu coração, havia-se irrompido como uma chama avivada pelo vento. E se é verdade que o prazer e a alegria são propícios para gerar e nutrir em silêncio o amor, este também, intrépido por natureza, é com muito mais facilidade impelido pelo temor a se decidir e a se declarar. Deram à pequena filha um medicamento e a levaram para a cama. Na manhã seguinte, bem cedo, meu pai correu à casa do amigo ferido, que estava acamado, acometido de uma febre alta.

Pouco me falou meu pai do que haviam conversado, tratando de me tranquilizar quanto às consequências que aquele acidente poderia ter. A conversa versou sobre se deviam dar-se por satisfeitos com um pedido de desculpas ou levar o assunto à justiça, e outras questões semelhantes. Conhecia bem demais meu pai para acreditar que pudesse desejar ver encerrada daquela maneira a questão, sem um duelo, mas nada disse, pois desde cedo havia aprendido com ele que, em tais assuntos, as mulheres não deveriam intrometer-se. Não me parecia, aliás, que os dois amigos houvessem tratado de algo que me dissesse respeito, mas meu pai não tardou a expor em detalhes à minha mãe o teor de sua conversa. Narcisse, disse ele, estava extremamente comovido com o auxílio que eu lhe prestara, havia-lhe dado um abraço e declarou-se eternamente agradecido a mim, afirmando que não desejava nenhuma felicidade que não pudesse compartilhar comigo, pedindo-lhe permissão para considerá-lo como seu pai. Mamãe repetiu-me tudo aquilo fielmente, mas, bem-intencionada, me fez lembrar que não se deve confiar demais naquilo que se diz num primeiro impulso.

— Não há dúvida! — respondi, com uma dissimulada frieza, e só o céu sabe o que eu sentia então.

Narcisse ficou doente dois meses, não podendo sequer escrever por conta do ferimento em sua mão direita, mas nesse meio-tempo demonstrava-me sua recordação com as mais amáveis atenções. Eu relacionava essas mais que habituais gentilezas com o que ficara sabendo por parte de minha mãe, e trazia constantemente a cabeça repleta de ideias extravagantes. Toda a cidade comentava o incidente. Falavam comigo sobre o ocorrido num tom especial, tiravam conclusões que, por mais que eu procurasse rejeitá-las, me tocavam sempre muito de perto. O que antes não havia passado de galanteio e costume, tornava-se agora seriedade e inclinação. A inquietação na qual eu vivia era tão mais violenta quanto mais cuidadosamente procurava escondê-la de todas as pessoas. Assustava-me a ideia de perdê-lo, e a possibilidade de uma ligação mais estreita me fazia tremer. A ideia do matrimônio, sem dúvida, tem sempre algo de assustador para uma jovem medianamente esclarecida.

Por conta dessas violentas emoções voltei a lembrar-me de mim mesma. As imagens variegadas de uma vida dissipada, que outrora pairavam dia e noite diante de meus olhos, haviam-se dissipado subitamente, como que por um sopro. Minha alma recomeçou a se agitar; só a relação interrompida com o amigo invisível é que não foi assim tão fácil de restabelecer. Continuávamos sempre a uma certa distância; havia ali algo de novo entre nós, só que muito diferente do que era então.

Travou-se um duelo do qual o capitão saiu gravemente ferido, sem que eu tivesse tomado qualquer conhecimento, e a opinião pública ficou inteiramente a favor de meu bem-amado, que finalmente havia voltado à cena. A primeira coisa que fez foi pedir que o levassem à nossa casa, com a cabeça e a mão ainda enfaixadas. O quanto não batia meu coração durante aquela visita! Toda a família estava presente; de ambos os lados só havia agradecimentos e gentilezas de ordem geral, mas ele encontrou ocasião de me demonstrar por meio de alguns sinais secretos seu afeto, que só serviram para fazer crescer ainda mais minha inquietação. Depois de haver-se restabelecido por completo, continuou a nos visitar durante todo o inverno com o mesmo pretexto de antes e, apesar de todos os ligeiros sinais de sentimento e amor que me dava, nada foi discutido.

Dessa maneira mantinha-me em constante exercício. Não podia confiar-me a ninguém e de Deus estava por demais afastada. Ao longo desses quatro selvagens anos havia-o esquecido totalmente; voltei, pois, a pensar nele vez ou outra, mas nossas relações estavam arrefecidas; não eram senão visitas cerimoniais as que eu lhe fazia, e como, para apresentar-me diante dele, sempre usava meus melhores trajes e lhe exibia com satisfação minha virtude, honradez e qualidades que imaginava ter aos olhos dos outros, poder-se-ia dizer que, em meio a todos aqueles adornos, ele parecia não me ver.

Um cortesão haveria de ficar bastante inquieto, caso seu príncipe, de quem espera sua fortuna, se comportasse do mesmo modo com ele, mas eu não me sentia acabrunhada por isso. Tinha tudo de que necessitava: saúde e comodidade; se Deus quisesse aceitar minha lembrança, muito bem; se não, eu acreditava haver cumprido minha obrigação.

É verdade que naquele tempo não fazia semelhante ideia de mim, mas tal era a verdadeira configuração de minha alma. Providências, porém, já haviam sido tomadas para modificar e depurar meus pensamentos.

A primavera chegou e Narcisse veio visitar-me, sem qualquer participação anterior, num momento em que me encontrava sozinha em casa. Apareceu-me então na qualidade de enamorado e perguntou se era de meu desejo dar-lhe o coração e também, um dia, minha mão, assim que obtivesse uma posição honrosa e bem retribuída.

Na verdade, já o haviam admitido em nossa administração; mas temendo, a princípio, sua ambição, haviam postergado mais do que favorecido sua rápida ascensão e, visto possuir ele recursos próprios, retribuíam-lhe com uma baixa remuneração.

A despeito de toda minha inclinação por ele, sabia não ser ele o homem com quem se poderia tratar diretamente. Daí por que me contive e o enviei a meu pai, de cujo consentimento ele parecia não duvidar, querendo antes pôr-se sem demora de acordo comigo. Até que finalmente lhe disse sim, fazendo do consentimento de meus pais a condição necessária para tanto. Foi sem demora, com toda formalidade, falar com os dois, que demonstraram sua satisfação e lhe deram o consentimento para o caso esperado de que continuasse a fazer progressos em sua carreira. Minhas irmãs e tias logo ficaram a par de tudo, e foi-lhes recomendado o mais rigoroso segredo.

Passou, pois, o apaixonado à condição de noivo. Revelou-se enorme a diferença entre um e outro. Se existisse alguém que pudesse transformar em noivos os apaixonados de todas as jovens sensatas, esta seria uma grande obra a favor de nosso sexo, mesmo que dessas relações não resultasse casamento. O amor entre duas pessoas não diminui com isso, mas se torna, sim, mais razoável. Um sem-número de pequenas loucuras, todas as coqueterias e todos os caprichos também desaparecem. Quando o noivo nos diz que o agradamos mais com uma touca matinal que com os mais belos adornos, o cabeleireiro torna-se decerto indiferente a uma jovem sensata, e nada é mais natural que ele também pense solidamente e prefira formar para si uma dona de casa a uma bonequinha enfeitada para o mundo. E é assim que ocorre em todos os ramos.

Se uma tal jovem tem, ao mesmo tempo, a sorte de que seu noivo possua inteligência e saber, aprende mais do que lhe poderiam dar universidades e países estranhos. Ela não só aceita de bom grado toda a formação que ele lhe dá, como também procura progredir cada vez mais nesse caminho. O amor torna possível muitas coisas impossíveis e por fim impõe sem demora a submissão tão necessária e conveniente ao sexo feminino; o noivo não domina como o marido; ele pede simplesmente, e sua amada busca adivinhar o que ele deseja, para realizá-lo antes mesmo que lhe peça.

Assim a experiência me ensinou o que, por muitos motivos, eu não quisera considerar. Eu era feliz, verdadeiramente feliz, tanto quanto se pode ser neste mundo, ou seja, por pouco tempo.

Um verão se passou em meio a essas silentes alegrias. Narcisse não me dava a menor ocasião para me queixar; eu lhe queria cada vez mais, toda minha alma estava ligada a ele, e ele o sabia bem, sabendo apreciar. Nesse meio-tempo, porém, foi surgindo entre nós, suscitado por aparentes ninharias, algo que aos poucos foi tornando nociva nossa relação.

Narcisse me tratava como noivo e jamais ousou pretender de mim o que ainda nos estava proibido. Só que, no tocante aos limites da virtude e da moral, éramos de opinião completamente diversa. Eu queria estar segura e não lhe permitia absolutamente nenhuma liberdade da qual o mundo inteiro não pudesse saber. Ele, habituado a guloseimas, achava rigorosa demais aquela dieta, e aqui entrávamos em constante contradição; ele elogiava minha conduta e procurava minar minha resolução.

Sobreveio-me então a seriedade de meu velho mestre de línguas e, ao mesmo tempo, o recurso que contra ela eu criara.

Já havia reatado um pouco mais minhas relações com Deus. Dera-me um noivo tão querido, e eu lhe era grata por isso. O amor terreno mesmo concentrava meu espírito, punha-o em movimento, e ocupar-me com Deus não o contradizia. De um modo inteiramente natural queixava-me a ele do que me inquietava, não me dando conta de que eu mesma desejava e cobiçava aquilo que me inspirava inquietação. Imaginava-me muito forte e, ao rezar, não pedia: "Livrai-me das tentações!", pois, no tocante à tentação, meus pensamentos estavam muito além. Nesse falso e fútil esplendor de minha própria virtude, eu tinha a audácia de aparecer diante de Deus, que não me rechaçava; mas, ao menor movimento a seu rumo, ele legava à minha alma uma suave impressão, e esta impressão me impelia a procurá-lo mais e mais.

Com exceção de Narcisse, o mundo inteiro estava morto para mim; nada, senão ele, possuía algum encanto para mim. Até minha afeição pelos adornos não tinha senão o condão de lhe dar prazer; bastava saber que ele não me veria, e deixava de lado semelhantes preocupações. Eu gostava de dançar, mas, à sua ausência, era como se não pudesse suportar o movimento. Para uma festa brilhante, à qual ele não compareceria, eu não sabia nem providenciar uma peça nova, nem me compor, conforme a moda, com uma antiga. Eram-me indiferentes tanto uma quanto outra, ou, melhor dizendo, eram-me indesejáveis. Acreditava haver aproveitado bem meu sarau quando tinha ocasião de participar, ao lado de pessoas mais velhas, de algum jogo que não me despertava o menor interesse, e se um velho e bom amigo zombava de mim por tal comportamento, eu sorria, provavelmente pela primeira vez em toda a reunião. O mesmo me ocorria com os passeios e com todas as diversões sociais que se podem imaginar.

> *A ele unicamente havia eu escolhido;*
> *Para ele parecia haver nascido,*
> *E somente por sua afeição ansiava.*[4]

Agindo assim, era comum ficar sozinha em meio às pessoas e, em geral, preferia a completa solidão. Só meu ocupado espírito não podia dormir nem sonhar; eu sentia e pensava, e aos poucos fui adquirindo a habilidade de falar com Deus de meus sentimentos e minhas ideias. Desenvolviam-se então em minha alma sentimentos de natureza outra, que não contradiziam aqueles. Pois meu amor por Narcisse era conforme com todo o plano da criação e não ia de encontro a nenhum de meus deveres. Não se contradiziam e, no entanto, eram infinitamente distintos. Narcisse era a única imagem que pairava diante de mim, à qual se relacionava todo meu amor; mas o outro sentimento não se referia a imagem alguma e era inefavelmente agradável. Não o tenho mais e tampouco poderei voltar a restabelecê-lo.

Meu amado, que em geral conhecia todos os meus segredos, nada sabia a esse respeito. Logo percebi que ele pensava de maneira diferente; dava-me às vezes para ler escritos que combatiam com armas leves e pesadas tudo que tivesse alguma relação com o que poderíamos chamar de o invisível.[5] Lia os livros porque vinham dele, mas, ao terminar, não sabia uma só palavra do que continham.

[4] "*Ich hatt' ihn einzig mir erkoren;/ Ich schien mir nur für ihn geboren,/ Begehrte nichts als seine Gunst.*"

[5] Referência aos escritos de filósofos do século XVIII, como La Mettrie, Helvetius e Diderot, que consideram qualquer fé em Deus uma ilusão.

Quanto às ciências e aos conhecimentos, as coisas tampouco se passavam sem contradição; ele, como todos os homens, zombava das mulheres instruídas e procurava constantemente me educar. De todos os assuntos, à exceção de Direito, costumava falar comigo e, ao mesmo tempo em que me fornecia livros de todos os gêneros, vivia repetindo-me a duvidosa lição de que uma mulher devia manter seu saber mais oculto que o calvinista mantém sua fé num país católico; e, enquanto eu, de fato, de uma forma inteiramente natural, cuidava de não me mostrar ante o mundo mais inteligente e mais instruída que de hábito, ele era o primeiro, que, apresentando-se a ocasião, não podia resistir à vaidade de falar de meus méritos.

Nessa época, fazia muito sucesso junto a nossa corte um conhecido homem do mundo, muito estimado por sua influência, seu talento e espírito. Ele distinguia sobretudo Narcisse e tinha-o constantemente a seu lado. Discutiam também acerca da virtude das mulheres. Narcisse me confiava com minúcias o teor dessas conversas; eu não ficava atrás com minhas observações, e meu amigo reclamou de mim uma dissertação sobre o assunto. Eu escrevia fluentemente o francês, meu velho mestre me havia dado uma boa base. A correspondência com meu amigo se desenvolvia nessa língua, e pode-se dizer daquela época que em geral só os livros franceses podiam oferecer-nos uma formação mais refinada. Minha dissertação havia agradado o conde e tive de lhe enviar também alguns cantos, que eu havia composto recentemente. Em suma: Narcisse, nesse caso, parecia orgulhar-se sem reserva de sua amada, e, para sua grande satisfação, a história chegou ao fim com uma espirituosa epístola em versos franceses que lhe enviara o conde antes de partir, na qual aludia à sua amigável discussão e, ao final, enaltecia meu amigo pela sorte de vir a conhecer, depois de tantas dúvidas e erros, nos braços de uma esposa encantadora e virtuosa, de modo mais seguro o que é a virtude.

Esse poema foi mostrado em primeiro lugar a mim, mas logo em seguida também o foi a quase todas as pessoas, e que cada um pensasse o que bem quisesse. E o mesmo se deu em muitos outros casos, e todos os estranhos que ele estimava passavam a frequentar nossa casa.

Um conde, com sua família, deteve-se um certo tempo aqui por causa da habilidade de um de nossos médicos. Também nessa casa Narcisse era tratado como um filho; ele me introduziu ali e na companhia daquelas dignas pessoas encontramos um agradável entretenimento para o espírito e o coração, e mesmo os passatempos habituais da sociedade pareciam não ser tão vazios nessa casa como em outros lugares. Todos sabiam de nossas relações e nos tratavam como exigiam as circunstâncias, deixando intocável a situação principal. Menciono essa amizade porque no decorrer de minha vida ela exerceu uma certa influência sobre mim.

Já se havia passado quase um ano de nossa ligação, e com ela se passara também nossa primavera. Chegou o verão, e tudo se tornou mais sério e mais ardente.

Em virtude de algumas mortes inesperadas, alguns cargos ficaram vagos, aos quais Narcisse podia aspirar. Aproximava-se o momento em que haveria de se decidir meu destino, e enquanto Narcisse e todos os seus amigos se esforçavam da melhor maneira para desfazer na corte certas impressões que lhe eram desfavoráveis e conseguir o almejado posto, eu recorria, preocupada, ao amigo invisível. Fui tão bem recebida, que de bom grado ali retornei. Confessei-lhe com inteira liberdade meu desejo de que Narcisse obtivesse sua colocação, mas meu pedido não tinha nada de impetuoso, eu não exigia que isso se desse por conta de minha prece.

A vaga foi ocupada por um concorrente muito inferior a ele. Acometeu-me um susto violento ao ler o jornal, e corri para meu quarto, que tranquei ao entrar. A primeira dor se desfez em lágrimas; o pensamento seguinte foi: "Isso não se deu por acaso"; e imediatamente acatei a decisão de aceitar tudo de bom grado, porque também esse mal aparente não poderia ser senão para meu verdadeiro bem. Assaltaram-me então os sentimentos mais suaves, que dissiparam todas as nuvens de pesar; sentia que com aquela ajuda tudo poderia suportar. Sentei-me bem-disposta à mesa, para assombro de meus familiares.

Narcisse teve menos força que eu, e precisei consolá-lo. Topou também em sua família com adversidades que muito o deprimiram, e em nome da verdadeira confiança que havia entre nós, confiou-me tudo. Tampouco suas negociações para conseguir emprego em outras cortes foram mais afortunadas; tudo isso eu lamentava profundamente, tanto por ele quanto por mim, até que finalmente me dirigi ao lugar onde minhas súplicas eram bem acolhidas.

Quanto mais suaves eram essas experiências, mais eu buscava rená-las, e procurava sempre consolo ali onde tantas vezes o havia encontrado, só que nem sempre o encontrava; ocorria-me o que ocorre a alguém que, desejando aquecer-se ao sol, depara com algo no caminho que lhe faz sombra. "Que é isso?", perguntava a mim mesma. Procurava com fervor o motivo e constatei claramente que tudo dependia da qualidade de minha alma; quando ela não se voltava para Deus pelo caminho correto, eu permanecia fria; não sentia sua reação e não podia perceber sua resposta. Sobrevinha-me, pois, a segunda questão: "Que impede essa direção?". Aqui me via num terreno amplo e me enredava num exame que durou quase todo o segundo ano de minha história de amor. Eu poderia tê-la encerrado bem antes, pois logo descobri o vestígio; mas não queria confessá-lo e procurava mil evasivas.

Sem demora descobri que a correta direção de minha alma estava alterada pela distração e ocupação tolas com objetos indignos, e logo me ficaram bem claros o "como" e o "quando". Mas, como ajustar-se num mundo onde tudo é indiferente ou louco? De bom grado eu teria deixado o assunto em seu lugar e seguiria vivendo às cegas, como via tantas outras pessoas, que passavam muito bem; mas não tinha esse direito: com muita frequência me contradizia meu íntimo. Mesmo que quisesse afastar-me da sociedade e modificar meu modo de viver, não o poderia. Estava de uma vez por todas encerrada no interior de um círculo; não podia livrar-me de certas relações, e num assunto no qual tanto me empenhava, estreitavam-se e acumulavam-se as fatalidades. Era comum ir deitar-me desfeita em lágrimas e levantar-me do mesmo modo, depois de uma noite em claro; necessitava de um forte apoio, que Deus não me concedia ao correr de um lado para o outro com meu barrete de bobo.

Tratei pois de sopesar todos e cada um de meus atos; a dança e os jogos foram os primeiros submetidos a exame. Jamais algo fora dito, pensado ou escrito, a favor ou contra essas coisas que eu não tivesse examinado, discutido, lido, apreciado, acrescido, rejeitado e que não me tivesse atormentado inacreditavelmente. Se omitia essas coisas, estava certa de ofender Narcisse, pois este temia ao extremo o ridículo que nos expõe ante o mundo uma aparência de ansiosos escrúpulos de consciência. Porque aquilo que agora eu considerava tolice, tolice perniciosa, não o fazia por meu gosto, mas sim exclusivamente por ele, e tudo se tornou terrivelmente penoso para mim.

Sem digressões nem repetições desagradáveis não poderia descrever os esforços que empreguei para suprimir aqueles atos que então me distraíam e perturbavam minha paz interior, a fim de que meu coração se mantivesse aberto às intervenções do ser invisível, e com que dor me vi obrigada a compreender que a batalha não poderia ser apaziguada desse modo. Pois, uma vez vestida com o traje da tolice, não se tratava simplesmente de um disfarce, mas sim da loucura, que de pronto me penetrava de cima a baixo.

Permitam-me transgredir aqui a lei da simples exposição histórica e tecer algumas considerações a respeito do que se passava dentro de mim. Que podia ser aquilo que modificava meu gosto e minha maneira de sentir de tal modo que, aos vinte e um anos, e mesmo antes, eu não encontrava prazer algum nas coisas que produziam uma diversão inocente às pessoas de minha idade? Por que não eram, para mim, inocentes? Posso muito bem responder: justamente por não me serem inocentes, pois, ao contrário de meus semelhantes, eu não ignorava minha alma. Não, eu sabia, por experiências que adquiri sem havê-las procurado, que existem emoções mais elevadas a nos proporcionar verdadeiramente um prazer que procuraríamos em vão nos divertimentos, e que nessas alegrias mais elevadas abriga-se também um tesouro secreto capaz de nos fortalecer no infortúnio.

Ainda assim, os prazeres e os passatempos sociais da juventude haviam necessariamente de ter para mim um forte atrativo, pois não me era possível cumpri-los como se não os cumprisse. Quantas coisas poderia fazer agora com muita frieza, se assim o desejasse, e que outrora me desconcertavam e até ameaçavam apossar-se de mim. Aqui não se admitia meio-termo: eu tinha de renunciar ou bem aos prazeres sedutores ou bem às suaves emoções interiores.

Sem ter sequer uma clara consciência do fato, a batalha, no entanto, já havia sido decidida em minha alma. Embora houvesse em mim algo que ainda ansiasse pelas alegrias sensuais, eu já não podia mais desfrutá-las. Mesmo para aquele que ama perdidamente o vinho, todo o prazer de beber desapareceria caso se encontrasse em meio a tonéis cheios no interior de uma adega onde o ar viciado ameaçasse sufocá-lo. O ar puro é superior ao vinho, sentia-o com muita vivacidade, e desde o princípio não me teria sido por demais dificultoso refletir para preferir o bom ao prazeroso, se não me houvesse detido o medo de perder o afeto de Narcisse. Mas já que finalmente, depois de uma batalha milenar, depois de considerações mais e mais reiteradas, voltei meu olhar perspicaz para o laço que a ele me prendia, e acabei por descobrir que não só era frouxo, como também passível de se romper. Reconheci prontamente não passar de uma campânula de vidro o que me mantinha encerrada num espaço sem ar; nada além da força necessária para parti-la em dois e salvar-se!

É pensar e empreender. Arranquei a máscara e procedi a cada vez como me mandava o coração. Continuava amando com ternura Narcisse, mas o termômetro, antes mergulhado em água fervente, agora pendia ao ar livre, e não podia subir mais que o calor da atmosfera.

Infortunadamente, ela se resfriava demais. Narcisse começou a retrair-se e agir como um estranho; tinha tal liberdade, só que meu termômetro baixava à medida que ele se retraía. Não passava despercebido aquilo tudo à minha família, que me interrogava, pretendendo-se assombrada. Com um desafio viril, dizia-lhes haver-me sacrificado o suficiente até então, estando disposta a ir ainda mais longe, até ao final de minha vida, e compartilhar com ele todas as adversidades, exigindo, em troca, a plena liberdade de meus atos; declarava-lhes que meus atos e feitos não haveriam de depender senão de minha convicção; que, a bem dizer, jamais me havia obstinado em minha opinião; pelo contrário, que de bom grado ouviria todas as razões, mas, uma vez que se tratava de minha própria felicidade, só de mim devia depender a decisão, e que não toleraria nenhuma espécie de constrangimento. Assim como os argumentos do mais brilhante médico não me levariam a ingerir um alimento, por mais saudável e valioso que o fosse, desde que minha experiência me provasse que me faria mal a qualquer momento, podendo citar como exemplo o uso do café, assim também, e ainda menos, consentiria em deixar-me demonstrar que me é moralmente vantajoso um ato qualquer que me embaraçasse.

Como me preparara havia muito em silêncio, as discussões a esse respeito antes me eram agradáveis que entediantes. Desabafava minha alma e sentia todo o valor de minha decisão. Não cedia um fio de cabelo, e a quem não devia respeito filial, despachava-o rudemente. Em pouco tempo, triunfei junto aos meus. Desde sua infância minha mãe havia tido pensamentos semelhantes, só que nela não chegaram a medrar; a necessidade não a coagira nem lhe exaltara o ânimo para fazer prevalecer sua convicção. Ela se deleitava vendo realizados por mim seus mudos desejos. Minha irmã mais nova parecia concordar comigo; a outra se mantinha atenta e silenciosa. Minha tia era quem mais fazia objeções. Pareciam-lhe irrefutáveis as razões que aludia, e tinha mesmo razão, pois eram totalmente corriqueiras. Até que finalmente me vi obrigada a fazê-la ver que não havia sentido querer nesse assunto ter voz, e ela não fazia senão raramente observar que insistia em sua ideia. Também foi a única que viu de perto esse acontecimento e se manteve completamente insensível. Creio não haver exagerado quando lhe disse não ter ela coração, sendo dona das mais limitadas ideias.

Meu pai se comportou absolutamente de acordo com sua maneira de pensar. Falava-me pouco, mas amiúde, sobre o assunto, e suas razões eram sensatas e, enquanto tais, irrefutáveis; só o sentimento profundo de meu direito dava-me forças para discutir com ele. Mas não tardou a haver certas alterações nas cenas, e eu tive de apelar para seu coração. Pressionada por seu juízo, desfiz-me nas mais afetadas representações. Dei livre curso a minha língua e minhas lágrimas. Mostrei-lhe o quanto amava Narcisse e o quanto me sujeitei naqueles dois anos; que tinha certeza de estar agindo corretamente, disposta até mesmo a selar tal certeza com a perda do noivo amado e da aparente felicidade e, se necessário fosse, de tudo quanto possuía; que preferia abandonar pátria, pais e amigos, e ganhar meu pão no estrangeiro, a ter de agir contra minhas convicções. Ele disfarçou sua emoção, ficou um instante calado e por fim pronunciou-se publicamente a meu favor.

A partir daí, Narcisse passou a evitar nossa casa, e também meu pai deixou de participar das reuniões semanais nas quais se encontravam. O assunto chamou atenção da corte e da cidade. Comentavam-no, como é hábito em casos semelhantes, nos quais o público passa a ter um interesse feroz por estar acostumado a exercer alguma influência nas decisões de ânimos fracos. Eu conhecia bem o mundo e sabia que exatamente aquelas pessoas que antes viviam a nos persuadir a esse respeito são as mesmas que nos criticam amiúde, mas mesmo sem isso, dada a minha íntima posição, todas aquelas opiniões passageiras eram para mim pouco menos que nada.

Em troca, não me furtei a entregar-me a minha inclinação por Narcisse. Ele se tornara invisível para mim, e meu coração não havia mudado para ele. Amava-o ternamente, como que de um modo novo e muito mais sereno que antes. Se ele concordasse em não contrariar minha convicção, eu seria dele; sem essa condição, eu o teria recusado, juntamente com todo um império. Durante vários meses andei às voltas com essas emoções e ideias, e quando finalmente me senti calma e forte o bastante para agir tranquila e serenamente, escrevi-lhe um bilhete atencioso, desprovido de ternura, perguntando-lhe por que não me visitava mais.

Conhecendo seu temperamento, que se esquivava de dar explicações às menores coisas, preferindo realizar em silêncio o que lhe parecia bom, insisti então junto a ele com toda a intenção. Recebi uma longa e, segundo me pareceu, insípida resposta, num estilo confuso e repleta de frases insignificantes, em que dizia não poder estabelecer-se sem antes obter uma colocação melhor, nem oferecer-me sua mão; que eu sabia muito bem com quantos obstáculos ele topara até ali; que ele acreditava que uma relação infrutífera de tão longa duração poderia macular minha reputação; que eu lhe permitisse manter seu atual retraimento; e que, tão logo estivesse em condições de me fazer feliz, cumpriria religiosamente a palavra que me havia dado.

Respondi-lhe prontamente, dizendo que o assunto já era do conhecimento de todo o mundo, e portanto seria tarde demais para cuidar de minha reputação, e para a qual minha consciência e minha inocência eram as melhores garantias; que não hesitava, porém, em lhe devolver a palavra, desejando que, por esse meio, pudesse encontrar sua felicidade. Na mesma hora recebi uma curta resposta que, na essência, era absolutamente igual à primeira. Insistia ele em que, tão logo estivesse em boa situação, viria perguntar-me se eu estaria disposta a compartilhar com ele sua felicidade.

Considerei, pois, tudo aquilo por não dito. Comuniquei a meus pais e conhecidos o rompimento de nossas relações, o que havia de fato ocorrido. Pois, decorridos nove meses, obtendo a promoção tão almejada, ele voltou a oferecer-me sua mão, mas com a condição de que, para me tornar a esposa de um homem que pretendia estabelecer uma família, deveria modificar meu modo de pensar. Agradeci delicadamente, e sem perda de tempo afastei meu coração e pensamento de toda aquela história, do mesmo modo que ansiamos por deixar a sala de espetáculos tão logo o pano tenha caído. E como pouco tempo depois, o que era fácil de se prever, ele encontrou um partido rico e distinto, e eu soube que era feliz à sua maneira, minha tranquilidade foi absolutamente perfeita.

Não posso omitir que muitas vezes, ainda antes de ele obter uma colocação, e mesmo em seguida, foram-me feitas apreciáveis propostas de casamento, que no entanto recusei sem hesitar, por mais que meu pai e minha mãe tivessem sonhado com maiores concessões de minha parte.

Depois de um março e um abril tempestuosos, era como se me coubesse agora o mais belo maio. Desfrutava de boa saúde e também de uma indescritível paz de espírito; não importava para qual direção eu olhasse, sabia que havia lucrado com tal perda. Jovem e sensível como era, a criação me pareceu mil vezes mais bela que antes, quando me via obrigada a participar de reuniões e jogos, para não ter de considerar o tempo longo demais no belo jardim. Já que não me envergonhava mais de minha piedade, tinha ânimo para não esconder meu amor pelas artes e ciências. Desenhava, pintava, lia e encontrava pessoas em número suficiente que me apoiavam; em vez do grande mundo que eu havia abandonado, ou antes, que me havia abandonado, formava-se a minha volta um mundo mais pequeno, muito mais rico e interessante. Tinha uma inclinação pela vida social e não nego que, ao renunciar a minhas antigas amizades, aterrorizava-me a solidão. Sentia-me agora suficientemente e talvez até mesmo bastante indenizada. Minhas amizades passaram a ser, com maior razão, numerosas, não só com os naturais do país, cujas ideias se harmonizavam com as minhas, mas também com estrangeiros. Minha história tornara-se notória, e muitas pessoas estavam curiosas de ver a jovem que preferia Deus a seu noivo. Ademais, reinava naquele momento na Alemanha uma incontestável atmosfera religiosa. Em várias casas de príncipes e condes era viva a inquietação com a salvação da alma. Não faltavam nobres que defendessem essa mesma atenção, e nas classes sociais menos elevadas esse estado de espírito estava inteiramente difundido.

A família do conde, a qual já havia mencionado linhas acima, atraiu-me então para mais perto dela. Ela havia crescido nesse meio-tempo com a chegada de alguns parentes à cidade. Essas pessoas estimáveis buscavam minha companhia, assim como eu a delas. Tinham grandes parentescos, e foi nessa casa que vim a conhecer a maior parte dos príncipes, condes e senhores do império. Não era segredo para ninguém meu modo de pensar, e quer o apreciassem ou simplesmente respeitassem, eu atingia portanto meu fim e não havia quem me contestasse.

De uma outra maneira ainda eu haveria de ser introduzida novamente no mundo. Justamente naquela época, veio passar uma longa temporada conosco um cunhado de meu pai, que até então costumava visitar-nos apenas de passagem. Ele havia deixado os serviços de sua corte, onde era respeitado e influente, somente porque as coisas não andavam a seu modo. Seu julgamento era justo, e severo seu caráter, no que lembrava muito meu pai, com a diferença de que este possuía um certo grau de brandura que lhe tornava mais fácil ceder nos negócios e, sem agir contra sua convicção, tolerar e cozinhar lentamente o mau humor, daí resultante, em silêncio, consigo mesmo, ou em família, com os seus. Meu tio era muito mais jovem e seu aspecto exterior confirmava não pouco sua independência. Sua mãe fora muito rica, e ele ainda poderia contar com uma grande fortuna de seus parentes próximos e distantes; não necessitava de quantias complementares, enquanto meu pai, com seus módicos bens, estava solidamente atado pelos vencimentos ao serviço.

O infortúnio familiar tornara meu tio ainda mais inflexível. Havia perdido prematuramente uma esposa amável e um filho promissor e, a partir daí, parecia querer alhear-se de tudo o que não dependesse de sua vontade.

Costumava-se sussurrar na família, com certa complacência, que ele provavelmente não voltaria a se casar, e que nós, as crianças, já podíamos considerar-nos como herdeiras de sua grande fortuna. Eu não dava grande importância àquilo, mas o comportamento dos demais estabelecia-se não raro por tais expectativas. A despeito da firmeza de seu caráter, tinha por hábito não contradizer ninguém numa conversação; ao contrário, ouvia atenciosamente a opinião de cada um e reforçava, apresentando inclusive exemplos e argumentos, o modo com que cada um concebia suas ideias. Quem não o conhecia, acreditava ser sempre da mesma opinião que a dele, pois era dotado de uma inteligência superior e podia insinuar-se em todos os pontos de vista. Comigo, não tinha a mesma sorte, pois a questão aqui era de sentimentos dos quais ele não fazia nenhuma ideia, e por mais cuidadoso, interessado e compreensivo que fosse ao falar comigo de meu modo de pensar, ficava-me evidente demais não ter ele a mínima noção daquilo que era a base de todos os meus atos.

Por mais reservado que fosse, ao cabo de algum tempo conseguimos descobrir o objetivo de sua inesperada estada entre nós. Conforme pudemos finalmente perceber, ele havia escolhido entre nós a minha irmã mais nova para desposá-la e fazê-la feliz, a seu modo; e decerto, graças a seus dons físicos e intelectuais, ela podia aspirar aos melhores partidos, sobretudo se no outro prato da balança houvesse uma fortuna considerável. Deu-me a entender por gestos também sua inclinação por mim, arranjando-me o lugar de uma canonisa, pelo qual logo passei a receber prebendas.[6]

Minha irmã não estava nem tão satisfeita nem tão grata quanto eu com suas atenções. Ela me revelou uma história de amor que até então havia prudentemente ocultado, pois temia muito, como de fato ocorreu, que eu a dissuadisse de todas as maneiras possíveis de unir-se a um homem que não haveria de ser de seu agrado. Fiz todo o possível nesse sentido e tive êxito. As intenções de meu tio eram muito sérias e muito claras, e muito sedutora para minha irmã, segundo sua ideia do mundo, a perspectiva, para que não tivesse força de renunciar a uma inclinação que sua própria razão desaprovava.

Já que não podia esquivar-se mais, como até então o fizera, das discretas insinuações do tio, tratou sem demora de pôr em prática a base para seu plano. Tornou-se dama de honra numa corte vizinha, onde ele podia confiá-la à educação e aos cuidados de uma amiga que, como camareira-mor da corte, gozava de grande reputação. Acompanhei-a ao local de sua nova morada. Nós duas pudemos regozijar-nos muito com a acolhida que nos foi reservada, e por vezes eu era obrigada a sorrir em segredo da personagem que eu, como canonisa, como jovem e piedosa canonisa, representava no mundo.

Em tempos outros, uma tal situação ter-me-ia desconcertado bastante, talvez até mesmo virado minha cabeça; mas agora mantinha a serenidade em tudo aquilo que me rodeava. Deixava que me penteassem com toda a calma durante um par de horas, enfeitava-me e não pensava

[6] Para fazer parte da ordem pietista aqui aludida, de grande prestígio na Alemanha protestante do século XVII, era preciso pertencer à nobreza. As canonisas faziam voto de castidade e de obediência a suas superioras, mas podiam viver onde quisessem. Seus rendimentos provinham de prebendas, e sua posição social, sobretudo a de uma superiora, era muito elevada.

em outra coisa senão que, em minha situação, eu devia mesmo é vestir essa libré de gala. Nos salões repletos, eu falava com todos e com cada um, sem que nenhuma figura nem nenhum caráter me deixassem uma forte impressão. Ao voltar para casa, minhas pernas cansadas eram geralmente o único sentimento que trazia comigo. À minha inteligência eram proveitosas as muitas pessoas que via, e como modelos de todas as virtudes humanas, de uma boa e nobre conduta, conheci algumas mulheres, sobretudo a camareira-mor da corte, por quem minha irmã tinha a sorte de ser educada.

A meu regresso, entretanto, não senti tão felizes as consequências físicas dessa viagem. A despeito da maior abstinência e da mais austera dieta, não era, como antes, dona de meu tempo e de minhas forças. Nem a alimentação e os exercícios, nem o levantar-se e deitar-se, nem o vestir-se e sair a passeio dependiam, como em casa, de minha vontade e de meus sentimentos. No curso do meio social não se deve ficar parado, sob pena de ser descortês, e de bom grado eu cumpria tudo o que era necessário por considerá-lo um dever, por saber que aquilo logo passaria e por me sentir mais saudável que nunca. Apesar de tudo, essa vida estranha e agitada havia de exercer alguma influência sobre mim, mais forte que eu a sentia. Pois, mal havia voltado para casa e alegrado meus pais com um relato satisfatório, acometeu-me uma hemorragia que, embora não fosse perigosa e tivesse cessado bem depressa, deixou-me por muito tempo numa visível debilidade.

Aqui, tive de recitar outra vez uma nova lição. E o fiz com alegria. Nada me prendia ao mundo, estava convencida de que jamais haveria de encontrar aqui o que é justo, e assim me sentia no estado mais alegre e mais sereno, enquanto, havendo renunciado à vida, nela era mantida.

Tive de suportar ainda uma nova provação, pois minha mãe fora acometida por dores violentas, que a atormentaram ao longo de cinco anos, antes de pagar sua dívida à natureza. Durante esse período ocorreram várias provações. Com frequência, quando a angústia era por demais violenta, ela nos mandava chamar durante a noite todos aos pés de seu leito, para que assim, quando menos, a distraíssemos, já que não a aliviávamos com nossa presença. Mais grave, quase insuportável, foi a opressão, quando meu pai também começou a sentir sua desgraça. Desde a juventude ele sofria constantemente de violentas dores de cabeça, que no entanto só duravam trinta e seis horas no máximo. Mas agora elas eram permanentes e quando atingiam um certo grau, seu sofrimento me dilacerava o coração. Durante esses tormentos sentia muito mais minha debilidade física, pois me impedia de cumprir com meus mais caros e sagrados deveres ou, quando menos, criava-me dificuldades extremas para exercê-los.

Podia então verificar se no caminho que tomei estava a verdade ou a fantasia, se eu tinha porventura seguido somente os pensamentos alheios ou se o objeto de minha fé tinha alguma realidade e, para meu amparo máximo, sempre encontrava essa última resposta. Havia procurado e encontrado a direção correta de meu coração rumo a Deus, a relação com os *beloved ones*,[7] e isso era o que tudo me facilitava. Como um peregrino entre as sombras, assim minha alma corria rumo a esse refúgio, quando tudo o que vinha de fora me oprimia, e eu jamais retornava dali vazia.

Nos tempos recentes, alguns defensores da religião, que parecem possuir mais zelo que sentimento por ela, têm exortado seus companheiros de fé para tornar públicos exemplos de preces realmente atendidas, provavelmente porque desejavam apossar-se de cartas e lacres para poder atacar apropriadamente seus adversários por meios diplomáticos e jurídicos. Quão desconhecido deve ser-lhes o verdadeiro sentimento, e quão poucas experiências autênticas devem ter eles mesmos realizado!

Posso dizer que jamais voltava de mãos vazias quando, oprimida e carente, buscava a Deus. Tem-se dito tal coisa infinitas vezes e, portanto, não posso nem devo dizer mais. Por mais importante que fosse para mim cada uma daquelas experiências no momento crítico, meu relato seria muito pálido, insignificante e inverossímil, se eu fosse citar casos isolados. Como eu era feliz ao ver que milhares de pequenos acontecimentos reunidos me demonstravam, tanto quanto a respiração a comprovar o sinal de minha vida, que eu não estava sem Deus no mundo! Ele estava perto de mim, eu estava diante dele. É isso o que posso dizer com a máxima veracidade, evitando intencionalmente toda linguagem teológica sistemática.

Quanto houvera desejado ver-me também totalmente livre de sistema; mas, quem alcança com rapidez a ventura de ser consciente de seu próprio eu, sem fórmulas estranhas, num puro encadeamento? Eu leva-

[7] "Entes queridos", em inglês no original. (N. do T.)

va a sério meu fervor. Confiava modestamente na consideração alheia; abandonava-me por completo ao sistema de conversão de Halle,[8] e todo meu ser não queria adaptar-se a nenhum outro caminho.

Segundo esse programa de ensinamento, a conversão do coração deve começar por um profundo horror ao pecado; nessa emergência, o coração deve cedo ou tarde reconhecer o castigo merecido e provar o sabor prévio do inferno que torna amargo o prazer do pecado. Devemos, enfim, sentir uma segurança bastante visível da graça, mas que não tarda a se esconder, devendo-se, portanto, voltar a buscá-la com fervor.

Nada disso acontecia comigo, nem de perto nem de longe. Quando buscava sinceramente a Deus, ele se deixava encontrar e não me apresentava nada das coisas passadas. Eu via muito bem, com atraso, onde havia sido indigna, e sabia também onde ainda o era; mas o reconhecimento de meus delitos se dava sem qualquer temor. Por nenhum momento acometeu-me o pavor do inferno; mesmo a ideia de um espírito maligno e de um local de castigo e tormento depois da morte nunca pôde encontrar lugar no círculo de minhas ideias. As pessoas que viviam sem Deus, cujos corações estavam cerrados à fé e ao amor pelo invisível, a essas pessoas já considerava tão infelizes, que um inferno e castigos exteriores pareciam-me ser para elas antes promessa de um alívio que ameaça de um agravamento de suas penas. Eu só podia ver neste mundo pessoas que guardavam no peito sentimentos odiosos, que se fechavam a qualquer espécie de bem e que queriam impor o mal a si e aos outros, que preferiam fechar os olhos em pleno dia, para poder afirmar que o sol não as ofuscava... Como me pareciam miseráveis tais pessoas além de toda expressão! Quem teria podido criar-lhes um inferno para agravar seu estado!

Esse estado de alma acompanhou-me dia após dia, ao longo de dez anos. Manteve-se através de várias provações, inclusive junto ao doloroso leito de morte de minha adorada mãe. Fui suficientemente sincera na ocasião para não ocultar às pessoas piedosas, mas completamente siste-

[8] O método do pietista August Hermann Francke (1663-1727) consiste de três fases distintas: horror ao pecado, intensa contrição e iluminação interior. Ele descreveu em sua autobiografia como a introspecção se converte em pietismo e acreditava ser este o caminho para Deus. Como a cidade de Halle, na Alemanha, era o centro do pietismo de Francke, derivou-se daí a designação "sistema de conversão de Halle".

máticas, minha serena disposição de ânimo, e com isso tive de suportar algumas repreensões amigáveis. Pensavam fazer-me ver a seu devido tempo quanta seriedade devia ser aplicada na consolidação de uma boa base para os dias saudáveis.

Não queria, tampouco, pecar por falta de seriedade. Deixei-me convencer por aquele momento e de bom grado teria vivido triste e sobressaltada para sempre. Mas, qual não foi meu espanto, ao ver que aquilo não era possível, de uma vez por todas! Ao pensar em Deus, sentia-me serena e satisfeita; mesmo por ocasião do transe doloroso de minha querida mãe não cheguei a sentir o pavor da morte. Ainda assim, nessas horas intensas, aprendi muitas coisas, e totalmente diversas daquelas que meus desautorizados mestres imaginavam.

Aos poucos passei a duvidar da opinião de tantas e tão eminentes pessoas e guardei segredo de meus pensamentos. Uma certa amiga, a quem a princípio eu havia feito muitas concessões, estava sempre querendo imiscuir-se em meus assuntos; dela também me vi forçada a livrar-me, e disse-lhe uma vez categoricamente que não devia dar-se a esse incômodo, pois eu não precisava de seus conselhos; que eu conhecia meu Deus e só a ele queria ter por guia. Ela se sentiu muito ofendida, e creio que jamais me perdoará.

Esse propósito de me furtar aos conselhos e às influências de meus amigos, no tocante às coisas do espírito, resultou em que também nas relações exteriores eu cobrasse ânimo para seguir meu próprio caminho. Sem a proteção de meu fiel guia invisível, mal teria podido continuar, e ainda me surpreendo com essa sábia e venturosa direção. Ninguém sabia, na verdade, de que se tratava para mim, e eu mesma o ignorava.

A coisa, essa coisa má ainda não explicada, que nos separa do ser a quem devemos a vida, do ser que sustém tudo o que merece ser chamado vida, essa coisa, que chamamos pecado, eu ainda não conhecia.

Na intimidade com meu amigo invisível, eu sentia o mais doce gozo de todas as minhas forças vitais. O desejo de continuar gozando de tal ventura era tão grande que de bom grado omitia aquilo que perturbava essa intimidade, e nisso a experiência era meu melhor mestre. Mas comigo se passava o mesmo que com os enfermos que, não dispondo de medicamentos, buscam socorrer-se através de alguma dieta. Algum efeito ela produz, mas não por um tempo suficiente.

Não podia continuar sempre em solidão, ainda que nela encontrasse o melhor remédio contra minha própria dispersão de pensamentos. Caísse eu em seguida num alvoroço qualquer, tanto maior a impressão que me causava. Minha vantagem mais característica consistia no predomínio do amor pelo silêncio, ao qual enfim sempre me recolhia. Reconhecia como uma espécie de penumbra minha miséria e minha debilidade, e buscava socorrer-me nela, de sorte que me resguardava e não me expunha.

Ao longo de sete anos pratiquei minha cautela dietética. Não me considerava mal e achava desejável meu estado. Sem circunstâncias nem condições particulares, eu haveria permanecido nesse patamar, e só prossegui por um caminho insólito. Contra o conselho de todos os meus amigos, travei uma nova relação. De início, suas objeções me deixaram perplexa. Assim que recorri a meu guia invisível, e deste recebendo autorização, segui sem hesitar meu caminho.

Havia-se estabelecido na vizinhança um homem de espírito, coração e talento. Entre os estranhos que eu conhecia também se encontravam ele e sua família. Estávamos de pleno acordo quanto aos costumes, às organizações domésticas e aos hábitos que nos diziam respeito, e eis a razão por que logo nos ligamos um ao outro.

Philo (assim o chamarei) tinha já uma certa idade e foi de grande ajuda em alguns assuntos a meu pai, cujas forças começavam a diminuir. Em pouco tempo, tornou-se amigo íntimo de nossa casa e, havendo encontrado em mim uma pessoa que, conforme ele dizia, não padecia da ostentação e do vazio do grande mundo nem da aridez e inquietação "dos pacíficos da Terra",[9] em pouco tempo já éramos amigos íntimos. Era-me muito agradável, e muito útil.

Embora eu não tivesse a menor disposição nem a menor tendência para me imiscuir nos assuntos mundanos e procurar uma influência qualquer, não raro sentia grande prazer em ouvir e saber o que se passava perto ou longe. Adorava ter uma ideia clara e indiferente das coisas do mundo; sentimento, intimidade, afeto, eu os guardava para meu Deus, para os meus e para meus amigos.

[9] Designação à época do círculo pietista dos Hernutos, em correspondência com a expressão encontrada nos *Salmos*, 35:20.

Esses últimos ficaram, se assim posso dizer, enciumados com minha nova relação com Philo e, no entanto, por mais de um aspecto tinham razão quando me preveniam a esse respeito. Eu sofria bastante em silêncio, pois não podia considerar totalmente vazias nem egoístas suas objeções. Sempre estivera habituada a submeter a exame minhas opiniões e dessa vez, no entanto, não pretendia seguir minha convicção. Suplicava a meu Deus para que aqui também me advertisse, impedisse e guiasse, mas como tampouco ali meu coração se opusesse, prosseguia confiante em minha trilha.

Philo guardava, no aspecto geral, uma vaga semelhança com Narcisse, exceto pelo fato de que uma educação piedosa havia conservado e animado seu sentimento. Tinha menos de vaidade, mais de caráter, e se o outro era nos assuntos mundanos matreiro, preciso, perseverante e infatigável, este era lúcido, perspicaz, expedito, e trabalhava com incrível ligeireza. Graças a ele, fiquei a par das mais íntimas disposições de quase todas as pessoas nobres que eu conhecia superficialmente, e me contentava em assistir, de minha atalaia à distância, a todo aquele alvoroço. Philo não podia esconder-me mais nada e pouco a pouco ia-me confiando todas as suas relações superficiais e íntimas. Eu temia por ele, pois previa certas circunstâncias e complicações, e o mal sobreveio mais rápido do que eu havia suposto, pois ele era sempre reservado quanto a certas declarações, e por fim só me revelou o suficiente para que eu pudesse esperar o pior.

Que efeito provocou-me aquilo no coração! Alcancei experiências absolutamente novas para mim. Via com indescritível melancolia um Agathon[10] que, criado nos pequenos bosques de Delfos, ainda devia o custo de seu aprendizado e o ia pagando com pesados tributos em atraso, e esse Agathon era meu amigo, estreitamente ligado a mim. Minha simpatia por ele era viva e perfeita; sofria com ele, e ambos nos encontrávamos na mais estranha situação.

Depois de me ocupar por muito tempo com sua disposição de ânimo, voltei minhas reflexões para mim mesma. O pensamento — "Não és

[10] Alusão ao romance de Wieland, *História de Agathon* (1766-67). Este descreve a trajetória de um jovem que, educado no austero ambiente sacerdotal de Delfos, não conhece o mundo dos prazeres. Mais tarde, ao viver com o sofista Hípias, cai nos braços da bela hetaira Dânae, passando a desfrutar de novo tipo de vida, do qual posteriormente procurará se libertar.

melhor que ele" — elevava-se diante de mim como uma pequena nuvem que se estende mais e mais até obscurecer toda minha alma.

Agora não pensava mais apenas: "não és melhor que ele", mas o sentia e sentia-o de um modo como não gostaria de senti-lo ainda uma outra vez, e não foi uma transição rápida. Durante mais de um ano tive de sentir que, se uma invisível mão não me tivesse refreado, eu poderia ter chegado a ser um Girard,[11] um Cartouche,[12] um Damiens,[13] ou qualquer outro monstro que se queira: sentia nitidamente em meu coração a disposição para tanto. Que descoberta, meu Deus!

Se até então não havia podido constatar em mim, mesmo pela experiência mais remota, a realidade do pecado, agora a intuição tornava-me espantosamente clara sua possibilidade, e no entanto não conhecia o mal, temia-o tão somente, sentindo que podia ser culpada e não tendo de que me acusar.

Por estar profundamente convencida de que uma tal natureza de espírito, que havia de reconhecer como minha, não podia convir a uma união com o ser supremo que esperava depois da morte, não temia tampouco cair numa tal separação. A despeito de todo mal que eu descobria em mim, eu o amava e odiava o que sentia, pretendendo sim odiá-lo mais seriamente ainda, e todo meu desejo era libertar-me daquela enfermidade e da predisposição à enfermidade, estando segura de que o grande Médico não haveria de recusar-me seu socorro.

A única questão era: o que cura esses males? Os exercícios da virtude? Não podia sequer pensar neles, pois durante dez anos já havia exercitado mais que a mera virtude, e os horrores agora descobertos haviam-se ao mesmo tempo mantido latentes nas profundezas de minha alma. Não teriam eles também podido irromper, como no caso de Davi ao avistar Betsabá?[14] Não era ele também um amigo de Deus, e não estava eu no mais íntimo de mim mesma convencida de que Deus era meu amigo?

[11] Jean Baptiste Girard (1680-1733), jesuíta que teria seduzido uma de suas fiéis.

[12] Louis-Dominique Cartouche (1693-1721), célebre sedutor, chefe de uma quadrilha de ladrões.

[13] Robert-François Damiens (1714-1757), responsável por atentado contra a vida do rei Luís XV em 1757.

[14] Alusão ao episódio em que Davi comete adultério com Betsabá (*Samuel*, 2:11).

Acaso haveria uma debilidade humana inevitável? Devíamos então admitir que uma vez qualquer experimentamos o domínio de nossas inclinações, e não nos resta outra coisa, apesar de nossa melhor vontade, senão abominar a queda que sofremos, para voltar a cair numa ocasião semelhante?

Da moral não podia tirar nenhum consolo. Não podiam bastar-me nem a severidade pela qual ela pretende dominar nossa inclinação, nem a complacência com que ela aspira a transformar em virtudes nossas tendências. As noções fundamentais que me infundiram a convivência com meu amigo invisível já tinham para mim um valor muito mais decisivo.

Certa vez, ao estudar os cantos que Davi compusera depois daquela catástrofe medonha,[15] causou-me grande espanto que ele já tivesse descoberto na matéria de que era feito o mal que nele se abrigava; pretendia, porém, ser absolvido, suplicando prementemente por um coração puro.

Mas, como alcançar isso? A resposta, conhecia-a eu muito bem, através dos livros simbólicos;[16] também para mim era uma verdade bíblica que o sangue de Jesus Cristo nos purifica de todos os pecados. Mas só agora me dava conta de não haver jamais compreendido essa sentença tantas vezes repetida. As perguntas: "Que significa isso?", "Como se dá tal fato?", trabalhavam em mim sem cessar noite e dia. Até que, por fim, acreditei avistar num relampejar que, aquilo que eu procurava, devia ser buscado na encarnação do Verbo eterno, que a tudo, inclusive a nós, criou. Que outrora o primordial se tenha colocado como habitante nas profundezas em que mergulhamos, as quais ele vê e abarca, sendo penetrado por nossa condição de grau em grau, desde a concepção e o nascimento até o túmulo, e que, por esse estranho desvio, ele remonta às alturas luminosas, onde também nós haveremos de habitar para ser felizes: eis o que me foi revelado, como a uma distância crepuscular.

Oh, por que, para falar de tais coisas, temos de empregar imagens que só anunciam situações exteriores? Onde estão ante Ele algo de alto

[15] Ver nota anterior. Os cantos aqui mencionados são os *Salmos* 51 e 32 da Bíblia, nos quais Davi canta, respectivamente, o arrependimento e a alegria do perdão.

[16] A expressão "livros simbólicos" teve origem no século XVI com as *Confessio Augustana* e outros escritos confessionais religiosos. A "bela alma" refere-se aqui aos textos fundamentais da ortodoxia relacionados a seus ensinamentos teológicos.

ou de profundo, algo de escuro ou de claro? Só nós temos um alto e um baixo, um dia e uma noite. E é precisamente por isso que Ele se torna semelhante a nós, pois, caso contrário, não poderíamos ter parte alguma nele.

Mas como podemos tomar parte nesse inestimável benefício? "Pela fé", responde-nos a Escritura. Mas o que é a fé? Ter por verdadeira a narrativa de um acontecimento, de que pode valer-me? É necessário que eu possa apropriar-me de seus efeitos, de suas consequências. Essa fé de apropriação tem de ser um estado próprio de ânimo, desacostumado para o homem natural.

"Pois bem, ó Onipotente, concedei-me então a fé", supliquei um dia com o coração totalmente oprimido. Apoiei-me a uma pequena mesa, diante da qual estava sentada, e ocultei entre as mãos meu rosto coberto de lágrimas. Eu estava ali na situação em que se deve estar para que Deus escute nossas preces, situação essa na qual raramente estamos.

Sim, quem poderia descrever o que eu sentia então? Um impulso transportava minha alma para a cruz onde Jesus um dia morreu; um impulso, não posso chamá-lo de outro modo, em tudo semelhante àquele que conduz nossa alma para junto de um amado ausente, um aproximar-se, provavelmente muito mais essencial e verdadeiro do que supomos. Assim se aproximava minha alma Daquele que se fez homem e que morreu na cruz, e nesse instante eu soube o que era a fé.

"Isto é a fé!", disse e dei um salto, como que meio assustada. Buscava agora assegurar-me de meu sentimento, de minha contemplação e, em pouco tempo, já estava convencida de que meu espírito havia conservado a capacidade de levantar voo, que lhe era totalmente nova.

Com tais sentimentos nos abandonam as palavras. Eu podia claramente distingui-las de toda fantasia; elas eram desprovidas de qualquer fantasia, de qualquer imagem, e no entanto davam a certeza de um objeto ao qual se referiam, como a imaginação, quando nos pinta os traços de um amado ausente.

Logo que se havia passado o primeiro enlevo, percebi que já conhecia de outros tempos esse estado de alma, mas nunca o havia sentido com tamanha intensidade. Jamais o havia retido, nunca pude fazê-lo meu. Acredito, aliás, que toda alma humana já o tenha experimentado uma vez ou outra. Sem dúvida, ele é o que ensina a alguém que há um Deus.

Estivera até então muito satisfeita com aquela força que outrora só se aproximava de mim de quando em quando, e se, em virtude de uma providência especial, não me sobreviesse, depois de um longo tempo, o flagelo inesperado, se com isso não houvessem meu poder e minha capacidade perdido todo o crédito, provavelmente eu teria permanecido para sempre naquele mesmo estado, satisfeita com ele.

Mas agora, depois daquele momento sublime, havia ganhado asas. Podia alçar-me acima daquilo que antes me ameaçava, como um pássaro que, cantando, atravessa sem esforço por sobre a mais rápida torrente, diante da qual se detém o pequeno cão, ladrando inquieto.

Minha alegria era indescritível, e ainda que não tivesse revelado coisa alguma a ninguém, os meus próximos percebiam em mim uma serenidade inusual, sem poder entender qual era a causa de meu deleite. Ah, tivesse eu permanecido calada e procurado guardar em minha alma tão pura disposição! Ah, tivesse não me deixado desencaminhar por circunstâncias que punham em relevo meus segredos, teria podido evitar uma vez mais um grande desvio.

Já que, em meus dez anos anteriores de vida cristã, essa força necessária não se apresentara em minha alma, tive de me encontrar no caso de outras pessoas honradas; livrei-me do assunto preenchendo sempre minha fantasia de imagens que traziam alguma relação com Deus, o que também já é verdadeiramente útil, pois assim se descartam as imagens danosas e suas malignas consequências. Em seguida, uma ou outra dessas imagens espirituais apodera-se de nossa alma e com ela nos lançamos para o alto, como um filhote de pássaro que pula de galho em galho. Enquanto não se tem nada melhor, não se deve absolutamente rejeitar esse exercício.

As imagens e impressões que se voltam para Deus nos provêm das instituições eclesiásticas, dos sinos, órgãos e cânticos, e sobretudo das prédicas de nossos mestres. Eu estava indizivelmente ávida por tudo isso; nenhuma intempérie, nenhuma debilidade física impediam-me de visitar as igrejas, e só o dobrar dos sinos dominicais poderia causar-me alguma impaciência em meu leito de enferma. A nosso predicador-mor da corte, um homem excelente, eu ouvia com grande prazer; estimava também seus colegas e sabia descobrir as maçãs de ouro da palavra divina entre os frutos comuns, mesmo sob sua casca de barro. Aos exercícios públicos juntavam-se todos os meios possíveis de edificações privadas, como se costuma chamá-las, e com eles também somente se nutriam a imaginação e uma sensibilidade mais sutil. Estava tão habituada a esse movimento, respeitava-o de tal maneira que não me ocorria no momento nada de mais elevado. Pois minha alma só tem antenas, e não olhos; tateia apenas, e não vê. Ah, tivesse ela olhos que lhe permitissem ver!

Também agora ia cheia de avidez aos sermões; mas, ai!, que me sucedia? Não encontrava mais ali o que antes costumava achar. Aqueles predicadores embotavam os dentes na casca, enquanto eu saboreava a polpa. Em pouco tempo havia de me cansar deles, mas tinha muito pouco costume de me ater somente àquele que eu sabia encontrar. Queria ter imagens, carecia de impressões exteriores e acreditava sentir uma necessidade pura e espiritual.

Os pais de Philo haviam travado relações com a comunidade dos Hernutos; em sua biblioteca ainda se encontravam muitos escritos do conde.[17] Ele havia-me falado várias vezes, clara e comedidamente, a esse respeito e me convidado a folhear alguns desses escritos, mesmo que fosse apenas para conhecer um fenômeno psicológico. Eu tinha o conde por um terrível herege, assim deixei de lado o florilégio de cânticos de Ebersdorf,[18] que meu amigo me havia de certo modo imposto, com a mesma intenção.

Na escassez total de todos os meios de encorajamento exteriores apanhei, como que por acaso, o dito florilégio de cânticos e, para minha surpresa, nele encontrei realmente cânticos que, embora em formas bastante raras, pareciam aludir àquilo que eu sentia; fiquei encantada com a originalidade e ingenuidade do estilo. As emoções pessoais pareciam expressar-se de um modo próprio; nenhuma terminologia de escola lembrava algo rígido ou vulgar. Convenci-me de que as pessoas sentiam o que eu sentia, e me julguei muito feliz por reter na memória aqueles pequenos versos e guardá-los comigo durante alguns dias.

[17] Nikolaus Ludwig, conde de Zinzendorf, nasceu em Dresden, em 1700, e morreu em Herrnhut, em 1760. Figura de grande influência na época, foi o restaurador da igreja dos irmãos morávios, ou Hernutos, em 1722.

[18] De 1734 a 1746 o teólogo pietista Maximilian Friedrich Christoph Steinhofer foi pastor em Ebersdorf, na Turíngia. Subsidiado pelo conde Reuss, cunhado do conde de Zinzendorf, compilou um livro de cânticos evangélicos, *Evangelisches Gesangsbuch... der Gemeine in Ebersdorf* (1742), que se tornou bastante conhecido nos círculos pietistas.

A partir daquele momento em que fui presenteada com o verdadeiro, três meses se passaram comigo em tal estado. Até que, finalmente, tomei a decisão de confidenciar tudo a meu amigo Philo e pedir-lhe que me revelasse aqueles escritos, que me inspiravam agora uma curiosidade desmedida. E, realmente, o fiz, a despeito de uma coisa qualquer em meu coração que mo desaconselhava seriamente.

Contei a Philo em detalhe toda a história, e como ele desempenhava nela a personagem principal, como meu relato continha para ele também o mais severo sermão penitencial, sentiu-se extremamente tocado e comovido. Desfez-se em lágrimas. Alegrei-me com isso e passei a crer que também nele havia-se produzido uma total modificação de espírito.

Providenciou-me todos os escritos que eu desejava e tive então alimento de sobra para minha fantasia. Fiz grandes progressos no modo de pensar e falar de Zinzendorf. Que ninguém creia que não sei também agora apreciar o estilo do conde; rendo-lhe de bom grado justiça; não é nenhum fantasista vazio; fala de grandes verdades, na maior parte das vezes com um ousado voo da imaginação, e aqueles que o desdenharam não souberam apreciar nem discernir suas qualidades.

Afeiçoei-me a ele de um modo indescritível. Fosse dona de mim mesma e certamente teria abandonado pátria e amigos para partir com ele; sem dúvida que teríamos nos entendido e dificilmente haveríamos de nos suportar por muito tempo.

Agradeço a meu bom gênio por me manter então confinada às minhas condições domésticas. Para mim, já era uma grande viagem poder sair ao jardim da casa. Os cuidados com meu pai, velho e fraco, já me davam trabalho suficiente, e nas horas de descanso a nobre imaginação era meu passatempo. A única pessoa que eu via era Philo, por quem meu pai tinha muito carinho, mas cujo relacionamento franco comigo havia de certo modo padecido com a última explicação. Nele, a emoção não havia penetrado profundamente, e como lhe foram infrutíferas algumas tentativas de falar minha língua, evitava tanto mais facilmente essa matéria quanto, graças a seus vastos conhecimentos, buscava trazer à baila novos temas de conversação.

Eu era, portanto, uma irmã da comunidade dos Hernutos por conta própria e tinha de esconder essa nova mudança de meu espírito e de minhas inclinações, sobretudo do predicador-mor da corte, a quem, na qualidade de meu confessor,[19] tinha eu muitos motivos para estimar, e cujos grandes méritos não haviam diminuído a meus olhos, tampouco atualmente, por sua extrema aversão à comunidade dos Hernutos. Lamentavelmente, esse digno homem teve de suportar, de minha parte e da parte de outros, muita aflição.

Há alguns anos ele havia travado conhecimento fora dali com um cavalheiro honrado e piedoso, e continuou a manter contato com ele através de uma correspondência ininterrupta, como quem busca seriamente a Deus. Qual não foi pois a dor para seu guia espiritual quando mais tarde esse cavalheiro entrou para a comunidade dos Hernutos, nela permanecendo por longo tempo entre os irmãos! Que alegria, no entanto, quando seu amigo, não mais se entendendo com os irmãos, decidiu morar nas imediações e de novo pareceu colocar-se totalmente sob sua direção!

O recém-chegado foi pois apresentado em triunfo, por assim dizer, a todas as ovelhas particularmente queridas do supremo pastor. Só em nossa casa não foi introduzido, pois era hábito de meu pai não receber ninguém. O cavalheiro encontrou excelente acolhida; ele tinha a civilidade da corte e o fascínio da comunidade, ao lado de muitos dos belos atributos naturais, e logo passou a ser um grande santo para todos que o conheciam, o que muito alegrava seu protetor espiritual. Infelizmente, por circunstâncias exclusivamente exteriores, ele entrou em desavença com a comunidade, mantendo-se no fundo de seu coração ainda um membro dos Hernutos. Na verdade, ele estava realmente atado à realidade da causa, só que também estava ajustado ao extremo a toda maquinação que sobre isso o conde havia atado. Estava de uma vez por todas habituado a essas maneiras de pensar e falar, e por mais que doravante tivesse de se esconder cuidadosamente de seu velho amigo, parecia-lhe por isso mesmo tão mais necessário, ao ver um pequeno grupo de pessoas familiares, produzir seus pequenos versos, suas litanias e pequenas imagens, obtendo, como se pode imaginar, grande sucesso.

Eu nada sabia de todo aquele assunto e continuava a me divertir à minha maneira. Durante muito tempo, ficamos sem nos conhecer.

Um dia, numa hora em que estava livre, fui visitar uma amiga doente.

[19] A confissão se manteve entre os luteranos até por volta do final do século XVIII, frequentemente como confissão particular.

Encontrei ali vários conhecidos e, sem demora, dei-me conta de que eu havia interrompido sua conversa. Fingi nada perceber, mas, para meu grande assombro, avistei na parede, em elegantes molduras, alguns quadros, segundo o estilo dos Hernutos. Compreendi rapidamente o que podia haver-se passado naquela casa durante o período em que deixei de frequentá-la, e dei as boas-vindas àquele novo fenômeno com alguns versos apropriados.

Imaginem, pois, o espanto de minhas amigas. Tratamos de nos explicar umas às outras e logo nos tornamos unidas e confidentes.

Passei a buscar com mais frequência ocasião para sair. Mas, infelizmente, só as encontrava a cada três ou quatro semanas; tornei-me contudo conhecida do nobre apóstolo e, pouco a pouco, de toda a comunidade secreta. Sempre que possível, assistia a suas reuniões e, graças a meu senso social, aprazia-me muitíssimo ouvir de outros e comunicar a outros aquilo que até então não havia senão elaborado em mim e comigo mesma.

Não estava tão transtornada a ponto de não haver percebido que só alguns poucos captavam o significado daquelas palavras e expressões delicadas, não fazendo mais progressos com elas que antes com a linguagem simbólica da Igreja.[20] Ainda assim, eu seguia com eles, sem me deixar desconcertar. Pensava não ter sido chamada para inquirir nem examinar os corações. No entanto, graças a muitas práticas inocentes, eu também havia sido preparada para o melhor. Arcava com minha parte; sempre que falava, insistia nesse sentido que, em assuntos tão delicados, antes se oculta que se revela pela palavra, e deixava, de resto, com resignada tolerância, que cada qual o interpretasse a seu modo.

A essa época serena, de secreto prazer social, logo sucederam as tempestades de desavenças e adversidades públicas, que tanto na corte quanto na cidade suscitaram grande agitação e causaram, até poderia dizer, muitos escândalos. Chegara o momento em que nosso predicador-mor da corte, esse grande adversário da comunidade dos Hernutos, haveria de descobrir, para sua bendita humilhação, que seus melhores e outrora mais devotados ouvintes pendiam todos para o lado da comunidade. Sentiu-se extremamente ofendido, esqueceu no primeiro instante toda mode-

[20] A linguagem dos escritos confessionais religiosos que, de acordo com o uso da época, eram qualificados de *symbolum* ou "livros simbólicos" (ver p. 380, nota 16).

ração, não podendo, posteriormente, voltar atrás, ainda que o quisesse. Houve debates violentos, no transcorrer dos quais felizmente não fui citada, por não ser senão um membro ocasional de tão detestadas reuniões, e por não poder tampouco nosso zeloso guia passar sem meu pai e meu amigo nos assuntos civis. Mantive assim minha neutralidade com uma satisfação tácita, pois já me era incômodo falar de tais sentimentos e assuntos, mesmo com pessoas de boa vontade, uma vez que não podiam apreender o sentido mais profundo e só se detinham na superfície. Mas discutir com adversários a respeito daquilo que com amigos mal se compreende, parecia-me inútil, e até pernicioso. Pois bem depressa pude constatar que pessoas amáveis e nobres, que em semelhantes casos não conseguiam manter o coração livre de ódio e animosidade, incorriam sem demora em injustiça e, para defender uma forma exterior, chegavam quase a destruir o melhor de seu íntimo.

Por mais que esse digno homem pudesse não ter razão neste caso, e por mais que tentassem colocar-me contra ele, jamais pude negar-lhe uma estima sincera. Conhecia-o muito bem; podia pôr-me com equidade em sua maneira de ver tais coisas. Jamais havia visto um ser humano sem alguma fraqueza, e esta fraqueza se destaca muito mais entre os homens excelentes. Sempre desejamos e pretendemos que aqueles que são tão privilegiados não tenham de pagar nenhum tributo, nenhuma contribuição. Eu o reverenciava como um homem excelente e esperava utilizar a influência de minha silenciosa neutralidade senão para uma paz, ao menos para um armistício. Não sei o que teria conseguido; Deus abreviou as coisas e o chamou para seu lado. Junto a seu féretro choravam todos aqueles que, pouco antes, haviam lutado com ele por palavras. Ninguém jamais pusera em dúvida sua honradez nem seu temor a Deus.

Por essa época também tive de soltar da mão as marionetes que, em razão dessas altercações, se me apareceram, até certo ponto, sob uma outra luz. Meu tio havia executado em segredo seus planos a respeito de minha irmã. Apresentou-lhe, na qualidade de noivo, um jovem de classe e posses e se mostrou, mediante um dote abundante, tal como se poderia esperar dele. Meu pai consentiu, com muito gosto; minha irmã era livre e estava preparada, de sorte que, satisfeita, trocou de estado. Celebrou-se o casamento no castelo do tio; a família e os amigos foram convidados, e nos dirigimos todos para lá, com espírito feliz.

Pela primeira vez em minha vida provocou-me admiração entrar numa casa. Ouvira com frequência falar do bom gosto de meu tio, de seu arquiteto italiano, de suas coleções e sua biblioteca, mas comparava tudo aquilo com o que já havia visto, e concebia na imaginação uma imagem multicor. Qual não foi, pois, meu assombro ante a grave e harmoniosa impressão que senti ao entrar na casa e que se acentuava mais e mais a cada salão, a cada aposento! Se até ali o luxo e os ornamentos só me serviam como motivo de distração, naquela casa me sentia recolhida e reconcentrada em mim mesma. Também em todos os preparativos para as cerimônias e as festas, o luxo e a dignidade despertavam um sereno prazer, e me parecia igualmente incompreensível que um só homem tivesse podido imaginar e ordenar tudo aquilo, ou que houvessem podido reunir-se vários para colaborar num espírito tão grandioso. E, no entanto, o anfitrião e sua família pareciam tão naturais, que não havia meio de descobrir o menor indício de rigidez nem de fútil cerimonial.

O casamento mesmo iniciou-se inesperadamente, de maneira tocante; surpreendeu-nos uma excelente música vocal, e o eclesiástico soube dar à cerimônia todo o caráter solene da sinceridade. Eu estava ao lado de Philo, e este, em vez de me felicitar, disse-me com um suspiro profundo:

— Ao ver sua irmã dar sua mão, foi como se me tivessem jogado água fervente.

— Por quê? — perguntei.

— É o que sempre me ocorre, quando assisto a uma cerimônia de casamento — respondeu.

Ri de suas palavras, mas desde então tenho tido ocasiões bastantes para pensar nelas.

A animação dos presentes, dentre os quais havia muitos jovens, parecia ainda mais brilhante, à medida que tudo aquilo que nos cercava resultava digno e sério. Os utensílios domésticos, toalhas, baixelas, centros de mesa, tudo se harmonizava com o conjunto, e se em outros lugares arquitetos e confeiteiros parecia haverem saído da mesma escola, ali era como se o confeiteiro e o chefe de mesa tivessem frequentado a escola com o arquiteto.

Já que ficaríamos ali vários dias, nosso engenhoso e sensato anfitrião tratou de providenciar os mais diversos entretenimentos para seus hóspedes. Não repeti aqui a triste experiência, tantas vezes verificada no curso de minha vida, da indisposição que se instaura num grupo de pessoas diversas quando, abandonadas a si mesmas, têm de lançar mão dos mais comuns e mais insípidos passatempos, com o que sentem antes os bons que os maus a falta de distração.

Providências totalmente distintas havia tomado meu tio. Ele mandara vir dois ou três marechais, se assim posso chamá-los; um deles deveria ocupar-se dos prazeres dos jovens: danças, passeios, pequenos jogos eram ideia sua e estavam sob sua direção, e como as pessoas jovens gostam de viver ao ar livre e não temem as influências do tempo, cederam a elas o jardim e seu grande salão, junto ao qual haviam erguido, para esse fim, algumas galerias e pavilhões, de tábuas e tela, é verdade, mas de tão nobres proporções que pareciam de pedra e mármore.

Que rara é uma festa na qual quem reuniu seus convidados também se sente na obrigação de velar de todas as maneiras por suas necessidades e comodidades!

Torneios de caça e jogos, pequenos passeios, ocasiões para conversas íntimas e solitárias estavam reservados às pessoas mais velhas, e aquele que tem o hábito de se recolher cedo, estava seguro de que seu alojamento ficava o mais distante possível de todo o ruído.

Graças a essa boa disposição, o lugar em que nos encontrávamos parecia um pequeno mundo; considerado, no entanto, de perto, o castelo não era tão grande assim, e sem conhecê-lo bem, sem o espírito do anfitrião, dificilmente se conseguiria hospedar ali tanta gente, tratando cada qual à sua maneira.

Tão agradável quanto a visão de um homem bem formado é para nós uma instalação inteira que nos faz sentir a presença de um ser compreensivo e razoável. Entrar numa casa bem conservada já é um prazer, ainda que ela tenha sido construída e decorada sem gosto, pois nos revela, no mínimo, a presença parcial de pessoas formadas. Como nos é, pois, duplamente agradável quando de uma habitação humana se dirige até nós o espírito de uma cultura superior, ainda que somente material.

Para mim, isso se tornava vivamente claro no castelo de meu tio. Havia lido e ouvido falar muito de arte; Philo mesmo demonstrava um grande amor por quadros e possuía uma bela coleção, e eu própria também já havia desenhado muito; mas, de um lado, estava ocupada demais com minhas sensações, ambicionando pôr a limpo só aquilo que é necessário,

e, por outro lado, todas as coisas que havia visto não faziam senão distrair-
-me, como as demais coisas mundanas. Agora, pela primeira vez, algo exterior me recolhia a mim mesma e, para meu grande assombro, eu aprendia a diferença que há entre o canto natural, primoroso, do rouxinol e uma "Aleluia" a quatro vozes, que brota de sensíveis gargantas humanas.

Não ocultei minha alegria ante essa nova maneira de ver as coisas a meu tio que, tão logo todos os demais se recolhiam, costumava entreter-
-me. Falava com grande modéstia do que possuía e do que havia produzido, com grande segurança do espírito segundo o qual havia colecionado e exibido, e eu percebia claramente que falava com deferência a mim, ao parecer subordinar o bom do qual, segundo seu velho hábito, se acreditava dono e senhor, àquilo que, segundo minha convicção, era o justo e o melhor.

— Se pudéssemos conceber como possível — disse ele, certa vez — que o Criador do mundo houvesse adotado ele próprio a forma de sua criatura e passado a seu modo algum tempo no mundo, essa criatura já nos apareceria como infinitamente perfeita para que o Criador pudesse unir-se tão intimamente com ela. Não pode haver, pois, contradição entre o conceito do homem e o conceito da divindade, e se sentimos com frequência certa dessemelhança e afastamento dele, é, contudo, tanto mais nosso dever de não ver sempre em tudo, como o advogado do diabo, somente os pontos fracos e as debilidades de nossa natureza, mas sim procurar antes todas as perfeições, pelas quais podemos confirmar as pretensões de nossa semelhança divina.

Sorri e repliquei:

— Não me confunda desse modo, querido tio, com a gentileza de querer falar em minha língua! O que o senhor tem a me dizer é para mim tão importante que desejaria ouvi-lo expressar-se em sua própria língua e tratarei então de traduzir aquilo de que não puder apropriar-me por completo.

— Poderei continuar — disse-me em seguida — segundo minha maneira mais pessoal, sem mudar o tom. O maior mérito do homem consiste, isto sim, em determinar, tanto quanto possível, as circunstâncias, deixando-se determinar por elas o menos possível. Todo o ser do Universo estende-se diante de nós como uma grande pedreira diante do arquiteto, que só merece esse nome quando, dessa fortuita massa natural, compõe com a máxima economia, adequação e solidez a imagem primitivamente concebida por seu espírito. Tudo o que está fora de nós não é senão um elemento, e poderia até mesmo dizer, também o que está em nós; mas no fundo de nós mesmos reside essa força criadora que nos permite criar o que deve ser e que não nos deixa descansar nem repousar até que tenhamos representado, de uma forma ou de outra, o que está fora ou dentro de nós. A senhora, querida sobrinha, talvez tenha escolhido a melhor parte, buscando conjugar seu ser moral, sua profunda e amável natureza consigo mesma e com o Ser supremo, ainda que tampouco nós outros sejamos dignos de censura por procurar conhecer em toda sua amplitude o homem sensível e reduzi-lo ativamente a uma unidade.

Graças a conversas como essas fomos pouco a pouco tornando-nos mais íntimos, e eu exigia dele que me falasse sem condescendência, como se falasse consigo mesmo.

— Não creia — disse-me o tio — que a lisonjeio quando elogio seu modo de pensar e agir. Admiro o homem que sabe claramente o que quer, avança sem cessar, conhece os meios rumo a seu objetivo e sabe assenhorear e utilizá-los; em que medida seu objetivo é grande ou pequeno, digno de elogio ou censura, isto só levo em consideração depois. Creia-me, minha querida, a maior parte de nosso infortúnio e de tudo o que chamam mal no mundo tem sua origem exclusivamente no fato de serem os homens negligentes demais para conhecer com absoluta certeza seus objetivos e, quando os conhecem, trabalhar seriamente para alcançá-los. São, para mim, como homens que, tendo a ideia de que poderiam e deveriam construir uma torre, só empregam em suas fundações pedras e trabalho necessários para a construção de uma cabana. A senhora, minha amiga, cuja necessidade suprema era chegar a um acordo com sua íntima natureza moral, se tivesse, em vez dos grandes e temerários sacrifícios, simplesmente arranjado antes entre sua família um noivo, e talvez um casamento, teria estado em perpétua contradição consigo mesma, sem haver jamais gozado de um momento de satisfação.

— O senhor emprega a palavra sacrifício — respondi —, mas por vezes penso que sacrificamos a um desígnio superior, como a uma divindade, o que há de mais insignificante, ainda que dependa de nosso coração, como se levaria de bom grado e voluntariamente ao altar um cordeiro querido para obter a saúde de um pai venerado.

— Seja o que for — replicou ele —, razão ou sentimento, o que nos obriga a sacrificar ou escolher uma coisa pela outra, resolução e perseverança são, a meu ver, o que há de mais admirável no homem. Não se pode ter ao mesmo tempo a mercadoria e o dinheiro, pois tão mau quanto aquele que vive a cobiçar a mercadoria, sem ter ânimo de sacrificar o dinheiro, é aquele que se arrepende da compra quando tem em suas mãos a mercadoria. Mas estou muito longe de censurar os homens por essa razão, pois não é culpa deles, e sim da complicada situação em que se encontram e na qual não sabem governar-se. Assim, por exemplo, a senhora encontrará na média menos maus administradores no campo que nas cidades, e menos também nas cidades pequenas que nas grandes. E por quê? O homem nasceu para uma situação limitada; é capaz de discernir objetivos simples, próximos e determinados, e se habitua a empregar os meios que estão a seu alcance imediato; mas, tão logo ultrapasse esse limite, já não sabe o que quer nem o que deve fazer, não importando em absoluto que se distraia com o grande número de objetos ou que saia fora de si pela grandeza e dignidade dos mesmos. Para ele, é sempre uma infelicidade ser levado a se esforçar por algo com o qual não pode ligar-se por uma atividade espontânea e regular. Na verdade — prosseguiu ele —, nada é possível neste mundo sem seriedade, e entre aqueles que chamamos homens cultos, haveremos de encontrar muito pouca seriedade; diria que eles se dirigem aos trabalhos e aos negócios, às artes e mesmo às diversões com uma espécie de autodefesa; vivem como quem lê uma pilha de jornais, somente para livrar-se deles, e, a este respeito, me vem à mente aquele jovem inglês em Roma que, certa noite, numa reunião social contava muito satisfeito que naquele dia havia se livrado de seis igrejas e duas galerias. Queremos saber e conhecer muitas coisas, e precisamente aquilo que não nos concerne, e não nos damos conta de que não se aplaca a fome aspirando ar. Quando conheço uma pessoa, logo me pergunto: "Com que se ocupará? E como? E com que frequência?". E, conforme a resposta a essa pergunta, é que se decide para toda a vida meu interesse por ela.

— Talvez, querido tio, o senhor seja severo demais — repliquei —, e recuse sua mão segura a mais de um homem bom, a quem poderia ser útil.

— Há de se reprovar — respondeu ele — a quem tanto tem trabalhado inutilmente junto a eles e por eles? Quanto não nos fazem sofrer na juventude esses homens que creem convidar-nos para uma agradável e divertida festa, prometendo levar-nos em companhia das Danaides ou de Sísifo![21] Graças a Deus que me livrei deles, e quando por infelicidade algum se aproxima de meu círculo, procuro afastá-lo cerimoniosamente, da maneira mais cortês, pois é justamente desse tipo de pessoa que ouvimos as queixas mais amargas quanto ao intrincado curso dos negócios mundanos, à superficialidade das ciências, à ligeireza dos artistas, ao vazio dos poetas e demais coisas do gênero. Não pensam sequer que justamente eles próprios e a multidão que se lhes assemelha não haveriam de ler o livro escrito tal como exigiram, que lhes é alheia a verdadeira poesia e que mesmo uma boa obra de arte só poderia obter seu aplauso ao sabor de um prejuízo. Mas, paremos aqui, que não é este o momento de repreender nem de se lamentar.

Dirigiu minha atenção para os diversos quadros pendurados na parede; meus olhos se detinham naqueles cujo aspecto era atraente ou significativo o assunto; ele esperou um momento, antes de me dizer:

— Conceda também alguma atenção ao gênio que criou essas obras. As boas almas gostam de ver na natureza o dedo de Deus; por que não devemos dispensar também alguma consideração à mão daquele que o imita?

Chamou em seguida minha atenção para alguns quadros de pouca aparência e procurou fazer-me entender que, na verdade, só a história da arte pode nos dar uma ideia do valor e da dignidade de uma obra artística, que se deve primeiro conhecer os penosos níveis do mecanismo e do ofício em que o homem capacitado teve de trabalhar ao longo de séculos, para só então compreender como é possível que o gênio se mova livre e alegremente nesse cume, cuja mera visão nos causa vertigem.

Seguindo esse critério, ele havia reunido uma bela série, e enquanto comentava comigo um a um, não pude deixar de ver ali à minha frente, como uma parábola, a educação moral. Ao comunicar-lhe meu pensamento, ele replicou:

— A senhora tem completa razão, e daí constatamos que não está bem entregar-se à educação moral, solitário e ensimesmado; antes desco-

[21] Figuras mitológicas associadas ao esforço vão e infindável. As filhas de Dânaos foram condenadas a passar a eternidade enchendo de água vasos furados. Já Sísifo teve por castigo empurrar montanha acima uma enorme pedra, que sempre torna a cair.

briremos que aquele cujo espírito anseia por uma formação moral tem todas as razões para educar ao mesmo tempo sua mais fina sensibilidade, a fim de não correr o risco de despencar do alto de sua moral, entregando-se às tentações de uma fantasia desregrada e chegando ao caso de degradar sua natureza mais nobre mediante o prazer em brincadeiras insípidas, quando não em algo ainda pior.

Não suspeitei que estivesse aludindo a mim, mas me senti ferida ao recordar que, entre os cânticos que me haviam edificado, poderia haver alguns de mau gosto, e que as pequenas imagens que se ligavam a minhas ideias espirituais dificilmente teriam encontrado misericórdia aos olhos de meu tio.

Philo, nesse meio-tempo, havia frequentado amiúde a biblioteca e a ela também me conduziu. Admiramos a seleção e também a quantidade de livros. Estavam reunidos segundo aquele critério, pois quase todos que ali se encontravam eram apropriados para nos conduzir a um claro conhecimento ou apontar-nos a verdadeira ordem, provendo-nos de bons materiais ou convencendo-nos da unidade de nosso espírito.

Durante minha vida, eu havia lido bastante, e em algumas áreas quase nenhum livro me era desconhecido; daí por que me foi tão agradável falar ali do panorama do conjunto e constatar algumas lacunas onde antes não teria visto senão uma limitação desordenada ou uma extensão infinita.

Ao mesmo tempo travamos amizade com um homem reservado, mas muito interessante. Era médico e naturalista e parecia antes fazer parte dos penates[22] que dos habitantes da casa. Mostrou-nos o gabinete de História Natural que, encerrado em armários de vidro, como a biblioteca, ornamentava as paredes dos cômodos, enobrecendo ao mesmo tempo o recinto, sem estreitá-lo. Recordei ali com alegria minha juventude e mostrei a meu pai diversos objetos que outrora havia levado ao leito de enferma de sua filha que então mal vira o mundo. Por essa época, o médico dissimulava tão pouco quanto em conversas posteriores que se aproximava de mim em razão de meus sentimentos religiosos, fazendo ao mesmo tempo um elogio extraordinário a meu tio por sua tolerância e apreço de tudo o que revela e fomenta o valor e a unidade da natureza huma-

[22] Os penates eram deuses do lar entre os romanos e os etruscos; aqui têm o sentido de espíritos domésticos benfazejos.

na, exigindo somente de todos os outros seres humanos a mesma coisa e cuidando de não condenar nem evitar nada tanto quanto a presunção individual e a limitação exclusivista.

Desde o casamento de minha irmã via-se a alegria nos olhos de meu tio, e por diversas vezes ele me falou do que pensava fazer por ela e por seus filhos. Era dono de belas propriedades, que ele próprio administrava e que esperava legar em melhor estado a seus sobrinhos. Quanto à pequena quinta em que nos encontrávamos, parecia nutrir por ela pensamentos singulares.

— Só a deixarei como herança — dizia ele — a uma pessoa que saiba reconhecer, apreciar e desfrutar o que ela contém, e que compreenda as razões que tem um homem rico e de nível elevado, sobretudo na Alemanha, para estabelecer algo sobriamente modelar.

Aos poucos, grande parte dos hóspedes já se havia dispersado; também já nos preparávamos para partir, acreditando haver assistido à última cena da cerimônia, quando fomos novamente surpreendidos por sua delicadeza de querer proporcionar-nos um prazer digno. Não havíamos podido ocultar-lhe o encanto que sentimos, durante a cerimônia de casamento de minha irmã, ao ouvir um coro de vozes humanas sem o acompanhamento de qualquer instrumento. Chegamos a insinuar claramente nosso desejo de voltar a ouvi-lo, mas ele parecia não se dar conta disso. Qual não foi pois nossa surpresa quando, numa certa tarde, nos disse:

— A música de baile já se foi, os jovens e fugazes amigos nos deixaram e até os recém-casados já parecem mais sérios que há alguns dias, e separar-nos uns dos outros nesse momento, pois talvez não voltemos a nos ver, ou pelo menos já mudados, desperta em nós um estado de alma solene que não posso nutrir de modo mais nobre senão com uma música, cuja repetição os senhores antes pareciam desejar.

Mandou então que o coro, que nesse meio-tempo se reforçara e exercitara-se em surdina, entoasse para nós cânticos a quatro e oito vozes, que nos deram, bem posso dizer, realmente um gosto antecipado da beatitude. Até então, eu só conhecia os cânticos piedosos, com os quais as boas almas, frequentemente com a voz roufenha, creem louvar a Deus como pássaros silvestres, porque elas mesmas se dão uma sensação prazerosa; e depois a vã música de concerto, que nos leva quando muito a admirar um talento, mas raramente a um prazer efêmero. Agora, estava ouvindo uma música que nasce do sentido mais profundo das mais excelentes naturezas humanas que, graças a determinados e exercitados órgãos, voltava a falar numa unidade harmoniosa ao melhor e mais profundo sentido do homem, fazendo-o na verdade sentir vivamente naquele momento sua semelhança com Deus. Eram todos cânticos latinos eclesiásticos, que se destacavam como joias engastadas no anel de ouro de uma sociedade culta, profana, e, sem pretender a assim chamada edificação, elevavam-me do modo mais espiritual e me faziam feliz.

Por ocasião de nossa partida, fomos todos presenteados na forma mais nobre. Ele me entregou a cruz da ordem de minha canonisa, mais artística e ricamente trabalhada e esmaltada do que se costuma ver. Ela pendia de um grande brilhante, pelo qual estava ao mesmo tempo presa ao cordão, e que ele me pediu para considerar como a mais nobre pedra de um gabinete de História Natural.

Minha irmã se retirou com o esposo para suas quintas, e todos nós regressamos para nossas casas; quanto a nossas condições exteriores, parecia que regressávamos para uma vida absolutamente vulgar. De um castelo de fadas fomos transferidos para a terra insípida, e mais uma vez devíamos conduzir-nos e arranjar-nos à nossa maneira.

As estranhas experiências que havia feito naquele novo círculo deixaram-me uma bela impressão, que no entanto não perdurou por muito tempo em toda sua vivacidade, ainda que meu tio procurasse entretê-la e renová-la enviando-me de tempos em tempos algumas de suas melhores e mais delicadas obras de arte, que eu, depois de havê-las fruído por um bom tempo, trocava por outras.

Estava acostumada demais a ocupar-me comigo mesma, a pôr em ordem os assuntos de meu coração e espírito e a conversar a respeito com pessoas que pensavam como eu, para poder contemplar com atenção uma obra de arte sem voltar-me logo a mim mesma. Estava acostumada a considerar um quadro ou uma gravura em cobre simplesmente como letras de um livro. Uma bela impressão nos agrada, por certo; mas quem tomará nas mãos um livro por causa da impressão? Do mesmo modo, uma representação plástica precisava dizer-me algo, precisava instruir-me, comover-me, melhorar-me; e por mais que meu tio dissesse o que bem entendesse em suas cartas, que explicavam suas obras de arte, elas continuavam para mim como antes.

Entretanto, mais que minha própria natureza, os acontecimentos exteriores, as modificações em minha família vieram arrancar-me de tais considerações, e por um momento até de mim mesma; tive de aguentar e agir mais do que minhas débeis forças pareciam suportar.

Minha irmã solteira havia sido até então meu braço direito; saudável, forte e indescritivelmente bondosa, ela havia assumido as lides domésticas, enquanto eu me ocupava dos cuidados pessoais de nosso velho pai. Ela foi acometida por um catarro que se transformou numa doença do peito e que em três semanas a levou para o túmulo; sua morte abriu em mim feridas, cujas cicatrizes ainda hoje não gosto de contemplar.

Caí de cama, enferma, antes mesmo de ela haver sido sepultada; meu antigo mal de peito pareceu renascer; eu tossia violentamente e estava tão rouca que não conseguia emitir um único som audível.

Minha irmã casada, por conta do susto e da aflição, abortou. Meu velho pai temia perder ao mesmo tempo suas filhas e a esperança de uma descendência; suas justificáveis lágrimas aumentavam minha dor; supliquei a Deus que me restabelecesse uma saúde razoável, e pedi-lhe que prolongasse minha vida pelo menos até a morte de meu pai. Convalesci e fiquei novamente boa à minha maneira, podendo voltar a cumprir meus deveres, ainda que de um modo lastimável.

Minha irmã engravidou mais uma vez. Muitos dos cuidados que, em casos semelhantes, são confiados às mães, foram a mim participados; ela não vivia totalmente feliz com seu marido, fato este que eu devia ocultar a nosso pai; tive de servir como árbitro e o fiz tanto mais que meu cunhado confiava em mim, e os dois eram realmente boas pessoas, só que, em vez de perdoar-se mutuamente, discutiam entre si, e na ânsia de viver em pleno acordo, jamais conseguiam estar em harmonia. Aprendi então a agarrar seriamente também as coisas do mundo e a pôr em prática o que até então só havia cantado.

Minha irmã deu à luz um menino; a indisposição de meu pai não o impediu de fazer a viagem. À visão da criança, ele se tornou incrivelmente alegre e contente, e durante o batismo pareceu-me como que entusiasmado, contrariamente a seu modo de ser, e poderia mesmo dizer como um gênio de duas faces. Com uma delas, olhava feliz para adiante, para aquelas regiões em que em breve esperava ingressar; e com a outra, para a nova e esperançosa vida terrena, que brotava na criança, proveniente dele. Durante a viagem de volta não se cansava de me falar do menino, de sua figura, de sua saúde e do desejo de que as disposições desse novo cidadão do mundo pudessem desenvolver-se felizmente. Persistiu em suas considerações sobre o assunto ao chegarmos em casa, e só ao cabo de alguns dias é que percebemos uma espécie de febre, que se manifestava depois das refeições, sem calafrios, sob a forma de um calor algo fatigante. Não quis contudo descansar; saiu na manhã seguinte e foi tratar fielmente de seus negócios, até que, por fim, sintomas sérios e contínuos o impediram de tudo aquilo.

Jamais esquecerei a paz de espírito, a claridade e lucidez com que pôs na maior ordem os assuntos de sua casa e os cuidados com seus funerais, como se se tratasse de um outro.

Com uma serenidade que ademais não lhe era característica e que se exaltava até uma viva alegria, disse-me:

— Para onde foi aquele pavor da morte que eu ainda há pouco sentia? Terei medo de morrer? Tenho um Deus compassivo; o sepulcro não me inspira nenhum terror, possuo a vida eterna.

Evocar as circunstâncias de sua morte, que sobreveio pouco tempo depois, é, em minha solidão, um de meus mais gratos entretenimentos, e ninguém me impedirá de reconhecer que aqueles eram os efeitos visíveis de uma força superior.

A morte de meu pai querido modificou meu habitual modo de vida. Da mais estrita obediência, da mais severa restrição, passei à total liberdade, da qual me servi como de um alimento de que há muito tempo carecemos. Antes, raramente ficava duas horas fora de casa; agora, mal passava um dia inteiro em meu quarto. Meus amigos, a quem aliás só podia fazer visitas esporádicas, queriam desfrutar de meu convívio constante, assim como eu do seu; convidavam-me com frequência para as refeições, juntando-se a isso passeios em coche e pequenas viagens de recreio, aos quais nunca recusava. Mas, uma vez percorrido o círculo, eu constatava que a inestimável ventura da liberdade não consiste em fazer tudo o que se quer e para o qual nos convidam as circunstâncias, mas sim em poder fazer sem obstáculo nem reserva, pelo caminho correto, o que consideramos justo e adequado, e eu já tinha idade suficiente para chegar a essa bela convicção sem ter de pagar nesse caso pelo aprendizado.

O que não podia recusar era prosseguir, tão depressa quanto possível, minha convivência com os membros da comunidade dos Hernutos e estreitar mais firmemente os laços, razão pela qual me apressei em visitar uma de suas instituições mais próximas; mas tampouco ali encontrei o que havia imaginado. Fui sincera o bastante para demonstrar minha opinião, e procuraram fazer-me compreender que aquela organização não era nada comparada a uma comunidade regularmente constituída. Pude admiti-lo, mas, segundo minha convicção, o verdadeiro espírito deveria manifestar-se tanto numa pequena quanto numa grande instituição.

Ocupou-se muito comigo um de seus bispos que estava presente, discípulo direto do conde; falava inglês com perfeição, e como eu compreendia um pouco essa língua, imaginou ser esse o sinal de ligação entre nós, no que, porém, eu absolutamente não acreditava; a convivência com ele não me proporcionava o menor prazer. Era um cuteleiro, natural de Morávia; sua maneira de pensar não podia negar seu ofício. Eu me entendia melhor com o senhor L***, que havia sido major a serviço da França, mas nunca me senti capaz de tamanha subordinação que ele demonstrava a seus superiores; causava-me o efeito de uma bofetada ver a esposa do major e outras damas mais ou menos distintas beijar a mão do bispo.[23] Combinou-se, entretanto, uma viagem à Holanda que, certamente para meu grande bem, jamais chegou a se realizar.

Minha irmã deu à luz uma menina, e agora chegou a vez de nós, mulheres, estarmos satisfeitas e pensar como ela viria a ser educada como nós. Meu cunhado, em compensação, ficou muito descontente quando, no ano seguinte, nasceu-lhe mais uma filha; ele desejava ver a seu redor rapazes que pudessem um dia ajudá-lo na administração de suas grandes propriedades.

Eu devia guardar repouso em razão de minha saúde debilitada, e esse tipo de vida tranquilo assegurava muito bem meu equilíbrio; não temia a morte, chegando mesmo a desejá-la, mas sentia no íntimo que Deus me daria tempo de perscrutar minha alma e me aproximar cada vez mais Dele. Em minhas frequentes noites de insônia, havia sentido algo que não posso descrever com precisão.

Era como se minha alma pensasse sem a companhia do corpo; ela via o próprio corpo como um ser estranho, um pouco como se mira um ves-

[23] O costume de beijar a mão foi abolido entre os Hernutos em 1769.

tido. Ela representava com uma extraordinária vivacidade os tempos e acontecimentos passados e deles intuía o que iria seguir-se. Todos esses tempos passaram; e o que se segue, passará também, o corpo se rasgará como um vestido, mas Eu, o tão conhecido Eu, Eu existo.

Um nobre amigo, que se ligava cada vez mais a mim, ensinou-me a entregar-me tão pouco quanto possível a esse grande, sublime e consolador sentimento; era aquele médico que eu conhecera na casa de meu tio e que se havia inteirado muito bem da constituição de meu corpo e de meu espírito; explicou-me até que ponto essas sensações, quando a alimentamos em nós independentemente de objetos exteriores, abrem por assim dizer uma cavidade em nós e minam a base de nossa existência.

— Ser ativo — disse ele — é a primeira destinação do homem, e deve empregar todos os intervalos, durante os quais se vê obrigado a descansar, para adquirir um claro conhecimento das coisas exteriores que, mais tarde, facilitaria sua atividade.

Conhecendo esse amigo meu costume de considerar meu próprio corpo como um objeto exterior, e sabendo que eu conhecia muito bem minha constituição, meu mal e os recursos medicinais, e que, devido a contínuos padecimentos, os meus próprios e os alheios, havia-me tornado, na verdade, meio médica, ele guiou minha atenção do conhecimento do corpo humano e dos medicamentos para os demais objetos afins da criação e levou-me como que a passear pelo Paraíso, e só por fim, se me permitem prosseguir em minha comparação, deixou-me vislumbrar à distância o Criador, passeando pelo jardim, à viração do dia.[24]

Com que prazer via agora Deus na natureza, já que com tal certeza o trazia no coração! Quanto me era interessante a obra de suas mãos e como estava agradecida por haver querido animar-me com o sopro de sua boca!

Mais uma vez esperávamos que minha irmã tivesse um filho homem, que meu cunhado desejava com tamanha ansiedade, e cujo nascimento infelizmente não pôde presenciar. O bravo homem veio a morrer em consequência de uma infortunada queda de cavalo, seguindo-o minha irmã, depois de trazer ao mundo um belo menino. Eu não podia olhar sem melancolia para as quatro crianças que deixaram. Tantas pessoas saudá-

[24] Citação de *Gênesis*, 3:8, em que Deus passeia pelo Jardim do Éden.

veis haviam partido antes de mim, a enferma; não haveria de ver talvez tombar também algumas dessas flores promissoras? Conhecia bastante bem o mundo para saber em meio a que perigos cresce uma criança, sobretudo nas classes sociais mais elevadas, e parecia-me que desde a época de minha juventude eles haviam aumentado ainda mais no mundo atual. Por conta de minha debilidade, sentia estar em condição de fazer por essas crianças pouco ou nada; daí por que me foi bastante oportuna a decisão de meu tio, nascida naturalmente de seu modo de pensar, de empregar toda sua atenção na educação daquelas amáveis criaturas. E decerto que elas o mereciam, sob todos os sentidos, pois eram bem constituídas e, a despeito de suas grandes diferenças, prometiam tornar-se pessoas boas e sensatas.

Desde que meu bom médico me havia chamado atenção para isso, de bom grado passei a considerar a semelhança da família nas crianças e nos parentes. Meu pai havia cuidadosamente conservado os retratos de seus antepassados, deixando-se retratar a si mesmo e seus filhos por bons mestres, sem esquecer-se tampouco de minha mãe e seus parentes. Conhecíamos precisamente os caracteres de toda a família, e como vivíamos a nos comparar uns com os outros, buscávamos agora nas crianças as semelhanças externas e internas. O filho mais velho de minha irmã parecia-se com seu avô paterno, cujo retrato, muito bem pintado, estava exposto na coleção de nosso tio; como aquele, que se havia revelado um bravo oficial, ele adorava, mais do que qualquer outra coisa, armas de fogo, com as quais sempre se ocupava quando vinha visitar-me. Pois meu pai havia deixado um belo armário repleto de armas, e o pequeno não sossegou enquanto não lhe presenteasse com um par de pistolas e um fuzil de caça, até chegar a descobrir como se montava o gatilho de uma arma alemã.[25] No mais, ele não era rude nem em seus atos nem em sua maneira de ser, sendo, ao contrário, doce e sensato.

A filha mais velha havia cativado toda minha afeição, e isso se devia, por certo, ao fato de parecer-se comigo e, de todos os quatro, ser a mais apegada a mim. Contudo devo dizer que quanto mais cuidadosamente a observava enquanto crescia, mais ela me embaraçava, e eu não podia olhar aquela menina sem admiração, e quase poderia dizer, sem respeito. Não

[25] Alusão a um tipo de arcabuz inventado em Nurembergue por volta de 1517.

é fácil ver uma figura mais nobre, uma índole mais serena e uma atividade tão regular que não se limite a um só objeto. Em nenhum momento de sua vida ela ficava desocupada, e todo trabalho que lhe caía nas mãos transformava-se num ato digno. Tudo lhe parecia válido, contanto que pudesse fazer o que lhe exigiam o tempo e o lugar, e também sabia permanecer quieta, sem impacientar-se, quando não encontrava nada para fazer. Nunca vi em minha vida uma atividade como aquela, sem que lhe fosse necessária uma ocupação. Desde a infância era inimitável seu comportamento diante dos necessitados e desamparados. Confesso, de bom grado, que jamais tive talento para considerar a caridade como um negócio; não era mesquinha com os pobres, e não raro lhes dava além de minhas posses, mas, de certo modo, apenas para me resgatar, sendo necessário que fosse alguém da família para obter meus cuidados. Era justamente o contrário que eu elogiava em minha sobrinha. Nunca a vi dar dinheiro a um pobre, e o que ela recebia de mim para essa finalidade, transformava-o sempre em objeto de primeira necessidade. Nunca me parecia mais amável que quando me pilhava o guarda-roupa e os armários de roupas brancas; sempre encontrava algo que eu não usava e de que não precisava, e sua maior alegria era recortar aquelas peças velhas e reformá-las para uma criança esfarrapada.

Já as disposições de sua irmã revelavam-se de outra maneira; ela possuía muito de sua mãe, prometia desde cedo ser muito graciosa e encantadora e parecia querer cumprir essa promessa; ocupava-se demais com seu exterior e desde pequena sabia enfeitar-se e vestir-se de um modo que saltava aos olhos. Ainda recordo o prazer com que se mirava ao espelho, ainda criança, enquanto eu lhe punha no pescoço as belas pérolas que minha mãe me havia deixado e que ela casualmente encontrara entre minhas coisas.

Ao considerar essas diferentes inclinações, agradava-me pensar como, depois de minha morte, haveriam de repartir entre eles os meus bens, que neles reviveriam. Eu já via os fuzis de caça de meu pai passeando pelos campos sobre os ombros de meu sobrinho, e de sua algibeira tombar as perdizes; via todo meu guarda-roupa, adaptado para algumas jovens, saindo da igreja nas festas da confirmação de Páscoa, e meus melhores tecidos enfeitando uma honesta jovem burguesa no dia de seu casamento, pois Natalie tinha uma inclinação especial para equipar crianças assim e dotar honradas e pobres jovens, ainda que não deixasse transparecer de forma alguma, e é preciso que se diga, nenhuma espécie de amor e, se posso dizer, nenhuma necessidade de apegar-se a um ser visível ou invisível, como eu havia manifestado tão vivamente em minha juventude.

Quando pensava que no mesmo dia a mais jovem estaria usando na corte minhas pérolas e joias, via com serenidade meus bens, assim como meu corpo, devolvidos a seus elementos.

As crianças cresceram e, para minha satisfação, tornaram-se belas, saudáveis e bravas criaturas. Suporto pacientemente que meu tio as tenha mantido longe de mim e as vejo raramente quando estão nas imediações ou mesmo na cidade.

Um homem admirável, que muitos tomam por um eclesiástico francês, sem que saibam ao certo sua origem, exerce o controle sobre todas as crianças que são educadas em lugares diferentes, e colocadas em internato ora aqui ora acolá.

A princípio, eu não podia entender o plano dessa educação, até que por fim mo revelou meu médico: meu tio havia-se deixado convencer pelo abade[26] de que, ao se pretender fazer algo pela educação do homem, devia-se considerar para onde tendem suas inclinações e seus desejos. Em seguida, deve-se colocá-lo em condições de satisfazer aquelas logo que possível, de alcançar estes logo que possível, para que o homem, caso esteja equivocado, possa reconhecer bem cedo seu erro e, caso tenha encontrado o que lhe convém, agarrar-se a ele com mais zelo e com maior diligência continuar aperfeiçoando-se. Espero que essa singular tentativa possa ter êxito, pois com tão boas naturezas talvez ela seja possível.

Mas o que não posso aprovar nesses educadores é o fato de procurarem afastar das crianças tudo o que poderia levá-las ao trato consigo mesmas e com o amigo invisível, único e fiel. De fato, aborreço-me às vezes com meu tio ao me considerar, exatamente por isso, um perigo para as crianças. Na prática, ninguém é tolerante! Pois mesmo aquele que afirma deixar a cada um seu próprio modo de ser, está sempre buscando excluir a intervenção daqueles que não pensam como ele.

Essa maneira de afastar de mim as crianças entristece-me tanto mais quanto mais convencida estou da realidade de minha fé. Por que não ha-

[26] No original, *Abbé*: abade, em francês. (N. do T.)

veria ela de ter uma origem divina, um objeto real, já que na prática se mostra tão eficaz? Ora, se é só pela prática que nos tornamos absolutamente certos de nossa própria existência, por que não poderíamos, pelo mesmo modo, ser convencidos daquele ser que nos estende a mão para tudo o que há de bom?

O fato de eu caminhar sempre para a frente, nunca para trás, de meus atos serem cada vez mais semelhantes à ideia que faço da perfeição, de sentir a cada dia mais facilidade em fazer aquilo que julgo correto, a despeito da debilidade de meu corpo que me priva de tantos serviços, pode-se explicar tudo isso pela natureza humana, cuja deterioração tenho visto com tamanha profundidade? Para mim, de uma vez por todas, não.

Mal consigo lembrar-me de um mandamento; nada me aparece sob a forma de uma lei; é um impulso o que me guia e que sempre me conduz para o bem; obedeço livremente a meus sentimentos e entendo tão pouco de limitação quanto de arrependimento. Graças a Deus, reconheço a quem devo esta felicidade e que não posso pensar nesses privilégios senão com humildade. Pois jamais correrei o risco de me orgulhar de meu próprio poder e de minha capacidade, já que tenho reconhecido claramente que monstro pode nascer e nutrir-se em cada coração humano, se uma força superior não nos protegesse.

Livro VII

Capítulo 1

A primavera aparecera em todo seu esplendor; uma tempestade prematura, que havia ameaçado todo o dia, abateu-se impetuosamente sobre as montanhas; a chuva dirigiu-se para o campo, o sol reapareceu brilhante e sobre o fundo cinza descortinou-se um magnífico arco-íris. Wilhelm cavalgava em sua direção, enquanto o contemplava melancolicamente.

— Ah! — dizia a si mesmo — Por que as mais belas cores da vida só nos aparecem sobre um fundo sombrio? E por que haveremos de verter lágrimas para nos sentirmos arrebatados? Um dia alegre é como um dia sombrio, quando o contemplamos impassível, e o que pode comover-nos senão a tácita esperança de que a tendência inata de nosso coração não ficará sem objeto? Comove-nos o relato de toda boa ação, comove-nos a contemplação de todo objeto harmonioso; sentimos então que não estamos de todo em país estrangeiro, imaginamos estar mais perto de uma pátria, pela qual anseia impaciente o que temos de melhor e mais íntimo.

Nesse meio-tempo, havia-se aproximado um andarilho, que se juntou a ele, marchando com passos firmes ao lado de seu cavalo e, depois de trocarem algumas palavras indiferentes, disse ao cavaleiro:

— Se não estou enganado, creio já tê-lo visto antes em algum lugar.

— Também me lembro do senhor — replicou Wilhelm —; não fizemos juntos um divertido passeio náutico?

— Mas é claro! — replicou o outro.

Wilhelm observou-o melhor e, depois de guardar um instante de silêncio, disse:

— Não sei que mudanças puderam ocorrer com o senhor; naquela época eu o tomei por um pároco rural luterano e agora, no entanto, parece-me mais um padre católico.

— Pelo menos hoje o senhor não se enganou — disse o outro, tirando o chapéu para deixar à mostra a tonsura. — Mas o que é feito de sua companhia? Ficou muito tempo com ela?

— Mais que o razoável; infelizmente, quando penso no tempo em que passei com ela, creio ver um vazio sem fim; não me restou nada de tudo aquilo.

— Nisso o senhor se engana; tudo que nos acontece deixa-nos rastros, tudo contribui, ainda que de maneira imperceptível, para nossa formação; é perigoso, no entanto, querer prestar-se contas disso. Pois ou nos tornamos orgulhosos e negligentes, ou abatidos e desalentados, e tanto um quanto outro é embaraçoso demais para o futuro. O mais seguro consiste sempre em fazer o mais imediato, o que está à nossa frente, e isso, agora — prosseguiu ele, com um sorriso —, significa que nos apressemos em chegar a uma pousada.

Wilhelm perguntou a que distância se encontrava a propriedade de Lothario, e o outro respondeu que ela se localizava atrás daquela montanha.

— É provável que voltemos a nos encontrar — prosseguiu ele —, pois ainda tenho alguns negócios a tratar aqui nas cercanias. Passe, pois, muito bem!

E, dizendo tais palavras, tomou um atalho íngreme, que parecia conduzi-lo mais depressa para o outro lado da montanha.

— Não há dúvida de que ele tem razão — disse a si mesmo Wilhelm, enquanto prosseguia seu caminho. — Devemos pensar no mais imediato, e para mim nada é mais imediato agora que cumprir a triste missão. Vejamos se ainda guardo na memória o discurso que há de encher de vergonha o cruel amigo.

Passou a recitar aquela obra de arte; não havia esquecido uma única sílaba, e quanto mais sua memória lhe favorecia, mais cresciam sua paixão e coragem. Os sofrimentos e a morte de Aurelie faziam-se de novo presentes em sua alma.

— Espírito de minha amiga — exclamou ele —, envolve-me e, se possível, dá-me um sinal de que estás em sossego e reconciliado!

Em meio a tais palavras e pensamentos chegou ao alto da montanha e avistou, sobre seu flanco, do outro lado, uma estranha construção, que reconheceu imediatamente como a residência de Lothario. Um antigo castelo irregular, com algumas torres e empenas, parecia ter sido a primeira construção, só que as novas edificações adjacentes, ora próximas, ora a certa distância, ligadas ao prédio principal através de galerias e passagens cobertas, pareciam ainda mais irregulares. Toda simetria exterior, toda aparência arquitetônica pareciam haver sido sacrificadas em nome da comodidade interior. Não se via vestígio algum de muralhas nem fossos, nem mesmo de jardins de recreio nem grandes alamedas. Uma horta e um pomar se estendiam até às casas, e nos espaços intermediários distribuíam-se pequenos e úteis jardins. Mais além, situava-se uma alegre aldeia; jardins e campos pareciam encontrar-se em seu melhor estado.

Absorto em suas próprias e apaixonadas considerações, Wilhelm seguiu adiante, sem pensar apenas no que via; deixou seu cavalo numa pousada e, não sem emoção, apressou-se rumo ao castelo.

Um velho criado recebeu-o à porta e com muita amabilidade informou-lhe que seria difícil ver ainda aquele dia seu senhor, pois este tinha muitas cartas para escrever e já se havia negado a receber alguns de seus homens de negócio. Wilhelm insistiu e, por fim, o velho homem, havendo cedido, foi anunciá-lo. Voltou e conduziu Wilhelm a um grande salão antigo. Ali pediu-lhe que aguardasse pacientemente, pois talvez seu senhor demorasse ainda algum tempo. Impaciente, Wilhelm pôs-se a andar de um lado para o outro e lançou alguns olhares para os cavalheiros e damas, cujos antigos retratos estavam pendurados nas paredes; repetiu o início de seu discurso, que lhe pareceu deveras oportuno naquele lugar, em presença de tantos arneses e tantas gorjeiras. Toda vez que parecia ouvir algum ruído, punha-se em postura de receber com dignidade seu adversário, estender-lhe primeiro a carta para só depois atacá-lo com as armas da repreensão.

Mais de uma vez havia-se enganado e já começava a se sentir aborrecido e indisposto quando, finalmente, de uma das portas laterais saiu um homem de bela estatura, que calçava botas e vestia uma simples casaca.

— O que me traz de bom? — perguntou a Wilhelm, com voz afável. — Perdoe-me por havê-lo feito esperar.

Enquanto falava, desdobrava uma carta que trazia nas mãos. Não sem um certo embaraço, Wilhelm estendeu-lhe o bilhete de Aurelie e disse:

— Trago as últimas palavras de uma amiga, as quais o senhor não há de ler sem emoção.

Lothario apanhou a carta e retornou sem demora para seu cômodo, onde, como Wilhelm bem pôde ver pela porta aberta, primeiro selou e sobrescreveu algumas cartas, para só depois abrir e ler a mensagem de Aurelie. Pareceu ler e reler diversas vezes aquela folha, e Wilhelm, embora seu sentimento dissesse que o discurso patético não se enquadrava muito bem com aquela natural acolhida, procurou controlar-se; dirigiu-se até a soleira e já ia começar seu discurso, quando se abriu uma porta secreta do gabinete e por ela entrou o eclesiástico.

— Acabo de receber a mensagem mais estranha do mundo — exclamou Lothario, saindo a seu encontro. — Perdoe-me — prosseguiu, dirigindo-se a Wilhelm —, se neste momento me falta disposição para continuar nossa conversa. Fique esta noite conosco! E o senhor, caro abade, cuidará para que nada falte a nosso hóspede.

Dizendo essas palavras, fez uma reverência a Wilhelm; o eclesiástico tomou a mão de nosso amigo, que o seguiu não sem alguma resistência.

Atravessaram em silêncio estranhos corredores até chegar a um cômodo muito agradável. O eclesiástico o introduziu ali e, sem mais desculpas, o deixou. Logo depois, um rapazote muito vivo apresentou-se a Wilhelm como seu criado, trazendo-lhe a ceia, ao mesmo tempo em que lhe contava várias coisas acerca da organização da casa, dos hábitos quanto ao desjejum, horário de refeições, trabalhos e diversões, desfazendo-se principalmente em elogios a Lothario.

Por mais agradável que fosse o rapaz, Wilhelm procurou livrar-se dele sem demora. Desejava ficar sozinho, pois se sentia extremamente deprimido e aflito naquela situação. Reprovava-se por haver realizado tão mal seu propósito, não havendo cumprido senão em parte sua missão. Mal se propunha a realizar na manhã seguinte o que havia negligenciado, e já se dava conta de que a presença de Lothario lhe inspirava sentimentos totalmente diversos. A casa em que se encontrava parecia-lhe também muito estranha, a ponto de não saber adaptar-se à sua situação. Quis despir-se e abriu seu alforje; em meio a suas roupas de noite apanhou o véu do espectro que Mignon havia embalado. Tal visão agravou sua triste disposição de ânimo.

— Foge, meu jovem, foge! — exclamou. — Que significam essas palavras místicas? Fugir de quê? Fugir para onde? Melhor teria feito o espectro ao me gritar: "Volta-te para ti!".

Contemplou as gravuras em cobre inglesas, penduradas em molduras nas paredes; indiferente, passou os olhos por grande parte delas, até avistar por fim uma que representava o naufrágio calamitoso de um navio: um pai, com suas belas filhas, aguardava a morte em meio à força das ondas. Uma das moças guardava certa semelhança com aquela amazona; uma compaixão inexprimível tomou conta de nosso amigo; sentiu uma necessidade irresistível de desabafar o coração, lágrimas brotaram de seus olhos e ele não voltou a se tranquilizar até que o sono o tivesse dominado.

Estranhos sonhos teve por volta do amanhecer. Achava-se num jardim, que costumava visitar quando criança, e revia com prazer as alamedas, sebes e os canteiros de flores, que tão bem conhecia; Mariane veio a seu encontro, e ele lhe falou carinhosamente, sem lembrança de quaisquer desavenças passadas. Pouco depois, seu pai os abordou, em trajes de casa, e com um semblante afável, raro nele, mandou o filho buscar duas cadeiras do pavilhão do jardim; deu em seguida o braço a Mariane e a conduziu a um caramanchão.

Wilhelm correu para o salão do jardim, mas o encontrou completamente vazio; só viu Aurelie, em pé, junto à janela do lado oposto; foi falar-lhe, mas ela continuou imóvel, e por mais que se aproximasse dela, não conseguia ver-lhe o rosto. Olhou pela janela e viu, reunidas num jardim estranho, muitas pessoas, algumas das quais reconheceu prontamente. A senhora Melina estava sentada sob uma árvore, brincando com uma rosa que tinha nas mãos; ao lado dela, Laertes contava as moedas de ouro, passando-as de uma para a outra mão. Mignon e Felix estavam deitados na grama; ela, de costas, e ele, de bruços. Philine apareceu e bateu palmas por sobre as crianças; Mignon continuou imóvel; Felix deu um salto e fugiu de Philine. No começo, enquanto corria, ele se pôs a rir, tendo Philine a seu encalço; depois, começou a gritar de medo ao ver que o harpista o seguia com passos largos e vagarosos. O menino corria direto para um tanque. Wilhelm saiu apressado atrás dele, mas, tarde demais: a criança caíra dentro d'água! Wilhelm sentiu-se preso à terra. Foi então que viu, na outra margem do tanque, a bela amazona que estendia sua mão direita ao menino, enquanto caminhava pela borda; a criança atravessava a água em linha reta, ao encontro do dedo que ela apontava ao caminhar, até finalmente ela estender-lhe a mão e tirá-lo do tanque. Nesse meio-tempo, Wilhelm havia-se aproximado da criança que ardia, e gotas de fogo tombavam-lhe do corpo. Wilhelm sentiu-se ainda mais aflito, mas a amazona tirou sem demora da cabeça um véu branco, cobrindo com ele o menino. O fogo extinguiu-se de imediato. Ao erguer o véu, saíram de baixo dele dois rapazotes, que traquinas começaram a brincar, correndo de um lado para o outro, enquanto Wilhelm, de mãos dadas com a amazona, atravessava o jardim; avistou ao longe seu pai e Mariane, passeando por uma alameda que parecia rodear com suas altas árvores todo o jardim. Já caminhava em sua direção, atravessando o jardim em companhia de sua bela acompanhante, quando de repente lhes cruzou o caminho o louro Friedrich, que os deteve com uma sonora gargalhada e toda sorte de gracejos. Eles queriam continuar seu caminho, a despeito disso; apressado, Wilhelm se afastou e correu em direção ao casal distante; seu pai e Mariane pareciam fugir dele, o que o fez correr ainda mais, e Wilhelm os viu atravessar planando a alameda, quase como num voo. A natureza e a inclinação animaram-no a correr em socorro dos dois, mas a mão da amazona o reteve. Com que satisfação se deixou deter! Em meio a essas sensações difusas despertou e encontrou seu quarto já iluminado por um claro sol.

Capítulo 2

O criado veio convidar Wilhelm para o desjejum; ele encontrou o abade já na sala; Lothario, segundo lhe disseram, havia saído a cavalo; o abade não se mostrou muito loquaz e parecia antes pensativo; indagou sobre a morte de Aurelie, ouvindo com interesse o relato de Wilhelm.

— Ah! — exclamou ele. — Aquele que traz vivas e presentes as operações infinitas que devem fazer a arte e a natureza para pôr em pé à sua frente um homem formado, aquele que toma ele mesmo tanta parte quanto possível na formação de seus confrades, é capaz de entrar em desespero ao ver a maneira criminosa com que amiúde se destrói o homem e com que frequência se põe no caso de ser destruído, com ou sem culpa. Quando penso nisso, a própria vida me parece um dom tão fortuito, que eu poderia elogiar aquele que não a aprecia mais que o razoável.

Nem bem havia acabado de pronunciar tais palavras, quando a porta se abriu impetuosamente, precipitando-se por ela uma jovem que, ao entrar, empurrou o velho criado que lhe barrava o caminho. Ela correu na direção do abade e, segurando-o pelo braço, mal pôde proferir as poucas palavras, tomada que estava por lágrimas e soluços.

— Onde ele está? Que fizeram dele? Que terrível traição! Confessa-me! Sei o que se passa! Quero ir atrás dele! Quero saber onde está.

— Acalme-se, minha filha! — disse o abade, fingindo tranquilidade. — Volte para seu quarto, que em pouco tempo estará a par de tudo; é preciso que esteja em condições de ouvir tudo o que eu, sem dúvida, tenho para lhe contar.

Ofereceu-lhe a mão, com intenção de levá-la dali.

— Não irei para o meu quarto — exclamou ela —, odeio aquelas paredes entre as quais me mantêm há tempo cativa! E já estou mesmo a par de tudo: o coronel o desafiou, ele partiu a cavalo à procura de seu adversário e talvez agora, neste exato momento... pareceu-me ter ouvido por várias vezes tiros. Mande atrelar os cavalos e venha comigo, caso contrário encherei com meus gritos a casa e todo o povoado.

Em meio às mais impetuosas lágrimas, correu em direção à janela; o abade a deteve e tratou de acalmá-la, em vão.

Ouviu-se do lado de fora o barulho de um coche, e ela abriu violentamente a janela.

— Ele está morto! — gritou. — Estão trazendo-o para cá.

— Ele está descendo! — disse o abade. — Veja, está vivo.

— Está ferido — replicou bruscamente —, senão teria vindo a cavalo! Estão trazendo-o! Ele está perigosamente ferido!

Precipitou-se porta afora e desceu as escadas; o abade correu em seu encalço, e Wilhelm os seguiu, chegando a tempo de ver a bela receber seu amante, que subia os degraus.

Lothario apoiava-se em seu acompanhante, que Wilhelm reconheceu de imediato tratar-se de Jarno, seu antigo protetor; ele se dirigiu à jovem aflita com muito afeto e carinho, e, apoiando-se também nela, subiu vagarosamente as escadas; cumprimentou Wilhelm e foi conduzido a seu gabinete.

Não levou muito tempo para que Jarno tornasse a sair e se aproximasse de Wilhelm:

— Parece-me que o senhor está predestinado — disse ele — a encontrar por toda a parte atores e espetáculo; estamos agora envolvidos num drama que nada tem de divertido.

— Alegro-me — replicou Wilhelm — de reencontrá-lo num momento tão singular; estou surpreso e assustado, e sua presença me tranquiliza e acalma. Diga-me, há algum perigo? O barão está gravemente ferido?

— Não o creio — respondeu Jarno.

Pouco depois, o jovem cirurgião deixou o quarto.

— E então, o que tem a dizer? — exclamou Jarno, indo a seu encontro.

— Que é muito perigoso — respondeu o outro, colocando de volta em sua mala de couro alguns instrumentos.

Wilhelm fitou a faixa que pendia daquela bolsa e julgou reconhecê-la. Cores vivas e contraditórias, um motivo raro, ouro e prata em desenhos estranhos distinguiam aquela faixa de todas as outras do mundo. Wilhelm estava convencido de ver à sua frente a bolsa de instrumentos do velho cirurgião que dele havia tratado no bosque, e a esperança de reencontrar um vestígio de sua amazona, depois de tanto tempo, atravessou como uma chama todo o seu ser.

— Onde conseguiu essa bolsa? — exclamou. — A quem pertencia, antes do senhor? Eu lhe suplico que me diga.

— Comprei-a de um leiloeiro — respondeu o outro. — Que importância tem saber quem era seu antigo dono?

Proferidas tais palavras, afastou-se, e Jarno disse:

— Se é que da boca desse jovem já saiu uma só palavra verdadeira!

— Mas, então, não é verdade que ele comprou aquela bolsa? — perguntou Wilhelm.

— Tanto quanto é verdade que Lothario corre perigo — respondeu Jarno.

Wilhelm estava mergulhado em múltiplas reflexões quando Jarno lhe perguntou como havia passado durante todo aquele tempo. Wilhelm contou em termos gerais sua história e ao se referir, finalmente, à morte de Aurelie e à sua missão, Jarno exclamou:

— É mesmo estranho, muito estranho!

O abade saiu do quarto, fez um sinal para que Jarno entrasse e tomasse seu lugar, e disse a Wilhelm:

— O barão pede encarecidamente que o senhor permaneça aqui alguns dias para aumentar a companhia e contribuir com sua distração, dadas as circunstâncias. Se tiver necessidade de enviar alguma mensagem aos seus, providencie sem demora a carta; e para que compreenda esse estranho acontecimento de que foi testemunha, é preciso que lhe conte o que não é propriamente nenhum segredo. O barão teve uma pequena aventura com uma dama, que resultou em mais escândalo do que era conveniente, uma vez que essa senhora pretendia saborear com demasiada animação o triunfo de tê-lo arrebatado a uma rival. Infelizmente, ao cabo de algum tempo, ele não via mais nela o mesmo atrativo e passou a evitá-la; mas, dona de um temperamento violento, foi-lhe impossível aceitar serenamente seu destino. Durante um baile, houve uma ruptura pública; ela se acreditou extremamente ofendida e ansiava por vingança; não houve, porém, nenhum cavalheiro que viesse interceder a seu favor, até que, finalmente, seu marido, de quem estava separada há muito tempo, tomando conhecimento do assunto, resolveu intervir, desafiando o barão, e hoje o feriu; mas, segundo ouvi dizer, o coronel está ainda muito pior.

A partir daquele instante, nosso amigo foi recebido naquela casa como um membro da família.

Capítulo 3

Era comum que lessem para o doente; Wilhelm prestava-se a esse pequeno serviço com prazer. Lydie não se afastava da cama, seus cuidados para com o ferido absorviam toda sua atenção, mas hoje também Lothario parecia disperso, chegando mesmo a pedir que não prosseguissem com a leitura.

— Sinto hoje vivamente — disse ele — a que ponto o homem deixa passar de maneira imprudente seu tempo! Quantas coisas já fiz, em quantas coisas já pensei, e quantas hesitações diante dos melhores propósitos! Revi os planos de reforma que pretendo efetuar em minhas propriedades, e posso dizer que, principalmente por esse motivo, estou contente de a bala não ter seguido uma trajetória perigosa.

Lydie olhou-o com ternura, os olhos até marejados de lágrimas, como a indagar se ela e seus amigos não poderiam reclamar também uma parte nessa alegria de viver. Jarno, em contrapartida, replicou:

— Reformas, tais como o senhor planeja, devem ser consideradas sob todos os aspectos antes de pô-las em prática.

— Longas considerações — replicou Lothario — costumam demonstrar que não se tem em vista o ponto em questão; e ações precipitadas, que se não o conhece de todo. Vejo claramente que, em muitos setores relacionados com a administração de minhas propriedades, não posso prescindir dos serviços de meus aldeões, e devo ater-me estritamente a certos direitos; mas vejo também que outras atribuições me são vantajosas, ainda que não absolutamente indispensáveis, de sorte que posso conceder algo delas à minha gente. Nem sempre se perde quando se abre mão de algo. Acaso não tiro muito mais proveito de minhas propriedades que meu pai? Não hei de aumentar mais ainda meus rendimentos? E terei de gozar sozinho dessas crescentes vantagens? Não devo conceder também àquele que comigo e para mim trabalha sua parte nos benefícios que os largos conhecimentos e o progresso de uma época nos proporcionam?

— Assim é o homem! — exclamou Jarno. — E eu não me censuro por apanhar a mim mesmo nessa excentricidade. O homem deseja apoderar-se de tudo, só para poder pôr e dispor a seu bel-prazer; é raro parecer-lhe bem empregado o dinheiro que ele próprio não gasta.

— Oh, sim! — replicou Lothario. — Poderíamos passar sem boa parte do capital, se nos ocupássemos dos interesses com menos arbitrariedade.

— A única coisa que tenho a lembrar — disse Jarno —, e pela qual não posso aconselhá-lo a dar início justamente agora a essas reformas que lhe causariam perdas, ao menos neste momento, é que o senhor ainda tem dívidas, cujos pagamentos o coíbem. Eu o aconselharia a adiar seu projeto, até que estivesse completamente liberado.

— E, nesse meio-tempo, ficar à mercê de uma bala ou uma telha, caso desejem elas aniquilar para sempre os resultados de minha vida e de minha atividade! Oh, meu amigo — prosseguiu Lothario —, é um defeito capital de homens cultos querer sacrificar tudo por uma ideia e muito pouco ou quase nada por um objeto. Por que contraí dívidas? Por que me indispus com meu tio e deixei por tanto tempo abandonados à própria sorte meus irmãos e minhas irmãs, senão por uma ideia? Acreditava poder agir na América, acreditava ser útil e necessário além-mar; não estivesse uma ação cercada de mil perigos, não me parecia significativa nem digna. De que modo diferente vejo agora as coisas, e como aquilo que está próximo se tornou valioso e caro para mim!

— Lembro-me bem da carta — replicou Jarno — que recebi quando ainda estava em ultramar. O senhor escreveu: "Voltarei e em minha casa, em meu pomar, entre os meus, direi: 'Aqui, ou em parte alguma, está a América!'".

— Sim, meu amigo, e sigo repetindo a mesma coisa, e no entanto ao mesmo tempo me censuro por não ser tão ativo aqui quanto lá. Para nos manter numa situação sempre igual e estável só necessitamos da razão, e nos voltaremos também só à razão, de modo que não vemos mais o extraordinário que cada dia monótono exige de nós, e quando o reconhecemos, sempre encontramos mil desculpas para não fazê-lo. Um homem sensato é muito para si mesmo, mas pouco para o todo.

— Não queremos — disse Jarno — aproximar-nos demasiadamente da razão e reconhecer que o extraordinário que ocorre é, no mais das vezes, algo disparatado.

— Sim, e precisamente porque os homens realizam o extraordinário fora da ordem. Meu cunhado, por exemplo, doa seus bens, enquanto pode aliená-los, à comunidade dos irmãos hernutos, e, agindo assim, crê favorecer a salvação de sua alma; tivesse ele sacrificado uma pequena parte de seus rendimentos, teria feito felizes muitos homens e podido criar para ele e para os outros um paraíso na Terra. É raro que nossos sacrifícios se resolvam em ação, e logo desistimos daquilo que cedemos. Não decididos, mas sim desesperados, renunciamos àquilo que possuímos. Confesso que, por estes dias, a imagem do conde tem pairado ante meus olhos, e estou firmemente resolvido a fazer por convicção aquilo a que o induziu um angustiado delírio; não pretendo nem mesmo aguardar minha recuperação. Aqui estão os papéis, que devem ser passados a limpo. Leve-os ao juiz, nosso hóspede irá ajudá-lo; o senhor sabe tão bem quanto eu do que se trata, e eu, curado ou morto, quero ficar aqui e exclamar: "Aqui, ou em parte alguma, está a comunidade dos Hernutos!".

Ao ouvir o amigo falar da morte, Lydie caiu aos pés de seu leito, pendurou-se em seus braços e chorou amargamente. O cirurgião entrou; Jarno entregou a Wilhelm os papéis e obrigou Lydie a se retirar.

— Pelo amor de Deus! — exclamou Wilhelm, quando se encontravam sozinhos na sala. — Que se dá com esse conde? Que conde é esse que se recolhe à comunidade desses irmãos?

— Pois o conhece muito bem — respondeu Jarno. — O senhor é o fantasma que o atirou aos braços da devoção; o senhor é o espírito mau que colocou sua amável esposa numa tal situação, que ela achou suportável seguir o marido.

— E é a irmã de Lothario? — exclamou Wilhelm.

— Nenhuma outra.

— E Lothario sabe...?

— Tudo.

— Oh, deixe-me fugir! — exclamou Wilhelm. — Como posso aparecer diante dele? Que irá dizer?

— Que ninguém deve atirar uma pedra contra o outro, nem deve compor longos discursos para envergonhar as pessoas, a menos que queira proferi-los diante do espelho.

— O senhor também está a par disso?

— Disso e de muitas outras coisas — respondeu Jarno, sorrindo. — Mas desta vez — prosseguiu — não o deixarei partir tão facilmente como da vez anterior, nem tampouco há que temer meu soldo de recrutador. Não sou mais soldado, e mesmo que o fosse, não lhe haveria de infundir tal suspeita. Desde que não mais nos vimos, muitas coisas mudaram. Depois da morte de meu príncipe, meu único amigo e benfeitor, retirei-me do mundo e de todos os negócios mundanos. De bom grado, eu favorecia o que era razoável; não me calava ao encontrar coisas insípidas, e sempre dava o que falar graças à minha agitada cabeça e língua mordaz. A espécie humana não teme outra coisa senão a razão; deveriam temer é a estupidez, se tivessem noção do que é temível; mas a razão é incômoda e é preciso descartá-la, ao passo que a estupidez não é senão perniciosa, e por isso se pode esperar. Mas há que se continuar, eu tenho que viver, e logo o senhor continuará a ouvir meus planos. Deverá tomar parte neles, se for de seu agrado; mas, diga-me, o que lhe sucedeu? Eu vejo, eu sinto que o senhor também mudou. Como anda sua antiga mania de criar algo belo e bom com uma companhia de ciganos?

— Estou sendo punido demais! — exclamou Wilhelm. — Não me recorde de onde venho nem para onde vou. Fala-se muito do teatro, mas quem não esteve nele não pode fazer a menor ideia do que é. O quanto ignoram completamente a si mesmos esses homens, de que modo exercem sem qualquer discernimento suas atividades, e quão ilimitadas são suas pretensões, disso ninguém tem a menor noção. Não só cada um quer ser o primeiro, como também o único; todos excluiriam, com prazer, os demais, sem ver que, mesmo com todos juntos, mal poderiam realizar alguma coisa; todos se imaginam maravilhosamente originais e, no entanto, são incapazes de descobrir no que quer que seja algo que esteja fora da rotina, o que os leva a sentir um eterno desassossego por algo de novo. Com que violência agem uns contra os outros! E só o mais mesquinho amor-próprio, o mais tacanho egoísmo fazem unir-se um ao outro. Não há que se falar de um comportamento recíproco; perfídias secretas e palavras infames sustêm uma eterna desconfiança; quem não vive licenciosamente, vive como um imbecil. Todos reclamam a mais incondicional estima, e todos são sensíveis à menor crítica. Há muito que sabe disso, melhor que ninguém! E por que, então, faz sempre o contrário? Sempre necessitado e sempre desconfiado, parece não temer nada senão a razão e o bom gosto, nem procura ater-se a outra coisa que não o direito majestoso de seu capricho pessoal.

Wilhelm tomou fôlego, para prosseguir sua litania, quando uma risada desmedida de Jarno o interrompeu.

— Pobres atores! — exclamou ele, atirando-se a uma poltrona enquanto ria. — Pobres e bons atores! Pois saiba, meu amigo — prosseguiu, depois de haver-se recomposto um pouco —, o que me descreveu não foi o teatro, mas o mundo, e poderia eu encontrar em todas as classes sociais personagens e ações suficientes para suas duras pinceladas. Perdoe-me, mas só me resta continuar rindo, já que realmente crê que essas belas qualidades sejam exclusivas dos palcos.

Wilhelm se conteve, pois o riso descontrolado e intempestivo de Jarno o magoara de fato.

— O senhor não pode dissimular totalmente sua misantropia — disse ele —, ao afirmar que esses defeitos são gerais.

— O que vem comprovar seu desconhecimento do mundo, ao atribuir exclusivamente ao teatro manifestações tão elevadas. Na verdade, perdoo ao ator todos os defeitos que têm origem em sua autoilusão e em seu desejo de agradar, pois, não parecendo nada a seus próprios olhos e aos olhos dos demais, ele nada é. Seu destino é parecer; sente-se obrigado a atribuir um alto valor ao aplauso momentâneo, pois nenhuma outra recompensa recebe em troca; deve procurar brilhar, pois para isso é que ali está.

— Permita-me — replicou Wilhelm — que seja agora minha vez de ao menos sorrir. Jamais o teria acreditado tão razoável, tão indulgente.

— Não, por Deus! É sério demais e muito bem refletido o que digo. Perdoo ao ator todos os defeitos do homem, mas não perdoo ao homem os defeitos do ator. Não me faça entoar a esse propósito minhas lamentações; elas soariam mais veementes que as suas.

O cirurgião saiu do gabinete e, indagado a respeito do estado do enfermo, respondeu com animada cordialidade:

— Muito bem, e espero vê-lo bem depressa totalmente restabelecido.

Deixou rapidamente a sala sem esperar pela pergunta de Wilhelm, que já abria a boca para obter maiores e mais prementes informações sobre sua bolsa. A ânsia de conseguir alguma notícia de sua amazona o fez confiar em Jarno; revelou-lhe então o episódio e pediu-lhe ajuda:

— O senhor, que sabe de tantas coisas — disse ele —, acaso não saberia algo a este respeito?

Jarno refletiu um instante e disse em seguida a seu jovem amigo:

— Fique tranquilo e não deixe transparecer coisa alguma, que logo chegaremos à pista da bela. No momento só me preocupa o estado de Lothario; o caso é perigoso, como pude perceber pelo tom gentil e consolador do cirurgião. De bom grado eu já teria levado Lydie para longe, pois nenhuma utilidade tem ela aqui, mas não sei como proceder. Espero que nosso antigo médico apareça esta tarde e então continuaremos deliberando.

Capítulo 4

O médico chegou; não era outro senão aquele velho e bom doutor que já conhecemos, a quem devemos a comunicação do interessante manuscrito. Antes de mais nada, foi visitar o ferido e não pareceu nem um pouco satisfeito com seu estado. Teve então uma longa conversa com Jarno, da qual nada deixaram transparecer quando ao anoitecer sentaram-se à mesa.

Wilhelm cumprimentou-o do modo mais afetuoso e procurou informar-se a respeito de seu harpista.

— Ainda temos esperança de trazer de volta à razão o infeliz — respondeu o médico.

— Esse homem era um triste apêndice para sua limitada e estranha vida — disse Jarno. — O que lhe aconteceu, afinal? Fale-nos algo a esse respeito.

Depois de satisfazer a curiosidade de Jarno, o médico prosseguiu:

— Até então eu jamais havia visto um espírito numa situação tão singular. Já faz muitos anos que ele deixou de demonstrar o mínimo interesse por aquilo que o rodeia, chegando até mesmo a não se dar quase conta de coisa alguma; fechado em si mesmo, contemplava seu oco e vazio eu, que lhe parecia um abismo insondável. Que comovente era ao falar desse triste estado! "Não vejo nada à minha frente, nem atrás de mim", exclamava ele, "a não ser uma noite infinita na qual me encontro na mais terrível solidão; nenhum sentimento me resta, senão o sentimento de minha culpa, que também só se deixa ver às minhas costas, como um fantasma distante e informe. Mas nem a altura nem a profundidade, nada atrás nem à frente, nem tampouco palavras podem expressar esse estado sempre igual. Às vezes, diante da miséria dessa indiferença, grito com violência: 'Eterno! eterno!', e essa estranha, incompreensível palavra é clara e luminosa, comparada às trevas de meu estado. Nenhum raio de luz de uma divindade me aparece nessa noite, choro todas minhas lágrimas para mim e por mim mesmo. Nada me é mais cruel que a amizade e o amor, pois só eles produzem em mim o desejo de que as aparições que me cercam sejam efetivamente reais. Mas também esses dois fantasmas têm-se erguido do abismo apenas para me atormentar e arrebatar me por fim a cara consciência desse monstruoso existir." Os senhores deveriam ouvi-lo — prosseguiu o médico — quando, nas horas de intimidade, ele aliviava com tais palavras seu coração; profundamente emocionado, ficava ouvindo-o nessas ocasiões. Quando o perturba alguma coisa que o obriga a reconhecer por um momento que o tempo passou, parece como que surpreendido, para em seguida voltar a rechaçar essa alteração das coisas como uma aparência das aparências. Certa noite, ele se pôs a entoar uma canção que falava de seus cabelos brancos; estávamos todos sentados ao redor dele e chorávamos.

— Oh, consiga-me essa música! — exclamou Wilhelm.

— Mas, afinal — perguntou Jarno —, o senhor não descobriu nada daquilo que ele chama de seu crime, nem a causa de seu estranho costume, de sua conduta durante o incêndio, de sua fúria contra o menino?

— Só por conjecturas podemos acercar-nos de seu destino; interrogá-lo diretamente seria contrário a nossos princípios. Assim que nos demos conta de sua formação religiosa, acreditamos proporcionar-lhe algum alívio através da confissão; mas ele se afastava de um modo estranho toda vez que procurávamos aproximar dele um clérigo. Mas, para não deixar de todo insatisfeito o desejo que o senhor demonstra de saber algo a respeito dele, vou revelar-lhe ao menos parte de nossas suposições. Ele havia passado sua juventude no estado monástico, o que parece explicar o uso de seu longo hábito e sua barba. Desconheceu, durante grande parte de sua vida, as alegrias do amor. Só mais tarde, cometeu um deslize com uma parenta muito próxima, e é possível que a morte dessa mulher, ao dar à luz uma criatura infeliz, tenha-lhe transtornado completamente o cérebro. Seu maior delírio é crer que carrega por onde passa o infortúnio e que um menino inocente será o responsável por sua morte. No começo, tinha medo de Mignon, antes de saber que se tratava de uma menina; depois, passou a temer Felix, e como, a despeito de toda sua miséria, ama infinitamente a vida, parece nascer daí sua aversão pela criança.

— O senhor tem esperanças de curá-lo? — perguntou Wilhelm.

— Os progressos são lentos — respondeu o médico —, mas não há recidivas. Ele continua realizando suas tarefas programadas, e nós o temos habituado a ler os jornais, que espera agora com grande ansiedade.

— Estou curioso para conhecer suas canções — disse Jarno.

— Posso conseguir-lhe várias — disse o médico. — O filho mais velho do eclesiástico, habituado a copiar os sermões para seu pai, anotou algumas estrofes, sem que o velho homem o percebesse, e aos poucos reconstituiu diversas canções.

Na manhã seguinte, Jarno foi ao encontro de Wilhelm e lhe disse:

— O senhor deve prestar-nos um favor; temos de afastar Lydie daqui por algum tempo; seu amor e sua paixão violentos, e, por assim dizer, incômodos, impedem a cura do barão. Seu ferimento exige calma e sossego, ainda que não seja perigoso, graças à boa natureza do barão. O senhor tem visto quanto Lydie o atormenta com seu zelo impetuoso, sua preocupação incessante e suas lágrimas que não têm fim... Em suma — acrescentou, sorrindo, depois de uma pausa —, o médico exige expressamente que ela deixe a casa por algum tempo. Temos procurado persuadi-la de que se encontra nas imediações uma de suas boas amigas, que muito deseja vê-la e que a espera a qualquer momento. Ela se deixou convencer a viajar para a casa do juiz, que mora a duas horas daqui. Toda a história já é de seu conhecimento, e ele lamentará sinceramente que a senhorita Therese tenha acabado de partir; dirá que é bem provável alcançá-la no percurso; Lydie correrá atrás dela e, se a sorte estiver a nosso lado, ficará circulando de um canto para o outro. Finalmente, quando insistir em regressar, não será preciso contrariá-la; teremos a colaboração da noite e do cocheiro, que é um moço esperto e com quem combinaremos tudo. Sente-se ao lado dela no coche, continue entretendo-a, e dirija a aventura.

— Encarrega-me de uma singular e delicada missão! — replicou Wilhelm. — Como pode ser inquietante a um enfermo a presença de um amor fiel e ferido? E por que haveria eu de servir de instrumento para tal fim? É a primeira vez em minha vida que engano alguém dessa maneira, pois sempre acreditei que se pudesse chegar muito mais longe se começamos a enganar em favor do bom e do útil.

— Não há, entretanto, outro modo de educar as crianças senão esse — replicou Jarno.

— Em relação às crianças, ainda é aceitável — disse Wilhelm —, já que as amamos com ternura e delas omitimos intencionalmente muitas coisas; mas, quanto a nossos semelhantes, para quem nosso coração nem sempre dispensa cuidados tão manifestos, poderia tornar-se muitas vezes perigoso. Ainda assim — prosseguiu ele, depois de uma breve reflexão —, não creia que, por esse motivo, recuso tal missão. Pelo respeito que me inspira sua inteligência, pela inclinação que sinto por seu excelente amigo, por meu vivo desejo em contribuir para sua cura, não me importam os métodos utilizados, pois de bom grado esquecerei de mim mesmo. Não basta poder arriscar a própria vida por um amigo; é preciso também, em caso de necessidade, abjurar por ele de nossa convicção. Por ele devemos sacrificar nossa mais cara paixão, nossos melhores desejos. Aceito a missão, embora já preveja o tormento que as lágrimas de Lydie e seu desespero me farão sofrer.

— Em troca, porém, aguarda-o uma recompensa nem um pouco pequena — replicou Jarno —; irá conhecer a senhorita Therese, uma mulher como poucas; ela é capaz de causar vergonha a cem homens, e eu poderia muito bem chamá-la de uma verdadeira amazona, enquanto outras, que circulam com esse mesmo e ambíguo traje, não passam de amáveis hermafroditas.

Wilhelm ficou atônito; esperava reencontrar em Therese sua amazona, sobretudo quando, em busca de maiores informações, Jarno cortou bruscamente a conversa, afastando-se dali.

A nova e eminente esperança de rever aquela venerada e querida figura despertou nele as mais singulares emoções. Passou a considerar a missão que lhe havia sido confiada como uma obra de um destino evidente, e o pensamento de que estava a ponto de afastar ardilosamente uma pobre jovem do objeto de seu mais sincero e impetuoso amor não lhe aparecia senão de passagem, como a sombra de um pássaro que levanta voo sobre a terra iluminada.

O coche estava parado diante da porta, e Lydie hesitou um instante antes de subir.

— Envie meus cumprimentos mais uma vez a seu amo — disse ela ao velho criado —; estarei de volta antes do anoitecer.

Havia lágrimas em seus olhos, quando se voltou mais uma vez durante a partida. Virou-se então para Wilhelm e, dominando sua emoção, disse:

— Haverá de achar a senhorita Therese uma pessoa muito interessante. Causa-me espanto saber que ela veio para esta região, pois o senhor sem dúvida não ignora que ela e o barão se amaram com loucura. Apesar da distância, Lothario ia visitá-la com frequência; àquela época, eu estava com ela, e era como se eles vivessem exclusivamente um para o outro. Mas, de repente, tudo se acabou, sem que ninguém pudesse compreender por quê. Ele havia-me conhecido, e não nego que invejava Therese de todo o coração, que mal podia dissimular minha inclinação por ele e que não o repeli quando inesperadamente pareceu preferir-me a Therese. Ela se comportou comigo melhor do que eu poderia esperar, embora as aparências quase pudessem indicar que eu lhe havia arrebatado tão precioso amante. Mas também, quantos milhares de lágrimas e dores já me haviam custado esse amor! No começo só nos víamos vez ou outra, às escondidas, na casa de terceiros, até que não pude suportar muito tempo essa vida; só na presença dele eu era feliz, totalmente feliz! Longe dele, não tinha os olhos enxutos nem a pulsação tranquila. Uma vez, ele desapareceu durante dias; desesperada, pus-me a caminho e surpreendi-o aqui. Acolheu-me com amor, e se nesse meio-tempo não houvesse ocorrido essa desgraçada questão, eu teria levado uma vida celestial; e nem lhe conto o quanto tenho sofrido desde que ele corre perigo, desde que está sofrendo, e neste instante mesmo me dirijo as mais veementes censuras por ter-me afastado dele, mesmo que seja só por um dia.

Wilhelm queria ainda informações mais precisas a respeito de Therese, quando pararam diante da casa do juiz, que se aproximou do coche e lamentou, do fundo do coração, que a senhorita Therese já tivesse partido. Convidou os viajantes para um rápido desjejum, insinuando ao mesmo tempo, porém, que o coche da amiga ainda deveria estar na aldeia vizinha. Decidiram seguir viagem, e o cocheiro não os fez esperar; já haviam deixado para trás várias aldeias sem encontrar ninguém. Lydie insistiu então para que retornassem, mas o cocheiro seguiu adiante, como se não a tivesse compreendido. Por fim, ela foi mais veemente em sua exigência; Wilhelm chamou o rapaz e lhe fez o sinal combinado. O cocheiro respondeu:

— Não há necessidade de voltarmos pelo mesmo caminho; conheço um outro mais curto, além de muito mais cômodo.

Pegou então uma estrada lateral, que cruzava um bosque e vastas pradarias. Por fim, como não houvesse o menor sinal de qualquer objeto conhecido, o cocheiro acabou por confessar que se havia lamentavelmente enganado, mas que não tardaria a reencontrar o caminho, quando avistou uma aldeia ali nas imediações. Caía a noite, e o cocheiro tratou a questão de maneira tão hábil, que em todas as partes perguntava e em nenhuma aguardava a resposta. E assim passaram toda a noite, sem que Lydie cerrasse os olhos; sob o luar, descobriam por toda a parte semelhanças, que sempre voltavam a se dissipar. Pela manhã, os objetos lhes pareceram conhecidos, só que um tanto inesperados. O coche parou diante de uma pequena e jeitosa casa de campo; uma mulher saiu e abriu a portinhola. Lydie fitou-a fixamente, olhou ao redor, fitou-a novamente e caiu desfalecida nos braços de Wilhelm.

Capítulo 5

Wilhelm foi conduzido para um pequeno quarto da mansarda; a casa era nova e tão pequena como podia ser, mas extremamente limpa e bem--arrumada. Ele não encontrou sua amazona em Therese, que os havia recebido, a ele e a Lydie, diante do coche; tratava-se de uma outra criatura, cuja diferença era tão grande quanto a distância que liga a Terra ao céu. De bela estatura, sem ser alta, movia-se com muita ligeireza, e nada do que se passava parecia escapar a seus grandes e claros olhos azuis.

Ela entrou no quarto de Wilhelm e perguntou se precisava de algo.

— Perdoe-me — disse ela — por alojá-lo num cômodo cujo odor de pintura o torna ainda desagradável; acabaram de terminar minha pequena casa, e o senhor está inaugurando este pequeno quarto destinado a meus hóspedes. Se tivesse chegado numa ocasião mais agradável! A pobre Lydie não haverá de nos proporcionar bons dias e o senhor, particularmente, não ficará contente, já que minha cozinheira acaba de deixar seus serviços justamente no momento mais inoportuno, e um dos criados teve sua mão esmagada. Seria preciso que eu mesma cuidasse de tudo e, por fim, quando se sabe arranjar as coisas, tudo sai bem. Ninguém nos causa mais atribulações que os criados; ninguém quer servir, nem sequer a si mesmo.

Disse ainda muitas coisas sobre diversos assuntos, parecendo gostar especialmente de falar. Wilhelm perguntou-lhe por Lydie, querendo saber se poderia ver a boa moça e desculpar-se com ela.

— No momento, isto não produziria nenhum efeito sobre ela — respondeu Therese —; o tempo desculpa, tanto quanto consola; em ambos os casos, as palavras têm pouca força. Lydie não quer vê-lo. "Não o deixe aparecer diante de mim!", exclamou ela, quando a deixei. "Eu poderia até mesmo descrer da humanidade! Um rosto tão leal, uma conduta tão franca, e essa secreta perfídia!" Lothario já está devidamente perdoado aos olhos dela; ademais, ele disse à boa moça numa carta: "Meus amigos me convenceram, meus amigos me obrigaram!". Lydie tomou o senhor por um deles e o condena juntamente com os outros.

— Ela me presta muita honra em me censurar — replicou Wilhelm. — Não posso sequer aspirar à amizade desse excelente homem, e desta vez nada mais fui que um instrumento inocente. Não pretendo elogiar minha conduta; já basta ter-me comportado da maneira como me comportei. Estava em jogo a saúde, a vida de um homem, a quem tenho na mais alta estima, mais que todos os outros que já conheci. Oh, e que homem é, senhorita, e que homens o cercam! Em sua companhia, bem posso dizê-lo, tive pela primeira vez uma conversa, pela primeira vez o verdadeiro sentido de minhas palavras, mais rico, mais completo e com maior amplitude, veio a meu encontro pelos lábios de um estranho; tornou-se claro para mim o que eu pressentia, e aprendi a contemplar o que pensava. Infelizmente, por conta de toda sorte de preocupações e caprichos esse prazer sofreu modificações e se interrompeu devido a esta desagradável missão. Aceitei-a resignadamente, pois considerava meu dever pagar meu ingresso nesse círculo de excelentes homens, ainda que com sacrifício de meus próprios sentimentos.

Enquanto pronunciava essas palavras, Therese mirava amavelmente seu hóspede.

— Oh, que agradável ouvir de lábios outros nossas próprias convicções! — exclamou ela. — Sentimo-nos verdadeiramente plenas quando um outro nos dá plena razão! Também eu penso de Lothario o mesmo que o senhor; nem todos lhe fazem justiça, mas, em compensação, todos que o conhecem mais a fundo ficam entusiasmados com ele, e o sentimento doloroso que em meu coração se mescla à sua lembrança não me impede de pensar diariamente nele.

Um suspiro dilatou seu peito, ao pronunciar tais palavras, e uma bela lágrima brilhou em seu olho direito.

— Não creia — prosseguiu ela — que eu seja tão sensível, tão fácil de me comover! É somente o olho que chora. Nasceu-me uma pequena verruga na pálpebra inferior, que felizmente foi extirpada, mas depois disso meu olho ficou debilitado e, à menor ocasião, brota-me uma lágrima. Aqui estava a pequena verruga; o senhor não verá mais nenhum sinal dela.

Ele não viu nenhum sinal, mas viu que seus olhos eram claros como cristal, e acreditou ver até mesmo o fundo de sua alma.

— Acabamos de pronunciar — disse ela — a contrassenha de nossa aliança. Aprenderemos a nos conhecer completamente tão rápido quanto possível. A história do homem é seu caráter. Vou contar-lhe o que me aconteceu, conceda-me a mesma confiança e permaneceremos unidos mesmo distantes. O mundo é tão vazio quando se pensa que nele só há montanhas, rios e cidades; mas saber que aqui e ali existe alguém que se afine conosco, com quem continuamos a viver, ainda que em silêncio, faz com que este globo terrestre se nos transforme num jardim habitado.

Ela partiu apressada e prometeu voltar logo para levá-lo a um passeio. Sua presença produzira-lhe uma impressão muito agradável, e ele desejava saber de suas relações com Lothario. Ouviu que o chamavam; deixou o quarto e foi ao encontro dela.

Enquanto desciam um a um a estreita e quase íngreme escada, ela disse:

— Tudo isto poderia ser maior e mais largo se eu tivesse dado ouvidos à oferta de seu generoso amigo; mas, para me manter digna dele, devo ater-me àquilo que me fez tão digna a seus olhos. Onde está o administrador? — perguntou, ao chegarem ao pé da escada. — Não pense — prosseguiu ela — que sou tão rica a ponto de precisar de um administrador; eu mesma posso cuidar dos poucos acres de minha pequena propriedade. O administrador trabalha para meu novo vizinho, que adquiriu a bela propriedade que conheço muito bem, por dentro e por fora; o bom e velho homem sofre de podagra, seu pessoal é novo na região, e eu gosto de ajudá-los a se organizar.

Deram um passeio pelos campos, prados e por diversos pomares. Therese explicava tudo ao administrador; ela sabia prestar-lhe contas de cada detalhe, e Wilhelm tinha motivos de sobra para se admirar de seus conhecimentos, sua determinação e da habilidade com que ela indicava os procedimentos adequados a cada caso. Não se detinha em nenhum lugar; corria sempre para os pontos importantes, de sorte que tudo ficou rapidamente resolvido.

— Mande lembranças minhas a seu senhor — disse ela, ao se despedir do homem. — Irei visitá-lo assim que possível e desejo seu pronto restabelecimento. Eu poderia também — disse ela sorrindo, assim que o outro partiu — ser rica e abastada, pois meu bom vizinho estaria bem inclinado a me oferecer sua mão.

— O velho com podagra? — exclamou Wilhelm. — Eu não poderia compreender como a senhorita, com sua idade, seria capaz de tomar uma decisão tão desesperada.

— Não estou nem um pouco tentada! — replicou Therese. — Rico é todo aquele que sabe administrar o que possui; ter muito é uma carga pesada quando não sabemos levá-la.

Wilhelm manifestou sua admiração por seus conhecimentos em agricultura.

— Inclinação decidida, ocasião precoce, impulso exterior e ocupação contínua numa causa útil podem produzir no mundo muito mais coisas possíveis — respondeu Therese —, e quando o senhor souber o que me animou para tanto, deixará de se surpreender com esse talento aparentemente estranho.

Ao chegarem a casa, ela o deixou em seu pequeno jardim, onde ele mal podia virar-se tão estreitas eram as aleias e tão copiosas as plantações. Ele não pôde conter o riso, ao atravessar de volta o pátio, pois ali estavam as lenhas tão regularmente serradas, fendidas e empilhadas, como se fossem parte da construção e ali devessem permanecer para sempre. Todos os vasos estavam limpos e em seus lugares, a casinha pintada de branco e vermelho, uma alegria de se ver. Tudo o que pode produzir o ofício que não atende às belas proporções, mas trabalha levando em conta a necessidade, duração e alegria, parecia estar ali reunido. Serviram-lhe a refeição em seu quarto, e ele teve tempo de sobra para se entregar às reflexões. Surpreendia-o especialmente haver conhecido uma vez mais uma pessoa tão interessante que mantivera com Lothario tão estreita relação.

"É justo", disse a si mesmo, "que um homem tão notável atraia para junto de si mesmo almas femininas também notáveis! Quão longe se propaga a influência de uma nobre virilidade! Se os demais não ficassem tão prejudicados! Sim, confessa a ti mesmo teu receio! Se algum dia tornares a encontrar tua amazona, essa visão das visões, e descobrires, a despeito de todas as tuas esperanças e de todos os teus sonhos, para tua vergonha e humilhação, por fim, ser ela noiva de Lothario."

Capítulo 6

Wilhelm havia passado uma tarde intranquila, não sem um certo aborrecimento, quando, por volta do anoitecer, a porta de seu quarto se abriu, e um jovem e simpático monteiro entrou, cumprimentando-o.

— Gostaria de dar um passeio? — perguntou, e Wilhelm reconheceu de pronto, através dos belos olhos, tratar-se de Therese. — Perdoe-

-me este disfarce, já que agora não passa de um disfarce, infelizmente. Mas, como hei de lhe falar do tempo em que de bom grado me via nestes trajes, também pretendo de todas as maneiras tornar presentes aqueles dias. Venha! Pois até o lugar onde frequentemente descansávamos de nossas caçadas e nossos passeios contribuirá para isso.

Saíram e, enquanto caminhavam, Therese disse a seu acompanhante:

— Não é justo que me deixe falar sozinha; o senhor já sabe o bastante de mim, e eu ainda não sei a menor coisa a seu respeito; conte-me algo, para que eu tome coragem de lhe expor minha história e minha situação.

— Infelizmente — respondeu Wilhelm —, só posso falar de erros sobre erros, deslizes sobre deslizes, e não conheço ninguém a quem mais desejaria ocultar tais confusões em que me encontrei e ainda me encontro. Seu olhar e tudo que a rodeia, todo seu ser e sua conduta me revelam que pode regozijar-se de sua vida pregressa, que por um belo e límpido caminho chegou a uma conclusão segura, que não perdeu seu tempo e que nada tem para se reprovar.

Therese, sorrindo, respondeu:

— Esperemos que continue pensando assim ao ouvir minha história.

Prosseguiram em seu passeio e, depois de algumas considerações gerais, Therese lhe perguntou:

— O senhor é livre?

— Creio sê-lo — respondeu —, mas não o desejaria.

— Bem! — disse ela. — Isto implica num romance complicado, o que prova que o senhor também tem algo a contar.

E, em meio a essas palavras, subiram uma colina e foram instalar-se aos pés de um grande carvalho que espalhava ao longe sua gigantesca sombra.

— Aqui — disse Therese —, sob esta árvore alemã,[1] quero contar-lhe a história de uma jovem alemã; ouça-me com paciência. Meu pai era um nobre abastado desta província, um homem jovial, lúcido, diligente e corajoso; pai carinhoso, amigo leal, anfitrião excelente; o único erro que

[1] Therese, pouco afeita à literatura, parece influenciada aqui pela obra do poeta Friedrich M. Klopstock (1752-1831), na qual era muito frequente a referência ao carvalho como a árvore alemã por excelência.

enxergava nele era o de ser indulgente demais com uma mulher que não sabia apreciá-lo. Infelizmente tenho de dizer isso de minha própria mãe! Sua natureza era totalmente oposta à de meu pai. Ela era brusca, inconstante, desprovida de afeto por sua casa ou mesmo por mim, sua única filha; perdulária, mas bela, espirituosa, dotada de muito talento, o encanto de um círculo que sabia reunir a seu redor. É verdade que nunca foi muito grande seu círculo de amizade, nem o mantinha por muito tempo. Ele era composto em sua maioria de homens, uma vez que mulher alguma se sentia à vontade ao lado dela, e ela, menos ainda, era capaz de suportar o mérito de alguma mulher. Eu era parecida com meu pai, tanto fisicamente quanto na maneira de pensar. Assim como um patinho que logo busca a água, já a partir de minha primeira infância passaram a ser meu elemento a cozinha, as despensas, os celeiros e as granjas. A ordem e a limpeza da casa pareciam ser meu único instinto, meu único objetivo, mesmo quando ainda tinha idade só para brincar. Meu pai alegrava-se com isso e aos poucos foi dando às minhas tendências infantis ocupações mais adequadas; minha mãe, ao contrário, não me amava e nem por um momento fazia por dissimulá-lo. Cresci, e com os anos aumentaram minha atividade e o amor de meu pai por mim. Quando nos víamos a sós, saíamos a passear pelos campos, e quando o ajudava a verificar as contas, podia sentir claramente o quanto isto o deixava feliz. Ao fitá-lo nos olhos, era como se olhasse para dentro de mim mesma, pois eram precisamente os olhos o que tínhamos de mais parecido. Contudo, em presença de minha mãe, ele não sustentava nem a mesma coragem nem a mesma expressão; defendia-me debilmente quando ela me censurava de maneira violenta e injusta; intervinha a meu favor, não como para me proteger, mas como para desculpar minhas boas qualidades. Agindo assim, ele não opunha obstáculo algum às inclinações de minha mãe; logo, ela passou a se dedicar, com intensa paixão, aos espetáculos; construíram um teatro, e não faltaram homens de todas as idades e todos os aspectos para apresentar-se em cena a seu lado; em compensação, na maior parte das vezes havia carência de mulheres. Lydie, uma jovem simpática que fora criada comigo e que desde pequena prometia tornar-se um encanto, encarregava-se dos papéis secundários, e uma camareira já idosa representava os de mãe e tia, enquanto minha mãe reservava a si mesma os primeiros papéis de heroínas e pastoras de toda espécie. Não posso explicar-lhe o quanto me pareciam ridículas aquelas pessoas que conhecia tão bem, quando, vestidas daquela maneira, subiam à cena, pretendendo-se fazer passar por algo distinto do que eram. Eu não conseguia ver senão minha mãe e Lydie, o barão ali, o secretário acolá, por mais que quisessem aparecer como príncipes, condes ou mesmo camponeses, e não podia compreender como imaginavam fazer-me acreditar que tudo lhes ia bem ou mal, que estavam apaixonados ou eram indiferentes, avaros ou generosos, quando eu, em geral, estava muito bem a par do contrário. Eis por que raramente me encontrava entre os espectadores; tratava de lhes limpar as luzes para ter algo com que me ocupar, cuidava da ceia e na manhã seguinte, quando ainda dormiam, ia arrumar-lhes o guarda-roupa, pois era comum deixarem, noite após noite, amarfanhados os trajes que haviam usado. À minha mãe essa atividade parecia por demais conveniente, mas mesmo assim não havia como conquistar-lhe sua simpatia; ela me desprezava, e ainda me lembro muito bem do que ela vivia a repetir com amargura: "Fosse a maternidade tão incerta quanto a paternidade, e dificilmente tomaria por minha filha esta jovem". Não nego que aos poucos sua atitude me foi afastando completamente dela; considerava suas ações como as ações de uma pessoa estranha, e uma vez que eu estava habituada a vigiar com olhos de águia a criadagem — pois, diga-se de passagem, nisso se baseia o verdadeiro princípio de toda administração doméstica —, naturalmente tampouco me passavam despercebidas as relações de minha mãe com as pessoas de seu trato. Era fácil perceber que ela não mirava com o mesmo olhar todos os homens; agucei ainda mais minha atenção e em pouco tempo percebi que Lydie era sua confidente e que, naquela oportunidade, ela própria estava familiarizada demais com uma paixão que, desde sua juventude, representara com muita frequência. Eu não ignorava todos os seus encontros, mas me calava e nada dizia a meu pai, temendo afligi-lo; até que, por fim, me vi obrigada a fazê-lo. Muitas coisas eram impossíveis de se realizar sem se corromper os criados. Estes começaram a me desafiar, a negligenciar as determinações de meu pai e a não obedecer às minhas ordens; os desmandos que daí se originaram me eram insuportáveis, e, queixando-me, revelei tudo a meu pai. Ele me ouviu pacientemente: "Minha boa filha", disse, por fim, com um sorriso, "eu sei de tudo; fica tranquila e tem paciência, pois só por ti é que suporto tais coisas". Não me tranquilizei, não tinha paciência. Censurava em silêncio meu pai, pois não acreditava que, independentemente de qualquer razão, tivesse de aguentar tudo aquilo; ative-me à ordem e decidi levar as coisas às últimas consequências. Minha mãe era de família rica, mas gastava mais do que devia, o que, como pude perceber, era motivo de discussões entre meus pais. Durante muito tempo não houve como remediar a situação, até que as próprias paixões de minha mãe provocaram uma espécie de desenlace. Seu primeiro amante havia-lhe sido ruidosamente infiel; casa, país, amizades, tudo se lhe tornou adverso. Quis mudar para outra propriedade, porque naquela se achava muito sozinha; quis partir para a cidade, mas para isto tampouco estava suficientemente preparada. Ignoro o que se passou entre ela e meu pai; só sei que, afinal, ele resolveu, sob determinadas condições das quais não cheguei a tomar conhecimento, autorizá-la a fazer uma viagem para o sul da França, como ela desejava. Ficamos, portanto, livres e passamos a viver como no paraíso; chego a crer que meu pai nada perdeu, mesmo tendo de livrar-se de sua presença mediante uma quantia significativa. Despedimos todos os criados inúteis, e a sorte pareceu favorecer nossa nova organização; tivemos assim uns anos muito bons, e tudo caminhava a contento. Mas, por desgraça, não durou muito tempo essa alegre situação; meu pai sofreu, inesperadamente, um ataque apoplético que lhe paralisou o lado direito, privando-o do claro uso da linguagem. Passamos a ter de adivinhar tudo o que ele desejava, pois se tornou incapaz de pronunciar a palavra que tinha em mente. O quanto me eram angustiosos os momentos em que ele exigia expressamente ficar sozinho comigo; indicava, com gestos violentos, que todos deveriam afastar-se, e quando nos encontrávamos a sós, ele não era capaz de articular a palavra exata. Sua impaciência chegava ao limite, e seu estado me causava a mais profunda aflição. Eu não tinha a menor dúvida de que ele pretendia confiar-me algo que me concernia particularmente. Como eu desejava vir a sabê-lo! Antes, podia ler-lhe tudo nos olhos; mas, agora, era inútil! Nem mesmo seus olhos falavam mais. Só uma coisa estava muito clara para mim: ele nada queria, nada desejava, empenhando-se unicamente em me revelar algo que, infelizmente, não vim a saber. Reiterou-se seu mal e, como sequela, ele ficou completamente inválido e incapaz, vindo a morrer pouco depois. Não sei como se fixara em mim a ideia de que ele havia enterrado, num lugar qualquer, um tesouro, que depois de sua morte pretendia legar a mim e não à minha mãe; enquanto ainda vivia, eu já o procurava, sem nada encontrar; depois de sua morte, tudo foi lacrado. Escrevi à minha mãe e propus-lhe permanecer em casa como administradora; ela recusou minha oferta, e assim tive de deixar a propriedade. Apareceu um testamento recíproco pelo qual ela ficava com a posse e o usufruto de tudo, tendo a mim como sua dependente, pelo menos enquanto vivesse. Foi então que acreditei haver compreendido o sinal de meu pai; lamentei que ele fosse tão fraco e tão injusto comigo, ainda depois de sua morte. Pois alguns de meus amigos chegaram mesmo a afirmar que aquilo tinha tanto valor quanto haver-me deserdado, e me exortavam a impugnar o testamento, coisa à qual não podia resolver-me. Venerava demais a memória de meu pai, confiava no destino e confiava em mim mesma. Sempre mantive boa convivência com uma senhora das imediações, proprietária de grandes quintas; ela me acolheu de muito bom grado, e não tive dificuldade em me pôr à frente da direção de sua casa. Levava ela uma vida bem regular e gostava de ordem em tudo, e eu a ajudava lealmente em sua luta com o administrador e a criadagem. Não sou tacanha nem invejosa, mas nós, mulheres, insistimos com muito mais seriedade que os homens para evitar desperdícios. Não toleramos nenhum tipo de embuste; queremos que cada um desfrute somente aquilo a que tem direito. Encontrava-me agora mais uma vez em meu elemento e chorava em silêncio a morte de meu pai. Minha protetora estava satisfeita comigo, e só uma pequena circunstância veio alterar minha tranquilidade. Lydie voltou; minha mãe fora cruel demais rechaçando a pobre moça, depois de havê-la corrompido por completo. Ao lado de minha mãe, ela aprendera a considerar as paixões como norma e estava habituada a não ter nenhum tipo de freio no que quer que fosse. Com seu súbito aparecimento, minha benfeitora também a acolheu; ela quis ajudar-me, mas não conseguia adaptar-se a nada. Por aquela época, eram comuns as visitas à casa de minha senhora de parentes e futuros herdeiros, que buscavam diversão nas caçadas. Lothario costumava estar entre eles; em pouco tempo percebi o quanto ele se distinguia dos demais, mas sem fazer a menor relação comigo mesma. Ele era gentil com todos, e logo Lydie pareceu despertar-lhe a atenção. Eu tinha sempre o que fazer e era raro estar presente às reuniões; na presença dele, eu falava menos que de hábito, pois não hei de negar que uma conversa animada sempre foi o tempero da vida. Gostava de conversar com meu pai a respeito de tudo que se passava. O que não se discute, não se pensa com precisão. A ninguém havia jamais escutado com tanto prazer quanto a Lothario, assim que ele se punha a falar de suas viagens, de suas campanhas. O mundo se lhe apresentava tão claro, tão aberto, quanto para mim a região de cuja economia me havia ocupado. Não pense, porém, que eu ouvia histórias maravilhosas de um aventureiro, exageradas meias verdades de um viajante limitado, habituado a sobrepor sua pessoa ao país do qual nos prometia dar uma imagem; ele não contava, antes nos conduzia ao próprio lugar; foram raras as ocasiões em que senti um prazer tão puro quanto aquele. Mas indizível mesmo foi minha satisfação quando uma tarde o ouvi falar das mulheres. O assunto surgiu de modo absolutamente natural; algumas senhoras das redondezas vieram visitar-nos, e a conversa, como de hábito, recaiu sobre a educação das mulheres. Falava-se do quanto eram injustos os homens com o nosso sexo, da forma como pretendiam manter apenas para si mesmos toda cultura superior, do acesso que nos vedavam às ciências e do quanto queriam que não passássemos de frívolas bonecas ou donas de casa. Lothario pouco falou; mas, tão logo se reduziu o número de pessoas, ele manifestou com franqueza sua opinião. "É estranho", disse ele, "que se censure o homem por pretender colocar a mulher no lugar mais alto que ela é capaz de ocupar; e que outro lugar é mais elevado que o governo da casa? Quando o homem se martiriza com assuntos externos, quando tem de juntar e proteger seus bens e inclusive quando toma parte nos negócios do Estado, depende, onde quer que esteja, das circunstâncias e, poder-se-ia até dizer que nada governa enquanto imagina governar; vê-se obrigado sempre a ser político, onde de bom grado seria razoável; dissimulado, onde desejaria ser franco; falso, onde desejaria ser leal, quando, em nome de um propósito que jamais alcança, tem de renunciar a todo instante ao mais belo dos propósitos: a harmonia consigo mesmo; enquanto isso, uma dona de casa sensata reina de fato em seu interior e torna possível a uma família inteira toda atividade, toda satisfação. Qual é o bem supremo do homem senão o de realizarmos aquilo que consideramos justo e bom? O de sermos realmente senhores dos meios que conduzam a nossos fins? E onde deveriam estar, onde poderiam estar nossos fins mais imediatos, senão dentro de casa? Onde nos aguardam todas as nossas necessidades renovadas e indispensáveis, onde as reclamamos, senão ali onde nos levantamos e nos deitamos, onde a cozinha, a cave e toda a sorte de provisões devem estar sempre prontas, para nós e para os nossos? Quanta atividade regular não é necessária para conduzir esta ordem sempre renovada numa continuidade inalterada e viva! A bem poucos homens é dado surgir regularmente assim como um astro e prover tanto o dia quanto a noite, fabricar os utensílios domésticos, plantar e colher, guardar e gastar, e percorrer esse círculo sempre com calma, amor e eficiência! Uma vez encarregada a mulher desse governo interno, só então ela faz do homem que ama seu senhor; sua atenção adquire todos os conhecimentos e sua atividade sabe utilizar um por um. Desse modo, ela não depende de ninguém e proporciona a seu marido a verdadeira independência, a independência doméstica, interior; ele vê assegurado o que possui e bem utilizado o que adquire, e seu espírito pode voltar-se para grandes questões, e se a sorte lhe favorece, ser para o Estado o que sua esposa tão bem é para a casa." Em seguida, fez uma descrição da mulher tal como ele a desejava. Enrubesci, pois havia descrito a mim mesma, exatamente como eu era. Gozei em silêncio meu triunfo, tanto mais que via em todos os detalhes que ele não se referia a mim pessoalmente, que não me conhecia, diga-se de passagem. Não me recordo de nenhum sentimento mais agradável em toda minha vida: o de um homem, a quem tanto estimava, dar preferência não à minha pessoa, mas à minha natureza mais íntima. Como me senti recompensada! Quanto tudo aquilo me encorajou! Logo que eles partiram, minha venerável amiga me disse, sorrindo: "É uma pena que os homens pensam e digam com frequência aquilo que eles não cumprem, pois, caso contrário, teríamos decididamente encontrado um excelente partido para minha querida Therese". Tomei por brincadeira aquelas palavras e acrescentei que a razão dos homens estava, na verdade, à procura de donas de casa, enquanto seu coração e sua imaginação ansiavam por outras qualidades, e que de fato nós, donas de casa, não podíamos competir com as jovens adoráveis e encantadoras. Disse essas palavras ao ouvido de Lydie, pois ela não escondia que Lothario lhe havia impressionado fortemente, e ele, por sua vez, a cada nova visita parecia dedicar-lhe mais e mais atenção. Ela não tinha recursos, não descendia de família nobre e não podia pensar em casar-se com ele, mas não conseguia resistir ao prazer de atrair e ser atraída. Eu nunca havia amado e tampouco amava naquele momento; mas, embora me fosse infinitamente agradável ver em que nível colocava e quanto considerava minha natureza um homem tão respeitado, não hei de negar que estava totalmente insatisfeita com aquilo. Desejava também que ele me conhecesse, que demonstrasse interesse pessoal por mim. Esse desejo nasceu dentro de mim sem nenhuma ideia precisa a respeito do que disso poderia resultar. O maior serviço que eu prestava à minha benfeitora consistia em tentar manter em ordem os belos bosques de suas quintas. Nessas preciosas propriedades, valorizadas cada vez mais pelo tempo e pelas circunstâncias, tudo caminhava infelizmente de acordo com a velha rotina, sem nenhum plano nem ordem, com roubos e fraudes sem fim. O desmatamento tomava conta de várias montanhas, e só as copas mais antigas apresentavam um crescimento uniforme. Eu mesma me encarreguei de tudo junto com um hábil técnico florestal; mandei medir os bosques, mandei podar, semear, plantar, e em pouco tempo tudo estava em ordem. Para montar mais facilmente a cavalo e não ser incomodada em parte alguma durante as caminhadas que empreendia, mandei fazer-me roupas masculinas, e com elas me apresentava em muitos locais, e em toda parte me temiam. Fiquei sabendo que a sociedade de jovens amigos havia organizado com Lothario uma nova caçada; pela primeira vez em minha vida tive a ideia de parecer, ou, para não ser injusta comigo mesma, mostrar aos olhos daquele homem eminente aquilo que eu era. Vesti minhas roupas masculinas, coloquei o fuzil sobre os ombros e parti com nosso monteiro para esperar pelo grupo nos limites da propriedade. Eles chegaram, e de início Lothario não me reconheceu; um dos sobrinhos de minha benfeitora apresentou-me a ele como um hábil técnico florestal, zombando de minha juventude, insistindo em seu jogo de me elogiar, até que, por fim, Lothario me reconheceu. Aquele sobrinho secundava assim minhas intenções como se previamente nos tivéssemos posto de acordo. Ele contou em detalhes e com gratidão tudo o que eu havia feito pelas terras de sua tia e por ele próprio também. Lothario o ouviu atentamente; veio conversar comigo, indagando-me a respeito de tudo que se relacionasse com as propriedades e a região, e eu estava feliz de poder mostrar-lhe meus conhecimentos; passei com louvor em meu teste; submeti a seu julgamento alguns projetos de benfeitorias, os quais aprovou, citando-me exemplos análogos e reforçando minhas razões com a coerência que ele lhes dava. Minha satisfação crescia a cada instante. Mas, por sorte, não esperava outra coisa senão que me conhecesse e não que me amasse, pois... voltando para casa, constatei, mais que de costume, que a atenção dispensada por Lothario a Lydie parecia trair uma secreta inclinação. Eu havia alcançado meu objetivo e, no entanto, não estava tranquila; a partir daquele dia, ele passou a me demonstrar uma verdadeira estima e uma bela confiança; dirigia-me habitualmente a palavra em sociedade, perguntava minha opinião e, sobretudo nas questões de economia doméstica, parecia confiar em mim como se eu de tudo estivesse a par. Seu interesse me encorajava extraordinariamente; mesmo quando se falava de economia geral e de finanças, ele me introduzia na conversa, e, em sua ausência, eu procurava adquirir mais conhecimentos sobre a província e até sobre todo o país. O que não me era difícil, pois tratava-se apenas de repetir no geral tudo o que eu sabia e conhecia com precisão desde pequena. A partir desse momento, ele passou a frequentar nossa casa. Falávamos de tudo, posso dizer, mas, a uma certa altura, nossa conversa voltava a recair sobre economia, ainda que só em sentido impróprio. Falávamos muito das grandes realizações que o homem é capaz de criar graças ao emprego consequente de suas energias, seu tempo e seu dinheiro, mesmo valendo-se de meios aparentemente mesquinhos. Não resisti à inclinação que a ele me atraía e em muito pouco tempo, infelizmente, senti quanto era intenso, profundo, sincero e puro meu amor por ele, sobretudo por acreditar cada vez mais que suas visitas tão frequentes eram por Lydie e não por mim. Ao menos ela estava absolutamente convencida disso; tomou-me como sua confidente, o que, de certo modo, me consolava um pouco. Eu não encontrava absolutamente nada de significativo naquilo que ela interpretava a seu favor; não havia ali o menor indício da intenção de uma união séria e duradoura; via, isso sim, com muita clareza a disposição da apaixonada jovem de ser dele a qualquer preço. As coisas andavam desse modo, quando a dona da casa me surpreendeu com uma proposição inesperada. "Lothario", disse ela, "pediu-lhe em casamento e deseja tê-la a seu lado toda sua vida." Ela estendeu-se sobre minhas qualidades e disse-me o que com muito prazer ouvi: Lothario estava convencido de haver encontrado em mim a pessoa com quem há muito sonhara. Eu havia atingido a felicidade suprema: queria-me um homem a quem tanto estimava, ao lado do qual e com o qual eu via à minha frente o emprego total, livre, amplo e proveitoso de minha inclinação inata, de meu talento adquirido pela prática; a soma de toda minha existência parecia haver-se multiplicado até o infinito. Dei meu consentimento, e ele próprio veio falar-me a sós; estendeu-me sua mão, olhou-me nos olhos, abraçou-me e selou em meus lábios um beijo. Foi o primeiro e o último. Confiou-me toda sua situação, o que lhe havia custado sua campanha da América, as dívidas que pesavam sobre seus bens, de que modo elas resultaram em discussões com seu tio-avô; como este digno homem pensava em cuidar dele, mas claro que à sua maneira, querendo casá-lo com uma mulher rica, quando um homem sensato só há de ser bem servido por uma dona de casa; mas ele esperava convencer o velho homem com a ajuda de sua irmã. Expôs-me o estado de sua fortuna, seus projetos, suas intenções, solicitando minha colaboração. Mas, até o consentimento de seu tio-avô, deveríamos guardar segredo de tudo. Nem bem Lothario havia-se afastado, e Lydie veio perguntar-me se ele havia falado dela. Respondi-lhe que não, e procurei entediá-la falando-lhe de assuntos ligados à economia. Ela estava inquieta, mal-humorada, e o comportamento de Lothario, ao retornar, não melhorou seu estado. Mas vejo que o sol se inclina para seu ocaso! Sorte sua, meu amigo, senão teria de ouvir com todos os pequenos detalhes a história que de muito bom grado conto a mim mesma. Permita-me, pois, apressar-me, já que nos aproximamos de uma época na qual não é bom nos deter. Lothario me apresentou à sua excelente irmã que habilmente soube introduzir-me na casa do tio; conquistei o velho homem, que aprovou nossos desejos, e voltei para junto de minha benfeitora com uma notícia feliz. O assunto já não era mais segredo em casa, e Lydie, ao tomar conhecimento dele, acreditou estar ouvindo algo impossível. Até que não tendo afinal mais nenhuma dúvida, ela desapareceu subitamente, sem que soubéssemos para onde havia-se dirigido. Aproximava-se o dia de nossas bodas; eu já havia pedido diversas vezes a Lothario seu retrato e lembrei-o mais uma vez de sua promessa quando ele estava prestes a partir a cavalo. "A senhora esqueceu", disse-me ele, "de me dar o medalhão onde deseja colocá-lo." Tinha razão; eu havia recebido um, presente de uma amiga, a quem muito considerava. As iniciais de seu nome, traçadas com os fios de seus cabelos, estavam presas sob o vidro externo; no interior, havia uma placa de marfim, sobre a qual deveria ter sido pintado seu retrato, quando, por desgraça, a morte veio arrebatá-la. A inclinação de Lothario por mim conseguiu fazer-me feliz no momento em que a perda da amiga ainda me era dolorosa demais, e eu desejava preencher o vazio que ela me havia deixado naquele presente com o retrato de meu amigo. Corro para meu quarto, apanho a caixinha de joias e a abro em sua presença; mal olhara para seu interior, quando avista um medalhão com a imagem de uma mulher; toma-o nas mãos, contempla-o atentamente e em seguida me pergunta: "De quem é este retrato?". "De minha mãe", respondi. "Poderia jurar", exclamou ele, "ser o retrato de uma senhora de Saint-Alban, que conheci há alguns anos na Suíça." "É a mesma pessoa", respondi, sorrindo; "portanto, o senhor conheceu sua sogra, sem o saber. Saint-Alban é o nome romântico que minha mãe adota em suas viagens; ela se encontra atualmente na França com o mesmo nome." "Sou o mais infeliz dos homens!", exclamou ele, atirando de volta o retrato para o interior da caixa; cobriu os olhos com a mão e saiu apressado do quarto. Montou em seu cavalo; corri ao balcão e chamei por ele; ele se voltou, fez-me um sinal com a mão, afastou-se a toda pressa..., e não mais voltei a vê-lo.

O sol se punha, Therese contemplava com o olhar impassível aquele arrebol, e seus belos olhos se encheram de lágrimas.

Therese calou-se e pousou sua mão sobre a mão de seu amigo; ele a beijou comovidamente; ela secou as lágrimas e se levantou.

— Voltemos — disse ela — e tratemos de cuidar dos nossos!

Durante o trajeto de volta, a conversa se manteve pouco animada; assim que atravessaram o portão do jardim, viram Lydie sentada num banco; ela se levantou, evitando-os, e tornou a entrar em casa; tinha nas mãos um papel, e a seu lado havia duas meninas.

— Vejo — disse Therese — que ela não deixa de trazer consigo seu único consolo, a carta de Lothario. Seu amigo lhe prometeu que, uma vez restabelecido, ela voltaria a viver a seu lado; suplicava-lhe apenas que até lá se mantivesse tranquila, sob meus cuidados. É a essas palavras que ela se agarra, nessas linhas que encontra consolo, mas os amigos de Lothario não a veem com bons olhos.

Nesse meio-tempo, as duas meninas se aproximaram, cumprimentaram Therese e prestaram-lhe contas de tudo o que se passara na casa durante sua ausência.

— Aqui o senhor vê uma outra parte de minhas ocupações — disse Therese. — Tenho um pacto com a excelente irmã de Lothario: juntas educamos um certo número de crianças; eu formo as vivas e diligentes donas de casa, e ela se encarrega daquelas nas quais se manifesta um talento mais calmo e mais sutil, pois é justo velar de todas as maneiras pelo bem dos maridos e das atividades domésticas. Quando conhecer minha nobre amiga, o senhor começará uma vida nova: sua beleza e sua bondade a fazem digna da adoração de todo o mundo.

Wilhelm não ousou dizer que infelizmente já conhecia a bela condessa e que suas fugidias relações com ela sempre lhe foram motivo de dor; alegrou-se muito por Therese não prosseguir a conversa, uma vez que seus afazeres a chamavam para dentro da casa. Viu-se assim sozinho, e aquela última notícia, de que também a jovem e bela condessa fosse obrigada a substituir pela benemerência a falta de sua própria felicidade, deixou-o extremamente triste; sentia que só ao lado dela estava a necessidade de se distrair e de substituir um alegre fruir da vida pela esperança da felicidade alheia. Julgou Therese feliz, já que, mesmo em meio àquela triste e inesperada novidade, não havia experimentado em si mesma mudança alguma.

— Feliz, acima de tudo — exclamou ele —, aquele que, para se pôr em harmonia com o destino, não necessita rejeitar toda sua vida anterior!

Therese entrou em seu quarto e pediu-lhe perdão por perturbá-lo.

— Aqui, neste armário embutido na parede — disse ela —, encontra-se toda minha biblioteca; é formada mais por livros que não deito fora que por livros que guardo. Lydie deseja um livro religioso, e é bem provável que encontre algum desse gênero aqui entre os outros. As pessoas que ao longo de todo o ano se ocupam de coisas mundanas, imaginam-se obrigadas a devoção nos momentos de necessidade; consideram tudo o que é bom e moral como um medicamento que se deve tomar a contragosto quando estão indispostas; só veem num pároco, num moralista, um médico de quem jamais se conseguem livrar com rapidez suficiente; mas confesso, com prazer, que tenho da moral o mesmo conceito que de uma dieta alimentar, que exatamente só passa a ser uma dieta quando a adoto como regra de vida, quando não a perco de vista o ano inteiro.

Procuraram entre os livros e encontraram alguns dos chamados escritos edificantes.

— Foi com minha mãe — disse Therese — que Lydie aprendeu a buscar refúgio nestes livros; peças de teatro e romances foram sua vida enquanto lhe foi fiel seu amante; quando este a deixou, ela voltou a dar crédito imediato a tais livros. Não consigo absolutamente compreender

— prosseguiu — como alguém pode acreditar que Deus nos fale por meio de livros e histórias. Aquele a quem o mundo não revele diretamente que relação com ele tem, aquele a quem seu coração não diga o que deve a si mesmo e aos demais, sem dúvida dificilmente o aprenderá nos livros, que, na verdade, não têm outro destino senão o de dar nomes a nossos erros.

Deixou Wilhelm sozinho, e ele passou a noite revisando a pequena biblioteca, que, na verdade, havia sido formada apenas por obra do acaso.

Durante os poucos dias que Wilhelm passou em sua casa, Therese manteve-se sempre a mesma; em diferentes ocasiões, e com toda a sorte de detalhes, ela lhe contou a sequência dos acontecimentos em que esteve envolvida. Ainda se encontravam presentes em sua memória o dia e a hora, o lugar e o nome, e só faremos aqui um breve resumo daquilo que nossos leitores necessitam saber.

A causa do brusco afastamento de Lothario é, infelizmente, muito fácil de se explicar: durante uma de suas viagens, ele havia encontrado a mãe de Therese; seus encantos o atraíram, ela não se mostrou mesquinha com ele, e essa infeliz e prontamente passageira aventura afastava-o agora de sua união com uma jovem mulher que a própria natureza parecia haver-lhe criado. Therese se manteve no puro círculo de suas ocupações e de seus deveres. Souberam que Lydie se instalara secretamente nas imediações. Ela se alegrou por não haver-se realizado o casamento, ainda que desconhecesse os motivos, e tratou de se aproximar de Lothario, que parecia corresponder a seus desejos mais por desespero que por inclinação, mais por surpresa que por reflexão, mais por aborrecimento que por vontade própria.

Therese não perdeu a tranquilidade, não manifestou nenhuma outra pretensão sobre ele, e ainda que ele a desposasse, haveria tido talvez coragem suficiente para suportar tais relações, desde que não viessem perturbar sua ordem doméstica; ao menos manifestava com frequência a opinião de que uma mulher, que tem exata consciência de sua natureza doméstica, pode perdoar a seu marido qualquer pequena fantasia e mostrar-se a qualquer momento segura de seu retorno.

Em pouco tempo, a mãe de Therese conseguiu transformar num caos os negócios referentes à sua fortuna; sua filha teve assim de expiar as consequências, pois ainda conservava um pouco do que dela havia recebido; morreu a velha senhora, protetora de Therese, deixando-lhe em testamento a pequena quinta e um generoso capital. Therese soube adaptar-se sem demora àquele estreito círculo, recusando propriedades melhores que Lothario lhe oferecera por intermédio de Jarno.

— Quero — disse ela — demonstrar nas pequenas coisas que era digna de com ele compartilhar as grandes; mas me reservo, se por culpa minha ou de terceiros me vir casualmente em apuros, recorrer, sem hesitação, primeiro a meu nobre amigo.

Nada se mantém menos oculto e proveitoso que uma atividade apropriada. Nem bem Therese se instalara em sua pequena quinta, e os vizinhos passaram a procurá-la com o intuito de estreitar a amizade e ouvir seus conselhos, e o novo proprietário das quintas vizinhas deu-lhe a entender claramente que não dependia senão dela aceitar sua mão e tornar-se assim herdeira da maior parte de seus bens. Ela já havia mencionado tal circunstância a Wilhelm, gracejando na ocasião com ele sobre casamentos e casamentos desiguais.[2]

— Não há nada — dizia ela — que dê às pessoas tantos motivos para comentários quanto a celebração de um casamento que, de acordo com o modo de pensar delas, pode ser chamado de um casamento desigual; entretanto, tais casamentos são muito mais frequentes que os outros, pois, infelizmente, ao cabo de um breve espaço de tempo, a maior parte das uniões se deteriora. A fusão de classes sociais através do casamento só merece o nome de casamento desigual à medida que uma das partes não pode interessar-se pela existência inata, habitual e por assim dizer necessária da outra. As diferentes classes sociais têm diferentes modos de vida que não podem compartilhar nem trocar reciprocamente, e eis por que é melhor que não se consumam uniões dessa espécie; mas é possível também que ocorram exceções, e exceções muito felizes. Por exemplo, o casamento de uma jovem com um homem idoso é sempre desigual, e, no entanto, tenho visto dar bons resultados. Para mim, só conheço um casamento desigual: aquele que me obrigasse a não fazer nada e representar; preferia dar minha mão a qualquer honrado filho de um arrendatário da vizinhança.

[2] "Casamentos desiguais": no original, *Missheiraten*, tradução alemã para o termo francês *mésalliance*. Schiller, em sua carta de 5/7/1796, chama a atenção de Goethe para o fato de *Os anos de aprendizado de Wilhelm Meister* terminar com vários "casamentos desiguais" do ponto de vista social. Ver, a própósito, a apresentação de Marcus Vinicius Mazzari neste volume.

Wilhelm pensava agora em regressar e pediu à sua nova amiga permissão para dirigir umas palavras de adeus a Lydie. A jovem apaixonada deixou-se demover, e, às palavras afetuosas que ele lhe disse, ela respondeu:

— Suplantei a primeira dor; Lothario me será eternamente caro, mas conheço seus amigos e lamento que ele esteja rodeado por esse tipo de gente. O abade seria capaz, por capricho, de deixar as pessoas na miséria, ou mesmo de lançá-las dentro dela; o médico bem que gostaria de pôr tudo em ordem; Jarno não tem sentimento, e o senhor..., no mínimo, não tem caráter! Vá em frente e deixe-se usar como instrumento desses três homens, que já devem tê-lo encarregado de uma outra execução. Há muito que não tenho dúvida do quanto lhes desagrada minha presença; não consegui descobrir o segredo que mantêm, mas sei que escondem algum. Para que aqueles cômodos cerrados? E aquelas estranhas passagens? Por que ninguém pode chegar à grande torre? Por que me confinavam em meu quarto, sempre que podiam? Devo confessar que foi o ciúme que de início me levou a tal descoberta; temia que em alguma parte se escondesse uma rival afortunada. Mas agora não o creio mais, estou convencida de que Lothario me ama e se comporta lealmente comigo, mas também estou igualmente convencida de que seus artificiosos e falsos amigos o enganam. Se o senhor pretende conquistar o merecimento dele, se quer ser perdoado pelo que me causou, livre-o das mãos desses homens. Mas, que esperança! Entregue-lhe esta carta, repita-lhe o que ela contém: que o amarei eternamente, que confio em sua palavra. Ah! — exclamou ela, levantando-se e atirando-se chorosa ao pescoço de Therese —, vive rodeado de meus inimigos, que procurarão convencê-lo de que nenhum sacrifício tenho feito por ele. Oh!, o melhor dos homens gosta de ouvir que é merecedor de todo sacrifício sem que tenha de agradecê-lo.

As despedidas de Wilhelm e Therese foram mais alegres; era desejo dela revê-lo em breve.

— O senhor já me conhece completamente — disse ela. — Deixou-me falar constantemente; da próxima vez será dever seu corresponder à minha sinceridade.

Durante sua viagem de regresso, ele teve tempo bastante para contemplar vivamente em sua lembrança aquela nova e radiante aparição. Que confiança lhe havia infundido! Pensou em Mignon e em Felix, e no quanto poderiam ser felizes as crianças sob os cuidados dela; depois, pensou em si mesmo e sentiu quão prazeroso seria viver perto de um ser humano assim tão transparente. Ao se aproximar do castelo, chamou-lhe a atenção, mais que de costume, a torre com suas numerosas passagens e suas construções adjacentes; propôs-se na primeira ocasião pedir explicações sobre ela a Jarno ou ao abade.

Capítulo 7

Ao chegar ao castelo, Wilhelm encontrou o nobre Lothario em vias de um pronto restabelecimento; nem o médico nem o abade estavam presentes, só Jarno se encontrava ali. Em pouco tempo, o convalescente voltou a cavalgar, ora só, ora com seus amigos. Sua conversa era séria e atenciosa; seus entretenimentos, instrutivos e reconfortantes; podia-se ver com frequência traços de uma delicada sensibilidade, ainda que ele procurasse dissimulá-la, parecendo mesmo desaprová-la quando, contra sua vontade, ela se manifestava.

Assim, uma noite, ele se manteve calado à mesa, ainda que se mostrasse bem-disposto.

— Não há dúvida de que hoje o senhor teve uma aventura — disse finalmente Jarno —, e, certamente, uma aventura agradável.

— Como conhece bem sua gente! — replicou Lothario. — Sim, ocorreu-me uma aventura muito agradável. Talvez em outros tempos não a tivesse achado assim tão encantadora quanto agora, que ela me encontrou tão receptivo. Cavalgava, ao entardecer, do outro lado do rio, por entre as aldeias, ao longo de um caminho que costumava percorrer em meus anos de juventude. Meus sofrimentos físicos devem ter-me debilitado mais do que eu acreditava, pois me sentia fraco e com as forças revigoradas como um recém-nascido. Todos os objetos me apareciam sob a mesma luz com que os contemplara naqueles anos de juventude, todos tão encantadores, tão agradáveis, tão graciosos, como há muito não os via. Sabia bem que tudo aquilo era efeito de minha debilidade, mas me deixei levar totalmente por tal prazer, continuei cavalgando cuidadosamente e compreendi muito bem que os homens podem afeiçoar-se por uma doença que nos inspire sentimentos tão doces. Porventura os senhores sabem o que outrora me levava a percorrer com frequência esse caminho?

— Se bem me lembro — respondeu Jarno —, era uma pequena aventura amorosa que o senhor mantinha com a filha de um arrendatário.

— Melhor seria chamá-la de grande — replicou Lothario —, pois nos amamos muito, seriamente e por muito tempo também. Por um acaso, hoje tudo contribuiu para me fazer recordar com muita vivacidade dos primeiros tempos de nosso amor. Os meninos derrubavam besouros das árvores, e a folhagem dos freixos não estava mais crescida que no dia em que a vi pela primeira vez. Há muito eu não via Margarete, pois estava casada e vivia longe daqui, quando casualmente ouvi dizer que ela havia voltado há poucas semanas, acompanhada de seus filhos, para fazer uma visita a seu pai.

— Então, esse passeio a cavalo não foi tão casual assim?

— Não nego — disse Lothario — que desejava encontrá-la. Quando já estava não muito longe de sua casa, vi seu pai sentado à porta e, a seu lado, uma criança de cerca de um ano. Ao me aproximar, vi uma mulher que olhava furtivamente pela janela do andar superior, e ao passar pelo portão, ouvi passos de alguém que descia rapidamente as escadas. Sem dúvida, pensei, é ela, e confesso que me senti lisonjeado por ela haver-me reconhecido e apressar-se em vir a meu encontro. Mas, qual não foi minha vergonha, quando ela, saltando porta afora, agarrou a criança, da qual se haviam aproximado os cavalos, e levou-a para dentro de casa. Foi para mim uma sensação desagradável, e minha vaidade só se viu levemente consolada quando, assim que ela partiu correndo dali, acreditei ver um claro rubor em sua nuca e orelha descoberta. Fiquei ali parado, trocando palavras com o pai da moça, enquanto olhava de soslaio para as janelas, na esperança de que aparecesse numa ou noutra; mas não descobri nenhum sinal dela. E, como não tinha intenção de fazer qualquer pergunta, segui adiante. O assombro atenuou de certo modo meu descontentamento, pois, embora mal tivesse visto seu rosto, ela me pareceu quase não haver mudado, e dez anos são, sem dúvida, um bom tempo! Na verdade, ela me pareceu mais jovem, ainda esbelta, ainda tão ligeira sobre seus pés, o colo, se possível, ainda mais delicado que antes, suas faces igualmente tão suscetíveis ao amável rubor e, no entanto, mãe de seis filhos, se não de mais. Essa aparição encaixava-se tão bem ao restante do mundo mágico que me rodeava, que eu segui cavalgando com um sentimento remoçado e só retornei pelo bosque vizinho quando o sol já se punha. Embora o orvalho que caía me fizesse lembrar expressamente a prescrição do médico, e teria sido muito mais sensato voltar direto para casa, retomei o caminho que levava à quinta do arrendatário. Percebi que um vulto de mulher circulava pelo jardim rodeado por uma cerca viva não muito alta. Segui a cavalo pelo atalho em direção à cerca e me vi não muito distante da pessoa por quem procurava. Embora o sol poente batesse em meus olhos, pude no entanto ver que ela fazia alguma tarefa junto à cerca, que só ligeiramente a encobria. Acreditei reconhecer minha antiga amada. Ao aproximar-me, detive-me, não sem que meu coração palpitasse. Alguns galhos altos de um roseiral silvestre, que uma brisa leve agitava, tornavam sua silhueta imprecisa. Dirigi-lhe a palavra e perguntei como ia. "Muito bem", respondeu-me à meia-voz. Observei então que, por trás da cerca, uma criança se ocupava em arrancar flores, e aproveitei a ocasião para lhe perguntar: "Onde estão seus outros filhos?". "Não é meu filho", disse ela, "isso seria precoce demais!" Naquele instante pude ver nitidamente seu rosto através dos galhos e não soube o que dizer àquela aparição. Era e não era minha amada. Quase mais jovem, quase mais bela de como a conhecera há dez anos. "A senhora não é a filha do arrendatário?", perguntei, meio embaraçado. "Não", disse ela, "sou sobrinha dela." "Mas é extraordinária a semelhança", repliquei. "É o que dizem todos que a conheceram há dez anos." Continuei a lhe fazer várias perguntas; agradava-me meu engano, ainda que o tivesse reconhecido quase de imediato. Não podia libertar-me da imagem viva de minha felicidade passada que tinha diante de mim. Nesse meio-tempo, a criança havia-se afastado para procurar flores no caminho que levava ao tanque. Ela se despediu de mim e correu a seu encalço. Eu já havia, entretanto, descoberto que minha antiga amada ainda se encontrava de fato na casa de seu pai e, enquanto cavalgava, ocupava-me em conjecturar se fora ela mesma ou sua sobrinha que havia colocado a criança a salvo dos cavalos. Repetia mentalmente a mim mesmo por diversas vezes toda a história e não saberia lembrar-me facilmente de qualquer outra coisa que me tivesse causado uma impressão mais prazerosa. Mas compreendo bem que ainda estou doente, e pediremos ao médico que nos livre das sequelas deste estado de alma.

Costuma ocorrer com as confissões íntimas de agradáveis lances amorosos o mesmo que ocorre com histórias de fantasmas: basta que se conte uma, e logo as outras afluem por si mesmas.

Nossa pequena sociedade encontrou na evocação dos tempos passados matéria de sobra de tal natureza. Lothario era quem mais coisas tinha para contar. As histórias de Jarno possuíam todas elas uma característica própria, e o que Wilhelm tinha a confessar, já o sabemos bem. Ele temia, no entanto, que pudessem recordar-lhe sua história com a condessa, mas ninguém pensou nisso, nem mesmo de maneira mais remota.

— É verdade — disse Lothario —, não há no mundo sensação mais agradável que a de um coração, depois de um período de indiferença, voltar a se abrir para um novo objeto, e, contudo, de bom grado eu renunciaria por toda minha vida a essa felicidade, se o destino tivesse desejado unir-me a Therese. Não se é sempre jovem, e não se deveria ser sempre menino. Para o homem que conhece o mundo, que sabe o que nele deve fazer e o que dele pode esperar, nada pode haver de mais desejável que encontrar uma esposa que colabore com ele onde quer que esteja, que saiba preparar-lhe todas as coisas, cuja atividade restabeleça aquilo que a sua própria deva abandonar, cuja diligência se propague por todos os lados, ainda que a dele não possa seguir senão em linha reta. Que paraíso havia sonhado para mim ao lado de Therese! Não o paraíso de uma felicidade exaltada, mas o de uma vida segura na Terra: ordem na felicidade, coragem no infortúnio, cuidado pelas mínimas coisas e uma alma capaz de abranger o maior e dele saber livrar-se. Oh!, nela eu via muito bem essas disposições cujo desenvolvimento nos causa admiração ao vermos na História mulheres que parecem muito superiores a todos os homens: essa lucidez no tocante às circunstâncias, essa habilidade em todos os casos, essa segurança em todos os detalhes, nos quais sempre se ajusta muito bem o conjunto, sem que pareçam jamais pensar nisso. Perdoe-me — prosseguiu ele, voltando-se para Wilhelm com um sorriso —, se Therese me arrebatou de Aurelie; com aquela eu podia esperar uma vida mais alegre, enquanto com esta não posso pensar numa só hora de felicidade.

— Não nego — respondeu Wilhelm — que cheguei aqui com o coração repleto de amargura contra o senhor e que me havia proposto a censurar severamente sua conduta para com Aurelie.

— É, realmente, merecedora de censura — disse Lothario. — Eu não devia ter confundido minha amizade por ela com o sentimento do amor; não devia ter suscitado, no lugar da estima que merecia, uma inclinação que ela não era capaz de despertar nem de manter. Ah! não era digna de amor quando amava, e esta é a maior desgraça que pode ocorrer a uma mulher.

— Que seja assim — replicou Wilhelm; — nem sempre podemos evitar o que é censurável, evitar que nossos sentimentos e atos se desviem estranhamente de sua natural e boa direção; mas jamais devemos perder de vista certos deveres. Que as cinzas da amiga descansem em paz! Sem nos repreender nem censurá-la, espalhemos piedosamente flores sobre seu sepulcro. Mas, junto ao sepulcro onde repousa a mãe infortunada, permita-me perguntar-lhe por que não tomou a seus cuidados o menino, um filho do qual qualquer um se alegraria e que o senhor parece abandonar por completo? Como pode, com seus puros e delicados sentimentos, renegar totalmente o coração de um pai? Durante todo este tempo, o senhor não proferiu uma sílaba sequer a respeito dessa preciosa criatura, de cuja graça muito haveria para se contar.

— De quem está falando? — replicou Lothario. — Não o compreendo.

— De quem mais senão de seu filho, o filho de Aurelie, da bela criança a quem, para sua felicidade, nada falta, exceto um pai carinhoso que dele se ocupe?

— O senhor está muito enganado, meu amigo — exclamou Lothario. — Aurelie não teve nenhum filho, ao menos não comigo; não sei de criança nenhuma, pois, do contrário, teria muito prazer em me ocupar dela; mas, também no caso presente, considerarei de bom grado essa pequena criatura como um legado que ela deixou e cuidarei de sua educação. Ela deu a entender, de algum modo, que a criança fosse dela e que me pertence?

— Não me recordo de ter ouvido dela uma palavra precisa a esse respeito, mas era aceito por todos, e eu não tive um só momento de dúvida.

— Posso — interveio Jarno — dar algumas explicações a respeito. Uma mulher idosa, que o senhor deve ter visto muitas vezes, levou o menino a Aurelie, que o acolheu com paixão, esperando atenuar os sofrimentos com sua presença, e, de fato, ele lhe proporcionou muitos momentos de alegria.

Wilhelm sentiu-se intranquilo com aquela descoberta; pensou vivamente na boa Mignon ao lado do belo Felix e expressou seu desejo de tirar as duas crianças da situação em que se encontravam.

— Logo resolveremos tudo isso — replicou Lothario. — Confiaremos a Therese essa estranha menina; impossível estar em melhores mãos; quanto ao menino, penso que o senhor deveria acolhê-lo, pois até aquilo que as mulheres deixam incompleto em nós, as crianças o completam, quando delas nos ocupamos.

— Ademais — respondeu Jarno —, penso que o senhor deve abandonar de vez o teatro, para o qual não possui nenhum talento.

Wilhelm ficou desconcertado e teve de dominar-se, pois as duras palavras de Jarno haviam ferido não pouco seu amor-próprio.

— Se me convencer disso — replicou ele, com um sorriso forçado —, estaria prestando-me um serviço, ainda que seja um triste serviço o de arrancar alguém de seu sonho favorito.

— Sem nos estendermos mais no assunto — respondeu Jarno —, só queria induzi-lo a que fosse, antes de mais nada, buscar as crianças; o resto se arranjará.

— Estou disposto a isso — replicou Wilhelm; — estou inquieto e curioso para saber se consigo descobrir algo de mais concreto acerca do destino desse menino; estou ansioso para ver a menina que tão singularmente se ligou a mim.

Todos concordaram em que ele devia partir quanto antes.

No dia seguinte, ele já estava pronto, o cavalo selado, faltando-lhe apenas despedir-se de Lothario. Chegada a hora da refeição, tomaram como de hábito seus lugares à mesa sem esperar pelo dono da casa, que só apareceu mais tarde, indo sentar-se ao lado deles.

— Poderia apostar — disse Jarno — que o senhor voltou a pôr hoje à prova seu terno coração e não pôde resistir ao desejo de rever sua antiga amada.

— Acertou! — replicou Lothario.

— Conte-nos — disse Jarno — como tudo se passou. Estou extremamente curioso.

— Não nego — replicou Lothario — que a aventura me tocou mais do que razoavelmente o coração; daí por que decidi retornar e ver a pessoa cuja imagem rejuvenescida me causara tão grata ilusão. Apeei a uma certa distância da casa e mandei afastar dali os cavalos, para que não incomodassem as crianças que brincavam diante do portão. Dirigia-me para a casa quando, casualmente, ela veio a meu encontro, e, dessa vez, era ela mesma, pois a reconheci a despeito de estar muito mudada. Estava mais forte e parecia mais alta; sua graça transparecia através de um modo de ser mais sereno, e sua vivacidade havia-se convertido numa calada reflexão. Mantinha um pouco inclinada a cabeça, que antes trazia tão ligeira e ereta, e leves rugas marcavam sua testa. Baixou os olhos ao me ver, mas nenhum rubor lhe traiu um sobressalto íntimo do coração. Estendi-lhe a mão, e ela me deu a sua; perguntei por seu marido, que estava ausente, e por seus filhos; ela se dirigiu até a porta e os chamou; vieram todos e se reuniram a seu redor. Nada é mais encantador que a visão de uma mãe com um filho nos braços, e nada é mais respeitável que uma mãe entre seus muitos filhos. Perguntei o nome dos pequenos, só para ter o que dizer; ela me convidou para entrar e esperar por seu pai. Aceitei; conduziu-me para o mesmo aposento de outrora, onde quase tudo ainda estava em seu antigo lugar, e, coisa estranha!, a bela sobrinha, sua própria imagem, estava sentada no mesmo escabelo, junto à roca, onde em idêntica posição costumava encontrar minha amada. Uma menininha, em tudo parecida com sua mãe, havia-nos seguido, e me vi assim no mais curioso presente entre o passado e o futuro, como num laranjal, onde num pequeno espaço convivem, em suas diferentes épocas, flores e frutos. A sobrinha saiu para providenciar alguns refrescos; dei a mão àquela criatura outrora tão amada e lhe disse: "Sinto uma imensa alegria em revê-la". "Muita bondade sua dizer-me isso", respondeu ela; "posso assegurar-lhe também que sinto uma alegria inexprimível. Quantas vezes desejei revê-lo uma vez mais em minha vida; e assim o desejava nos momentos que acreditava ser os meus últimos." Disse-me tais palavras com uma voz serena, sem emoção, com aquela naturalidade que outrora tanto me havia encantado. Voltou a sobrinha, e também seu pai..., e deixo aos senhores imaginar com que coração eu permaneci ali e com que coração me afastei.

Capítulo 8

Durante seu caminho de volta para a cidade, Wilhelm trazia no pensamento as nobres criaturas femininas que conhecia e das quais ouvira falar; seus estranhos destinos, que tão poucas alegrias comportavam, estavam dolorosamente presentes nele.

— Ah! — exclamava — Pobre Mariane! Que haverei de descobrir ainda de ti! E tu, magnífica amazona, nobre gênio tutelar a quem tanto devo, a quem espero encontrar por toda parte e que, infelizmente, não encontro em parte alguma, em que tristes circunstâncias te descobrirei, talvez, se algum dia te reencontrar?

Na cidade, não encontrou em casa nenhum de seus conhecidos; dirigiu-se apressado para o teatro, pois acreditava que estariam ali a ensaiar; tudo estava em silêncio, a casa parecia vazia, mas ele viu um postigo aberto. Ao chegar ao palco, encontrou a velha criada de Aurelie ocupada em coser um tecido de linho para uma nova decoração; sobre ela incidia apenas a luz necessária para iluminar seu trabalho. Felix e Mignon estavam a seu lado, sentados no chão; os dois seguravam um livro e, enquanto Mignon lia em voz alta, Felix repetia todas as palavras, como se conhecesse as letras e como se também soubesse ler.

As crianças levantaram de um salto e saudaram o recém-chegado, que os abraçou com ternura e os levou para junto da velha mulher.

— Foste tu — disse-lhe seriamente — que trouxeste este menino a Aurelie?

Ela ergueu os olhos de seu trabalho e voltou o rosto para ele que, vendo-a em plena luz, assustou-se e retrocedeu alguns passos: era a velha Barbara.

— Onde está Mariane? — exclamou.

— Longe daqui — respondeu a velha.

— E Felix?...

— É o filho daquela desgraçada, que outra culpa não tem senão a de amar com demasiada ternura. Que o senhor nunca venha a sentir o que nos custou! Que este tesouro, que lhe entrego, possa fazê-lo tão feliz quanto nos fez infelizes!

Levantou-se para sair. Wilhelm a reteve.

— Não penso em fugir do senhor — disse ela. — Deixe-me buscar um documento que lhe causará alegria e dor.

Ela se afastou, e Wilhelm contemplou o menino com uma alegria angustiada; não podia ainda apropriar-se da criança.

— Ele é teu! — exclamou Mignon. — Teu! — e apertava o menino contra os joelhos de Wilhelm.

A velha voltou e entregou-lhe uma carta.

— Aqui estão as últimas palavras de Mariane — disse ela.

— Ela está morta! — exclamou ele.

— Morta! — disse a velha. — Pudesse eu poupá-lo de todas as censuras!

Surpreso e confuso, Wilhelm abriu a carta; mas nem bem havia lido as primeiras palavras, quando o arrebatou uma dor amarga; deixou cair a carta e desabou num banco rústico e ali permaneceu imóvel durante um certo tempo. Mignon cuidava de atendê-lo. Felix, que nesse ínterim havia apanhado a carta, começou a importunar de tal modo sua companheira que esta, cedendo, ajoelhou-se a seu lado e a leu para ele. Felix repetia as palavras, e Wilhelm foi obrigado a ouvi-las duas vezes.

"Se esta carta chegar um dia a ti, lamente por tua infeliz amada, que teu amor a conduziu à morte. O menino, a cujo nascimento não sobreviverei senão alguns dias, é teu; morro, sendo-te fiel, ainda que as aparências deponham contra mim; contigo perdi tudo que me atava à vida. Morro contente, pois me asseguraram que a criança é saudável e viverá. Escuta a velha Barbara, perdoa-a, adeus e não me esqueças!"

Que carta dolorosa e também, para seu consolo, meio enigmática! Seu conteúdo só lhe ficou evidente quando as crianças, gaguejando e balbuciando, a leram e repetiram.

— Agora já o tem! — exclamou a velha, sem esperar que ele se recuperasse. — Agradeça ao céus, já que, havendo perdido uma jovem tão boa, ainda lhe reste um filho tão encantador. Nada se igualará à sua dor, quando souber como a boa moça lhe foi fiel até o fim, o quanto foi infeliz e tudo que pelo senhor sacrificou.

— Faz-me beber de um só trago o cálice da dor e da alegria! — exclamou Wilhelm. — Convence-me, leve-me a crer que ela era uma boa moça, que merecia tanto minha estima quanto meu amor, e abandona-me então à minha dor por sua perda irreparável.

— Ainda não é o momento — replicou a velha —; tenho alguns afazeres e não quero que nos encontrem juntos. Guarde segredo de que Felix é seu filho, caso contrário terei de suportar muitas censuras da companhia por meu fingimento até este momento. Mignon não haverá de nos trair, ela é boa e ficará calada.

— Há muito que o sabia e nada disse — replicou Mignon.

— Como é possível? — exclamou a velha.

— Como o soubeste? — interveio Wilhelm.

— O espírito me contou.

— Como? Onde?

— Sob a abóbada, quando o velho sacou a faca, uma voz me gritou: "Chama por seu pai!". E então pensei em ti.

— Mas quem gritou?

— Não sei; no coração, na cabeça, eu estava tão assustada, tremia, rezava, de repente ouvi o grito e o compreendi.

Wilhelm a estreitou de encontro ao peito, recomendou-lhe Felix e se afastou. Só então se deu conta de que ela estava muito mais pálida e mais magra do que quando a havia deixado. De seus conhecidos, a primeira a encontrar foi madame Melina, que o cumprimentou da maneira mais afetuosa possível.

— Oh! Espero que o senhor possa encontrar aqui entre nós — exclamou ela — tudo de acordo com seu desejo!

— Tenho minhas dúvidas a esse respeito — disse Wilhelm — e nem sequer o espero. Mas confesse apenas que tomaram todas as disposições para poder passar sem mim.

— Por que o senhor partiu? — replicou a amiga.

— Não se pode fazer cedo demais a experiência do quanto se é prescindível no mundo. Que personagens importantes acreditamos ser! Pensamos ser os únicos a animar o círculo em que atuamos; em nossa ausência, imaginamos que hão de deter-se a vida, o alimento e o ânimo, e o vazio produzido mal se perceberá pois rapidamente volta a ser preenchido, quando não frequentemente ocupado, se não por algo melhor, ao menos por algo mais agradável.

— E os sofrimentos de nossos amigos não se levam em conta?

— Nossos amigos também fazem bem quando, ao se encontrarem, dizem uns aos outros: "Ali onde estiveres, ali onde permaneceres, faz o que podes, sê ativo e solícito, e que o presente te traga satisfação!".

Ao buscar informações mais precisas, Wilhelm descobriu o que suspeitara: a ópera fora montada e atraía toda a atenção do público. Laertes e Horatio, nesse meio-tempo, representavam os papéis, e ambos arrancavam aos espectadores aplausos muito mais vivos do que ele jamais havia podido receber.

À entrada de Laertes, madame Melina exclamou:

— Eis aqui este homem de sorte, que em breve será um capitalista[3] ou sabe Deus o quê.

Wilhelm abraçou-o e sentiu que sua casaca era de um pano excelente e fino; todo o resto de seus trajes era simples, mas do melhor tecido.

— Decifre-me o enigma! — exclamou Wilhelm.

— Terá tempo suficiente — respondeu Laertes — para descobrir que agora me são pagas minhas idas e vindas; que o patrão de uma grande casa comercial tira partido de minha inquietação, de meus conhecimentos e de minhas relações, cedendo-me uma parte de tudo; eu daria muito mais, se pudesse adquirir também confiança com as mulheres, pois há nesta casa uma bela sobrinha, e bem sei que, se quisesse, em pouco tempo eu poderia ser um homem de recursos.

— Mas o senhor ainda não sabe — disse madame Melina — que nesse meio-tempo realizou-se entre nós um casamento? Serlo esposou real e publicamente a bela Elmire, já que o pai dela não aprovava a convivência secreta que mantinham.

E assim se entretiveram falando de muitas coisas que haviam ocorrido durante sua ausência, e ele pôde constatar que, segundo o espírito e o senso da companhia, há muito que ele já se havia despedido efetivamente dela.

Impaciente, aguardou a velha que lhe anunciara sua insólita visita para tarde da noite. Queria chegar quando todos estivessem dormindo, e exigiu dele as mesmas precauções, exatamente como uma jovem que furtivamente escapa para a casa do amante. Enquanto esperava, ele releu seguramente pela centésima vez a carta de Mariane; leu com um enlevo indescritível a palavra "fiel", escrita por aquela mão adorada, e com horror o anúncio de sua morte, cuja proximidade ela parecia não temer.

Já passava da meia-noite quando ouviu um ruído junto à porta entreaberta, e a velha se aproximou com um cestinho.

— Devo contar-lhe — disse ela — a história de nossos sofrimentos e espero que o senhor fique sentado impassível, que não deseje outra coisa senão satisfazer sua curiosidade, e que agora, como então, envolva-se em

[3] O dicionarista alemão Johann Christoph Adelung, contemporâneo de Goethe, dedica um verbete muito curto ao termo *Kapitalist*, então um estrangeirismo: "Capitalista: homem que tem muitos capitais, ou seja, que possui muito dinheiro".

seu frio egoísmo, ainda que nosso coração venha a se partir. Mas, veja! Assim como naquela venturosa noite levei uma garrafa de champanhe, pus as três taças sobre a mesa, e o senhor começou a nos iludir e nos ninar com amáveis histórias infantis, do mesmo modo agora devo também aclarar-lhe e despertar-lhe tristes verdades.

Wilhelm não sabia o que dizer quando a velha efetivamente fez saltar a rolha da garrafa e encheu até a borda as três taças.

— Beba! — exclamou, depois de haver rapidamente esvaziado sua taça espumante. — Beba, antes que o espírito se evapore! Esta terceira taça haverá de ficar intacta e assim perder sua espuma em memória de minha infeliz amiga. Como estavam rubros seus lábios quando ela se despediu do senhor! Ah! e agora, lívidos e rígidos para sempre!

— Sibila! Fúria![4] — exclamou Wilhelm, levantando-se de um salto e batendo com o punho sobre a mesa. — Que espírito maligno te possui e te move? Por quem me tomas, para pensar que o simples relato da morte e dos sofrimentos de Mariane não me faz padecer o bastante, para lançares mão de artifícios diabólicos semelhantes visando agravar meu martírio? Se tua insaciável embriaguez chega assim tão longe, a ponto de te regalares num festim fúnebre, bebe então e fala! Sempre te abominei e ainda me é difícil crer na inocência de Mariane sabendo que tu eras sua companheira.

— Calma, meu senhor! — replicou a velha. — Não me fará sair do sério. O senhor ainda nos deve muito, e ninguém deve deixar-se maltratar por um devedor. Mas, tem razão; mesmo o mais simples relato será para o senhor um castigo suficiente. Ouça, pois, a luta e a vitória de Mariane para se manter sua.

— Minha? — exclamou Wilhelm. — Por que história fantasiosa irás começar?

— Não me interrompa — interveio ela —, escute-me primeiro e depois acredite no que quiser, já que agora não faz a menor diferença. Acaso não encontrou, na última noite em que esteve em casa, um bilhete que levou consigo?

— Só encontrei aquele papel depois de já tê-lo carregado; estava en-

[4] Referência às Fúrias, divindades punitivas romanas, que aqui, assim como as sibilas, têm conotação pejorativa (ver p. 53, nota 11).

volto no lenço de pescoço, que, em nome de meu fervoroso amor, apanhei e escondi comigo.

— Que havia naquele papel?

— As perspectivas de um amante desapontado que esperava ser melhor recebido na noite seguinte que na anterior. E que essa promessa foi cumprida, pude ver com meus próprios olhos, pois ele escapou furtivamente da casa, bem cedo, ainda antes do amanhecer.

— É possível que o tenha visto, mas o que se passou em nossa casa, a tristeza que tomou conta de Mariane aquela noite, quanto tive de passar atormentada, isto o senhor ficará sabendo agora. Serei absolutamente sincera, sem mentir nem atenuar; convenci Mariane a se entregar a um certo Norberg; ela aceitou ou, melhor dizendo, obedeceu-me contra sua vontade. Era um homem rico, parecia apaixonado e minha esperança era a de que ele pudesse tornar-se constante. Pouco tempo depois, ele teve de partir em viagem, ocasião em que Mariane veio a conhecer o senhor. Quanto não tive de suportar, de impedir, de padecer! "Oh!", costumava ela exclamar, "se tivesses poupado minha juventude, minha inocência só por mais quatro semanas, eu teria encontrado um objeto digno de meu amor, teria sido digna do amor dele, e o amor teria podido dar com a consciência tranquila o que agora vendi contra minha vontade." Abandonou-se totalmente à sua inclinação, e não há por que lhe perguntar se o senhor foi feliz. Eu exercia um poder ilimitado sobre seu pensamento, pois conhecia todos os meios de satisfazer suas pequenas vontades; não tinha poder algum sobre seu coração, pois ela nunca aprovava o que eu por ela fazia, nem aquilo para o qual a induzia quando seu coração estava contrariado: só se rendia à invencível necessidade, e a necessidade logo se mostrou constrangedora. Nos primeiros tempos de sua juventude não lhe faltara nada; mais tarde, porém, devido a circunstâncias complicadas, sua família perdeu toda a fortuna; a pobre moça estava acostumada a ver satisfeitas certas necessidades, e em sua pequena alma estavam gravados certos princípios saudáveis que só a inquietavam, sem lhe valer de grande ajuda. Ela não tinha a menor habilidade para as coisas mundanas, era inocente no sentido amplo, não fazia ideia de que se pudesse comprar sem pagar; nada lhe inspirava mais temor que as dívidas; preferia dar a aceitar, e só uma situação semelhante tornou possível que se visse obrigada a entregar-se ela mesma para se livrar de um grande número de pequenas dívidas.

— E não poderias tê-la salvado? — perguntou Wilhelm, irritado.

— Oh, sim! — respondeu a velha — Com fome e necessidade, com miséria e privações, e para isso nunca estive preparada.

— Abominável e infame alcoviteira! E assim sacrificaste a infeliz criatura? Entregaste-a à tua garganta sedenta, à tua insaciável fome canina?

— O senhor faria melhor em moderar-se e refrear seus insultos — replicou a velha. — Se quer insultar, dirija-se a suas grandes e distintas casas, que nelas encontrará mães tomadas de grande desvelo e preocupação por encontrar para suas amáveis e angelicais filhas os homens mais abomináveis contanto que riquíssimos. Veja como a pobre criatura se agita e treme diante de seu destino, sem encontrar nenhum consolo, até que alguma amiga experimentada a faça compreender que, pelo casamento, ela adquire o direito de dispor como quiser de seu coração e de sua pessoa.

— Cala-te! — exclamou Wilhelm. — Crês mesmo que um crime possa ser desculpado com um outro? Conta, sem maiores observações!

— Ouça-me então, sem repreender-me! Mariane foi sua contra minha vontade. Nessa aventura, pelo menos, nada tenho para me reprovar. Norberg voltou, apressou-se em ver Mariane, que o recebeu fria e descontente, e não lhe permitiu sequer um beijo. Precisei usar de todas as minhas artes para desculpar seu comportamento; disse-lhe que um confessor havia aguçado a consciência de Mariane e que se deve respeitar uma consciência quando fala. Consegui que ele se fosse, prometendo-lhe fazer tudo que estivesse a meu alcance. Era um homem rico e bronco, mas tinha um fundo de bondade e amava extremamente Mariane. Prometeu-me ser paciente, e trabalhei com muito mais ânimo para não pô-lo demasiadamente à prova. Eu me encontrava numa situação difícil com Mariane; convenci-a, posso mesmo dizer que a obriguei, ameaçando abandoná-la, a escrever finalmente a seu amante, convidando-o para aquela noite. O senhor chegou e quis o acaso que levasse consigo a resposta embrulhada no lenço de pescoço. Sua presença inesperada me obrigou a uma representação perversa. Nem bem o senhor havia partido, e recomeçaram os tormentos; ela jurou que não lhe podia ser infiel, e tão apaixonada estava, tão fora de si, que me inspirou uma sincera compaixão. Acabei prometendo-lhe que também naquela noite acalmaria Norberg e o afastaria sob toda sorte de pretextos; pedi-lhe que fosse para cama, mas ela parecia não confiar em mim: permaneceu vestida, até finalmente, agitada e chorosa, adormecer com as roupas que usava. Norberg chegou e procurei detê-lo, pintando-lhe com as mais negras cores os remorsos e o arrependimento de Mariane; ele desejava somente vê-la, e então me dirigi a seu quarto para prepará-la; ele me seguiu e ambos nos encontramos ao mesmo tempo diante de sua cama. Ela despertou, levantou-se furiosa e se desvencilhou de nossos braços; jurava e suplicava, implorava, ameaçava e garantia que não haveria de se entregar. Foi por demais imprudente deixando escapar algumas palavras acerca de sua verdadeira paixão, que o pobre Norberg teve de interpretar em sentido espiritual. Finalmente ele a deixou, e ela se trancou em seu quarto. Ainda o retive por algum tempo, falando-lhe da situação em que ela se encontrava, de seu estado interessante, e de quanto deveríamos poupar a pobre moça. Tão orgulhoso se sentiu ele de sua paternidade, alegrou-se tanto com aquele filho, que aceitou tudo que ela exigiu dele, prometendo partir em viagem por algum tempo para não inquietá-la nem causar-lhe algum mal com toda aquela agitação de espírito. Com esse estado de ânimo, separou-se de mim de manhã bem cedo, e o senhor, se esteve montando guarda, não teria para sua felicidade necessitado ver no peito de seu rival nada que não o favorecesse, que não o alegrasse, e cuja aparição o levou ao desespero.

— Falas a verdade? — disse Wilhelm.

— Tão verdadeira sou — disse a velha — quanto ainda espero levá-lo ao desespero. Sim, certamente o senhor se desesperaria se eu pudesse pintar-lhe com as cores mais vivas o quadro de nossa manhã seguinte. Como ela despertou alegre! Com que amabilidade me mandou entrar! Com que ímpeto me agradeceu! Com que ternura me estreitou contra seu peito! "Agora", disse ela, sorrindo diante do espelho, "posso voltar a me alegrar comigo mesma, com minha figura, já que novamente pertenço a mim e a meu único e amado amigo. Como é doce haver triunfado! Que sensação divina seguir o coração de meu amado! Como te agradeço por haveres cuidado de mim, por haveres empregado também desta vez tua astúcia e teu espírito a meu favor! Ajuda-me e pensa no que poderia fazer-me totalmente feliz!" Cedi a seu pedido e, não querendo irritá-la, lisonjeei sua esperança, e ela começou a me afagar do modo mais carinhoso. Se acontecia de ela se afastar por um momento da janela, lá ia eu tomar seu posto de vigia, porque o senhor bem poderia passar por ali, e ela queria ao menos vê-lo; e assim transcorreu aquele dia agitado. À noite, no horário habitual, ficamos à sua espera, tão grande a nossa certeza. Eu já estava postada ao lado da escada, mas o tempo se arrastava, de sorte que voltei para junto dela. Para meu espanto, encontrei-a vestida de oficial, e me pareceu inacreditavelmente alegre e atraente. "Não mereço", disse-me ela, "aparecer hoje em trajes masculinos? Não me comportei com bravura? Meu amado haverá de me ver hoje como a primeira vez; quero estreitá-lo contra meu peito ternamente e com mais liberdade que então, pois não pertenço mais a ele hoje que outrora, quando uma nobre decisão ainda não me havia libertado? Mas", acrescentou, depois de um instante de reflexão, "ainda não venci completamente, ainda devo arriscar o derradeiro recurso para ser digna dele, para estar segura de o possuir; devo desvendar-lhe tudo, revelar-lhe toda minha situação e deixar então a seu encargo decidir se pretende ficar comigo ou me repudiar. Esta é a cena que lhe preparei, para a qual me tenho preparado; e se seu sentimento for capaz de me repudiar, eu voltarei a pertencer completamente a mim mesma, encontrarei consolo em meu próprio castigo e suportarei tudo que o destino me quiser impor." Com esse estado de ânimo, com essas ilusões, estava à sua espera, meu senhor, a jovem mais encantadora; mas o senhor não veio. Oh! como descrever esse estado de espera e de expectativa? Ainda te vejo, Mariane, diante de mim, falas com amor e devoção do homem cuja crueldade ainda não havias chegado a conhecer!

— Minha boa e cara Barbara — disse Wilhelm, levantando-se repentinamente e segurando a mão da anciã —, já basta de fingimento, já basta de preparação! Esse tom indiferente, tranquilo, satisfeito te traiu. Devolve-me minha Mariane! Ela vive, está perto daqui. Não foi em vão que escolheste esta hora tardia e solitária para tua visita, não foi em vão que me preparaste com este relato arrebatador. Onde ela está? Onde a escondes? Acredito em tudo que me disseste, prometo acreditar em tudo, se me deixares vê-la, se a devolveres a meus braços. Já vi num voo sua sombra, deixa-me estreitá-la novamente em meus braços! Irei cair de joelhos a seus pés, pedir-lhe perdão, felicitá-la por sua luta, por sua vitória sobre ela mesma e sobre ti, levá-la a meu Felix. Anda! Onde a escondeste? Não a deixe e não me deixe mais nesta incerteza! Alcançaste teu intuito. Onde a ocultaste? Anda, para que eu a ilumine com esta luz! Para que eu volte a ver seu amável rosto!

Ele havia erguido da cadeira a velha que o mirou fixamente; as lágrimas escorriam-lhe dos olhos e uma terrível dor apoderou-se dela.

— Que lamentável engano — exclamou ela — ainda o faz ter um momento de esperança! Sim, eu a escondi, mas sob a terra; nem a luz do sol nem uma vela familiar jamais voltarão a iluminar seu amado rosto. Leve o bom Felix à sua sepultura e diga-lhe: "Aqui jaz tua mãe, a quem teu pai condenou sem ouvir". Aquele precioso coração não bate mais de impaciência por vê-lo, nem espera num cômodo ao lado o fim de meu relato, ou de minha história fantasiosa; acolheu-a a câmara escura, aonde nenhum noivo segue, de onde ninguém sai ao encontro do amado.

Ela deixou-se cair junto a uma cadeira, e chorou amargamente; pela primeira vez Wilhelm ficou plenamente convencido de que Mariane estava morta, e se viu então num estado lamentável. A anciã se levantou.

— Nada mais tenho a lhe dizer — exclamou ela, atirando um pacote sobre a mesa. — Espero que essas cartas o cubram de vergonha por sua crueldade; leia essas folhas com os olhos enxutos, se for capaz.

Esquivou-se ligeira, e Wilhelm não teve ânimo naquela noite para abrir aquela carteira que ele mesmo havia dado de presente a Mariane; sabia que ela guardava cuidadosamente ali todos os bilhetes que dele havia recebido. Na manhã seguinte, conseguiu controlar-se; desatou a fita, e caíram-lhe aos pés pequenos bilhetes, escritos a lápis por sua própria mão, que lhe trouxeram de volta todas aquelas circunstâncias, desde o primeiro dia de seu agradável encontro até ao último, de sua cruel separação. Não sem a mais viva dor, repassou uma pequena coleção de cartas, dirigidas a ele, e que, como via pelo conteúdo, haviam sido devolvidas por Werner.

"Nenhum de meus bilhetes pôde chegar a ti; não te alcançaram meus pedidos nem minhas súplicas; partem de ti mesmo essas ordens cruéis? Nunca mais hei de vê-lo novamente? Tento mais uma vez e te peço: Vem! Oh, vem! Não pretendo reter-te, contanto que uma vez mais possa estreitar-te contra meu coração."

"Quando outrora me sentava a teu lado, segurando-te as mãos e mirando-te nos olhos, dizia-te, com o coração repleto de amor e confiança: 'Oh, meu querido, meu querido e bondoso amigo!'. Tu o ouvias com tanto prazer que eu tinha de te repetir essas palavras mais e mais; pois outra vez as repito para ti: 'Oh, meu querido, meu querido e bondoso amigo!'. Sê bom, como antes o eras, vem e não me deixes sucumbir em minha miséria!"

"Consideras-me culpada, e o sou, mas não como pensas. Vem, para que eu tenha o único consolo de ser conhecida a fundo por ti, e pouco me importa o que depois possa acontecer."

"Não só por mim, mas por ti também, suplico-te que venhas. Sinto as dores insuportáveis que padeces ao fugir de mim; vem, para que nossa separação seja menos cruel! Talvez nunca tenha sido tão digna de ti quanto neste momento em que me impeles para uma desgraça sem limites."

"Por tudo quanto é sagrado, por tudo quanto pode comover um coração humano, clamo por ti! Trata-se de uma alma, trata-se de uma vida, de duas vidas, uma das quais te há de ser eternamente cara. Tua suspeita não haverá de crer tampouco nisto e, no entanto, eu te direi na hora de minha morte: o filho que trago dentro de mim é teu. Desde o momento em que passei a te amar, nenhum outro me tocou nem mesmo a mão. Oh, tivesse teu amor, tivesse tua honradez sido os companheiros de minha juventude!"

"Não queres ouvir-me? Então devo por fim emudecer, mas estas folhas não perecerão, e talvez possam ainda te falar quando já estiver cobrindo meus lábios a mortalha, e a voz de teu arrependimento não mais puder alcançar meus ouvidos. Ao longo de minha triste vida, até o derradeiro instante, restará como meu único consolo o de não haver sido culpada para contigo, ainda que tampouco possa dizer-me inocente."

Wilhelm não pôde mais continuar; abandonou-se por completo à sua dor; sentiu-se porém ainda mais aflito quando entrou Laertes, diante do qual procurava ocultar suas emoções. Entrou trazendo uma bolsa cheia de ducados, que contou e recontou, garantindo a Wilhelm não haver nada mais belo no mundo que estar a caminho da fortuna, quando nada pode perturbar-nos nem nos deter. Wilhelm lembrou-se de seu sonho e sorriu, mas ao mesmo tempo lembrou horrorizado que na visão daquele sonho Mariane o abandonava para seguir seu falecido pai, e que, por fim, pairando no ar como espectros, os dois se puseram a circular pelo jardim.

Laertes arrancou-o de suas reflexões e o levou a um café, onde logo se reuniram em torno dele várias pessoas que, com prazer, já o haviam visto no teatro; estavam felizes com sua presença, mas lamentavam que ele, conforme ouviram, pretendesse abandonar os palcos; falaram de um modo tão categórico e razoável dele e de sua peça, do grau de seu talento, de suas esperanças, que Wilhelm por fim exclamou, não sem uma certa emoção:

— Oh, quanto me teria sido infinitamente caro esse interesse há uns meses! O quanto teria sido instrutivo e prazeroso! Jamais teria afastado meu espírito tão completamente dos palcos e jamais teria chegado tão longe, a ponto de desesperar o público.

— Pois não devia mesmo ter chegado a esse ponto — disse um homem de certa idade, que se aproximou. — O público é grande; o verdadeiro talento e o verdadeiro sentimento não são tão raros quanto se crê; só que o artista não deve nunca exigir um aplauso incondicional por aquilo que realiza, pois é justamente o incondicional o menos valioso, e o condicional não é decerto do gosto dos senhores. Sei bem que tanto na vida quanto na arte devemos consultar a nós mesmos quando temos algo para fazer e produzir; mas, uma vez feito e encerrado, devemos ouvir com atenção muitas pessoas e, com um pouco de prática, logo podemos deduzir dessas muitas vozes um juízo completo, pois aqueles que poderiam poupar-nos desse esforço, em geral se mantêm calados.

— Pois é justamente isso que não deveriam fazer — disse Wilhelm. — Ouço com muita frequência que mesmo as pessoas que se calam a respeito de boas obras, queixam-se e lamentam-se de que outros tenham guardado silêncio.

— Se assim o é, hoje falaremos alto — exclamou um jovem. — Coma conosco, e retribuiremos tudo quanto devemos ao senhor e às vezes também à boa Aurelie.

Wilhelm declinou o convite e dirigiu-se à casa de madame Melina, com quem queria falar a respeito das crianças, pois pensava em afastá-las dela.

O segredo da velha não ficara tão bem guardado com ele. Traiu-se, tão logo avistou novamente o belo Felix.

— Oh, meu filho! — exclamou ele — Meu querido filho!

Pegou-o no colo e estreitou-o contra seu coração.

— Pai, que me trouxeste? — gritou a criança.

Mignon fitou os dois como se quisesse preveni-los de que não se traíssem.

— Que novo comportamento é esse? — perguntou madame Melina.

Trataram de afastar as crianças, e Wilhelm, que não se acreditava obrigado a manter o mais rigoroso segredo com relação à velha, revelou à amiga toda a sua situação. Madame Melina fitou-o sorrindo.

— Oh, estes homens tão crédulos! — exclamou. — Se alguma coisa está em seu caminho, é muito fácil fazer com que a carreguem; mas, em compensação, não olham uma outra vez nem à direita nem à esquerda, e não sabem apreciar senão aquilo que antes marcaram com o selo de uma paixão arbitrária.

Ela não pôde reprimir um suspiro, e se Wilhelm não estivesse completamente cego, teria reconhecido em sua atitude uma inclinação jamais vencida.

Passou a lhe falar então das crianças, dizendo que pensava em ficar com Felix e mandar Mignon para o campo. Madame Melina, embora desgostosa por se separar dos dois ao mesmo tempo, achou contudo boa a proposta, e até necessária. Felix estava ficando indisciplinado a seu lado, e Mignon parecia necessitar de ar livre e outras companhias; a boa criança andava doente e não conseguia recuperar-se.

— Não se deixe perturbar — prosseguiu madame Melina — se manifestei levianamente alguma dúvida quanto ao menino ser realmente seu. É verdade que a velha é de pouca confiança, mas aquele que inventa mentiras em proveito próprio, também pode por vezes dizer a verdade quando as verdades lhe parecerem úteis. A velha havia feito crer a Aurelie que Felix era filho de Lothario, e nós, as mulheres, temos a particularidade de amar de todo o coração os filhos de nossos amantes, quando não conhecemos a mãe ou a odiamos cordialmente.

Felix entrou aos pulos, e ela o abraçou, com uma intensidade que não lhe era habitual.

Wilhelm voltou apressado para casa e mandou chamar a velha que prometera visitá-lo, mas não antes do crepúsculo; recebeu-a mal-humorado e disse-lhe:

— Não há nada no mundo mais vergonhoso que se arranjar com mentiras e histórias! Já causaste muito mal com isso, e agora que tua palavra poderia decidir a felicidade de minha vida, agora tenho dúvidas e não ouso estreitar em meus braços essa criança cuja posse incontestável me faria extremamente feliz. Não consigo olhar para ti, infame criatura, sem ódio nem desprezo.

— Seu comportamento me parece absolutamente intolerável, para lhe ser franca — respondeu a velha. — E mesmo que ele não fosse seu filho, ainda assim é a criança mais bela e mais agradável do mundo, por quem de bom grado pagariam não importa que preço para tê-la sempre ao lado. Acaso não seria digno que o senhor se ocupasse dele? E não mereço eu, por meus cuidados e esforços, um pequeno sustento para minha vida futura? Oh!, para os senhores, a quem nada falta, é fácil falar de verdade e retidão! Mas como uma pobre criatura, que nada tem para atender as suas mínimas necessidades, que em seus momentos de embaraço se vê sem um amigo, sem um conselho, sem uma ajuda, como há de se impor entre as pessoas egoístas e viver calada na indigência?... Disso teria muito a dizer, se o senhor quisesse e pudesse ouvir-me. Leu as cartas de Mariane? São exatamente aquelas que ela escreveu nos tempos de infortúnio. Procurei em vão aproximar-me do senhor, entregar-lhe em vão essas folhas; seu impiedoso cunhado o havia de tal modo sitiado que se tornaram inúteis qualquer astúcia e habilidade, e finalmente, quando ele nos ameaçou de prisão, a mim e a Mariane, tive de renunciar a toda esperança. Não coincide tudo com o que lhe contei? E a carta de Norberg não dissipa suas dúvidas a respeito de toda história?

— Que carta? — perguntou Wilhelm.

— Não a encontrou na carteira? — replicou a velha.

— Ainda não li tudo.

— Dê-me a carteira; desse documento depende tudo. Se um infeliz bilhete de Norberg foi a causa de tão lamentável confusão, um outro bilhete, igualmente escrito por ele, pode desatar o nó, contanto que o fio ainda venha despertar algum interesse.

Ela apanhou uma folha de papel da carteira; Wilhelm reconheceu aquela caligrafia odiada e, controlando-se, leu:

"Dize-me, jovem, como tens tanto poder sobre mim? Jamais teria acreditado que mesmo uma deusa pudesse transformar-me num amante que vive a suspirar. Ao invés de correres para mim de braços abertos, tu te retrais; na verdade, eu poderia tomar teu comportamento por aversão. É justo que eu tenha de passar a noite sentado sobre uma de tuas malas, num aposento qualquer, em companhia da velha Barbara? Enquanto minha amada jovem estava apenas a duas portas dali. É insensatez demais, eu te digo. Prometi-te deixar-te algum tempo para que reflitas, não insistir contigo, e olha que bem poderia enfurecer-me a cada quarto de hora perdido. Não te presenteei com o que sabia e podia? Duvidas ainda de meu amor? Que queres? Dize-me! Nada há de te faltar. Quisera que o cura que te meteu tais disparates em tua cabeça ficasse cego e mudo. Tinhas necessidade de procurar um tipo como esse? Há tantos outros que sabem perdoar os jovens. Basta, digo-te! É necessário que mudes. Preciso de uma resposta em poucos dias, pois logo estarei partindo novamente, e se não voltares a ser amável e gentil, não me verás mais...".

A carta continuava nesse estilo ainda por um bom pedaço, girando sempre ao redor do mesmo ponto, para dolorosa satisfação de Wilhelm, que testemunhava assim a veracidade da história contada por Barbara. Uma segunda folha provava claramente que Mariane tampouco havia cedido mais adiante, e, graças a esse e outros papéis, Wilhelm tomou conhecimento, não sem uma dor profunda, da história da infeliz jovem até à hora de sua morte.

Aos poucos a velha havia amansado aquele homem bronco, anunciando-lhe a morte de Mariane e fazendo-o crer que Felix era seu filho; ele havia-lhe enviado algumas vezes dinheiro, que ela no entanto guardava para si mesma, já que conseguira impingir a Aurelie a educação da criança. Mas, infelizmente, aquele secreto ganha-pão não durou muito tempo. Por conta de sua vida desregrada, Norberg havia consumido a maior parte de sua fortuna, e reiteradas histórias amorosas haviam endurecido seu coração para com aquele seu primeiro e imaginário filho.

Por mais verossímil que tudo parecesse, por muito bem que tudo coincidisse, Wilhelm não se atrevia porém a entregar-se à alegria; parecia temer um presente que um gênio mau lhe oferecia.

— Seu ceticismo — disse a velha, adivinhando-lhe seu estado de espírito — só o tempo pode curar. Considere a criança como um estranho e observe-a com muito mais precisão; atente para seus dons, sua natureza, suas capacidades, e se pouco a pouco não se reconhecer nela, é porque tem a vista ruim. Pois eu lhe asseguro que, fosse eu homem, ninguém me enganaria a respeito de um filho; mas é uma felicidade para as mulheres que, em tais casos, os homens não sejam tão perspicazes.

Wilhelm fez então um acordo com a velha; ele levaria Felix consigo, e ela conduziria Mignon à casa de Therese, para depois consumir onde bem quisesse a pequena pensão que ele lhe prometera.

Ele mandou chamar Mignon, querendo prepará-la para essa novidade.

— Meister! — disse ela —, conserva-me a teu lado; isso será meu bem e meu mal!

Fez-lhe ver que ela já estava crescida e que deveria fazer alguma coisa para sua posterior formação.

— Já estou bastante formada — replicou ela — para amar e sofrer.

Chamou-lhe a atenção para seu estado de saúde a requerer cuidados constantes sob a direção de um médico competente.

— Por que tanta preocupação comigo — disse ela —, quando há muitas outras coisas com que se preocupar?

Por mais que se esforçasse para convencê-la de que não podia tê-la por ora a seu lado, que a conduziriam à casa de pessoas onde poderiam ver-se com frequência, ela parecia não dar ouvidos a nenhuma palavra.

— Não me queres a teu lado? — disse ela. — Talvez seja melhor; manda-me para junto do velho harpista, que o pobre homem está tão sozinho.

Wilhelm tentou fazê-la compreender que o velho estava em boas mãos.

— Sinto falta dele a toda hora — respondeu a menina.

— Mas eu nunca percebi — disse Wilhelm — que tivesses tanta inclinação por ele quando vivia conosco.

— Tinha medo dele quando estava acordado; não podia ver seus olhos; mas, quando dormia, gostava de sentar-me a seu lado, espantava-lhe as moscas e não me fartava de vê-lo. Oh, ele me ajudou em momentos terríveis, ninguém sabe o quanto lhe devo! Se eu conhecesse o caminho, já teria corrido para junto dele.

Wilhelm explicou-lhe minuciosamente as circunstâncias, disse-lhe que ela era uma criança muito sensata e que devia, portanto, uma vez mais obedecer a seus desejos.

— A razão é cruel — replicou ela —, melhor é o coração. Irei para onde quiseres, mas deixa-me teu Felix!

Depois de muito dizer e contradizer, ela se manteve firme em sua opinião, não restando a Wilhelm outra decisão senão a de entregar à velha as duas crianças e mandá-las para junto da senhorita Therese. Isso lhe foi tão mais fácil do que inclinar-se a considerar como seu filho o belo Felix. Tomou-o nos braços e caminhou com ele no colo; o menino gostava de que o erguessem à altura do espelho e, sem confessá-lo a si mesmo, Wilhelm de bom grado o punha defronte do espelho e procurava descobrir semelhanças entre ele e a criança. Houve um instante em que elas lhe pareceram tão verossímeis que ele estreitou contra seu peito o menino; mas, de repente, assustado com a ideia de que podia enganar-se, colocou de volta no chão a criança, que saiu correndo.

— Oh! — exclamou ele. — Pudesse apropriar-me deste bem inestimável e depois viessem me arrebatá-lo, eu seria o mais infeliz dos homens!

As crianças haviam partido, e Wilhelm quis despedir-se formalmente do teatro, pois sentia que já estava separado e não lhe restava outra coisa senão sair. Mariane não existia mais, seus dois gênios tutelares haviam-se afastado, e seus pensamentos corriam ao encalço deles. O belo menino pairava ante sua imaginação como uma aparição vaga e encantadora; via-o correr, de mãos dadas com Therese, pelos campos e bosques, ao ar livre, e educar-se ao lado de uma livre e serena companheira; Therese se tornara ainda mais valiosa para ele, desde que pensara em enviar o menino para sua companhia. Mesmo como espectador no teatro, recordava-se dela com um sorriso, e quase se encontrava no caso de não lhe produzirem mais nenhuma ilusão as representações teatrais.

Serlo e Melina foram extremamente corteses para com ele, tão logo perceberam que não tinha pretensão de voltar a seu antigo posto. Uma parte do público desejava vê-lo em cena mais uma vez, mas isso lhe era impossível, e na companhia ninguém o desejava, exceto, talvez, a senhora Melina.

Despediu-se, portanto, de verdade daquela amiga; comovido, disse-lhe:

— Ora, se o homem não tivesse o atrevimento de prometer alguma coisa para o futuro! Ele não é capaz de manter nem o mínimo, para não mencionar quando sua intenção se reveste de importância. Como me envergonho quando penso no que prometi a todos reunidos naquela noite infeliz, quando despojados, enfermos, lesados e feridos fomos amontoados numa taberna miserável. Como a desgraça enaltecia então minha coragem, e que tesouro acreditei descobrir em minha boa vontade! E de tudo aquilo, nada, absolutamente em nada se transformou! Deixo-os na qualidade de seu devedor, e minha sorte é que não deram à minha promessa mais atenção que ela merecia, e ninguém jamais me reprovou por isso.

— Não seja tão injusto consigo mesmo — respondeu a senhora Melina. — Se ninguém reconhece o que fez por nós, não serei eu que o farei, pois bem diferente teria sido nossa situação se não tivéssemos contado com o senhor. Só ocorre com nossos propósitos o que ocorre com nossos desejos. Depois de realizados, depois de cumpridos, já não parecem mais os mesmos, e acreditamos não haver feito nada, não haver alcançado nada.

— Mesmo com sua amável colocação — replicou Wilhelm —, minha consciência não está aplacada, e sempre me considerarei como seu devedor.

— É bem possível que o seja mesmo — respondeu madame Melina —, só que não da forma como pensa. Julgamos uma desonra não cumprir uma promessa dada por nossa palavra. Ê, meu amigo! Um homem bom promete sempre muito mais apenas com sua presença! A confiança que atrai, a simpatia que inspira, as esperanças que desperta são infinitas; ele é e continua sendo um devedor, sem o saber. Adeus! Se, sob sua direção, nossas circunstâncias exteriores se restabeleceram afortunadamente, sua despedida deixa agora em meu íntimo um vazio que não voltará tão facilmente a ser preenchido.

Antes de deixar a cidade, Wilhelm escreveu ainda uma longa carta a Werner. Eles haviam, com efeito, trocado algumas cartas, mas, como não conseguiam entrar num acordo, deixaram por fim de se escrever. Agora Wilhelm voltava a se aproximar do amigo, estava a ponto de fazer o que o outro tanto desejava e podia dizer: "Deixo o teatro e me junto aos homens, cujo contato haverá de me conduzir, em todos os sentidos, a uma pura e sólida atividade". Perguntou-lhe por sua fortuna e parecia-lhe agora estranho não haver-se preocupado com isso ao longo de tanto tempo. Ignorava que é do feitio de todas as pessoas que dão grande importância à sua formação interior negligenciar por completo suas condições exteriores. Wilhelm se encontrava nesse caso; pela primeira vez parecia inteirar-se agora de que necessitava de meios exteriores para agir de maneira estável. Partia com o espírito completamente outro que o da primeira vez; as perspectivas que tinha à sua frente eram fascinantes, e ele almejava experimentar em seu caminho alguma coisa alegre.

Capítulo 9

Ao regressar à quinta de Lothario, encontrou ali grandes mudanças. Jarno veio recebê-lo com a notícia de que o tio havia morrido, e Lothario havia partido para tomar posse dos bens que ele havia deixado.

— O senhor chegou bem a tempo de nos ajudar — disse ele —, a mim e ao abade. Lothario nos encarregou da compra de importantes propriedades nestas imediações; tudo já havia sido anteriormente providenciado, e agora, no momento propício, encontramos dinheiro e crédito. A única coisa que nos preocupava era o fato de uma casa de comércio de fora também ter em vista essas mesmas propriedades; mas agora finalmente estamos decididos a fazer negócio junto com ela, pois do contrário teríamos feito subir o preço sem necessidade nem razão. Ao que parece, temos de negociar com um homem esperto. Daí por que estamos fazendo cálculos e estimativas, e pensando também no aspecto econômico, na maneira como haveremos de repartir as terras de forma que cada um obtenha um belo quinhão.

Mostraram a Wilhelm os papéis, examinaram as terras para a lavoura, os prados e castelos, e embora Jarno e o abade parecessem entender muito bem do assunto, Wilhelm desejava que a senhorita Therese pudesse fazer parte da sociedade.

Levaram vários dias naqueles trabalhos, e Wilhelm mal teve tempo de contar aos amigos suas aventuras e sua duvidosa paternidade, acontecimento tão importante para ele, tratado com indiferença e leviandade.

Ele havia reparado que, muitas vezes, durante conversas íntimas à mesa ou em passeios, paravam subitamente de falar, dando às palavras outro sentido, o que revelava existir entre eles muitas coisas que mantinham em segredo. Lembrava-se do que lhe dissera Lydie e acreditava tanto mais quanto sempre lhe fora inacessível toda uma ala do castelo. Até ali havia procurado em vão o caminho e a entrada de certas galerias e, principalmente, da antiga torre, que por fora conhecia muito bem.

Certa noite Jarno lhe disse:

— Podemos considerá-lo agora tão de confiança como um de nós, que seria injusto não o iniciarmos mais a fundo em nossos segredos. É bom que o homem que pela primeira vez entra no mundo faça uma grande ideia de si próprio, pense em obter-se muitas vantagens e procure fazer todo o possível; mas quando sua formação atinge um certo grau, é vantajoso que aprenda a se perder numa grande massa, aprenda a viver para os outros e a se esquecer de si mesmo numa atividade apropriada ao dever. Só então aprende a conhecer a si mesmo, pois é a ação que verdadeiramente nos compara aos outros. O senhor logo irá descobrir que em sua proximidade se encontra um pequeno mundo e o quanto o senhor é bem conhecido nesse pequeno mundo; amanhã cedo, antes de o sol nascer, esteja vestido e preparado.

Jarno chegou à hora indicada e conduziu-o por aposentos conhecidos e desconhecidos do castelo, em seguida por algumas galerias, até se encontrarem finalmente diante de uma grande e antiga porta, fortemente guarnecida de ferro. Jarno bateu, a porta se abriu levemente, de forma que só uma pessoa pudesse passar. Jarno empurrou Wilhelm para dentro, sem o seguir. Ele se viu num recinto sombrio e estreito, tendo à sua volta nada além da escuridão e, ao tentar dar um passo à frente, bateu em alguma coisa. Uma voz, não totalmente desconhecida, gritou-lhe: "Entra!", e só então se deu conta de que os dois lados do espaço em que se encontrava eram forrados de tapetes, através dos quais escoava uma tênue luz. "Entra!", gritou novamente a voz; ele ergueu o tapete e entrou.

O salão em que agora se encontrava parecia haver sido em outros tempos uma capela; em lugar do altar, erguia-se uma grande mesa, colocada sobre uns degraus e coberta com um tapete verde; sobre ela uma cortina corrida parecia tapar um quadro; nas paredes laterais, armários ricamente trabalhados, cerrados com finas grades de ferro, como as que se costumam ver nas bibliotecas, nos quais, ao invés de livros, viam-se muitos rolos. Não havia ninguém no salão; os raios do sol nascente passavam pelos vitrais das janelas e caíam diretamente sobre Wilhelm, saudando-o amigavelmente.

— Senta-te! — exclamou uma voz que parecia vir do altar.

Wilhelm sentou-se numa pequena cadeira de braço, junto à cancela da entrada; não havia outro assento em toda a peça, e ele teve de se acomodar ali, embora já o cegasse o sol da manhã; a poltrona estava presa ao chão, de sorte que não lhe restou outra coisa senão manter a mão diante dos olhos.

Abriu-se, nesse meio-tempo, com um leve rumor a cortina diante do altar, deixando ver no interior de uma moldura um vão oco e escuro. Dele saiu um homem vestido com trajes comuns, que o cumprimentou e disse:

— Não me reconhece? Não gostaria de saber, entre outras coisas, onde se encontra atualmente a coleção de obras de arte de seu avô? Não se recorda mais daquele quadro que tanto encanto lhe causava? Onde poderá languescer agora o enfermo filho do rei?

Wilhelm reconheceu com facilidade o estranho que, naquela noite memorável, havia conversado com ele na hospedaria.

— Talvez — prosseguiu ele — possamos chegar agora a um acordo sobre destino e caráter.

Wilhelm já ia responder-lhe, quando a cortina voltou a se fechar rapidamente. "Estranho!", disse consigo mesmo. "Será que os acontecimentos fortuitos guardam relação uns com os outros? E aquilo que chamamos destino, haveria de ser simplesmente o acaso? Onde poderá estar a coleção de meu avô? E por que me recordam dela nestes instantes solenes?"

Não teve tempo para continuar com tais pensamentos, pois a cortina voltou a se abrir, e à sua frente surgiu um homem, a quem logo reconheceu tratar-se daquele pároco rural que com ele e a alegre companhia empreendera aquela excursão náutica; parecia-se com o abade, embora não fosse a mesma pessoa. Com rosto sereno e uma expressão digna, o homem começou:

— Não é obrigação do educador de homens preservá-los do erro, mas sim orientar o errado; e mais, a sabedoria dos mestres está em deixar que o errado sorva de taças repletas seu erro. Quem só saboreia parcamente seu erro, nele se mantém por muito tempo, alegra-se dele como de uma felicidade rara; mas quem o esgota por completo, deve reconhecê-lo como erro, conquanto não seja demente.

Cerrou-se novamente a cortina, e Wilhelm teve tempo para refletir: "De que outro erro esse homem poderá estar falando", disse a si mesmo, "senão daquele que me perseguiu ao longo de toda minha vida, que me fazia buscar formação ali onde não havia nenhuma e imaginar que podia adquirir um talento para o qual não tinha a menor disposição?".

A cortina se abriu bruscamente, agora com maior rapidez, e um oficial se aproximou, dizendo como de passagem:

— Aprenda a conhecer os homens nos quais se pode confiar!

Cerrou-se a cortina, e Wilhelm não precisou refletir muito tempo para reconhecer naquele oficial o homem que lhe abraçara no parque do conde e que fora culpado por haver ele considerado Jarno um recrutador. Como chegara ali e quem poderia ser, era para Wilhelm um total enigma.

— Se tantos homens se interessavam por ti, se conheciam o curso de tua vida e sabiam o que te era conveniente fazer, por que não te guiaram de um modo mais rigoroso, mais sério? Por que favoreciam teus jogos, ao invés de te afastarem deles?

— Não discutas conosco! — clamou uma voz. — Estás salvo e a caminho de tua meta. Não te arrependerás de nenhuma de tuas loucuras, tampouco sentirás falta delas; não pode haver para um homem destino mais venturoso.

Abriu-se de par a par a cortina e o velho rei da Dinamarca, com todas as suas armas, adentrou o recinto.

— Sou o espírito de teu pai — disse a imagem — e me despeço consolado, pois meus desejos por ti se cumpriram, mais do que me foi dado compreendê-los. Regiões íngremes só podem ser escaladas por atalhos; na planície, caminhos retos conduzem de um lugar a outro. Adeus, e pensa em mim quando estiveres desfrutando o que te preparei.

Wilhelm estava profundamente impressionado; acreditava ouvir a voz de seu pai e, no entanto, não era ela; através da presença e da lembrança ele se encontrava num estado de extrema confusão.

Não pôde refletir por muito tempo, pois nesse momento entrou o abade e colocou-se atrás da mesa verde.

— Aproxime-se! — ordenou a seu atônito amigo.

Ele se aproximou e subiu os degraus. Sobre o tapete havia um pequeno rolo.

— Aí está sua carta de aprendizado — disse o abade. — Tome-a a peito, pois seu conteúdo é importante.

Wilhelm apanhou-a, abriu-a e leu:

CARTA DE APRENDIZADO

"Longa é a arte, breve a vida, difícil o juízo, fugaz a ocasião. Agir é fácil, difícil é pensar; incômodo é agir de acordo com o pensamento. Todo começo é claro, os umbrais são o lugar da esperança. O jovem se assombra, a impressão o determina, ele aprende brincando, o sério o surpreende. A imitação nos é inata, mas o que se deve imitar não é fácil de reconhecer. Raras as vezes em que se encontra o excelente, mais raro ainda apreciá-lo. Atraem-nos a altura, não os degraus; com os olhos fixos no pico caminhamos de bom grado pela planície. Só uma parte da arte pode ser ensinada, e o artista a necessita por inteiro. Quem a conhece pela metade, engana-se sempre e fala muito; quem a possui por inteiro, só pode agir, fala pouco ou tardiamente. Aqueles não têm segredos nem força; seu ensinamento é como pão cozido, que tem sabor e sacia por um dia apenas; mas não se pode semear a farinha, e as sementes não devem ser moídas. As palavras são boas, mas não são o melhor. O melhor não se manifesta pelas palavras. O espírito, pelo qual agimos, é o que há de mais elevado. Só o espírito compreende e representa a ação. Ninguém sabe o que ele faz quando age com justiça; mas do injusto temos sempre consciência. Quem só atua por símbolos é um pedante, um hipócrita ou um embusteiro. Estes são numerosos e se sentem bem juntos. Sua verborragia afasta o discípulo, e sua pertinaz mediocridade inquieta os melhores. O ensinamento do verdadeiro artista abre o espírito, pois onde faltam as palavras, fala a ação. O verdadeiro discípulo aprende a desenvolver do conhecido o desconhecido e aproxima-se do mestre."

— Basta! — exclamou o abade. — O resto a seu tempo. Agora, olhe para esses armários.

Wilhelm encaminhou-se até eles e leu as inscrições nos rolos. Atônito, encontrou ali os anos de aprendizado de Lothario, os anos de aprendizado de Jarno e os seus próprios anos de aprendizado, em meio a muitos outros, cujos nomes lhe eram desconhecidos.

— Posso esperar que me deixem olhar esses rolos?

— Doravante, nada neste cômodo está cerrado para o senhor.

— Posso fazer uma pergunta?

— Não hesite! E pode esperar uma resposta decisiva, caso se trate de um assunto que lhe toque antes de tudo o coração, e que deva o coração tocar.

— Pois bem! Ó estranhos e sábios homens, cuja visão penetra em tantos segredos, podem dizer-me se Felix é realmente meu filho?

— Glória por haver feito tal pergunta! — exclamou o abade, batendo palmas de alegria. — Felix é seu filho! Por tudo que há de mais sagrado que em nós se oculta, eu lhe juro que Felix é seu filho! E quanto a seu caráter, a finada mãe do menino não era indigna do senhor. Receba de nossas mãos essa adorável criança, retorne e atreva-se a ser feliz.

Wilhelm ouviu um rumor às suas costas; virou-se e viu por entre os tapetes da entrada assomar travessamente um rosto infantil; era Felix. O menino escondeu-se, brincando, logo que o viram.

— Vem até aqui! — exclamou o abade.

Ele correu para lá, seu pai lançou-se a seu encontro, tomou-o nos braços e estreitou-o contra o coração.

— Sim, eu o sinto — exclamou —, tu és meu! Que dádiva celestial tenho para agradecer a meus amigos! De onde vens, meu filho, exatamente neste momento?

— Não pergunte — disse o abade. — Glória a ti, jovem! Chegaram ao fim teus anos de aprendizado; a Natureza te absolveu.

Livro VIII

Capítulo 1

Felix havia corrido para o jardim, e Wilhelm o seguiu arrebatado; a esplendorosa manhã revelava cada objeto sob novo encanto, e Wilhelm desfrutava seu momento mais feliz. Felix era novato no livre e magnífico mundo, e seu pai não conhecia muito mais os objetos pelos quais o pequeno lhe perguntava repetida e incansavelmente. Foram reunir-se, por fim, ao jardineiro, que teve de lhes relatar com todos os pormenores o nome de muitas plantas e sua utilidade. Wilhelm via a natureza por um novo órgão, e a curiosidade, a ânsia de saber da criança faziam-no sentir somente agora que débil interesse tivera pelas coisas exteriores a ele e quão pouco conhecimento tinha delas. Naquele dia, o mais feliz de sua vida, parecia também começar sua própria formação; sentia a necessidade de se instruir sendo convocado para ensinar.

Jarno e o abade não foram vistos outra vez, mas chegaram à noite, acompanhados de um estranho. Surpreso, Wilhelm foi ao encontro deles e não pôde confiar em seus próprios olhos: era Werner, que também hesitou um instante antes de reconhecê-lo. Os dois se abraçaram carinhosamente, sem conseguir ocultar o quanto ambos haviam mudado. Werner garantiu que seu amigo estava mais alto, mais forte e mais encorpado, mais distinto em sua natureza e mais agradável em seu comportamento.

— Sinto um pouco de falta da tua antiga cordialidade — acrescentou ele.

— Ela reaparecerá, assim que nos recompusermos da primeira surpresa — disse Wilhelm.

Faltou muito para que Werner causasse em Wilhelm uma impressão igualmente favorável. O bom homem parecia haver antes recuado que avançado. Estava muito mais magro que outrora, seu rosto anguloso parecia mais fino; seu nariz, mais largo; sua fronte e o alto da cabeça, desprovidos de cabelo; sua voz, fina, forte e vociferante, e seu peito retraído, seus ombros caídos, suas faces descoloridas não deixavam margem a qualquer dúvida: ali estava presente um laborioso hipocondríaco.

Wilhelm foi bastante discreto para se expressar comedidamente acerca daquela grande mudança, enquanto o outro, ao contrário, dava livre curso à sua afetuosa alegria.

— Na verdade — exclamou —, se tens empregado mal teu tempo e, como o suponho, não tens ganhado nada, conseguiste transformar-te numa pequena personagem que pode e deve fazer fortuna; só não sejas indolente e não desperdices também isto; com essa figura tens que me adquirir uma bela e rica herdeira.

— Não negas mesmo teu caráter — respondeu Wilhelm, rindo. — Mal chegaste a rever teu amigo depois de um longo tempo e já o consideras como uma mercadoria, como um objeto de tua especulação com o qual se pode ganhar alguma coisa.

Jarno e o abade não pareceram em nada surpresos com aquele reencontro e deixaram os dois amigos discorrer à vontade sobre o passado e o presente. Werner dava voltas em torno do amigo, obrigando-o a girar de lá para cá, a ponto de quase deixá-lo embaraçado.

— Não! não! — exclamou — Nunca me ocorreu nada semelhante, e no entanto bem sei que não me engano. Tens os olhos mais profundos; a fronte, mais larga; o nariz, mais afilado; e a boca, mais afável. Vejam só como ele se sustém! Como tudo lhe assenta bem e se harmoniza! Como prospera a preguiça! Em compensação, eu, pobre diabo — e mirou-se no espelho —, se durante todo esse tempo não tivesse ganhado dinheiro bastante, não seria absolutamente nada.

Werner não havia recebido a última carta de Wilhelm; seu negócio comercial era aquela casa estrangeira com a qual Lothario tinha intenção de comprar em sociedade as propriedades. Era esse assunto que havia trazido Werner até ali, sem a menor ideia de que encontraria Wilhelm em seu caminho. Chegou o escrivão, os papéis foram apresentados, e Werner achou razoáveis as propostas.

— Se, ao que parece, os senhores querem muito bem a esse jovem — disse-lhes —, cuidem os senhores mesmos de que nossa parte não seja reduzida; dependerá de meu amigo aceitar a quinta e nela empregar parte de sua fortuna.

Jarno e o abade asseguraram-lhe ser desnecessária aquela advertência. Nem bem haviam tratado do assunto em termos gerais, Werner teve vontade de jogar uma partida de *lombre*,[1] e sem perda de tempo o abade e Jarno foram sentar-se a seu lado; aquilo se tornara um hábito, e ele não podia viver sem seu jogo noturno.

Terminada a refeição e logo que os dois amigos se viram sozinhos, puseram-se a indagar e conversar animadamente acerca de todas as coisas que desejavam comunicar um ao outro. Wilhelm elogiava sua situação e a felicidade de haver sido acolhido entre pessoas tão excelentes. Werner, ao contrário, sacudiu a cabeça e disse:

— Não deveríamos crer senão naquilo que vemos com os próprios olhos! Mais de um amigo prestimoso me assegurou que vivias com um jovem fidalgo libertino, que o apresentavas às atrizes, que o ajudavas a gastar seu dinheiro e que eras o culpado por ele haver-se indisposto com todos os parentes.

— Muito me aborreceria, por mim e por essas pessoas de bem, que fôssemos tão mal interpretados — respondeu Wilhelm —, se minha carreira teatral já não me houvesse conciliado com todas as difamações. Como os homens poderiam julgar nossos atos, que só lhes chegam de maneira fragmentada e desconexa, dos quais só veem a mínima parte, pois que o bem e o mal se realizam em segredo, e na maior parte das vezes só uma atitude indiferente se revela! Mesmo quando se põem os atores e as atrizes sobre um palco, quando se acendem luzes de todos os lados e se representa toda a obra em poucas horas, e ainda assim é raro que alguém verdadeiramente saiba o que dela concluir.

Passaram em seguida às perguntas sobre a família, os amigos da juventude e a cidade natal. Werner apressou-se em contar tudo o que havia mudado, o que ainda subsistia e o que estava ocorrendo.

[1] Jogo de cartas espanhol.

— As senhoras da casa — disse — estão contentes e felizes, nunca lhes falta dinheiro. Passam a metade do tempo a se enfeitar, e a outra metade a se mostrar enfeitadas. São tão econômicas quanto poderiam ser. Meus filhos prometem tornar-se jovens sensatos. Já os vejo em pensamento sentados e escrevendo, calculando, correndo, fazendo negócios e permutas; cada um deles haverá de estabelecer, quanto antes, seu próprio negócio; e, no tocante a nossos bens, tu haverás de ficar extremamente satisfeito. Quando tivermos colocado em ordem o assunto das propriedades, voltarás imediatamente comigo para casa, pois tenho a impressão de que poderás intervir nos empreendimentos humanos com algum bom senso. Teus novos amigos devem estar orgulhosos de haver-te colocado no bom caminho. Eu sou um pobre diabo e só agora me dou conta do muito que te quero, pois não me canso de ver como estás bem e que bom aspecto tens. É, de fato, uma outra figura, distinta daquela do retrato que um dia enviaste a tua irmã, e a propósito do qual se travaram grandes discussões em casa. Tua mãe e tua irmã acharam adorável aquele jovem senhor com o pescoço livre, o peito seminu, uma grande gorjeira, cabelo solto, chapéu redondo, colete curto e calças compridas e largas, enquanto eu sustentava que um traje como aquele não estava senão a dois dedos de distância da roupa de um arlequim. Agora, tens a aparência de um homem, só te falta a trança na qual te peço prendas teu cabelo,[2] do contrário podem tomar-te a caminho por judeu e te exigir peagem e escolta.[3]

Enquanto conversavam, Felix havia entrado no cômodo e, como não lhe dessem atenção, deitou-se no canapé e adormeceu.

— Quem é esse pequerrucho? — perguntou Werner.

Wilhelm não teve coragem naquele instante de dizer a verdade, nem vontade de contar uma história, sempre duvidosa, a um homem nada menos que crédulo por natureza.

Toda a companhia se dirigiu então para as propriedades, a fim de examiná-las e concluir os negócios. Wilhelm não afastou Felix de seu lado

[2] Na época em que se passa a ação do romance, o movimento *Tempestade e Ímpeto* (*Sturm und Drang*) — do qual Goethe fez parte em sua juventude — havia abolido o uso da trança entre os jovens, mas esse ainda era um hábito entre os adultos.

[3] Da Idade Média até o final do século XVIII, os judeus — que tampouco usavam peruca ou trança — eram obrigados a pagar uma taxa quando passassem de um principado a outro.

e sentiu-se verdadeiramente alegre pelo menino com o patrimônio que tinha em vista. A sofreguidão da criança por cerejas e frutos silvestres, que logo estariam maduros, recordou-lhe os tempos de sua infância e os múltiplos deveres do pai de preparar, providenciar e conservar a satisfação dos seus. Com que interesse contemplava os viveiros de árvores e os edifícios! Com que ânimo pensava em reparar o que havia sido negligenciado e restaurar o que estava em ruínas! Ele não via mais o mundo como uma ave de arribação, um edifício como um caramanchão, erguido às pressas, que se deteriora antes de o deixarmos. Tudo que pensava plantar devia crescer ao encontro do menino, e tudo que estabelecesse devia durar por várias gerações. Nesse sentido, haviam chegado ao fim seus anos de aprendizado, e com o sentimento de pai havia adquirido também todas as virtudes de um cidadão. Sentia-o assim, e nada podia igualar-se à sua alegria.

— Oh, que inútil severidade da moral — exclamou —, quando a natureza, a seu modo amoroso, nos forma para tudo aquilo que devemos ser! Oh, as estranhas exigências da sociedade burguesa que primeiro nos confunde e nos desencaminha, para depois exigir de nós mais que a própria natureza! Pobre de toda forma de cultura que destrói os meios mais eficazes da verdadeira formação e nos indica o fim, ao invés de nos tornar felizes no caminho, propriamente!

Por mais coisas que já tivesse visto em sua vida, parecia-lhe que só agora, mediante a observação do menino, se lhe tornara clara a natureza humana. O teatro, assim como o mundo, só lhe havia aparecido como uma profusão de dados sacudidos, cada um dos quais representa em suas faces ora mais ora menos, mas que, somando-se todos, perfazem um total. Poder-se-ia dizer que aqui no menino havia um único dado, em cujas múltiplas faces estavam nitidamente gravados o valor e o desvalor da natureza humana.

O desejo do menino de estabelecer distinção crescia a cada dia. Ao descobrir que as coisas tinham nomes, quis aprender os nomes de tudo; acreditava que ninguém exceto seu pai havia de saber tudo; incomodava-o amiúde com perguntas, dando-lhe ocasião de se inteirar de coisas às quais até ali havia dispensado pouca atenção. Também o instinto inato de querer saber a origem e o fim das coisas se manifestou precocemente na criança. Quando ele perguntava de onde vinha o vento e para onde ia a chama, só então o pai se dava conta de sua própria limitação; desejava saber quão longe podia aventurar-se o homem em seus pensamentos e no que podia ter esperança de alguma vez prestar contas a si mesmo e aos outros. A impetuosidade do menino, quando via cometerem uma injustiça a algum ser vivo, levava o pai à alegria extrema, como sinal de uma excelente índole. A criança chegou inclusive a bater com violência na cozinheira, pois esta havia matado algumas pombas. É verdade que tão bela impressão logo foi destruída quando ele descobriu que o menino, impiedosamente, matava rãs a pancadas e trucidava borboletas. Esse indício o fez pensar em muitos homens que parecem extremamente justos quando estão desprovidos de paixão e observam os atos alheios.

Este agradável sentimento de que o menino tinha sobre sua existência uma bela e verdadeira influência alterou-se por um instante tão logo Wilhelm percebeu que na verdade era mais o menino que o educava do que ele ao menino. Nada tinha para censurar na criança, não estava em condições de lhe indicar um rumo que ele mesmo não seguia, e até as travessuras, contra as quais tanto se batera Aurelie, pareciam haver reassumido seus antigos direitos, depois da morte dessa amiga. O menino ainda não fechava as portas ao passar, ainda se negava a comer tudo que estava no prato, e nada lhe dava maior prazer, quando, ao fazerem vista grossa a seus modos, o deixavam comer diretamente na travessa e, pondo de lado seu copo cheio, beber da garrafa. Mas ele também era adorável quando se sentava num canto com um livro nas mãos e dizia com muita seriedade: "Tenho que estudar essa matéria da escola!", embora ainda estivesse muito longe de poder ou querer distinguir as letras.

Quando Wilhelm refletia no pouco que até então fizera pela criança, no pouco que era capaz de fazer, crescia dentro dele uma inquietação, que estava pronta para desequilibrar toda sua felicidade. "Será", dizia a si mesmo, "que nós homens nascemos tão egoístas que nos é impossível cuidar de outra criatura além de nós? Não estou seguindo com este menino exatamente o mesmo caminho que segui com Mignon? Atraí a menina querida, sua presença me era agradável e, no entanto, a negligenciei da maneira mais cruel. O que fiz por sua instrução, pela qual ela tanto ansiava? Nada! Deixei-a entregue a si mesma e a todos os acasos aos quais podia estar exposta numa sociedade inculta; e agora, por este menino que te causava uma impressão tão singular antes de se tornar tão caro para ti, teu coração jamais te ordenou fazer a menor coisa por ele? Não é mais tempo de dilapidar teus próprios anos e os anos alheios; controla-te e pensa no que tens a fazer por ti e por essas boas criaturas, às quais te uniram tão fortemente a natureza e a inclinação."

Esse monólogo, na verdade, não era senão um preâmbulo para confessar-se o que já havia pensado, providenciado, procurado e escolhido; não podia hesitar por mais tempo para confessá-lo a si mesmo. Depois da dor inutilmente reiterada pela perda de Mariane, sentia agora claramente que deveria procurar uma mãe para o menino, e que não a encontraria com mais segurança do que em Therese. Conhecia bem aquela excelente mulher. Uma tal esposa e companheira parecia ser a única a quem poderiam confiar-se ele e os seus. Sua nobre inclinação por Lothario não o preocupava em absoluto. Estavam para sempre separados por um insólito destino; Therese se considerava livre e havia falado de casamento com indiferença, é verdade, mas como uma coisa que é natural.

Depois de muito aconselhar-se consigo mesmo, resolveu dizer a ela sobre si mesmo tudo quanto sabia. Ela devia conhecê-lo como ele a conhecia, e passou a rememorar sua própria história, que lhe pareceu tão vazia de acontecimentos e, no geral, tão pouco vantajosa para ele qualquer confissão, que mais de uma vez esteve prestes a renunciar a seu propósito. Finalmente decidiu pedir a Jarno o rolo de seus anos de aprendizado, que estava na torre; este lhe respondeu:

— É, de fato, o momento apropriado.

E assim Wilhelm o obteve.

É uma sensação pavorosa para um homem nobre ter consciência de estar a ponto de se instruir sobre si mesmo. Todas as transições são crises, e uma crise não é uma enfermidade? Com que desprazer nos aproximamos do espelho depois de uma enfermidade! Sentimos a melhora, e só vemos o efeito do mal passado. Wilhelm estava entretanto suficientemente preparado, as circunstâncias já lhe haviam falado de maneira viva, seus amigos tampouco o haviam poupado e, embora desenrolasse o pergaminho com uma certa pressa, foi-se acalmando mais e mais, à medida que o lia. Encontrou a história circunstanciada de sua vida descrita em grandes e acentuados traços; nem acontecimentos isolados nem sensações limitadas perturbavam seu olhar; afetuosas considerações gerais davam-lhe as indicações, sem envergonhá-lo, e via pela primeira vez sua imagem fora de si mesmo, mas não como num espelho, um segundo eu, e sim como um outro eu num retrato: não nos reconhecemos certamente em todos os traços, mas nos regozijamos que um espírito ponderado nos tenha percebido daquele modo, que um grande talento tenha querido representar-nos daquele modo, que uma imagem daquilo que fomos ainda subsiste e possa durar mais que nós mesmos.

Enquanto todas as circunstâncias lhe voltavam à memória, graças àquele manuscrito, Wilhelm ocupou-se em redigir para Therese a história de sua vida, e quase sentia vergonha de não ter para apresentar, em face das grandes virtudes dela, nada que pudesse testemunhar uma atividade eficaz. Foi tão prolixo em sua redação quanto lacônico na carta que a ela escreveu; rogava sua amizade e, se possível, seu amor; oferecia-lhe sua mão e pedia-lhe uma rápida decisão.

Depois de algum conflito interior, no qual se perguntava se deveria, num assunto de tal importância, consultar primeiro seus amigos, Jarno e o abade, decidiu guardar silêncio. Estava mui firmemente resolvido, o assunto era-lhe importante demais para que ainda fosse submetê-lo ao julgamento de um homem, mesmo o mais sensato e o melhor; sim, teve inclusive a precaução de enviar sua carta pelo primeiro correio. Talvez a ideia de que fora observado e até mesmo conduzido em tantas circunstâncias de sua vida, nas quais acreditava agir livremente e em segredo, como lhe ficou muito claro pela leitura do pergaminho, tenha-lhe deixado uma espécie de sensação desagradável e ele quisesse agora pelo menos falar ao coração de Therese da pureza de seu coração e ser seu destino devedor da resolução e decisão que ela viesse a tomar; e, assim, não teve escrúpulos em despistar, pelo menos nesse ponto importante, seus guardiães e vigias.

Capítulo 2

Nem bem a carta fora enviada, quando Lothario voltou. Estavam todos satisfeitos porque os negócios importantes que haviam preparado foram concluídos e fechados sem demora, e Wilhelm aguardava com ansiedade para ver como se reatariam e em parte se romperiam tantos fios, e como sua própria situação determinaria seu futuro. Lothario saudou a todos da maneira mais afável; estava totalmente restabelecido e bem-disposto; tinha a aparência de um homem que sabe o que deve fazer e a quem nada há de lhe estorvar o caminho quanto àquilo que pretende fazer.

Wilhelm não podia retribuir-lhe sua saudação cordial. "Aí está", teve de dizer a si mesmo, "o amigo, o amado, o noivo de Therese, cujo lugar pensas ocupar. Crês mesmo conseguir apagar ou banir semelhante impressão?" Não tivesse a carta seguido caminho, e talvez ele não ousasse enviá-la. A sorte, felizmente, estava lançada; é provável que Therese já tivesse tomado uma decisão, e só a distância cobria ainda com seu véu um feliz desenlace. Ganho e perda haveriam de se decidir em breve. Ele procurou tranquilizar-se diante dessas considerações, e, no entanto, eram quase febris as batidas de seu coração. Àquele importante negócio, do qual de certo modo dependia o destino de toda sua fortuna, não conseguia dedicar senão pouca atenção. Ah, como parece insignificante ao homem, em seus momentos de paixão, tudo que o cerca, tudo que lhe pertence!

Para sua felicidade, Lothario tratou o assunto em termos gerais, e Werner com desembaraço. Em seu ardente desejo de lucro, este experimentava uma viva alegria diante da bela propriedade que havia de ser sua, ou melhor, de seu amigo. Lothario, por sua vez, parecia considerar de maneira completamente diversa aquela situação.

— Não posso alegrar-me tanto com uma propriedade — disse ele —, quanto de sua legitimidade.

— Ora, por Deus! — exclamou Werner. — Acaso esta nossa propriedade não é suficientemente legítima?

— Não de todo! — replicou Lothario.

— Não pagamos à vista por ela com nosso dinheiro?

— Decerto que sim! — disse Lothario. — E talvez o que eu tenha a lembrá-lo o senhor possa tomar como um escrúpulo insignificante. Não me parece totalmente legítima, totalmente limpa nenhuma propriedade, exceto aquela que paga ao Estado a parte que lhe é devida.[4]

[4] Lothario está defendendo aqui um regime de igualdade entre todas as propriedades, o que de fato se concretizaria no século XIX, com a eliminação dos privilégios feudais e a conversão das terras dos nobres em propriedades livres, passíveis de compra e venda, podendo ser divididas e sujeitas a impostos.

— Como? — disse Werner. — O senhor preferiria então que nossos bens, comprados com isenção, fossem tributáveis?

— Até certo ponto, sim — respondeu Lothario —, pois dessa igualdade com todas as outras propriedades resulta unicamente a segurança da propriedade. Que outro motivo tem o camponês, nesses tempos modernos em que tantos conceitos vacilam, para considerar como menos fundada a propriedade do nobre que a sua, senão por aquela estar isenta de encargos e a sua não?

— Mas, que será então dos rendimentos de nosso capital? — replicou Werner.

— Nada mal — disse Lothario —, se, em troca de um tributo justo e regular, o Estado nos isentar desses embustes feudais e nos permitir dispor de nossos bens como quisermos, sem que seja preciso mantê-los unidos em tão grandes extensões, a fim de se poder reparti-los igualmente entre nossos filhos, proporcionando a todos eles uma atividade livre e viva, ao invés de lhes legar os limitados e limitadores privilégios que, para serem desfrutados, temos de invocar sempre os espíritos de nossos antepassados. Quantos homens e mulheres não seriam mais felizes se pudessem olhar livremente à sua volta, para, por sua própria escolha e sem outras considerações, elevar à sua altura seja uma digna jovem, seja um excelente rapaz![5] O Estado teria mais e talvez melhores cidadãos, e não estaria tão frequentemente embaraçado por falta de mãos e cabeças.

— Posso assegurar-lhe — disse Werner — que em toda minha vida jamais pensei no Estado; e só pago meus impostos, direitos alfandegários e de escolta porque este é o costume.

— Está muito bem — disse Lothario —, ainda espero fazer do senhor um bom patriota, pois assim como só é um bom pai aquele que à mesa serve primeiro a seus filhos, também só é um bom cidadão aquele que, antes de todas as outras despesas, reserva o que ao Estado deve pagar.

Considerações gerais como essas não retardaram os assuntos particulares, ao contrário, contribuíram para acelerá-los. Quando tudo já estava quase terminado, Lothario disse a Wilhelm:

— Devo enviá-lo a um lugar onde será mais útil que aqui; minha

[5] Na época, os camponeses em regime de servidão só podiam se casar com o consentimento do proprietário das terras.

irmã lhe pede que vá encontrá-la o mais rápido possível; a pobre Mignon parece consumir-se, e cremos que sua presença poderá talvez pôr fim a esse mal. Minha irmã enviou-me ainda este bilhete, pelo qual o senhor poderá ver a importância que ela dá ao assunto.

Lothario lhe entregou uma pequena folha de papel. Wilhelm, que o escutara com o maior embaraço, não tardou a reconhecer naqueles fugidios traços escritos a lápis a caligrafia da condessa, e não soube o que responder.

— Leve Felix com o senhor — disse Lothario —, assim as crianças podem distrair-se. Deve partir amanhã bem cedo; o coche de minha irmã, no qual vieram meus criados, ainda está aqui; providenciarei cavalos até a metade do caminho, depois o senhor tomará a diligência postal. Adeus, e envie à minha irmã minhas recomendações. Diga-lhe também que em breve irei vê-la e que deve estar preparada para receber alguns hóspedes. O amigo de nosso tio-avô, o marquês de Cipriani, está a caminho daqui; ele esperava encontrar ainda com vida o velho homem, e juntos pretendiam deleitar-se com as lembranças dos velhos tempos e regozijar-se do amor comum que dedicam às artes. O marquês é muito mais jovem que meu tio e a este deve ele a melhor parte de sua formação; haveremos de nos esforçar para preencher de alguma forma o vazio que irá encontrar, e para isso nada melhor que uma sociedade mais numerosa.

Lothario dirigiu-se em seguida, com o abade, para seus aposentos; Jarno havia partido a cavalo pouco antes; Wilhelm correu para seu quarto; não havia ninguém a quem se confiar, ninguém que pudesse dissuadi-lo de um passo que tanto temia. O jovem criado entrou e insistiu em aprontar a bagagem, pois deveriam amarrá-la no coche ainda aquela noite, se quisessem partir ao nascer do dia. Wilhelm não sabia o que fazer; finalmente, proclamou a si mesmo: "Deves deixar esta casa! Quando estiveres a caminho, refletirás sobre o que hás de fazer; e, se necessário, para na metade do caminho, manda de volta um mensageiro, escreve o que a ti mesmo não ousas dizer, e não importa então o que venha a acontecer". A despeito de tal decisão, passou a noite em claro; só um olhar lançado a Felix, dormindo serenamente, lhe trouxe alguma tranquilidade. "Oh!", exclamou, "quem sabe as provas que ainda me aguardam; quem sabe o quanto ainda me atormentarão os erros passados; quantas vezes mais fracassarão os bons e razoáveis projetos para o futuro; guarde-me no entanto este tesouro que enfim me pertence, piedoso ou impiedoso destino! Seria possível que esta melhor parte de mim mesmo venha a ser destruída diante de meus olhos, que este coração venha a ser arrancado do meu coração? Adeus, pois, razão e inteligência! Adeus, todo cuidado e toda cautela! Desaparece, instinto de preservação! Que se perca tudo que nos distingue do animal, e se é defeso pôr voluntariamente fim aos tristes dias, que uma precoce loucura suprima a consciência, antes que a morte, que a destrói para sempre, traga a longa noite!".

Tomou o menino nos braços, beijou-o, estreitou-o contra o peito e banhou-o de lágrimas copiosas. A criança despertou; seus olhos claros e seu olhar afetuoso tocaram o pai no mais fundo de seu âmago. "Que cena estará à minha espera", exclamou, "quando te apresentar à bela e infeliz condessa, quando ela te cerrar contra o peito, ela a quem teu pai feriu tão profundamente! Não devo temer que ela te afaste dando um grito, tão logo teu contato reanime sua dor real ou imaginária?"

O cocheiro não lhe deu tempo de continuar pensando ou escolhendo e obrigou-o a subir no coche antes do amanhecer; nele, cuidou de abrigar muito bem seu Felix, pois a manhã, embora clara, era fria, e pela primeira vez na vida a criança via o sol se levantar. Seu assombro diante do primeiro raio de fogo, do poder crescente da luz, sua alegria e suas observações singulares animaram o pai, permitindo-lhe lançar um olhar àquele coração diante do qual se erguia e pairava o sol como por sobre um lago puro e tranquilo.

Numa pequena cidade, o cocheiro desatrelou os cavalos e tratou de voltar. Sem demora, Wilhelm reservou um cômodo, indagando a si próprio se devia permanecer ali ou seguir adiante. Nessa indecisão, aventurou-se a apanhar novamente a pequena folha de papel, que até então não havia ousado sequer olhar, e nela estavam escritas as seguintes palavras: "Envia-me logo teu jovem amigo; Mignon tem piorado nesses dois últimos dias. Por mais triste que seja esta ocasião, alegro-me de poder conhecê-lo".

Essas últimas palavras haviam passado despercebidas a Wilhelm à primeira vista. Assustou-se, pois, e decidiu não mais continuar. "Mas, como!", exclamou. "Conhecendo como conhece a história, por que Lothario não lhe disse quem sou? Ela não espera, serenamente, uma pessoa conhecida que preferiria não voltar a ver; ela espera um estranho, e apareço eu! Já a vejo recuar horrorizada, já a vejo enrubescer! Não, não poderei enfrentar uma cena dessas!" Enquanto pensava, haviam trazido os cavalos e agora os atrelavam ao coche; Wilhelm estava decidido a mandar descer sua bagagem e permanecer ali. Estava tomado de extrema agitação. Ao ouvir uma das criadas subindo a escada para lhe avisar que tudo estava pronto, pensou ligeiro num motivo que o obrigasse a continuar ali, e seus olhos pousaram desatentos no bilhete que tinha na mão.

— Por Deus! — exclamou. — Que é isto? Esta não é a letra da condessa, é a letra da amazona!

A criada entrou e, pedindo-lhe que descesse, levou Felix consigo.

— Será possível? — exclamou. — Será verdade? Que devo fazer? Ficar, aguardar e explicar? Ou sair correndo? Correr e arrojar-me a uma solução? Estás a caminho dela, e podes hesitar? Esta noite deves vê-la, e queres por vontade própria encerrar-te numa prisão? É sua letra, sim, é ela! Esta mão te chama, seu coche está atrelado para te conduzir a ela; está, pois, solucionado o enigma: Lothario tem duas irmãs. E só sabe de minhas ligações com uma delas; mas, o quanto sou devedor à outra, ele o ignora. E tampouco ela sabe que aquele vagabundo ferido que lhe deve, senão a vida, ao menos a saúde, fora recebido bondosa e imerecidamente na casa de seu irmão.

Felix, que se balançava lá embaixo no coche, gritou:

— Pai, vem! Oh, vem! Vem ver que lindas as nuvens, que lindas as cores!

— Sim, já vou — exclamou Wilhelm, descendo aos pulos a escada. — E todos esses fenômenos celestes que tu, meu bom menino, tanto admiras, nada são comparados com a visão que me espera.

Sentado no coche, evocou todas as circunstâncias: "Quer dizer que essa Natalie é também a amiga de Therese! Que descoberta, que esperança e que perspectivas! Estranho que o temor de ouvir falar de uma irmã tenha podido esconder-me por completo a existência da outra!" Com que alegria fitou seu Felix; esperava tanto para o menino quanto para ele a melhor acolhida.

Aproximava-se a noite, o sol se punha, o caminho não era dos melhores, o postilhão conduzia lentamente, Felix havia adormecido, e novas dúvidas e preocupações sobrevinham ao coração de nosso amigo. "Por que loucura, por que ideias te deixas dominar!", dizia a si mesmo.

"Uma vaga semelhança de caligrafia te põe subitamente seguro e te dá a ocasião de imaginar a história mais fantasiosa." Voltou a apanhar o bilhete e, à luz daquele fim de tarde, acreditou reconhecer mais uma vez a caligrafia da condessa; seus olhos não queriam descobrir de novo nos detalhes aquilo que num átimo seu coração lhe dissera no conjunto. "E agora estes cavalos te conduzem a uma terrível cena! Quem sabe se não te trarão de volta dentro de poucas horas? E se a encontrares sozinha! Mas é provável que seu marido esteja presente! Talvez a baronesa! Teria ela mudado? Conseguirei manter-me em pé diante dela?"

Só uma débil esperança, a de estar indo ao encontro de sua amazona, podia de quando em quando insinuar-se em suas ideias sombrias. Anoiteceu, o coche entrou tilintando num pátio e parou; de um suntuoso portal saiu um criado, trazendo nas mãos um archote de cera, e caminhou a passos largos até o coche.

— O senhor está sendo esperado há muito tempo — disse ele, abrindo a portinhola.[6]

Depois de apear, Wilhelm tomou nos braços Felix, que dormia, e o primeiro criado chamou um segundo, parado ali junto à porta com uma luz:

— Conduza imediatamente este senhor à presença da baronesa!

Um pensamento atravessou como um relâmpago a alma de Wilhelm: "Que sorte! Deliberadamente ou por um acaso a baronesa se encontra presente! Hei de vê-la primeiro! Provavelmente a condessa já está dormindo! Ó, espíritos bons, ajudem-me, para que este momento de extremo embaraço passe de maneira razoável!".

Entrou na casa e se viu no lugar mais solene e, em conformidade a seu sentimento, mais sagrado que já havia pisado. Um candeeiro suspenso, deslumbrante, iluminava uma larga e suave escada que havia à sua frente e que no alto, no patamar, se dividia em duas partes. Dispostas sobre pedestais e em nichos, erguiam-se estátuas e bustos de mármore, alguns dos quais lhe pareceram conhecidos. As impressões da infância não se esvaem, nem mesmo em seus ínfimos detalhes. Reconheceu uma Musa que pertencera a seu avô, não pelo formato nem pelo valor, seguramente, mas por um braço restaurado e por partes de sua vestimenta que lhe

[6] No original, *Leder*: literalmente, couro. (N. do T.)

foram novamente inseridas. Parecia estar vivendo uma história maravilhosa. A criança lhe pesava; vacilou nos degraus e ajoelhou-se, como se quisesse segurá-la mais comodamente. Mas, na verdade, ele precisava de um pequeno descanso. Quase não pôde levantar-se. O criado, com a luz, quis pegar o menino, mas ele não pôde consentir que o fizesse. Entrou na antessala e, para sua maior surpresa, avistou numa das paredes o quadro do filho enfermo do rei, seu velho conhecido. Mal teve tempo de lhe dirigir o olhar, pois o criado o obrigou a percorrer alguns aposentos e entrar num gabinete. Ali, oculta por um quebra-luz que lhe fazia sombra, uma mulher sentada lia. "Oh, se fosse ela!", disse a si mesmo naquele instante decisivo. Pôs no chão a criança, que pareceu despertar, e pensou em se aproximar da dama, mas o menino, tonto de sono, caiu; a dama se levantou e veio a seu encontro. Era a amazona! Ele não pôde conter-se, caiu de joelhos e exclamou:

— É ela!

Tomou-lhe a mão e beijou-a com um arrebatamento infinito. A criança jazia no tapete, entre os dois, dormindo serenamente.

Deitaram Felix num canapé; Natalie sentou-se a seu lado e convidou Wilhelm a sentar-se também numa outra poltrona que havia ali perto. Ofereceu-lhe alguns refrescos, que ele recusou, ocupado apenas em certificar-se de que era mesmo ela, mais uma vez examinar detidamente seus traços sob a sombra do quebra-luz e reconhecê-la com segurança. Ela lhe falou, em termos gerais, da enfermidade de Mignon: a menina estava-se consumindo aos poucos por conta de algumas emoções profundas; em razão de sua grande sensibilidade, que ela tratava de dissimular, padecia constantemente de uma convulsão violenta e perigosa em seu pobre coração; era comum que esse primeiro órgão da vida deixasse subitamente de bater, devido a comoções inesperadas, sem que se pudesse descobrir um sinal qualquer do saudável pulsar da vida no peito da pobre criança. Passada a convulsão, a força da natureza voltava a se manifestar em pulsações violentas e tornava a inquietar a menina, agora por excesso, quando antes a fazia sofrer por escassez.

Wilhelm lembrou-se de uma cena de convulsões semelhante, e Natalie fez referência ao médico, que lhe falaria mais detidamente do assunto e lhe exporia com mais precisão o motivo por que haviam mandado chamar naquele momento o amigo e protetor da criança.

— O senhor descobrirá nela — prosseguiu Natalie — uma estranha mudança; passou a usar roupas femininas, que antes pareciam provocar-lhe uma grande aversão.

— Como a senhora conseguiu esse feito? — perguntou Wilhelm.

— Se era algo desejável, devemos exclusivamente ao acaso. Ouça como aconteceu. Talvez o senhor já saiba que tenho sempre à minha volta um certo número de meninas, cujos espíritos pretendo educar para o bem e para o justo, enquanto elas crescem a meu lado. De minha boca não ouvem nada que eu mesma não tenha por verdadeiro; contudo não posso nem pretendo evitar que escutem de outras pessoas aquilo que, enquanto erro e preconceito, é corrente no mundo. Se me questionam a esse respeito, procuro, na medida do possível, ligar essas ideias estranhas e inconvenientes a alguma outra que seja justa, para que assim resultem, senão úteis, ao menos inofensivas. Já há algum tempo, minhas meninas ouviram da boca das crianças da aldeia muitas coisas a respeito dos anjos, do criado Ruprecht e do Menino Jesus, que em certas ocasiões apareciam em pessoa para presentear as crianças boas e castigar as más. Suspeitavam tratar-se de pessoas disfarçadas, no que os corroborei, e sem me alongar demais em explicações, decidi oferecer-lhes um espetáculo semelhante na primeira oportunidade. Ocorreu estar mesmo próximo o aniversário de duas irmãs gêmeas que sempre se comportaram muito bem; prometi-lhes que daquela vez um anjo viria trazer-lhes os presentes de que eram tão merecedoras. Estavam extremamente curiosas daquela aparição. Para esse papel eu havia escolhido Mignon, e no dia determinado vestiram-na pudicamente com uma larga e comprida túnica branca. Não faltaram nem o cinturão dourado ao redor do peito, nem um diadema da mesma cor, preso aos cabelos. A princípio, eu quis deixar de lado as asas, mas as damas que a vestiram insistiam num par de grandes asas douradas, com o que pretendiam demonstrar sua arte. E, assim vestida, trazendo numa das mãos um lírio e na outra um cestinho, aquela estranha aparição se apresentou em meio às meninas, surpreendendo-me igualmente. "Aí está o anjo!", disse-lhes. As crianças todas recuaram alguns passos, para só então exclamar: "É Mignon!", sem que ousassem aproximar-se da maravilhosa visão. "Aqui estão seus presentes", disse ela, estendendo-lhes o cestinho. Fizeram um círculo à sua volta, e a contemplavam, tocavam e interrogavam. "És mesmo um anjo?", perguntou uma delas. "Quisera ser um", respondeu Mignon. "Por que trazes um lírio?" "Fosse meu coração tão puro e aberto quanto ele, e que feliz seria eu!" "De que são tuas asas? Deixa-nos vê-las!" "Estão no lugar de outras mais belas, que ainda não se abriram." E assim continuou ela a responder significativamente a cada pergunta inocente e ligeira. Uma vez satisfeita a curiosidade do pequeno grupo e como aquela aparição começasse a não surtir mais efeito, quiseram voltar a despi-la. Ela se negou, pegou sua cítara, sentou-se aqui, sobre esta alta escrivaninha, e com incrível graça entoou esta cantiga:

Deixa-me parecer até que seja;
Não me despojes desta branca túnica!
Depressa me afastarei da bela terra
Para descer a essa sólida morada.

Nela desfrutarei um pouco de paz
E meus olhos se abrirão renovados;
Deixarei então este puro envoltório,
E abandonarei o cinturão e a coroa.

E esses entes celestiais
Não perguntam se és homem ou mulher,
E nenhum traje, nenhuma prega
Envolvem o corpo glorificado.

Sim, vivo sem preocupação nem esforço,
Mas sinto dores por demais profundas;
De mágoa envelheci antes do tempo;
Dai-me de novo e para sempre a juventude![7]

[7] *"So lasst mich scheinen, bis ich werde;/ Zieht mir das weisse Kleid nicht aus!/ Ich eile von der schönen Erde/ Hinab in jenes feste Haus.// Dort ruh' ich eine kleine Stille,/ Dann öffnet sich der frische Blick,/ Ich lasse dann die reine Hülle,/ Den Gürtel und den Kranz zurück.// Und jene himmlischen Gestalten/ Sie fragen nicht nach Mann und Weib,/ Und keine Kleider, keine Falten/ Umgeben den verklärten Leib.// Zwar lebt' ich ohne Sorg' und Mühe,/ Doch fühlt' ich tiefen Schmerz genung;/ Vor Kummer altert' ich zu frühe;/ Macht mich auf ewig wieder jung!"*

— Decidi então — prosseguiu Natalie — deixá-la com aquele vestido e arranjar-lhe ainda alguns outros trajes semelhantes, que agora ela usa e dão, como me parece, a seu ser uma expressão totalmente distinta.

Como já era tarde, Natalie despediu-se do recém-chegado que dela se separou não sem uma certa inquietação. "Será casada?", pensava ele consigo mesmo. Cada vez que ouvia algum ruído, temia que uma porta se abrisse e por ela entrasse o marido. O criado que o acompanhou a seu quarto retirou-se rapidamente, antes que ele tivesse tomado coragem de lhe perguntar sobre tal situação. A intranquilidade o manteve desperto ainda um certo tempo, e ele se ocupou em comparar a imagem da amazona com a imagem de sua nova amiga de agora. Elas insistiam ainda em não se fundir; aquela, de algum modo, ele havia criado, e esta parecia querer transformá-lo.

Capítulo 3

Na manhã seguinte, quando tudo ainda estava tranquilo e silencioso, ele passou a examinar a casa. Era a construção mais pura, bela e digna que jamais vira. "A verdadeira arte", exclamou ele, "é como a boa sociedade: obriga-nos da maneira mais agradável a reconhecer a medida segundo a qual e para a qual está formado nosso ser mais íntimo." Incrivelmente prazerosa foi a impressão que lhe causaram as estátuas e os bustos de seu avô. Ansioso, correu até o quadro do filho enfermo do rei e o achou ainda mais encantador e tocante. O criado lhe abriu vários outros cômodos; neles encontrou uma biblioteca, um gabinete de História Natural e um gabinete de Física. Sentia-se estranho diante de todos aqueles objetos. Felix, nesse meio-tempo, havia acordado e corrido à sua procura; a ideia de como e quando receberia Therese sua carta preocupava Wilhelm; temia ver Mignon e, de certo modo, Natalie. Que diferença entre seu estado atual e aqueles momentos em que lacrara a carta para Therese, e com que alegre ânimo se entregava a tão nobre criatura!

Natalie mandou convidá-lo para o desjejum. Ele entrou num aposento onde várias meninas ricamente vestidas, todas parecendo ter menos de dez anos, estavam preparando uma mesa, enquanto uma pessoa de mais idade trazia diferentes tipos de bebidas.

Wilhelm contemplou atentamente um quadro, pendurado sobre um canapé, e foi obrigado a reconhecer nele o retrato de Natalie, por menor prazer que isso lhe desse. Natalie entrou, e a semelhança pareceu desaparecer completamente. Para seu consolo, havia no retrato a cruz de uma Ordem, semelhante àquela que Natalie trazia agora no peito.

— Estive examinando este retrato — disse-lhe — e estou surpreso que um pintor possa ao mesmo tempo ser tão fiel e tão impreciso. Em linhas gerais, o retrato se parece muito com a senhora, e no entanto essas não são nem suas feições nem sua expressão.

— É mesmo surpreendente — replicou Natalie — que guarde tamanha semelhança, pois não se trata absolutamente de meu retrato; é o de uma tia, que se parecia comigo nessa idade quando eu era ainda uma criança. Foi pintado quando tinha ela aproximadamente a idade que tenho agora e, à primeira vista, todos creem ver-me nele. O senhor deveria ter conhecido essa pessoa excelente! Devo muito a ela! Uma saúde extremamente debilitada, talvez por excesso de preocupação consigo mesma, ao mesmo tempo que escrúpulos morais e religiosos impediram-na de ser no mundo o que poderia ter sido em outras circunstâncias. Era uma luz, que só a poucos amigos iluminou, especialmente a mim.

— Seria possível — replicou Wilhelm, depois de refletir um instante sobre aquelas circunstâncias tão diversas que lhe pareceram coincidentes —, seria possível que essa magnífica e bela alma, cujas secretas confissões comigo também foram compartilhadas, fosse sua tia?

— O senhor leu o caderno? — perguntou Natalie.

— Sim — respondeu Wilhelm —, com o maior interesse, e não sem que ele influísse em toda minha vida. O que me pareceu mais luminoso nesse escrito foi, deixe-me dizer, a pureza da existência não só dela mas de tudo que a cercava, essa independência de sua natureza e a impossibilidade de acolher dentro de si mesma qualquer coisa que não se harmonizasse com seu nobre e amável estado de ânimo.

— O senhor é mais razoável — replicou Natalie — e, até posso dizer, mais justo com essa bela natureza que muitos outros que também tiveram acesso a esse manuscrito. Todo homem culto sabe quanto tem para combater em si mesmo e nos outros com uma certa rudeza, quanto lhe custa sua formação e até que ponto, em certos casos, pensa só em si mesmo, esquecendo o que deve aos outros. Quantas vezes o bom homem se reprova por não haver agido com delicadeza suficiente; e, no entanto, quando uma bela natureza se educa de forma excessivamente delicada, excessivamente consciente, e, querendo-se, se supereduca, parece não haver para ela no mundo nenhuma tolerância, nenhuma indulgência. Não obstante, homens dessa natureza são fora de nós o que o ideal é em nosso interior, modelos, não para que os imitemos, mas para que lhes sigamos o exemplo. Rimos do esmero das holandesas, mas seria nossa amiga Therese o que é se não tivesse sempre presente uma ideia semelhante na direção de sua casa?

— Pois, aqui à minha frente — exclamou Wilhelm —, encontro na amiga de Therese aquela Natalie a quem se apegava tanto o coração da valiosa parenta, aquela Natalie que desde pequena foi tão compassiva, carinhosa e prestativa! Só de uma tal estirpe podia originar-se uma tal natureza! Que perspectiva se abre diante de mim ao contemplar de uma só vez seus ancestrais e todo o círculo a que a senhora pertence!

— Sim! — replicou Natalie. — Num certo sentido o senhor não poderia estar melhor informado sobre nós que pelo relato de nossa tia; sem dúvida, o carinho dela por mim a fez falar muito bem da criança. Quando se fala de uma criança, nunca se expressa o objeto, mas só as esperanças que dela se têm.

Rapidamente Wilhelm se dera conta de que agora também se inteirava da origem de Lothario e de sua primeira infância; a bela condessa lhe aparecia menina, com as pérolas da tia ao redor do pescoço; também ele estivera tão perto daquelas pérolas quando os lábios ternos e amáveis da dama se inclinaram sobre os seus; tratou de afastar essas belas lembranças com outros pensamentos. Reviu rapidamente todas as pessoas que aquele escrito lhe deu ocasião de conhecer.

— E aqui estou — exclamou ele —, na casa do respeitável tio! Não é uma casa, mas um templo, e a senhora é a respeitável sacerdotisa, o gênio mesmo; enquanto viver haverei de me lembrar da impressão de ontem à noite quando, ao entrar, deparei com as antigas obras de arte de minha infância mais remota. Lembrei-me das compassivas estátuas de mármore da canção de Mignon, mas essas estátuas não tinham por que se afligir comigo, elas me olhavam com elevada dignidade e reatavam meus mais remotos anos diretamente com esse momento. Este nosso antigo tesouro de família, este prazer da vida de meu avô, encontro-os aqui, expostos em meio a tantas outras dignas obras de arte, e eu, a quem a natureza transformara no favorito desse bom e velho homem, eu, indigno, também me encontro aqui, meu Deus, em meio a essas relações, em meio a esta sociedade!

As meninas haviam pouco a pouco deixado o aposento para ir tratar de suas pequenas ocupações. Wilhelm, agora a sós com Natalie, teve de lhe explicar mais claramente suas últimas palavras. A descoberta de que uma parte considerável daquelas obras de arte ali expostas havia pertencido a seu avô lhe inspirou um ânimo alegre e comunicativo. Assim como, graças àquele manuscrito, ficara conhecendo a casa, também voltava a se encontrar, de certa forma, com sua herança. Desejou então ver Mignon; a amiga pediu-lhe que aguardasse a chegada do médico, que haviam chamado ali na vizinhança. É fácil imaginar que se trata daquele homenzinho ativo, que já conhecemos e que também é mencionado nas "Confissões de uma bela alma".

— Já que me encontro em meio a este círculo familiar — prosseguiu Wilhelm —, será provável que o abade, mencionado naquele escrito, seja o mesmo homem estranho e misterioso que reencontrei na casa de seu irmão, depois dos acontecimentos mais insólitos? Talvez a senhora pudesse dar-me algumas informações mais precisas sobre ele?

Natalie respondeu:

— A respeito dele haveria muito que dizer; estou mais exatamente a par é da influência que exerceu sobre nossa educação. Durante algum tempo esteve convencido de que a educação não devia senão adaptar-se aos talentos; não posso dizer como pensa agora. Afirmava que a primeira e última coisa no homem era a atividade e que nada poderia ser feito sem haver aptidão ou instinto que a isso nos impulsione. Admite-se, costumava dizer, que se nasça poeta, e o mesmo se admite para todas as artes, porque é preciso que assim o seja e porque tais efeitos da natureza humana mal podem ser arremedados; mas, examinando-os atentamente, veremos que toda capacidade, mesmo a ínfima, nos é inata, e que não existe capacidade indeterminada. Só nossa educação equívoca, dispersa, torna indecisos os homens; desperta desejos ao invés de animar impulsos, e ao invés de beneficiar as verdadeiras disposições dirige seus esforços a objetos que, com muita frequência, não se afinam com a natureza que por eles se esforça. Prefiro uma criança, um jovem, que se perde seguindo sua própria estrada, àqueles outros que caminham direito por uma estrada alheia. Quando os primeiros encontram, não importa se por si mesmos ou por uma outra direção, seu verdadeiro caminho, ou seja, quando estão em harmonia com sua natureza, não o deixarão jamais, enquanto os outros correm a todo instante o perigo de se livrar do jugo alheio e entregar-se a uma liberdade incondicional.

— É estranho — disse Wilhelm — que esse homem notável tenha-se interessado também por mim, e, segundo me parece, tenha-me a seu modo, senão dirigido, pelo menos corroborado durante um certo tempo em meus erros. Devo, pois, esperar pacientemente que tipo de justificativa me dará por haver de certo modo zombado de mim, ele e tantos outros.

— Não tenho por que me queixar dessa mania do abade, se é que pode ser considerada uma mania — disse Natalie —, pois não resta dúvida que de meus irmãos eu fui a que melhor me saí. Não vejo tampouco como meu irmão Lothario teria podido receber melhor educação; talvez só a condessa, minha boa irmã, necessitasse de tratamento diferençado, e talvez fosse possível infundir em sua natureza um pouco mais de seriedade e vigor. O que há de ser de meu irmão Friedrich, não se pode ainda imaginar; temo que se torne vítima dessas experiências pedagógicas.

— A senhora ainda tem um outro irmão? — exclamou Wilhelm.

— Sim! — respondeu Natalie. — Possuidor, sem dúvida, de uma natureza alegre, estouvada, e como não o impediram de correr o mundo, não sei o que resultará desse ser travesso e leviano. Há muito que não o vejo. A única coisa que me tranquiliza é saber que o abade e sobretudo a sociedade de meu irmão estão sempre informados do local onde ele se encontra e do que faz.

Wilhelm já estava a ponto não só de sondar as ideias de Natalie acerca daqueles paradoxos, como também de extrair-lhe algumas informações a respeito daquela sociedade misteriosa, quando entrou o médico e, trocadas as primeiras saudações de boas-vindas, este se pôs sem mais demora a falar do estado de saúde de Mignon.

Tomando Felix pela mão, Natalie apressou-se em dizer que ia levá-lo até Mignon e preparar a menina para a visita do amigo.

Vendo-se então a sós com Wilhelm, o médico prosseguiu:

— Tenho a lhe contar coisas estranhas, coisas das quais mal pode suspeitar. Natalie nos deixou sozinhos para que possamos falar livremente de coisas que, ainda que eu as tenha sabido por intermédio dela mesma, não devem ser discutidas com tanta liberdade em sua presença. A natureza estranha dessa boa criança, de quem falamos agora, consiste quase exclusivamente numa profunda nostalgia; o desejo louco de rever sua pátria, e o desejo pelo senhor, meu amigo, são, poderia mesmo dizer, os únicos elementos terrenos nela; ambos se tocam numa distância infinita; ambos são inacessíveis para essa alma singular. Ela deve ser das imediações de Milão e foi raptada ainda muito pequena por uma trupe de saltimbancos. Não se pôde arrancar nada mais dela, em parte porque era muito nova para poder indicar com precisão nomes e lugares, mas principalmente porque havia feito um juramento de não revelar a nenhum ser vivo sua moradia nem sua origem. Pois justamente aquelas pessoas que a encontraram perdida e para quem ela descreveu com toda exatidão onde morava, suplicando-lhes insistentemente que a levassem para casa, apressaram-se em levá-la e à noite, no albergue, pensando que dormia, zombaram daquela boa presa, afirmando que ela jamais haveria de encontrar o caminho de volta. A pobre criatura foi acometida de um desespero cruel em que lhe apareceu, por fim, a mãe de Deus, assegurando-lhe que cuidaria dela. Depois disso, ela fez a si mesma o voto solene de nunca mais confiar em ninguém, nunca mais contar sua história, e viver e morrer na esperança de uma imediata proteção divina. Nem mesmo essas coisas que agora lhe conto, ela as confiou expressamente a Natalie; nossa querida amiga teve de inferi-las, juntando palavras desconexas, cantigas e descuidos infantis, que traem exatamente aquilo que querem calar.

Ficou claro agora para Wilhelm muitas das cantigas, muitas das palavras daquela boa criança. Pediu insistentemente a seu amigo não lhe ocultar nada que pudesse ter relação aos estranhos cânticos e às confissões daquela singular criatura.

— Oh! — disse o médico, prepare-se para uma confissão insólita, para uma história na qual, sem se recordar, o senhor tem parte significativa, e que temo seja decisiva para a vida e a morte dessa boa criatura.

— Fale — replicou Wilhelm —, que estou por demais impaciente.

— O senhor se recorda — disse o médico — de uma certa visita feminina, noturna e misteriosa, depois da representação de *Hamlet*?

— Sim, recordo-me muito bem! — exclamou Wilhelm, envergonhado. — Mas não imaginava que neste momento alguém viesse me obrigar a recordar dela.

— Sabe quem era essa visita?

— Não! O senhor me assusta! Em nome dos céus, não seria Mignon? Quem era? Diga-me!

— Eu mesmo não o sei.

— Mas não era Mignon?

— Não, certamente que não! Mas Mignon estava a ponto de entrar furtivamente, quando, escondida num canto, teve de ver, espantada, que uma rival se antecipara a ela.

— Uma rival! — exclamou Wilhelm. — Continue, que está deixando-me totalmente confuso.

— Alegre-se — disse o médico — de poder saber com tanta rapidez por mim desse resultado. Natalie e eu, que não tínhamos nisso senão um interesse remoto, muito nos atormentamos até poder ver com clareza o estado confuso em que se encontrava essa boa criatura a quem desejávamos ajudar. Tendo sua atenção despertada pelas palavras levianas de Philine e de outras jovens, e também por uma certa cançoneta, lhe parecera extremamente sedutora a ideia de passar uma noite junto a seu amado, sem pensar em nada além de um íntimo e plácido repouso. A inclinação pelo senhor, meu amigo, já era viva e poderosa naquele bom coração; em seus braços a boa criança já havia aplacado mais de uma dor, e agora desejava tal felicidade em toda sua plenitude. Ora se propunha a pedir-lhe afetuosamente tal coisa, ora um pavor secreto a impedia. Até que, finalmente, aquela alegre reunião e o estado de espírito em que lhe deixara o vinho bebido em excesso, deram-lhe a coragem para tentar a façanha e introduzir-se furtivamente nos aposentos do senhor aquela noite. Já se havia antecipado, correndo para se esconder dentro do quarto que não estava fechado, quando, ao subir a escada, ouviu um barulho; escondeu-se e viu um vulto branco de mulher penetrar sorrateiramente em seu cômodo. Logo em seguida, o senhor chegou, e ela pôde ouvir o ruído do ferrolho. Mignon sentiu uma dor inaudita, todas as violentas sensações de um ciúme passional se misturavam ao desejo desconhecido de uma ânsia obscura e tomaram impetuosamente de assalto sua natureza não totalmente desenvolvida. Seu coração, que até ali batera vivamente de nostalgia e expectativa, de súbito começou a parar e a oprimir-lhe o peito como um peso de chumbo; ela não conseguia respirar, não sabia que fazer; ouviu a harpa do velho, correu para se refugiar sob seu teto e passou a noite a seus pés, em meio a terríveis convulsões.

O médico interrompeu-se um instante, e como Wilhelm continuasse calado, prosseguiu:

— Natalie me assegurou jamais ter visto em sua vida algo que a espantasse e afetasse tanto quanto o estado da criança ao lhe fazer tal relato, chegando mesmo nossa nobre amiga a se repreender por haver provocado com suas perguntas e insinuações aquela confissão e renovado tão cruelmente, através da lembrança, as dores pungentes da boa menina. "A boa criatura", contou-me Natalie, "mal havia chegado a esse ponto de sua história, ou melhor dizendo, de suas respostas às minhas insistentes indagações, quando de súbito caiu diante de mim e, levando a mão ao peito, queixou-se da mesma dor daquela terrível noite. Retorcia-se como um verme na terra, e tive de recuperar toda minha presença de espírito na esperança de me recordar e me valer naquela circunstância dos remédios para o corpo e o espírito que eu conhecia."

— O senhor me põe numa situação embaraçosa — disse Wilhelm —, ao me fazer sentir com tanta intensidade, justamente no momento em que estou prestes a rever a criatura querida, os erros frequentes que contra ela cometi. Se hei de vê-la, por que me rouba a coragem de encontrá-la livremente? E devo confessar-lhe: se em semelhante estado se encontra o ânimo da menina, não vejo em que minha presença poderá ajudá-la. Se o senhor, como médico, está convencido de que essa dupla nostalgia tem minado tão intensamente sua natureza, a ponto de ela ameaçar despedir-se da vida, por que devo eu, com minha presença, renovar suas dores e, quem sabe, acelerar seu fim?

— Meu amigo — respondeu o médico —, onde não podemos curar, temos o dever de amenizar, e até que ponto a presença de um objeto querido rouba à imaginação sua força destruidora, transformando a nostalgia numa contemplação serena, disso tenho os mais importantes exemplos. Tudo com medida e objetivo! Pois também a presença pode reanimar uma paixão que se extingue. Vá ver a boa criança, comporte-se amigavelmente e aguardemos os resultados.

Nesse exato momento, Natalie voltava a entrar, e pediu a Wilhelm que a seguisse até os aposentos de Mignon.

— Ela parece estar muito contente com Felix, e espero que receba bem o amigo.

Wilhelm a seguiu, não sem alguma resistência; estava profundamente comovido com tudo o que ouvira e temia uma cena passional. Mas, ao chegar, ocorreu exatamente o contrário.

Mignon, que vestia uma longa túnica branca, e trazia os fartos cabelos castanhos parte soltos, parte presos numa trança, estava sentada com Felix em seu colo, estreitando-o contra o peito; ela lembrava em tudo um espírito desencarnado, enquanto o menino era a própria vida; parecia que céu e terra se abraçavam. Sorrindo, ela estendeu a mão a Wilhelm e disse:

— Agradeço-te por me trazeres de volta o menino; desde o momento que o levaram de mim não pude mais viver. Enquanto meu coração ainda carecer de algo da Terra, ele preencherá esse vazio.

A calma com que Mignon havia recebido seu amigo foi motivo de grande alegria para todo o grupo. O médico recomendou que Wilhelm a visitasse com mais frequência e que a mantivessem em equilíbrio, tanto física quanto espiritualmente. Dito isso, retirou-se, prometendo voltar em breve.

Wilhelm podia agora observar Natalie em seu círculo; não teria podido desejar nada melhor que viver a seu lado. A presença dela exercia a mais pura influência sobre as meninas e as mulheres de idade diferente, quer vivessem em sua casa, quer viessem das imediações para visitá-la com maior ou menor assiduidade.

— Porventura — disse-lhe certa vez Wilhelm —, foi sempre igual o curso de sua vida? Porque o retrato que sua tia me pintou da senhora quando menina me parece, se não estou enganado, ainda perfeitamente adequado. Vê-se que a senhora nunca se sentiu desorientada. Nunca se viu obrigada a recuar um passo.

— Eu o devo a meu tio e ao abade — respondeu Natalie —, que souberam julgar devidamente minhas qualidades. Desde minha infância não me recordo de uma impressão mais viva que a de ver em todas as partes as necessidades do ser humano e sentir um desejo invencível de compensá-las. A criança, que ainda não podia sustentar-se sobre os pés, o ancião, que já não se mantinha sobre os seus, o desejo de uma família rica de ter filhos, a incapacidade de uma família pobre de manter os seus, todo desejo tácito de exercer um ofício, o impulso para um talento, as disposições para centenas de pequenas capacidades necessárias, a tudo isso a natureza parecia haver destinado meu olhar a descobrir. Eu via aquilo para o qual ninguém me havia chamado a atenção; mas parecia haver nascido também apenas para ver. Os encantos da natureza inanimada, aos quais tantas pessoas são extremamente sensíveis, não produziam em mim nenhum efeito, e quase menos ainda os encantos da arte; ao me deparar com uma deficiência, uma necessidade no mundo, minha mais grata sensação era, e ainda o é, a de procurar no espírito uma compensação, um remédio, um socorro. Bastava ver um pobre em farrapos, e logo me vinham à mente as roupas supérfluas que via penduradas nos armários de meus familiares; se via crianças consumindo-se por falta de cuidados e tratamento, lembrava-me sem demora de uma ou outra mulher em que havia observado um certo tédio suscitado pela riqueza e pelo conforto; se via muitas pessoas encerradas num espaço estreito, pensava prontamente em alojá-las nos grandes cômodos de muitas casas e palácios. Essa maneira de ver era em mim totalmente natural, desprovida de qualquer reflexão, e foi a responsável pelas coisas mais bizarras do mundo que fiz quando pequena, levando mais de uma vez as pessoas ao constrangimento com as mais extravagantes proposições. Outra peculiaridade minha era a de não poder senão com muito esforço levar em conta o dinheiro e, só mais tarde, vim a considerá-lo como um meio de satisfazer as necessidades; todas as minhas boas ações eram em espécie, e sei que fui frequentemente motivo de riso. Só o abade parecia compreender-me; era sempre condescendente comigo, fazia-me tomar consciência de mim mesma, de meus sonhos e de minhas inclinações, ensinando-me a satisfazê-los apropriadamente.

— Então devo crer — perguntou Wilhelm — que a senhora acabou por adotar na educação de seu pequeno mundo feminino os princípios desses homens singulares? Deixa portanto cada natureza formar-se por si própria? Deixa também que as pessoas à sua volta procurem e se enganem, cometam erros, alcancem felizmente suas metas ou se percam desafortunadamente em equívocos?

— Não! — disse Natalie. — Esse modo de agir com as pessoas viria totalmente de encontro aos meus sentimentos. Quem prontamente não socorre, parece-me jamais socorrer; quem não dá conselhos imediatos, jamais aconselhará. Assim como também me parece absolutamente necessário formular e incutir às crianças certas leis que deem à sua vida certo amparo. Sim, quase poderia afirmar que é melhor equivocar-se segundo as regras que se equivocar quando a arbitrariedade de nossa natureza nos deixa à deriva, e, tal como vejo os homens, parece-me sempre restar em sua natureza um vazio que só uma lei categoricamente formulada pode preencher.

— Sendo assim — disse Wilhelm —, sua maneira de agir é completamente distinta daquela que observam nossos amigos?

— Sim! — respondeu Natalie. — E já por aí o senhor pode ver a inacreditável tolerância desses homens que de modo algum se põem em meu caminho, exatamente por ser meu caminho, mas que de boa vontade consentem em tudo aquilo que possa desejar.

Reservamos para outra ocasião um relato circunstanciado do procedimento de Natalie com suas meninas.

Mignon reclamava com frequência fazer parte da sociedade, o que lhe concediam de muito bom grado quanto mais parecia estar acostumando-se novamente com Wilhelm, abrindo-lhe seu coração e, sobretudo, tornando-se mais serena e mais contente de viver. Durante os passeios, como se cansasse facilmente, gostava de se pendurar nos braços dele.

— Agora — dizia —, Mignon não sobe nem pula mais, e, no entanto, continua sentindo desejo de passear pelos picos das montanhas, de saltar de uma casa à outra, de uma árvore à outra. Que invejáveis são os pássaros, sobretudo quando constroem com tanto esmero e confiança seus ninhos!

Logo se tornou um hábito Mignon convidar frequentemente seu amigo para passear pelo jardim. Se ocorria de ele estar ocupado, ou quando ela não o encontrava, Felix o substituía, e se em alguns momentos a boa menina parecia desprender-se totalmente da terra, em outros ela voltava a se apegar firmemente a pai e filho, como se temesse acima de tudo separar-se deles.

Natalie parecia apreensiva.

— Esperávamos com sua presença — dizia —, voltar a abrir esse pobre e bom coração; mas não sei se procedemos bem.

Calava-se, parecendo esperar que Wilhelm dissesse algo. A ele também ocorria que, nas atuais circunstâncias, suas relações com Therese haveriam de magoar profundamente Mignon; mas em sua incerteza ele não ousava falar de seu propósito, sem suspeitar que dele Natalie já estava a par.

Tampouco podia acompanhar a conversa com liberdade de espírito quando sua nobre amiga falava da irmã, enaltecendo suas boas qualidades e lamentando sua situação. Não menos embaraçado se sentiu quando Natalie lhe comunicou que em breve ele veria a condessa ali.

— Seu esposo — disse ela — não tem agora outra ideia senão a de substituir o falecido conde na comunidade,[8] apoiar e reconstruir com seu conhecimento e sua diligência essa grande instituição. Virá com ela a nossa casa para uma espécie de despedida; logo estará visitando os diferentes locais onde a comunidade está instalada;[9] ao que parece, tratam-no segundo seus desejos, e até creio que se arriscará a viajar para a América com minha pobre irmã, para em tudo ficar parecido com seu predecessor;[10] e como já está quase convencido de que não lhe falta muito para se tornar um santo, é possível que às vezes paire em sua alma o desejo de brilhar também como mártir.

Capítulo 4

Até aqui já haviam falado diversas vezes da senhorita Therese, haviam-na mencionado diversas vezes de passagem, e quase sempre Wilhelm estivera a ponto de confessar à sua nova amiga haver chegado a oferecer a essa excelente mulher sua mão e seu coração. Um certo sentimento, que ele não sabia explicar, o reteve; hesitou muito, até que a própria Natalie, com seu sorriso celestial, modesto e sereno, que estamos habituados a ver nela, disse-lhe finalmente:

[8] O conde Zinzendorf morreu em 1760.

[9] Além de Herrnhut, onde a comunidade dos irmãos morávios se instalara em 1722, surgiram outros núcleos em Wetterau (1738), Niesky, em Oberlausitz (1742), Neudietendorf, na Turíngia (1743), Ebersdorf (1746) e Barby (1747). Quando do falecimento de Zinzendorf, havia comunidades estabelecidas em Neuwied, Amsterdã, Londres e na América do Norte.

[10] O conde Zinzendorf fez diversas viagens ao continente americano, tendo inclusive visitado, entre 1738 e 1739, pequenas ilhas situadas na América Central.

— Devo, pois, quebrar finalmente o silêncio e introduzir-me à força em sua confiança! Por que, meu amigo, guardar-me segredo de um negócio que lhe é tão caro e que me toca tão de perto? O senhor ofereceu à minha amiga sua mão, e em assuntos de tal ordem não me envolvo sem ser chamada; nisso reside minha justificação! Aqui está a carta que ela lhe escreveu e que lhe envia por meu intermédio.

— Uma carta de Therese! — exclamou ele.

— Sim, meu senhor! E nela se decide sua sorte, o senhor é feliz. Permita-me cumprimentá-lo, ao senhor e à minha amiga.

Wilhelm ficou calado, com o olhar perdido no vazio. Natalie o fitou e pôde ver que ele empalidecia.

— Tão grande é sua alegria — prosseguiu ela — que toma a forma de espanto e o priva da palavra. Não menos cordial é meu interesse, a despeito de poder expressá-lo. Espero que venha a me agradecer, pois lhe digo que não foi pequena minha influência sobre a decisão de Therese; ela me pediu conselho e como, estranhamente, o senhor se encontrava aqui, por sorte pude vencer as poucas dúvidas que minha amiga ainda tinha; os mensageiros foram e voltaram ligeiros, e aqui tem sua decisão! Eis o desenlace! E agora deve ler todas as suas cartas, deve lançar um olhar puro e livre ao belo coração de sua noiva.

Wilhelm desdobrou a folha de papel que Natalie lhe passou sem o lacre e nela estavam escritas estas amáveis palavras:

> "Sou sua assim tal como sou e como o senhor me conhece. Chamo-o de meu assim tal como é e como o conheço. As mudanças em nós mesmos e em nossas relações que porventura o casamento vier a introduzir, haveremos de saber suportá-las com razão, bom ânimo e boa vontade. Já que não é a paixão, mas a inclinação e a confiança que nos unem, arriscamos menos que milhares de outros. O senhor me perdoará com certeza se por vezes me recordo cordialmente de meu velho amigo; em troca, estreitarei seu filho contra meu peito como uma mãe. Se quer compartilhar imediatamente comigo minha pequena casa, nela será dono e senhor, até que se conclua a compra da quinta. Desejaria que nenhuma decisão a esse respeito fosse tomada sem mim, para demonstrar que mereço a confiança que me concede. Adeus, meu querido! Meu querido amigo, noivo amado, esposo ve-

nerado! Therese o estreita contra seu peito com esperança e alegria de viver. Minha amiga haverá de lhe dizer mais coisas, haverá de lhe dizer tudo."

Wilhelm, a quem essa folha evocara à memória a presença de sua Therese, também o trouxe de volta a si mesmo. Durante a leitura, os mais céleres pensamentos alternaram-se em sua alma. Aterrorizado, descobriu em seu coração indícios vivos de uma inclinação por Natalie; recriminou-se, considerou loucura qualquer pensamento dessa natureza, imaginou Therese em toda sua perfeição e voltou a ler a carta, recobrando a serenidade, ou melhor, refazendo-se a ponto de poder parecer sereno. Natalie lhe apresentou as cartas que elas haviam trocado, das quais extrairemos algumas passagens.

Depois de haver descrito o noivo à sua maneira, Therese prosseguia:

"É assim que imagino o homem que agora me oferece sua mão. O que ele pensa de si mesmo, poderás ver em seguida pelos papéis nos quais ele se descreve a mim com toda franqueza; estou convencida de que serei feliz com ele."

"No que concerne à posição social, sabes o que sempre pensei a esse respeito. Alguns homens sentem terrivelmente as discrepâncias das condições exteriores e não as podem suportar. Não pretendo convencer ninguém, do mesmo modo como pretendo agir segundo minha convicção. Não penso em dar exemplo, embora não proceda sem exemplo. Só me inquietam as discrepâncias íntimas, um recipiente que não se adapta àquilo que deve conter; muito luxo e pouco prazer, riqueza e mesquinhez, nobreza e grosseria, juventude e pedantismo, miséria e ostentação, aí estão as condições que poderiam aniquilar-me, a despeito de o mundo poder selá-las e apreciá-las como quiser."

"Ao ter esperança de nossa adaptação, apoio minhas palavras principalmente no fato de ele se parecer contigo, querida Natalie, a quem infinitamente estimo e venero. Sim, de ti tem ele a nobre procura e o esforço para o melhor, graças ao qual produzimos o bem que acreditamos encontrar. Quantas vezes não te censurei em silêncio por tratares essa ou aquela pessoa de maneira diferente, por te comportares nesse ou naquele caso de maneira diferente do que eu teria feito, e, no entanto, o desfecho provava na maior parte das vezes que tinhas razão. 'Se tomamos as pessoas apenas tais como elas são', dizias, 'nós as tornamos piores; mas se as tratamos como deveriam ser, nós as levamos para onde devem ser levadas.' Não posso nem ver nem agir dessa forma, eu o sei muito bem. Inteligência, ordem, disciplina, regra, eis aí meu objeto. Ainda me lembro bem do que Jarno dizia: 'Therese adestra suas pupilas, Natalie as forma'. Sim, tão longe ele foi nisso que um dia chegou a me negar por completo estas três belas qualidades: fé, amor e esperança. 'Em lugar da fé', disse, 'ela tem a inteligência; em lugar do amor, a obstinação; e em lugar da esperança, a confiança.' Também quero confessar-te de bom grado que, antes de te conhecer, não conhecia no mundo nada superior à lucidez e à prudência; só tua presença me convenceu, animou, dominou, e com prazer cedo essa posição à tua alma bela e elevada. Também no mesmo sentido reverencio meu amigo; sua história de vida é um eterno procurar e não encontrar; mas não um procurar vazio, e sim o admirável e benévolo procurar; ele imagina que lhe poderiam dar o que só dele pode vir. Assim, minha cara, tampouco desta vez minha lucidez me prejudica; conheço meu esposo melhor que ele mesmo se conhece e por isso tanto mais o estimo. Eu o vejo, mas não o apreendo com o olhar, e toda minha inteligência não é suficiente para prever o modo como ele pode agir. Quando penso nele, sua imagem se mescla à tua, e não sei como sou digna de pertencer a duas tais pessoas. Mas hei de ser digna, cumprindo com meu dever, realizando o que se pode esperar e aguardar de mim."

"Se penso em Lothario? Intensa e diariamente. Não posso passar sem ele nem um momento no círculo de pessoas que em minha imaginação me rodeia. Oh, como lamento o homem excelente que, por um erro da juventude, comigo se aparentou, e que a natureza o quis tão próximo de ti! Na verdade, um ser como tu seria mais valioso para ele do que eu. A ti eu poderia e deveria cedê-lo. Sejamos para ele o que nos é possível, até que encontre uma esposa digna dele, e ainda assim estejamos e continuemos juntos."

— Mas que dirão nossos amigos? — começou Natalie.

— Seu irmão nada sabe a esse respeito?

— Não! Tão pouco quanto os seus próximos; o assunto foi tratado desta vez entre nós as mulheres. Não sei que manias Lydie meteu na cabeça de Therese; ela parece desconfiar do abade e de Jarno. Lydie lhe infundiu no mínimo alguma suspeita sobre determinadas ligações e planos secretos, dos quais tenho uma ideia geral, mas nos quais nunca pensei em me aprofundar e, nesse passo decisivo de sua vida, ela não quis facultar a ninguém, exceto a mim, que a influenciasse. Ela já havia combinado previamente com meu irmão que os dois se limitariam a participar seus casamentos, sem haver necessidade de se consultar a respeito.

Natalie escreveu portanto uma carta a seu irmão e convidou Wilhelm a acrescentar algumas palavras, cumprindo assim o que Therese lhe havia pedido. Já iam lacrá-la, quando Jarno se fez anunciar inesperadamente. Receberam-no da maneira mais amável, e também ele parecia muito alegre e bem-humorado, até que, por fim, não pôde deixar de dizer:

— Na verdade, vim até aqui para lhes trazer uma notícia deveras extraordinária, mas agradável, que se refere à nossa Therese. Às vezes, bela Natalie, nos censuraste por nos preocuparmos com tantas coisas; mas, agora, vê como é bom ter espiões em todas as partes. Adivinha e põe-nos à mostra tua sagacidade!

A presunção com que pronunciara essas palavras, a expressão maliciosa com que fitara Wilhelm e Natalie convenceram os dois de que seu segredo fora descoberto. Natalie, sorrindo, respondeu:

— Somos muito mais astuciosos do que pensa e já havíamos colocado no papel a solução do enigma, antes mesmo que nos fosse proposto.

E, com essas palavras, entregou-lhe a carta dirigida a Lothario, satisfeita de poder evitar assim a pequena surpresa e perturbação que lhes haviam sido destinadas. Com um certo assombro, Jarno apanhou o papel, passou-lhe os olhos ligeiro, mostrou-se atônito, deixou-o cair da mão e fitou os dois com os olhos arregalados e uma expressão de surpresa e até de terror, incomum de se ver em seu rosto. Não disse uma palavra.

Não estavam menos impressionados Wilhelm e Natalie. Jarno caminhava de um lado para o outro pelo aposento.

— Que devo dizer? — exclamou. — Ou devo dizer algo? Não pode continuar sendo um segredo, e é inevitável a confusão. Portanto, segredo por segredo! Surpresa por surpresa! Therese não é filha de sua mãe! O obstáculo está eliminado: venho aqui para lhe pedir que prepare a nobre jovem para sua união com Lothario.

Jarno viu a consternação dos dois amigos, que baixaram os olhos para o chão.

— Este caso — disse ele — é um dos mais difíceis de se suportar em sociedade. O que há de pensar cada um, é melhor que o pense sozinho; eu, ao menos, peço para mim uma hora de descanso.

Correu para o jardim, e Wilhelm o seguiu mecanicamente, mas a distância.

Ao cabo de uma hora, voltaram a se encontrar. Wilhelm tomou a palavra e disse:

— Outrora, quando vivia despreocupadamente, ou melhor, desatinadamente, sem planos nem objetivos, recebiam-me de braços abertos, chegando mesmo a me importunar, amizade, amor, inclinação e confiança; agora, quando o assunto se torna sério, o destino parece adotar comigo um rumo diferente. A decisão de oferecer a Therese minha mão é talvez a primeira que tenha partido inteiramente de mim. Com ponderação fiz meu plano, minha razão manteve-se plenamente em harmonia com ele e, com o assentimento dessa excelente jovem, todas as minhas esperanças foram satisfeitas. Agora, a mais estranha sina desencoraja minha mão estendida. Therese me estende a sua de longe, como num sonho, não posso pegá-la, e a bela imagem me abandona para sempre. Adeus, pois, bela imagem! Adeus, imagens da mais rica felicidade que em torno dela se reúnem!

Calou-se um instante, com o olhar perdido no vazio, e Jarno fez menção de falar.

— Deixa-me dizer ainda uma outra coisa — atalhou Wilhelm —, pois desta vez está em jogo todo o meu destino. Neste momento vem em meu socorro a impressão que a presença de Lothario gravou em mim ao vê-lo pela primeira vez e que persiste dentro de mim. Esse homem merece toda sorte de inclinação e amizade, e sem sacrifício não há que se pensar em amizade. Por ele foi-me fácil enganar uma infeliz jovem, por ele há de me ser possível renunciar à mais digna das noivas. Vá, conte-lhe esta singular história e diga-lhe a que estou disposto.

Jarno replicou:

— Em tais casos, creio que tudo já está feito, só não devemos precipitar-nos. Não daremos nem um só passo sem o consentimento de Lothario! Irei vê-lo, e aguarde tranquilamente meu retorno ou cartas dele.

Partiu a cavalo, deixando os dois amigos na mais profunda melancolia. Tiveram tempo para repetir de mais de uma forma esse episódio e tecer suas observações a respeito. Só então lhes ocorreu que haviam aceitado facilmente a estranha declaração de Jarno, sem se informar dos pormenores. O próprio Wilhelm parecia ter algumas dúvidas; mas seu assombro e mesmo seu embaraço atingiram o ponto máximo quando no dia seguinte chegou um mensageiro de Therese, portando a seguinte e surpreendente carta, dirigida a Natalie:

> "Por mais estranho que possa parecer, envio-te uma nova carta logo em seguida à anterior para pedir-te que me mandes sem demora para cá meu noivo. Ele deve tornar-se meu esposo, a despeito dos planos concebidos para arrebatá-lo de mim. Entrega-lhe a carta anexa! Mas não diante de testemunhas, sejam elas quais forem."

A carta a Wilhelm dizia o seguinte:

> "Que pensará o senhor de sua Therese, quando ela de súbito insiste apaixonadamente numa união que só a mais calma razão parecia haver estabelecido? Não se deixe deter por nada, e parta logo depois de receber esta carta. Venha, meu querido, querido amigo, três vezes mais querido agora que me querem arrebatar sua posse ou ao menos dificultá-la."

— Que fazer? — exclamou Wilhelm, ao ler a carta.

— Em nenhum caso — replicou Natalie, depois de refletir por um instante —, meu coração e minha razão guardaram tal silêncio como neste; não saberia que fazer, assim como não sei o que lhe aconselhar.

— Seria possível — exclamou impetuosamente Wilhelm — que o próprio Lothario ignorasse tudo isso, ou, supondo que soubesse, que fosse como nós um joguete de planos secretos? Teria Jarno, ao ler nossa carta, improvisado toda esta história fantasiosa? Ou nos teria dito algo diferente, se não nos precipitássemos daquela maneira? Que podem querer?

Que intenções podem ter? Que plano terá imaginado Therese? Sim, não se pode negar que Lothario esteja rodeado de influências e ligações secretas; eu mesmo pude presenciar ali muita atividade, a preocupação em certo sentido com os atos e destinos de determinadas pessoas e o modo como pretendem dirigi-los. Nada compreendo da finalidade desses mistérios; mas esta mais recente intenção de me arrebatarem Therese vejo-a com muita clareza. De um lado pintam-me a felicidade possível de Lothario, talvez só dissimuladamente; de outro, vejo minha amada, minha respeitada noiva, que me chama para junto de seu coração. Que devo fazer? Que devo não fazer?

— Só um pouco de paciência — disse Natalie —, só uma breve reflexão! Neste estranho emaranhado só tenho certeza de uma coisa: não devemos precipitar o que é irreparável. Contra uma história fantasiosa, contra um plano astucioso vêm em nossa ajuda a perseverança e a prudência; em pouco tempo haverá de se esclarecer se a coisa é verdadeira ou inventada. Se de fato meu irmão tem esperança de se casar com Therese, seria cruel privá-lo para sempre de uma felicidade no momento em que tão amavelmente ela lhe aparece. Aguardemos, pois, para ver se ele sabe de algo a respeito disso tudo, se ele mesmo o crê e se ele mesmo o espera.

Como a sustentar os conselhos dados por Natalie chegou felizmente uma carta de Lothario.

"Não envio de volta Jarno", escreveu ele, "porque uma linha escrita por minha mão te valerá mais que as mais minuciosas palavras de um mensageiro. Estou certo de que Therese não é a filha de sua mãe e não posso renunciar à esperança de possuí-la, até que ela também se convença deste fato e decida então refletidamente entre mim e nosso amigo. Peço-te que não o deixes sair de teu lado! A felicidade, a vida de teu irmão dependem disso. Prometo-te que essa incerteza não há de durar muito tempo."

— Vê como estão as coisas — disse ela afetuosamente a Wilhelm. — Dê-me sua palavra de honra que não deixará esta casa.

— Está dada! — exclamou ele, estendendo-lhe a mão. — Não sairei desta casa contra sua vontade. Agradeço a Deus e a meu bom espírito por me guiarem desta vez, e decerto também à senhora.

Natalie escreveu a Therese tudo o que se passava, explicando-lhe que não deixaria seu amigo afastar-se de seu lado; ao mesmo tempo, enviava-lhe a carta de Lothario.

Therese respondeu:

"Não menos surpresa estou do convencimento do próprio Lothario, pois ele não chegaria a fingir a tal ponto diante de sua irmã. Estou aborrecida, muito aborrecida. Melhor não dizer nada mais. O ideal é que eu vá a teu encontro, tão logo consiga acomodações para a pobre Lydie, com quem se comportam cruelmente. Temo que estejamos todos enganados, e tão enganados que não consigamos aclarar jamais as coisas. Se meu amigo pensasse como eu, escaparia de ti e se lançaria ao coração de sua Therese, a quem ninguém haveria então de arrebatá-lo; mas temo perdê-lo, e nem por isso reconquistar Lothario. A este arrebatam Lydie, acenando-lhe de longe com a esperança de poder possuir-me. Não quero dizer mais nada, a confusão seria ainda maior. O tempo mostrará se as mais belas relações não vão alterar-se, corromper-se e abalar-se de tal modo que, mesmo quando tudo ficar esclarecido, já não será de nenhuma ajuda. Se meu amigo não se afastar daí, em poucos dias irei procurá-lo em tua casa e retê-lo. Estás admirada de como esta paixão se apoderou de tua Therese. Não é paixão, e sim a convicção de que, uma vez que Lothario não poderia ser meu, esse novo amigo fará a felicidade de minha vida. Diz-lhe isso, em nome do menino, que esteve sentado a seu lado sob o carvalho e que se deleitou de sua simpatia! Diz-lhe, em nome de Therese, que acolheu suas propostas com cordial sinceridade! Meu sonho primeiro de viver com Lothario já está muito distante de minha alma; o sonho de viver com meu novo amigo ainda está presente dentro de mim. Será que me têm tão pouca consideração que acreditam ser muito fácil fazer-me trocar imprevistamente este por aquele?"

— Confio no senhor — disse Natalie a Wilhelm, entregando-lhe a carta de Therese. — Não haverá de fugir. Pense que tem em suas mãos a felicidade de minha vida. Minha existência está tão intimamente ligada e arraigada à existência de meu irmão que ele não pode sentir uma dor que eu não sinta, nem alegria que não me faça também feliz. Sim, posso mesmo dizer que somente por ele senti que o coração se comove e se eleva, que no mundo pode haver alegria, amor e um sentimento que nos satisfaça acima de toda necessidade.

Ela se conteve. Wilhelm tomou sua mão e exclamou:

— Oh, prossiga! Este é o momento exato para uma verdadeira e mútua confiança; nunca nos foi tão necessário que nos conhecêssemos melhor.

— Sim, meu amigo! — disse ela, sorrindo, com sua suave, serena e indescritível dignidade. — Talvez não seja inoportuno dizer-lhe que tudo quanto muitos livros e o mundo mencionam e descrevem como amor, sempre me pareceu apenas uma história fantasiosa.

— A senhora nunca amou? — exclamou Wilhelm.

— Nunca ou sempre! — respondeu Natalie.

Capítulo 5

Enquanto conversavam, passeavam pelo jardim, onde Natalie colheu diversas flores de forma estranha, absolutamente desconhecidas de Wilhelm, por cujos nomes ele perguntou.

— Não suspeita mesmo — disse Natalie — para quem colho este ramalhete? Para meu tio, a quem faremos uma visita. O sol brilha agora tão vivamente sobre o Salão do Passado que neste momento devo acompanhá-lo a seu interior, e nunca vou sem levar algumas das flores prediletas de meu tio. Ele era um homem estranho e capaz das impressões mais particulares. Tinha uma inclinação visível, raramente explicável, por certas plantas e certos animais, por certas pessoas e regiões, e até por certas espécies de pedras. "Se desde minha infância", ele costumava dizer, "não houvesse resistido tanto, se não me houvesse esforçado por desenvolver minha inteligência no sentido amplo e geral, bem depressa me teria transformado no mais tacanho e insuportável dos homens, pois não há nada mais insuportável que uma restrita peculiaridade naquilo do qual se pode exigir uma atividade pura e apropriada." E, no entanto, ele mesmo tinha de confessar que de certo modo lhe teriam faltado vida e alento, se de tempo em tempo não se anuísse à sua própria vontade e se permitisse gozar com paixão aquilo que nem sempre podia louvar e desculpar. "Não tenho culpa", dizia, "se não pude pôr em completa harmonia meus impulsos e minha razão." Nessas ocasiões, costumava gracejar comigo, dizendo: "Pode-se considerar Natalie feliz no tocante à vida do corpo, já que sua natureza não exige nada além daquilo que o mundo deseja e necessita".

E, assim conversando, chegaram de volta ao edifício principal. Através de um amplo corredor, ela o conduziu a uma porta, diante da qual havia duas esfinges de granito. A porta, à maneira egípcia,[11] era um pouco mais estreita na parte superior que na inferior, e seus batentes de bronze preparavam para um espetáculo austero, senão terrível. Daí por que a agradável surpresa quando tal expectativa se dissipava na mais pura alegria ao se penetrar num salão onde arte e vida suprimiam toda lembrança de morte e sepulcro. Embutidas nas paredes, arcadas bem proporcionais abrigavam grandes sarcófagos; nas colunas interpostas viam-se pequenos nichos, ornados com urnas e vasos funerários; as outras partes das paredes e da abóbada estavam regularmente distribuídas e, entre alegres e variadas molduras, guirlandas e ornamentos, viam-se figuras alegres e simbólicas pintadas em divisórias de tamanhos diferentes. Os elementos arquitetônicos estavam revestidos de um belo mármore amarelo, tendente para o vermelho; listras de um azul claro, de uma feliz composição química, imitando o lápis-lazúli, deleitavam o olhar pelo contraste e davam ao conjunto unidade e coesão. Todo esse esplendor e ornamento apresentavam-se dentro das puras proporções arquitetônicas, e assim qualquer um que ali entrava parecia elevar-se por sobre si mesmo ao aprender pela primeira vez, graças àquela arte harmoniosa, o que é, e o que pode ser, o homem.

Diante da porta, sobre um sarcófago luxuoso, via-se a estátua de mármore de um homem venerável recostado numa almofada. Tinha à sua frente um rolo manuscrito para o qual parecia olhar com serena atenção. De tal modo estava disposto esse rolo que se podiam ler comodamente as palavras que continha. Estava escrito: "Lembra de viver".[12]

Natalie, depois de retirar dali um ramalhete já murcho, depositou as flores frescas diante da estátua de seu tio, pois era ele representado na es-

[11] Vale notar que Goethe coloca as esfinges e a porta em estilo egípcio não diante da torre, mas do "Salão do Passado", demarcando assim a fronteira entre o cotidiano e uma outra experiência temporal.

[12] Goethe inverte com estas palavras o mote do ascetismo cristão medieval, *Memento mori*, "Lembra-te de que vais morrer".

tátua, e Wilhelm acreditou lembrar-se ainda das feições do velho homem que vira então no bosque.

— Passamos muitas horas aqui — disse Natalie —, até que o salão ficasse pronto. Em seus últimos anos, ele havia mandado chamar alguns hábeis artistas, e seu maior entretenimento consistia em ajudá-los a compor e selecionar os desenhos e cartões para essas pinturas.

Wilhelm não se cansava de admirar os objetos à sua volta.

— Quanta vida — exclamou ele — neste Salão do Passado! Poder-se-ia muito bem chamá-lo Salão do Presente e do Futuro. Assim foi tudo, e assim tudo será! Nada é efêmero, salvo aquele que goza e contempla. Este quadro aqui, da mãe estreitando o filho contra o peito, sobreviverá a muitas gerações de venturosas mães. Depois de séculos, talvez, um pai venha deleitar-se com esse homem de barba, que põe de lado sua seriedade para brincar com o filho. Através dos tempos a noiva continuará pudicamente sentada e, em meio a tácitos desejos, ainda terá necessidade de que a consolem e a encorajem, enquanto o noivo espera impaciente nos umbrais a permissão para entrar.

Os olhos de Wilhelm vagueavam por sobre os incontáveis quadros. Do primeiro alegre impulso da infância a empregar e exercitar todos os membros no jogo, até à gravidade serena e solitária do sábio, podia-se ver numa bela e viva sequência como o homem não possui inclinações nem aptidões inatas que não empregue e aproveite. Do primeiro e delicado orgulho de si mesma, quando a jovem demora para retirar o cântaro das águas cristalinas, enquanto contempla prazerosamente sua imagem, até àquelas grandes solenidades em que reis e povos conclamam os deuses diante do altar como testemunhas de suas alianças, tudo ali se revelava significativo e pujante.

Era um mundo, era um céu que rodeava naquele lugar o espectador, e além dos pensamentos que cada uma daquelas imagens plásticas suscitava, além dos sentimentos que inspirava, parecia estar presente ainda uma outra coisa pela qual o homem inteiro se sentia assaltado. Também Wilhelm o sentiu, sem poder dar-se conta disso.

— Que é isto — exclamou —, que, independente de toda significação, isento de toda simpatia que nos inspiram acontecimentos e destinos humanos, tem o poder de agir sobre mim de um modo tão forte e ao mesmo tempo tão aprazível? Fala-me pelo conjunto, fala-me por todos os elementos, sem que eu possa compreender aquele, sem que eu possa dedicar-me particularmente a estes. Que magia pressinto nestas superfícies, nestas linhas, nestas alturas e amplitudes, nestas massas e cores! Que é isto, que torna tão encantadoras estas figuras, mesmo quando contempladas superficialmente como simples adornos? Sim, sinto que se poderia permanecer aqui, descansar, abarcar tudo com os olhos, descobrir-se feliz e sentir e pensar algo totalmente distinto do que se tem diante do olhar.

E, certamente, pudéssemos descrever com que felicidade tudo se encontrava ali distribuído, como tudo estava determinado em ponto e lugar, através da união ou do contraste, da monocromia ou policromia, parecendo como devia parecer, e não de forma diferente, e produzindo uma impressão tão perfeita quanto precisa, transportaríamos o leitor a um local de onde ele não haveria de querer afastar-se tão cedo.

Quatro grandes candelabros de mármore erguiam-se nos cantos do salão; quatro menores, no centro, em torno de um sarcófago ricamente lavrado que, por suas dimensões, poderia ter encerrado uma pessoa jovem, de estatura mediana.

Natalie parou ao lado desse monumento e, pousando a mão sobre ele, disse:

— Meu bom tio tinha grande predileção por esta obra da Antiguidade. Dizia muitas vezes: "Não só caem as primeiras flores que podeis conservar ali em cima, nesses pequenos espaços, mas também os frutos que, pendentes nos ramos, ainda nos proporcionam por muito tempo a mais bela esperança, enquanto um verme oculto prepara sua precoce maturidade e sua destruição". Temo — prosseguiu ela — ter ele profetizado o destino desta querida menina que aos poucos parece escapar aos nossos cuidados e inclinar-se para esta tranquila morada.

Já estavam prontos para deixar o local, quando Natalie lhe disse:

— Devo chamar-lhe ainda a atenção para uma coisa. Repare aquelas aberturas semicirculares ali no alto, de ambos os lados! Nelas podem ocultar-se os coros dos cantores, e esses adornos de bronze sob a cornija servem para fixar os tapetes que, por ordem de meu tio, devem ser pendurados a cada funeral. Ele não podia viver sem música, sobretudo sem os cânticos, e tinha no entanto a peculiaridade de não querer ver os cantores. Costumava dizer: "O teatro nos perverte totalmente; a música nele só serve por assim dizer aos olhos, ela acompanha os movimentos, não as emoções. Nos oratórios e concertos, perturba-nos sempre a figura do músico; a verdadeira música é somente para o ouvido; uma bela voz é o que se pode pensar de mais genérico, e se o limitado indivíduo que a produz se põe diante de nossos olhos, destrói o puro efeito dessa generalidade. Quero ver aquele com quem tenho de falar, pois se trata de um indivíduo único cuja figura e caráter valorizam ou desvalorizam suas palavras; em contrapartida, aquele que para mim canta, deve ser invisível; sua figura não deve seduzir-me nem extraviar-me. Aqui, fala só um órgão para o órgão, não o espírito para o espírito, não um mundo multiforme para um olho, não um céu para o homem". A mesma coisa dizia no tocante à música instrumental; queria a orquestra tão escondida quanto possível, porque os esforços mecânicos e os gestos necessários e sempre singulares dos instrumentistas distraem e perturbam em demasia. Daí por que ele tinha o hábito de ouvir música sempre com os olhos fechados, para que todo o seu ser se concentrasse no único e puro prazer do ouvido.

Já iam deixar o salão, quando ouviram correr impetuosamente as crianças e Felix gritar:

— Eu, não! Eu, não!

Mignon foi a primeira que se precipitou pela porta aberta; faltava-lhe o ar e não conseguia pronunciar uma só palavra; Felix, ainda a uma certa distância, gritou:

— Mamãe Therese está aqui!

As crianças haviam, aparentemente, apostado uma corrida, a ver quem levaria a notícia. Mignon estava nos braços de Natalie e seu coração batia descompassadamente.

— Menina má! — disse Natalie. — Não sabes que te foi proibida toda essa agitação? Vê como teu coração bate!

— Que se despedace! — disse Mignon, com um profundo suspiro. — Há muito que já está batendo.

Nem bem haviam-se recomposto dessa perturbação, dessa espécie de transtorno, quando Therese entrou. Voou para os braços de Natalie e abraçou-a juntamente com a boa menina. Voltou-se em seguida para Wilhelm, fitou-o com seus olhos claros e disse:

— Pois bem, meu amigo, então não se deixou enganar?

Ele deu um passo em sua direção, mas ela correu a seu encontro, atirando-se a ele.

— Oh, minha Therese! — exclamou ele.

— Meu amigo! Meu amado! Meu esposo! Sim, sou tua, para sempre! — exclamou, em meio aos mais ardentes beijos.

Felix puxou-a pelo vestido e exclamou:

— Mamãe Therese, eu também estou aqui!

Natalie ficou parada, olhando o vazio; de súbito, Mignon levou a mão esquerda ao coração e, estendendo violentamente o braço direito, deu um grito, tombando como morta aos pés de Natalie.

O susto foi grande; não havia sinais de batimento do pulso nem do coração. Wilhelm a tomou nos braços e levou-a correndo dali; o corpo trêmulo da menina pendia por sobre seus ombros. A presença do médico serviu-lhes de pouco consolo; ele e o jovem cirurgião, a quem já conhecemos, esforçaram-se inutilmente. Não foi possível trazer de volta à vida a amada criatura.

Natalie fez um sinal a Therese. Esta pegou seu amigo pela mão e o levou do quarto. Ele estava atônito e sem fala, e sem coragem de se defrontar com o olhar de Therese. Sentou-se a seu lado, naquele mesmo canapé onde havia encontrado Natalie pela primeira vez. Pensava com grande rapidez numa sucessão de fatos, ou melhor, não pensava, mas deixava agir sobre sua alma aquilo que não podia afastar. Há momentos na vida em que os acontecimentos, semelhantes a lançadeiras aladas, vão e voltam diante de nós e, sem cessar, rematam uma trama que pouco mais pouco menos temos nós mesmos urdido e forjado.

— Meu amigo, meu amado! — disse Therese, quebrando o silêncio e segurando-lhe a mão. — Estejamos firmemente unidos neste momento, como teremos que fazer ainda muitas vezes, talvez em casos semelhantes. Estas são as ocorrências que para suportá-las é preciso ser dois no mundo. Reflita, meu amigo, sente que não estás só, mostra que amas tua Therese e compartilha com ela de início tuas dores!

Abraçou-o, estreitando-o docemente contra o peito; ele a tomou nos braços, pressionando-a fortemente.

— A pobre criança — exclamou ele — buscava nos momentos de tristeza proteção e abrigo em meu peito inseguro; que a segurança do teu venha em meu socorro nesta hora terrível!

Mantiveram-se assim, firmemente abraçados, e ele sentia palpitar junto a seu peito o coração de Therese, mas em seu espírito só havia o vazio e a solidão; apenas as imagens de Mignon e Natalie pairavam como sombras em seu pensamento.

Natalie entrou.

— Dá-nos tua bênção! — exclamou Therese. — Que neste triste momento nos unamos diante de ti!

Wilhelm havia escondido seu rosto no colo de Therese; tinha assim a oportunidade de poder chorar. Não ouviu chegar Natalie, nem a via, mas ao som de sua voz suas lágrimas redobraram.

— O que Deus reuniu, não hei de separar — disse Natalie, sorrindo —, mas não posso uni-los nem aceitar que a dor e a inclinação pareçam banir completamente de seus corações a lembrança de meu irmão.

Ao ouvir tais palavras, Wilhelm se desprendeu dos braços de Therese.

— Aonde vai? — perguntaram as duas mulheres.

— Deixem-me ver a criança que matei! — exclamou ele. — A desgraça que vemos com os olhos é menor que quando nossa imaginação crava violentamente o mal em nosso espírito; vejamos esse anjo que de nós se afastou! Sua expressão serena nos dirá que é feliz!

Não podendo reter o emocionado jovem, as amigas o seguiram, mas o bom médico que veio ao encontro deles, acompanhado do cirurgião, impediu-os de se aproximar da menina morta, dizendo-lhes:

— Fiquem longe desse triste objeto e permitam-me, tanto quanto minha arte seja capaz, conferir alguma duração aos restos desse ser notável. Aplicarei sem demora nessa criatura amada a bela arte não só de embalsamar um cadáver, mas também de lhe conservar uma aparência de vida. Como previa sua morte, tomei todas as providências e, com este ajudante aqui, estou certo de que me sairei bem. Concedam-me apenas alguns dias e não me peçam para ver de novo a criança amada até que a tenhamos conduzido ao Salão do Passado.

O jovem cirurgião tinha novamente nas mãos aquela singular bolsa de instrumentos.

— De quem a terá adquirido? — perguntou Wilhelm ao médico.

— Conheço-a muito bem — replicou Natalie —; era de seu pai, que aquela vez no bosque lhe vendou o ferimento.

— Oh, então eu não estava enganado — exclamou Wilhelm —, reconheci prontamente a faixa! Cedam-ma! Foi ela que primeiro me pôs de volta na pista de minha benfeitora. A quanto bem e mal não sobreviveu um objeto inanimado como este! A quantas dores já não esteve presente esta faixa, e suas fibras no entanto ainda subsistem! De quantos homens não acompanhou ela os derradeiros instantes, e suas cores ainda não se desvaneceram! Esteve presente num dos momentos mais belos de minha vida, quando jazia ferido sobre a terra e surgiu diante de mim sua imagem prestimosa, enquanto, com os cabelos ensanguentados, velava por minha vida com os mais ternos cuidados esta criança cuja morte prematura choramos agora.

Os amigos não tiveram muito tempo para conversar a respeito desse funesto acontecimento nem de explicar à senhorita Therese qualquer coisa a respeito da menina e da provável causa de sua morte inesperada, pois vieram anunciar a chegada de uns estranhos que, ao comparecerem diante deles, viu-se que não eram nem um pouco estranhos. Entraram Lothario, Jarno e o abade. Natalie correu ao encontro do irmão; fez-se um instante de silêncio entre os presentes. Sorrindo, Therese disse a Lothario:

— Não acreditava decerto encontrar-me aqui; no mínimo, não é propriamente aconselhável que nos procuremos neste momento; mas, ainda assim, eu o saúdo cordialmente depois de tão longa ausência.

Lothario estendeu-lhe a mão e replicou:

— Se temos um dia de sofrer e nos privar, que possamos ao menos fazê-lo também em presença do bem querido e desejável. Não pretendo influir em sua decisão, e minha confiança em seu coração, em seu discernimento e em seu sincero senso continua tão grande que de bom grado coloco em suas mãos meu destino e o destino de meu amigo.

A conversa se voltou imediatamente para generalidades, e, poder-se-ia mesmo dizer, para assuntos banais. Logo o grupo de amigos se separou aos pares e saiu a passeio. Natalie se foi com Lothario, Therese, com o abade, e Wilhelm ficou no castelo com Jarno.

A aparição dos três amigos no momento em que uma dor profunda se abrigava na alma de Wilhelm, ao invés de distraí-lo, havia irritado e agravado seu humor; estava desgostoso e desconfiado, e não pôde nem quis ocultá-lo, quando Jarno lhe pediu explicações de seu silêncio carrancudo.

— E o que falta ainda? — exclamou Wilhelm. — Lothario chega com seus asseclas, e seria admirável que aqueles misteriosos poderes da torre, sempre tão ocupados, não agissem agora sobre nós e não realizassem conosco e em nós não sei que estranho objetivo. Tudo que conheço desses santos homens, sua louvável intenção parece ser a de separar a todo tempo o unido e unir o separado. O tipo de trama que pode resultar disso continuará talvez para sempre como um enigma a nossos olhos profanos.

— O senhor está desgostoso e amargurado — disse Jarno —, o que na verdade é muito bom. Melhor ainda seria, se só por uma vez se zangasse de fato.

— É possível que eu siga seu conselho — replicou Wilhelm —, e temo demais que desta vez desejem provocar ao extremo toda minha paciência, a inata e a adquirida.

— Pois, de minha parte — disse Jarno —, enquanto não virmos até onde chegarão nossas histórias, eu gostaria de lhe contar a respeito dessa torre contra a qual parece nutrir tanta desconfiança.

— Fica por sua conta — respondeu Wilhelm — correr o risco de me distrair. Meu espírito está ocupado em tantas outras coisas que não sei se poderá participar como deve dessas dignas aventuras.

— Seu agradável estado de ânimo não me intimidará de esclarecê-lo sobre este ponto. Tem-me por um sujeito esperto e deve ter-me também por um homem honesto e, o que é mais, desta vez tenho um encargo.

— Desejaria — replicou Wilhelm — que falasse de moto próprio e com boa vontade de me esclarecer; mas, uma vez que não posso ouvi-lo sem desconfiança, por que escutá-lo?

— Já que agora não tenho nada melhor a fazer senão contar histórias fantasiosas — disse Jarno —, haverá o senhor de ter também algum tempo para dedicar a elas um pouco de atenção; talvez se sinta mais predisposto, se começar dizendo-lhe que tudo o que viu na torre não passa, na verdade, de meras relíquias de um empreendimento juvenil, a princípio levadas muito a sério pela maior parte dos iniciados e das quais todos nos rimos agora.

— Não fazem, pois, senão brincar com esses signos e essas nobres palavras — exclamou Wilhelm —; conduzem-nos solenemente a um local que nos inspira respeito, permitem-nos ver as mais estranhas aparições, dão-nos rolos manuscritos de máximas magníficas, misteriosas, dos quais, por certo, não entendemos senão pouquíssima coisa, revelam-nos que até ali éramos aprendizes, absolvem-nos e continuamos tão sábios como antes.

— Não tem à mão o pergaminho? — perguntou Jarno. — Ele contém muitas coisas boas, pois essas máximas generalizadas não foram criações fantasiosas; é certo que podem parecer vazias e obscuras àquele que a propósito delas não se recorda de nenhuma experiência. Passe-me essa assim chamada carta de aprendizado, se a tem por perto.

— Com toda certeza, muito perto! — replicou Wilhelm. — Um amuleto como este deve-se trazer sempre sobre o peito.

— Ora — disse Jarno, sorrindo —, quem sabe se o conteúdo não encontrará lugar algum dia em sua cabeça e em seu coração!

Jarno baixou os olhos e percorreu por alto a primeira metade do documento.

— Isto — disse — se refere à educação do senso artístico, assunto sobre o qual outros poderiam falar; a segunda metade trata da vida, e aqui me sinto mais familiarizado.

Começou a ler algumas passagens, comentando-as e intercalando observações e histórias.

— A inclinação da juventude ao mistério, às cerimônias e às palavras grandiloquentes é extraordinária e, muitas vezes, indício de uma certa profundeza de caráter. Durante esses anos se pretende sentir todo o ser tocado e comovido, ainda que de maneira obscura e indeterminada. O jovem, que pressente muitas coisas, crê encontrar muitas num mistério, crê ter de atribuir muitas a um mistério e por este agir. Pensando dessa maneira, o abade consolidou uma sociedade de jovens, em parte segundo seus princípios, em parte por inclinação e hábito, já que outrora havia tido ligação com uma sociedade que devia ter atuado muito em segredo.[13] Eu era quem menos podia considerar-me em tal estado. Era mais velho que os outros, desde a infância havia visto claro e em todas as coisas não desejava senão claridade; não tinha nenhum outro interesse senão o de conhecer o mundo e contagiei com esta paixão os melhores de meus companheiros, pouco faltando para que toda nossa educação não tomasse

[13] A referência é tão genérica que não se pode dizer com segurança a que sociedade se refere. Pode se supor tratar-se dos maçons ou, mais provavelmente, da *Societas Jesu*, isto é, dos jesuítas, cuja ordem havia sido banida pelo papa Clemente XIV em 1773.

um rumo falso, pois começamos a ver apenas os defeitos alheios e suas limitações e considerar a nós mesmos como seres excelentes. O abade veio em nosso socorro e nos ensinou que não devemos observar os homens sem nos interessar por sua formação e que só estamos em condição de nos observar e conhecer a nós mesmos quando em alguma atividade. Aconselhou-nos a conservar aquelas primeiras formas da sociedade; daí haver restado algo de legal em nossos encontros, percebendo-se bem as primeiras impressões místicas sobre a organização do conjunto, adotando depois como símbolo a forma de um ofício que se eleva até à arte. Disso provêm as denominações de aprendizes, assistentes, mestres. Queríamos ver com nossos próprios olhos e formar-nos um arquivo próprio de nosso conhecimento do mundo; daí procedem as muitas confissões que em parte nós mesmos escrevemos, em parte levamos os outros a fazê-lo, e com as quais compusemos mais tarde os anos de aprendizado. Pois, na verdade, a nem todos os homens é dado fazer algo por sua educação; muitos só desejam um remédio caseiro para seu bem-estar, receitas para a riqueza e toda sorte de felicidade. Todos esses que não queriam pôr-se em pé foram em parte entretidos com mistificações e outras charlatanices, em parte deixados de lado. Absolvíamos segundo nosso método somente aqueles que sentiam vivamente e reconheciam com clareza para que haviam nascido, e se haviam exercitado o bastante para prosseguir seu caminho com certa alegria e facilidade.

— Pois comigo os senhores tiveram muita pressa — replicou Wilhelm —, pois exatamente a partir daquele momento é que passei a saber bem menos do que posso, quero e devo.

— Incorremos nessa confusão sem culpa alguma, e a boa sorte poderá tirar-nos dela; mas, por enquanto, escute: aquele em quem há muito que desenvolver, há de se esclarecer mais tarde sobre si mesmo e o mundo. Poucos são os que têm o sentido e, ao mesmo tempo, são capazes de ação. O sentido se alarga, mas paralisa; a ação anima, mas limita.

— Peço-lhe — interrompeu Wilhelm —, não me leia mais essas estranhas palavras. Essas frases já me confundiram bastante.

— Então me aterei ao relato — disse Jarno, enrolando parte do pergaminho, ao qual só de tempo em tempo lançava um olhar. — Eu mesmo tenho sido muito pouco útil à sociedade e aos homens; sou um péssimo mestre e não suporto ver alguém fazendo tentativas canhestras;

àquele que está perdido tenho logo de chamá-lo aos gritos, ainda que fosse um sonâmbulo e que eu o visse em perigo iminente de quebrar o pescoço. Sobre isso sempre tive minhas dificuldades com o abade, que defende que o erro só com o erro pode-se curar. Também discutimos frequentemente a seu respeito; o senhor caíra-lhe especialmente em boas graças, e já quer dizer algo isso de atrair sua atenção a tão alto grau. O senhor há de reconhecer que, onde quer que eu o encontrasse, dizia-lhe a pura verdade.

— Pois não me poupou muito — disse Wilhelm — e parece manter-se fiel a seus princípios.

— Que significa poupá-lo — respondeu Jarno —, quando um jovem dotado de muitas e boas disposições toma um rumo completamente errado?

— Perdoe-me — disse Wilhelm —, mas o senhor me negou duramente qualquer aptidão para ser ator; confesso-lhe que, mesmo havendo renunciado de vez a essa arte, não me é possível declarar-me totalmente incapaz para isso.

— Pois me é absolutamente incontestável — disse Jarno —, que quem só a si mesmo consegue representar não é ator. Quem não sabe transformar-se pelo espírito e pela aparência em muitas personagens, não merece esse nome. Por exemplo, o senhor representou muito bem o Hamlet e alguns outros papéis para os quais lhe favoreciam seu caráter, sua figura e a disposição de ânimo momentânea. Ora, isso seria suficiente para um teatro de amadores e para quem não visse pela frente nenhum outro caminho. É preciso — prosseguiu Jarno, lançando um olhar para o manuscrito — acautelar-se contra um talento que não se tenha esperança de poder exercitar à perfeição. Pode-se avançar nele tão longe quanto se queira, mas, sempre ao final, quando se torna claro o mérito do mestre, haverá de lamentar-se penosamente a perda de tempo e forças que foram dedicados a tal fancaria.

— Não leia nada! — disse Wilhelm. — Peço-lhe encarecidamente, continue a falar, conte-me, esclareça-me! Quer dizer então que o abade me ajudou no Hamlet, providenciando-me um espectro?

— Sim, pois ele assegurava ser esse o único meio de curá-lo, caso ainda tivesse cura.

— E por isso me deixou o véu e me mandou fugir?

— Sim, e esperava mesmo que com a representação de Hamlet desaparecesse todo seu gosto pelo teatro. Afirmava que depois disso o senhor não voltaria a pôr os pés no teatro; eu acreditava no contrário e acabei tendo razão. Discutimos a esse respeito naquela mesma noite, depois da representação.

— Quer dizer que me viu atuar?

— Oh, certamente!

— E quem representou o espectro?

— Nem eu mesmo sei dizer-lhe; talvez o abade ou seu irmão gêmeo, mas creio que tenha sido este último, pois é um pouco mais alto.

— Então os senhores também têm segredos uns com os outros?

— Amigos podem e devem ter segredos, só não são nenhum segredo um para outro.

— A lembrança dessa confusão já me perturba. Explique-me quem é esse homem a quem devo tanto e a quem tantas censuras tenho que fazer.

— O que o torna tão valioso para nós — replicou Jarno —, o que de certo modo lhe confere a soberania sobre todos nós, é o olhar livre e perspicaz de que a natureza lhe dotou sobre todas as forças que só no homem residem e das quais cada uma pode desenvolver-se à sua maneira. A maior parte dos homens, mesmo os melhores, é limitada; cada qual aprecia em si mesmo e nos outros determinadas qualidades; e ele só favorece aquelas que quer ver desenvolvidas. De um modo totalmente oposto age o abade; tem sentido para tudo, tem interesse de tudo reconhecer e promover. Aqui, tenho de olhar novamente o rolo! — prosseguiu Jarno. — Só todos os homens juntos compõem a humanidade; só todas as forças reunidas, o mundo. Estas estão com frequência em conflito entre si e, enquanto buscam destruir-se mutuamente, a natureza as mantém juntas e as reproduz. Do mais ínfimo instinto artesanal e animal ao mais sublime exercício da arte espiritual; dos balbucios e gritos da infância à mais perfeita manifestação do orador e do cantor; das primeiras brigas dos rapazes aos monstruosos preparativos pelos quais se guardam e conquistam países; da mais frágil benevolência e do mais fugidio amor à paixão mais violenta e à mais séria união; do mais puro sentimento da presença sensível aos mais sutis pressentimentos e esperanças do mais remoto porvir espiritual: tudo isso, e muito mais, está jacente no homem e deve ser desenvolvido; mas não em um, e sim em muitos. Toda disposição é importante e deve ser desenvolvida. Quando um promove somente o belo, o outro, somente o útil, só os dois juntos é que formam um homem. O útil promove a si mesmo, pois a multidão o produz e ninguém pode prescindir dele; o belo deve ser promovido, pois poucos o representam e muitos o necessitam.

— Pare! — exclamou Wilhelm. — Já li tudo isso.

— Só mais algumas linhas — replicou Jarno. — Aqui volto a encontrar o abade por inteiro: "Uma força domina a outra, mas nenhuma pode formar a outra; em cada disposição só se encontra subjacente a força para aperfeiçoá-la; poucos homens o entendem, mas apesar disso pretendem ensinar e agir".

— Tampouco eu o entendo — atalhou Wilhelm.

— Ainda ouvirá falar com bastante frequência deste texto do abade, e assim nos verá e conservará sempre de maneira bem clara o que há em nós e o que em nós podemos desenvolver; sejamos justos com os outros, pois só somos dignos de estima quando sabemos apreciar.

— Pelo amor de Deus! Chega de sentenças! Sinto que são um mau remédio para um coração ferido. Prefiro que me diga com sua cruel determinação o que espera de mim, como e de que maneira pretende sacrificar-me.

— Por todas essas suspeitas, asseguro-lhe, o senhor irá nos pedir perdão mais tarde. É sua tarefa examinar e escolher; assisti-lo, é a nossa. O homem não é feliz antes de seus desejos incondicionais determinarem limites a si mesmos. Não se espelhe em mim, mas no abade; não pense em si mesmo, mas naquilo que o cerca. Aprenda, por exemplo, a considerar a excelência de Lothario: como sua visão de conjunto e sua atividade estão indissoluvelmente ligadas; como está sempre fazendo progressos, como se propaga e arrasta todos consigo. Onde quer que esteja, carrega um mundo, sua presença anima e inflama. Veja, em compensação, nosso bom médico! Parece ser de uma natureza exatamente oposta. Enquanto aquele só age em conjunto e também à distância, este só dirige seu claro olhar às coisas mais próximas, e mais que gerar e animar a atividade, ele proporciona os meios para ela; seu modo de agir é perfeitamente semelhante ao de um bom administrador; sua eficácia é silenciosa, uma vez que a cada um só favorece em seu próprio círculo; seu saber consiste num juntar e num gastar contínuos, num tomar e compartilhar no pequeno. Talvez Lothario pudesse destruir num dia aquilo que o outro levou anos para construir; mas talvez Lothario também pudesse comunicar ao outro num momento a força para refazer cem vezes o que foi destruído.

— É um triste negócio — disse Wilhelm — ter que pensar nos méritos puros dos outros num momento em que estamos em desacordo com nós mesmos; tais considerações convêm bem ao homem tranquilo, não àquele que está agitado pela paixão e incerteza.

— Contemplar de maneira tranquila e razoável não é prejudicial em nenhum tempo, e enquanto nos habituamos a pensar nos méritos alheios, sorrateiramente os nossos vêm tomar seus lugares, e de bom grado renunciamos a toda falsa atividade para a qual nos atrai a fantasia. Liberte, se possível, seu espírito de toda suspeita e ansiedade! Aí vem o abade; seja amável com ele até que venha a descobrir ainda mais quanta gratidão lhe deve. Que finório! Vem entre Natalie e Therese; apostaria qualquer coisa como está tramando algo. Assim como gosta em geral de representar um pouco o papel do destino, tampouco abandona o capricho de promover às vezes casamentos.

Wilhelm, cujo apaixonado e enfadonho estado de espírito não havia melhorado com as sábias e bondosas palavras de Jarno, achou de uma indelicadeza extrema que seu amigo, naquele exato momento, mencionasse tal circunstância, e disse, embora sorrindo, mas não sem amargura:

— Eu imaginava que o capricho para promover casamentos ficasse a cargo das pessoas que se amam.

Capítulo 6

A sociedade havia-se reencontrado, e nossos amigos se viram obrigados a interromper a conversa. Pouco depois, anunciaram um correio que desejava entregar uma carta a Lothario em mãos próprias; fizeram entrar o homem, que aparentava vigor e competência; sua libré era muito rica e de bom gosto. Wilhelm acreditou conhecê-lo, e não estava equivocado, pois se tratava do mesmo homem que ele mandara naquela ocasião no encalço de Philine e da suposta Mariane, e que nunca mais havia retornado. Já ia dirigir-lhe a palavra, quando Lothario, tendo lido a carta, perguntou-lhe sério e quase contrariado:

— Como se chama seu senhor?

— De todas as perguntas — respondeu o correio com modéstia —, esta é a que menos sei responder; espero que a carta o informe do necessário; não fui encarregado de nenhuma mensagem.

— Como queira — respondeu Lothario, rindo —, já que seu senhor tem tanta confiança em mim para escrever tais pilhérias, que seja então bem-vindo entre nós.

— Ele não se fará esperar muito tempo — respondeu o correio, fazendo uma reverência e retirando-se.

— Escutem só — disse Lothario — esta louca e insípida mensagem: "Como, de todos os hóspedes", escreve o desconhecido, "o mais agradável é o bom humor quando se apresenta, e eu o levo constantemente comigo como companheiro de viagem, estou convencido de que a visita que imaginei fazer a Vossa Graça e Senhoria não será mal recebida; ao contrário, espero chegar para perfeita satisfação de toda a nobre família e retirar-me oportunamente, pois eu etc. Conde da Pata de Caracol".

— É uma família nova — disse o abade.

— Pode ser um conde de vicariato — replicou Jarno.

— O segredo é fácil de adivinhar — disse Natalie —; aposto que é nosso irmão Friedrich que, desde a morte do tio, nos ameaça com uma visita.

— Acertou no alvo, bela e sábia irmã! — gritou alguém de um arbusto próximo, ao mesmo tempo em que dele saía um jovem agradável e gracioso.

Wilhelm mal pôde conter um grito.

— Como? — exclamou. — Nosso pícaro louro, aqui também presente?

Friedrich prestou atenção, mirou Wilhelm e exclamou:

— Na verdade, eu ficaria menos surpreso de encontrar aqui, nos jardins de meu tio, as célebres pirâmides, que ainda se mantêm firmes no Egito, ou o túmulo do rei Mausolo,[14] que, conforme me asseguraram, já não existe mais, que o senhor, meu velho amigo e frequente benfeitor. Receba minhas particulares e melhores saudações!

[14] Construção do século IV a.C., considerada uma das sete maravilhas do mundo.

Depois de haver cumprimentado e beijado todos à sua volta, exclamou, dirigindo-se uma vez mais a Wilhelm:

— Cuidem muito bem deste herói, deste comandante supremo e filósofo dramático! Quando de nosso primeiro encontro, penteei-o mal, posso mesmo dizer que o penteei com o rastelo, e, no entanto, depois disso ele me livrou de um bom número de pauladas. Ele é magnânimo como Cipião, generoso como Alexandre, eventualmente também apaixonado, mas sem odiar seus rivais. Não pensem que amontoava brasas sobre a cabeça de seus inimigos,[15] que, como se diz, deve ser um dos piores serviços que se pode prestar a alguém; não, nada disso; pelo contrário, ele envia ao encalço dos amigos que lhe raptaram a jovem bons e fiéis criados, para que o pé dela não tropece em nenhuma pedra.

E com imagens de tal gosto prosseguiu ele ininterruptamente, sem que ninguém fosse capaz de pôr um fim a tudo aquilo; e como não havia quem lhe replicasse naquele mesmo tom, continuou sustentando praticamente sozinho a conversa.

— Não se assombrem — exclamou — com minha grande erudição nos escritos sagrados e profanos; em breve saberão como adquiri esses conhecimentos.

Queriam saber dele como ia e de onde vinha; mas, diante de tantas máximas morais e velhas histórias, não se podia chegar a nenhuma explicação clara.

Natalie disse baixinho a Therese:

— Esse seu modo de demonstrar alegria me faz mal; seria capaz de apostar como ainda assim ele não é feliz.

Vendo que seus gracejos não encontravam eco junto ao grupo, à exceção de alguns chistes que lhe replicou Jarno, disse:

— Com uma família assim tão séria não me resta outra alternativa senão me fazer sério também, e já que, em tais circunstâncias graves, toda a carga de meus pecados me cai pesadamente sobre a alma, tenho que me decidir enfim por uma confissão geral, da qual porém, os senhores, minhas honradas damas e cavalheiros, nada deverão ouvir. Este nobre ami-

[15] Citação da *Epístola de Paulo aos Romanos*, 12:20, em geral usada no sentido de "envergonhar profundamente", "fazer corar de vergonha".

go aqui, que já conhece algo de minha vida e de meus atos, será o único a ouvi-la, exatamente por ser o único que tem algum motivo de me interrogar. Não estariam curiosos em saber — continuou ele, voltando-se para Wilhelm — como e onde, quem, quando e por quê?[16] Que semelhança há na conjugação do verbo grego *philéo, philoh*[17] e nos derivados desse adorável verbo?

E assim dizendo, tomou Wilhelm pelo braço e o levou dali, estreitando-o e beijando-o de todos os modos.

Mal havia entrado nos aposentos de Wilhelm, e Friedrich encontrou, junto à janela, uma espátula para pó com a inscrição: "Pensa em mim".

— Vejo que mantém muito bem guardadas suas coisas de valor! — disse ele. — Realmente, esta é a espátula de Philine, que ela lhe deu de presente aquele dia em que tanto lhe puxei os cabelos. Espero que o senhor tenha pensado assiduamente na bela jovem e asseguro-lhe que ela tampouco o esqueceu, e não tivesse eu banido há tempo qualquer vestígio de ciúme de meu coração, iria olhá-lo agora não sem inveja.

— Não me fale mais de tal criatura — replicou Wilhelm. — Não nego que durante muito tempo não pude livrar-me da impressão de sua agradável presença, mas isso foi tudo.

— Que vergonha! — exclamou Friedrich. — Quem renegará uma mulher amada? E o senhor a amou tão completamente quanto se poderia desejar. Não passava um dia sem que lhe desse um presente, e, se o alemão presenteia, é porque sem dúvida está amando. Não me restou outra coisa senão arrancá-la do senhor, e nisso o pequeno oficial de vermelho foi bem-sucedido.

— Como? Era o senhor o oficial que encontramos na casa de Philine e com quem ela partiu?

— Sim — respondeu Friedrich —, aquele que o senhor tomou por Mariane. Como rimos de seu engano!

— Que crueldade — exclamou Wilhelm — deixar-me numa tal incerteza!

[16] Perguntas que constam de um modelo escolar utilizado para se redigir um relato ou uma dissertação sobre determinado tema. No caso, um exemplo da recém-adquirida "erudição" de Friedrich.

[17] Do grego, "eu amo, eu amei" (ver p. 102, nota 5).

— E ainda tomamos a nossos serviços o correio que o senhor mandou em nosso encalço — replicou Friedrich. — É um sujeito competente e desde aquela época não saiu de nosso lado. Quanto à jovem, continuo amando-a com a mesma loucura de sempre. De tal modo ela me enfeitiçou que me encontro muito perto de uma situação mitológica, e todos os dias temo ver-me metamorfoseado.[18]

— Diga-me — perguntou Wilhelm —, onde adquiriu esta tão vasta erudição? Ouço assombrado a maneira estranha que tem adotado ao falar, fazendo sempre referências a histórias e fábulas antigas.

— Tornei-me erudito, e na verdade muito erudito, da forma mais divertida — disse Friedrich. — Philine está comigo agora; sublocamos de um arrendatário o velho castelo de uma possessão feudal onde, como duendes, levamos a mais divertida vida. Ali encontramos uma biblioteca, embora limitada, é verdade, bastante seleta, onde há uma Bíblia in-fólio, a *Crônica* de Gottfried, dois volumes do *Theatrum Europaeum*, os *Acerra Philologica*, escritos de Gryphius[19] e outros livros menos importantes. Pois bem, depois que dávamos livre curso a tudo, às vezes nos sentíamos enfadados e passávamos a ler; antes de nos prover, já era maior nosso tédio. Ocorreu então a Philine a magnífica ideia de abrir todos os livros sobre uma grande mesa; sentávamo-nos frente a frente e líamos um para o outro, nada além de trechos ora de um ora de outro livro. Uma verdadeira diversão! Acreditávamos estar numa boa sociedade onde se tem por impróprio estender-se longamente sobre a mesma matéria ou mesmo querer debatê-la a fundo; acreditávamos estar numa sociedade animada onde ninguém dá ao outro a palavra. Entregamo-nos regularmente todos os dias a esse entretenimento e aos poucos nos tornamos tão

[18] Referência às histórias mitológicas narradas por Ovídio nas *Metamorfoses*.

[19] Os livros aqui mencionados indicam que se trata de uma biblioteca do Barroco. Bíblias in-fólio eram muito numerosas à época. A *Crônica* de Johann Ludwig Gottfried, pseudônimo de Johann Philipp Abele (1584-1633), abarcava a história universal desde o início do mundo até o ano de 1619 (*Historische Chronica oder Beschreibung der Geschichte vom Anfang der Welt bis auf das Jahr 1619*). O mesmo Abele publicou em seguida uma história contemporânea, que mais tarde foi retomada por diferentes autores: o *Theatrum Europaeum*, que apareceu em 21 volumes in-fólio, entre 1633 e 1718. A obra de Peter Lauremberg (1590-1658), *Acerra Philologica* (1633), é uma coletânea de anedotas e discursos, instrutivos e divertidos, compilados de autores gregos e latinos.

eruditos que nos surpreendíamos com nós mesmos. Já não encontrávamos mais nada de novo sob o sol, e nossos conhecimentos nos servem para tudo como referência. Praticamos diversas variações nesse modo de nos instruir. Às vezes líamos acompanhados de uma velha e deteriorada ampulheta, que em minutos já estava vazia. Sem perda de tempo, o outro a virava e dava início à leitura de um livro, e nem bem a areia preenchia o vidro inferior, recomeçava o outro com seu discurso, e assim estudávamos de maneira verdadeiramente acadêmica, só que nossas aulas eram mais curtas e nossos estudos manifestamente variados.

— Compreendo muito bem essa loucura — disse Wilhelm — quando se reúne um casal tão divertido como esse; mas o que me custa a compreender é como esse frívolo casal pode permanecer tanto tempo junto.

— Isso é — exclamou Friedrich — justamente o bom e o mal. Philine não pode deixar-se ver, ela não pode mesmo ver a si mesma, pois se encontra em estado interessante. Não há nada no mundo mais disforme e ridículo que ela. Ainda pouco antes de eu partir, ela se viu casualmente no espelho. "Que diabo", disse, voltando o rosto, "a senhora Melina em pessoa! Não há aparência mais repulsiva!"

— Devo confessar — replicou Wilhelm sorrindo — que há de ser muito engraçado vê-los juntos como pai e mãe.

— É um verdadeiro desvario — disse Friedrich — que eu tenha afinal de passar por pai. Ela o afirma, e as datas coincidem. A princípio me desconcertava um pouco a maldita visita que ela lhe fizera aquela noite, depois do *Hamlet*.

— Que visita?

— Acaso terá entorpecido completamente tal lembrança? O espectro palpável e encantador daquela noite, caso ainda não o saiba, era Philine. Essa história me foi, decerto, um duro dote, mas quando não se transige com essas coisas, não há como amar. A paternidade baseia-se principalmente na convicção; estou convicto, logo sou pai. Como vê, sei empregar a lógica também no lugar apropriado. E se a criança não morrer de rir logo ao nascer, pode tornar-se um cidadão do mundo, senão útil, ao menos agradável.

Enquanto os amigos se entretinham de forma tão divertida acerca de assuntos ligeiros, os demais membros da companhia haviam iniciado uma conversa séria. Tão logo Friedrich e Wilhelm haviam-se retirado, o abade conduziu sorrateiramente os amigos a uma sala do jardim e, assim que todos tomaram seus lugares, começou sua exposição.

— Temos afirmado de um modo geral — disse ele — que a senhorita Therese não é filha de sua mãe; é necessário que nos expliquemos também em detalhe sobre este assunto. Ouçam a história que me comprometo a documentar e provar em seguida de todas as maneiras. A senhora Von *** viveu os primeiros anos de seu casamento no melhor entendimento com seu marido, e só tiveram o infortúnio de lhes nascerem mortos os filhos que em duas oportunidades esperavam; na terceira, os médicos quase prognosticaram a morte da mãe, prevendo-a como totalmente inevitável na próxima vez. Era preciso tomar uma decisão, e não queriam romper o casamento, pois se encontravam muito bem do ponto de vista social. A senhora Von *** procurou no cultivo de seu espírito, em certa representação, nos prazeres da vaidade, uma espécie de compensação à felicidade materna que lhe era negada. Com muita serenidade perdoou o marido por este se sentir inclinado por uma mulher que se encarregava de todo o serviço doméstico, dotada de uma bela aparência e de um caráter muito sólido. Ao cabo de algum tempo, a senhora Von *** dispôs-se a ajudar a si mesma, engendrando um arranjo segundo o qual a boa moça se entregou ao pai de Therese, continuou a cuidar das lides domésticas e a demonstrar à dona da casa quase maior zelo e submissão que antes. Algum tempo depois, ela comunicou estar grávida, e os dois cônjuges tiveram na ocasião o mesmo pensamento, embora por razões completamente diferentes. O senhor Von *** desejava introduzir na casa o filho de sua amante como seu filho legítimo, e a senhora Von ***, desgostosa porque seu estado era conhecido de toda a vizinhança graças à indiscrição de seu médico, pensou em recuperar seu prestígio com um suposto filho e manter em casa, graças a essa transigência, um equilíbrio que em outras circunstâncias temia perder. Foi mais reservada que seu marido, advertiu nele o desejo e soube, sem se antecipar a ele, facilitar-lhe uma explicação. Impôs suas condições e obteve quase tudo o que exigia, e nisso está a origem do testamento em que a menina parecia tão pouco favorecida. O velho médico havia morrido, recorreram a um homem jovem, ativo, discreto, que foi bem recompensado e que pôde mesmo atribuir-se a honra de aclarar e corrigir a imperícia e precipitação de seu finado colega. A verdadeira mãe concordou com tudo de bom grado, e representaram muito bem toda aquela dissimulação; Therese veio ao mundo e confiaram-na a uma madrasta, enquanto a verdadeira mãe tornou-se vítima da própria dissimulação, pois morreu ao se atrever a sair cedo demais, deixando inconsolável o bom homem. A senhora Von *** havia portanto alcançado plenamente seu objetivo; tinha aos olhos do mundo uma filha adorável, que exibia imoderadamente e, ao mesmo tempo, livrara-se de uma rival cuja situação, a despeito de tudo, via com olhos invejosos, e cuja influência, pelo menos para o futuro, secretamente temia; acumulava a menina de carinhos e sabia, nas horas de intimidade, atrair de tal modo o marido, condoendo-se vivamente com sua perda, que ele se rendeu completamente a ela, pode-se dizer, pondo-lhe de volta nas mãos sua felicidade e a felicidade de sua filha; pouco antes de morrer e de certa forma graças a sua filha já crescida, tornou-se novamente o senhor da casa. Eis o segredo, bela Therese, que seu pai enfermo provavelmente lhe teria revelado com muito gosto, e que eu quis expor-lhe com todos os pormenores agora que se encontra ausente esse jovem amigo que, pela mais estranha urdidura do mundo, tornou-se seu noivo. Aqui estão os documentos que provam rigorosamente o que afirmei. Através deles, a senhorita há de se inteirar do tempo que levei seguindo a pista dessa descoberta e como somente agora pude ter certeza; não ousei dizer nada a meu amigo acerca da possibilidade de sua sorte, já que poderia magoá-lo profundamente se pela segunda vez essa esperança tivesse desaparecido. A senhorita haverá de compreender então as suspeitas de Lydie, pois confesso de bom grado que de forma alguma fomentei a inclinação de seu amigo por essa boa moça desde que pude entrever sua união com Therese.

Ninguém respondeu coisa alguma àquela história. As damas devolveram os documentos ao cabo de alguns dias sem voltar a mencioná-los.

Tinham bem perto meios suficientes para ocupar a sociedade quando se reunia, e também a região oferecia muitos atrativos que todos gostavam de visitar, ora sozinhos, ora juntos, a cavalo, de coche ou a pé. Numa dessas ocasiões, Jarno encarregou-se de sua missão junto a Wilhelm e lhe mostrou os documentos, mas não pareceu exigir dele nenhuma resolução.

— Neste estado extremamente singular em que me encontro — disse Wilhelm, em seguida —, basta que eu lhe repita o que desde o início, em presença de Natalie e certamente com pureza de coração, disse: Lothario e seus amigos podem exigir de mim toda sorte de renúncia; coloco-lhe assim em suas mãos todas as minhas pretensões sobre Therese, mas em troca consiga-me minha licença formal. Oh!, meu amigo, não necessito de grandes reflexões para me decidir. Já por estes dias tenho sentido quanto esforço custa a Therese manter tão somente uma aparência daquela vivacidade com que no início me saudava. Roubaram-me sua afeição, ou melhor, nunca a possuí.

— Não há dúvida de que casos como esse se aclaram melhor pouco a pouco, no silêncio e na espera — replicou Jarno —, do que com muitas palavras, das quais sempre resulta uma espécie de embaraço e perturbação.

— Eu, ao contrário, pensava — disse Wilhelm —, que justamente este caso era capaz da mais serena e mais pura decisão. Censuram-me com muita frequência por minha vacilação e incerteza; por que agora, que estou decidido, querem cometer comigo a mesma falta que em mim reprovavam? Empregará o mundo tanto esforço em nos educar, só para nos fazer sentir que ele não quer educar-se? Sim, conceda-me logo o alegre sentimento de estar livre de um mal-entendido no qual incorri com os mais puros propósitos do mundo.

A despeito desse pedido, passaram vários dias durante os quais ele nada ouviu a respeito do assunto nem observou qualquer mudança em seus amigos; ao contrário, mantinha-se uma conversa geral e indiferente.

Capítulo 7

Certa vez, Natalie, Jarno e Wilhelm estavam reunidos, e Natalie começou:

— Está pensativo, Jarno, já há algum tempo que o venho observando.

— Estou — replicou o amigo — e tenho em mente um assunto importante que já há muito está preparado entre nós e que se deve atacar forçosamente agora. A senhora já sabe em termos gerais do que se trata, e sei que posso falar diante de nosso jovem amigo, porque dependerá deste tomar parte nele se tiver algum prazer. Os senhores deixarão de me ver por um longo tempo, pois estou prestes a embarcar para a América.

— Para a América? — replicou Wilhelm, sorrindo. — Jamais esperaria do senhor uma aventura semelhante e, muito menos, que me elegesse como companheiro de viagem.

— Quando se inteirar de nosso plano — replicou Jarno — haverá de lhe dar um nome melhor e, talvez, chegue a se interessar por ele. Ouça-me! É preciso conhecer um pouco dos negócios do mundo para perceber que nos esperam grandes transformações e que as propriedades não estão mais seguras quase em parte alguma.

— Não faço nenhuma ideia precisa dos negócios do mundo — atalhou Wilhelm — e até recentemente não me preocupava com as minhas propriedades. Talvez tivesse feito melhor afastá-las por mais tempo de meu espírito, já que sou obrigado a notar que a preocupação por conservá-las nos torna hipocondríacos.

— Escute-me até o fim — disse Jarno. — Compete ao velho a preocupação, para que o jovem possa ficar por um período despreocupado. O equilíbrio nos negócios humanos só pode estabelecer-se por contrastes, infelizmente. Nos dias de hoje, nada é menos aconselhável que ter uma propriedade num só lugar, que confiar seu dinheiro a uma só praça; mas é igualmente difícil mantê-los sob vigilância em muitos lugares, daí por que concebemos algo diferente: de nossa velha torre há de sair uma sociedade que se espalhará por todas as partes do mundo, e na qual de todas as partes do mundo se poderá entrar. Asseguramos reciprocamente nossa existência para o caso único de que uma revolução nacional desaloje um ou outro de suas propriedades. Vou para a América com a intenção de aproveitar as relações que nosso amigo fez durante sua estada nesse país. O abade irá para a Rússia, e o senhor deve escolher, caso queira unir-se a nós, se fica ajudando Lothario aqui na Alemanha ou se parte comigo. Penso que o senhor escolherá esta última, pois para um jovem é extremamente proveitoso empreender uma grande viagem.

Wilhelm concentrou-se e respondeu:

— A proposta é digna de toda reflexão, já que em breve minha divisa será: "Quanto mais longe, melhor". Espero que me dê mais detalhes sobre seu plano. Talvez seja meu desconhecimento do mundo, mas me parece que uma tal associação deve topar com dificuldades invencíveis.

— A maior parte delas está eliminada — replicou Jarno —, graças ao fato de sermos até agora bem poucos, homens honestos, sensatos e decididos, que têm um certo sentido do geral, de onde unicamente pode provir o sentido da sociedade.

Friedrich, que até então havia somente escutado, disse em seguida:

— Se me derem uma boa palavra, eu os acompanho.

Jarno sacudiu a cabeça.

— Então, o que têm a me dizer? — prosseguiu Friedrich. — Numa nova colônia requerem-se também colonos jovens, e eu os levarei comigo; e até mesmo colonos espirituosos, asseguro-lhes. Eu saberia ainda de uma boa jovem que não encontra mais seu lugar aqui, a doce e encantadora Lydie. Aonde irá a pobre menina, com sua dor e seu pesar, se eventualmente não a atirarem à profundeza dos mares e se nenhum bravo homem lhe demonstrar interesse? Eu imaginava, meu amigo de juventude, que, estando sempre a consolar as abandonadas, o senhor se decidiria, cada um conduziria pelo braço sua jovem, e seguiríamos o velho senhor.

Essa proposta aborreceu Wilhelm. Ele respondeu com uma calma afetada:

— Nem mesmo sei se ela está livre, e já que pareço não ser feliz nas questões amorosas, gostaria de não fazer uma tal tentativa.

Natalie disse em seguida:

— Friedrich, meu irmão, não é porque ages tão levianamente contigo mesmo, que deves acreditar ter tua opinião algum valor para outros. Nosso amigo merece um coração feminino que lhe pertença por inteiro, que a seu lado não lhe assaltem estranhas recordações; só com um caráter extremamente razoável e puro como o de Therese era aconselhável correr um risco dessa natureza.

— Um risco desses! — exclamou Friedrich. — No amor tudo é risco. Sob a choupana ou diante do altar, com abraços ou anéis de ouro, ao canto dos grilos ou ao som de trombetas e timbales, tudo é um risco só, e o acaso tudo faz.

— Sempre vi nossos princípios — replicou Natalie — apenas como um suplemento para nossas existências. De muito bom grado envolvemos nossas faltas no manto de uma lei em vigor. Fica atento ao caminho ao qual ainda te conduzirá a bela que, de modo tão poderoso, te atraiu e te retém.

— Mas se ela mesma está em muito bom caminho — replicou Friedrich, — no caminho da santidade. Sem dúvida, um desvio, mas bem mais divertido e seguro; Maria de Magdala também o percorreu, e quem sabe quantas outras. Enfim, minha irmã, quando se trata de amor, não deverias intrometer-te. Creio que não te casarás até que em algum lugar esteja faltando uma noiva, e então, segundo tua bondade habitual, te dedicarás a ser suplemento de alguma existência. Deixa-nos, portanto, concluir agora nosso negócio com esse mercador de almas, e chegar a um acordo sobre nosso grupo de viagem.

— Suas proposições chegaram tarde demais — disse Jarno. — Em relação a Lydie, já está tudo providenciado.

— E como? — perguntou Friedrich.

— Eu mesmo lhe ofereci minha mão — respondeu Jarno.

— Velho senhor — disse Friedrich —, assim comete um arroubo no qual, se o consideramos como substantivo, podemos encontrar diferentes adjetivos, e por conseguinte, se o consideramos como sujeito, podemos encontrar diferentes predicados.

— Devo confessar sinceramente — replicou Natalie — que é uma tentativa perigosa esta de se dedicar a uma jovem no momento em que ela se desespera de amor por um outro.

— Corro esse risco — respondeu Jarno —, ela será minha sob uma certa condição. E, creiam-me, não há nada mais estimável no mundo que um coração apto para o amor e para a paixão. Se amei, se ainda amo, isso não importa. O amor com que se ama a um outro, é para mim quase mais atraente que o amor com que a mim poderiam amar; eu vejo a força, o poder de um coração, sem que a visão me seja turvada pelo amor-próprio.

— Tem falado com Lydie durante estes dias aqui? — perguntou Natalie.

Jarno anuiu sorrindo. Natalie sacudiu a cabeça e disse, levantando-se:

— Logo já não saberei mais o que pensar de ambos, mas certamente não irão enganar-me.

Fez menção de se retirar, quando o abade entrou com uma carta na mão e lhe disse:

— Fique! Tenho aqui uma proposta para a qual seu conselho será bem-vindo. O marquês, amigo de seu falecido tio, a quem esperamos já há algum tempo, estará aqui em poucos dias. Ele me escreve, revelando não ter ainda tanta fluência na língua alemã quanto pensava; necessita de um companheiro que a domine com perfeição, e mais alguma outra; como deseja travar relações mais científicas que políticas, um intérprete assim lhe será imprescindível. Não conheço ninguém mais competente para isso que o nosso jovem amigo. Conhece a língua, além de ser instruído em muitas coisas, e para ele próprio será muito proveitoso visitar a Alemanha em tão boa companhia e em condições tão vantajosas. Quem não conhece sua própria pátria, não tem parâmetro para os países estrangeiros. Que dizem, meus amigos? Que diz, Natalie?

Ninguém tinha objeção a apresentar àquela proposta; Jarno parecia não considerar como um obstáculo sua proposição de viajar para a América, e ademais não partiria de imediato; Natalie ficou calada, e Friedrich citou vários provérbios sobre a utilidade das viagens.

Wilhelm, em seu íntimo, estava tão indignado com essa nova proposta que mal o conseguia dissimular. Via claramente naquilo um arranjo para se livrarem dele o mais depressa possível, e, o que era ainda pior, faziam-no ver tudo às claras, sem nenhuma consideração. Ademais, a suspeita que Lydie nele despertara, tudo o que ele mesmo havia descoberto, ganhou novamente vida em sua alma, e a maneira natural com que Jarno lhe expusera tudo parecia-lhe apenas uma apresentação artificial.

Conteve-se e respondeu:

— Essa proposição merece certamente uma reflexão madura.

— Uma decisão rápida se faz necessária — replicou o abade.

— Não estou preparado para isso agora — respondeu Wilhelm. — Poderíamos esperar a chegada desse senhor e então veríamos se nos seria conveniente. Mas devem, de antemão, aceitar uma condição básica: que eu possa levar meu Felix comigo e conduzi-lo por toda a parte.

— Essa condição dificilmente será aceita — replicou o abade.

— E não vejo por que — exclamou Wilhelm — deveria deixar que qualquer um me impusesse condições? E por que, para visitar minha pátria, necessito da companhia de um italiano?

— Porque um jovem — replicou o abade com uma seriedade imponente —, tem sempre motivo para se juntar a alguém.

Wilhelm, percebendo que seria incapaz de se conter por mais tempo, uma vez que seu estado não era senão atenuado de certa forma pela presença de Natalie, fez-se ouvir com uma certa precipitação:

— Que me concedam apenas algum tempo para pensar, e suponho que bem depressa decidirei se tenho motivo para continuar a me juntar a alguém ou se, ao contrário, o coração e a astúcia não me ordenam de modo irresistível desatar-me de tantos laços que me ameaçam com uma prisão eterna e miserável.

Disse tais palavras com a alma vivamente comovida. Um olhar sobre Natalie o tranquilizou de certo modo, apossando-se dele de forma tão profunda naquele momento de paixão a figura e o valor da jovem.

— Sim — disse a si mesmo, ao se ver sozinho —, confessa-te: tu a amas e de novo sentes o que isto significa quando o homem pode amar com todas as suas forças. Foi assim que amei Mariane e perdi terrivelmente a confiança nela; amei Philine e acabei por desprezá-la. Estimava Aurelie e não podia amá-la; venerava Therese, e o amor paternal assumia a forma de uma inclinação por ela; e, agora, que em teu coração se reúnem todos os sentimentos que podem fazer um homem feliz, agora és obrigado a fugir! Ah! Por que a estes sentimentos, a estes conhecimentos, deve associar-se o desejo invencível da possessão? E por que, sem possessão, esses sentimentos, essas convicções destroem totalmente toda sorte de felicidade? Gozarei no futuro do sol e do mundo, da sociedade ou de algum outro bem venturoso? Não te dirás sempre: "Natalie não está aqui!". E, por isso mesmo, por infelicidade, Natalie te estará sempre presente. Fecha teus olhos, e ela te aparece; abre-os, e ela estará pairando por sobre todos os objetos, como uma aparição que deixa nos olhos uma imagem ofuscante. Já não lhe esteve antes sempre presente à tua imaginação a figura fugidia da amazona? E só a havias visto, nem a conhecias. Agora que a conheces, que estiveste tão perto dela, que tanto interesse por ti ela demonstrou, agora estão gravadas profundamente em tua alma suas qualidades, como antes sua imagem em teus sentidos. É angustiante viver procurando, mas é muito mais angustiante achar e ter de abandonar. Que devo pedir agora ao mundo? Que devo procurar dentro de mim? Que região, que cidade guarda um tesouro semelhante a este? E devo viajar para encontrar sempre só o inferior? Acaso a vida não é senão uma mera pista de corridas em que se deve retornar rapidamente, uma vez alcançado o ponto extremo? E estará aí o bem, o excelente, como uma meta fixa, inalterável, da qual haverá que se afastar ligeiro com cavalos velozes exatamente quando se acreditava havê-la alcançada? Enquanto aquele que aspira a mercadorias terrestres pode procurá-las nos mais diferentes pontos da Terra e até na feira ou no mercado.

— Vem, menino querido! — exclamou, voltando-se para seu filho que acabava de entrar correndo. — Sê e continua sendo para mim tudo! Foste-me dado para substituir tua amada mãe; devias suprir-me a segunda mãe que eu te havia destinado, e agora tens de preencher um vazio ainda maior. Ocupa meu coração, ocupa meu espírito com tua beleza, tua amabilidade, tua ânsia de saber e tuas aptidões!

A criança se ocupava com um novo brinquedo, e o pai tratou de arrumá-lo melhor, mais ordenada e apropriadamente; no mesmo instante, porém, o menino perdeu o interesse.

— És um verdadeiro ser humano! — exclamou Wilhelm. — Vem, meu filho! Vem, meu irmão! Vamos sair sem destino pelo mundo a brincar, enquanto podemos!

Sua decisão de se afastar, levando o menino consigo, e de se distrair correndo o mundo era agora seu firme propósito. Escreveu a Werner, pedindo-lhe dinheiro e cartas de crédito, e despachou o correio de Friedrich com o rigoroso pedido de breve regresso. Por mais contrariado que estivesse com seus outros amigos, suas relações com Natalie permaneceram incólumes. Confiou a ela sua intenção; ela aprovou que podia e devia partir, e embora também a ele essa aparente indiferença de sua parte lhe magoasse, suas maneiras amáveis e sua presença tranquilizavam-no por completo. Ela o aconselhou a visitar diversas cidades para que pudesse conhecer alguns de seus amigos e amigas. O correio voltou, trazendo o que Wilhelm havia pedido, apesar de Werner parecer não ter ficado satisfeito com aquela nova partida.

"Minha esperança de que tomarias juízo", escreveu ele, "novamente terá de ser adiada por um bom tempo. Por onde irão vaguear agora todos juntos? E o que houve com aquela dama de cuja ajuda econômica me fizeste ter esperança? Tampouco os demais amigos se encontram presentes; todo o negócio caiu sobre as minhas e sobre as costas do escrivão. É uma sorte ser ele tão bom em questões jurídicas como eu sou em finanças, e estarmos ambos habituados a nos arrastar um pouco. Adeus! Teu vaguear pelo mundo te será perdoado, já que, sem ele, não seriam tão boas nossas relações nesta região."

No tocante às questões exteriores, ele já teria podido partir, mas seu espírito ainda estava preso por dois obstáculos. Proibiam-no terminantemente de ver o corpo de Mignon, pois nem tudo ainda estava preparado para a solenidade que o abade pensava celebrar durante as exéquias. Também o médico fora chamado por uma carta do eclesiástico rural. Tratava-se do harpista, de cuja sorte Wilhelm queria ter informações mais precisas.

Em tal estado, não encontrava ele repouso espiritual ou físico nem de dia nem de noite. Enquanto todos dormiam, ele circulava pela casa. A presença daquelas antigas e conhecidas obras de arte o atraíam e o repeliam. Não podia apanhar nem abandonar nada do que estava à sua volta; tudo o fazia lembrar tudo; ele abarcava com o olhar todo o círculo de sua vida, mas este infelizmente jazia quebrado à sua frente e parecia não querer fechar-se nunca mais. Essas obras de arte, que seu pai havia vendido, pareciam-lhe um símbolo do qual ele também estava excluído, em parte de uma posse tranquila e sólida das coisas desejáveis do mundo, em parte despojado por culpa própria ou alheia. Perdia-se a tal ponto nessas singulares e tristes divagações que muitas vezes se sentia como um fantasma, e mesmo quando sentia ou apalpava as coisas exteriores, mal podia precaver-se contra a dúvida de estar realmente vivo e se encontrar ali.

Só a viva dor que às vezes o atacava de ter que abandonar de um modo tão afrontoso e, no entanto, tão necessário tudo o que havia encontrado e recuperado, só suas lágrimas lhe restituíam o sentimento de sua existência. Em vão, evocava o estado feliz em que, na verdade, se encontrava. "Tudo não é senão nada", exclamou ele, "quando falta a única coisa que para o homem tem o valor de todas as demais."

O abade anunciou à sociedade a chegada do marquês.

— Ao que parece — disse ele a Wilhelm —, o senhor está verdadeiramente decidido a partir só com seu filho; mas, ao menos, venha conhecer esse homem que, em todo caso, poderá ser-lhe útil se o encontrar em seu caminho.

Apresentou-se o marquês; era um homem de não muita idade, um desses tipos lombardos, de boa estatura e simpáticos. Quando jovem, conhecera o tio, bem mais velho que ele, inicialmente no exército e depois nos negócios; mais tarde, haviam percorrido juntos grande parte da Itália, e as obras de arte, que aqui o marquês voltava a encontrar, foram compradas e adquiridas em sua maior parte estando ele presente e em circunstâncias felizes das quais ainda se recordava muito bem.

Os italianos, em geral, têm um sentimento da dignidade da arte mais profundo que os outros povos; todo aquele que se dedica a alguma atividade quer ser chamado artista, mestre e professor, e com essa mania de títulos reconhece no mínimo que não basta aprender de passagem algo pela tradição nem adquirir pela prática uma habilidade qualquer; ao contrário, confessa que cada um deve ser capaz de pensar sobre aquilo que faz, ordenar os princípios e deixar bem claro a si mesmo e aos outros as razões por que se faz isso ou aquilo.

O estrangeiro comoveu-se ao voltar a encontrar tão belas propriedades sem seu proprietário e alegrou-se de ouvir falar o espírito de seu amigo através de seus excelentes herdeiros. Examinaram as diferentes obras e sentiram uma grande satisfação de poder fazer-se entender mutuamente. O marquês e o abade dirigiam a conversa; Natalie, que se sentia novamente conduzida à presença de seu tio, sabia muito bem descobrir suas opiniões e ideias; Wilhelm tinha de se traduzir em termos teatrais quando queria entender algo. Houve necessidade de pôr freios aos gracejos de Friedrich. Não era comum Jarno estar presente.

À observação de como eram raras as obras de arte excepcionais nos tempos modernos, disse o marquês:

— Não é fácil julgar e levar em conta o que as circunstâncias representam para os artistas, e mesmo para aquele de maior gênio, de indiscutível talento, ainda são infinitas as exigências que ele deve impor a si mesmo, e indizível o zelo necessário para sua formação. Quando as circunstâncias lhe são pouco favoráveis, quando percebe que o mundo é fácil demais de satisfazer e não deseja senão uma aparência ligeira, agradável, cômoda, seria de espantar que a comodidade e o egoísmo não o retivessem na mediocridade; seria estranho que ele não escolhesse o dinheiro, elogios e objetos da moda em vez do caminho direito que o conduziria mais ou menos a um martírio deplorável. Daí por que os artistas de nossa época estão sempre a oferecer para nunca dar. Estão sempre a provocar, para nunca satisfazer; tudo é apenas insinuado, e não se encontra em parte alguma fundamento nem execução. Basta ficar parado um certo tempo numa galeria e observar que obras de arte atraem o público, quais ele elogia e quais negligencia, e haverá de se ter pouco gosto pelo presente e pouca esperança no futuro.

— Sim — replicou o abade —, e assim se formam reciprocamente o amador e o artista; o amador busca apenas um prazer geral e indeterminado; a obra de arte deve agradá-lo pouco mais ou menos como uma obra da natureza, e os homens creem que os órgãos com que se desfruta uma obra de arte formaram-se por si mesmos, como a língua e o palato, que se julga uma obra de arte como se julga uma comida. Não compreendem que se carece de uma outra formação para se elevar até à verdadeira fruição artística. O mais difícil, penso eu, é essa espécie de distinção que o homem deve deixar agir dentro de si, caso queira mesmo cultivar-se; por isso encontramos tantas formações unilaterais das quais cada uma tem a pretensão de anular todas as outras.

— O que o senhor acaba de dizer não me ficou muito claro — disse Jarno, que entrava naquele exato momento.

— É mesmo difícil — replicou o abade — explicar-se sucinta e precisamente num assunto como esse. Digo apenas que, aspirando o homem a uma atividade múltipla ou a uma fruição múltipla, tem que ser também capaz de desenvolver órgãos múltiplos, independentes uns dos outros. Quem pretende fazer ou fruir tudo ou fruir parte de sua plena humanidade, quem pretende associar a tal espécie de fruição tudo o que é externo a si mesmo, passará sua vida num esforço eternamente insatisfeito. Quão difícil é o que parece tão natural: contemplar em si e por si mesma uma bela estátua, um excelente quadro, escutar o canto pelo canto, admirar o ator no ator, encantar-se com um edifício por sua própria harmonia e sua durabilidade. Mas, na maior parte das vezes, vemos os homens tratar as verdadeiras obras de arte como se fossem argila mole. Segundo suas inclinações, opiniões e caprichos, deve-se voltar a talhar o mármore já talhado, aumentar ou estreitar o edifício solidamente erguido, um quadro deve instruir, uma peça de teatro corrigir e tudo deve ser tudo. Mas, na verdade, como a maior parte dos homens é informe, porque incapazes de dar uma forma a si mesmos e à sua essência, trabalham para tomar aos objetos sua forma, para que tudo se torne matéria mais lassa e mais maleável, à qual eles pertencem. Acabam reduzindo tudo ao chamado efeito, tudo é relativo e assim tudo se torna relativo, menos o absurdo e a falta de gosto que governam de forma absoluta.

— Eu o compreendo — replicou Jarno —, ou melhor, eu me dou conta de como aquilo que diz se harmoniza com os princípios aos quais o senhor se atém; mas não posso ligar tanta importância a esses pobres diabos de homens. Conheço muitos deles, é certo, que diante das maiores obras da arte e da natureza se recordam imediatamente de suas mais mesquinhas necessidades, carregam para a ópera sua consciência e sua moral, não se despem de seu amor ou de seu ódio diante de uma coluna, e o que o exterior pode trazer-lhes de melhor e de maior, sentem-se logo obrigados, tanto quanto possível, a reduzir em seu melhor modo de representação, a fim de poder unir-se de algum modo à sua miserável natureza.

Capítulo 8

À noite, o abade convidou às exéquias de Mignon. A sociedade se dirigiu para o Salão do Passado e o encontrou iluminado e enfeitado de um modo muito original. As paredes estavam revestidas de tapetes azul-celeste de alto a baixo, de sorte que só se podiam ver os socos e os frisos. Sobre os quatro candelabros dos cantos ardiam grandes archotes de cera e, guardadas as proporções, outros tantos sobre os quatro menores, que rodeavam o sarcófago central. Ao lado deste, quatro meninos, vestidos de azul-celeste e prata, e com seus amplos leques de plumas de avestruz pareciam abanar uma figura que repousava sobre o sarcófago. Sentou-se a sociedade, e dois coros invisíveis deram início a um canto suave, em que perguntavam:

— *Quem trazeis à nossa silenciosa companhia?*

As quatro crianças responderam com vozes aprazíveis:

— *Um companheiro cansado trazemos conosco; deixai-o repousar entre vós, até que o clamor de seus irmãos celestes torne a despertá-lo um dia.*

CORO: *Sê bem-vindo a nosso círculo, aprendiz da juventude! Sê bem-vindo com tristeza! Que nenhum menino nem menina te siga! Que só a velhice se aproxime voluntária e serenamente ao salão silencioso, e em grave companhia repouse a querida, querida criança!*

OS MENINOS: *Ah! com que desprazer a trazemos aqui! Ah! e aqui há de ficar! Deixai-nos ficar aqui também, deixai-nos chorar, chorar sobre seu ataúde!*

CORO: *Contemplai as asas potentes! Vede o leve e puro manto! Como brilha a fita de ouro de sua fronte! Vede seu belo e digno repouso!*

MENINOS: *Ah! As asas não se elevam; o manto não ondula mais na brincadeira ligeira; ao coroarmos sua cabeça com rosas, seu olhar nos seguia com graça e amor!*

CORO: *Olhai para o alto com olhos do espírito! Que em vós viva a força criadora que traz no cimo o mais belo e sublime, por sobre as estrelas, a vida.*

MENINOS: *Mas, ai! é aqui que ela nos falta, nos jardins por onde não mais passeia, nos prados onde nem flores mais colhe. Deixai-nos chorar; deixai-nos ficar aqui ao lado dela! Deixai-nos chorar e ao lado dela ficar!*

CORO: *Crianças, retornai à vida! Que a brisa fresca, que brinca ao redor dos meandros da água, seque vossas lágrimas. Fugi da noite! Dia e alegria e duração são o destino dos vivos!*

MENINOS: *Vamos! Retornemos à vida! Que o dia nos dê trabalho e prazer, até que a noite nos traga o repouso, e o sono noturno nos revigore!*

CORO: *Crianças, correi para a vida! Que no puro manto da beleza encontreis o amor com olhar celestial e a coroa da imortalidade!*

Os meninos já estavam longe; o abade se levantou de sua poltrona e aproximou-se do ataúde.

— Foi a prescrição do homem — disse ele — que preparou esta plácida morada, que cada novo hóspede seja recebido com solenidade. Depois dele, o construtor desta casa, o criador deste lugar, o primeiro que para cá trouxemos foi um jovem estrangeiro, e assim este pequeno espaço já encerra duas vítimas bem diferentes da severa, arbitrária e inexorável deusa da morte. Entramos na vida segundo leis determinadas, contam-se os dias que nos tornarão maduros para contemplar a luz; mas para a duração da vida não existe lei. O mais tênue fio da vida estira-se numa extensão inesperada, e o mais forte corta-o poderosamente a tesoura de uma Parca que parece comprazer-se nas contradições. Da criança, que aqui sepultamos, muito pouco sabemos dizer. Ignoramos de onde veio, não conhecemos seus pais, e supomos apenas o número de seus anos. Seu profundo e cerrado coração mal nos deixou adivinhar suas ocupações mais íntimas; nada nela era claro, nada era patente, exceto o amor pelo homem que a salvara das mãos de um bárbaro. Essa carinhosa inclinação, esse vivo reconhecimento pareciam ser a chama que consumia o óleo de sua vida; a habilidade do médico não pôde conservar essa bela vida, a mais diligente amizade não conseguiu prolongá-la. Mas se a arte não pôde reter o espírito que se despede, soube empregar todos os seus meios para conservar o corpo e subtraí-lo à fugacidade. Um bálsamo em quantidade suficiente penetrou pelas veias e, substituindo o sangue, colore agora suas faces antes tão pálidas. Aproximem-se, meus amigos, e vejam a maravilha da arte e do esmero!

Ele ergueu o véu, e a criança estava deitada, em seus trajes de anjo, como que dormindo na posição mais graciosa. Aproximaram-se todos e admiraram aquela aparência de vida. Só Wilhelm continuou sentado em sua poltrona, sem poder concentrar-se; o que sentia, não podia pensar, e cada pensamento parecia querer destruir o que sentia.

O abade fizera todo o discurso na língua francesa em atenção ao marquês. Este se aproximou, junto com os demais, e contemplou com atenção aquela figura. O abade prosseguiu:

— Com uma santa confiança, este coração bom, tão cerrado para os homens, é verdade, voltava-se constantemente a seu Deus. A humildade, uma tendência mesmo a humilhar-se exteriormente, parecia-lhe inata. Com devoção, dedicou-se à religião católica, em que nascera e se criara. Manifestava frequentemente o tácito desejo de repousar em terra sagrada, e, segundo as práticas da Igreja, benzemos esta urna de mármore e a pouca terra guardada em seu travesseiro. Com que fervor beijou nos últimos instantes de sua vida a imagem do crucifixo, delicadamente gravada em seus frágeis braços com centenas de pontos.

E, dizendo tais palavras, ergueu o braço direito da menina, onde se pôde ver, azulando a pele branca, um crucifixo, acompanhado de letras e sinais diversos.

O marquês contemplou bem de perto aquela nova revelação.

— Oh, Deus! — exclamou ele, levantando-se e erguendo as mãos para o céu. — Pobre criança! Minha infeliz sobrinha! Volto a encontrar-te aqui! Que alegria dolorosa! És tu! Tu a quem já havíamos renunciado há tempo; voltar a ver teu belo e amado corpo, que há muito acreditávamos presa dos peixes no lago, morto, é verdade, mas conservado! Assisto a teu sepultamento, tão magnífico exteriormente, e mais magnífico ainda por estas boas pessoas que te acompanham à tua última morada. E se pudesse falar — disse ele, com voz embargada —, a eles agradeceria.

As lágrimas o impediram de prosseguir. Pressionando uma mola, o abade fez o corpo descer para o fundo do mármore. Quatro adolescentes, vestidos como os outros meninos, saíram de trás dos tapetes e, erguendo a pesada e ricamente talhada tampa sobre o sepulcro, começaram a entoar seu cântico.

OS ADOLESCENTES: *Bem guardado está agora o tesouro, a bela imagem do passado! Aqui, no mármore, repousa intacta; também em vossos corações ela vive e continuará agindo. Marchai, marchai de volta à vida! Levai convosco a seriedade sagrada, pois só a seriedade, a sagrada, transforma a vida em eternidade.*

O coro invisível reforçou as últimas palavras, mas ninguém da sociedade ouviu aquelas frases reconfortantes, ocupados que estavam todos com as maravilhosas descobertas e com suas próprias sensações. O abade e Natalie conduziram o marquês; Therese e Lothario acompanharam Wilhelm, e só quando o canto foi-se dissipando, assaltaram-lhes com toda a força as dores, as reflexões, os pensamentos, a curiosidade, e todos desejaram ansiosamente retornar àquele elemento.

Capítulo 9

O marquês evitou falar do assunto, mas teve longas e secretas conversas com o abade. Quando a sociedade se reunia, ele costumava pedir que tocassem alguma música; de bom grado satisfaziam seu desejo, pois assim se viam todos dispensados de sustentar uma conversa. Desse modo continuaram vivendo algum tempo, até perceberem que ele fazia preparativos para partir. Disse certa vez a Wilhelm:

— Não desejo perturbar o repouso dos restos mortais dessa boa menina; que permaneçam no lugar em que ela amou e sofreu, mas seus amigos têm de me prometer vir visitar-me em sua pátria, no lugar onde nasceu e se educou a pobre criatura; têm de ver as colunas e estátuas das quais ela conservava ainda uma vaga ideia. Irei conduzi-los às calhetas, onde tanto gostava de juntar pedrinhas. O senhor, meu caro jovem, não se subtrairá ao agradecimento de uma família que muito lhe deve. Parto amanhã. Confiei ao abade toda a história, e ele a reproduzirá ao senhor; soube perdoar-me quando a dor me interrompia, e, na condição de terceira pessoa, exporá os acontecimentos com mais coerência. Se o senhor ainda quiser, como propôs o abade, seguir-me em minha viagem pela Alemanha, será muito bem-vindo. Não terá de abandonar seu filho; a cada pequeno desconforto que ele nos cause, recordaremos os desvelos que o senhor teve por minha pobre sobrinha.

Naquela mesma noite, foram surpreendidos com a chegada da condessa. Wilhelm tremeu de cima a baixo à sua entrada, e ela, embora prevenida, precisou apoiar-se em sua irmã que bem depressa lhe ofereceu uma cadeira. Que trajes estranhamente simples usava, e quanta mudança em sua figura! Wilhelm mal pôde dirigir-lhe o olhar; ela o cumprimentou amavelmente e as generalidades que disse não foram capazes de esconder seu estado de espírito e seus sentimentos. O marquês recolheu-se cedo, e a sociedade não tinha ainda vontade de se separar; o abade trouxe consigo um manuscrito.

— Passei imediatamente para o papel — disse ele — a estranha história como me foi confiada. Quando menos se deve economizar tinta e pena é no momento em que tomamos nota das circunstâncias particulares de acontecimentos dignos de reparo.

Comunicaram a condessa do que se tratava, e o abade se pôs a ler:

"Mesmo tendo visto muito do mundo, disse o marquês, tenho de considerar meu pai um dos homens mais singulares. Seu caráter era nobre e reto; suas ideias, amplas, pode-se mesmo dizer, grandiosas; era severo consigo mesmo; em todos os seus projetos via-se um resultado incorruptível, em todas as suas ações, uma ininterrupta moderação de passo. Se por um lado era fácil tratar e negociar com ele, por outro lado, em virtude dessas mesmas qualidades, ele não podia desenvolver-se bem no mundo, pois vivia a exigir do Estado, dos vizinhos, filhos e da criadagem a observância de todas as leis que ele impusera a si mesmo. Suas mais moderadas exigências tornavam-se desmedidas por sua severidade, e ele nunca podia desfrutar nenhum prazer porque nada se produzia da maneira como ele o havia imaginado. Quando erguia um palácio, planejava um jardim, adquiria uma grande e nova propriedade em ótimas condições, eu o via intimamente possuído da mais severa raiva, condenado que estava pelo destino à moderação e ao padecimento. Eu observava em seu exterior a maior dignidade; se pilheriava, deixava à mostra apenas a superioridade de seu intelecto; não tolerava ser repreendido, e só uma vez em toda minha vida eu o vi perder totalmente o controle, quando ouviu falar de uma de suas instalações como de algo ridículo. Era com esse mesmo espírito que ele dispunha de seus filhos e de sua fortuna. Meu irmão mais velho foi educado como um homem que deveria esperar para o futuro grandes bens; eu devia seguir a carreira eclesiástica, e o mais novo, seria soldado. Eu era vivo, fogoso, ativo, rápido e apto para todos os exercícios físicos. O mais novo parecia mais inclinado a uma espécie de calma visionária, e dedicado às ciências, à música e à poesia. Só depois da mais renitente luta, depois de plenamente convencido da impossibilidade de tal escolha é que nosso pai, ainda que a contragosto, concordou em que trocássemos nossas vocações; e embora vendo ambos satisfeitos, não podia resignar-se, e assegurava que nada de bom sairia daquilo. Quanto mais envelhecia, mais afastado se sentia de toda sociedade. Até que finalmente passou a viver quase em total solidão. Só um velho amigo, que havia servido com os alemães e perdera sua mulher em campanha, restando-lhe uma filha de uns dez anos de idade, era sua única companhia. Esse amigo comprou uma bela quinta na vizinhança e passou a visitar meu pai em dias e horas determinados da semana, levando às vezes consigo sua filha. Nunca contradizia meu pai, que afinal já estava totalmente acostumado com ele e o tolerava como única companhia suportável. Foi só depois da morte de nosso pai que nos demos conta do quanto aquele homem fora bem provido por nosso velho, e como não havia perdido gratuitamente seu tempo; ele ampliou suas propriedades, e sua filha podia contar com um belo dote. A menina cresceu e tornou-se de uma beleza admirável; meu irmão mais velho, em tom de brincadeira, dizia-me que eu deveria pedi-la em casamento.

Durante esse tempo, nosso irmão Augustin havia passado seus anos no convento, na mais singular situação; abandonou-se completamente ao prazer de um delírio santo, àquelas situações ora espirituais ora físicas, que, assim como o transportavam por um instante ao terceiro céu, bem depressa o faziam mergulhar num abismo de impotência e de mísero vazio. Enquanto meu pai era vivo, não havia que se pensar em mudança alguma, e o que poderia ter desejado ou proposto? Depois da morte de nosso pai, ele passou a nos visitar assiduamente, e seu estado, que no início nos afligia, melhorava mais e mais, pois nele havia triunfado a razão. Mas quanto mais seguramente ela lhe prometia satisfação e salvação completas pela pura via da natureza, mais vivamente ele exigia de nós que o liberássemos de seus votos; dava a entender que seu desígnio estava agora voltado para Sperata, nossa vizinha.

Meu irmão mais velho sofrera demais com a rigidez de nosso pai, de sorte que não poderia permanecer insensível à situação do mais novo. Falamos com o confessor de nossa família, um digno ancião, revelando-lhe o duplo desígnio de nosso irmão e pedindo-lhe que introduzisse e fomentasse o assunto. Contrariamente a seu hábito, hesitou, e quando finalmente nosso irmão voltou a insistir conosco, pedimos vivamente ao religioso que intercedesse; ele teve, portanto, de se decidir e nos revelar a mais extraordinária história.

Sperata era nossa irmã, tanto por parte de pai quanto de mãe; inclinação e sensualidade apoderaram-se mais uma vez do homem numa idade avançada, quando pareciam já amainados os direitos conjugais; pouco antes, um caso semelhante fora motivo de chacota de todos na região, e meu pai, temendo expor-se igualmente ao ridículo, resolveu esconder aquele tardio e legítimo fruto do amor com o mesmo cuidado que habitualmente se tem ao se ocultar os frutos prematuros e fortuitos da paixão. Nossa mãe deu à luz em segredo; a criança foi levada para o campo, e o velho amigo da família que, junto com o confessor, conhecia o segredo, deixou-se convencer facilmente de fazê-la passar por sua filha. O confessor reservara-se então o direito de poder revelar tal segredo em caso extremo. Morreu nosso pai, e a delicada menina vivia sob a custódia de uma senhora idosa; sabíamos que canto e música haviam introduzido nosso irmão junto a ela, e como ele insistentemente exigia de nós a liberação de seus antigos laços, para atar-se a um novo, passou a ser premente adverti-lo, o quanto antes, do perigo em que se encontrava.

Fitou-nos com um olhar cheio de fúria e desprezo. 'Guardem suas histórias inverossímeis', disse ele, 'para as crianças e os loucos crédulos! Não conseguirão arrancar-me do coração Sperata, ela é minha! Reneguem imediatamente seu espantoso fantasma que em vão deveria assustar-me. Sperata não é minha irmã, é minha mulher!'

Descreveu-nos embevecido como a celestial moça o retirara de seu estado de retraimento antinatural dos homens e o conduzira à verdadeira vida, como suas duas almas logo se harmonizaram às suas vozes e como ele bendizia todos seus sofrimentos e erros, pois estes o haviam mantido afastado até ali de todas as mulheres, permitindo-lhe agora entregar-se totalmente à mais amável das jovens. Ficamos aterrorizados com aquela revelação e desolados com seu estado; não sabíamos como agir, quando ele nos assegurou com veemência que Sperata carregava no ventre um filho seu. Nosso confessor fez tudo quanto lhe inspirava seu dever, não conseguindo senão agravar o mal. Meu irmão passou a contestar com violência ainda maior as relações entre natureza e religião, direitos morais e leis civis. Nada lhe parecia sagrado, exceto suas relações com Sperata; nada lhe parecia digno, exceto os nomes de pai e esposa. 'Só isto', dizia ele, 'está em conformidade com a natureza; tudo o mais são caprichos e tergiversações. Acaso não existiram povos nobres que permitiam o casamento entre irmãos? Não mencionem seus deuses', exclamava ele, 'pois só fazem uso de seus nomes quando pretendem nos enganar, desviar-nos do caminho da natureza e deturpar os mais nobres impulsos, constrangendo-nos abjetamente ao delito. Obrigam à maior confusão do espírito, ao mais torpe abuso do corpo às suas vítimas que enterram vivas.'

'Posso falar, pois sofri como ninguém: da suprema e mais doce plenitude da exaltação aos terríveis desertos da impotência, do vazio, do aniquilamento e desespero; das supremas premonições de seres sobrenaturais à mais completa descrença, a descrença em mim mesmo. Todo esse resíduo medonho do cálice, cuja borda nos afaga, já o bebi, e todo meu ser se envenenou até o mais íntimo. Agora que a bondosa natureza voltou a me curar com seus melhores dons e com seu amor; agora que junto ao peito de uma jovem celestial voltei a sentir que existo, que ela existe, que somos um e que dessa viva união há de nascer e sorrir-nos um terceiro; agora, querem revelar-me as chamas de seus infernos, de seus purgatórios, que só uma imaginação doentia podem crestar, e as opõem ao vivo, verdadeiro e indestrutível gozo do amor puro! Encontremo-nos sob aqueles ciprestes que erguem para o céu suas graves copas, visitemos aquelas latadas onde florescem limoeiros e laranjais, onde o delicado mirto nos oferece suas pequeninas flores,[20] e ali, sim, atrevam-se a nos aterrorizar com suas turvas e sombrias redes tramadas pelos homens.'

E assim persistiu ele muito tempo numa incredulidade obstinada em nosso relato, até que, finalmente, como lhe reiterávamos a verdade, e como o próprio confessor a corroborasse, ele não se deixou perturbar e exclamou: 'Não perguntem ao eco de seus caminhos cruzados, nem a seus embolorados pergaminhos, nem a seus limitados caprichos e decretos; perguntem à natureza e a seus corações; ela lhes ensinará ante o que devem tremer e lhes apontará com dedo mais que severo aquilo sobre o qual profere sua eterna e irrevogável maldição. Vejam os lírios: não brotam na mesma haste macho e fêmea? Não os une a flor que a ambos deu origem, e não é o lírio a imagem da inocência, e fecundo seu fraternal cruzamento? Quando a natureza abomina, ela o expressa manifestamente; a criatura que não deve ser, não pode chegar a ser; a criatura que vive de modo falso, logo é destruída. Esterilidade, existência miserável, ruína prematura, tais são suas maldições, as marcas de seu rigor. Só com consequências imediatas ela castiga. Olhem à sua volta, e o que é proibido, o que é maldito, logo lhes saltará aos olhos. No silêncio do claustro e no burburinho do mundo, consagram-se e veneram-se mil ações sobre as quais assenta sua maldição. Ao cômodo ócio, assim como ao mais rigoroso trabalho; à arbitrariedade e ao excesso, assim como à necessidade e escassez, ela baixa os olhos tristemente; clama pela moderação; verdadeiras são todas as suas relações, e brandos todos os seus efeitos. Quem padeceu como eu padeci tem o direito à liberdade. Sperata é minha; só a morte a levará de mim. Como poderei conservá-la? Como poderei ser feliz? Estas são preocupações suas, não minhas! Irei agora mesmo até ela, para dela não ter mais de me separar.'

Quis tomar o barco e passar para a outra margem; nós o impedimos, suplicando-lhe que não desse nenhum passo que poderia trazer as mais terríveis consequências. Que refletisse, pois não vivia no livre mundo de suas ideias e representações, mas sim sob um estado cons-

[20] Na Antiguidade, o mirto era símbolo do amor e da imortalidade; na Alemanha é usado como coroa nupcial desde o século XVI.

tituído, cujas leis e relações absorveram a inexpugnabilidade de uma lei natural. Tivemos de prometer ao confessor que não perderíamos de vista nosso irmão e muito menos o deixaríamos sair do castelo; depois disso, ele partiu, prometendo voltar em poucos dias. O que havíamos previsto, realizou-se; a razão dera-lhe força, mas seu coração era brando; as primeiras impressões religiosas ganharam novamente vida, e apoderaram-se dele as dúvidas mais horrendas. Passou dois dias e duas noites terríveis; o confessor veio de novo em seu socorro, em vão! A livre e independente razão o absolvia; seu sentimento, sua religião, todos os conceitos tradicionais o declaravam criminoso.

Certa manhã, encontramos seu quarto vazio; sobre a mesa, uma folha de papel em que nos explicava sentir-se no direito de buscar a liberdade, já que o mantínhamos à força prisioneiro; escapava portanto dali e ia à procura de Sperata; esperava fugir com ela e estava disposto a tudo, caso pretendessem separá-los.

Assustamo-nos não pouco, mas o confessor nos pediu que ficássemos tranquilos. Nosso irmão estava sendo vigiado de perto; os barqueiros, ao invés de transportá-lo para a outra margem, levaram-no ao seu convento. Exausto por sua vigília de quarenta horas, adormeceu assim que o barco começou a balançar sob o clarão da lua, e não despertou senão quando se viu nas mãos de seus irmãos religiosos; só se deu conta efetivamente de tudo quando ouviu cerrar-se atrás de si os portões do convento.

Dolorosamente comovidos pelo destino de nosso irmão, lançamos a nosso confessor as mais enérgicas censuras; mas aquele homem digno logo soube persuadir-nos, com os argumentos de um cirurgião, de que nossa compaixão pelo pobre doente seria mortal. Que não estava agindo por vontade própria, mas por ordem do bispo e do alto conselho. A intenção era evitar qualquer escândalo público e cobrir aquele triste caso com o véu de uma secreta disciplina eclesiástica. Sperata deveria ser poupada; não haveria de saber que seu amante era também seu irmão. Recomendaram-na a um religioso, a quem ela já havia anteriormente confiado seu estado. Souberam como esconder sua gravidez e o parto. Foi muito feliz como mãe daquela pequena criatura. Como a maior parte de nossas moças, não sabia ler nem escrever, de sorte que encarregou o padre de transmitir ao amante o que queria dizer-lhe. O religioso acreditava dever a uma mãe lactante esse piedoso engano e levava-lhe notícias de nosso irmão, a quem nunca viu, exortando-a em nome deste a manter a calma, rogando-lhe que cuidasse de si mesma e da criança e confiasse em Deus quanto ao futuro.

Sperata era por natureza inclinada à religiosidade. Seu estado, sua solidão acentuaram esse caráter, que o religioso reforçava, a fim de ir pouco a pouco preparando-a para uma irremediável separação. Nem bem desmamara a criança, nem bem ele acreditava que o corpo da menina estava suficientemente forte para suportar as mais temerárias dores da alma, começou a pintar à pobre mãe com as mais terríveis cores o pecado de entregar-se a um religioso, pecado este que ele tratava como uma espécie de crime contra a natureza, como um incesto. Pois ele tinha a singular ideia de identificar seu arrependimento ao arrependimento que ela sentiria tomando conhecimento da verdadeira proporção de seu deslize. Incutiu-lhe assim na alma tanta consternação e dor, elevou de tal modo ante ela a ideia da Igreja e de seu chefe supremo, mostrou-lhe as mais terríveis consequências para a saúde de todas as almas se houvesse alguma transigência em tais casos e recompensa para os culpados com uma união legítima, mostrou-lhe o quanto é saudável expiar a tempo uma tal falta e adquirir assim um dia a coroa da glória, que ela, por fim, estendeu voluntariamente seu pescoço ao machado, como uma pobre pecadora, e pediu insistentemente que a afastassem para sempre de nosso irmão. Logo que haviam conseguido tudo isso dela, deixaram-na livre, ainda que sob uma certa vigilância, tanto para retornar à sua casa quanto para permanecer no convento, conforme julgasse melhor.

A menina crescia e logo mostrou uma natureza singular. Desde muito cedo se pôs a correr e mover-se com muita destreza; sabia cantar com muita graça e aprendeu, por assim dizer, sozinha a tocar cítara. Só com palavras tinha dificuldade, e esse obstáculo parecia residir mais em sua maneira de pensar que nos órgãos da fala. Por conta disso, eram tristes as relações entre a pobre mãe e sua filha; o tratamento do religioso havia de tal modo transtornado sua imaginação que ela, sem ser louca, se encontrava nos mais estranhos estados de alma. Sua falta parecia-lhe tornar-se cada vez mais terrível e condenável; a comparação com o incesto, tantas vezes repetida pelo religioso, imprimira-se nela com tal gravidade que sentia o mesmo horror que sentiria se tivesse tomado conhecimento da situação. O confessor parecia muito satisfeito com aquela proeza, graças à qual dilacerara o coração de uma infeliz criatura. Era deplorável ver como o amor maternal, tão cordialmente inclinado a se alegrar da existência do filho, lutava contra o terrível pensamento de que aquela criança não devia existir. Ora esses dois sentimentos lutavam entre si, ora o horror ao amor sobrepujava.

Há algum tempo que já lhe haviam afastado a filha, confiando-a a umas boas pessoas da margem do lago, e em meio a tanta liberdade que tinha, logo a menina mostrou um prazer especial em se pôr em lugares elevados. Escalar os picos mais altos, correr pelas bordas dos barcos, imitar as mais bizarras proezas dos funâmbulos que às vezes se exibiam naquela região, para ela era um impulso natural.

Para poder praticar com mais facilidade esses exercícios, a menina adorava trocar de roupa com os meninos e, embora seus pais adotivos considerassem aquilo extremamente indecoroso e inadmissível, eram tanto quanto podiam condescendentes para com ela. Seus estranhos pulos e suas caminhadas costumavam levá-la para longe; ela se perdia, demorava-se, mas sempre voltava. Geralmente, ao retornar, sentava-se entre as colunas do portal de uma casa de campo nas imediações; deixaram de procurá-la, ficando apenas à sua espera. Ali, parecia descansar nos degraus, depois corria para o grande salão, contemplava as estátuas, e quando nada de especial a retinha, corria para casa.

Até que, por fim, nossa esperança foi frustrada, e castigada nossa indulgência. A criança não voltou; encontraram seu chapéu boiando sobre a água, não longe do lugar onde uma torrente se precipitava para o lago. Supuseram que havia sofrido um acidente ao trepar nos rochedos; a despeito de todas as buscas, não encontraram o corpo.

Pelos incautos mexericos de suas acompanhantes, Sperata logo ficou sabendo da morte de sua filha; pareceu tranquila e serena e deu a entender claramente que se alegrava de que Deus houvesse levado a pobre criatura, preservando-a assim de sofrer ou provocar uma infelicidade maior.

Em ocasiões como essa, é comum virem à baila todas as histórias fantasiosas que se contam a respeito de nossas águas. Diziam que o lago tinha de carregar todos os anos uma criança inocente; que não admitia nenhum corpo sem vida e cedo ou tarde lançava-o à margem, devolvendo até mesmo o menor ossinho, ainda que estivesse profundamente submerso. Contavam a história de uma mãe inconsolável, cujo filho afogara-se no lago, e que suplicara a Deus e a seus santos concedessem-lhe ao menos os ossos para sepultá-los; na primeira tempestade, veio dar à margem o crânio; na seguinte, o tronco; e depois de juntar todos os ossos, envolvendo-os num lençol, ela os levou à igreja; mas, oh, milagre! Ao entrar no templo, aquele fardo foi ficando mais e mais pesado, até que, depositando-o sobre os degraus do altar, o menino começou a gritar e, para assombro de todos, desvencilhou-se do lençol; só um ossinho do dedo mínimo da mão direita lhe faltava, pelo qual tão cuidadosamente a mãe procurou e chegou a encontrá-lo, guardando-o como recordação na igreja, em meio a outras relíquias.

À pobre mãe essas histórias causaram grande impressão; sua imaginação sentia um novo arroubo e fomentava o sentimento de seu coração. Acreditava que sua filha havia expiado daquela maneira seu próprio pecado e o de seus pais, que a maldição e o castigo, que até então pesavam sobre eles, estavam agora completamente eliminados, que o importante agora era reencontrar os ossos da menina para levá-los a Roma, e ali os depositaria nos degraus do grande altar da Igreja de São Pedro, onde a criança se ergueria de novo sobre os pés, diante de todos, envolta em sua bela e fresca pele. Reveria com os próprios olhos sua mãe e seu pai, e o Papa, persuadido pela aprovação de Deus e de seus santos, perdoaria aos pais os pecados e os absolveria, casando-os sob a aclamação de todos.

Estavam agora seus olhos e sua atenção voltados para o lago e suas margens. Às noites, sob o luar, quando as ondas se quebravam, ela acreditava que cada espuma cintilante lhe traria de volta sua filha; era preciso que alguém fingisse correr para recolhê-la junto à margem.

Também de dia lá estava ela, incansável, sobre a margem pedregosa que descia escorregadiça para o lago; ela recolhia num pequeno cesto todos os ossos que encontrava. E que ninguém lhe dissesse tratar-se de ossos de animais; os grandes ela enterrava e conservava os pequenos. Nessa ocupação incessante, continuava a viver. O religioso que, no indispensável exercício de seu dever, havia provocado aquele estado, cuidava agora dela com todas as suas forças. Graças à sua influência, todos da região a consideravam uma visionária, não uma demente; as pessoas ficavam paradas de mãos postas à sua passagem, e as crianças beijavam-lhe a mão.

À sua antiga amiga e acompanhante o confessor isentara da culpa que porventura tivera quando da infeliz união daquelas duas pessoas, mas somente com a condição de que, pelo resto de sua vida, deveria acompanhar fiel e ininterruptamente a infeliz, dever este que ela cumpriu até o fim com uma paciência e uma consciência admiráveis.

Não havíamos, entretanto, perdido de vista nosso irmão; nem os médicos nem os religiosos de seu convento permitiam que nos apresentássemos diante dele; mas, para nos convencer de que, a seu modo, ele estava bem, podíamos espreitá-lo de longe, quantas vezes quiséssemos, no jardim, nos claustros e até por uma fresta que havia no teto de sua cela.

Depois de muitos períodos horríveis e singulares, que omitirei, ele caiu num estranho estado de serenidade espiritual e inquietação física. Quase nunca ficava sentado, exceto quando apanhava sua harpa e se punha a tocá-la, acompanhando-se geralmente com o canto. De resto, estava sempre em movimento, e em tudo demonstrava docilidade e obediência, pois todas as suas paixões pareciam haver-se diluído num único medo, o da morte. Podia-se persuadi-lo a fazer qualquer coisa no mundo, ameaçando-o com uma enfermidade perigosa ou com a morte.

Além dessa particularidade de andar de lá para cá, incansável, no convento e de dar a entender claramente que seria ainda melhor poder caminhar por montanhas e vales, ele falava também de uma aparição que frequentemente o assustava. Afirmava que a qualquer hora da noite em que despertasse, via em pé, junto à sua cama, um belo menino ameaçando-o com uma faca reluzente. Transferiram-no para uma outra cela, mas continuou a afirmar que também ali, e mesmo em outras partes do convento, o menino estava à sua espera. Seu ir e vir tornava-se mais inquietante, e chegaram mesmo a lembrar que por aquela época ele se detinha diante da janela, com mais frequência que antes, e dali ficava contemplando o lago.

Enquanto isso, nossa pobre irmã parecia cada vez mais extenuada por sua única ideia, por sua única ocupação, e nosso médico propôs que paulatinamente fôssemos misturando àqueles ossos que lhe restavam ossos de criança, para aumentar assim suas esperanças. A tentativa era duvidosa, mas, conseguindo-se reunir todas as partes, era possível fazê-la desistir de sua eterna procura e dar-lhe a esperança de uma viagem a Roma.

E assim ocorreu; sem que ela o percebesse, sua acompanhante intercalava os pequenos ossos que lhe eram confiados entre aqueles que ela havia encontrado, e uma alegria inusitada tomou conta da pobre doente quando as peças começaram a se encaixar, sendo possível demarcar aquelas que faltavam. Com o máximo zelo, ela prendera com linhas e fitas cada parte em seu devido lugar; e, como se costuma fazer para honrar as relíquias dos santos, ela havia preenchido os espaços vazios com seda e bordado.

Chegou portanto a reunir os membros, faltando somente uns poucos das extremidades. Certa manhã, enquanto ainda dormia e o médico havia chegado para saber como passava, a velha acompanhante apanhou os ossos sagrados da caixinha que se encontrava no quarto de dormir, para mostrar ao médico como a pobre doente se ocupava. Pouco depois, ouviram-na levantar-se da cama; ela ergueu o pano e viu a caixa vazia. Atirou-se de joelhos ao chão; acorreram todos e puderam ouvir sua jubilosa e fervorosa prece. 'Sim, é verdade!', exclamava ela, 'não foi um sonho, é real! Alegrem-se, meus amigos, comigo! Vi outra vez viva a boa e bela criatura. Ela se levantou, jogou longe o véu, seu brilho iluminou o quarto, sua beleza era radiosa, ela não podia tocar o chão, ainda que o quisesse. Foi-se elevando ligeiramente sem poder sequer estender-me a mão. Então ela me chamou e me mostrou o caminho que eu deveria seguir. Eu o seguirei, e em breve; já o sinto, e meu coração bate ligeiro. Desapareceram minhas dores, e contemplar minha ressuscitada me deu um sabor antecipado da alegria celestial.'

A partir daquele momento, as perspectivas mais serenas passaram a ocupar toda sua alma; nenhum objeto terrestre atraía-lhe a atenção; alimentava-se muito pouco, e seu espírito paulatinamente ia-se desembaraçando dos laços corpóreos. Até que por fim, inesperadamente, encontraram-na lívida e inanimada; não voltou a abrir os olhos; estava, como dizemos, morta.

O rumor de sua visão propagou-se depressa por entre o povo, e a imagem venerada que desfrutara enquanto viva, transformou-se logo depois de sua morte na convicção de que deviam tomá-la por bem-aventurada, e mesmo por santa.

Quando quiseram sepultá-la, houve empurrões violentos entre as muitas pessoas que para lá se dirigiram; queriam tocar sua mão ou, ao menos, suas roupas. Nessa exaltação apaixonada, diversos doentes deixaram de sentir o mal que tanto os afligia; consideraram-se curados, assim o declararam, e louvaram a Deus e sua nova santa. O clero foi obrigado a colocar o corpo numa capela, pois o povo reclamava a oportunidade de prestar-lhe devoção; era inacreditável a afluência de pessoas; os montanheses, sempre propensos a vivos sentimentos religiosos, acumulavam-se, vindo de seus vales; a devoção, os milagres, a adoração cresciam dia a dia. As prescrições episcopais, limitando aquele novo culto e tentando aos poucos suprimi-lo, não puderam ser cumpridas; a cada oposição o povo se enfurecia, pronto a chegar a vias de fato contra qualquer incrédulo. 'Acaso', diziam, 'não caminhava entre nossos antepassados São Borromeu?[21] Não experimentou sua mãe a graça de sua beatificação? Ao erguerem aquela grande imagem sua nas rochas de Arona, porventura não quiseram simbolicamente nos tornar presente sua grandeza espiritual? Não vivem os seus ainda entre nós? E Deus não nos prometeu renovar continuamente seus milagres entre seu povo fiel?'

Como, poucos dias depois, o cadáver ainda não dava sinal de decomposição, tornando-se ao contrário mais branco e quase transparente, cresceu ainda mais a confiança do povo, e entre a multidão puderam-se ver diversas curas, que o observador atento não podia explicar nem tampouco chamar precisamente de logro. Agitava-se toda a região, e quem não compareceu, não ouviu falar de outra coisa no mínimo por muito tempo.

[21] Carlo Borromeu (1538-1584), da cidade de Arona, no piemonte italiano, teve importante participação no Concílio de Trento e foi o primeiro bispo a fundar seminários para a formação de padres. Sua canonização ocorreu em 1610.

Repercutiu no convento em que meu irmão se encontrava, assim como em toda a região, a fama desses milagres, e não tiveram muito cuidado de tratar do assunto em sua presença, uma vez que muito pouca atenção ele dava às coisas, e era desconhecida de todos sua relação com todo o acontecimento. Daquela vez, porém, ele pareceu ouvir com grande acuidade, e executou sua fuga com tamanha astúcia que ninguém jamais pôde compreender como havia escapado do convento. Mais tarde vieram a saber que ele havia atravessado o lago com um grupo de peregrinos, chegando mesmo a pedir aos barqueiros, que não perceberam nele nada de estranho, que tivessem o máximo cuidado para que o barco não virasse. A altas horas da noite chegou à capela onde sua infeliz amada repousava de suas dores; havia poucos devotos ajoelhados pelos cantos; sua velha amiga estava sentada à cabeceira; ele se aproximou e, depois de cumprimentá-la, perguntou-lhe como estava passando sua senhora. 'Aí a vê', respondeu ela, não sem embaraço. Ele olhou o cadáver de soslaio. Depois de hesitar por um instante, tomou-lhe a mão. Assustado com a frialdade, deixou-a tombar em seguida; olhou inquieto à sua volta e disse à anciã: 'Não posso mais ficar com ela, tenho ainda um longo caminho a percorrer; mas voltarei no momento oportuno. Diz isso a ela quando despertar'.

E assim ele partiu; informaram-nos tarde demais esse acontecimento; procuramos saber para onde teria ido, mas em vão! Como conseguiu vencer tantos vales e montanhas nos foge à compreensão. Finalmente, depois de muito tempo, voltamos a encontrar uma pista dele em Graubünden; tarde demais, porém, e logo a perdemos. Supomos que tenha ido para a Alemanha, mas a guerra havia apagado de vez seu frágil rastro."

Capítulo 10

O abade deixou de ler, e ninguém o havia escutado sem lágrimas. A condessa não tirava o lenço dos olhos; por fim, ela se levantou e deixou o cômodo, acompanhada de Natalie. Estavam todos calados, quando o abade falou:

— Coloca-se agora a questão de saber se devemos deixar partir o bom marquês sem lhe revelar nosso segredo. Pois quem duvida por um só momento de que Augustin e nosso harpista são a mesma pessoa? Devemos refletir bem no que vamos fazer, tanto pelo infeliz homem quanto por sua família. Eu aconselharia a não anteciparmos coisa alguma; vamos esperar as notícias que o médico haverá de nos trazer tão logo esteja de volta.

Todos foram da mesma opinião, e o abade prosseguiu:

— Coloca-se também uma outra questão, talvez mais rápida de se resolver. O marquês está incrivelmente comovido com a hospitalidade que sua pobre sobrinha encontrou entre nós, sobretudo da parte de nosso jovem amigo. Contei-lhe minuciosamente toda a história, tendo mesmo de repeti-la, e ele demonstrou o mais vivo agradecimento. "Esse jovem homem", disse-me, "recusou viajar comigo antes de conhecer as relações que existem entre nós. Agora não sou mais para ele um estranho, de cujo comportamento e humor ele não estava possivelmente seguro; sou seu devedor, seu parente, se o senhor quiser, e já que o obstáculo que o impedia de se juntar a mim era antes de mais nada o filho, do qual não queria se separar, esta criança passou a ser o vínculo mais belo que mais firmemente nos une. Além do compromisso que já tenho, ele também me seria útil na viagem; que voltasse comigo, pois meu irmão mais velho o receberia com prazer, e não haveria por que desdenhar a herança de sua filha adotiva, uma vez que, segundo um acordo secreto de nosso pai com seu amigo, os bens que havia destinado à sua filha voltariam para nós, e certamente não haveríamos de negar ao benfeitor de nossa sobrinha o que fez por merecer."

Therese pegou a mão de Wilhelm e disse:

— Uma vez mais assistimos a um belo caso em que uma boa e desinteressada ação vem produzir os mais altos e belos ganhos. Siga essa insólita chamada e, ao mesmo tempo em que se distingue duplamente aos olhos do marquês, estará correndo ao encontro de um belo país que mais de uma vez atraiu sua fantasia e seu coração.

— Entrego-me totalmente a meus amigos e à sua orientação — disse Wilhelm —; é inútil empenhar-se neste mundo em agir segundo a própria vontade. Tenho de abandonar o que desejei reter, e um benefício imerecido se impõe a mim.

Com uma leve pressão, Wilhelm soltou sua mão da mão de Therese.

— Deixo totalmente a seu critério — disse ao abade — qualquer decisão a meu respeito; desde que não tenha de deixar Felix, partirei satisfeito seja para onde for e farei aquilo que julgar justo.

Diante de tal explicação, o abade esboçou sem demora seu plano. Deveriam deixar o marquês partir; Wilhelm esperaria as notícias do médico, e então, depois de refletir no que haveria de fazer, Wilhelm poderia partir com Felix. E foi o que comunicaram ao marquês, sob o pretexto de que os preparativos para a viagem do jovem amigo não deveriam impedi-lo durante esse tempo de visitar as coisas curiosas da cidade. O marquês partiu, não sem antes reiterar a firmeza de seu vivo reconhecimento, de que eram provas suficientes os presentes que deixara, e que consistiam de joias, pedras talhadas e tecidos bordados.

Wilhelm estava agora pronto para partir, e estavam todos tanto mais embaraçados quanto mais demoravam a chegar as notícias do médico; temiam que houvesse ocorrido ao pobre harpista uma desgraça, justamente no instante em que havia esperanças de sensíveis melhoras de seu estado. Despacharam o correio, e este nem bem havia partido quando, naquela mesma tarde, chegou o médico acompanhado de um estrangeiro, desconhecido de todos, de aparência e caráter significativos, graves e surpreendentes. Os dois recém-chegados ficaram em silêncio por um certo tempo, até que, finalmente, o desconhecido, dirigindo-se a Wilhelm, estendeu-lhe a mão e disse:

— Não reconhece seu velho amigo?

Era a voz do harpista, mas de seu antigo aspecto não havia restado um só traço. Vestia o traje habitual de um viajante, limpo e adequado; sua barba havia desaparecido, o cabelo estava penteado com certa arte, mas o que dificultava propriamente sua identificação era o fato de não serem mais visíveis em seu expressivo rosto as marcas da velhice. Wilhelm abraçou-o com a mais viva alegria; apresentou-o aos outros, e ele se comportou com muita discrição, sem saber que, ainda há pouco, tornara-se bastante conhecido de todos.

— Sejam pacientes com um homem que, por mais adulto que pareça — prosseguiu ele, com muita calma —, só agora, depois de um longo sofrimento, se apresenta ao mundo com a inexperiência de uma criança. A este bravo homem sou devedor de poder estar outra vez em meio a uma sociedade.

Deram-lhe as boas-vindas, e o médico logo sugeriu um passeio, a fim de interromper a conversa e desviá-la para assuntos corriqueiros.

Quando se viram a sós, o médico deu a seguinte explicação:

— Devemos o sucesso da recuperação desse homem a um singular acaso. Passamos muito tempo tratando-o moral e fisicamente, de acordo com nossa convicção, e as coisas caminhavam muito bem até um determinado ponto; mas o medo da morte ainda era grande dentro dele, e ele não queria sacrificar-nos sua barba e seus longos trajes; de resto, mostrava mais interesse pelas coisas do mundo, e tanto seus cantos quanto suas ideias pareciam reaproximá-lo da vida. Todos os senhores já sabem da estranha carta do pároco que me fez partir. Fui e encontrei nosso homem totalmente mudado; livrara-se espontaneamente da barba e permitira que lhe cortassem o cabelo de forma tradicional; pediu roupas usuais, e parecia haver-se transformado num outro homem. Estávamos curiosos de saber a causa daquela transformação e não ousávamos contudo interrogá-lo a respeito, até que, finalmente, descobrimos por acaso a estranha circunstância. Faltava um frasco de ópio líquido no armário de medicamentos do eclesiástico, e julgamos necessário realizar as mais severas investigações; todos procuravam precaver-se contra a suspeita, e houve cenas violentas entre os que moravam na casa. Finalmente, esse homem se apresentou e confessou que tinha em seu poder o frasco; perguntaram-lhe se havia ingerido o conteúdo; respondeu que não, mas acrescentou: "Agradeço a esta posse o recobro de minha razão. Dependem dos senhores tomar-me este vidrinho e haverão de me ver recair, sem esperança, em meu antigo estado. O sentimento de ser desejável pôr fim às dores deste mundo com a morte levou-me inicialmente ao caminho da cura; pouco depois, ocorreu-me a ideia de pôr fim a elas com uma morte voluntária, e com tal intenção levei dali o frasco; a possibilidade de eliminar imediatamente e para sempre as grandes dores deu-me forças para suportar essas dores; e assim, desde que possuo este talismã, a proximidade da morte me empurra de volta para a vida. Não temam", disse ele, "que eu vá fazer uso dele, mas, como conhecedores do coração humano, ao conceder-me a independência da vida, decidam-se por me fazer com maior razão dependente da vida." Depois de madura reflexão, não insistimos mais, e ele traz agora sempre consigo num sólido frasquinho de vidro trabalhado esse veneno, como o mais singular contraveneno.

Informaram o médico de tudo quanto haviam descoberto naquele meio-tempo e concordaram em guardar o mais profundo silêncio diante de Augustin. O abade propôs-se não deixá-lo sozinho e mantê-lo no bom caminho que estava trilhando.

Enquanto isso, Wilhelm deveria terminar suas viagens pela Alemanha em companhia do marquês. Parecia possível voltar a inspirar a Augustin uma inclinação por sua pátria, e assim resolveram revelar aos parentes seu estado, e Wilhelm deveria levá-lo até eles.

Este tinha agora tomado todas as providências para sua viagem, e se a princípio pareceu estranho que Augustin se alegrasse ao ouvir que seu velho amigo e benfeitor mais uma vez se separaria dele, logo o abade descobriu a razão de tão estranha disposição de ânimo. Augustin não havia vencido seu antigo temor que tinha por Felix e desejava ver longe dali o menino, quanto mais cedo, melhor.

Aos poucos foram chegando mais e mais pessoas, que era quase impossível alojar todos no castelo e em suas alas, especialmente porque não haviam desde o início tomado as providências para acolher um número tão grande de hóspedes. Faziam juntos o desjejum e as refeições, e quem os visse poderia acreditar que viviam todos numa prazerosa harmonia, ainda que em segredo os ânimos ansiavam de algum modo por se separar. Therese saía a cavalo, às vezes com Lothario, mas quase sempre sozinha; ela conhecia todos os agricultores e agricultoras das imediações; era um de seus princípios de conduta, e provavelmente com razão, de que se deveriam manter as melhores relações, numa permanente troca de gentilezas, com vizinhos e vizinhas. De uma união entre ela e Lothario, parecia não haver nada a falar; as duas irmãs tinham muito que se dizer; o abade parecia procurar a companhia do harpista; Jarno tinha frequentes conferências com o médico; Friedrich se apegava a Wilhelm, e Felix andava por todos os cantos que lhe aprouvesse. Assim, na maior parte das vezes, juntavam-se os pares em passeios, separando-se a sociedade, e quando tinham de estar juntos, recorriam sem demora à música, que a todos reunia, enquanto cada qual se voltava para si mesmo.

A sociedade aumentou ainda mais com a chegada inesperada do conde, que veio buscar sua esposa, e, como parecia, despedir-se solenemente de seus parentes mundanos. Jarno correu a recebê-lo à porta do coche, e quando o recém-chegado perguntou que tipo de pessoa encontraria ali, disse-lhe aquele, num acesso de humor ferino, que dele se apossava toda vez que via o conde:

— O senhor encontrará reunida toda a nobreza do mundo: marqueses, marquesas, milordes e barões; só estava faltando um conde.

Subiram as escadas, e Wilhelm foi a primeira pessoa que veio a seu encontro na antessala.

— Milorde! — disse-lhe o conde em francês, depois de examiná-lo um instante. — Fico muito feliz em renovar aqui sua amizade de maneira tão inesperada, pois, se não estou enganado, já devo tê-lo visto em meu castelo na comitiva do príncipe.

— Tive a felicidade, Excelência, de apresentar-lhe meus respeitos — respondeu Wilhelm —, mas Vossa Excelência me prestou muita honra ao tomar-me por um inglês e, na verdade, por um inglês de alta estirpe; eu sou um alemão e...

— ... e um homem honrado, não há dúvida — interveio Jarno.

O conde fitou Wilhelm sorrindo e já ia responder algo, quando chegaram os outros membros da sociedade e o cumprimentaram da maneira mais amistosa. Desculparam-se por não poder oferecer-lhe de imediato acomodações adequadas e prometeram-lhe providenciar sem demora o espaço necessário.

— Eh! Eh! — disse ele, sorrindo. — Estou vendo que deixaram ao acaso os bilhetes de alojamento; mas, com cautela e organização, o que não se há de fazer! Peço-lhes apenas que por minha causa não tirem do lugar nem uma só pantufa, pois do contrário, vejo bem, resultaria uma grande desordem. Todos ficarão incomodamente alojados, e ninguém deve ficar por minha causa, nem por uma hora sequer. O senhor foi testemunha — disse a Jarno —, e o senhor também, Mister — dirigindo-se a Wilhelm —, do número de pessoas que alojei então comodamente em meu castelo. Deem-me a lista dos convidados e dos criados, indiquem-me como cada um está no momento instalado, e eu traçarei um plano de distribuição para que cada qual encontre, com o menor esforço, um amplo apartamento, sobrando ainda lugar para um hóspede que possa casualmente aparecer entre nós.

Jarno logo se fez ajudante de ordem do conde; providenciou-lhe todos os papéis necessários e, segundo seu caráter, divertiu-se a valer, enganando por vezes o velho senhor. Este, porém, logo conquistou um grande triunfo. Tomaram-se todas as providências; ele mandou que escrevessem em sua presença os nomes de cada um em todas as portas e, não se pode negar, com mínimo incômodo e poucas mudanças, alcançou-se plenamente o objetivo. Afinal, Jarno também havia conseguido, entre outras coisas, reunir no mesmo aposento aquelas pessoas que, no presente momento, davam mostra de interesse recíproco.

Depois de tudo providenciado, disse o conde a Jarno:

— Ajude-me a encontrar o rastro daquele jovem, que o senhor chama de Meister e que deve ser alemão.

Jarno calou-se, pois sabia muito bem que o conde era daquelas pessoas que, quando perguntam, querem mas é dar uma lição; e, de fato, prosseguiu ele em seu discurso sem esperar resposta:

— O senhor me apresentou a ele então e mo recomendou encarecidamente em nome do príncipe. Mas, ainda que sua mãe seja alemã, insisto em dizer que o pai é inglês, e de boa estirpe; quem haveria de calcular todo o sangue inglês que, nestes últimos trinta anos, corre pelas veias alemãs! Não insistirei nisso, pois os senhores sempre têm tais segredos de família; mas, em casos semelhantes, não me farão crer.

Passou então a contar diversas coisas que supostamente haviam ocorrido a Wilhelm naquele período em seu castelo, sobre as quais Jarno também guardou silêncio, ainda que o conde estivesse completamente equivocado e mais de uma vez houvesse confundido Wilhelm com um jovem inglês da comitiva do príncipe. Este bom senhor tivera em tempos idos uma excelente memória e ainda se orgulhava de poder recordar-se das mínimas circunstâncias de sua juventude; mas, agora, dispunha, como verdadeiras, com a mesma precisão estranhas combinações e fábulas que, com a crescente debilidade de sua memória, iludiram sua imaginação. De resto, havia-se tornado muito doce e amável, e sua presença trouxe uma influência benéfica àquela sociedade. Ele insistia em que lessem juntos algo proveitoso e até organizou pequenos jogos que, embora não tomasse parte neles, dirigia com o maior empenho; e quando alguém se espantava com tanta complacência, dizia que era dever de todo aquele que se afasta do mundo no tocante às coisas principais colocar-se mais próximo dele nas coisas indiferentes.

Durante aqueles jogos, Wilhelm teve mais de um momento de inquietação e aborrecimento; o imprudente Friedrich aproveitava certas ocasiões para aludir à inclinação de Wilhelm por Natalie. Como podia atrever-se a isso? Com que direito o fazia? Eventualmente não haveriam de acreditar que, andando os dois tão juntos como andavam, Wilhelm pudesse ter-lhe feito uma tão imprudente e infeliz confidência?

Um dia em que durante aquelas brincadeiras estavam mais animados que de costume, Augustin abriu bruscamente a porta e irrompeu salão adentro com uma expressão de terror; seu rosto estava lívido, seu olhar feroz; parecia querer dizer alguma coisa, mas não lhe vinha a fala. Assustaram-se todos, e Lothario e Jarno, supondo tratar-se de um retorno à loucura, pularam sobre ele e o seguraram com força. Gaguejando, a princípio, com um fio de voz, e depois num tom alto e violento, gritou:

— Não me segurem! Corram! Salvem a criança! Felix se envenenou!

Soltaram-no, e ele correu para fora, seguido de toda a sociedade tomada de pavor. Chamaram o médico; Augustin dirigiu-se ao quarto do abade onde encontraram o menino, que parecia assustado e confuso, quando de longe o interpelaram:

— Que fizeste?

— Querido pai! — exclamou Felix. — Não bebi da garrafa, bebi do copo, eu tinha muita sede.

Augustin juntou as mãos e exclamou:

— Está perdido!

Abriu passagem entre os circunstantes e deixou às pressas o quarto.

Encontraram sobre a mesa um copo de leite de amêndoas e ao lado uma bilha, vazia mais da metade; o médico chegou, informaram-no do que sabiam, e ele olhou horrorizado aquele frasco tão conhecido, que armazenara o ópio líquido, vazio, sobre a cama; mandou que lhe trouxessem vinagre e aplicou todos os recursos de sua arte.

Natalie fez com que levassem o menino para um outro quarto e, angustiada, passou a cuidar dele. O abade havia corrido à procura de Augustin, para lhe arrancar algumas explicações. O mesmo havia feito o infeliz pai, num esforço inútil, e, ao voltar, descobriu no rosto de todos angústia e preocupação. O médico, nesse meio-tempo, havia examinado o leite de amêndoas do copo e descobriu uma grande dose de ópio nele; o menino estava deitado na cama e parecia muito doente; pediu ao pai que não lhe fizessem engolir nada mais e que estaria melhor se não o incomodassem. Lothario havia enviado seus criados, saindo ele mesmo a cavalo, à procura de algum vestígio da fuga de Augustin. Natalie estava sentada ao lado do menino, que se refugiava em seu colo, implorando por proteção, implorando por um pouco de açúcar, que o vinagre era tão ácido! O médico consentiu, e que deixassem descansar um momento a criança, tomada agora da mais terrível agitação; disse haver feito tudo que era aconselhável e que ainda faria tudo que fosse possível. O conde entrou com uma certa má vontade, ao que parecia; tinha um ar grave, solene mesmo; pôs as mãos sobre a criança, ergueu os olhos para o céu e ficou algum tempo naquela posição. Wilhelm, inconsolável, sentado numa poltrona ali ao lado, levantou-se de um salto, lançou a Natalie um olhar de desespero e saiu.

Pouco depois, o conde deixava também o quarto.

— Não compreendo — disse o médico, depois de um silêncio — como não se manifesta no menino o menor sinal de um estado perigoso. Mesmo que tenha bebido um único gole, há de ter ingerido uma forte dose de ópio, e, no entanto, não sinto em seu pulso nenhuma outra alteração que não aquela que posso atribuir a meus medicamentos e ao susto em que colocamos a criança.

Jarno chegou, logo em seguida, com a notícia de que haviam encontrado Augustin no sótão, banhado em seu próprio sangue, com uma navalha ao lado; provavelmente havia cortado o pescoço. O médico saiu às pressas e topou na escada com os criados que traziam para baixo o corpo. Deitaram-no numa cama e examinaram-no minuciosamente; o corte havia pegado a traqueia, e a uma forte hemorragia seguira-se um desmaio, mas ele ainda estava vivo e portanto restava ainda alguma esperança. O médico colocou o corpo na posição adequada, juntou as partes separadas e aplicou-lhe a ligadura. Passaram todos a noite em claro e cheios de preocupação. O menino não quis separar-se de Natalie. Wilhelm estava sentado diante dele, num escabelo; tinha os pés do menino em seu colo, enquanto a cabeça e o corpo repousavam sobre o colo de Natalie; partilhavam assim o agradável fardo e a dolorosa inquietação, e ali ficaram, naquele incômodo e pesaroso estado, até o raiar do dia. Natalie segurava as mãos de Wilhelm, e não diziam uma palavra, olhando a criança e olhando-se mutuamente. Lothario e Jarno estavam sentados no outro extremo do quarto e mantinham uma conversa muito importante, que de bom grado relataríamos aos nossos leitores, se os acontecimentos não nos pressionassem tanto. O menino dormia tranquilo; despertou, na manhã seguinte, muito animado, saltou da cama e pediu uma fatia de pão com manteiga.

Tão logo Augustin havia-se restabelecido um pouco, trataram de obter dele algumas explicações. Não sem esforço, e só aos poucos, conseguiram saber que, em virtude daquela infeliz distribuição feita pelo conde, ele fora deslocado para um mesmo quarto com o abade e ali encontrou o manuscrito que continha sua história; tão inusitado foi seu espanto que ele se convenceu de que não deveria mais viver; buscou no ópio seu habitual refúgio, misturou-o num copo de leite de amêndoas, mas hesitou ao levá-lo à boca; deixou-o ali para percorrer uma vez mais o jardim e olhar o mundo, quando, ao voltar, encontrou a criança ocupada em encher novamente o copo de onde havia bebido.

Pediram ao infeliz que se acalmasse; ele agarrou convulsivamente a mão de Wilhelm:

— Ah! — disse ele. — Por que não te deixei há mais tempo? Eu sabia que haveria de matar o menino, e ele a mim.

— O menino está vivo! — disse Wilhelm.

O médico, que ouvira o relato atentamente, perguntou a Augustin se toda a bebida estava envenenada.

— Não — respondeu ele —, só a do copo.

— Aí está! — exclamou o médico. — Graças ao mais venturoso acaso, o menino bebeu da garrafa. Um gênio bom guiou sua mão para que não tomasse a morte, tão perto dele preparada.

— Não! Não! — gritou Wilhelm, tapando com as mãos os olhos. — Que terrível essa afirmação! O menino disse expressamente que havia bebido não da garrafa, mas do copo. Sua saúde é só aparente, ele escapará de nossas mãos!

Saiu correndo, e o médico, inclinando-se para o leito, perguntou, enquanto afagava o menino:

— Não é verdade, Felix, que bebeste da garrafa e não do copo?

A criança começou a chorar. O médico contou em segredo a Natalie o que ocorria; também ela esforçou-se inutilmente em descobrir a verdade pelo menino, que chorava compulsivamente mais e mais, até que adormeceu.

Wilhelm velou ao lado dele, e a noite passou tranquila. Na manhã seguinte encontraram Augustin morto em sua cama. Ele, fingindo serenidade, desviara a atenção dos que o vigiavam e, sem nenhum ruído, arrancara a ligadura, esvaindo-se em sangue. Natalie foi dar um passeio com o menino, que estava tão bem-disposto como em seus dias mais felizes.

— És tão boa! — disse-lhe Felix. — Não brigas comigo, não me bates, e é por isso que eu vou te contar: bebi da garrafa! Mamãe Aurelie me batia sempre nos dedos quando eu pegava a botija, e meu pai parecia tão bravo, que eu pensei que ele fosse me bater.

Com passos alados, Natalie correu ao castelo, e Wilhelm veio a seu encontro, não sem inquietação.

— Venturoso pai! — exclamou ela, enquanto erguia a criança e a atirava aos braços de Wilhelm. — Aí está teu filho! Ele bebeu da garrafa, e seus maus modos o salvaram.

Contaram o feliz desfecho ao conde, que no entanto o ouviu com aquela sorridente, tácita e modesta certeza com que se costuma tolerar o erro de pessoas boas. Jarno, atento a tudo, não pôde daquela vez explicar tamanha autossuficiência, até, finalmente, depois de muito rodeio, descobrir que o conde estava convencido de que o menino havia efetivamente tomado o veneno, mas, graças a suas preces e à imposição de suas mãos, ele estava miraculosamente vivo. Decidiu, pois, partir imediatamente; como de hábito, empacotaram todas as coisas num instante. À hora da partida, a bela condessa pegou a mão de Wilhelm, antes de soltar a mão de sua irmã, estreitou as quatro mãos juntas, virou-se rapidamente e subiu no coche.

Tantos acontecimentos terríveis e estranhos, sucedendo-se um após o outro, obrigaram a um modo de vida inabitual, levando a tudo desordem e confusão, e a casa a uma espécie de delírio febril. As horas de dormir e acordar, de comer, beber e reunir-se estavam confusas e invertidas. Exceto Therese, ninguém mais estava em seu eixo; os homens procuravam recuperar seu bom humor com bebidas espirituosas e, enquanto se davam um artificial estado de espírito, afastavam-se do natural, que é o único que nos confere verdadeira alegria e atividade.

Wilhelm estava abalado, transtornado pelas paixões mais violentas; os inesperados e terríveis ataques desconcertavam-no tão a fundo, que ele resistia a uma paixão que de seu coração se apoderara com violência. Haviam-lhe devolvido Felix e, não obstante, era como se tudo ainda lhe faltasse; ali estavam as cartas de crédito de Werner, não necessitava de nada mais para sua viagem, exceto a coragem de partir. Tudo o pressionava para essa viagem. Podia supor que Lothario e Therese esperavam apenas que estivesse distante para casar-se. Contrário a seu costume, Jarno andava calado, e poder-se-ia dizer que havia perdido um pouco de sua alegria habitual. Felizmente, o médico veio livrar de certo modo nosso amigo do embaraço, declarando-o doente e receitando-lhe medicamentos.

A sociedade continuava a se reunir todas as tardes, e Friedrich, o brincalhão, que costumava beber mais vinho que o razoável, apoderava-se da conversa e, com sua mania de citações e alusões à Eulenspiegel,[22] levava todos ao riso, provocando não raro um certo embaraço ao se permitir pensar em voz alta.

Não parecia acreditar de forma alguma na doença de seu amigo. Uma vez em que estavam todos reunidos, chegou a exclamar:

— Que nome o senhor dá ao mal que atacou nosso amigo, doutor? Caberia aqui algum desses três mil nomes com que os senhores costumam adornar sua ignorância? Ao menos não faltam exemplos semelhantes. Um caso assim — prosseguiu ele, num tom enfático — encontramos na história do Egito ou da Babilônia.

Todos se entreolharam e puseram-se a rir.

— Como se chama aquele rei? — exclamou, detendo-se um instante. — Se não querem ajudar-me — prosseguiu —, terei que me socorrer sozinho.

Abriu de par em par os batentes da porta e apontou para o quadro grande da antessala.

— Como se chama aquele barba de bode ali, com a coroa, que se consome de desgosto aos pés do leito do filho doente? Como se chama aquela bela que entra, trazendo em seu casto e brejeiro olhar veneno e antídoto ao mesmo tempo? Como se chama aquele médico atabalhoado que só então percebe com clareza que pela primeira vez em sua vida tem ocasião de prescrever uma receita razoável, de ministrar uma droga que corta o mal na raiz e que é tão saborosa quanto benéfica?

Continuou a pilheriar nesse tom. Todos os presentes procuravam controlar-se da melhor maneira possível, ocultando seu embaraço atrás de risos forçados. Um ligeiro rubor cobriu as faces de Natalie, denuncian-

[22] Sobre o pícaro Till Eulenspiegel, ver p. 265, nota 13.

do a agitação de seu peito. Felizmente, caminhava de um lado ao outro pela sala, na companhia de Jarno; ao chegar à porta, escapuliu com um hábil movimento, circulou ainda um instante pela antessala e dirigiu-se para seu quarto.

A sociedade guardava silêncio. Friedrich começou a dançar e a cantar:

Oh!, maravilhas irão todos ver!
O que passou, passou,
O que se disse, está dito.
Antes que amanheça,
Maravilhas hão de ver.[23]

Therese havia seguido Natalie; Friedrich puxou o médico para a frente do quadro, pronunciou um divertido discurso em louvor à medicina e saiu.

Lothario esteve todo o tempo parado diante da janela, olhando, sem se mover, o jardim. Wilhelm se encontrava na mais terrível situação. Mesmo quando se viu a sós com o amigo, permaneceu um instante em silêncio; repassou com um rápido olhar sua história e por fim se deteve, horrorizado, em seu estado presente, até que, levantando-se de um salto, exclamou:

— Se sou culpado pelo que se passa, pelo que nos acontece, castigue-me então! Prive-me de sua amizade, aumentando ainda mais meus sofrimentos; deixe-me partir sem consolo por este vasto mundo, no qual devia ter-me perdido há tempo. Mas se vê em mim a vítima de um cruel e fortuito enredo, do qual me via incapaz de me desembaraçar, assegure-me de seu afeto, de sua amizade, enquanto parto para uma viagem que não posso mais adiar. Haverá um tempo em que poderei dizer o que ocorreu comigo nestes dias. Talvez já esteja sofrendo agora mesmo este castigo, porque não me desabafei mais cedo com o senhor, porque hesitei em me mostrar por inteiro; teria, estou certo, contado com sua ajuda, com seu auxílio no momento propício. Contudo, uma vez mais abri os olhos demasiadamente tarde e, como sempre, em vão. Como mereci as censuras

[23] "*O, ihr werdet Wunder sehn!/ Was geschen ist, ist geschehn,/ Was gesagt ist, ist gesagt./ Eh' es tagt,/ Sollt ihr Wunder sehn.*"

de Jarno! Como acreditei havê-las compreendido! Como esperava aproveitar-me delas para começar uma nova vida! Mas, podia? Devia? Em vão acusamos, homens que somos, a nós mesmos, em vão acusamos o destino! Miseráveis somos e à miséria estamos destinados! E não é de todo indiferente que, por culpa nossa ou por influência superior, pelo acaso, virtude ou vício, sabedoria ou demência, nos precipitemos na ruína? Adeus! Não ficarei nem mais um minuto nesta casa onde, contra meu desejo, violei terrivelmente o direito de hospitalidade. A indiscrição de seu irmão é imperdoável, impele minha infelicidade ao mais alto grau e me leva ao desespero.

— E se seu casamento com minha irmã — replicou Lothario, tomando-lhe a mão — fosse a condição secreta que fez Therese decidir-se a me dar a mão? Esta compensação a nobre jovem destinou ao senhor; jurou-me que haveriam de estar juntos, no mesmo dia, esses dois casais diante do altar. "Sua razão elegeu-me", disse ela, "mas seu coração anseia por Natalie; e minha razão virá em socorro a seu coração." Concordamos em observar o senhor e Natalie, fizemos do abade nosso confidente a quem prometemos não mover um fio em favor dessa união, e sim deixar que tudo seguisse seu curso. Assim o fizemos. A natureza agiu, e nosso tolo irmão não fez senão derrubar o fruto já maduro. Não nos deixe levar uma vida banal, já que nos reunimos de modo tão prodigioso! Atuemos juntos e de maneira digna! É incrível o que um homem formado pode fazer por si mesmo e pelos outros quando, sem querer dominar, tem o ânimo de ser tutor de muitos, prepará-los para fazer no momento propício o que de bom grado todos desejariam fazer, e conduzi-los aos objetivos que em geral têm diante dos olhos, e só tomam o caminho errado. Façamos uma aliança entre nós; não é nenhum delírio, é uma ideia extremamente viável e realizada com frequência pelos homens de bem, embora nem sempre com clara consciência. Minha irmã Natalie é um exemplo vivo. Há de ser sempre inacessível o modo de agir que a natureza prescreveu a essa bela alma. Sim, ela merece esse honroso título muito mais que outras, muito mais que, se me permite dizer, nossa nobre tia que, na época em que nosso bom médico assim classificava aquele manuscrito, era a mais bela alma que conhecemos em nosso círculo. Natalie, entretanto, se desenvolveu, e a humanidade se alegra de tal presença.

Queria continuar, mas Friedrich entrou aos pulos e gritos:

— E que coroa mereço eu? — exclamou. — Como irão recompensar-me? Mirto, louro, hera, folha de carvalho, as mais frescas que puderem encontrar, ofertem-me, pois devem coroar-me por tantos méritos. Natalie é tua! Sou o feiticeiro que descobriu esse tesouro.

— Ele está delirando — disse Wilhelm —, eu me vou.

— Tens alguma missão? — perguntou o barão, retendo Wilhelm.

— De meu próprio poder e alçada — respondeu Friedrich —, e também pela graça de Deus, se quiserem; já fui pretendente, agora sou embaixador. Escutei junto à porta, ela se revelou totalmente para o abade.

— Atrevido! — disse Lothario. — Quem te mandou ficar à escuta?

— E quem os mandou se trancar? — replicou Friedrich. — Ouvi tudo claramente, Natalie estava muito emocionada. Na noite em que a criança parecia tão enferma e repousava meio deitada em seu colo, quando tu estavas ali sentado, inconsolável, diante dela e compartilhavas o adorado fardo, ela fez o voto de, se a criança morresse, confessar-te seu amor e oferecer-te ela mesma sua mão; agora, que a criança vive, por que ela deveria mudar seus sentimentos? E uma vez feita tal promessa, que se cumpra sob as mesmas condições. Agora, há de chegar o cura e pensar maravilha das novidade que traz.

O abade entrou no quarto.

— Já sabemos de tudo — disse Friedrich, indo a seu encontro. — Seja breve, pois o senhor só veio pelas formalidades, que nada além disso desejam esses cavalheiros.

— Ele escutou tudo — disse o barão.

— Que mal-educado! — exclamou o abade.

— Agora, rápido! — replicou Friedrich. — Como serão as cerimônias? Pode-se contá-las nos dedos. Partirão em viagem, o convite do marquês veio mesmo a calhar. Quando estiverem além dos Alpes, haverão de se sentir em casa; os homens lhes agradecerão por fazer algo de extraordinário, e os senhores proporcionarão a eles um entretenimento pelo qual não precisarão pagar. Assim, como se dessem um baile público, e as pessoas de todas as classes pudessem dele participar.[24]

[24] Nos bailes de máscaras abertos ao público era permitido a membros da nobreza e da burguesia dançarem juntos. Isto era uma exceção na época, já que as duas classes constituíam então círculos fechados.

— O senhor é que, com tais festas populares, tem feito por merecer, e muito, tal público — replicou o abade — e, ao que parece, hoje não poderei mais tomar a palavra.

— Se não é tudo como digo — replicou Friedrich —, então nos corrija. Venham, venham! Temos de vê-la e alegrar-nos com ela.

Lothario abraçou seu amigo e o levou até sua irmã; ela veio a seu encontro com Therese. Todos estavam calados.

— Nada de hesitação — exclamou Friedrich. — Em dois dias poderão estar prontos para a viagem. Que acha, meu amigo — prosseguiu, dirigindo-se a Wilhelm. — Quando nos conhecemos, incomodei-o com o pedido daquele belo ramalhete; quem poderia pensar que o senhor haveria de receber um dia uma flor como essa de minha mão?

— Não me lembre daquele tempo neste momento de suprema felicidade.

— Do qual não há por que se envergonhar, como tão pouco ninguém tem por que se envergonhar de suas origens. Eram bons aqueles tempos, e tenho mesmo de rir ao olhar para ti: tu me lembras Saul, o filho de Kis, que foi à procura das jumentas de seu pai e encontrou um reino.[25]

— Não sei o valor de um reino — replicou Wilhelm —, mas sei que alcancei uma felicidade que não mereço e que não trocaria por nada do mundo.

[25] Episódio narrado em *Samuel*, Livro 1, caps. 9 e 10.

Índice das cenas do livro

Livro I

Wilhelm em companhia de Mariane, 29. — Conversa com a mãe sobre o teatro de marionetes, 30. — História da infância de Wilhelm, 34. (Narrativa do teatro de marionetes, 33. — Repertório do teatro de marionetes, 40. — Malograda apresentação de *Jerusalém libertada*, 45. — Algumas tentativas poéticas de Wilhelm, 48.) — Mariane desperta, 49. — Wilhelm pretende criar o teatro nacional, 51. — Conversa com Werner sobre ofício e arte, 52. — Os pais, 56. — Planos para a viagem de negócios de Wilhelm, 57. — Reação de Mariane à partida iminente, 59. — Wilhelm encontra Melina com a amante, 62. — Intervenção de Wilhelm, 68. — Aspectos da vida burguesa e do teatro, 70. — Werner, sobre Mariane, 73. — Carta de Wilhelm a Mariane, 76. — Conversa com o desconhecido sobre arte e destino, 80. — O bilhete de Norberg para Mariane, 86.

Livro II

Enfermidade e convalescença, 87. — Trabalho no balcão, 90. — Conversa com Werner sobre poetas, 91. — Início da viagem, 96. — A comédia dos apaixonados, 98. — Philine e Mignon, 100. — A pantomima dos lavradores, 103. — Representação dos artistas e saltimbancos, 105. — Excursão ao pavilhão de caça, 109. — Wilhelm defende Mignon, 111. — Chegada dos Melina, 115. — Conversa com o pedante sobre Mariane, 120. — A dança de Mignon, 122. — Passeio náutico e o teatro improvisado, 124. — Conversa com o desconhecido, 126. — Leitura de uma peça de cavalaria, 131. — O harpista, 133. — Wilhelm e Philine, 139. — Wilhelm promete dinheiro a Melina, 140. — Visita à casa do harpista, 142. — Duelo de Friedrich com o estribeiro, 146. — A convulsão de Mignon, 148.

Livro III

A canção de Mignon, 151. — Melina assume a companhia teatral, 152. — Chegada do conde e da condessa, 154. — Wilhelm, a respeito da nobreza, 159. — Chegada ao castelo do conde, 161. — Jarno, 167. — Wilhelm em companhia da condessa, 169. — Wilhelm compõe a loa em honra do príncipe, 171. — O ensaio, 177. — Apresentação para o príncipe, 178. — Wilhelm e a condessa, 180. — Sobre o teatro francês, 182. — Shakespeare, 183. — O poema escarnecedor ao barão, 185. — Leitura de Shakespeare, 188. — O disfarce de Wilhelm, 192. — Conversa sobre Shakespeare, 194. — O oficial, 196. — Wilhelm em companhia da condessa, 201.

Livro IV

Presente de despedida da condessa, 206. — Conversa com o harpista, 209. — Partida do castelo, 210. — Conversa sobre a nobreza, 213. — Sobre a arte de representar, 215. — Sobre *Hamlet*, 218. — Repouso e ataque, 223. — A amazona, 226. — Na estalagem da aldeia, 229. — Wilhelm e Philine no presbitério, 233. — Partida da trupe e de Philine, 237. — Investigações sobre a amazona, 238. — Chegada à casa de Serlo, 241. — Sobre *Hamlet*, 242. — Conversa com Aurelie sobre Ofélia, 245. — Felix, 249. — Aurelie, sobre si mesma, 250. — Sobre *Hamlet*, 251. — Sobre Ofélia, 253. — Aurelie, sobre si mesma, 255. — O falso diário de viagem, 262. — A história de vida de Serlo, 264. — A proposta de Serlo, 270. — Wilhelm e Aurelie, 273.

Livro V

Morte do pai de Wilhelm, 279. — Carta de Werner, 281. — Carta de Wilhelm, 284. — Contrato com Serlo, 287. — Sobre *Hamlet*, 287. — Adaptação de Wilhelm para *Hamlet*, 292. — Sobre romance e drama, 300. — Ensaios e preparativos, 301. — A canção de Philine, 309. — Apresentação de *Hamlet*, 313. — Comemoração da trupe teatral, 315. — A visita noturna, 320. — O incêndio, 321. — O harpista sob os cuidados do eclesiástico rural, 326. — O oficial no uniforme vermelho, 328. — A trupe de Serlo, 333. — A visita de Wilhelm ao eclesiástico rural, 336. — Relato sobre o conde e a condessa, 337. — A doença de Aurelie, 339. — Wilhelm recebe o manuscrito, 339. — Planos para ópera, 340. — *Emilia Galotti*, 341. — Morte de Aurelie, 344. — Partida de Wilhelm, 345.

Livro VI — Confissões de uma bela alma

Enfermidade, 347. — Apego aos livros, 349. — Instrução, 350. — Phyllis e Damon, 352. — Narcisse, 354. — Noivado, 360. — Renúncia aos prazeres, 365. — Separação de Narcisse, 369. — Ingresso no círculo religioso, 370. — O tio, 371. — Hemorragia; enfermidade dos pais, 373. — O sistema de conversão de Halle, 375. — Morte da mãe, 376. — Amizade com Philo, 377. — Sobre o pecado, 379. — Os escritos de Zinzendorf, 383. — Conflito com a ortodoxia, 386. — Casa do tio, 387. — Morte da irmã mais velha, 398. — Morte do pai, 398. — Morte da segunda irmã e do cunhado, 400. — Natalie, 401. — O abade, 403.

Livro VII
Wilhelm e o abade, 405. — Wilhelm em casa de Lothario, 407. — Carta de Aurelie, 408. — Lydie; Jarno, 411. — Planos de Lothario, 414. — Sobre a condessa, 416. — Teatro e mundo, 417. — Sobre o estado do harpista, 419. — Wilhelm acompanha Lydie, 421. — Em casa de Therese, 424. — História de vida de Therese, 428. — Despedida de Therese, 442. — Lothario e a filha do arrendatário, 444. — Relato de Barbara sobre Mariane, 451. — Despedida do teatro, 467. — A torre, 469. — Carta de aprendizado, 472.

Livro VIII
Chegada de Werner, 475. — Wilhelm e Felix, 480. — Carta de Wilhelm a Therese, 482. — Lothario, sobre patrimônio da nobreza, 483. — Viagem de Wilhelm e Felix à casa de Natalie, 486. — Natalie, sobre Mignon, 489. — Sobre o abade, 495. — O médico, sobre Mignon, 497. — Máximas pedagógicas de Natalie, 501. — Carta de Therese, 504. — As origens de Therese, 507. — O "Salão do Passado", 512. — Chegada de Therese, 516. — Morte de Mignon, 517. — Chegada de Lothario, Jarno e do abade, 519. — Jarno, sobre a Sociedade da Torre; esclarecimento da carta de aprendizado, 520. — Chegada de Friedrich, 526. — Sobre a mãe de Therese, 532. — A torre como associação econômica, 535. — Jarno e Lydie, 536. — Chegada do marquês, 541. — As exéquias de Mignon, 544. — Chegada da condessa, 548. — História de Mignon e do harpista, 548. — Chegada do harpista, 562. — Chegada do conde, 565. — Morte do harpista, 570. — Friedrich e o final feliz, 572.

Posfácio

Georg Lukács[1]

O *Wilhelm Meister* de Goethe é o mais significativo produto de transição da literatura romanesca entre os séculos XVIII e XIX. Exibe traços de ambos os períodos de evolução do romance moderno, tanto ideológica quanto artisticamente, na verdade. Não é casual, como veremos, que sua redação definitiva tenha ocorrido entre os anos de 1793 e 1795, período em que a crise revolucionária de transição entre as duas épocas atingiu na França seu ponto culminante.

As origens desse romance remontam decerto a época bem anterior. A concepção e possivelmente também as primeiras tentativas de redação podem ser comprovadas já em 1777. Em 1785 já estavam escritos os seis livros do romance *Wilhelm Meister theatralische Sendung* (A missão teatral de Wilhelm Meister). Essa primeira versão, perdida durante muito tempo e redescoberta só em 1910 por um feliz acaso, oferece a melhor possibilidade de esclarecer em que momentos artísticos e ideológicos se manifesta aquele novo caráter transitório de *Os anos de aprendizado*.

Pois a primeira versão ainda está inteiramente concebida e composta dentro do espírito do jovem Goethe. Seu ponto central — tanto quanto o de *Torquato Tasso*[2] — é o problema da relação do poeta com o mundo

[1] Texto de 1936, traduzido de Georg Lukács, *Werke*, vol. 7: *Deutsche Literatur*, "Goethe und seine Zeit", Neuwied/Berlim, Hermann Luchterhand, 1964. (N. do T.)

[2] Peça teatral de Goethe representada pela primeira vez em Weimar, em 1807. O tema — a vida do poeta italiano Torquato Tasso (1544-1595) — teve uma primeira versão em prosa, redigida em 1780-81, mais tarde destruída por Goethe. (N. do E.)

burguês, um problema no qual se estreita e ao mesmo tempo se aprofunda a rebelião de *Werther*, nos primórdios do período de Weimar.

O problema do teatro e do drama domina, portanto, completamente a primeira versão. Na verdade, o teatro significa aqui a libertação de uma alma poética da indigente e prosaica estreiteza do mundo burguês. Assim fala Goethe de seu herói: "Não havia de ser o palco para ele um porto seguro, já que, comodamente abrigado, sem se importar com intempéries, poderia admirar o mundo como numa redoma, como num espelho seus sentimentos e suas futuras ações, as figuras de seus amigos e irmãos, dos heróis, e o abrangente esplendor da natureza?".

Na versão posterior, o problema se amplia para a relação entre a formação humanista da personalidade total e o mundo da sociedade burguesa. Quando, em *Os anos de aprendizado*, o herói se decide finalmente a entrar para o teatro, formula a questão da seguinte maneira: "De que me serve fabricar um bom ferro, se meu próprio interior está cheio de escórias? E de que me serve também colocar em ordem uma propriedade rural, se comigo mesmo me desavim?". O motivo de sua decisão provém de sua compreensão, à época, de que só o teatro lhe poderia proporcionar o perfeito desenvolvimento de suas capacidades humanas. O teatro, a poesia dramática são portanto aqui somente *meios* para o livre e pleno desenvolvimento da personalidade humana.

A essa concepção do teatro corresponde inteiramente que *Os anos de aprendizado* ultrapassem em sua ação o teatro; que o teatro para Wilhelm Meister não seja uma "missão", mas tão somente um *ponto de transição*. A exposição da vida teatral, que constituíra todo o conteúdo da primeira versão, não ocupa aqui senão a primeira parte do romance, passando expressamente por confusão do já amadurecido Wilhelm e por desvio de sua meta. A nova versão amplia-se portanto para uma representação de toda a sociedade. É verdade que também em *Werther* aparece o quadro da sociedade burguesa, mas só em seu reflexo na subjetividade rebelde do herói. Em seu modo de representar, a *Missão teatral* é muito mais objetiva, mas sua concepção só admite a representação das forças e dos tipos sociais que estão direta ou indiretamente ligados ao teatro e ao drama. O salto goethiano, tanto de conteúdo quanto de forma, em direção à configuração objetiva da sociedade burguesa inteira só se completa portanto em *Os anos de aprendizado*. De fato, imediatamente anterior a esse romance há o pequeno poema épico satírico *Reineke Fuchs* (Reineke, a raposa), de 1793, pequena obra-prima na qual Goethe nos dá um amplo e satírico quadro da incipiente sociedade burguesa.

O teatro transforma-se, pois, num mero momento do todo. Goethe adota muito da primeira versão: a maioria das personagens, o esquema da ação, uma série de cenas isoladas etc. Mas afasta, por um lado, da primeira versão, com autêntica irreverência artística, tudo o que nela era apenas necessário para a significação central do teatro. (A representação do drama escrito por Wilhelm Meister, sobretudo a minuciosa descrição de sua evolução poética, as discussões sobre o classicismo francês etc.) Por outro lado, no entanto, tudo o que na primeira versão tinha uma significação meramente episódica, foi aprofundado e posto em primeiro plano, especialmente a apresentação de *Hamlet* e, relacionado com ela, o tratamento da questão shakespeariana.

Aparentemente, acentua-se assim ainda mais a importância do teatro e do drama. Mas só aparentemente, pois para Goethe a questão shakespeariana ultrapassa em muito a esfera do teatro. Shakespeare é, para ele, um grande educador para uma humanidade e personalidade totalmente desenvolvidas; seus dramas são, para ele, modelos do modo como o desenvolvimento da personalidade atingiu a plenitude nos grandes períodos do humanismo e de como esse desenvolvimento deveria se completar no presente. A representação de Shakespeare nos palcos da época é forçosamente um compromisso. Wilhelm Meister não deixa jamais de sentir o quanto Shakespeare se estende para além dos limites daquele palco. Esforça-se por salvar de algum modo, em tudo o que for possível, o que há de mais essencial em Shakespeare. Eis por que, em *Os anos de aprendizado*, a representação de *Hamlet*, ponto culminante dos esforços teatrais de Wilhelm Meister, converte-se numa clara configuração do fato de que teatro e drama, e mesmo a arte poética, não são senão um aspecto, uma parte do extenso complexo problemático da educação, do desenvolvimento da personalidade e da humanização.

Desse modo, portanto, o teatro passa aqui a ser somente um ponto de transição. A verdadeira descrição da sociedade, a crítica à burguesia e à nobreza, a configuração da exemplar vida humanista só podem na verdade se desenvolver depois de superada a concepção do teatro como caminho para a humanização. Em *A missão teatral*, toda descrição da sociedade ainda se relacionava com o teatro. Exercia-se ali a crítica à estreiteza da vida burguesa sob a perspectiva dos esforços poéticos de Wilhelm; a nobreza era considerada do ponto de vista do mecenato etc. Em *Os anos de aprendizado*, ao contrário, Jarno previne Wilhelm, quando este descreve sua desilusão com o teatro, com as seguintes palavras: "Pois saiba, meu amigo [...], o que me descreveu não foi o teatro, mas o mundo, e que eu poderia encontrar em todas as classes sociais personagens e ações suficientes para suas duras pinceladas?". E esta forma de composição não se refere evidentemente apenas à segunda parte do romance, mas também à refundição da parte teatral. Logo em seguida ao aparecimento de *Os anos de aprendizado*, o importante crítico Friedrich Schlegel assim escreve a respeito da cena do palácio: "Com verdadeira idolatria, seu colega, o conde, saúda-o (um ator) com olhares compassivos por sobre o gigantesco abismo da diferença social; ninguém pode ultrapassar o barão na tolice intelectual; e a baronesa, na vulgaridade comum; a própria condessa é, em suma, uma atrativa ocasião para justificar de maneira mais bela os adornos; e todos esses nobres, descontada sua condição social, não são melhores que os atores, exceto no sentido de que sua vulgaridade é mais radical".

A realização dos ideais humanistas neste romance comprova reiteradamente a necessidade de, "na medida em que se trate de algo puramente humano, rejeitar nascimento e classe social em sua completa nulidade, e na verdade, como é razoável, sem gastar sequer uma palavra sobre isso" (Schiller). A exposição e a crítica às diversas classes e aos tipos que as representavam procedem sempre, em *Os anos de aprendizado*, desse ponto de vista central. Por isso, a crítica à burguesia não é aqui apenas crítica a uma pequenez e estreiteza especificamente alemãs, mas também e ao mesmo tempo, uma crítica à divisão capitalista do trabalho, à excessiva especialização do ser humano, ao aniquilamento do homem por essa divisão do trabalho. O burguês, diz Wilhelm Meister, não pode ser uma pessoa pública: "Um burguês pode adquirir méritos e desenvolver seu espírito a não mais poder, mas sua personalidade se perde, apresente-se ele como quiser [...] Não lhe cabe perguntar: 'Que és tu?', e sim: 'Que tens tu? Que juízo, que conhecimento, que aptidão, que fortuna?' [...] ele deve desenvolver suas diversas faculdades para tornar-se útil, e já se presume que não há em sua natureza nenhuma harmonia, nem poderia haver, porque ele, para se fazer útil de um determinado modo, deve descuidar de todo o resto".

Sob esse ponto de vista humanista desenvolve-se, em *Os anos de aprendizado*, a goethiana "glorificação da nobreza", tão prazerosamente acentuada pela história da literatura burguesa. É certo que Wilhelm Meister, naquelas reflexões, das quais acabamos de citar algumas frases, fala circunstanciadamente do quanto o modo de vida da nobreza elimina do caminho esses obstáculos à formação livre e plena da personalidade, dos quais se queixa ele na vida burguesa. Mas, aos olhos de Goethe, a nobreza tem valor exclusivamente como trampolim, como condição favorável a tal formação da personalidade. E mesmo Wilhelm Meister — para não se falar do próprio Goethe — vê com clareza que esse trampolim não produz necessariamente e por si mesmo os saltos, e que semelhantes condições favoráveis não se transformam de modo algum por si mesmas em realidade.

Ao contrário. A crítica humanista à sociedade não se dirige somente contra a divisão capitalista de trabalho, mas também contra o estreitamento, contra a deformação do ser humano pelo aprisionamento no ser e na consciência da classe social. Já ouvimos que juízo faz Friedrich Schlegel a respeito dos nobres "glorificados" neste romance. O próprio Wilhelm Meister, após a cena do castelo, refere-se à nobreza da seguinte maneira: "Aquele a quem os bens herdados têm proporcionado uma existência perfeitamente fácil [...] está em geral habituado a considerar esses bens como o primeiro e o maior, e a não distinguir com tanta clareza o valor da humanidade, que a natureza dotou de maneira tão bela. A atitude dos grandes para com os pequenos, e mesmo entre eles, é mensurada pelas qualidades exteriores; estas permitem a cada um fazer valer não só seus méritos, mas também seu título, sua hierarquia, seus trajes e coches".

É claro que a sociedade nobiliária apresenta na segunda parte do romance um quadro essencialmente diverso. Especialmente em Lothario e Natalie, Goethe incorpora a realização dos ideais humanistas. Precisamente por essa razão, essas personagens têm-se mostrado muito mais esmaecidas que as problemáticas. Mas Goethe revela, com extraordinária clareza, no modo de vida de Lothario, como imagina o aproveitamento das possibilidades que proporcionam um berço nobre e bens herdados para o desenvolvimento multilateral de uma personalidade. Lothario viajou o mundo, mas lutou, concomitantemente, na América, ao lado de Washington, na guerra da libertação; quando toma posse de seus bens, leva a termo a liquidação voluntária dos privilégios feudais. E na segunda parte do romance, a ação se dirige de ponta a ponta nesse sentido. O romance termina com uma série de casamentos que, do ponto de vista da sociedade de classes, são, sem exceção, *mésalliances*, isto é, casamentos entre nobres e burgueses. Tem pois razão Schiller quando distingue aqui a prova da "nulidade" das classes à luz dos ideais humanistas.

A refundição da primeira versão não se limita a contemplar esse mundo inteiramente novo de uma nobreza tornada humanista e da burguesia com ela fundida, mas intervém também na primeira parte, a do teatro. Na primeira versão, Philine é uma personagem secundária não muito significativa. Tampouco na segunda versão tem ela um papel mais extenso, mas sua figura se aprofunda extraordinariamente. É a única personagem do romance que possui um humanismo espontâneo, natural, e uma harmonia humana. Goethe, com profundo realismo, dota a personagem de todos os traços de uma astúcia, habilidade e capacidade de adaptação plebeias. Em Philine, porém, essa astúcia leviana vem sempre ligada a um instinto humano originariamente seguro: ela nunca desiste, nem se mutila, nem se desfigura, a despeito de todas as suas leviandades. E é muito interessante ver que Goethe põe precisamente na boca de Philine seu mais profundo sentimento vital, seu modo de se relacionar com a natureza e os homens, "*o amor dei intellectualis*", tomado de Spinoza e por ele humanizado. Quando o ferido Wilhelm, salvo por Philine, quer mandá-la embora por escrúpulos morais, ela se ri dele. "És um tolo", diz ela, "e nunca serás sagaz. Sei melhor que tu o que te convém; ficarei e não arredarei pé daqui. Jamais contei com a gratidão dos homens, tampouco com a tua, pois. E se te quero bem, o que podes fazer?"

De forma muito semelhante, ainda que certamente com uma coloração humana e artística em tudo diversa, aprofunda-se em *Os anos de aprendizado* a figura da velha Barbara, a criada alcoviteira do primeiro amor de Wilhelm, Mariane. Nas primeiras cenas ressaltam-se seus traços desagradáveis da mais aguda e drástica maneira. Mas na cena em que ela relata a Wilhelm a morte de Mariane, cresce sua acusação contra a sociedade, que condena uma mulher nascida pobre ao pecado e à hipocrisia, e ela se eleva de um declínio para uma grandeza verdadeiramente trágica.

A realização dos ideais humanistas é neste romance não só o parâmetro para julgar as diversas classes e seus representantes, como também a força propulsora e o critério da ação de todo o romance. Em Wilhelm

Meister e em muitas outras personagens desta obra, a realização dos ideais humanistas em suas vidas é a mola propulsora mais ou menos consciente de suas ações. Está claro que isso não se refere a todas as personagens do romance, nem sequer à maior parte delas. A grande maioria age, como é natural, por motivos egoístas, buscando suas vantagens pessoais, de acordo com suas maiores ou menores conveniências. Mas o modo como são tratados no romance a consecução e o malogro de tais objetivos está por toda a parte em estreita relação com a realização dos ideais humanistas.

Goethe retrata aqui um emaranhado de vidas entrelaçadas. Algumas, descreve ele, sucumbem tragicamente, com ou sem culpa; cria homens cuja vida se desfaz no nada; delineia personagens nas quais a especialização pela divisão de trabalho capitalista hipertrofia um traço de sua personalidade até o caricaturesco, enquanto deixa estiolar o resto de sua humanidade; mostra como a vida de outros se desfaz por sua vez em nulidade, em dispersão sem valor, desprovida de um centro consistente, de uma atividade que nasça do centro humano da personalidade e ponha sempre em movimento o homem inteiro. Ao entrelaçar umas às outras essas vidas, segundo esse critério, ao avistar nisso, e só nisso, o critério de conduta de vida bem-sucedida e tratar todo êxito, todo alcance da meta de vida conscientemente proposta como coisa secundária e indiferente (pense-se nas personagens de Werner e Serlo, tão diferentes no geral), Goethe dá sempre a esta sua visão de mundo uma expressão configurada e transposta em ação viva.

Assim, coloca no centro deste romance o ser humano, a realização e o desenvolvimento de sua personalidade, com uma clareza e concisão que dificilmente um outro escritor haverá conseguido em alguma outra obra da literatura universal. É claro que essa visão de mundo não é propriedade particular de Goethe. Ela domina antes toda a literatura europeia, desde o Renascimento; constitui o ponto central de toda a literatura do Iluminismo. O traço peculiar do romance goethiano mostra-se contudo no fato de que, por um lado, essa visão de mundo se põe no centro de tudo com uma elevada consciência, acentuada permanentemente de modo filosófico, ou pelo estado de ânimo, ou relacionada com a ação, a ponto de se transformar na força motriz consciente de todo o mundo configurado; e, por outro lado, essa peculiaridade consiste em que Goethe nos apresente como um *devir real* de seres humanos concretos em circunstâncias concretas essa realização da personalidade plenamente desenvolvida com que o Renascimento e o Iluminismo sonharam, e que na sociedade burguesa tem sempre permanecido como utopia. As obras poéticas do Renascimento e do Iluminismo dão forma ou a seres humanos determinados, que em circunstâncias particularmente favoráveis alcançam um desenvolvimento múltiplo de sua personalidade, uma harmonia de sua evolução humana, ou apresentam com clara consciência essa utopia como utopia. ("A abadia de Theleme",[3] de Rabelais.)

A configuração desse resultado positivo das metas humanas da revolução burguesa sob a forma de uma obra concreta é, portanto, o novo, o específico no romance de Goethe. Com isso, tanto o aspecto ativo da realização desses ideais como também seu caráter social são postos em primeiro plano. Segundo a concepção de Goethe, a personalidade humana só pode desenvolver-se agindo. Mas agir significa sempre uma interação ativa dos homens na sociedade. O realismo clarividente de Goethe não pode, evidentemente, duvidar nem por um momento de que a sociedade burguesa que tem diante dos olhos, sobretudo a da miserável e pouco desenvolvida Alemanha de seus dias, não se move jamais rumo à realização social daqueles ideais. É impossível que a sociabilidade da atividade humanista nasça organicamente da concepção realista da sociedade burguesa; por isso tampouco ela pode ser, na configuração realista dessa sociedade, um produto orgânico espontâneo de seu próprio movimento. Por outro lado, Goethe sente, com uma clareza e profundidade que poucos homens tiveram antes ou depois dele, que esses ideais são, apesar de tudo, produtos necessários desse movimento social. Por mais hostil e estranhamente que se possa comportar a sociedade burguesa real a respeito desses ideais na vida cotidiana, estes têm, no entanto, crescido no solo desse mesmo movimento social; são o culturalmente mais valioso de tudo quanto produziu essa evolução.

Goethe cria então, de acordo com esse fundamento contraditório de sua concepção de sociedade, uma espécie de "ilha" dentro da sociedade

[3] Alusão à comunidade utópica apresentada por François Rabelais nos capítulos 52 a 58 de seu livro *Gargantua e Pantagruel*. Na província de Télema, às margens do rio Loire, o herói Gargantua manda construir uma abadia em que monges e monjas estabelecem uma sociedade libertária, guiada tão somente pelo lema "Faze o que quiseres". (N. do E.)

burguesa. Mas seria superficial ver nisto tão somente uma fuga. A configuração de um ideal como o do humanismo que, na sociedade burguesa, permanece necessariamente utópico, há de necessariamente apresentar um certo caráter fugidio. Pois nenhum realista pode unir essa realização com a configuração realista do *decurso normal* dos acontecimentos na sociedade burguesa. Mas a "ilha" goethiana é um grupo de homens ativos, que atuam na sociedade. A vida de cada um desses homens brota com autêntico e verdadeiro realismo de fundamentos e pressupostos sociais reais. Nem sequer o fato de que tais homens se reúnam e se congreguem pode qualificar-se de não realista. A estilização praticada por Goethe consiste apenas em dar a essa união formas definidas e fixas — claro que mais uma vez neutralizadas pela ironia —, em que ele procura apresentar essa "ilha" como uma sociedade dentro da sociedade, como um embrião da progressiva transformação de toda a sociedade burguesa. Mais ou menos assim como sonhou mais tarde o grande socialista utópico Fourier, que, quando seu legendário milionário lhe possibilitasse a fundação de um falanstério, este haveria de acarretar a difusão de seu socialismo por toda a terra.

O convincente efeito da "ilha" criada por Goethe só pode ser obtido por meio da evolução dos homens. A maestria de Goethe se revela no fato de ele fazer brotar todos os problemas do humanismo — positiva e negativamente — das circunstâncias concretas da vida, das vivências concretas de seres humanos determinados, pelo que esses ideais nunca aparecem nele numa utópica forma ontológica, mas sim têm sempre funções muito determinadas, relativas à ação e psicológicas, como elementos da ulterior evolução de homens determinados em momentos determinados e críticos de transição de seu devir.

Esta espécie de configuração dos ideais humanistas não significa porém para Goethe uma exclusão do elemento consciente. Pelo contrário, a este respeito Goethe é um consequente continuador do Iluminismo; ele atribui uma importância extraordinária à consciente orientação do desenvolvimento humano, à *educação*. O complicado mecanismo da Torre, das cartas de aprendizado etc., serve precisamente para sublinhar esse princípio consciente e educativo. Com traços muito sutis e discretos, com algumas breves cenas, Goethe dá a entender que a evolução de Wilhelm Meister foi desde o princípio controlada e conduzida de uma forma determinada.

É certo que essa educação é peculiar: pretende formar seres humanos que desenvolvam todas as suas qualidades em livre espontaneidade. Goethe busca uma unidade de planejamento e acaso na vida humana. Por isso é que se prega constantemente no romance o ódio contra o "destino", contra toda resignação fatalista. Por isso é que os educadores sublinham constantemente no romance um desprezo pelos "mandamentos" morais. Os homens não têm que obedecer submissamente a uma moral imposta, mas têm que se tornar sociais por força de uma livre atuação orgânica, e harmonizar o multilateral desenvolvimento de sua individualidade com a felicidade e os interesses de seus próximos. A moral de *Wilhelm Meister* é uma grande polêmica — tácita, certamente — contra a teoria moral de Kant. De acordo com isso, o ideal da "bela alma" se encontra no centro desta parte do romance. Esse ideal aflora explicitamente pela primeira vez no título do Livro VI: "Confissões de uma bela alma". Mas seria desconhecer as intenções de Goethe, deixar de ouvir suas sutis acentuações irônicas, ver-se na canonisa, autora dessas confissões, o ideal goethiano da "bela alma". A "bela alma" é para Goethe uma união harmônica de consciência e espontaneidade, de atividade no mundo e vida harmonicamente desenvolvida. A canonisa é igualmente um extremo subjetivo, puramente interior, como a maioria das personagens que, na primeira parte, estão à procura, como o próprio Wilhelm Meister, como Aurelie. Essa busca puramente intimista e fugidia, subjetiva, constitui o polo oposto — relativamente justificado — do praticismo vazio e dispersivo de um Werner, de um Laertes e mesmo de um Serlo. O momento de transição para a educação de Wilhelm Meister consiste precisamente no afastamento dessa pura interioridade, que Goethe condena como vazia e abstrata, como também Hegel mais tarde em sua *Fenomenologia do Espírito*. É certo que essa crítica à canonisa é levada a cabo por Goethe com acentos muito leves e sutis. Mas o lugar dessa passagem na composição da obra, o fato de que as confissões são apresentadas por Aurelie a Wilhelm, de certo modo como um espelho, no momento da crise de sua evolução meramente intimista, no momento do trágico declínio, já é bastante para indicar a tendência da crítica goethiana. E, ao final das confissões, Goethe se faz ainda um pouco mais claro: o abade, incorporação neste romance do princípio educativo, mantém os parentes da canonisa, Lothario, Natalie e outros, longe dela durante sua infância, cuidando para que não chegassem a cair sob sua influência. Só em personagens como Lothario e Natalie, só naquilo pelo que Wilhelm Meister se esforça, se configura o caráter da verdadeira "bela alma", que sobrepuja as contraposições entre intimidade e atividade.

Mas a polêmica que *Wilhelm Meister* cria não se dirige apenas contra os dois falsos extremos acima aludidos; ela também anuncia uma luta para subjugar as tendências românticas. A nova poesia da vida, impetuosamente almejada por Goethe, a poesia do ser humano harmonioso, que domina ativamente a vida, já está, como vimos, ameaçada pela prosa do capitalismo. Temos podido observar o ideal humanista de Goethe em sua luta contra essa prosa. Goethe condena, porém, não só essa prosa, mas também a revolta cega contra ela. A revolta cega, a falsa poesia do romantismo consistem precisamente, segundo Goethe, em sua expatriação na vida burguesa. Essa expatriação tem forçosamente uma sedutora capacidade poética, pois corresponde precisamente à sublevação imediata, espontânea, contra a prosa da vida capitalista. Mas exatamente nessa imediatez ela é somente sedutora, contudo infrutífera; não é uma subjugação da prosa, mas um não reparar nela, um descuidado deixar de lado seus autênticos problemas — com o qual essa prosa pode continuar florescendo intacta. A subjugação do infrutífero romantismo impregna todo o romance. A nostalgia teatral de Wilhelm é a primeira etapa dessa luta; o romantismo da religião nas "Confissões de uma bela alma", a segunda. E percorrem todo o romance as figuras expatriadas, romântico-poéticas de Mignon e do harpista, como incorporações extremamente poéticas do romantismo. Schiller, numa carta a Goethe, observa com extraordinária sutileza os fundamentos polêmicos dessas personagens: "Como é belo pensar que o senhor deriva o monstro prático, o terrivelmente patético do destino de Mignon e do harpista, do monstro teorético, dos aleijões do entendimento [...] Só no seio da estúpida superstição se tramam esses monstruosos destinos, que perseguem Mignon e o harpista".

A sedutora beleza romântica dessas personagens é a razão de a maioria dos românticos não haver enxergado a polêmica que Goethe configurou com leves acentos, e de ter sido o *Wilhelm Meister* um modelo muito copiado no romance romântico. Só o mais consequente e precoce romântico, Novalis, reconheceu claramente essa tendência do romance goethiano e a combateu exasperadamente. Indicaremos apenas algumas passagens mais significativas dessa polêmica: "É no fundo um livro desastroso e tolo [...] impoético no grau mais elevado, no que concerne ao espírito, ainda que a exposição seja tão poética [...] A natureza econômica é a única coisa que realmente fica [...] A poesia é o Arlequim de toda a farsa [...] O herói retarda a proclamação do evangelho da economia [...] Wilhelm Meister é propriamente um Cândido, voltado contra a poesia". Nessa rancorosa polêmica ficam muito melhor compreendidas as tendências antirromânticas de Goethe que nas múltiplas e entusiásticas imitações de Mignon e do harpista.

Novalis busca então, também muito consequentemente, sobrepujar poeticamente o *Wilhelm Meister*, ou seja, escrever um romance em que a poesia da vida triunfará resolutamente sobre a prosa. Seu *Heinrich von Ofterdingen* ficou fragmentário. Mas os esboços mostram com muita clareza o que haveria de ser, caso tivesse sido concluído: uma névoa colorida de mística mágica, em que se teria perdido todo o vestígio de concepção realista da realidade, um caminho que partiria da realidade já estilisticamente concebida para chegar ao país dos sonhos irreais e disformes.

Contra essa dissolução da realidade em sonhos, em representações ou ideais puramente subjetivos, é que se dirige a luta do humanista Goethe. Também ele, como todo grande escritor de romances, se propõe como tema principal a luta dos ideais com a realidade, sua impregnação na realidade. Vimos que o ponto de transição decisivo para a educação de Wilhelm Meister consiste precisamente em que ele renuncie a sua atitude puramente interior, puramente subjetiva, para com a realidade, e chegue à compreensão da realidade objetiva, à atividade na realidade tal como ela é. *Os anos de aprendizado de Wilhelm Meister* é um *romance de educação*: seu conteúdo é a educação dos homens para a compreensão prática da realidade.

A este ponto de vista — a educação dos homens para a realidade — se refere uma geração mais tarde a *Estética* hegeliana como o centro da teoria do romance. Hegel diz: "O romanesco é o cavaleiresco que se torna novamente sério, com um conteúdo real. A casualidade da existência exterior transformou-se numa ordem rígida, segura da sociedade burguesa e do Estado, de tal modo que em lugar dos objetivos quiméricos que o cavaleiro criava para si mesmo surgem agora a polícia, os tribunais, o exército, o governo do Estado. Com isso se modifica também o cavaleirismo dos heróis que atuam nos romances modernos. Enquanto indivíduos, contrapõem-se com suas metas subjetivas de amor, honra, ambição, ou com seus ideais de aprimoramento do mundo, a essa ordem subsistente e à prosa da realidade, que lhes obsta por todas as partes seu caminho". Em seguida, ele descreve minuciosamente o tipo dos conflitos resultantes e chega à seguinte conclusão: "Pois bem, essas lutas nada mais são no mundo moderno que os anos de aprendizado, a educação do indivíduo junto à realidade presente, e por isso conservam seu verdadeiro sentido. Pois o fim de tais anos de aprendizado consiste em que o sujeito apare as arestas, conforme-se com seu desejo e sua opinião às situações existentes e à racionalidade delas, insira-se no encadeamento do mundo e obtenha nele um ponto de vista apropriado".

A alusão de Hegel ao romance de Goethe é evidente. Suas análises realmente tocam também o núcleo do *delineamento problemático* de Goethe. Mas elas provêm de uma outra fase, muito mais desenvolvida da sociedade burguesa, de um estágio da luta entre poesia e prosa em que já estava decidida a vitória da prosa, e a concepção da realização dos ideais humanos havia de se modificar completamente. Aos romances do grande realismo burguês da primeira metade do século XIX — inclusive aos romances posteriores de Goethe, *Die wahlverwandtschaften* (As afinidades eletivas) e *Wilhelm Meisters Wanderjahre* (Os anos de peregrinação de Wilhelm Meister) — aplica-se pois em tudo essa afirmação de Hegel a respeito do desfecho da luta entre poesia e prosa, entre ideal e realidade.

Mas *Os anos de aprendizado de Wilhelm Meister* ainda têm uma outra concepção do desfecho e da natureza dessa luta. O poeta de *Os anos de aprendizado* não crê apenas que os ideais do humanismo estejam consolidados nas profundidades mais recônditas da natureza humana, mas também que sua realização, na verdade difícil e só paulatinamente possível, seja de todos os modos possível na então incipiente sociedade burguesa, na sociedade burguesa do período da Revolução Francesa. O Goethe de *Os anos de aprendizado* vê efetivamente as contradições concretas entre os ideais do humanismo e a realidade da sociedade capitalista, mas não considera essas contradições como basicamente antagônicas, insolúveis em princípio.

Aqui se revela a profunda influência ideológica da Revolução Francesa, tanto em Goethe como em todas as grandes figuras da filosofia e poesia clássicas alemãs. É ainda o velho Hegel, o mesmo cujas palavras sobre a vitória inevitável da prosa capitalista ouvimos linhas acima, que fala acerca do período da Revolução Francesa: "Este foi, por conseguinte, um magnífico nascer do sol. Todos os seres pensantes festejaram essa época. Uma sublime comoção dominou aquele tempo, um entusiasmo do espírito estremeceu o mundo, como se só então se tivesse chegado a uma reconciliação do divino com o mundo". E o próprio Goethe, no poema "Hermann e Dorothea", escrito imediatamente depois de *Wilhelm Meister*, faz com que um homem muito calmo e judicioso diga:

Pois quem há de negar que se lhe alçou o coração,
Que o peito mais livre bateu com pulsações mais puras,
Quando despontou o primeiro brilho do novo sol,
Quando se ouviu falar dos direitos humanos, a todos comuns,
Da liberdade entusiástica e da louvável igualdade!
Cada um esperou então viver a si mesmo; pareceu
Desatar-se o laço que enredava tantas terras,
Que trazia presos à mão o ócio e o egoísmo.
Não contemplaram todos os povos, naqueles dias prementes,
A capital do mundo, que já o havia sido tanto tempo,
E que agora, mais que nunca, merecia o nome grandioso?[4]

A relação entre o ideal da humanidade e a realidade está determinada em *Wilhelm Meister* por essa fé. É claro que, em Goethe, não se trata da fé nos métodos plebeus da Revolução Francesa; estes ele recusou categórica e incompreensivamente. Mas isso não significa, para ele, uma rejeição dos conteúdos sociais e humanos da revolução burguesa. Ao contrário. Precisamente agora, sua fé na capacidade da humanidade de se re-

[4] "*Denn wer leugnet es wohl, dass hoch sich das Herz im erhoben,/ Ihm die freiere Brust mit reineren Pulsen geschlagen,/ Als sich der erste Glanz der neuen Sonne heranhob,/ Als man hörte vom Rechte der Menschen, das allen gemein sei,/ Von der begeisternden Freiheit un don der löblichen Gleichheit!/ Damals hoffte jeder sich selbst zu leben; es schien sich/ Aufzulösen das Band, das viele Länder umstrickte,/ Dass der Müssiggang und der Eigennutz in der Hand hielt./ Schauten nicht alle Völker in jenen drängenden Tagen/ Nach der Hauptstadt der Welt, die es schon so lange gewesen/ Und jetzt mehr als je den herrlichen Namen verdiente?*"

generar por suas próprias forças, de romper por suas próprias forças os grilhões que uma evolução social milenária forjou, é mais forte que nunca em sua vida. A ideia educativa do *Wilhelm Meister* é a descoberta dos métodos com a ajuda dos quais se despertam essas forças adormecidas em cada indivíduo, que preparam para a atividade fecunda, o conhecimento da realidade, o conflito com a realidade, que fomentam aquele desenvolvimento da personalidade.

O abade, verdadeiro portador do pensamento educativo em *Wilhelm Meister*, formula do modo mais claro essa concepção goethiana: "Só todos os homens juntos compõem a humanidade; só todas as forças reunidas, o mundo. Estas estão com frequência em conflito entre si e, enquanto buscam destruir-se mutuamente, a natureza as mantém juntas e as reproduz [...]. Toda disposição é importante e deve ser desenvolvida [...]. Uma força domina a outra, mas nenhuma pode formar a outra; em cada disposição só se encontra subjacente a força para aperfeiçoá-la; poucos homens o entendem, mas apesar disso pretendem ensinar e agir". E o abade, radical e consequentemente, extrai também todas as conclusões práticas de sua concepção da existência humana e da relação entre as paixões humanas e sua capacidade de educar-se. Diz ele: "Não é obrigação do educador de homens preservá-los do erro, mas sim orientar o errado; e mais, a sabedoria dos mestres está em deixar que o errado sorva de taças repletas seu erro. Quem só saboreia parcamente seu erro, nele se mantém por muito tempo, alegra-se dele como de uma felicidade rara; mas quem o esgota por completo, deve reconhecê-lo como erro, conquanto não seja demente".

Essa concepção — que o livre desenvolvimento das paixões humanas sob adequada direção, que não as violente, tem que levar à harmonia da personalidade e à cooperação harmônica dos homens livres — é uma velha e cara ideia dos grandes pensadores desde o Renascimento e o Iluminismo. O que se podia realizar dessa liberdade do desenvolvimento humano no capitalismo — a liberação da atividade econômica dos grilhões da sociedade feudal — aparecia como realidade já alcançada nos países de capitalismo desenvolvido e recebeu expressão intelectual racional nos sistemas econômicos dos fisiocratas e da economia clássica inglesa. Mas precisamente pela realização prática e por essa formulação teorética da parte dos ideais humanistas realizáveis na sociedade burguesa evidencia-se claramente a contradição entre esses e o fundamento econômico--social, em cujo solo puderam ser imaginados. O reconhecimento da contradição insolúvel impregna a posterior literatura dos grandes realistas, as obras de Balzac e Stendhal, e será esteticamente formulada pelo velho Hegel. As tentativas de superar ou anular essa contradição por vias puramente intelectuais e construir com isso uma "harmonia da personalidade" em conformidade com a adaptação ao mundo da livre concorrência capitalista conduzem a uma mentirosa apologética, ao academicismo vazio do século XIX.

Mas com esses rumos evolutivos não se cria a possibilidade de atitudes ante esse problema — ao menos para um pequeno lapso de tempo. Com base naquela contrariedade que se evidencia cada vez mais claramente, puderam emergir tentativas de uma *solução utópica* desses problemas, com uma compreensão mais ou menos clara de que o requerido desenvolvimento harmonioso das paixões humanas em direção ao caráter da personalidade rica e que se desenvolve plenamente pressupõe uma nova ordem social, o socialismo. Fourier é o mais significativo representante dessa tendência. Com grande ênfase e tenacidade, não deixa de repetir que não pode haver nenhuma paixão humana que em si e por si mesma seja má ou nociva. Somente a sociedade existente até hoje não tem sido capaz de produzir uma tal colaboração das paixões humanas, em que toda paixão chegue à harmonia no homem e em sua convivência com os demais homens. O socialismo tem para Fourier principalmente a tarefa de realizar essa harmonia.

Não há em Goethe, evidentemente, nenhum socialismo utópico. Todas as tentativas de enxertar algo semelhante em suas obras, desde as do superficial charlatão Grün[5] até as de nossos dias, hão de levar a uma distorção de suas concepções. Goethe só chega até a profunda vivência dessa contradição e às sempre renovadas tentativas de solucioná-la utopicamente no quadro da sociedade burguesa, isto é, salientar na configuração poética aqueles elementos e tendências do desenvolvimento humano, nos quais parece possível a vivência da realização dos ideais humanistas, pelo

[5] Referência ao professor, publicista e socialista alemão Karl Grün (1817-1887). Adepto do socialismo utópico de Pierre Proudhon (com quem manteve copiosa correspondência), foi alvo de sucessivas invectivas de Karl Marx e Friedrich Engels. (N. do E.)

menos tendencialmente. O brilho das esperanças na renovação da humanidade, que a Revolução Francesa desperta nos melhores contemporâneos de Goethe, produz no *Wilhelm Meister* o caráter social de sua realização, aquela "ilha" de homens excelentes que transformam esses ideais em prática na sua vida e cuja natureza e conduta de vida hão de se tornar um embrião do futuro.

A contradição que está na origem dessa concepção não vem claramente expressa em parte alguma no *Wilhelm Meister*. A vivência da contradição está porém na base da *configuração* de toda a segunda parte. Expressa-se na extraordinariamente sutil e profunda *ironia* com que foi poeticamente configurada toda essa segunda parte. Goethe faz com que o ideal da humanidade se realize pela colaboração consciente e pedagógica de um grupo de homens numa tal "ilha". E, depois do que se expôs até agora, está claro que tanto o conteúdo desses esforços quanto a esperança em sua realização fazem parte das mais profundas convicções ideológicas de Goethe. As aludidas teorias do abade são teses do próprio Goethe, que estão estreitamente relacionadas com toda sua concepção da dialética, do movimento da natureza e da sociedade. Ao mesmo tempo, porém, Goethe faz com que essas convicções do abade sejam ironicamente criticadas por personagens tão distintas como Natalie e Jarno. E não é absolutamente fortuito que Goethe, por um lado, transforme no mais importante fator da ação a orientação consciente da educação de Wilhelm (e de outros) pela Sociedade da Torre, ainda que, por outro lado, faça aparecer essa mesma orientação e a questão das cartas de aprendizado etc., quase como um jogo, como algo que aquela sociedade levou uma vez a sério, mas cuja seriedade já foi abalada.

Goethe, portanto, sublinha com essa ironia o caráter real-irreal, vivido e utópico, da realização dos ideais humanistas. Ele não tem dúvidas — pelo menos no tocante à experiência — de não estar descrevendo a realidade mesma. Mas tem a profunda segurança vivencial de que está criando uma síntese das melhores tendências da humanidade, que sempre se mostram ativas nos melhores exemplares da espécie. Sua estilização consiste em concentrar todas essas tendências na pequena sociedade da segunda parte e contrapor essa realidade concentrada, como utopia, ao resto da sociedade burguesa. Mas como uma utopia em que cada um dos elementos humanos é real, proveniente da sociedade de sua época. A ironia serve apenas para reconduzir esse caráter estilizado da concentração positiva de tais elementos e tendências para o nível da realidade. A "glorificação da nobreza" em *Wilhelm Meister* tem portanto seu fundamento real no fato de Goethe inserir em seu painel muitos elementos da base econômica da vida dos nobres e muitas tendências culturais da nobreza culta humanista.

Desse modo, o *Wilhelm Meister* está ideologicamente na fronteira entre duas épocas: dá forma à crise trágica dos ideais humanistas burgueses, ao início de sua superação — provisoriamente utópica — do marco da sociedade burguesa. Que em Goethe esse caráter de crise tenha sido configurado com brilhantes matizes da plenitude artística foi, como vimos, um reflexo vivencial da Revolução Francesa. Mas esse luzir colorido não pode acabar com o trágico abismo que aqui se abre para os melhores representantes da burguesia revolucionária. Tanto ideológica quanto artisticamente, o *Wilhelm Meister* é produto de uma crise de transição, de uma curtíssima época de transição. Assim como não teve precedentes imediatos, tampouco pôde ter uma sucessão artística verdadeira. O grande realismo da primeira metade do século XIX nasce já após o final do "período heroico", após o naufrágio daquelas — contraditórias — esperanças, que estavam ligadas a esse período. A estética de Schelling (concebida nos anos de 1804-1805) valoriza, pois, corretamente a importância única dessa obra para a evolução do romance. Schelling, na verdade, vai além, já que só reconhece como romances em seu sentido estético propriamente mais elevado o *D. Quixote* e o *Wilhelm Meister*. Com certa razão, pois nesses dois romances duas grandes crises de transição da humanidade atingiram sua suprema expressão ideológica e artística.

O estilo do *Wilhelm Meister* expressa, com muita clareza, esse caráter transitório. Por um lado, está repleto de elementos do romance do período do Iluminismo. Adota não só desse tipo de romance, como também da "épica artística" do pós-Renascimento, a ação movida por uma "máquina artificial" (a Torre etc.). Encadeia com muita frequência sua ação com os cômodos e negligentes procedimentos dos séculos XVII e XVIII, com equívocos que se esclarecem no momento oportuno (a origem de Therese), com encontros casuais, utilizados com o maior desembaraço etc. Mas exatamente se seguimos mais de perto o trabalho artístico de Goethe desde a refundição da *Theatralische Sendung* (Missão teatral) até os *Anos de aprendizado*, vemos efetivamente tendências que logo se tornaram decisivas para o romance do século XIX. Em primeiro lugar, a concentração da ação em cenas dramáticas, a estreita vinculação de personagens e acontecimentos que se aproxima do drama. (Uma tendência que mais tarde foi teoricamente definida e concretizada na prática por Balzac como um traço essencial do romance moderno, em oposição ao romance dos séculos XVII e XVIII.) Ao se comparar a apresentação e o desenvolvimento de personagens como Philine e Mignon em *Theatralische Sendung* (Missão teatral) e nos *Anos de aprendizado*, vê-se com toda clareza essa tendência dramática em Goethe. E ela não é absolutamente externa na refundição do texto. De um lado, tem como pressuposto e consequência que Goethe agora configura diversas personagens com maior dinamismo interior, mais conflituadas que antes, dando a seus caracteres maior amplitude interior, maiores intensidades. (Pense-se na cena final de Barbara, já aludida.) Por outro lado, Goethe aspira a uma relevância concentrada do essencial, o qual se tornou agora mais complicado que antes sob todos os aspectos. Por isso, ele corta as partes episódicas e associa mais estreita e complexamente à ação principal o que conserva delas. Os princípios dessa reelaboração podem ser vistos com muita exatidão nas conversas a respeito de *Hamlet*, especialmente naquela conversa com Serlo em que Wilhelm fala da adaptação de *Hamlet* ao palco e propõe condensar aquilo que, segundo lhe parece, é episódico na ação e nas personagens.

Há em tudo isso uma forte aproximação dos princípios construtivos do romance realista da primeira metade do século XIX. Mas apenas uma aproximação. Goethe quer configurar aqui caracteres mais complicados e relações inter-humanas mais complexas que aqueles comuns nos séculos XVII e XVIII e que aqueles que ele mesmo havia planejado em sua primeira versão. Essa complexidade não tem, no entanto, em *Os anos de aprendizado*, praticamente nada do caráter analítico do romance realista posterior, e muito menos do que o posterior *Afinidades eletivas*. Goethe modela suas personagens e situações com mão extraordinariamente leve, dando-lhes apesar disso uma plasticidade e impressionabilidade classicamente eficazes. Personagens como Philine ou Mignon que, com tão poucos traços, com recursos tão econômicos, conseguiram um tal grau de vida exterior e anímica, mal voltam a aparecer em toda a história da literatura. Goethe retrata da vida apenas algumas pequenas, concisas e concentradas cenas, em que se destaca, contudo, toda a riqueza desses caracteres em sua própria transformação. E como todas essas cenas estão impregnadas de ação interior e têm sempre uma significação épica, contêm sempre mais traços vivos da figura mesma e de suas relações com outros homens do que se expressam conscientemente nessas cenas. Por isso Goethe consegue grandes possibilidades de intensificação, que se realizam com os meios mais sutis, sem a menor ênfase. Com uma simples inflexão dos acontecimentos ele faz ressaltar conscientemente a riqueza que só existia latente. Assim, por exemplo, depois de Philine haver abandonado com Friedrich a trupe de artistas, Goethe menciona que sua saída foi uma das causas do desmoronamento incipiente do grupo. Até ali, nenhuma palavra fora dita acerca de ser Philine um elemento de coesão da trupe, e mesmo ela havia sempre aparecido como alguém que trata as pessoas com brincadeiras e leviandade. Mas retrospectivamente fica de súbito claro ao leitor que a leviandade e vivacidade de Philine eram precisamente o que produziam tal resultado.

Nessa arte de apresentar o mais importante, o mais complicado animicamente, com mão ligeira, sensivelmente concisa, e com vida inesquecível, o *Wilhelm Meister* é um ponto culminante na história da narrativa. A totalidade da sociedade configurou-se antes e especialmente depois dessa obra com um realismo mais abrangente, mais extensivo, e que revolve com maior energia as profundidades últimas. Sob esse ponto de vista, não se pode comparar o *Wilhelm Meister* com Lesage ou Defoe, nem com Balzac ou Stendhal. Pois Lesage parece seco, e Balzac, confuso e sobrecarregado, comparados com a clássica perfeição da arte de escrever, com a rica e impressionante elegância da composição, da caracterização.

Schiller caracterizou repetidamente em suas cartas, com extrema sutileza, a peculiaridade estilística deste livro único. Chama-o uma vez de "calmo e profundo, claro e no entanto inconcebível, como a natureza". E não se trata absolutamente de uma pretensa "maestria" técnica do escrever. A superior cultura do modo de configuração de Goethe baseia-se antes numa superior cultura da vida mesma, do modo de viver, das relações entre os homens. É só por isso que a representação pode ser tão terna e sutil, tão plástica e clara, porque a concepção do homem e das relações humanas na vida mesma têm em Goethe uma cultura dos sentimentos autêntica e profundamente consciente. Goethe não precisa lançar mão de meios analíticos grosseiros nem pseudossutis para configurar conflitos humanos, transformações dos sentimentos, das relações humanas etc. Schiller destaca acertadamente também essa peculiaridade no modo de Goethe de conduzir a ação. A respeito das complicações nas relações entre Lothario, Therese, Wilhelm e Natalie, no último livro, diz ele: "Não saberia como teria podido solucionar essa falsa situação mais terna, fina, nobremente. Como se teriam lançado os Richardson e todos os outros a fazer com isso uma cena e a incorrer nas maiores indelicadezas por conta de revolver sentimentos delicados!" Deve-se levar em conta que Richardson, em termos de cultura do sentimento, está muito acima do nível geral da literatura da segunda metade do século XIX e, especialmente, acima do nível da literatura do período imperialista. A maestria de Goethe é um captar profundo de todos os traços mais essenciais dos homens, um elaborar dos traços típicos comuns e dos traços individuais distintivos dos homens, uma sistematização cuidadosamente pensada e consequente dessas afinidades, desses contrastes e matizes, uma capacidade de converter todos esses traços humanos em ação viva e caracterizadora. Os seres humanos desse romance estão agrupados de um modo praticamente exclusivo em torno da luta pelo ideal do humanismo, em torno da questão dos dois extremos falsos: o sentimentalismo e o praticismo. Note-se, porém, como Goethe, começando por Lothario e Natalie, que representam uma superação dos falsos extremos, dispõe sua galeria de "praticistas", desde Jarno e Therese até Werner e Melina; como nessa série nenhum homem se assemelha ao outro e no entanto não se distinguem dos demais por meios pedantes, analítico-intelectuais, e como, ao mesmo tempo, se forma espontaneamente, sem palavras que comentem, a hierarquia da significação humana, fundada na aproximação ao ideal humanista. Nesse tipo de representação, cujos píncaros o romance moderno nunca voltou a atingir, ainda que seus grandes representantes posteriores tenham superado Goethe em muitos outros aspectos, há para nós um legado irrenunciável. Um legado muito atual, pois precisamente a configuração terna e harmoniosa e, ao mesmo tempo, sensível e plástica dos importantes desenvolvimentos espirituais e anímicos é uma das grandes tarefas que o realismo socialista tem de solucionar.

Sobre o autor

Johann Wolfgang Goethe nasceu a 28 de agosto de 1749 em Frankfurt am Main, na época uma cidade-Estado com cerca de 30 mil habitantes. Seu pai, Johann Kaspar Goethe, que começara a vida como simples advogado, logo alcançou o título de Conselheiro Imperial e, ao casar-se com Katharina Elisabeth Textor, de alta família, teve acesso aos círculos mais importantes da cidade.

Seguindo o desejo paterno, Johann Wolfgang iniciou os estudos de Direito em Leipzig, aos 16 anos. Nesse período, que se estende de 1765 a 1768, teve aulas de História, Filosofia, Teologia e Poética na universidade; ocupou-se de Medicina e Ciências Naturais; tomou aulas de desenho e frequentou assiduamente o teatro. Simultaneamente, iniciava-se na leitura dos clássicos franceses e escrevia seus primeiros poemas. No curso de uma doença grave, volta em 1768 para a casa dos pais em Frankfurt. Enquanto se recupera, é atraído pela alquimia, a astrologia e o ocultismo, interesses que mais tarde se farão visíveis no *Fausto*. Dois anos depois, transfere-se para Estrasburgo, onde completa os estudos de Direito. Lá se aproxima de Johann Gottfried von Herder, que o marca profundamente com sua concepção da poesia como a linguagem original da humanidade.

Em 1772, já trabalhando em Wetzlar como advogado, apaixona-se por Charlotte Buff, noiva de um amigo. Nessa época, escreve a peça *Götz von Berlichingen*, de inspiração shakespeariana, que alcança grande repercussão, e começa a redigir *Fausto*. No outono de 1774, publica *Os sofrimentos do jovem Werther*, romance que obtém enorme sucesso e transforma o jovem poeta em um dos mais eminentes representantes do movimento "Tempestade e Ímpeto", que catalisava as aspirações da juventude alemã.

No ano seguinte, após um turbulento noivado com Lili Schönemann, moça da alta burguesia, Goethe rompe repentinamente o compromisso e aceita o convite do jovem duque de Weimar para trabalhar em sua corte na pequena cidade, que contava então com 6 mil habitantes.

Como alto funcionário da administração, o escritor rebelde desdobra-se em homem de Estado. Apesar da pouca idade, é nomeado membro do Conselho Secreto de Weimar e, nos anos seguintes, se incumbiria da administração financeira do Estado, da exploração dos recursos minerais, da construção de estradas e outras funções. No centro de sua vida em Weimar está a figura de Charlotte (esposa do barão von Stein), com quem mantém uma relação de afeto duradoura que, entretanto, nunca ultrapassa os limites do decoro.

Ao mesmo tempo, Goethe constrói para si uma rotina de trabalho que o impede de se perder no caos dos múltiplos deveres e interesses. Só isso explica como, ao lado dos encargos administrativos, o poeta tenha encontrado tempo para prosseguir no *Fausto* e iniciar vários projetos literários, ao mesmo tempo que, como seu personagem, estende sua sede de conhecimento a vários domínios, entre eles as Artes Plásticas, a Filosofia, a Mineralogia, a Botânica e outras ciências.

Dez anos depois, no entanto, saturado com o ambiente intelectual alemão e a monotonia de suas relações na corte, põe em prática um plano há muito arquitetado: com nome falso, parte de madrugada para a Itália, sem sequer se despedir de seus amigos. Inicia-se assim uma temporada de quase dois anos, na qual o poeta assimila os valores clássicos da Antiguidade, e que está registrada nas cartas e notas de diário que compõem *Viagem à Itália*, cuja primeira parte seria publicada em 1816 e a segunda, em 1829.

Quando retorna a Weimar, em 1788, Goethe rompe com Charlotte von Stein e abandona as tarefas ministeriais mais imediatas. No ano seguinte, nasce seu filho August, único a sobreviver dentre os vários que teve com a florista Christiane Vulpius, a quem só irá desposar oficialmente em 1806. Mas o acontecimento de maior impacto na vida intelectual de Goethe nesses anos será a amizade que estabelece com Friedrich Schiller (1759-1805), que ensinava História na Universidade de Iena, e que duraria até a morte deste.

Em 1790, assume a superintendência dos Institutos de Arte e Ciências de Weimar e Iena e, no ano seguinte, a direção do Teatro de Weimar, estreitando assim seus laços com a arte dramática. Não por acaso, o romance de formação *Os anos de aprendizado de Wilhelm Meister* (1796), em que boa parte da trama se desenvolve entre os membros de uma companhia teatral, conheceu sua redação definitiva de 1793 a 1795, sendo seguido, muitos anos depois, por *Os anos de peregrinação de Wilhelm Meister*, publicado em duas versões, em 1821 e 1829 respectivamente.

Com uma capacidade de renovação constante, Goethe publicaria ainda, entre muitas outras obras de interesse, o poema épico *Hermann e Dorothea* (1797), a primeira parte do *Fausto* (1808) e o romance *As afinidades eletivas* (1809), os estudos de óptica de *A teoria das cores* (1810), em que se contrapõe a Newton, a autobiografia *Poesia e verdade* (redigida em partes, entre 1811 e 1831) e a coletânea de cerca de 250 poemas amorosos, o *Divã ocidental-oriental* (1819), em que se nota o interesse pela poesia persa e por outras culturas.

Nas décadas finais de sua vida, Goethe cercou-se de um grande número de colaboradores, ao mesmo tempo que sua residência atraía visitantes de toda a

Europa. Os relatos desses encontros são contrastantes, ora acentuando o caráter caloroso e interessado do escritor, ora descrevendo-o como um homem insensível, sempre fora do alcance dos demais.

Mas, como observou Walter Benjamin, o grande fenômeno dos últimos anos de sua vida "foi como ele conseguiu reduzir concentricamente a uma última obra de porte — a segunda parte do *Fausto* — o círculo incomensurável" de seus estudos e interesses. Nesse poema se encontram filosofia da natureza, mitologia, literatura, arte, filologia, além de ecos de suas antigas atividades com finanças, teatro, maçonaria, diplomacia e mineração. Após sessenta anos de trabalho no *Fausto*, Goethe conclui a segunda parte da tragédia poucos meses antes de sua morte, a 22 de março de 1832, em sua residência na praça Frauenplan, em Weimar.

Sobre o tradutor

Nicolino Simone Neto nasceu em São Vicente, SP, em 1957. Formou-se em Letras na Universidade de São Paulo em 1980, diplomando-se posteriormente em Direito pela Universidade Mackenzie em 1992. Além de *Os anos de aprendizado de Wilhelm Meister* (lançado originalmente pela editora Ensaio, em 1994), traduziu também *Cabeça de turco*, de Günter Wallraff (Globo, 1985), *Minha vida*, de Lou Andreas-Salomé (Brasiliense, 1985, com Válter Fernandes), *A dedicatória*, de Botho Strauss (Globo, 1987, com Válter Fernandes), *Do belo musical*, de Eduard Hanslick (Unicamp, 1989), *História de uma infância*, de Peter Handke (Companhia das Letras, 1990), *A mulher sem sombra*, de Hugo von Hofmannsthal (Iluminuras, 1991) e *O melro e outros escritos*, de Robert Musil (Nova Alexandria, 1996).

Este livro foi composto
em Stempel Garamond,
pela Bracher & Malta, com CTP
e impressão da Edições Loyola
em papel Pólen Soft 70 g/m²
da Cia. Suzano de Papel
e Celulose para a Editora 34,
em maio de 2020.